Kurahashi Yumiko

Die Reise nach Amanon

japan edition

herausgegeben von Eduard Klopfenstein, Zürich

Dieses Werk erscheint im Rahmen des Projekts zur Veröffentlichung japanischer Literatur (JLPP), realisiert durch das Zentrum für Förderung und Publikation Japanischer Literatur (J-Lit Center) im Auftrag des japanischen Amts für kulturelle Angelegenheiten. Verantwortlich für den deutschen Sprachraum: Eduard Klopfenstein.

Die Schreibweise der japanischen Namen wurde in ihrer ursprünglichen japanischen Gestalt belassen, also erst der Familienname, dann der persönliche Name.

Kurahashi Yumiko

Die Reise nach Amanon

Roman

Aus dem Japanischen
von Monika Wernitz-Sugimoto und Hiroshi Yamane

japan edition

Bibliografische Information der Deutschen Bibliothek

Die Deutsche Bibliothek verzeichnet diese Publikation in der Deutschen Nationalbibliografie; detaillierte bibliografische Daten sind im Internet über http://dnb.ddb.de abrufbar

Japanischer Originaltitel
Amanon-koku ôkanki
Erstveröffentlichung im Verlag Shinchôsha, Tôkyô 1986

Lektorat: Bernhard Thieme; Umschlaggestaltung und Titelillustration: Hauke Sturm, Berlin; Satz: Greiner & Reichel, Köln; Schrift: Minion 10/13,25°; Druck und Bindung: GGP Media GmbH, Pößneck

ISBN 3-86124-901-4
ISBN 978-86124-901-6
post@bebraverlag.de
www.bebraverlag.de

INHALT

PROLOG

Schon als Kind hatte P davon geträumt, eines Tages in ferne, unbekannte Gefilde aufzubrechen. Sein Vater, der früh aus dem Leben geschieden war, hatte ihm Geld genug hinterlassen, um eine ganze Weile sorgenfrei davon leben zu können, daher blieb P für längere Zeit an der Universität immatrikuliert, wo er sich in den Fächern Medizin und Ingenieurswissenschaften die erforderlichen ärztlichen und allgemeinen Kenntnisse für See- und Abenteuerreisen aneignete. Im Anschluss an diese Studien schrieb er sich an einer Missionarsschule ein, dem *Theokolleg des Monokamischen Ordens*, denn er hoffte, auf diese Weise einer Missionars-Delegation zugeteilt zu werden, die in absehbarer Zeit in das Land Amanon entsandt werden sollte. An besagtem Theokolleg beschäftigte er sich mit der Sprache Amanons und monokamischer Theologie, außerdem absolvierte er noch einen Praxiskurs in Missionarstätigkeit. Doch während er in amanonischer Sprache, Geschichte, Kultur und Politik Spitzennoten erzielte, tat er sich mit anderen Fächern eher schwer: In Theologie und praktischer Missionarstätigkeit waren seine Zensuren nicht gerade glänzend, und dies verringerte seine Chancen, als Kandidat für die Teilnahme an einer Auslandsdelegation zur Verbreitung des monokamischen Glaubens nominiert zu werden. Denn dazu – so lautete die Beurteilung seines Pfarrlehrers – fehle es P an Frömmigkeit und konsequenter Selbstdisziplin, wobei besonders seine Einstellung zur Abstinenz in Sinnes- und Gaumenfreuden zu bemängeln sei. Zudem er übermäßig sorglos und freisinnig, als auch zu nachlässig im Umgang mit Bestimmungen sei und sich somit kaum als Mann der Religion eigne. Vorteilhaft wiederum war seine sprachliche Begabung, mit der er es in nur zwei Jahren geschafft hatte, fließend Amanonisch zu sprechen und sich daneben genügend Kenntnisse in Kultur und Landeskunde anzueignen. Dies sprach für ihn, und so wurde P schließlich doch noch der ersten Missionars-Delegation nach Amanon zugeteilt.

Amanon lag in entsetzlich weiter Ferne, isoliert vom Rest der Welt; es war ein Land, über das viel spekuliert wurde, da man nur auf spärliche Informationen angewiesen war, die eine Handvoll Seefahrer über die Jahrhunderte hinweg mit heimgebracht hatten. In grauer Vorzeit allerdings war Amanon einmal sehr bekannt gewesen, und man ging allgemein davon aus, dass es sich seinen hohen kulturellen Standard bis heute bewahrt hatte und seine Bewohner friedfertige Menschen von hoher Intelligenz und Wissbegier waren – also ein äußerst fruchtbarer Boden für eine Bekehrung zum Monokamismus. Allein über das heutige Amanon wusste man so gut wie nichts. Folglich entsprach alles, was P auf dem Theokolleg hinsichtlich Kultur, Gebräuchen und Sprache (eine Sprache, die mittlerweile als »Altamanonisch« bezeichnet wurde) gelernt hatte, einem völlig veralteten Wissensstand, und es war die Frage, inwieweit ihm diese Bildung für seine Mission tatsächlich von Nutzen sein würde. Je mehr er an dürftigen Informationen über dieses Land zusammensuchte, desto nebulöser wurde im Grunde sein Amanonbild und verschwamm vor seinen Augen wie eine Fata Morgana. Über Amanon gab es einfach zu wenig brauchbares Material, um die Phantasie eines eher rational veranlagten Menschen wie P anregen zu können. In seinem Fall reichte es gerade einmal zu dem willkürlichen Wunschbild eines möglicherweise von vielen schönen Frauen bevölkerten Landes – eine Vorstellung, die sich auf nichts weiter als den eleganten und eindeutig femininen Klang des Wortes »Amanon« gründete. Als P ebendiese Hoffnung jedoch auf der Abschiedsfeier der Missionarsdelegation in seiner Rede scherzhaft zum Ausdruck brachte, erntete er entgegen aller Erwartung nur missbilligende Blicke und hämisches Gelächter. Gleich nach den Festlichkeiten wurde er von seinem Pfarrlehrer beiseite genommen und ermahnt.

»Bruder P, für einen Angehörigen unseres Glaubens geziemt es sich unter keinen Umständen, unanständige Witze zu machen. Und Unflätigkeiten über das andere Geschlecht sind erst recht tabu. Du hast ein zu loses Mundwerk, mein Sohn. Damit bist du für die Frauen Amanons eine leichte Beute und riskierst, Opfer ihrer Verführungskünste zu werden. Die Amanonier gelten als äußerst raffiniert; angeblich muss man sich vor ihnen gehörig in Acht nehmen, besonders vor den Frauen, die den Männern an Willenskraft und Verstand überlegen sein sollen. Ich rate dir, ihnen mit entsprechender Vorsicht zu begegnen.«

»Das weiß ich doch alles, Pater«, entgegnete P in seiner üblichen Unbekümmertheit. »Es mag Sie zwar überraschen, aber ich habe seit meinem Eintritt ins Theokolleg getreu den Geboten in konsequenter Abstinenz gelebt. Welche Circen sich mir in Amanon auch immer nähern mögen – ich werde unter keinen Umständen vom Pfad der Tugend abweichen.«

»Das freut mich zu hören, doch sollte es eigentlich keine so große Sache sein, die Enthaltsamkeit zu wahren«, bemerkte der Kirchenpate spitz. »Für einen Geistlichen ist das ganz selbstverständlich.«

»Ja, da haben Sie sicher vollkommen Recht. Natürlich sollen diese Teufelinnen bei mir kein leichtes Spiel haben. Nur eines wollte ich mir zur Sicherheit noch einmal bestätigen lassen: Gehe ich recht in der Annahme, dass es gestattet ist, sich mit den heidnischen Frauen einzulassen, wenn es dem Zweck der Belehrung und Missionierung dient?«

»Wenn es sich nicht vermeiden lässt, wird es jedenfalls nicht als Sünde betrachtet.«

»Danke, dann bin ich beruhigt.«

P ignorierte den unverhohlen argwöhnischem Blick, mit dem sein Pfarrlehrer ihn musterte, und verabschiedete sich. Nach einer letzten Gesundheitskontrolle nahm er sein Reisegeld und sein Gepäck entgegen und kehrte zum ersten Mal seit zwei Jahren nach Hause zurück; weniger um des kurzen familiären Wiedersehens willen, als vielmehr, um die letzte Nacht vor der langen Trennung mit seiner Frau zu verbringen. Neben seiner Frau, die den gesamten Haushalt versorgte, erwarteten P daheim auch noch sein kleiner Sohn, der an Körpergröße von dem ebenfalls zum Haushalt gehörigen altersschwachen Hund bei weitem übertroffen wurde, und seine bereits von leichter Senilität gezeichnete alte Mutter, die ihm sein Vater als eher hinderliche Dreingabe zu seinem Erbe, einem Eigenheim mit einer kleinen Arztpraxis, hinterlassen hatte. Über all dies gäbe es reichlich zu berichten, insbesondere über die Gefühle der Frau, die aufgrund des ungewöhnlichen Vorhabens ihres Mannes die letzten beiden Jahre in ein regelrechtes Witwendasein gezwungen worden war und nun abermals auf unbestimmte Zeit zurückgelassen werden sollte – allein mit diesem Thema wäre mühelos ein ganzes Kapitel zu füllen, aber mit einer so zeitraubenden Arbeit können wir uns hier nicht aufhalten. Auch wie P und seine Frau jene letzte Nacht verbrachten, sei aus Zeitgründen nicht im Einzelnen wiedergegeben, sondern nur knapp resümiert: Ohne die geringste Rücksicht auf ihre Gefühle verlangte P von seiner Frau die Erfüllung ihrer ehelichen Pflichten und brachte sie ans Ende ihrer physischen Kräfte, indem er all dem freien Lauf ließ, was sich innerhalb der beiden Jahre seiner Abstinenz angestaut hatte; in dieser Hinsicht war P mit seinem Kirchenpaten ehrlich gewesen, denn auf dem Theokolleg hatte er sich tatsächlich streng an die Gebote seines Ordens gehalten. Das reichliche Konzentrat an »Lebenssaat«, das P seiner Frau an diesem Abend schenkte, hätte ausgereicht, um eine ganze Kompanie von Frauen zu schwängern. So kam es, dass P das Haus am nächsten Morgen in Hochstimmung verließ und kaum zufriedener hätte sein können, während seine Frau von ihm Abschied nehmen musste, ohne überhaupt Gelegenheit gefunden zu haben, mit ihm ein ernsthaftes Gespräch über die gemeinsame Zukunft zu führen. Auf dem Weg zur Abfahrtsbasis fiel P dann ein, dass er vergessen hatte, seiner Frau von der finanziellen Unterstützung zu erzählen, die sie von nun an in Form einer lebenslangen Rente erhalten würde, die für den gesamten dreiköpfigen Haushalt reichte. Diese Nachricht hätte sie gewiss erleichtert, dachte P – doch nun war es bereits zu spät, um deswegen noch einmal umzukehren.

Natürlich rächten sich der Schlafmangel und die extreme Leibesertüchtigung der vergangenen Nacht durch eine bleierne Müdigkeit, die es P unmöglich machte, den Feierlichkeiten vor seiner Abfahrt auch nur halbwegs aufmerksam zu folgen, weder der Vereidigung des Missionsrepräsentanten, noch den langatmigen Ansprachen des monokamischen Ordinarius, seines ehemaligen Rektors, und des als Gastredner geladenen Außenministers.

1. KAPITEL

Die Ankunft

Als sich P an Bord seines Schiffes begab, eines Ein-Personen-Überseebootes, das aussah wie zwei aufeinandergelegte Suppenteller, war ihm, als krieche er geradewegs in den Leib eines Tieres hinein, etwa den einer Meeresschildkröte, und zwänge sich dort zwischen die von Knochengeflecht umgebenen Organe. In der Tat erinnerte die Form des Schiffes an eine Muschel oder eine große Schildkröte. Das Schiffsinnere war gefüllt mit einem speziell verdichteten Luftgemisch, das P's Sinne benebelte und in ihm ein starkes Gefühl der Unwirklichkeit auslöste. Auch die vielen komplizierten Geräte und Messinstrumente an Bord boten einen beunruhigenden Anblick, doch da P wusste, dass er sie nicht zu betätigen brauchte, sondern alles getrost dem Schutz Monokamis und der Fürsorge des Delegationsbüros überlassen sollte, versuchte er, sich davon nicht einschüchtern zu lassen und sich lieber ganz auf Amanon zu konzentrieren, das in weiter Ferne auf ihn wartete.

Plötzlich erklang in seinem Kopf der Befehl vom Kontrollturm, sich in Startposition zu begeben und die »Universaltranquilizer« einzunehmen, doch da P das Mittel, das irgendwo in seiner Übersee-Reiseuniform stecken musste, nicht finden konnte, entschied er aufs Geratewohl, dass es auch ohne gehen würde, und drückte nach dem nächsten Befehl den Startknopf. Sanft setzte sich das Schiff in Bewegung.

Seit P sich an Bord befand, waren seine Lider schwer wie Blei, doch das mochte an den Strapazen der vergangenen Nacht liegen. Traumbilder ergriffen nach und nach Besitz von seinen Sinnen. Mit letzter Kraft regten sich noch irgendwo in seinem sandsackartig schweren Kopf leise Selbstvorwürfe, dass es für einen Delegierten mit solch bedeutender Aufgabe höchst ungehörig sei, sich so leicht vom Schlaf übermannen zu lassen, doch dann wurden auch diese Bedenken von Träumen durchtränkt wie von tiefschwarzem Teer. Dunkelheit durchflutete seinen Kopf, hinzu kam das Gefühl, als unheimliches Fischwesen auf dem Meeresgrund umherzutauchen; eine Vorstellung, der er sich schließlich wehrlos überließ.

Von seiner Reise nach Amanon besaß P eine feste Vorstellung, nach welcher er mit seinem Überseeboot, also eigentlich einer Art Raumschiff, wie ein Meteor durch die Dunkelheit des Weltraums flog, an dessen Ende Amanon liegen musste. Vor seinem inneren Auge projizierte sich ein Bild von Hunderten von Raumschiffen, die sich gleich einem Meteoritenschwarm auf Amanon zu bewegten und dann in sanften Bögen auseinander drifteten wie die Zweige einer Trauerweide, bis schließlich nur noch sein eigenes Schiff einsam seine unbeholfene Spur weiter und weiter durch den Raum zog, in dessen Dunkelheit die anderen verschwunden waren wie Funken eines Feuerwerks …

Die Wirklichkeit allerdings sah anders aus. Völlig unbemerkt hatte P's Schiff die Führung übernommen; seinem rotglühenden Schiffsrumpf mit dem goldenen Raketenschweif folgten in endloser Kolonne mehrere Hundertschaften von Delegationsschiffen, die alle etwas schwächer schimmerten als sein eigenes. Während P schlief, flog seine Flotte so unvorstellbar lange Zeit weiter, bis sie schließlich einen schmalen Kanal passierte und sich damit dem Ende ihrer langen Reise näherte. Vor ihnen war die Sonne zu sehen, voll und rot wie eine reife Frucht. So zumindest erschien es P, der gerade zur rechten Zeit aus seinem langen Schlaf erwacht war und mit einem Blick aus dem Fenster die Umgebung erkundet hatte. Der Anblick, der sich ihm bot, überstieg alle Begriffe: Was er erst für die Sonne gehalten hatte, und zwar für eine Abendsonne, die jeden Augenblick herabzufallen drohte wie eine überreife Frucht, erkannte er jetzt beim Näherkommen (hier war er sich ohne jeden Grund absolut sicher) als das Land Amanon selbst. Es sah aus wie ein halbdurchsichtiges Eidotter, das von kompliziert verwobenen, haarfeinen Kapillargefäßen und frei schwebenden gelben Staubkörnchen durchzogen war und quallengleich umherwaberte, als fände es in dem seltsamen Fluidum, von dem es umgeben war, keinen rechten Halt. Was aus der Ferne wie ein riesiger Haufen Stahlhaken erschien, mochte eine dichtbesiedelte Stadtlandschaft sein. Mit enormer Geschwindigkeit raste P's Schiff auf den riesenhaften eizellenförmigen Mikrokosmos zu. Er musste etwas unternehmen, sonst würde sein

Gefährt gleich mitten in diese gelatineartige Masse hineinjagen, sagte sich P und suchte im Cockpit nach der Steuerung, um erstmals selbst die Kontrolle über das Schiff zu übernehmen. Zunächst einmal herunter mit dem Tempo! Ohne überhaupt zu wissen, welche Richtung für Beschleunigung und welche zum Abbremsen war, drückte er den Geschwindigkeitshebel energisch nach vorn, also genau in die falsche Richtung, so dass sein Schiff einen Satz machte und sich ungebremst in die Atmosphäre jener rötlichen Eizellenwelt hineinbohrte.

Durch die Wucht des Aufpralls drohten P abermals die Sinne zu schwinden; das Letzte, an das er sich erinnern konnte, war das Wunder, das sich in diesem Moment ereignete: Die Stelle, an der das Schiff mit der Oberfläche Amanons in Kontakt gekommen war, drückte sich wie von selbst trichterförmig ein, umschloss den Fremdkörper und zog ihn in einen schmalen Tunnel hinein. Dann glitt das Schiff wie durch eine Speiseröhre abwärts ins Innere Amanons. Es war, als habe Monokami selbst in seiner unendlichen Gnade die Ereignisse gelenkt. Nicht dass P an derlei Zusammenhänge ernsthaft glaubte, doch eine andere Erklärung gab sein schwindendes Bewusstsein nicht mehr her. Dann wurde ihm endgültig schwarz vor Augen.

Als er wieder zu sich kam, lag er an einem Strand; an Land gespült wie ein Stück Treibholz. Je klarer sein Bewusstsein wurde, desto weniger übel erschien ihm diese Art der Landung – war doch eine gewisse Dramatik nicht von der Hand zu weisen: Ein Missionar, der allen Gefahren des langen Weges erfolgreich getrotzt hatte – als Schiffbrüchiger halbtot an Land geschwemmt! P öffnete die Augen einen Spaltbreit und spähte vorsichtig umher. Immerhin war es nicht ausgeschlossen, dass er in einem Land von lanzenbewehrten Wilden gestrandet war, die ihn aufspießen würden, sobald er sich auch nur muckste. Und da er das deutliche Gefühl hatte, nicht allein zu sein, erschien es ihm ratsamer, sich für eine Weile tot zu stellen, zumal er bis auf die paar bescheidenen Stofffetzen, die ihm noch an Hals und Armen klebten, splitterfasernackt und völlig wehrlos war. Es war einer jener angenehm warmen Nachmittage, wie sie zwischen Frühling und Sommer häufig sind; eine rötliche Sonne ergoss ihre sanften Strahlen über den Strand, das leise Säuseln der Wellen drang lieblich an P's Ohr, und eine laue Brise streichelte seine Haut. Es kam ihm beinahe so vor, als liege er nach einem frühsommerlichen Bad in den Wellen nun faul am Strand. Doch als P sich vor lauter Behaglichkeit unwillkürlich im Sand ausstreckte, wurde es um ihn herum plötzlich laut. Offenbar hatte es Bewegung in die umstehenden Zuschauer gebracht, dass die fremde Wasserleiche unerwartet Anzeichen von Leben zeigte. P streckte sich nochmals, als erwache er soeben aus einem Mittagsschlaf, und nutzte seine Drehung auf den Rücken, um einen unauffälligen Blick in die Runde zu wagen.

Was er dort sah, war eine Vielzahl nackter Beine. Dicht an dicht gedrängt und auch nach oben hin unverhüllt. Dies verriet sogleich die Geschlechtszugehörigkeit ihrer Besitzer. Es waren ausnahmslos Frauen. Mit anderen Worten, es waren Dutzende nackter Frauenkörper, die er da im Visier hatte, noch dazu von unten. Wie durch das Weitwinkelobjektiv einer niedrig gehaltenen Kamera sah er die dicht gedrängten turmartigen Gebilde über sich – in gewissem Sinne ein zweifellos Schwindel erregender Anblick. Über die Gesichter, die jeweils die Spitze einer jeden Säule zieren mussten, konnte sich P von dort unten kein rechtes Urteil machen. Dafür hatte sein Blickwinkel einen Vorteil: Er ermöglichte ihm eine ausgiebige Betrachtung der Stelle, an der sich jedes der Beinpaare zu einem Ganzen vereinigte, beziehungsweise sich der Säulenschaft teilte – also den weiblichsten Teil der Frau, in dem sie sich nicht wesentlich von anderen Frauen unterscheidet. Aufgrund seiner Observation kam P zu dem vorläufigen Schluss, dass diese Frauen schon zu den reiferen Jahrgängen zählten (das allerdings hatte er vornehmlich aus der Betrachtung anderer Körperteile als der erwähnten geschlossen) und es sich um Ehefrauen und Mütter handeln musste, denn ihr robuster und fülliger Körperbau schien ihm auf eine entsprechende Lebens- und Arbeitserfahrung hinzudeuten. Kurz gesagt, sie erschienen P nicht eben wie eine Schar junger Mädchen, die zum Schwimmen an den Strand gekommen war, sondern eher wie eine Gruppe Muscheltaucherinnen oder Fischerfrauen, die hier am Meer ihren Lebensunterhalt verdienten. Es sollte sich denn auch bald bestätigen, dass er mit seiner Vermutung richtig lag, doch zuvor passierte ihm etwas wahrlich Unangenehmes: Ausgerechnet den ersten Menschen, auf die er hier im Lande Amanon traf – noch dazu Frauen – präsentierte er sich mit einer körperlichen Reaktion, die es in der Öffentlichkeit tunlichst zu vermeiden galt. Doch in Anbetracht der Tatsache, dass er von einer Menge nackter Frauenkörper umgeben war, die er aus der Rückenlage zu betrachten das Vergnügen hatte, war seine blamable

Situation sozusagen eine unvermeidliche Folge der Umstände. Zu allem Überfluss war sein Unterleib von keinerlei Kleidung bedeckt. Bestürzt setzte P sich auf und versuchte, das von dem beschriebenen Phänomen betroffene Körperteil mit beiden Händen zu verdecken, doch bedauerlicherweise war seine Männlichkeit zu gewaltig, um sich so einfach verstecken zu lassen. Schließlich erschien es ihm taktisch klüger, ein ungezwungenes Verhalten an den Tag zu legen und jegliches unnatürliche Handeln zu vermeiden, zumal er das unbestimmte Gefühl hatte, dass der Kreis der Frauen, durch deren Reihen ein bewunderndes Raunen gegangen war, sich enger um ihn zu schließen begann. Tatsächlich, die Frauen kamen immer näher. Die Worte, die sie dabei zueinander sagten, klangen wie Amanonisch, doch genau konnte P sie nicht verstehen. Anfangs hatte er gemeint, aus ihrem Gemurmel einen ordinär-anerkennenden Unterton herauszuhören, doch in Wirklichkeit waren es Ausrufe der Verlegenheit und Missbilligung, mit denen die Frauen ihren Kreis um P schlossen; offenbar wollten sie einen neugierigen Blick auf seine peinliche Lage werfen. Erst von nahem sah P, dass die Frauen Amanons ihre Hüften zwar unverhüllt ließen, um die Brust jedoch Tücher in femininen Farben geschlungen hatten. Außerdem waren die Härchen, welche jenen erwähnten, dem Äußeren nach wenig individuellen Körperteil zierten, je nach Geschmack in Form gekämmt und in den verschiedensten Farbnuancen getönt – golden, silbern oder auch karottenrot. Womöglich verlangte das hier zu Lande die Etikette? Welch seltsamer und höchst eindrucksvoller Anblick!

Schließlich fasste sich eine der Frauen ein Herz und hockte sich vor P hin.

»He, du! Wo kommst du her?«

Ja, das war Amanonisch, ohne jeden Zweifel. Über die Maßen erleichtert, dass er es verstanden hatte, parierte P sogleich in der Landessprache, von der er sich einbildete, dass er sie recht gut beherrschte.

»Ich komme aus dem fernen, fernen Paradies Monokamis, um allen Bewohnern Amanons die Lehre unseres Herrn zu bringen, die Leidenden zu erretten, und das Himmelreich Monokamis auch in Amanon in Erfüllung gehen zu lassen«, sagte P und vollführte dann mit der Rechten vor seinem andächtig gesenkten Haupt eine eigentümliche Bewegung. Es war die Geste, mit der die Monokamisten ihren Gott anzurufen pflegten, denn ihm war gesagt worden, dass dies einen ungemein frommen Eindruck mache und auch bei Ungläubigen seine Wirkung nicht verfehle.

Doch die Frauen fingen nur wieder an, wild durcheinander zu schwätzen.

»Was erzählt der da? Hab kein Wort verstanden!«

»Vielleicht tickt er nicht ganz richtig.«

»Wo will der her sein?«

»Zumindest isser kein normaler Mensch – 'n Mann ist das!«

»Seid mal eine Sekunde ruhig, ja?«, brachte ihre Anführerin die anderen zum Schweigen. »Ich werd' ihn nochmal fragen.«

Abermals nach seiner Herkunft befragt, wiederholte P seine Worte. Dabei bemerkte er, dass seine altertümliche Ausdrucksweise den Fischerfrauen Probleme zu bereiten schien. Vielleicht besaßen sie einfach nicht den entsprechenden gesellschaftlichen Stand oder die erforderliche Bildung. Also achtete P nunmehr darauf, sich möglichst einfach und umgangssprachlich auszudrücken; er erläuterte nochmals kurz, was es mit dem monokamischen Glauben auf sich hatte, und begann dann eifrig zu erklären, dass er seine lange Reise zum Zwecke der religiösen Missionierung angetreten habe und keinerlei böse Absichten hege, sondern nur möglichst schnell mit dem zuständigen Verwaltungsorgan Kontakt aufnehmen wolle, um die Ehre einer Audienz beim Ministerpräsidenten oder Kaiser zu erhalten und schließlich auch eine offizielle Genehmigung für seine Missionstätigkeit. Doch je länger er redete, desto mehr verfiel er unbewusst wieder in sein hochgestochenes und schwerverständliches Altamanonisch, so dass die Frauen ihm immer weniger folgen konnten. Schließlich entschied die Anführerin, zur Sicherheit erst einmal das nächste Polizeiwachthäuschen oder Rathaus aufzusuchen und sich dort zu erkundigen, was mit P zu geschehen habe. Sie wies die anderen Frauen an, ihn zu einem nahe gelegenen Wohnhaus zu bringen und dort im Auge zu behalten, während sie selbst die Behörden verständigen wollte. Als P aufstand und loslief, bildeten die Frauen einen dichten Kreis um ihn. Um ihnen zu zeigen, dass er nicht die mindeste Absicht hatte, zu fliehen oder gewalttätig zu werden, schritt P würdevoll und hocherhobenen Hauptes einher. Natürlich spielte dabei auch der eitle Wunsch eine Rolle, mit seinen feinen Manieren bei den Frauen Eindruck zu schinden, doch diese nahmen von seinen Bemühungen keinerlei Notiz.

In dem säuberlich aufgeräumten und nicht allzu großen Haus (hier täuschte vielleicht nur der knappe Schnitt der einzelnen Räume), in das P zunächst gebracht wurde, war der Hausherr nirgendwo zu erblicken; nur zwei etwa fünfjährige Mädchen, die vor dem Hausaltar saßen.

»Müsst ihr den ganzen Tag vor der Glotze hocken, ihr Gören!«, keifte eine der Frauen, offenbar die Mutter der beiden. P fand es übertrieben, die Kinder so unbeherrscht anzufahren, nur weil sie vor dem Hausaltar gebetet hatten, wenn auch ihre Sitzhaltung eher heidnischen Sitten entsprach, doch als er genauer hinsah, bemerkte er, dass das, was die Mädchen da so fasziniert anstarrten, kein Altar war, sondern eine Art Bildempfangsgerät, hinter dessen Scheibe eine Künstlergruppe singend umherhüpfte. Seine eilig aufgestellte Hypothese von den Amanoniern als tiefgläubigem Volk, bei dem sogar die Kinder jede freie Minute zum Beten nutzen, stürzte sogleich wieder wie ein Kartenhaus in sich zusammen. Gleichzeitig schloss er, dass das ihm unbekannte Wort »Göre« ein Schimpfwort für ungehörige Kinder sein musste, und sein Mitleid für die solchermaßen Ausgeschimpften war mit einem Mal wie weggeblasen. Vielmehr konnte er nun die Verachtung der Mutter für den visuellen Unterhaltungsapparat namens Glotze nachfühlen.

»Hast du keinen Kohldampf?«, fragte eine der Frauen.

»Doch, offen gestanden verspüre ich sogar großen Hunger«, antwortete P, worauf die Frauen in unbändiges Gelächter ausbrachen. Was an seinem Ausdruck erheiternd gewesen sein sollte, war P zwar unklar, doch er nahm sich vor, in Zukunft das offenbar gebräuchlichere Wort »Kohldampf« zu benutzen.

Die Frauen verschwanden in der Küche, aus der man sie bald laut plappernd und lachend hantieren hörte, was P's Vorfreude und seinen Appetit gehörig steigerte. Die überraschend reichhaltige Mahlzeit, die bald danach aufgetragen wurde, bestand aus einem kleinen Napf mit Reis, rohen Fisch- und Muschelscheibchen mit einer speziellen Soße darüber, in Öl gebratenem Blattgemüse und einer Fischsuppe. P war ein von Neugier und gesundem Appetit gesegneter Gourmand, der kaum etwas unversucht ließ und sich einiges auf seinen feinen Gaumen einbildete (eine Gabe, mit der er sich innerhalb der monokamischen Kirche, die bekanntermaßen alle irdischen Gelüste verteufelte, nicht allzu laut brüsten konnte). Von dem Essen dieser Fischersleute, seiner ersten Mahlzeit in Amanon, war P hellauf begeistert. Sein Beifall galt vor allem der Raffinesse dieses aus dem Stegreif zubereiteten Gerichts und dem vorzüglichen Geschmack jener geheimnisvollen dunkelbraunen »Zaubersoße«. Auch das Gemüse war weder zu kurz noch zu lang gebraten, so dass es genau den richtigen Biss hatte und das würzige Aroma des Öls und der Kräuter perfekt zur Geltung kamen – als sei es das Werk eines Drei-Sterne-Kochs. Den Frauen gegenüber hielt er sich in seiner Begeisterung nicht zurück und machte der Vortrefflichkeit des Essens ein Kompliment nach dem anderen. Fast trug er etwas zu dick auf, doch wann hätte ein wenig Bauchpinselei je seine Wirkung verfehlt? In dieser Hinsicht bildeten auch die Amanonierinnen keine Ausnahme: Halb peinlich berührt, halb geschmeichelt wurden sie mit einem Mal recht zutraulich und sogar die beiden »Gören« von vorhin gesellten sich dazu; während sie von einfachem Knabbergebäck naschten, stellten die Frauen P allerlei Fragen und amüsierten sich köstlich über seine geschraubte Sprechweise. Durch ihr ungeniertes Lachen angestachelt, gefiel sich P mehr und mehr in seiner Rolle als Clown und wählte nun absichtlich besonders steife und feierliche altamanonische Ausdrücke, bis er schließlich ein wenig zu übermütig wurde:

»Nun fehlt eigentlich nur noch Eines zum perfekten Ausklang dieses gemütlichen Festmahls«, begann er.

»Na, sag schon, was willst du?«

»Sie wissen schon, das feine Stöffchen, das Leib und Seele so angenehm berauscht – landläufig auch als Alkohol bezeichnet.«

»So was haben wir hier nicht.«

»Meine Gnädigste, mir mag die zeitgenössische Bezeichnung dafür nicht geläufig sein, doch ich meine jene Spirituosen, welche ein jedes Männerherz erfreuen!«

»Na eben: Alkohol – ich hab dir doch gesagt, so was trinken wir hier nun mal nicht.«

»Und Ihr werter Gatte, ist er kein Freund eines guten Tropfens?«

»Freund? Nicht, dass ich wüsste. Und was meinst du mit ›werter Gatte‹?«

»Hier, *das* meint er sicher, glaubt ihr nicht auch?«, meldete sich eine andere Frau zu Wort, hob einen Daumen als Zeichen für »Liebhaber« und blickte um Zustimmung heischend in die Runde.

»Ach, das meint er also«, nickte auch die Gastgeberin.

»Ganz recht«, bestätigte P. »Ich spreche von Ihren werten Gatten, Angetrauten, Ehemännern, Ihren Herren und Gebietern! Doch Ihr Herr Gemahl, meine liebe Dame, befindet sich offensichtlich gerade außer Haus, beim Fischfang, wie ich annehmen darf?«

»Nein, da irrst du dich«, schüttelte die Hausherrin den Kopf. »So jemanden gibt's hier nicht.«

Zur Bekräftigung nickten auch die anderen Frauen, was P freilich nur schlussfolgern ließ, dass es sich bei der Hausherrin zufällig um eine Witwe handelte.

»Oh, wie höchst unverzeihlich von mir«, entschuldigte er sich betreten. »Ihr werter Gatte ist verschieden, habe ich Recht? Und nun ziehen Sie als Hinterbliebene Ihre beiden Kinder ganz allein groß ...«

»Hinterbliebene? Was soll denn das heißen!« Ihrem Ton nach musste P's Gastgeberin seine Worte in Unkenntnis ihrer Bedeutung als Beleidigung aufgefasst haben. »Wie auch immer, hier gibt's keinen ›werten Gatten‹!«

Da sie es nun einmal so heftig bestritt, folgerte P, dass irgendwelche Umstände sie gezwungen haben mussten, ihre Kinder unehelich zur Welt zu bringen. In diesem Fall war es sicher besser, sich nicht weiter einzumischen. Solch ein Schicksalsschlag konnte jede Frau ereilen – natürlich auch innerhalb der monokamischen Gemeinde. Dort übernahm in einem solchen Fall allerdings ein Geistlicher als Pate die gesetzliche (wenn auch nicht die finanzielle) Verantwortung für Mutter und Kind. So kam es, dass zum Beispiel einer der monokamischen Priester im Theokolleg dreiundfünfzig Kinder hatte, obwohl er selbst unverheiratet war. Nach diesem Vorbild, überlegte P im Stillen, hätte er den beiden vaterlosen »Gören« eigentlich das fehlende Elternteil ersetzen können, doch da er es kaum für denkbar hielt, dass die Mutter auf so ein Angebot eingehen würde, wollte er es lieber gar nicht erst vorbringen.

Unterdessen war die Frau, die den Behördengang übernommen hatte, gemeinsam mit einem uniformierten Beamten zurückgekehrt. Die Mienen der beiden wurden starr vor Staunen, als sie P und die Frauen da so einträchtig am Esstisch beisammen sitzen sahen. Als der Beamte sich wieder gefasst hatte, trat er vor P hin, schlug die Hacken zusammen und verkündete mit schriller Stimme, dass der Schiffbrüchige sich wegen Verdachts auf illegale Einwanderung umgehend zum Verhör auf dem Revier einzufinden habe.

»Illegale Einwanderung?«, echote P unwillkürlich. Selbstverständlich war ihm die unerlaubte Einreise von blinden Passagieren ein Begriff, doch als nun derselbe Sachverhalt mit einem so Respekt gebietenden juristischen Fachausdruck bezeichnet wurde, war er selbst verwundert, wie überraschend das für ihn kam. Gewiss war er, vom Standpunkt des souveränen Staates Amanon aus gesehen, nichts anderes als ein unidentifizierter Fremder, der ohne die erforderlichen Papiere eingereist war, beziehungsweise sich des widerrechtlichen Grenzübertritts schuldig gemacht hatte. Dass er trotzdem so verblüfft war, rührte nicht zuletzt daher, dass von Einreiseformalitäten nie die Rede gewesen war, weder im Delegationsvorstand noch auf dem Theokolleg – oder hatte man dieses Problem vielleicht ganz bewusst übergangen? Oberste Priorität hatte einzig und allein das Erreichen des Zielortes gehabt, ob nun durch göttliche Gnade oder sonst wie, und nichts anderes hatte je ernsthaft zur Debatte gestanden.

Der Polizist, der P abführen sollte, machte keinerlei Anstalten, ihm Handschellen anzulegen, sondern wartete nur gelangweilt, während P sich artig bei den Frauen bedankte und besonders das Essen noch ein weiteres Mal lobte. Erst als der Angeklagte sich zum Gehen erhob, mit leeren Händen und ohne einen Faden am Leib, starrte der Beamte ihn erschrocken an.

»Du bist ja splitterfasernackt! Hast du denn gar nichts weiter dabei?«

»Nein, ich habe schließlich Schiffbruch erlitten«, bemühte sich P betont sorglos zu erklären. »Aber da ich selbst wohlbehalten an Land gekommen bin, wird sicher auch mein Gepäck bald angetrieben. Darin befinden sich nicht nur meine persönliche Habe, sondern auch viele unersetzliche Utensilien für meine Mission und die Geschenke aus meiner Heimat. Und was meine Kleidung angeht, so ist sie mir in der Brandung vom Leib gerissen worden, daher stehe ich nun in diesem erbärmlichen Zustand vor Ihnen – nackt, wie Monokami mich schuf. So bin ich zwar nicht ganz salonfähig, doch wenigstens muss ich ob des milden Klimas hier zu Lande nicht erfrieren. Für all das kann ich Seiner göttlichen Gnade nicht genug danken.«

»Ich versteh zwar kaum, was der erzählt«, sagte der Gesetzeshüter, »aber kann ihm vielleicht jemand was zum Anziehen leihen? In dem Aufzug kann ich ihn doch unmöglich dem Reviervorsteher vorführen.«

»Oh ja, da wäre ich Ihnen sehr verbunden. Schließlich habe ich als Vertreter der monokamischen Kirche auch eine gewisse Würde zu wahren, und dazu ist mein momentaner Zustand wohl wenig geeignet«, sagte P. Doch als er das Kleidungsstück sah, das die Gastgeberin geholt hatte, erschien es ihm höchst fraglich, ob er darin seine Würde als Vertreter der monokamischen Kirche wahren könnte. Es handelte sich zwar einwandfrei um die traditionelle amanonische Tracht, die P durch seine Studien gut kannte, doch zu seinem Leidwesen ausgerechnet um ein elegant geblümtes Stück für Damen, in das er sich mit seiner hochgewachsenen Gestalt gerade so hineinzwängen konnte. Unglücklich betrachtete er sich im Spiegel: Als sei er auf dem Weg zu einer Maskenparade! Doch die Frauen waren hellauf begeistert und versicherten ihm, dass er phantastisch darin aussehe, worauf P getröstet war und sich sagte, dass hier offensichtlich ein gänzlich anderer Geschmack herrschte. Gerührt ließ er sich von der Frau des Hauses noch ein breites Band um die Hüfte schlingen und auf dem Rücken verknoten; und als sie dabei mit ihrem Gesicht ganz nah an seine Brust kam, gab er ihr aus lauter Dankbarkeit spontan einen flüchtigen Kuss auf jede Wange. Vor Schreck versteifte sie sich am ganzen Körper. Diese Art der freundschaftlichen Geste schien in Amanon also nicht üblich zu sein, dachte P, hatte jedoch trotzdem den Eindruck, dass sie seine Dankbarkeit gespürt hatte. Schließlich verabschiedete er sich noch ein letztes Mal von den Frauen, schlüpfte in die zur traditionellen Tracht gehörenden Sandalen und machte sich so, den behaarten Oberkörper nur knapp von dem farbenfrohen Damenkleid bedeckt, in Begleitung des Beamten auf den Weg zum nächsten Polizeirevier.

2. KAPITEL

Das Verhör

Der erste Amanonier, mit dem P in engeren Kontakt kam, war der Beamte für öffentliche Sicherheit des dörflichen Polizeireviers. Fast zwei Wochen lang verhörte er P von morgens bis abends und unterbrach seine »Aufnahme des Tatbestands« jeweils nur für eine kurze Mittagspause. Während der vielen Stunden, die P dem älteren Inspektor gegenübersaß und Fragen beantwortete, ging ihre Unterhaltung ab und zu auch in allgemeines Geplauder über. Bei dieser Form der engen Zusammenarbeit hätte es normalerweise nicht verwundert, wenn die beiden sich – trotz aller Gegensätzlichkeit ihrer Standpunkte – auf gewisse Weise näher gekommen wären, doch P schien es unmöglich, für diesen Menschen auch nur einen Funken Sympathie zu entwickeln. Und daran würde sich nichts ändern, selbst wenn das Verhör ein ganzes Jahr dauern sollte, dessen war er sich ziemlich sicher.

Der Inspektor, dessen amtlicher Titel »Hauptkommissar des 3. Dezernats für öffentliche Sicherheit« lautete, hieß Castanon; vom Alter her hätte P ihn auf knapp fünfzig geschätzt und war überrascht zu hören, dass er gerade erst die Vierzig überschritten hatte. Einander vorgestellt hatte sie der Revierleiter, in dessen Büro P zunächst geführt worden war – nicht etwa zum Verhör, sondern weil dieser den rätselhaften »illegalen Einwanderer« zuerst persönlich in Augenschein nehmen wollte. Sich selbst unschlüssig, wie er dem Revierleiter gegenübertreten sollte, da er sich weder als rechtmäßiger Diplomat noch als Verbrecher fühlte, hatte P ihn nur sehr höflich begrüßt und dann kurz sein Anliegen vorgetragen. Daraufhin versicherte ihm der Revierleiter, dessen Stimme einen irgendwie femininen Klang hatte, wie es bei korpulenten Männern häufig der Fall ist, dass P wie ein Staatsgast behandelt werden und ihm Castanon mit Rat und Tat zur Seite stehen würde, doch in

Wirklichkeit sah der Empfang anders aus: P wurde zur Sonderuntersuchungshaft in eine Zelle gesperrt und zur angeblichen Protokollaufnahme Tag für Tag von Castanon verhört. Zwar schaute der Revierleiter gelegentlich nach dem Mittagessen vorbei, um sich fürsorglich zu erkundigen, ob auch alles zu P's Zufriedenheit sei und es ihm an nichts fehle, doch darauf hätte P ihm am liebsten geantwortet wie einst der berühmte Bettlerphilosoph, dass sein einziger Wunsch sei, wenigstens in der Mittagspause von solchen Fragen verschont zu werden. Castanons Ausfragerei, die nicht einmal repressiv, sondern einfach nur unerträglich umständlich war, hatte ihn so zermürbt, dass er sich nichts mehr wünschte als etwas Ruhe, zumindest nach dem Essen. Davon sagte er dem Revierleiter allerdings nichts, sondern schüttelte nur lächelnd den Kopf und erklärte, dass er sich momentan lediglich wünsche, die Bestandsaufnahme möge sich nicht mehr allzu sehr in die Länge ziehen; doch darauf erhielt er als Antwort vom Revierleiter nichts als ein ebenso unverbindliches Lächeln und die Versicherung, dass er persönlich vom baldigen Ende des Verhörs fest überzeugt sei.

Dass P so schnell wie möglich von Castanons Gegenwart befreit werden wollte, hatte gewissermaßen auch sanitäre Gründe: Er konnte sich beim besten Willen nicht an Aussehen und Körpergeruch des verhörenden Polizeibeamten gewöhnen. Durch seine unzähligen Runzeln wirkte Castanon weitaus älter, als er in Wirklichkeit war – als sei er quasi zusammengeschrumpft, und zwar nicht durch einen normalen Alterungsprozess, sondern eher wie durch einen plötzlichen enormen Gewichtsverlust. Seine Haut kräuselte sich in winzigen Fältchen wie sanfte Wellen auf stiller See, und zwar nicht nur um Augen- und Mundwinkel, sondern sogar auf der Stirn, obwohl sein Gesicht ansonsten glatt und unbehaart war. Ja, nicht einmal die Spur eines Bartschattens war darauf auszumachen, so dass P sich fragte, ob bei Castanon überhaupt Bartwuchs vorhanden war, denn es war ihm unerklärlich, wie auch seine Oberlippe, wo normalerweise selbst bei Frauen ein leichter Flaum wuchs, so haarlos sein konnte. Wie eine Greisin sah er aus mit seinen Schrumpeln, und auch sein Gefühlsleben schien verschrumpelt und abgestorben, bar jeglicher Impulsivität, wie ein Wischlappen, den irgendjemand fest ausgewrungen und dann einfach so hatte trocknen lassen.

Schon am ersten Nachmittag seiner Vernehmung hatte P bemerkt, dass dem Körper des Inspektors, genauer gesagt seinem Unterleib, ein säuerlicher Wischlappengeruch zu entströmen schien. Dieser gärige Verwesungsgestank, eine wahrhaft unerträgliche Mischung aus Altmänner-Mundgeruch, ungewaschenem Haar und kaltem Zigarettenqualm, wurde gegen Abend immer penetranter. Diesen Ausdünstungen in Menschengestalt gegenüberzusitzen, hätte aus jeder noch so freundlichen Person einen Misanthropen gemacht und jegliches Wohlwollen im Keim erstickt; und dies wiederum hatte den Betreffenden selbst über die Jahre verdorren lassen wie eine Stück Trockenobst, das ohne menschliche Zuneigung auskommt. Ebenso düster und abstoßend wie Castanons Aussehen und Geruch wirkte auch seine Kleidung: schlabberig-graue Hemden, zu denen er stets eine kurze dunkelblaue Bürojacke und unförmige schwarze Hosen trug. Mit seinem schrumpeligen Hals, der aus dieser sackartigen Kluft hervorlugte wie bei einer Schildkröte, erinnerte der Inspektor an ein stümperhaft fabriziertes Voodoopüppchen. Bei seinen jungen Untergebenen, die selbst ganz normal aussahen, hatte P inzwischen eine gewisse Geringschätzung bemerkt, und aus der Art, wie sie den Inspektor hinter seinem Rücken heimlich »Laotanos« nannten, sprachen zweifellos Abscheu und Verachtung. Der Ausdruck »Laotanos«, dachte P bei sich, war vermutlich eine Komposition aus dem Wort »Laotan« – einer mundartlichen Version der Höflichkeitsbezeichnung »Laokoon« – und einer maskulinen Namensendung; und wahrscheinlich diente er als höfliche Anrede einem Vorgesetzten gegenüber, doch als er sich bei den jungen Beamten danach erkundigte, schüttelten die nur lachend den Kopf.

In seinem Beruf war Castanon alias Laotanos nicht untüchtig. Objektiv beurteilt, so vermutete P, zählte er wahrscheinlich sogar zu den besonders Ambitionierten. Seine Aufnahme des Tatbestands war akkurat und die Niederschrift des Protokolls mustergültig. Trotzdem hatte P das Gefühl, als werde seine Aussage durch die eigentümlichen Formulierungen der hiesigen Amtssprache inhaltlich nach und nach verdreht; und so meinte er jedes Mal von neuem Einspruch erheben zu müssen, wenn er das Protokoll zur Ansicht vorgelegt bekam. Seine Einwände ließ sich Castanon dann bis in alle Einzelheiten erklären, formulierte das Gesagte in sein Behördenamanonisch um und bat P abermals um Bestätigung. Die Unermüdlichkeit, mit welcher der Beamte die einzelnen Schritte dieser Prozedur ein ums andere Mal wiederholte, zeugte in P's Augen weniger von einem ungewöhnlich starken

Durchhaltevermögen als vielmehr von einer erschreckenden Abgestumpftheit, die ihn selbst wiederum in eine verzweifelte Müdigkeit versetzte. Nach einer Weile sah P ein, dass man auf diese Weise noch Jahre würde zubringen können, ohne je zu einem vernünftigen Ergebnis zu kommen; also beschloss er, die Sache so unbekümmert zu sehen, wie es seinem eigentlichen Naturell entsprach und von nun an zu allem, was Castanon in seinem verdrehten Protokoll niederschrieb, Ja und Amen zu sagen.

»Da du endlich etwas kooperativer bist, werden wir vielleicht früher fertig als gedacht«, bemerkte Castanon eines Tages. Allerdings blieb seine Miene dabei unbewegt wie immer, und sein Ton klang freudlos, so dass man hätte meinen können, ein ungeahnt schnelles Vorankommen beleidige seinen Beamtenstolz.

»Ja, ich denke auch, dass ich für meinen Teil alles gesagt habe, was zu sagen war«, erwiderte P.

»Kann schon sein, aber du hast natürlich nicht auf die Fragen geantwortet, die ich dir nicht gestellt habe. Das heißt, ich muss dafür gerade stehen, wenn es im Protokoll irgendwelche Lücken gibt.«

»Tja, so würde es wohl leider aussehen«, gab P unbeschwert zurück. »Aber schließlich weiß ich am besten, wie unerbittlich und präzise Ihre Fragen waren, und es wäre mir eine Freude, mich Ihren Vorgesetzten gegenüber persönlich für Ihre Verteidigung einsetzen zu dürfen.«

»Das ist sicher nett gemeint, doch nützen wird es wahrscheinlich nichts.«

»Aber, aber. Es gibt sicher gar keinen Grund, so pessimistisch zu sein.«

»Ach, du hast doch keine Ahnung, wie man hier als ›Laotan‹ behandelt wird«, sagte Castanon und versank in Schweigen. Dabei erschienen die Falten auf seiner düsteren Miene tiefer als je; und auch jener Gestank kam P noch eine Spur schärfer vor als sonst.

»Entschuldigen Sie meine Neugier, doch würden Sie mir bei der Gelegenheit wohl verraten, was ein ›Laotan‹ ist? Ich hörte nämlich zufällig, wie Ihre Untergebenen den Ausdruck ›Laotanos‹ gebrauchten, und es hörte sich nicht gerade freundlich an, sondern eher diskriminierend …«

Tief beleidigt sah Castanon ihn an. Seine aufgestaute Wut richtete sich offenbar weniger gegen die jungen Kollegen, welche ihn »Laotanos« genannt hatten, sondern eher gegen P, der ihm dies mitgeteilt hatte; sie schwelte als zaghafte Flamme in seiner Brust, unfähig, sich zu entladen, und verwandelte sich schließlich in glühenden, alles versengenden Hass auf sein eigenes Dasein als »Laotanos«.

»Bemerkenswert feines Gespür für einen Fremdling ... Mit deiner Vermutung liegst du gar nicht so falsch. Mehr will ich zu dem Thema jetzt aber nicht sagen. Die Schmach, die wir als Verkrüppelte zu erdulden haben, können Gesunde sowieso nicht nachempfinden, und du als Fremder erst recht nicht.«

»Darf ich aus dem *wir* schließen, dass es außer Ihnen noch mehrere Verkrüppelte beziehungsweise Laotanes gibt?«

»Ja, ziemlich viele sogar, aber gesellschaftlich sind wir in der Minderheit. Eine Gruppe von Außenseitern, die sich nicht einmal in Vereinigungen organisiert. Einem Laotan ist nämlich nichts widriger, als seinesgleichen zu begegnen. Man will der eigenen Schande nicht unbedingt noch ins Gesicht sehen müssen.«

»Das ist aber kaum die richtige Einstellung, wenn Sie mich fragen. Diskriminierte Minderheiten müssen sich doch zuallererst einmal solidarisieren. Denn wer könnte einen besser verstehen als jemand, dem das gleiche schwere Los beschieden ist«, predigte P ohne wahre Anteilnahme, während er im Stillen kalkulierte, dass man mit der Missionierung eventuell bei diesen Laotan-Leuten ansetzen könnte – falls eine solche Gruppe tatsächlich existierte.

Ohne von P's Gedanken auch nur das Geringste zu ahnen und offenbar abermals tief im Schlick seiner Depressionen versunken, stand Castanon nach einer Weile auf und wandte sich zum Gehen. Bereits in der Tür bemerkte er noch, dass sein Protokoll vermutlich schon morgen fertig sei und an die Regierung weitergeleitet würde, und – je nachdem, wie man dort darüber befinde – P dann eventuell in die Hauptstadt überstellt werde.

»Was heißt denn *eventuell*? Besteht noch eine andere Möglichkeit?«

»Ich fürchte schon«, antwortete Castanon mit einem Anflug von Mitleid. »Es wäre denkbar – wenn auch äußerst unwahrscheinlich – dass man wegen deiner illegalen Einwanderung zu gewissen Sondermaßnahmen greift.«

»Was denn für Sondermaßnahmen?«

»Tja, zum Beispiel eine sofortige Abschiebung oder direkte Eliminierung. Letzteres wäre die denkbar schlimmste Lösung, denn das hieße, dass man dich liquidiert, um den Tatbestand der Grenzverletzung ungeschehen zu machen. Ich persönlich halte diese Maßnahme zwar für unangebracht, aber in die Entscheidungen der Regierung habe ich mich nicht einzumischen. Ich kann nicht einmal eine Vermutung abgeben, denn für illegale Einwanderung kennt unsere Gesetzgebung keinerlei Regelung.«

»Das heißt, alles hängt von Ihrem Protokoll ab?«, fragte P mit plötzlicher Besorgnis.

»Im Prinzip schon, aber ich habe ja beim Schreiben größtmögliche Objektivität und Genauigkeit walten lassen. Durch eine Nachlässigkeit meinerseits dürfte dein Schicksal also keine ungerechte Wendung nehmen.«

»Ihr Wort in Monokamis Ohr.« P klang nicht recht überzeugt.

»Nur keine Sorge«, sagte der Beamte mit kaum verhohlener Gleichgültigkeit. Dann entschuldigte er sich für den Rest des Tages, weil er einen Harnstau habe, wie er sagte, und ging hinaus. Den merkwürdigen Ausdruck »Harnstau« hatte P mit einigem Befremden registriert, doch später erinnerte er sich, wie sonderbar Castanon beim Hinauseilen die Hände im Schritt verschränkt hatte. Vielleicht staute sich der Urin gar nicht in seiner Blase, sondern in einem künstlich dafür angelegten Behältnis. In dem Fall hätte mit seiner »Verkrüppelung« ein Defekt der Harnwege gemeint sein können, was wiederum den eigenartigen Gestank erklären würde, überlegte P, doch dann wurde ihm das Thema zu unerfreulich, um noch weiter darüber nachzudenken.

Am nächsten Morgen wurde P in aller Herrgottsfrühe unvermittelt ins Büro des Revierleiters gerufen.

»Weißt du was? Ganz überraschend hat gestern Nacht noch der Vizeregierungssprecher angerufen«, verkündete der Revierleiter. Schon von ihrer ersten Begegnung an hatte der rundliche Beamte betont vertraulich getan, und an diesem Morgen war er offenbar besonders guter Laune. Unwillkürlich ließ P sich von seinem familiären Ton anstecken.

»Schau an. Irgendwelche guten Nachrichten?«

»Könnte man sagen. Ab sofort wirst du der Obhut des Regierungssprechers unterstellt und als Vip der Regierung behandelt.«

»Das klingt zwar nach einer sehr dankenswerten Maßnahme, aber was bitte ist ein *Vip*? Ich verstehe leider nur Altamanonisch.«

»Also, Vip heißt so viel wie besonders bedeutende Persönlichkeit oder so. Kommt bestimmt irgendwie aus dem Amekanischen.«

»Dann darf ich annehmen, dass ich als eine Art Staatsgast empfangen werde?«

»Tja, keine Ahnung, wahrscheinlich als so etwas in der Richtung.«

Die zunehmend saloppe Ausdrucksweise des Revierleiters ging P allmählich auf die Nerven. Offenbar war der Beamte derart beruhigt, einen Staatsgast vor sich zu haben, dass er jegliche Zurückhaltung aufgegeben hatte.

»Das überrascht mich«, sagte P.

»Was überrascht dich?«

»Na, mich wundert es ein wenig, dass die Regierung bereits über meinen Status entschieden hat, obwohl sie das Ergebnis von Inspektor Castanons Ermittlungen noch gar nicht kennen konnte, denn das Protokoll zur Tatbestandsaufnahme sollte frühestens heute abgeschlossen werden.«

»Ach, weißt du, so ein Protokoll ist doch reiner Formalitismus. Während der Laotanos an seinem Bericht saß, habe ich natürlich die Regierung direkt kontaktiert und dort bei einem Regierungsmitglied meine Story vorgetragen. Tja, und dessen Urteil lautete, dass du erst mal der Staatskanzlei übergeben werden solltest, bevor eine endgültige Entscheidung getroffen wird. Also, du kannst happy sein, dass die Sache sich jetzt so vorteilhaft für dich zu entwickeln scheint.«

»Natürlich, da bin ich Ihnen sehr dankbar. Ohne Ihre glänzenden Verbindungen wäre es mir sicher unmöglich, so unmittelbar bis in die innerste politische Schaltzentrale vorzudringen. Nun ja, was heißt vordringen – ich habe natürlich nicht die geringste Absicht, mich mit irgendwelchen Hintergedanken an hochrangige Offizielle heranzuschleichen, und ich will auch keine Informationen außer Landes schmuggeln – nicht das geringste Fitzelchen werde ich von hier wegbewegen. Ich mag zwar aussehen wie ein Hausierer, doch im Grunde bin ich, wie ich schon mehrmals zum Ausdruck brachte, einzig und allein daran interessiert, den Amanoniern die frohe Botschaft des Monokamismus zu verkünden.«

»Schon gut, schon gut.« Der Revierleiter nickte wohlwollend. »Ich schätze, dass du dich sogar in der Amtswohnung des Ministerpräsidenten frei bewegen könntest, ohne deswegen Trouble zu bekommen, denn nach meinem Briefing mit dem Regierungssprecher und anderen lautet meine Prognose, dass die Regierung dich ohnehin nicht mehr ausreisen lässt.«

Mit einem Mal musste P an Castanon denken. Da war er wieder, dieser charakteristische Geruch, ganz eindeutig. Und tatsächlich saß Castanon neben dem Schreibtisch des Revierleiters wie ein kranker Hund; ganz unbemerkt musste er hereingekommen sein.

»Ah, Inspektor Castanon«, drehte sich der Revierleiter zu ihm um, als habe auch er ihn am Geruch erkannt. »Wie Sie ja eben vielleicht mitgekriegt haben, wird Herr P hier der Staatskanzlei überstellt. Mit der eigentlichen Vernehmung wird dann wohl einer von den persönlichen Beratern des Ministerpräsidenten betraut, wahrscheinlich jemand wie Professor Hócanon oder Dr. Tauron. Soweit zumindest meine Infos vom Vizeregierungssprecher, aber die sind streng vertraulich, bitte beachten Sie das.«

»Und was wird aus meinem Protokoll?«, erkundigte sich Castanon mit unbewegter Miene, hinter der P jedoch Entrüstung und verletzten Stolz zu entdecken meinte.

»Ach ja, Ihr Protokoll«, sagte der Revierleiter jovial. »Das können Sie, wenn es fertig ist, einfach an den offiziellen Untersuchungsausschuss schicken, als Orientierung für die Ausschussmitglieder. Allerdings legen Sie vielleicht besser noch eine kurze Zusammenfassung bei, denn normalerweise sind die Leute, die in solchen Ausschüssen sitzen, eh zu busy, um ausführliche Berichte zu lesen.«

»Ganz wie Sie meinen, nur ist mir im Grunde noch nicht recht klar, warum nicht aufgrund meines, also unseres offiziellen Protokolls von der zuständigen Behörde weiter über Herrn P entschieden wird, wie es ursprünglich gedacht war.«

»Ich verstehe ja Ihre Einwände. Doch im Endeffekt ist das reiner Formalitismus. Und in dieser Sache wünscht die Regierung keine unnötige Zeitverschwendung mit administrativen Prozeduren, sondern eine zügige Erledigung ohne viel Tamtam.«

»Bedeutet dieser Ausdruck Formalitismus vielleicht so etwas Ähnliches wie Bürokratismus?« fragte P dazwischen.

»Genau. Erstaunlich, was du für alte Ausdrücke kennst.«

»Ja, und das Festhalten an diesem Bürokratismus ist unsere vorrangige Aufgabe als Verwaltungsbeamte«, erklärte Castanon.

»Ja, ja, ich weiß schon, Sie sind ein mustergültiger Formalitist. Übrigens, lieber P, da dein Verhör bei uns nun abgeschlossen ist, würde ich heute Abend gern eine kleine Abschiedsparty für dich geben, sozusagen auch als Dankeschön an Inspektor Castanon. Auch den Gouverneur und den Bürgermeister wollte ich dazubitten, sofern ihr Terminkalender es erlaubt.«

3. KAPITEL

Das Bankett

Bis zum Abend besorgte man für P einen kompletten Satz neuer Kleidung, normale sowie formelle Garderobe und sogar einen festlichen Ausgehrock. Wenn es nach ihm selbst gegangen wäre, hätte P eine schlichte schwarze Missionarskutte dem luxuriösen Staat vorgezogen, doch er hielt es für klüger, zum Bankett zunächst den schimmernden Ausgehrock anzuziehen und seine Wünsche bei passender Gelegenheit diplomatisch vorzubringen. Als er seinen Begleiter Castanon abholen wollte, hatte dieser sich noch nicht einmal umgezogen, sondern war im Begriff, das Bankett in seiner erbärmlichen Schlabberkluft aufzusuchen. Vorsichtig versuchte P, den Inspektor von diesem Vorhaben abzubringen, das ihm geradezu unheilvoll erschien, doch Castanon entgegnete:

»Nein, damit hat es schon seine Ordnung. Wir Laotane dürfen nichts anderes tragen als diese Laotankleidung.«

»Selbst für die Kleidung gelten Vorschriften? Was für eine unerhörte Diskriminierung. Wenigstens zu einem Bankett sollte man sich doch passend anziehen dürfen.«

»Schon, aber bei uns Laotanen muss die Kleidung nicht unbedingt dem jeweiligen Anlass entsprechen, sondern vielmehr unserem Status. Wir brauchen Sachen, in denen man uns schon von weitem sofort als Laotan identifizieren kann. Denn wenn wir uns von vornherein durch unsere Kleidung zu erkennen geben, können sich die anderen Leute noch rechtzeitig überlegen, ob sie uns nicht lieber aus dem Weg gehen wollen, verstehen Sie? Dabei ist es offiziell gar nicht einmal so, dass wir Laotane besonders nachteilig behandelt oder schikaniert würden. Im Gegenteil, für unsere Verhältnisse bekleiden wir durchaus wichtige Posten und Ämter, darunter einige, in denen wir unersetzlich sind. Zum

Beispiel im Verwaltungssektor als Sekretär, bei der Polizei, als Finanzbeamter oder Rechnungsprüfer – solche Bereiche stehen uns verhältnismäßig offen. An die wirklich bedeutungsvollen Aufgaben und Schlüsselpositionen kommen wir freilich nicht heran.«

Castanons Worten folgte P zwar mit Interesse, verspürte jedoch keinerlei Mitleid oder das Bedürfnis, sich im Namen der Gerechtigkeit für die Sache der Laotane engagieren zu wollen.

Als die beiden im städtischen Gästehaus ankamen, herrschte dort schon dichtes Gedränge, doch für P war ein Platz am Tisch der »Ehrengäste« reserviert, an dem auch der Vizegouverneur, der Bürgermeister und der Revierleiter saßen. Die festliche Leitung oblag dem Polizeipressesprecher, der sich nun erhob, um die Eröffnungsansprache zu halten, aus der jedoch, wie angestrengt P auch lauschte, nicht klar wurde, was für einem Anlass dieser Empfang eigentlich dienen sollte. Da war zwar die Rede von einem »seltenen Gast aus der Ferne«, aber es wurde (vielleicht sogar ganz bewusst) nicht erwähnt, wer dieser seltene Gast war oder woher er kam; schließlich endete der Redner, ohne dass der Ehrengast selbst hätte sagen können, ob er nun feierlich begrüßt oder vor seiner Entsendung in die Hauptstadt verabschiedet werden sollte. Gleich im Anschluss verlas der Vizegouverneur eine Laudatio des Gouverneurs, und dann erhob sich der Bürgermeister, der schon jetzt Schlagseite hatte, zu einer flammenden und wortreichen Rede, die so heillos durcheinander war, dass selbst P mit seinen exzellenten Sprachkenntnissen ihr nur schwer folgen konnte. Darin begrüßte der Bürgermeister zunächst P's unerwarteten, couragierten Besuch als hoffnungsvollen Auftakt zu einem aktiven Austausch beider Staaten, kam dann ganz unvermittelt auf bildungspolitische Probleme der Region zu sprechen und auf den Bau einer neuen Kläranlage, und gab schließlich seiner Entrüstung über den moralischen Verfall der Kirchen Ausdruck, wobei er betonte, welch große Hoffnungen er in den »Monogamismus« (natürlich eine Verwechslung mit dem Wort »Monokamismus«) setze, der von P eingeführten neuen Religion. Ohne jede Überleitung empörte er sich dann über die sträfliche Vernachlässigung regionaler sowie verteidigungspolitischer Interessen seitens der Regierung, wobei er auch die in jüngster Zeit in der Region häufiger auftretenden Invasionsversuche durch unidentifizierte Navigationsobjekte erwähnte. Mit diesem letzten Punkt meinte er vermutlich die Flotte der Missionarsdelegation. Erst in diesem Augenblick fielen P seine Kameraden wieder ein, von denen er seither kein Lebenszeichen erhalten hatte und auch keinerlei Nachricht, ob sie vielleicht an irgendeiner Küste heil gelandet waren – so unwahrscheinlich das auch erschien, denn falls tatsächlich noch weitere Eindringlinge festgenommen worden wären, hätte man P im Laufe der Ermittlungen sicher zu ihnen befragt, und im Verhalten der Beamten hätte es sich ebenfalls bemerkbar gemacht.

Im Grunde seines Herzens fand P es nicht weiter ungerecht, dass nur er selbst ins Landesinnere vorgedrungen war, während seine nachfolgenden Kameraden spurlos verschwunden waren – kläglich gescheitert und abgestorben wie überzählige Samenfäden kurz vor der Eizelle. So war nun einmal der Wille Monokamis. Zumindest schien der Bürgermeister mit den erwähnten »Invasionsversuchen« auf seine unglücklichen Kameraden angespielt zu haben. Dass P selbst als Insasse des einzig erfolgreichen »unidentifizierten Navigationsobjekts« nichts anderes war als so ein »Invasor« oder – etwas gnädiger ausgedrückt – ein »illegaler Einwanderer«, ließ er in seiner üblichen Unbekümmertheit völlig außer Acht und genoss ganz gebannt die Aufmerksamkeit, in deren Mittelpunkt er nun stand.

Bald jedoch musste er bemerken, dass sich das Interesse der zahlreichen Anwesenden nicht unbedingt auf ihn als weitgereisten Ehrengast konzentrierte. Die geladenen Gäste hatten sich während der verworrenen Ansprache des Bürgermeisters zwar relativ ruhig verhalten, doch nicht nur aus Taktgefühl, sondern vor allem, weil ihre ganze Aufmerksamkeit den Köstlichkeiten galt, welche die Kellner inzwischen an den einzelnen Tischen auftrugen. Offensichtlich waren die Anwesenden vollends damit beschäftigt, die Speisen zu begutachten und ihren wachsenden Appetit zu zügeln. Nur einige wenige (zweifellos zählte auch P dazu) schenkten dem Sermon des Bürgermeisters überhaupt Gehör, und auch der lustlose Applaus, der hie und da aufkam, klang eher nach einer versteckten Aufforderung, langsam zum Ende zu kommen. Zwar wünschte sich auch P nichts anderes, doch da er sich seiner Pflichten als Ehrengast bewusst war, spendete er begeistert Beifall. Lange deutete nichts auf ein nahes Ende der Rede hin. Erst als die gelallten Schimpftiraden des Bürgermeisters zunehmend von Husten und Rülpsen unterbrochen und von geräuschvollem Zusammenstoßen der Zähne mit dem Mikrofon und heftigem Schnaufen, ähnlich dem Todesröcheln eines großen Raubtiers, begleitet wurden, kündigte sich das Finale an, denn ein Weiterreden unter diesen Umständen erschien kaum mehr möglich.

In diesem Moment wurde P von irgendwoher ein Zettel zugesteckt. *Nach dem Anstoßen möchten wir Sie um ein paar Worte zur Begrüßung bitten*, entzifferte P das eilige Gekritzel. Da er den Revierleiter für den Absender des Briefchens hielt, beugte er sich über den leeren Stuhl des immer noch am Mikrofon stehenden Bürgermeisters zum Revierleiter hin und zeigte diesem den Zettel, um zu erfragen, ob es mit einer einfachen, rein formellen Begrüßung schon getan sei, oder ob man etwas ähnlich Anspruchsvolles wie die Rede des Bürgermeisters von ihm erwarte. Doch der Revierleiter hielt die Notiz offenbar für eine an ihn selbst gerichtete Botschaft, denn er wehrte mit einer damenhaften Handbewegung ab:

»Ach was, meine Rede kommt noch vor dem Anstoßen.«

»Nein, ich meine …«

»Nun mach dir mal keine Gedanken«, unterbrach ihn der Revierleiter, der immer noch nicht verstand. »Meine Rede ist nicht halb so lang wie seine. Den alten Trunkenbold mit seinen langen Tiraden dürfte man vor dem Anstoßen eigentlich gar nicht ans Mikro lassen. Da hat der Moderator totalen Mist gebaut.«

Eben da endete die Ansprache des Bürgermeisters, genauer gesagt, drohte er mitsamt dem Mikrofon umzukippen, doch schon waren, wie auf Kommando, ein paar Kellner zur Stelle und schleiften den Bürgermeister im Polizeigriff zurück an seinen Platz. Dort versank er in eine so plötzliche geistesabwesende Stille, dass man hätte meinen können, nicht er selbst sei es gewesen, der bis eben noch so wild gezetert hatte, sondern eine Art Dämon habe kurzzeitig Besitz von ihm ergriffen.

»Danke für die schöne Ansprache«, wandte sich P dem Bürgermeister zu. »Ihre detaillierte und messerscharfe Analyse des gegenwärtigen Amanon und seiner Probleme war auch für mich sehr aufschlussreich.«

»Sag mir mal lieber, wann hier endlich angestoßen wird!«, gab der Bürgermeister zurück.

»Im Moment bittet der Moderator den Herrn Revierleiter gerade, einen Toast auszubringen.«

»Ach komm, lass uns beide ruhig schon mal anstoßen! Ehe die Pfeife da vorne mit seinem Trinkspruch fertig wird, ist unser Bier doch längst schal.«

»Das können wir doch nicht machen.« Verwirrt bedeckte P sein Glas mit der flachen Hand. »Außerdem wollte sich der Herr Revierleiter ganz kurz fassen.«

»Was du nicht sagst! Der will sich doch nur in den Vordergrund spielen, deshalb macht er seine Reden entweder zehnmal so lang wie meine oder zehnmal so kurz!«

Allem Anschein nach hatte sich der Bürgermeister zu Recht echauffiert, denn tatsächlich brachte der Revierleiter seine Begrüßung auffällig schnell über die Bühne und begründete die Kürze seiner Ansprache mit einem Seitenhieb auf seinen Vorredner, der ihm die ganze Redezeit gestohlen habe. Hingegen versäumte er, den Ehrengast auch nur mit einem Wort zu erwähnen, so dass auch diese Rede trotz aller Bündigkeit ohne erkennbaren Sinn blieb. Immerhin war nun endlich die Zeit zum Anstoßen gekommen. P erhob sein Glas und prostete dem Bürgermeister an seiner Seite zu, bevor er selber einen Schluck nahm. Doch was er – den Worten des Bürgermeisters zufolge – für Bier gehalten hatte, war nichts als Wasser. Farb-, geruch- und geschmacksneutral und ohne Schaum. Also einwandfrei reines Wasser. Ratlos stand P da. Ob dahinter eine bestimmte Absicht steckte? Vielleicht war es ein Versuch, ihn zu beleidigen oder zu provozieren. Er warf einen Blick auf das Glas des Bürgermeisters und stellte fest, dass dies zumindest kein Wasser, sondern irgendein schäumendes Getränk enthielt. P winkte einen der Kellner heran und raunte ihm zu, dass er gern ein neues Glas hätte, da er zum Anstoßen nur Wasser bekommen habe.

»Wasser? Das kann nicht sein.«

»Na, dann überzeugen Sie sich doch selbst.«

In null komma nichts hatte der Kellner P's Glas geleert.

»So, geben Sie jetzt zu, dass ich Recht hatte?«

»Also, Wasser ist das schon mal nicht.«

»Was soll es denn, bitte schön, sonst sein? Auf jeden Fall hätte ich gern ein neues Glas.«

In dem Moment erhob sich der Bürgermeister.

»In meinem Glas ist auch nur Wasser!«, wetterte er los, so dass es klang wie eine Fortsetzung seiner Rede. »So eine Frechheit. Na wartet, ich kann mir schon vorstellen, wer das angezettelt hat …«

Dabei wandte er sich zum Revierleiter, der soeben an den Tisch zurückgekehrt war, und kippte ihm den Inhalt seines Glases über den

Kopf. Es wäre zu einer Schlägerei gekommen, wenn P und der Vizegouverneur sich nicht wildentschlossen dazwischengeworfen hätten. Die Kellner taten völlig unbeteiligt; manche von ihnen nutzten sogar die Gelegenheit, um sich selber einzuschenken und dabei so zu tun, als testeten sie den Wassergehalt der Getränke, und einige bedienten sich – wo sie schon einmal dabei waren – auch gleich noch bei den Speisen. Fassungslos beobachtete P, wie die gesamte Veranstaltung im Chaos zu versinken drohte, doch dann entsann er sich einer alten Tradition des Landes, die ihm dank der Büffelei seiner Studienzeit wohlbekannt war: Dies musste ein Fest im Stil der legendären amanonischen »Narrenfreiheit« sein!

»Ab sofort herrscht anscheinend Narrenfreiheit«, bemerkte P zum Revierleiter, doch der blickte ihn nur verständnislos an.

»Ich meine, wenn nun schon die Kellner einfach ans Essen und an die Getränke gehen …«

»Ach, du meinst die Garßons«, sagte der Revierleiter. »Mit denen musst du Nachsicht haben, das sind eigentlich unsere jungen Streifenbeamten. Die mussten heute Abend mal als Garßons herhalten, denn auf die Schnelle waren keine richtigen zu kriegen, und außerdem ist unser Spesenkonto eh fast leer.«

»Aber ich bitte Sie: Wenn diese Leute gar keine hauptberuflichen Garßons sind, müssen sie auch das Recht haben, sich hier gut zu amüsieren, genau wie wir. Diese Narrenfreiheit ist aber auch ein zu schöner Brauch! Und die herrlichen Speisen erst, einfach überwältigend!«

»Tja, für uns ist das nichts Besonderes, halt ländliche Kost, aber wer's nicht kennt, ist wahrscheinlich beeindruckt.«

»Das kann man wohl sagen. Wie gigantisch diese Langusten sind! Dicker als meine Arme! Und sie bewegen sich sogar noch. Isst man sie denn so: noch lebend?«

»Ja, das ist eine Spezialität unserer Region«, mischte sich der Bürgermeister ins Gespräch und winkte dann einen Garßon heran. »Du, servier unserem Gast doch mal von dem Langustenhirn.«

Der Garßon beachtete den Bürgermeister gar nicht.

»Hast du nicht gehört, was ich dir befohlen habe!«

»Na, na, immer mit der Ruhe«, sagte der Revierleiter beschwichtigend. »Komm, gib ihm ruhig ein bisschen von dem Langustenhirn.«

Der Garßon holte ein Paar lange Stäbchen, stach sie durch den

Rumpf eines bereits ausgehöhlten Langustenpanzers und stocherte dann im Kopf des Tieres damit herum. Krampfartig versteifte die Languste ihre verbliebenen Gliedmaßen und gab einen metallisch-kreischenden Klagelaut von sich.

»Sie schreit ja richtig. Was für eine grausame Art, Langusten zu essen.«

»Aber eine Delikatesse! In dem Moment, wo man so einer Languste das Hirn herauskratzt, wird sie sich erstmals ihrer Existenz bewusst und im Zustand dieser Erkenntnis ausgehöhlt«, erklärte der Bürgermeister.

Nachdem der Garßon das Langustenhirn herausgekratzt hatte, schob er es sich selbst in den Mund, bevor der Bürgermeister ihn davon abhalten konnte.

»Lassen Sie nur«, hielt P ihn zurück. »Bei so seltenen Gaumenfreuden ist es ohnehin besser, wenn zunächst ein Experte vorkostet.«

»Vorkostet? Probiert, meinst du wahrscheinlich? Na, zumindest weißt du jetzt, wie man Langustenhirn isst. Also, mein lieber P, wie wär's mit einem Happen?«

Nun war der Moment der Wahrheit gekommen. Beklommen stach P in den Kopf einer Languste. Durch die Stäbchen war deutlich zu spüren, wie ein heftiges Beben das Tier ergriff.

»Das ist ja schrecklich!«

»Aber nein, für die Languste ist das die reine Wonne«, bemerkte ein Herr neben dem Vizegouverneur.

P nahm all seinen Mut zusammen und schob sich, trotz des schlechten Gewissens, das er dabei hatte, ein wenig von dem Langustenhirn in den Mund. Auf seiner Zunge entfaltete sich eine wundersame Süße, untermalt von der Würze des Meeres und einem leicht bitteren Aroma.

»Na, ist das was?«

»Ich muss sagen, das schmeckt hervorragend.« Innerlich war P von dem unwiderstehlichen Geschmack völlig überwältigt. Da er im Nu mit der einen Languste fertig war, brachte ihm der Garßon von den anderen Tischen noch mehrere unberührte Tiere. Genüsslich verspeiste P eine weitere Portion, bevor ihm einfiel, dass er es dabei belassen sollte, um nicht für unhöflich gehalten zu werden. Zwar sollte es, wie er gehört hatte, bei den Einheimischen üblich sein, zum Schluss das übrige

Langustenhirn mit Langustenfleischstückchen aufzustippen, und die Panzer dann mit erhitztem Schnaps auszuspülen, um so auch noch die letzten Reste herausschlürfen zu können, aber dieser Brauch erschien P zu primitiv zum Nachahmen.

Inzwischen begannen die Gäste sich mit dem Glas in der Hand von ihren Plätzen zu erheben und im Saal zu verteilen. Die meisten von ihnen steuerten geradewegs den Tisch der »Ehrengäste« an, wo auch P saß. Dort drückten sie ihm jeweils ihr Glas in die Hand, füllten es und zwangen ihn, es in einem Zug auszutrinken. Im Gegenzug musste P mit seinem jeweiligen Trinkpartner genauso verfahren. Zu diesem so genannten »Kelchetauschen« (den Ausdruck hörte P zum ersten Mal) versammelten sich fast alle der anwesenden Gäste bei ihm, dem Ehrengast der Veranstaltung, so dass er ein Glas nach dem anderen leeren musste. Zum Glück gab es nichts Hochprozentiges zu trinken; bei einigen Gästen (jeder brachte seine eigene Flasche mit an den Tisch) sogar nur Wasser, so dass P verhältnismäßig nüchtern blieb. Trotzdem erkundigte sich der Revierleiter besorgt nach seinem Befinden. Ihm und seinen Tischnachbarn, dem Bürgermeister und dem Vizegouverneur, wandten sich die Anstehenden offenbar jeweils als nächstem zu, oder vielmehr schienen diese drei ihr eigentliches Ziel zu sein, denn nachdem sie den Trinkbrauch mit P der Form halber hinter sich gebracht hatten, fiel das Kelchetauschen mit diesen örtlichen Honoratioren bei weitem komplizierter aus. Es handelte sich in diesem Fall, wie P feststellte, um ein unerbittliches Ringen, bei dem der zum Kelchetausch auffordernde Gast seinem Partner mit galanter und doch unbeirrbarer Penetranz sein Glas aufnötigte, während der Aufgeforderte wiederum geschickt abzulehnen oder sein Gegenüber auszutricksen versuchte; dazwischen tauschte man Höflichkeiten aus, unterhielt sich, plauderte über das Wetter, sprach über Geschäftliches oder brachte gar politische Bittgesuche vor. Nach einer Weile drängte man den Partner dann aufs Neue nachdrücklich zum Leeren seines Glases, worauf dieser abermals höflich dankend ablehnte, und so ging es, Runde um Runde, endlos weiter. Setzte der zum Trinken Genötigte schließlich resigniert das Glas an die Lippen, war das Kelchetauschen beendet. Bald hatte auch P den Bogen raus und ließ sich nun ebenfalls erst eine Weile bitten, bevor er sein Glas austrank.

»Also, wie diese Provinzlerempfänge mich anöden, ich kann's dir gar nicht sagen«, flüsterte der Revierleiter P zwischendurch zu. »Ich will endlich wieder nach Tokiyo, zurück ins Ministerium.«

Ein verständlicher Wunsch für einen aussichtsreichen jungen Beamten wie den Revierleiter, überlegte P. So gesehen war es gut nachvollziehbar, dass der Revierleiter zum Bürgermeister, der aus der Gegend stammte, ein gespanntes Verhältnis hatte.

Da wurde P von einem Gast angesprochen. »Verzeihen Sie, aber kommen Sie vielleicht aus Tokiyo?« Unverkennbar ein mächtiger Unternehmer, vermutlich vom einheimischen Bauern- oder Fischereiverband.

»Meinen Sie Tokiyo, die Hauptstadt Amanons?«

»Ha, Sie haben Sinn für Humor.«

»Das war kein Scherz«, widersprach P erstaunt. »Ich befinde mich zwar auf dem Weg in die Hauptstadt, aber ich bin kein Amanonier.«

»Ach so, dann müssen Sie Emigrant sein.«

»Emmy Grant? Nein, ich heiße P und bin gekommen, um Ihrem Lande die frohe Botschaft des Monokamismus zu bringen.«

»Dann sind Sie also im Exportgeschäft.«

»So ähnlich. Allerdings vertreibe ich keine Produkte, die man anfassen kann. Mein Gebiet sind eher Dinge wie Frömmigkeit, Überzeugung und Erkenntnis, als auch Erlösung und Glückseligkeit.«

»Da haben Sie es aber mit ziemlich luxuriösen Artikeln zu tun. Und wie schaut es in Ihrer Heimat mit der Konjunktur aus?«

Sprachlos blickte P ihn an. Der Mann hielt ihn offenbar immer noch für eine Art Exportkaufmann.

»Na ja, so lala«, antwortete er; der praktische amanonische Ausdruck war ihm genau im rechten Moment eingefallen. Dann leerte P das dargebotene Glas in einem Zug, um dem Gespräch ein Ende zu setzen.

Abermals erreichte ihn ein Zettel mit dem Hinweis, dass es langsam Zeit für seine Rede sei.

»Ich soll eine Rede halten,« wandte P sich an den Revierleiter. »Meinen Sie, ich darf alles sagen, was ich will?«

»Na klar«, nickte dieser wohlwollend. »Nimm es nicht persönlich, aber hier hört jetzt eh keiner mehr zu. Es reicht schon, wenn du zwei, drei Minuten irgendwas erzählst.«

Bei allem was Recht war, diese Beliebigkeit ging entschieden zu weit, dachte P und begab sich ans Mikrofon, das vor einem goldfarbenen Wandschirm aufgestellt war. Bevor er zum Reden ansetzte, machte er abermals jene ehrfürchtige Handbewegung, mit der die Monokamisten den Namen ihres Herrn anriefen. Die Amanonier, die dies aus nächster Nähe beobachtet hatten, hielten einen Augenblick verwundert inne und brachen dann in schallendes Gelächter aus. Dies wiederum zog das Interesse anderer Gäste auf sich, so dass P seine Ansprache vor einem unerwartet aufmerksamen Publikum beginnen konnte.

»Zunächst möchte ich den Herrschaften, die einem Fremdling wie mir solch einen prachtvollen Empfang bereitet haben, meinen innigsten Dank aussprechen,« begann P und machte, gemäß amanonischer Sitte, eine tiefe Verbeugung. »Umständehalber war ich gezwungen, Ihr Land auf illegalem Wege zu betreten, und müsste daher von Rechts wegen hart bestraft werden. Dennoch habe ich seit meiner Ankunft in halbtotem Zustande nur warmherzigste Aufnahme erfahren, angefangen bei den werten Gattinnen einiger Fischersleute, bis hin zu den Herrschaften von der Gendarmerie, wobei ich gesondert den Herrn Revierleiter erwähnen muss und den Hauptkommissar des 3. Dezernats für öffentliche Sicherheit, Herrn Inspektor Castanon. Fürderhin geruhte man mir selbst in allerhöchsten Regierungskreisen politische Beachtung zu schenken und mich nach Tokiyo einzuladen, wohin ich mich binnen kurzem zu begeben gedenke. Doch nun, verehrte Anwesende, lassen Sie mich diesen Abend zum Anlass nehmen, um Ihnen zur Begrüßung einige Dinge zum Ansinnen meiner Überfahrt und der frohen Botschaft des Monokamismus auszuführen.«

An dieser Stelle kam Applaus auf, und P verbeugte sich respektvoll nach allen Seiten. Abermals wurde ihm ein Zettel zugesteckt. VERZEIHEN SIE DIE STÖRUNG, ABER KÖNNTEN SIE SICH NICHT EIN WENIG EINFACHER AUSDRÜCKEN? WIR HABEN IN DER STADT NÄMLICH KEINEN EINZIGEN DOLMETSCHER FÜR ALTAMANONISCH, stand darauf.

Einen Moment lang war P irritiert, jedoch leuchtete ihm die Bitte ein, und er griff mit neuem Mut zum Mikrofon.

»Wie ich höre, erfreut man sich hier zu Lande … in Amanon, meine ich, einer gesunden Konjunktur und blühenden Kulturlandschaft, die ihresgleichen suchen, also im internationalen Vergleich Spitze abschneiden, wie man so schön sagt. Die Amanonier sind gescheite und wohlerzogene Leute, die ein zufriedenes, von keinerlei Kriegswirren belastetes Leben führen. Einige der Annehmlichkeiten dieses Lebensstandards habe ich trotz der Kürze meines Aufenthalts bereits kennen lernen dürfen. Zum Beispiel diese lebenden Langusten heute Abend, die waren echt köstlich. Dieser kleine Ausschnitt allein verrät schon genug über die Vortrefflichkeit der hiesigen Esskultur.

Wie jedoch, verehrte Herrschaften, ist es um das seelische Wohl der Amanonier bestellt? Im *Heiligen Kontrakt*, der Sammlung aller geweihten Schriften des Monokamismus, finden wir folgenden Ausspruch: Einem abgezehrten Straßenköter mögen sich die Pforten des Himmelreichs öffnen, doch einem fetten Schwein bleibt der Eintritt verwehrt. Das heißt, wer satt und zufrieden ist, dem bleibt das Paradies Monokamis verschlossen. Dies bezieht sich nicht allein auf körperliche Sättigung und Wohlgenährtheit, nein, es weist uns darauf hin, dass auch geistige Selbstzufriedenheit und von falschem Glauben genährter, verderbter Wohlstandsspeck den Eintritt ins Reich Monokamis nur erschweren. Wie ich höre, wimmelt es in Amanon seit jeher von verschiedenen Gottheiten, von denen sich manche Leute aufs Geratewohl ein paar zum Anbeten herausgepickt haben, andere wiederum ihnen allen zusammen huldigen oder vor lauter Durcheinander an keinen einzigen Gott mehr glauben können – ein Geistesleben von solcher Beliebigkeit entspricht für uns eben jenem Wohlstandsspeck. Ich will mit dieser These kein vorschnelles Urteil fällen, – doch was, wenn sich hinter der sorgenfreien Fassade dieses luxusgewöhnten Volkes Krankheit und Tod verbergen und die Menschen nichtsahnend einem Abgrund von Sünde und Verderben entgegenschlitterten – «

An dieser Stelle, als P gerade richtig in Fahrt gekommen war, begann das Mikrofon zu streiken. Der Ton endete schließlich in einem ohrenbetäubenden Pfeifen.

»Eins-zwei, eins-zwei, Mikrofontest, Mikrofontest, *DER TAG DES JÜNGSTEN GERICHTS WIRD KOMMEN, DAS HIMMELREICH WIRD KOMMEN* – Hm, das tut's irgendwie nicht richtig.«

Die umstehenden Gäste brachen in schallendes Gelächter aus; offenbar hatten seine Worte komisch geklungen. Während ein Mechaniker herbeieilte und sich an dem Stimmverstärker zu schaffen machte, versuchte P seinen Vortrag ohne Mikrofon fortzusetzen, doch gegen das Stimmengewirr im Saal hatte er keine Chance, niemand hörte ihm mehr zu. Abermals erreichte ihn ein Zettel: DIE REPARATUR SCHEINT SICH HINZUZIEHEN. BITTE HEBEN SIE SICH DIE DANKESWORTE UND DEN REST IHRER REDE BIS ZUM SCHLUSS DER VERANSTALTUNG AUF.

P blieb nichts anderes übrig, als seine Ansprache fürs Erste abzubrechen. Im Festsaal herrschte mittlerweile wieder lebhafter Trubel; abermals bildeten sich lange Schlangen von Gästen, die mit P und dem Bürgermeister Kelche tauschen wollten, während der Polizeirevierleiter als kultivierter Großstadtmensch dem provinziellen Treiben unbemerkt entfleucht war. An den Tischen wurde nun der nächste Gang serviert: lebende Tiefseefische von beinahe einem Meter Länge, was ein Raunen bei den Anwesenden hervorrief. Die Zubereitungsmethode der Fische war ähnlich barbarisch wie bei den Langusten: Bis auf den riesigen Kopf und die Innereien hatte man das rohe Fischfleisch säuberlich filetiert und die hauchdünnen Scheibchen dann auf dem Fischkörper, welcher nunmehr nur noch aus Gräten, Kiemen und Schwanzflosse bestand, kunstgerecht drapiert. Angerichtet war das Ganze auf riesigen Tellern von mehreren Metern Durchmesser. Bald verstand P, warum die Teller so unerhörte Ausmaße haben mussten: Solange die Tiere noch bei Bewusstsein waren, gebärdeten sie sich wie wild, schnappten nach Luft, bäumten sich auf und schleuderten dabei ihr eigenes, in dünne Streifen geschnittenes Fleisch in hohem Bogen von sich. Bis die Fische ihr Leben endlich ausgehaucht hatten, veränderte sich ihre Farbe von einem anfänglichen Blassrosa zu tiefem Violett, dann über ein bläuliches Weiß zu Zinnoberrot. Während man diesen von wilden Zuckungen und unruhigen Farbwechseln begleiteten Todeskampf allseits interessiert verfolgte, nahm man sich von den Fischscheibchen und tunkte sie in eine spezielle Soße, bevor man sie verspeiste.

Nachdem an allen Tischen serviert worden war, erhoben sich die Gäste abermals von ihren Plätzen und verteilten sich im Saal wie bei einer Stehparty. Auch der Revierleiter war irgendwann wieder aufgetaucht und ließ sich den rohen Fisch schmecken.

»Ihr Name war P, nicht wahr, Hochwürden?«, wurde P von einem Mann neben ihm zaghaft angesprochen, einem rechtschaffen wirkenden Herrn, der sich als Rektor der örtlichen Grundschule vorstellte. »Hochwürden, Sie hatten vorhin begonnen, über Religion zu sprechen, und ich wollte mich vergewissern, ob Ihr Glaube tatsächlich Krankheiten heilen kann«, erkundigte sich der Rektor mit ernsthafter Miene.

»Ihre Frage kann ich gut verstehen. Doch mit dem ›Hochwürden‹ tun Sie mir zu viel der Ehre an. Wenn Sie unbedingt wollen, können Sie mich ›Padre‹ nennen.«

»Ihr Name ist also Padre?«

»Aber nein, Padre ist der Titel für eine Person im Priesterstand. Folglich reicht Padre P oder einfach nur Padre.«

»Verstehe, also eine ähnliche Anrede wie unser ›Hochwürden‹. Das benutzt man bei uns nämlich allen Gelehrten und sonstigen Respektspersonen gegenüber.«

»Und darf ich fragen, um welches Leiden es sich bei Ihnen handelt?«

»Um einen ziemlich bösen Rheumatismus.«

»Rheuma? Das sieht man Ihnen aber nicht an. Und überhaupt ist Rheuma eher ein Frauenleiden, nicht wahr?«

»Ganz recht. Aber gegen meine Schmerzen hilft nur eine Langzeittherapie mit einem besonders aggressiven Präparat, von dessen Nebenwirkungen ich jetzt, wie Sie sehen, dieses aufgedunsene Vollmondgesicht habe. Mein Arzt hat mich gewarnt, dass so ein *Moonface*, wie er es nennt, ein sehr bedenkliches Symptom sei, doch ohne Medikamente würde ich es vor Schmerzen nicht aushalten. Deshalb bleibt mir nichts anderes übrig als auch weiterhin welche einzunehmen. So ist jeder Tag, ach, jede Minute die reinste Hölle für mich! Was meinen Sie, Hochwürden, könnte Ihr Monogamismus mich wohl von diesen Qualen befreien?«

»Monokamismus, mit ›k‹, wenn ich bitten darf. ›Mono‹ bedeutet ›einzig‹, und ›kami‹ steht für ›Gott‹, das heißt, unsere Religion ist der Glaube an einen einzigen Gott. Und was Ihr rheumatisches Leiden angeht: Das lässt sich heilen. Der Glaube an Monokami wird Sie von Ihren Schmerzen befreien. Allerdings möchte ich Sie in aller Deutlichkeit davor warnen, diese Erlösung zur Voraussetzung für Ihren Glauben zu machen oder aus reinem Eigennutz eine Art Pakt mit Monokami anzustreben. Der Monokamismus ist keine Religion, die für Frömmigkeit wundersamen Segen verspricht. Solche Irrlehren soll es hier zu Lande ja haufenweise geben. Ich will nicht hoffen, dass Sie am Ende selbst etwas mit diesen profitgierigen Sekten zu tun haben, die sich an unschuldigen Menschen nur bereichern wollen …?«

»Na ja, in dreien oder vieren davon bin ich schon Mitglied.«

»Sehr unvorsichtig von Ihnen. So werden Sie sich zu Ihren körperlichen Qualen auch noch seelische einhandeln. Hat sich dadurch wenigstens eine Besserung abgezeichnet?«

»Nein, nicht im Geringsten«, gab der Rektor kleinlaut zu. »Im Gegenteil, es scheint immer schlimmer zu werden.«

»Na, sehen Sie. Solche Geschichten hört man oft.«

»Aber unser Ehrwürdiger Guru behauptet, das liege an meinem ungenügenden Glauben.«

»Natürlich, und träte nun zufällig Besserung ein, würde er sich als Wohltäter hinstellen und das Spendensäckel noch weiter aufhalten.«

»Tja, wahrscheinlich haben Sie Recht, Hochwürden. Und durch Ihren Monokamismus könnte ich geheilt werden?«

»Aber gewiss doch! Und zwar ganz von selbst, als natürliche Folge Ihrer Gläubigkeit. Glaubet und ihr werdet errettet, so lautet das Wort Monokamis.«

»Das unterscheidet sich aber auch nicht groß von dem, was andere Gottheiten oder Sektenführer sagen.«

»Doch Monokami läutert das Innerste, das Herz seiner Jünger. So wird die krankende Seele gereinigt, und alles Leid schmilzt dahin wie Schnee in der Morgensonne.«

»Aber bei solchen Erfolgsergebnissen sind bestimmt auch die Spendenbeiträge ganz schön hoch, oder?«

»Wir belasten unsere Gemeinde nicht mit Spendenforderungen oder Beitrittsgeldern, denn die Monokamische Kirche ist schließlich kein Profitunternehmen. Wenn ein frommer Glaubensbruder allerdings von sich aus spenden möchte, ist das etwas anderes. Freiwillige Spenden nehmen wir dankend an.«

»Dann ist es mit dieser sagenhaften neuen Religion im Prinzip doch das Gleiche wie mit unseren«, schloss der Rektor halb erleichtert, halb enttäuscht.

»O nein, da gibt es ganz fundamentale Unterschiede!«, widersprach P mit Nachdruck. »Monokami hat nämlich, im Gegensatz zu Ihren Opferstock-Göttern, nicht nur Sie und mich und die gesamte Menschheit erschaffen, sondern alles, was da kreucht und fleucht, Himmel und Erde und das ganze Universum dazu.«

»Tja, die verschiedenen Gottheiten sollen ja alle ihre Spezialgebiete und besonderen Begabungen haben. Und trotzdem kriegen sie sich untereinander immer wieder in die Haare, lästern übereinander und bezeichnen sich gegenseitig als Scharlatane. In dieser Hinsicht bildet der Monokamismus offenbar keine Ausnahme, wie?«

Während P zuhörte, wurde ihm klar, dass er es bei diesem scheinbar einfältigen Menschen mit einer ziemlich harten Nuss zu tun hatte. Womöglich steckte hinter der braven Fassade des Grundschulrektors in Wirklichkeit ein professioneller Abgesandter irgendeiner Sekte! Er erinnerte sich wieder, wie man ihn daheim gewarnt hatte, unter den Mönchen, die das amanonische Bestattungsgeschäft landesweit monopolisiert hatten, seien nicht wenige, die mit ihrer Scharfsinnigkeit und philosophischen Bildung bei theologischen Debatten überaus starke Gegner darstellten.

»Ihren Äußerungen nach lassen Sie sich nicht so leicht beirren, stimmt's?«, entgegnete P nun etwas wachsamer. »Doch, wie sagt man so schön: Lasst Taten sprechen … Ich bin bereit, Sie mittels der Kraft Monokamis von Ihren Beschwerden zu erlösen. Eigentlich müsste ich dazu die linke Hand auf unsere Heilige Schrift, respektive den *Heiligen Kontrakt* legen, die Rechte an Ihre Stirn und dann ein Gebet sprechen. Dadurch würde sich die spirituelle Kraft Monokamis auf Sie übertragen. Bedauerlicherweise sind durch meinen Schiffbruch auf dem Weg hierher nicht nur mein Boot und Gepäck vom Meer verschlungen worden, sondern auch sämtliche Exemplare des *Heiligen Kontrakts*. Vermutlich geschah auch das nach Seinem Willen. Allerdings ist mein Körper durch den Glauben noch mit genug spiritueller Energie angereichert, um Ihre Krankheit zu heilen. Zu voller Wirkung entfalten kann sich die Kraft in Ihrem Körper allerdings erst, wenn Ihr Glaube zu Monokami erwacht ist.«

»Verstehe. Dann werde ich es also mal mit Ihrem Monokami versuchen. Mehr als schief gehen kann es ja nicht. Und Probieren geht schließlich über Studieren.«

»Richtig, ein Versuch schadet nichts. Ein allzu leichtfertiges Urteil muss ich mir allerdings verbitten, denn hierbei handelt es sich um göttliche Kraft und nicht um eine kostenlose Warenprobe vom Kaufmann.«

»Ich bitte Sie«, entgegnete der Rektor höflich, »so eine Unverschämtheit würde ich mir nie leisten. Also, ich werde später auf Sie zurückkommen, damit Sie mir Ihren Zauber demonstrieren können.«

Inzwischen war das Bankett in ein lärmendes Chaos ausgeartet, zum Inbegriff der »Narrenfreiheit«, wie P vermutete. Am wildesten trieben es die als Garßons verkleideten Streifenbeamten, die sich grölend über das Büfett hermachten, ihren Vorgesetzten um den Hals fielen und sich gegenseitig Bier über den Kopf kippten, was offenbar zu den Partyspielregeln gehörte. Für die Vorgesetzten schien es eine Art ungeschriebenes Gesetz, mit ihren Untergebenen nachsichtig zu sein und ruhig zuzusehen, wie diese über die Stränge schlugen und sich rücksichtslos austobten. Selbst die geladenen Gäste blieben nicht mehr von den merkwürdigen Gepflogenheiten verschont, und im allgemeinen Durcheinander bekam auch P eine Ladung Bier ab. Um seinen Gastgebern nichts schuldig zu bleiben, begann er daher, in gleicher Weise die Gäste mit Bier zu überschütten. Doch seine Opfer starrten ihn nur entgeistert an, als habe er nicht mehr alle Tassen im Schrank.

»He, für einen Ausländer hast du's aber nicht schlecht drauf!«, schrie einer der livrierten Polizisten begeistert und rief seine Kumpane, um P mit vereinten Kräften aus Magnumflaschen Bier ins Gesicht zu spritzten. Die Arme schützend vor dem Gesicht, wälzte sich ihr Opfer verzweifelt auf dem Boden, doch dies schienen die Beamten für eine Art Posse zu halten und setzten ihre Attacke unter Applaus und lautem Gejohle fort.

Als es P schließlich gelang, dem Sturmangriff zu entkommen und ans Fenster zu robben, entdeckte er dort, allein hinter einem Tisch zusammengekauert, Castanon, der mit seinem Essen beschäftigt war.

»Schau an. Wenn das nicht der Herr Castanon ist! Wieso haben Sie sich denn hier verschanzt?«

»Na, und Sie? Sie sind ja schön zugerichtet.«

»Ja, weil ich mich für eine Bierdusche erkenntlich zeigen wollte und das gleich mit doppelter Münze heimgezahlt bekam. So geht es also bei einem stilechten amanonischen Festessen zu, ja?«

»Richtig, heute Abend verlief eigentlich alles wie gewohnt«, antwortete Castanon ruhig, ja beinahe gedankenverloren, als habe man ihn soeben mitten aus einer Meditation gerissen. »Doch Sie sollten lieber die Gelegenheit nutzen und sich langsam auf den Heimweg machen. Denn ich fürchte, wenn Sie noch länger bleiben, werden Ihnen einige unschöne Szenen nicht erspart bleiben.«

P stellte sich vor, wie einige Gäste im völligen Delirium ein Gemisch aus Essen, Magensäften und Alkohol erbrachen. Andere Assoziationen fielen ihm zu diesem Zeitpunkt jedoch nicht ein, und so verpasste er die Gelegenheit, Zeuge der sich bereits ankündigenden bizarren Szenen zu werden, die gewissermaßen das Finale einer solchen Veranstaltung bildeten.

»Ich soll aber zum Abschluss noch ein paar Dankesworte sagen«, zögerte P, doch Castanon schüttelte den Kopf.

»Wissen Sie, in diesem Stadium ist an eine Dankesrede nicht mehr zu denken.«

»Gut, dann werde ich jetzt den Rückzug antreten.«

»Ich bringe Sie noch bis zur Polizeiherberge.«

P dankte ihm und machte sich dann in seinem klatschnassen, schweren Abendanzug mit Castanon auf den Weg. Gemeinsam schritten sie unter dem nächtlichen Himmel einher, an dem, glanzlos wie Knöpfe, die Sterne standen. Der Inspektor war mittlerweile weitaus höflicher zu P als noch während des Verhörs. Diesen Wandel hatte P zunächst arglos darauf zurückgeführt, dass er per Regierungsdekret – noch dazu von höchster Stelle – von einem illegalen Einwanderer zu einer gewissermaßen bedeutenden Persönlichkeit avanciert war; doch mittlerweile hatte er den Verdacht, hinter Castanons veränderter Haltung ihm gegenüber könne auch etwas ganz Anderes stecken. Denkbar war zum Beispiel, dass man den erfahrenen Beamten in Wirklichkeit als eine Art Leibgarde oder Aufseher für P abkommandiert hatte. Doch als P das Terrain vorsichtig sondieren wollte, kam ihm Castanon mit einem Geständnis zuvor.

»Offen gestanden lautet mein Befehl, Sie bis nach Tokiyo zu begleiten. Ich wollte es Ihnen sagen, aber es gab keine passende Gelegenheit.«

»Das hatte ich mir schon gedacht«, erwiderte P, vorsichtig um einen Ton bemüht, der weder Freude noch Enttäuschung erkennen ließ.

»Oder wäre Ihnen meine Anwesenheit hinderlich?«

»Aber ich bitte Sie, nicht im Geringsten! Es wäre mir eine große Beruhigung, von Ihnen, die Sie mir von allen hier am nächsten stehen, nach Tokiyo mitgenommen zu werden.«

»Eigentlich soll ich Sie nicht mitnehmen, sondern als Gefolgsmann begleiten. Voraussichtlich auch während Ihres Aufenthalts in Tokiyo.«

Wieder meinte P, jenen unverwechselbaren Geruch in der Nase zu haben. Bei dem Gedanken daran, dem von nun an ständig ausgesetzt zu sein, wurde ihm ganz elend zumute, doch er war Optimist und besann sich schnell, die neue Situation positiv zu sehen, denn wahrscheinlich war auch dieser Geruch nur eine Frage der Gewöhnung.

»Besser könnte es gar nicht sein«, versicherte P, »und mir wäre damit sehr geholfen, doch für Sie, fürchte ich, wird es eher eine Belastung sein. Ich meine, die lange Trennung von Ihrer Familie, von Frau und Kindern … Und vor allem: als mein Gefolgsmann! Das hört sich ja nach Knechtschaft an. Dabei bin ich nur ein einfacher Padre, nichts als ein Missionar. Und als solcher hat man bei uns zwar Schüler, doch in der Regel keine Knechte oder Diener. Das fände ich eher problematisch.«

»Was den ersten Punkt angeht, so scheint mir ein Missverständnis vorzuliegen, denn als Laotan habe ich natürlich keine Familie.«

»Dann bedeutet Laotan also einfach Junggeselle?«

»Nein, umgekehrt, alle Laotane bleiben grundsätzlich ledig. Manche adoptieren zwar Kinder, aber eine Heirat ist ganz ausgeschlossen. Natürlich, wie sollte das auch gehen.«

»Etwa aus sexuellen Gründen?«

»Selbstverständlich, was für eine Frage.«

»Womöglich, weil die Laotane homosexuelle Vorlieben haben, oder dergleichen …?«

»Homosexuell? Was ist denn das?«

»So sagt man zu, na ja, geschlechtlichen Beziehungen unter Männern.«

»Nein, das müssten schon extreme Sonderfälle sein. Theoretisch im Bereich des Möglichen, doch konkrete Beispiele kenne ich keine, nicht einmal vom Hörensagen.«

»Das gibt es in Amanon also gar nicht? Wissen Sie, zu meiner Schande muss ich gestehen, dass es in der monokamistischen Glaubenswelt viele Beispiele von Homosexualität gibt, selbst unter den geistlichen Würdenträgern – obwohl die Gründe im letzteren Fall besondere sind. Ich für meinen Teil stehe solchen krankhaften Neigungen allerdings mit entschiedener Ablehnung gegenüber!«

»Tatsächlich.« Castanon klang gleichgültig. »Wie dem auch sei, es war sicher kein Zufall, dass man einen Laotan wie mich als Gefolgsmann für Sie ausgewählt hat. Für Sie als Mann, meine ich.«

»Gewiss«, sagte P, ohne recht zu verstehen. »Sie meinen, es wäre nicht gut, wenn ich als Mann weibliches Gefolge oder eine Sekretärin hätte, stimmt's?«

»So würde ich es jedenfalls interpretieren. Auf jeden Fall sind wir Laotane traditionell für solche Aufgaben wie geschaffen, und Sie werden sicher zufrieden sein. Außerdem erscheint mir persönlich die Arbeit als Leibwache und Assistent eines Staatsgasts weitaus erstrebenswerter als die eines armseligen Kommissars für öffentliche Sicherheit.«

»Dann ist uns also beiden gedient.«

»Für mich ist es ein unerhörtes Glück.«

Noch am selben Abend vollzog P für seinen neuen Gefolgsmann das feierliche Initiationsritual der monokamischen Kirche, wozu er ihm eine Haarsträhne abschnitt. Ursprünglich musste für diese Zeremonie Männern wie Frauen die Schamgegend rasiert werden, doch mittlerweile hatte sich die simplere Variante mit der Haarsträhne eingebürgert. Hätte P nicht die Mühe gescheut und statt des formlosen Rituals die vollständige, konventionelle Zeremonie abgehalten, so wäre er dabei auf eine hochinteressante und gleichzeitig schockierende Tatsache bezüglich Castanons Anatomie gestoßen, die sein Amanonbild völlig verändert hätte, doch die Gelegenheit verstrich ungenutzt. Castanon wiederum schien es angesichts seiner neuen Aufgabe für selbstverständlich zu halten, der Kirche seines Herrn beizutreten – eine Haltung, die P höchst bedauerlich fand. Aber immerhin hatte er auf diese Weise den allerersten Kandidaten für seine Mission gewonnen, einen Laotan – obwohl ihm die Bedeutung dieses Wortes nach wie vor unklar war.

4. KAPITEL

Unterwegs in die Hauptstadt

Die Hauptstadt Tokiyo sollte etwa eine Flugstunde entfernt sein, doch darunter konnte P sich kaum etwas vorstellen, da er nicht wusste, wie schnell die Flugzeuge hier zu Lande waren. Also erklärte ihm Castanon, man bräuchte mit der Hochgeschwindigkeits-Magnetschwebebahn, dem schnellsten Verkehrsmittel nach dem Flugzeug, einschließlich umsteigen bis Tokiyo vier Stunden, mit dem normalen Expresszug zwölf Stunden, in einer Limousine achtzehn Stunden, mit dem Fahrrad sechsunddreißig Stunden, und zu Fuß wäre man achtundzwanzig Tage unterwegs.

Als der Revierleiter ihn am Tag nach dem Bankett zu einem gemeinsamen Mittagessen bat, nutzte P die Gelegenheit, um ihn ohne Umschweife zu fragen, bis wann er spätestens beim Regierungssprecher in Tokiyo vorstellig werden müsse.

»Na ja, von heute oder morgen war keine Rede, aber im Prinzip solltest du schon bald da sein, vielleicht in ein paar Tagen oder so. Kommt drauf an, womit du fährst«, lautete die laxe Antwort des Revierleiters.

»Also brauche ich nicht gleich den nächsten Flug zu nehmen?«, fragte P erfreut.

»Nein. Aber keine großen Extratouren, hörst du? Nicht dass du mir am Ende ganz von der Bildfläche verschwindest.«

»Keine Sorge, Sie können sich auf mich verlassen. Ich würde eben nur lieber, wenn es die Zeit erlaubt, die Eisenbahn nehmen und unterwegs einen Abstecher nach Kiyoto machen, um mir die alte Hauptstadt anzusehen und mich über die aktuelle Lage der traditionellen Religionen zu informieren.«

»Einverstanden. Dann werde ich der Regierung und dem Bürgermeister von Kiyoto schon mal Bescheid geben.«

Die Freundlichkeit seines Angebots konnte nicht über den veränderten Tonfall des Revierleiters hinwegtäuschen, der im Vergleich zum Vortag nachlässig und unkonzentriert klang. Dies lag, wie P vermutete, nicht nur an seinem Kater, sondern verriet die typische Mentalität eines Beamten, der abgeschlossene Fälle so schnell wie möglich vom Tisch haben wollte, denn was einmal abgeheftet war, gehörte ab diesem Zeitpunkt nicht mehr zum eigenen Verantwortungsbereich. Diese Einstellung merkte man dem Revierleiter förmlich an. Der Rest ihres Gesprächs drehte sich um die Hoffnung des Beamten, eines schönen Tages nach Tokiyo zurückbeordert zu werden, wo er eine Karriere im Polizeiministerium anstrebte. P fragte sich, warum gerade er als Außenstehender diese Litanei aus Klagen und Wunschträumen über sich ergehen lassen musste; er war in solchen Dingen nicht besonders feinfühlig, und so dauerte es eine Weile, bis er begriff, dass der Revierleiter sich durch ihn, der von nun an in hohen Regierungskreisen verkehren würde, ganz offensichtlich Vorteile erhoffte. Als P ihm daher aufs Geratewohl ein paar freundliche Zusagen machte, hellte sich die Miene des Beamten schlagartig auf, und seine Stimmung passte endlich wieder zu dem Anlass ihres Essens.

»Ach ja, das hätte ich fast vergessen«, schlug der Revierleiter sich vor die Stirn und reichte P ein hübsch verpacktes Geschenk. »Hier, für dich. Etwas Praktisches für die Reise.«

»Das ist aber nett! Wenn Sie gestatten, schaue ich es mir sogleich einmal an«, sagte P und wickelte das Päckchen aus. Zum Vorschein kam ein eleganter lederner Kosmetikkoffer, gefüllt mit allen nur erdenklichen Reiseutensilien, deren edle Herkunft auf Anhieb erkennbar war: Ein kleiner Haartrockner, ein Kamm, Rasierer, Seife, Zahnbürste und Zahnpasta, Creme und Gesichtswasser, eine Pinzette, ein Nagelpflegeset und dergleichen mehr. Zwar konnte P bei amanonischen Produkten nicht sagen, ob es sich um echte Handarbeit oder industrielle Massenware handelte, doch gearbeitet waren sie hervorragend, Luxusartikel zweifellos, wie man sie in seiner Heimat nicht zu Gesicht bekam.

Er sprach dem Revierleiter seinen aufrichtigen Dank aus und bedauerte es abermals zutiefst, sich in solchen Momenten nicht entsprechend revanchieren zu können. Hier in Amanon war er nichts als ein armer Schlucker, ein Bettler. Nicht nur die Reise nach Tokiyo, sondern auch alles andere hatten seine Gastgeber für ihn bezahlt, und das war gar nicht nach seinem Geschmack. Wie viel lieber hätte er das Land als offizielles Mitglied einer Auslandsdelegation betreten, gefolgt von einem möglichst großen Stab an Begleitern, um dann eine Audienz beim Staatsoberhaupt zu erhalten; die Taschen voller Geld für Reisen, Geselligkeiten, Recherchen und andere Aktivitäten, und im Gepäck einen Berg von Gastgeschenken für die jeweils wichtigsten Leute. Doch davon konnte er im Moment nur träumen, und das wusste er auch.

Am Nachmittag jedoch ereignete sich etwas Unvorhergesehenes. Außer sich vor Aufregung kam der Revierleiter angerannt und bat P, ihm augenblicklich an den Strand zu folgen.

»Was ist denn los, um Himmels willen?«

»Es ist schon wieder ein Invasionsobjekt aufgetaucht!«

»Etwa einer meiner Kollegen?«

»Nein, anscheinend sind keine Lebewesen an Bord. Wahrscheinlich eher ein Frachtschiff oder so.«

Als sie zum Strand kamen, entdeckten sie unweit der Stelle, an der auch P angeschwemmt worden war, das spezielle Frachttransport-Überseeboot, das bereits von einigen Fischerfrauen an Land gezerrt worden war. Wie ein vollgefressener, bewegungsunfähiger Walfisch lag der schwarzgetünchte Schiffskörper im Sand, streng bewacht von zahlreichen Polizeibeamten.

»Kommt das aus deiner Heimat?«

»Ja, ohne jeden Zweifel. Vermutlich Material für die Missionarsgruppe.«

»Material also, hm? Doch wohl keine Waffen oder Drogen oder ähnlich verdächtiges Zeug?«

»Aber nein«, versicherte P, im Stillen außer sich vor Freude über die ungeahnte Entwicklung der Dinge. Wenn er sich nicht irrte, war dieses Schiff randvoll mit Gold zur Deckung der Aufenthaltskosten und mit erlesenen Gastgeschenken für die Politikerelite.

»Dann wollen wir es mal öffnen.«

P trat vor den gigantischen, walfischgleichen Spezialfrachter und begann, aus dem Gedächtnis einen Geheimcode zu skandieren, bei dem es sich im Grunde nur um die drei Anfangszeilen des *Heiligen Kontrakts* handelte. Darauf erschien, als habe das Gefährt den Geheimcode vernommen, am Rumpf eine zunächst feine, dann immer tiefere Einschnittlinie, an der es sich langsam in zwei säuberliche Hälften zu teilen begann – wie ein hartgekochtes Ei, das in der Mitte mit einem Faden durchtrennt wird. Die Fischerfrauen, die das Schauspiel mitangesehen hatten, waren vor Schreck kreidebleich geworden. Ihnen musste P wie ein Hexenmeister erscheinen, der mit einer Zauberformel ein Schiff in zwei Hälften zu teilen vermochte. Nicht bloß die Schnittflächen, auch das Innere des Schiffs erinnerte unwillkürlich an ein hartgekochtes Ei. In der Mitte, wo bei einem Ei das Dotter sitzt, war es mit Goldbarren vollgestopft, die insgesamt sicherlich ein paar Dutzend Tonnen auf die Waage brachten. Der äußere Rand, quasi das Eiweiß, bestand aus zahllosen kleinen Magazinen, in denen Päckchen mit allerlei Kostbarkeiten steckten: Schmuck- und Kunstgegenstände, wertvolle Roben, Glaswaren, Musikinstrumente, Druckerzeugnisse und sakrale Requisiten. All dies wurde mitsamt dem Gold erst einmal zur Polizeiwache geschafft und dort in P's Anwesenheit inspiziert, um sicherzustellen, dass sich keine gefährlichen Dinge darunter befanden, also beispielsweise Schusswaffen, Sprengkörper, Gift oder Drogen, beziehungsweise lebende Raubtiere oder Giftschlangen.

Trotz der unzähligen Kostbarkeiten, mit denen man einen Saal hätte füllen können, waren die Blicke der Anwesenden beim Auspacken einzig und allein auf das Gold gerichtet – auf die Goldbarren, die Goldschmiedearbeiten und die Tafelservices aus Gold und Silber, denn Gold war, wie der Revierleiter P später erklärte, in Amanon sehr selten und folglich unermesslich wertvoll. Selbst den verantwortlichen Beamten troff bei diesem Anblick Speichel von den Lippen; ihre Blicke wurden glasig, als hätten sie den Verstand verloren.

»Bei euch in Monokamien gibt es Gold anscheinend wie Sand am Meer«, seufzte der Revierleiter.

»So viel nun auch wieder nicht. Natürlich haben wir dank der großen Landesfläche beträchtliche Goldvorkommen, doch etwas Wertvolles ist Gold auch bei uns. Unser Währungssystem genehmigt es nach wie vor als Zahlungsmittel. Daneben fertigen wir daraus Essgeschirr und Schmuck und so weiter. Fremd ist uns allerdings die krankhafte Gier, immer mehr und mehr davon zusammenzuraffen. Doch in Amanon scheint mir genau das Gegenteil der Fall zu sein – Gold ist hier äußerst selten, nicht wahr?«

»Selten ist gar kein Ausdruck. Die meisten Menschen hier haben in ihrem Leben noch nie Gold in der Hand gehabt. Sie würden wahrscheinlich vor jedem, der auch nur einen Goldring am Finger trägt, auf die Knie fallen. Es soll sogar Leute geben, für die es das höchste Glück wäre, sich den ganzen Körper mit Goldstaub zu bepinseln und durch die blockierte Hautatmung zu sterben. Du siehst also, beim Umgang mit einer solchen Riesenmenge Gold ist äußerste Vorsicht geboten. Darum habe ich auch gleich bei der Regierung Bericht erstattet und um Instruktionen gebeten. Es wurde folgendermaßen entschieden: Das Gold wird der Regierung bis auf weiteres zur Aufbewahrung übergeben. Zum Ausgleich erhältst du vom Finanzministerium den Gegenbetrag in der Landeswährung und eine exklusive Berechtigung zum Rückkauf. Allerdings habe ich keinen blassen Schimmer, wie viel Maney du bekommst, also wie hoch die Auszahlungssumme sein wird. Eigentlich müsste man dir einen praktisch unbegrenzten Betrag zur Verfügung stellen. Damit würdest du über Nacht zum reichsten Mann Amanons.«

»Das ist mir ziemlich egal«, sagte P, »ich bin nur erleichtert, dass ich von nun an nicht mehr wie ein Bettelbruder leben muss und ständig auf die Almosen Ihrer Landsleute angewiesen bin. Eines allerdings macht mir bei der Sache Sorgen: Wie viel kann ich von diesem Maney, das ich für mein Gold bekomme, auf einmal abheben? Nicht dass es mir am Ende geht wie in dem Witz von dem Lottogewinner, dem die Diktatur seiner Heimat seine Million in jährlichen Raten von je einem Doller auszahlen wollte. Mir ist natürlich klar, dass hier zu Lande keine Diktatur herrscht.«

»Sieh an, was für eine schlaue Methode«, sagte der Revierleiter beeindruckt. »Man bräuchte deine jährliche Auszahlungsrate also bloß so niedrig wie möglich festzulegen, nicht wahr?«

»Darüber kann ich gar nicht lachen! Ich will das Maney ja nicht für mich selbst. Einen Großteil davon benötige ich für die Missionarsarbeit und karitative Aktionen wie beispielsweise die Armenhilfe, und das Übrige für Spesen und Präsente an die Politikerelite. Ehrlich gesagt, bräuchte ich gleich jetzt etwas Maney. Tauschen wir doch fürs Erste einen kleinen Teil meines Goldes in Maney um, denn wer weiß, ab wann mein Kontoinhalt für mich zur Disposition steht. Mit anderen Worten, ich möchte Sie bitten, das hier für mich in bare Münze umzusetzen«, sagte P und drückte dem Revierleiter einen Goldbarren in die Hand. Ängstlich stieß dieser das Gold zurück.

»Bist du noch zu retten? Goldtransaktionen sind bei uns verboten, zumindest offiziell. Es soll zwar auch einen Schwarzmarkt geben, aber da bist du bei der Polizei mit Sicherheit an der falschen Adresse.«

»Wieso, gerade die Polizei sitzt doch direkt an der Quelle. Schließlich haben Ihre Leute tagtäglich mit Ganoven zu tun.«

Doch es schien sinnlos, auf den Beamten noch weiter einzureden, denn dieser wollte nichts riskieren, was seine Rücksendung in die Hauptstadt, auf die er so sehnlich wartete, gefährden könnte. So entschloss sich P, dem Revierleiter und all seinen Mitarbeitern zum Dank je eine kleine Goldmünze mit eingeprägten monokamischen Schriftzeichen zu schenken (er hatte sich vorher davon überzeugt, dass ihm dies nicht als Bestechungsversuch angekreidet werden würde) und sich mit einem Bankett für den Vortag zu revanchieren. Die Einzelheiten der Veranstaltung besprach er mit Castanon, dem er einschärfte, dafür zu sorgen, den Gästen wieder Langustenhirn und Riesenfische im Todeskampf servieren zu lassen, und zwar eine noch exquisitere Version als beim letzten Bankett.

»Und auch bei den Getränken hätte ich diesmal lieber etwas Schwereres, Süffigeres. Gestern gab es für einige Gäste nur Wasser, und sogar dem Bürgermeister und mir wurde mehrmals Wasser nachgeschenkt.«

Also wurde P's Abreise um einen Tag verschoben und nochmals ein großes Bankett veranstaltet, bei dem es diesmal, nachdem der Missionar seine feierliche Predigt beendet hatte, wahrhaftig hoch herging, und man sich dank prachtvoller »Narrenfreiheit« nach Herzenslust mit kulinarischen Köstlichkeiten bewerfen und mit Getränken begießen konnte.

Am nächsten Mittag fuhren P und Castanon mit dem Zug vom Bahnhof ab. Zum Abschied hatten sich, wie es hier üblich zu sein schien, eine Menge Leute am Bahnsteig versammelt: der Revierleiter und seine Mitarbeiter, der Bürgermeister, der Vizegouverneur und weitere Partygäste des Banketts, allesamt mit übernächtigten, vom Kater verquollenen Gesichtern. Als sich der Zug in Bewegung setzte, schwangen sie wie auf Kommando beide Arme hoch in die Luft und riefen laut »Hipp-hipp-hurra«; einige rannten sogar noch winkend und rufend ein Stück neben dem Zug her.

»Die Amanonier sind doch ein warmherziges Volk«, sagte P ergriffen.

»Aber nur hier auf dem Land«, erwiderte Castanon.

»Sind die Leute in der Großstadt distanzierter?«

»Nein, aber sie sind äußerst pragmatisch und beschränken sich stets auf das Notwendigste.«

Noch etwas benommen und verkatert lehnte P sich in die weichen Sitzpolster zurück; sogleich überfiel ihn eine bleierne Müdigkeit, die ihre schweren Schatten in seinem Kopf ausbreitete und ihn in tiefen Schlaf fallen ließ. Im Traum versank der Zug langsam im Wasser. Dann raste er, ohne an Geschwindigkeit zu verlieren, auf dem Grund des Meeres weiter. Wasser drang ins Innere des Zuges und auch in P's Kopf, durch den bald Fischschwärme in buntschillernden Farben zogen. Dennoch schien kein Widerstand die Fahrt des Zuges durchs Wasser zu bremsen …

Als er aufwachte, fand P sich allein im Abteil, tief versunken in den weichen Polstern des Sitzes. Draußen vor dem Fenster flossen, wie Wasser, Nebelschwaden vorbei. Dahinter war die tiefstehende Nachmittagssonne als matt schimmernder goldener Ball zu erkennen. Für einen Moment war P unsicher, wie lange er geschlafen hatte. Er wollte eben auf den Gang hinausgehen und Castanon suchen, da bemerkte er, dass die Verbindungstür zum Nebenabteil offen stand. Am Schreibtisch des kleinen Vorraums saß Castanon und ordnete irgendwelche Papiere.

»Wünsche wohl geruht zu haben«, begrüßte er ihn in dem würdigen Ton eines Butlers.

»Du bist aber fleißig. Mach mal Pause und lass uns hier drüben etwas zum Vesper trinken.«

»Gern. Was darf es für Sie sein?«

»Was trinkt man denn so in Amanon?«

»Tee oder Nachmittagslikör, würde ich sagen. Beim Tee unterscheidet man grundsätzlich zwischen acht Sorten: grünem Tee, fermentiertem, geröstetem, gemahlenem oder gepresstem Tee, Blütentee, Früchtetee oder Kräutertee. Am teuersten ist der grüne Tee, doch auch da gibt es qualitative Abstufungen. Vom fermentierten Tee gibt es je nach Gärungsgrad fünf, sechs verschiedene, und auch die Farbskala reicht von zitronengelb über goldgelb, orange und scharlachrot bis malvenfarben. Sie sehen schon, mit dem Wörtchen Tee können über hundert verschiedene Sorten gemeint sein.«

»Diese feine Differenzierung«, seufzte P ehrfürchtig. »Das offenbart sofort den hohen kulturellen Standard Amanons und den anspruchsvollen Geschmack der Leute. Aber so viele Sorten Tee werden hier im Zug wohl kaum zur Auswahl stehen, oder?«

»An die fünfzig Sorten müssten sie schon vorrätig haben, und das jeweils passende Konfekt auch. Darf ich Ihnen vielleicht etwas davon zum Tee kommen lassen?«

»Ja, das wäre nett. Das Aussuchen kannst du übernehmen, denn mir sagen die ganzen Sorten ohnehin nichts.«

Nachdem Castanon am Telefon eine ausführliche Bestellung aufgegeben hatte, erschien kurz darauf ein Garßon mit einem erlesenen Sortiment aus extrafeinem grünen Tee und makellos gestaltetem Konfekt in Pfirsichform. P war überwältigt, wie perfekt die zarte Süße des Konfekts mit dem subtilen Aroma des Tees harmonierte.

Draußen zog eine wundersame Landschaft am Fenster vorbei wie ein Gemälde in zarten Pastelltönen. Nicht zuletzt aus seinem besonderen Interesse an unbekannten Landschaften hatte P für seine Reise nach Tokiyo eine gemächliche Bahnfahrt dem Flugzeug vorgezogen, denn er wollte in aller Ruhe die Natur, geografische Beschaffenheit und Brauchtümer des Landes studieren.

»Was für eine seltsame Landschaft. Sieht aus wie ein Gemälde. Oder besser wie nach einem Gemälde gestaltet.«

»Der Senzan bei Kiyoto gehört ja auch zu den schönsten Bergregionen unseres Landes. Es war eine weise Entscheidung, für die Reise in die Hauptstadt nicht das Flugzeug, sondern den Zug zu nehmen. Die Gegend ist für ihr prachtvolles Herbstkleid berühmt, doch mir persönlich gefällt sie jetzt, mit den zarten grünen Blättchen und Trieben, mindestens ebenso gut.«

Der Zug schlängelte sich durch verwinkelte Schluchten immer tiefer in das unübersichtliche Bergmassiv hinein. In einem Buch über Kunstgeschichte hatte P einmal ein altes amanonisches Tuschgemälde gesehen, dessen seltsame Landschaft dieser Gegend bis aufs Haar glich. Unter den Felskämmen, die wie Hunderte kleiner und großer Bambustriebe in den bizarrsten Auswüchsen in die Höhe ragten, reihten sich Zypressen, Kiefern, Zedern, Kirsch- und Pflaumenbäume und sogar Bambushaine, die aussahen, als seien sie mit feinen Pinselstrichen gemalt. Weiße Nebelschwaden hingen zwischen den grauschattierten Bergspitzen, die nacheinander in Sicht kamen, und vor der fahlgoldenen Abendsonne, einer unwirklichen Lichtkugel, stieg ein Schwarm

Vögel auf, der beim Davonfliegen wie eine Handvoll in den Himmel geworfener Kiesel aussah. P öffnete das Fenster und wie Bergluft aus verzauberten Gefilden wehte ihm eine kühle Brise entgegen.

Als der Zug aus einem langen Tunnel in das warme Abendlicht hineinfuhr, hatten sie die Tore von Kiyoto bereits passiert. Friedlich und in hellem Schein lag die Stadt mit ihren vielen flachen Häuschen vor ihnen und ließ die bisherige Tuschbildwelt des Senzan unwirklich erscheinen. Außer ein paar Pagoden, die hie und da in die Höhe ragten, gab es kein einziges Hochhaus, nur einstöckige Gebäude in traditioneller Bauweise, so dass die Stadt einen sehr idyllischen Eindruck machte. Undeutlich, wie eine verhangene grüne Nebelwand, waren jenseits des flachgestreckten Häusermeers sanfte Hügelketten zu erkennen. Auf allen Seiten von diesen weichen Hügeln umgrenzt, befand sich die Stadt in einer typischen Kessellage.

Auf dem Weg zu ihrem Höflichkeitsbesuch beim Bürgermeister schlenderten P und Castanon vom Bahnhof aus in unbeschwerter Ferienstimmung einen breiten Boulevard entlang. Die Straßen waren bevölkert von jungen Frauen, die aussahen wie Urlauberinnen; für P waren es die ersten wirklich weiblichen Wesen unter den Amanoniern. Tatsächlich, es waren ausnahmslos junge Mädchen, Schülerinnen und Studentinnen – nichts als Frauen, wohin man auch sah! Als P seinen Begleiter darauf aufmerksam machte, erwiderte Castanon:

»Kiyoto als ehemalige Hauptstadt zieht eben jede Menge Touristen an, vor allem junge Leute, meist Studenten. Die sind alle so angezogen und haben nur ihr Vergnügen im Kopf. Darauf wollten Sie doch hinaus, oder? – Mit dem Wort *Frau* allerdings sollten Sie vorsichtig sein. Um es noch deutlicher zu sagen, ich muss Ihnen von dessen Gebrauch in Gegenwart anderer sogar dringend abraten. Es ist ein überkommener, mittlerweile verpönter Ausdruck, mit dem Sie leicht jemanden beleidigen könnten.«

»Das ist ja gut zu wissen«, bedankte sich P. »Aber wie soll ich sie stattdessen nennen? Vielleicht *weibliche Wesen* oder so?«

»Nein, *weiblich* ist kein sehr gebräuchlicher Begriff, den benutzt man nur in der Amtssprache, zur Kennzeichnung des Geschlechts in Dokumenten und Urkunden.«

»Dann vielleicht Mädel, Mädchen, Fräulein, Dame … Es gibt doch so viele Bezeichnungen – welche ist denn nun die richtige?«

»Am besten machen Sie um alle Ausdrücke, die irgendwie mit *Frau* zu tun haben, einen großen Bogen.«

»Und was sagt man dann hier für ... – na eben für Frauen?«

»Da haben wir eigentlich keine Extrabezeichnung. Einfach *Person* oder *Mensch.*«

»Ah ja. Ich muss schon sagen, ihr macht ziemlich viel Getue um die Frauen. Oder ist das eine erweiterte Form der Gleichberechtigung, diese Abschaffung der sprachlichen Geschlechtertrennung ...?«, spekulierte P weiter, doch Castanon machte nicht den Eindruck, als habe er großes Interesse an dem Thema. »Aber eines musst du zugeben: Hier gibt es irgendwie nur *Menschen* und außer uns beiden gar keine Männer.«

»Weil es ohnehin wenig Männer gibt«, erklärte Castanon düster.

»Ach, es gibt nur wenig Männer?«, fragte P, ohne sich viel dabei zu denken. Irgendwie gefiel es ihm, in diesem frauenreichen Land und besonders in dieser Stadt, in der es von jungen Mädchen nur so wimmelte, als Mann umherzustolzieren. Die Frauen indes zeigten keinerlei Interesse an ihm, obwohl er mit seiner hochgewachsenen Gestalt und den fremdländisch markanten Gesichtszügen doch hätte auffallen müssen; sie schienen seinen Blicken sogar unauffällig auszuweichen, was P außerordentlich unbefriedigend fand. Er fragte sich, ob sie ihn gar absichtlich ignorierten. Unversehens kam ihm ein ruchloser Gedanke: Vielleicht könnte eine Bekehrung auf der Straße, wie er sie am Theokolleg geübt hatte (sogar das altamanonische Wort *Trottoirpredigt* war ihm noch im Gedächtnis), hier Wunder wirken, denn das würde die Aufmerksamkeit der Mädchen zwangsläufig auf ihn lenken! Doch da er nicht einmal die erforderlichen Musikinstrumente dabei hatte, ließ er die Idee rasch wieder fallen.

»Wirklich bedauerlich«, seufzte P.

»Was ist bedauerlich?«

»Na, was schon ...! Die Stadt ist voll von jungen Mädchen – äh, *Menschen*, aber sie sind anscheinend alle zu gesittet, um uns auch nur eines Blickes zu würdigen.«

»Das dürfte eher an meiner Anwesenheit liegen.«

»Sicher, das mag dein Alter machen. Doch ich bin noch jung, und es ist mir, ohne angeben zu wollen, zu Hause schon öfters passiert, dass junge Mädchen mir im Vorbeigehen verstohlene Seitenblicke zugeworfen haben. Aber hier – keine Spur davon! Sie wenden ihre Augen regelrecht von uns ab, fast als wären wir Aussätzige.«

»Was für ein überraschend scharfer Beobachter Sie sind«, bemerkte Castanon ungewohnt spöttisch.

»Ich finde das eine Frechheit«, empörte sich P, obwohl seine leichte Verstimmung eher der übermäßigen Sittsamkeit galt, mit der die unverheirateten Amanonierinnen den Männern aus dem Weg gingen. Dabei mochte er es eigentlich, wenn Frauen sich unnahbar gaben, umso mehr fühlte er sich zu ihnen hingezogen. Doch Castanon, der gedankenleserische Fähigkeiten zu besitzen schien, legte ihm nahe, vorsichtig zu sein und sich nicht zu gewagten Aktionen hinreißen zu lassen.

»Ich werde es Ihnen später ausführlicher erklären, aber zunächst muss ich Sie einfach bitten, jegliche Annäherungsversuche oder direkten Blickkontakt zu vermeiden. Schon durch rein zufälligen Blickkontakt könnten Sie sich nämlich eine Insultationsklage einhandeln.«

»Wie kann man die Frauen nur so hofieren! Zuzwinkern ist wohl ebenfalls verboten?«

»Es würde Sie zweifellos ein Bußgeld wegen Beleidigung kosten.«

»Bei euch auf Frauenjagd zu gehen, kann man sich also gleich aus dem Kopf schlagen, was?«

»Frauenjagd?! Um Himmels willen, nehmen Sie bloß nie wieder solch ein Wort in den Mund«, beschwor ihn Castanon. »Wenn Sie sich nicht an das halten, was ich Ihnen vorhin erklärt habe, und weiterhin mit diesen Ausdrücken um sich werfen, können Sie sich niemals in feinere Kreise begeben. Damit sinken Sie tiefer als ein Laotan.«

»Gut, ich werde meine Zunge im Zaum halten.« P gab nach. »Meine Herren, wird man hier reglementiert! Das war früher nicht so, oder?«

»Doch, das war schon immer so. Daran hat sich seit Urzeiten nicht das Geringste geändert.«

»Ach ja?«, fragte P ironisch. »Dann haben sich die Frauen wohl im Laufe der Evolution zu Menschen weiterentwickelt, während die Männer einfach als Männer zurückgeblieben sind, als farblose und noch dazu zahlenmäßig unterlegene, armselige Kreaturen, die es nicht mal wagen dürfen, einer Frau den Hof zu machen, richtig?«

»Ganz genau. Mit dieser Einsicht haben Sie den Kern der amanonischen Geschichte hervorragend erfasst, Padre.«

»Du willst mich wohl zum Narren halten …!«

Inzwischen waren die beiden beim Magistrat angelangt. Hier war man offensichtlich über P's Kommen unterrichtet, denn im Büro des Oberbürgermeisters hatte sich zu seinem Empfang die gesamte Stadtprominenz versammelt: der Oberbürgermeister, sein Stellvertreter und einzelne Dezernenten, sowie die einflussreichsten Stadtverordneten samt Vorsitzendem, der Polizeipräsident und der Hauptmann der Stadtischen Feuerwehr, die Universitätspräsidenten und Vertreter der führenden Tempel und viele andere mehr. Nach gegenseitiger Bekanntmachung und Begrüßung gab es in einem anderen Zimmer mit idyllischem Gartenausblick einen Empfang in Form eines traditionellen Rituals, des so genannten Teerituals. Die Grundzüge dieses schlichten und unprätentiösen Rituals kannte P zwar aus seinen Tagen am Theokolleg, doch die mittlerweile übliche Version wirkte weitaus ungezwungener. Das einzig Rituelle daran war, dass zunächst eine große Keramikschale mit aufgeschäumtem Pulvertee herumgereicht wurde, aus der alle der Reihe nach tranken; ansonsten glich die Atmosphäre eher – soweit P das beurteilen konnte – einem zwanglosen Damenkränzchen mit Tee und Konfekt. Zudem hatten die anwesenden Prominenten, passend zur Atmosphäre der alten Hauptstadt, alle etwas Vornehmes, Elegantes an sich und wirkten in der Art, wie sie sprachen und sich gaben, sogar geradezu feminin. Dementsprechend gab es bei diesem Beisammensein – im Gegensatz zu den Festlichkeiten in der Provinzstadt – weder Aufruhr noch Gelärme. Stattdessen erging man sich bei vielerlei Sorten von feinstem Tee und Konfekt in geistreicher Konversation. Durch diese gekonnte Art der Bewirtung fühlten sich die Gäste liebkost wie von unzähligen weichen Frauenhänden, obwohl der Empfang selbst, im Nachhinein betrachtet, eher schlicht war und nicht einmal besonders lang gedauert hatte. Vielleicht, überlegte P, hatte Castanon eben das gemeint, als er von der pragmatischen Art der Stadtmenschen gesprochen hatte.

Nach dem Empfang fuhr ein Beamter P und Castanon mit einer städtischen Limousine zu ihrer Unterkunft, dem *Palais Kiyoto*, das auf einem sanften Hügel im Osten der Stadt gelegen war. Nicht nur wegen der Aussicht, sondern auch hinsichtlich Vornehmheit und Ausstattung war dies das erste Hotel am Platze, und Normalsterbliche waren dort als Gäste angeblich nicht allzu gern gesehen. Allein schon der phantastische Blick auf Kiyoto, das zu Füßen des Hotels in farbenfrohem Glanz erstrahlte, war eine Sehenswürdigkeit. Hinter dem Haus erstreckte sich, wie ein Tuschbild, die eigentümliche Landschaft des Senzan-Berges mit seinen Krüppelkiefern, bizarr geformten Felsen, Wolkenmeeren und Bergbächen, die sie am Tag vom Zug aus gesehen hatten.

»Hier würde ich am liebsten ein ganzes Jahr bleiben«, sagte P zu Castanon. So kam es, dass der Bürgermeister telefonisch die freundliche Genehmigung der Regierung einholte und ihr Aufenthalt auf eine Woche verlängert wurde. P hätte die Gelegenheit gern für eine Wanderung in die schöne Senzan-Bergwelt genutzt, musste sein Vorhaben jedoch aufgeben, weil dies mindestens fünf Tage in Anspruch genommen hätte. Wie ihm der Hotelmanager erklärte, war die gesamte Senzan-Region eine Art Naturschutzgebiet, in dem sowohl Kraftfahrzeugverkehr als auch Hotel- und Gaststättenbetriebe untersagt waren, so dass Touristen, meist im Pilgergewand, nichts anderes übrig blieb, als die unwegsamen Bergpfade zu Fuß zu erklimmen und in Bergtempeln um Quartier zu bitten. Diese Darstellung reizte P um so mehr, doch Castanon bemühte sich nach Kräften, ihm klarzumachen, dass dazu keine Zeit war.

Also fuhr P während seines Aufenthalts in Kiyoto Tag für Tag in die Stadt, um sich dort die traditionsreichen Märkte und historischen Tempelanlagen mit ihren Gärten, heiligen Statuen und Gemälden anzusehen. Davon erhoffte er sich nicht zuletzt ein Zusammentreffen mit Priestern namhafter Tempel. Seinem Wunsch wurde von dem berühmten Abt Muin, der auch bei der Willkommensfeier im Magistrat unter den Gästen gewesen war, freundlich entsprochen. P durfte den Tempel von Muins Sekte besuchen, um sich dort die asketischen Übungen der Mönche anzusehen und das Sektendogma erläutern zu lassen.

Höchstes Ziel dieser Selbsterlösungssekte, die dem Buddhaismus angehörte, war ein als *Nirwana* bezeichneter Geisteszustand; um diesen zu erreichen, verrichtete man vor allem meditative Übungen in einer unnatürlichen Sitzhaltung sowie einfache Haushaltsarbeiten und grübelte über unlösbare Denksportaufgaben nach. Diese grundsätzlichen Informationen hatte P im Voraus von Castanon erhalten, der selbst ein scharfer Kritiker aller säkularisierten Glaubensgemeinschaften war, und das nicht erst seit seinem Beitritt zum Monokamismus. Während er P die einzelnen Buddha-Sekten vorstellte, schärfte er ihm mit ungewohnter Bestimmtheit ein, diese Sekten nicht als Kirchen, sondern eher als kommerzielle Bestattungsunternehmen zu betrachten.

»Gestatten Sie eine direkte Frage«, wandte P sich an Muin. »Bezieht

Ihr Orden seine Einnahmen aus Bestattungsaufträgen?« Die Indiskretion dieser Frage ließ Castanon, der direkt daneben saß, unwillkürlich das Blut ins Gesicht schießen, doch das ruhige Lächeln des Abtes war ungetrübt und verriet keine Spur von Verdrießlichkeit.

»Die Beerdigungszeremonien bilden tatsächlich unsere Haupteinnahmequelle«, bestätigte er milde. »Neben den Trauerfeiern gibt es noch Feierlichkeiten wie etwa die individuelle Gedenkmesse am ersten oder dritten Jahrestag des Todes, zu denen sich unser Kundendienst dann automatisch ins Haus des Vertragsgläubigen begibt. Auf Wunsch des Kunden kann für die Totenmesse auch der hier vorhandene Altar benutzt werden. In dem Fall ist der Preis etwas günstiger als beim Hausbesuch. Zu den genannten Servicegebühren kommt dann noch ein jährlicher Pflichtbeitragssatz für jedes Mitglied. Das wären zunächst die Haupteinnahmequellen.«

»Ich sehe schon: an Organisationstalent, oder besser gesagt, an Geschäftssinn mangelt es Ihnen nicht. Wie viele Gläubige haben Sie denn unter Vertrag?«

»Tut mir Leid, aber das ist Geschäftsgeheimnis,« antwortete Muin mit ausweichendem Lächeln. »Sagen wir mal, unsere Einnahmen sind nicht schlecht. Es soll aber auch Orden geben, die nebenbei ihre eigenen Kindergärten, Schulen, Seelsorgestellen, Parkplätze, Weiterbildungskurse, Fitnesscenter und Friedhöfe betreiben, und damit einen weit größeren Umsatz erzielen als irgendein normaler Betrieb.«

»Welch beispielloser Unternehmergeist«, staunte P ungläubig.

»Vielen Dank. Tja, heutzutage muss man für alles offen sein. Es ist eben so, dass die Todesfälle zahlenmäßig immer mehr abnehmen und man sich noch dazu mit Steuerproblemen herumzuschlagen hat. Na, das wird Ihnen nicht anders gehen ...«

»Oh nein, mit so einer verweltlichten Religion hat die monokamische Kirche nichts gemein. Bei uns finden Beerdigungen ausnahmslos in den Kirchen statt, und zwar kostenlos. Natürlich, private Spenden sind gern gesehen, aber die sind ausschließlich freiwillig und können nicht als Erträge der Kirchen betrachtet werden.«

»Was für ein merkwürdiges System«, wunderte sich der Abt. »Und wie ist die finanzielle Grundlage Ihrer Kirche abgesichert?«

»Durch die Steuergelder. Damit garantiert die monokamistische Regierung den Erhalt der Kirchenbetriebe.«

»Wenn ich Sie recht verstehe, bilden also Staat und Religion bei Ihnen eine untrennbare Einheit?«, erkundigte sich Muin mit einem Hauch von Spott in seinem sanften Lächeln. »Wie überaus beneidenswert. Ihr Monokamismus ist folglich nicht nur Marktführer, sondern darüber hinaus auch noch vom Staat betrieben. Eine stabilere Finanzierung kann man sich wohl kaum wünschen. Sehr praktisch für eine Glaubensgemeinschaft.«

»Ich fürchte, hier liegt ein kleines Missverständnis vor«, meinte P richtig stellen zu müssen. »Die Vorherrschaft der monokamischen Kirche hat nichts mit Konkurrenz oder Monopol zu tun, sondern resultiert einzig und allein aus der Tatsache, dass es selbstverständlich nur einen wahren Gott und Glauben gibt. Und es trifft auch nicht zu, dass die Regierung den Monokamismus als eine von mehreren Glaubensrichtungen favorisiert oder ihm exklusive Sonderrechte einräumt. Sie müssen es sich vielmehr so vorstellen: Die monokamische Kirche selbst ist der Staat, sie bildet die Regierung. Ohne Kirche und Monokamismus gäbe es weder Staat noch Regierung. Deshalb kennen wir im Grunde gar keinen ›Staat‹ im eigentlichen Wortsinne. Ich habe zwar nichts dagegen, wenn man sich hier der Bequemlichkeit halber der Bezeichnung *Monokamien* befleißigt – doch ein nichtmonokamistisches Land, also ein Staat, der mit einer anderen Religion assoziiert ist, existiert gar nicht. Vielleicht in grauer Vorzeit einmal, das mag schon sein. Doch gingen diese Ketzerlehren im Laufe der Zeit zu Grunde, und somit ist unsere Welt das Reich Monokamis, das Paradies auf Erden.«

»Ich sehe schon, in Ihrem Land ist alles hoffnungslos vom Monokamismus infiltriert. Bei uns dagegen herrscht kunterbuntes Durcheinander, und niemand weiß, wie viele so genannte ›Kirchen‹ es eigentlich gibt. Die Daten sind nicht einmal vom Kulturministerium erfasst, doch teilweise spricht man von bis zu fünfstelligen Zahlen, wenn man die neureligiösen Bewegungen mitrechnet, die mitunter nur eine Handvoll Anhänger haben. Wissen Sie, bei uns gelten für den Glauben die gleichen Richtlinien wie für andere Branchen: Ebenso, wie ein Unternehmen außer Drogen, Giftstoffen oder Mordwaffen alles frei verkaufen darf, kann man auch nach Herzenslust neue Sekten gründen und verbreiten, solange man nicht Mord oder Selbstmord propagiert. Eine Folge dieser Freiräume ist natürlich eine harte Konkurrenzsituation in den Sektoren Handel und Religion. Zum Glück hat unser Orden im Bestattungsgeschäft einen äußerst hohen Marktanteil. Überhaupt nicht Fuß fassen können wir dagegen bei erfreulichen Anlässen, Trauungen, Grundsteinlegungen und Einschulungsfeiern sowie Eröffnungsfeierlichkeiten für Sportfeste oder Parlamentssitzungen. In diesen Bereichen ist der Sintoismus traditionell Marktführer.«

»Und was ist dieser Sintoismus für eine Religion?«

»Also, im Prinzip ist das besondere Merkmal des Sintoismus, oder der Sinto-Religion, wie man auch sagt, dass man den Geist seiner Ahnen als Gott anbetet. Diesen ruft man zu bestimmten Gelegenheiten in feierlichen Zeremonien herbei, um seinen Schutz zu erbitten. Ja, der Sintoismus ist schon ziemlich poppulär. Zur Zeit arbeiten wir gemeinsam an einer gerechten Verteilung des Markts, um die beiderseitige Konjunktur aufrechtzuerhalten.«

»Wirklich, wenn man Sie so hört, weiß man nicht mehr, ob von Glauben oder von Geschäften die Rede ist.«

»Letztlich ist das ein und dasselbe.«

»Und das soll Ihr Nirwana sein?«

»Anscheinend kennen Sie sich auch mit dem Buddhaismus gut aus. Unter Nirwana versteht man eine endgültige, nicht in Worte fassbare Erkenntnis über Zeit, Geist und Welt, beziehungsweise den Zustand der Erlösung, in dem sich durch eben diese Erkenntnis das Selbst im Nichts auflöst. Mitunter werden allerdings auch eher banale Erkenntnisse, etwa einfache Lebensweisheiten, schon als ein Nirwana bezeichnet.«

»Und haben auch die asketischen Übungen Ihrer Mönche zum Ziel, das allerhöchste Nirwana, beziehungsweise die Erlösung vom Selbst durch so genannte ›eigene Kraft‹ zu erreichen?«

»Offiziell schon«, bestätigte Muin lächelnd. »Doch lassen Sie mich – sozusagen unter Kollegen – ganz offen sein: Das ist auch nur ein Teil des Geschäfts.«

»Diese harte Askese ist ein Teil des Geschäfts?«

»Ach, von hart kann keine Rede sein. Wissen Sie, die Askese-Trainingsgruppen bestehen aus unseren Novizen, die als professionelle Trainer fungieren, und Hobbymönchen, also Besuchern, die gegen eine Trainingsgebühr teilnehmen dürfen. Die Besucher sind hochmotiviert und ernsthaft und widmen sich unter Anleitung der Trainer eifrig den Askeseübungen, aber ein Nirwana können sie freilich nicht erreichen.

Natürlich leisten wir erstklassigen Service, damit die Kunden den Kurs am Ende in der zufriedenen Gewissheit verlassen, dem Nirwana wenigstens ein Stückchen näher gekommen zu sein. Schließlich ist das für unseren Orden, der bislang ausschließlich auf Beerdigungen spezialisiert war, ein überaus erfolgversprechender neuer Geschäftszweig. Wie wäre es, Padre, möchten Sie es nicht auch einmal versuchen, wenn Ihre Zeit es erlaubt? Das ist gesund und stabilisiert das seelische Gleichgewicht. Außerdem werden die Blutdruck- und Cholesterinwerte dadurch spürbar gesenkt.«

»Danke für das Angebot«, erwiderte P verlegen. »Vielleicht ein andermal, denn wir sind nur auf der Durchreise.«

»Wie bedauerlich. Da fällt mir ein, dass Sie mir gar nicht verraten haben, womit Ihre monokamische Kirche denn nun eigentlich handelt. Wenn es für beide Seiten einträglich wäre, würden wir jederzeit gern mit Ihnen kooperieren.«

»Also, zu verkaufen haben wir in dem Sinne nichts. Wir verlangen auch kein Geld für Zeitschriften oder Broschüren, und erst recht nicht für den *Heiligen Kontrakt.*«

»Demnach ist der Monokamismus eine Art Assekuranz-Religion?«

»Ich fürchte, ich verstehe nicht ganz …«

»Na ja, so etwas Ähnliches wie eine Lebensversicherung. Im Bedarfsfall erhält der Vertragspartner die Versicherungssumme oder eine ›Schutzgarantie‹. Zum Beispiel dafür, dass er nach seinem Ableben nicht in die Hölle, sondern ins Himmelreich oder Paradies kommt, jedenfalls irgendwohin, wo es angenehm ist. Man kann auch gegen entsprechende Gläubigkeit und Gebete von der Gottheit, bei der man unter Vertrag steht, vor Unheil und Sorgen beschützt werden. So etwas bezeichnen wir als Assekuranz-Religion, und angeblich sollen in letzter Zeit viele neue Sekten dieser Gattung entstanden sein – ein Trend sozusagen. Allerdings wird bei diesen Assekuranz-Religionen mit ihren vielen komplizierten Klauseln meiner Meinung nach, auch wenn das hart klingen mag, die Zahl der potenziellen Kunden auf die unheilbar Kranken und solche, die durch derartige Zwänge eine besondere Genugtuung empfinden, beschränkt bleiben. Ohnehin ist bei einer Versicherung die Menge der Beitragszahler und die Höhe der Beiträge von vornherein begrenzt. Mit dem Höhenflug kann ganz schnell Schluss sein.«

P brauchte einen Moment, um diese wenig erfreulichen Neuigkeiten zu verdauen, fing sich dann jedoch und ging zum Gegenangriff über.

»Aber die Frage lautet schließlich, wer der wahre Gott und was die wahre Religion ist. Die Amanonier stehen doch nur deshalb so verwirrt vor diesem Überangebot von Pseudogöttern, weil sie nichts von dem wahren Gott wissen. Die Begegnung mit der Wahrhaftigkeit wird alles mit einem Schlag verändern. Ganz zweifellos wird die Lehre Monokamis die Herzen der Menschen erobern und den ›Markt‹, oder wie Sie sich auszudrücken beliebten, binnen kurzem völlig beherrschen.«

»Wie schön, dass Sie sich Ihrer Sache so sicher sind«, entgegnete Muin ohne jede Spur von Verdruss. »Wir haben auch gar nicht die Absicht, dem Monokamismus bei seinem Siegeszug im Wege zu stehen – solange sich Ihre neuen Kunden wie bisher bei uns bestatten lassen, verstehen Sie? Es kümmert uns nicht, welcher Glaube in den Köpfen der Menschen herumspukt. An den Seelen unserer Kundschaft waren wir ohnehin nie besonders interessiert.«

»Genau in diesem Punkt scheint mir das zentrale Problem zu liegen«, erwiderte P bedächtig. »Für uns Monokamisten bilden Körper und Seele eine untrennbare Einheit. Wir können Weltliches und Geistiges nicht auseinanderdividieren und uns mit der Herrschaft über eines von beiden begnügen. Alles muss sich dem Willen Monokamis beugen, denn Er ist der Schöpfer von Himmel und Erde. Kein Wurm darf aus Seinem Reich entfernt und Ketzern überlassen werden. Deshalb gibt es beispielsweise für Bestattungen eine monokamistische Zeremonie. Das Gleiche gilt für Geburten, Trauungen und so weiter.«

»Genügsam kann man das nicht gerade nennen. Ihr Gott ist offensichtlich ein missgünstiger Genosse, der keine anderen Götter neben sich duldet. So etwas führt nur zu unnötigen Reibereien, mein Freund. Als Taktik ist das keineswegs zu empfehlen. Wenn Sie in Amanon ein Bein auf den Boden bekommen wollen, müssen Sie schon bereit sein, sich mit den etablierten Sekten zu arrangieren und das Revier zu teilen. Dabei wären wir Ihnen sogar gern behilflich.«

»Ich weiß Ihr Angebot zu schätzen. Vielleicht ist der Vorschlag gar nicht so unvernünftig. Wenn uns für den Anfang auch nur ein winziger Marktanteil und freies Wettbewerbsrecht zugestanden würden, hätte der Monokamismus, als einzig wahre Religion, dies bald zu einem hundertprozentigen Monopol ausgebaut. Somit würden auch der amanonische Staat und der Monokamismus eine Einheit bilden. Dieses Resultat müssten dann alle akzeptieren.«

»Ihre Zuversicht ist schon kurios«, erwiderte Muin und zuckte mit den Achseln. »Sicher, einen gewissen Ehrgeiz sollte man als Branchenneuling zwar haben, doch wenn Sie eine Einigung anstreben, können Sie sich Ihr Monopol von vornherein aus dem Kopf schlagen, denn wir haben untereinander abgemacht, eine Marktbeherrschung durch eine einzelne Glaubensrichtung in jedem Falle zu verhindern. Entweder Sie spielen nach unseren Regeln, oder es wird keine Einigung geben und auch keinen Zugang zum Markt. Isoliert von allen anderen Sekten, würde der Monokamismus kümmerlich zugrunde gehen. Allerdings fürchte ich, dass seine Attraktivität für die Kundschaft, objektiv betrachtet, ohnehin nicht ausreichen würde, um sämtliche Konkurrenten aus dem Feld zu schlagen und alleiniger Beherrscher des Marktes zu werden. Erst recht nicht, wenn Sie sich gewaltsamer Methoden bedienen, denn so etwas schmälert Ihre Erfolgschancen nur. Das soll keine Drohung sein, verstehen Sie, lediglich ein Hinweis, dass Sie es uns mit einem törichten Angriff nach ungehobelter monokamistischer Manier nur umso leichter machen würden.«

Gegen diesen alten Mönch, so sah P ein, war nicht so einfach anzukommen. Also bedankte er sich zunächst einmal.

»Es war sehr freundlich von Ihnen, mir so viel Aufschlussreiches über die kirchliche Situation zu erzählen.«

Unverändert milde lächelnd schlürfte der Abt seinen malvenfarbenen Tee. Als P ihn betrachtete, durchfuhr es ihn jäh mit der Wucht eines Blitzschlags. War es möglich, dass dieser hochbetagte Ordensbruder vor ihm in Wirklichkeit gar kein Mann war, sondern eine Nonne mit säuberlich kahlgeschorenem Haupt? Nein, sein Instinkt täuschte ihn nicht: Mollige Statur, ebenmäßige Haut, verschwindend geringer Bartwuchs und auch kein vorstehender Adamsapfel – eine alte Ordensschwester! Doch er konnte sie wohl kaum direkt fragen: Entschuldigen Sie bitte, aber sind Sie vielleicht eine Frau? – wie hätte sich das angehört! Zumindest hätte er seine Frage entsprechend der hiesigen Sitten umformulieren müssen, um das verbotene Wort zu vermeiden.

Zum Abschied begleitete der Abt P noch bis zum großen Haupttor des Tempels und flüsterte ihm dabei etwas zu, das den jungen Missionar mehr und mehr schockierte, je länger er darüber nachdachte. Nach den Worten des Abtes hatte diesem die logische und konsequente Lehre des Monokamismus und auch der neuartige, leicht nachvollziehbare Grundgedanke der Schöpfungsgeschichte so gut gefallen, dass er, wenn P nichts dagegen hätte, gern selbst der monokamischen Kirche beitreten wollte. Dieses Geständnis löste bei P keinerlei Siegesfreude aus, sondern nur blankes Entsetzen. Im ersten Moment hatte er es gar für einen boshaften Scherz gehalten, doch Muin war völlig ernst geblieben. Offenbar meinte er es ehrlich, und das verwirrte P umso mehr.

»Ich möchte Sie bitten, sich diesen Schritt nochmals gründlich zu überlegen«, gab er vorsichtig zu bedenken. »In Ihrer Position könnte ein solches Handeln recht paradox wirken. Am Ende bringen Sie sich noch in Schwierigkeiten.«

»Es müsste ja niemand etwas davon erfahren«, gab Muin ungerührt zurück. »Meine führende Stellung als Abt einer buddhaistischen Selbsterlösungssekte und mein privater Beitritt zum Monokamismus sind schließlich zwei verschiedene Paar Schuhe.«

P war zu verblüfft, um etwas zu erwidern, doch das schien den Mönch nicht weiter zu kümmern. Mit herzlichen Worten verabschiedete er sich von ihnen.

An diesem Abend lud P Castanon auf sein Zimmer ein. Während sie bei einem Schälchen erlesenen, tautropfenkühlen Reiswein den Blick auf das nächtliche, in gleichmäßigem Schachbrettmuster erstrahlende Kiyoto genossen, stellte P Castanon eine Reihe von Fragen.

»Was hältst du von dem, was Muin zum Abschied gesagt hat?«

»Über seinen Beitritt zur monokamischen Kirche?« Castanon klang völlig gelassen. »So abwegig kam mir das nicht vor. Für Muin ist das wahrscheinlich nichts anderes als ein privater Beitritt zu einer neuen Art von Versicherung.«

»Tut mir Leid, aber da komme ich nicht mit. Dieser Abt kam mir vor wie einer vom anderen Stern. Und überhaupt – könnte es sein, dass Muin eine Frau ist?«

»Ihre Ausdrucksweise lässt zwar mal wieder zu wünschen übrig, doch in der Sache haben Sie Recht.«

»Muin ist eine Nonne, nicht wahr?«

»Natürlich, fast alle höheren Ordensdiener sind Nonnen.«

»Auch dieser Bereich ist also fest in weiblicher Hand. Aber dann könnte sich Muin doch ruhig etwas weiblicher geben, so dass man sie gleich als Nonne erkennt.«

»Mit weiblich meinen Sie gewiss eher kindlich, nicht wahr, Padre? Doch das Kindliche verliert sich mit dem Heranwachsen, und wenn man älter wird, sieht man allmählich immer mehr aus wie Muin. Dagegen kann man nichts machen.«

Da dies ihr letzter Abend in Kiyoto war, saßen P und Castanon noch bis spät in die Nacht zusammen und taten sich an dem heimischen Reiswein gütlich. Castanon, über dessen Trinkfestigkeit P abermals staunte, schien der Wein die Zunge zu lösen. Zu verschiedenen Dingen äußerte er sich mit einer Schärfe und Unverblümtheit, die man sonst nicht von ihm kannte, und P schloss daraus, dass er zwar vieles wusste, seine Fähigkeiten und Talente in der Öffentlichkeit jedoch vorsichtig verbarg. Unter all den Enthüllungen, die Castanon an jenem Abend machte, fand P eine Bemerkung besonders erschreckend, und zwar, dass man als Mann in Amanon von vornherein zum Scheitern verurteilt sei, und auch P selbst große Chancen auf Erfolg gehabt hätte, wäre er kein Mann gewesen. Doch den eigentlichen Sinn jener Worte konnte P zu diesem Zeitpunkt noch nicht erfassen.

5. KAPITEL

Die schöne Himeco

Nach Tokiyo hätte es mit der Hochgeschwindigkeits-Magnetschwebebahn nicht einmal eine Stunde gedauert, doch P hatte sich, wie auch schon auf dem Weg nach Kiyoto, für die dreistündige Fahrt mit dem normalen Schnellzug entschieden, um den Blick nach draußen genießen zu können. Kaum dass sie die Stadt hinter sich gelassen hatten, erschienen der Schaffner und ein junges Mädchen in knapper Uniform, um in den Privatabteilen die Bestellungen für das Zugrestaurant aufzunehmen. Das Mädchen stellte sich als Garßon des Speisewagens vor und erläuterte dann die Spezialitäten des Tages. Zur Auswahl standen ein traditionelles amanonisches Menü und ein zeitgenössisches; das eine ein leichtes Mahl mit viel Gemüse, Fisch und Meeresfrüchten, das andere ein Fleischgericht, beide mit jeweils unterschiedlichen Soßen und Gewürzen, wie Castanon erklärte. Da P sich aufgrund dieser Information allein nicht entscheiden konnte, beschloss er, beide Gerichte zu nehmen und dann direkt zu vergleichen. Castanon selbst wollte nicht mit in den Speisewagen kommen, sondern lieber einen abgepackten Imbiss im Abteil essen.

»Bei solchen Gelegenheiten hat man sich als Laotan zurückzuhalten«, erklärte er.

»Welche Vorschrift sagt denn das?«

»Dafür braucht es keine Vorschrift, das weiß man einfach. Auch auf Sie würde es kein gutes Licht werfen, wenn ich mich so unverfroren dazu gesellte.«

»Was für eine ungeheuerliche Diskriminierung. Wo ich herkomme, darf man mitunter sogar Hunde mit ins Restaurant nehmen.«

»Bei uns ebenfalls, aber was für einen Hund gilt, muss noch lange nicht für einen Laotan gelten.«

So blieb P nichts anderes übrig, als sich allein zum Speisewagen aufzumachen. Als er am Fenster Platz genommen hatte und an seinem Aperitif nippte, bemerkte er die Äbtissin von gestern, die soeben in Begleitung einer hübschen jungen Novizin das Zugrestaurant betrat.

»So eine Überraschung! Wer hätte das gedacht, dass wir uns so schnell wiedersehen. Ausgerechnet im Zug«, sagte P.

»Ja, es hat sich plötzlich ergeben, dass ich zum Theologieministerium nach Tokiyo muss«, erklärte Muin. »Hätten Sie etwas dagegen, wenn wir uns zu Ihnen setzen?«

»Aber ganz und gar nicht, ich bin froh, wenn Sie mir Gesellschaft leisten. Mein Gefolgsmann Castanon musste leider im Abteil bleiben.«

»Ach ja, der Laotan«, sagte Muin ungerührt. »Mit dem können Sie natürlich nicht hier essen. Ein hübsches Kind wie die Kleine hier eignet sich als Sitznachbarin. Aber ein Laotan? Wo kämen wir denn da hin!«

»Sagen Sie, darf ich Sie bei der Gelegenheit fragen, was ein Laotan eigentlich ist?«

»Oh, das wissen Sie nicht? Na, kein Wunder, Sie sind ja nicht von hier. Es handelt sich bei den Laotanen um eine abstoßende und beschämende Kuriosität unseres Landes. Im Volksmund sagt man Kastraten, oder noch konkreter: kastrierte Männer. Doch das ist vor dem Essen kein passendes Thema, fürchte ich.«

Muins Erklärung entsetzte P und gab ihm gleichzeitig eine Antwort auf alles, was bisher rätselhaft und unklar geblieben war.

»In der Tat, das ist kein angenehmes Thema, weder vor noch nach dem Essen«, stimmte er zu. »Ob Castanon, also ob dieser Laotan wohl irgendein Verbrechen begangen hat, dass er auf diese Weise bestraft werden musste? Ich meine, war es quasi eine ›Zwangskastration‹, wie man sie im Altertum kannte?«

»Aber nein, natürlich hat er sich freiwillig kastrieren lassen. Derart groteske Strafen sind bei uns nicht üblich.«

»Sie meinen, er hat sich aus freien Stücken zu dieser, äh, Resektion entschlossen?«

»Alles andere wäre undenkbar. Übrigens habe ich mich schon gestern gefragt, warum in aller Welt Sie einen Laotan als Sekretärin beschäftigen.«

»Tja, irgendwie hat uns das Schicksal seit meiner Ankunft immer wieder zusammengeführt. Zuerst beim polizeilichen Verhör: da war er der zuständige Beamte. Und als ich dann rehabilitiert wurde, ernannte man Castanon auf Wunsch der Regierung zu meinem Gefolgsmann.«

»Kommt Ihnen das nicht auch ein wenig suspekt vor?« Muin lächelte spöttisch. »Meiner Meinung nach ist dieser Laotan Mitglied der Geheimpolizei und hat den Auftrag, Sie auszuhorchen.«

»Doch, die Möglichkeit hatte ich auch schon in Betracht gezogen.«

»Na ja, selbst wenn, könnten Sie ihn immer noch auf Ihre Seite ziehen und zum Doppelspion machen. Das nötige Maney haben Sie ja, wie man hört.«

»Sie sind aber gut auf dem Laufenden«, sagte P halb anerkennend, halb misstrauisch. »Ihrer Meinung nach soll ich ihn also bestechen. Es stimmt, an Gold beziehungsweise Maney fehlt es mir nicht, doch ich frage mich, ob ein Laotan damit zu ködern ist.«

»Tja, das ist schwer zu sagen. Grundsätzlich sind die Laotane sehr raffgierig, schon bedingt durch ihre extreme Ausnahmesituation. Doch das heißt nicht, dass sie für Maney alles tun würden, denn dazu sind sie wiederum zu treu. Damit meine ich keine Treue im Sinne staatlicher oder juristischer Loyalität, sondern die Treue, die ein Hund seinem Herrn entgegenbringt. Und gerade weil den Laotanen mit ihrem sozialen Status niemand Zuneigung oder Vertrauen schenkt, sind sie verlässlich wie Blindenhunde, wenn sie jemanden finden, der sie aufnimmt und an seine Kette legt.«

»Wie interessant«, bemerkte P. »Und im Moment möchte Castanon anscheinend von mir an die Kette gelegt werden. Er hielt es sogar für seine selbstverständliche Pflicht, als mein Gefolgsmann zum Monokamismus überzutreten, und hat bereits die Taufe empfangen.«

»Das ist ein gutes Zeichen. Trotzdem sollten Sie vorsichtshalber prüfen, ob dieser Laotan nicht noch an einer anderen Kette liegt, die zehnmal so dick ist wie Ihre, und einem anderen Herrn gehorcht, der mächtiger ist als Sie.«

»Meinen Sie, dass diese Geheimpolizei, die Sie vorhin erwähnten, dahinterstecken könnte?«

»Eigentlich ist es keine richtige Geheimpolizei, sondern eine staatliche Polizeielite, die auch als *Stapol* bekannt ist. Viele der Agenten sollen Laotane sein, und man erzählt sich sogar, dass der Chefsessel der *Stapol*, den traditionell einer der stellvertretenden Regierungssprecher innehat, seit Generationen nur von Laotanen besetzt wird.«

»Scheint eine ziemlich unheimliche Organisation zu sein. Hoffentlich verdirbt uns das nicht den Appetit«, bemerkte P mit leichter Besorgnis, denn soeben hatte man begonnen, das Essen aufzutragen. Zuerst kam das traditionelle Menü, das auch Muin und die junge Novizin bestellt hatten. Jedes einzelne Teil des Menüs war eine Augenweide, ein luxuriöses kleines Kunstwerk in atemberaubenden Farbkombinationen, auf dem jeweils ein Bild dargestellt war, wie man von nahem erkennen konnte: Landschaften, Pflanzen, Tiere, Volksfeste und dergleichen mehr. Die meisten der zarten Köstlichkeiten bestanden aus Gemüse und Getreideerzeugnissen und bildeten für P, auf den hinterher noch das zeitgenössische Menü wartete, eine angemessene Vorspeise.

»Die amanonische Küche hat wirklich einen außerordentlich hohen Standard«, sagte P fasziniert, worauf Muin ihn erstaunt anblickte.

»Finden Sie? Na, dieses bescheidene Mahl ist ein eher unrühmliches Beispiel, aber was kann man in einem Zugrestaurant auch schon erwarten ...«

»Meinen Sie das im Ernst? Wenn das hier normale Speisewagenqualität ist, dann wage ich mir das Essen in einem Nobelrestaurant oder Feinschmeckerlokal erst gar nicht auszumalen.«

»Das freut mich natürlich, wenn Sie als Ausländer unsere einheimische Küche so schätzen.« Muin schenkte P Reiswein ein und leerte dann ihr eigenes Schälchen, das die Novizin ihr gereicht hatte.

»Ja, und nicht nur die Küche, auch die Schönheit der Natur dort draußen ist von ganz besonderem Reiz«, begeisterte sich P. »Wie ein fein gemaltes Bild oder eine bis ins Detail perfekte Bühnenkulisse. Jedes Hälmchen scheint in Form gekämmt zu sein. Angesichts dieser Grazie fällt es schwer zu glauben, dass auch dies ein Werk Monokamis sein soll.«

»Was soll daran so Besonderes sein?«, fragte die Äbtissin abermals verwundert. »Eine ganz gewöhnliche ländliche Szenerie, wenn Sie mich fragen. Da lohnt sich die Senzangegend für ausländische Besucher schon eher. Und auch im Norden von Tokiyo gibt es Landstriche von nicht minderer Schönheit.«

»Übrigens, darf ich fragen, wie alt Ihre Begleiterin ist?«

»Vierzehn«, kam die Antwort direkt von dem Mädchen.

»Ein Jammer für so ein hübsches Kind, mit geschorenem Haupt im Kloster zu landen.«

»Na, so hübsch ist sie nun auch wieder nicht. Vielleicht guter Durchschnitt«, erwiderte Muin.

»Wenn Sie das als guten Durchschnitt bezeichnen, muss Ihr Land ja aus lauter Schönheiten bestehen, zumindest nach meinen Maßstäben.«

»Als Kinder sind alle noch recht hübsch«, sagte Muin gedankenverloren. »Kindheit und Jugend, das sind für uns Menschen die schönsten Jahre. Es ist herrlich, wenn man die Haare noch lang tragen und sich wie ein Kind kleiden darf. Doch mit der Mündigkeitsweihe, dem Haarescheren und dem Hosentragen fängt der Ernst des Lebens an. Wenn man Tag für Tag in einer Welt von Mühsal und Konkurrenz überleben muss, macht alles keinen Spaß mehr. Selbst für Geistliche wie uns, die ein Leben abseits aller irdischen Wirrungen führen, existieren Kummer und Sorgen. Auch wenn sich diese in Grenzen halten, altert der Körper doch mit jedem Tag, und man kann nicht mehr so, wie man will. Am Ende ist man nur noch ein Schatten seiner selbst, und es bleibt einem nichts als das Warten auf den erlösenden Tod. Wahrlich, das Leben ist wie eine Kerze, die immer weiter herunterbrennt, bis ihr Licht schließlich verlöscht.«

»Was für eine pessimistische Lebensauffassung«, entfuhr es P, indem er sich unwillkürlich über den Tisch beugte. »Es klingt mir nach einer reichlich trübsinnigen Philosophie, den Tod als Erlösung vom Leben zu betrachten. Was soll das Leben dann noch für einen Sinn haben?«

»Keinen: Das Leben ist ein Nichts. Die Geburt jedes Menschen entspringt dem Zufall, ist ohne jegliche Bedeutung. Doch wer einmal geboren ist, muss notwendigerweise auch sterben. Jedes biologische System ist auf den Tod vorprogrammiert, und nach diesem Programm wächst es, um dann wieder zu zerfallen. Der körperliche Verfall ist unaufhaltsam, ein Prozess, dessen Unfehlbarkeit beeindruckend ist. Früher oder später geraten die Körpersysteme aus dem Gleichgewicht, und dann tritt der Tod ein. Dieser Zustand der Ordnungslosigkeit ist der stabilste und unveränderlichste. Wir bezeichnen ihn als den Zustand der höchsten Enthropie. Wenn das menschliche Leben nichts anderes ist als der Weg zu diesem Zustand, wäre es lächerlich und dumm, diesen Prozess aufhalten zu wollen. Daher ist es das Ziel unserer Askeseübungen, unseren Geist so ruhig wie eine glatte Wasseroberfläche zu halten und im Wissen das Unwissen zu suchen.«

»Glauben Sie mir, diese überaus offene Darlegung der Grundsätze

Ihrer Sekte weiß ich durchaus zu schätzen. Und ich hoffe, dass Sie mir eine ebenso offene Entgegnung gestatten. Meiner bescheidenen Meinung nach ist Ihre Nichtstheorie ein klarer Fall von krankhaftem Nihilismus, wie er zweifellos jeden Menschen befällt, der Monokami nicht kennt.«

»Könnten Sie das etwas näher erläutern?«

»Nun, die Menschen wurden von Monokami erschaffen. Jeder einzelne Mensch ist die Leibesfrucht seiner Eltern, und wenn wir diesen Weg bis zu den Anfängen zurückverfolgen, gelangen wir zu dem allerersten Menschen. Wie ist nun dieser allererste Mensch entstanden? Woraus ist er entsprungen, wenn er keine Eltern hat? Oder, um es mit Ihren Worten zu sagen, wer hat sein Programm erstellt und dadurch den Menschen erschaffen, und mit ihm seine Kinder und Kindeskinder? Das war Monokami. Alle Dinge auf Erden haben einen Schöpfer. Da ist kein einziges Wesen, das von allein entstanden ist und rein zufällig existiert. Der Mensch verdankt sich selbst und sein Zuhause, also die Erde, allein der Schöpfung Monokamis. Unser Leben und Sterben liegen in Seiner Hand. Da existiert kein Zufall. Zufall ist nur eine Bezeichnung für die Dinge, die wir nicht begreifen können.«

»Die Idee ist nicht uninteressant. Um die Wahrheit zu sagen, weisen auch wir bei den Askeseübungen auf solche Gedankenmodelle hin und fordern die Jünger auf, gründlich darüber zu meditieren. Im höchsten Fortgeschrittenenkurs wird den asketischen Mönchen die Aufgabe gestellt, neben dem Pankamismus und dem Nonkamismus auch eine These wie die Ihre, nennen wir sie meinetwegen zunächst Monokamismus, meditativ auszuloten. Bestehen bleibt am Ende der Denkvorgänge nach unseren Erfahrungen nur immer wieder der Nonkamismus, wie man es auch dreht und wendet. Das schlagendste Argument zur logischen Widerlegung des Monokamismus und des Pankamismus kennt selbst ein Kind wie die Kleine hier.« Muin schaute das Mädchen an ihrer Seite an, das schweigend zugehört hatte. »Komm, erklär du es dem Padre. Sag uns, wo bei der These von einem Gott als Schöpfer der Menschheit und aller Dinge der Schwachpunkt liegt.«

»Gern.« Die aufgeweckten Züge des Mädchens verfinsterten sich, als habe soeben jemand ihre kleinen grauen Zellen angeknipst. »Ihre These lässt am Ende immer noch die eine Frage offen, von wem dieser Gott selbst geschaffen wurde.«

P war von dem Glanz in ihren Augen und der Art, wie sie sich die Haare aus der Stirn strich, völlig hingerissen und musste sich zusammenreißen, um ein Gegenargument vorzubringen.

»Aber ein Gott ist per Definition der Erschaffende und kann deshalb nicht selbst Teil einer Schöpfung sein«, erläuterte P eilig. »Deshalb ergibt die Frage nach einem Schöpfer des Schöpfers von vornherein keinen Sinn.«

»Sie meinen, das ist die monokamistische Definition von Gott.«

»Ganz recht.«

»Es bleibt natürlich Ihnen überlassen, wie Sie was definieren, doch für uns sind Ihre eigenmächtigen Definitionen nichts als Spekulation. Und mit Spekulationen können wir nichts anfangen. Nur weil Sie Gott als alleinigen Schöpfer definieren und gleichzeitig als große Ausnahme der Schöpfung, ist das noch lange kein Beweis für seine Existenz, Opi!«

Die unerwartete Schärfe ihrer Worte hatte P ganz aus dem Konzept gebracht. Da hatte diese Novizin den Beweis der Existenz Monokamis doch glatt als Lüge abgetan!

»Wirklich, eine scharfsinnige Argumentation. Übrigens, hast du mit dem ›Opi‹ mich gemeint?«, fragte P und brachte das Mädchen damit zum Erröten.

»Du musst lernen, deine Zunge im Zaum zu halten«, wies Muin ihre Schülerin zurecht, und P schloss daraus, dass sein Gefühl ihn nicht getäuscht hatte und die Titulierung als ›Opi‹ tatsächlich eher als Beleidigung aufzufassen war.

»Bitte seien Sie ihr nicht böse, sie ist eben noch ein Kind. Das etwas verächtliche ›Opi‹ benutzen die Kinder in dem Alter unter sich, wenn sie über einen männlichen Erwachsenen reden. Früher sagten die Kinder zu fremden Männern auch ›Onkel‹.«

»Ja, ›Onkel‹ ist mir natürlich ein Begriff. Davon ist es wahrscheinlich abgeleitet.«

»Entschuldigung«, sagte das Mädchen, doch es klang nicht besonders reumütig, sondern eher trotzig. Aber das reizte P umso mehr.

»Nicht doch, nenn mich ruhig, wie du möchtest«, gab er lachend zurück. »Und wie heißt du, wenn ich fragen darf?«

»Himeco. Also, das ist mein Kindername. Wenn ich volljährig bin, wird daraus Himecos.«

»Das ist aber ein schöner Name. Klingt sehr elegant, selbst für mich als Ausländer.«

»Ja? Ich finde ihn eher gewöhnlich.«

»Und wie ist die korrekte Anrede in deinem Fall? Vielleicht Fräulein Himeco? Ich habe gehört, dass es da einiges zur Auswahl gibt.«

»Bei Kindern benutzt man keine Anrede. Wenn ich zum Beispiel später Himecos heiße, dann ist das durch die Endung schon höflich genug, so dass sich eine zusätzliche Anrede erübrigt. Überhaupt benutzt man solche Anredeformen inzwischen nur noch bei Ausländern.«

»Besonders mit dem ›Fräulein‹ sollten Sie vorsichtig sein, wenn Sie einer alten Nonne die Bemerkung gestatten, denn es ist ein Boudoirwort, das nur beim Liebesspiel gebraucht wird.«

»Danke, ich werde es mir merken«, sagte P ernsthaft. »Doch zurück zu unserem Thema. Habe ich dich recht verstanden, Himeco, dass du nicht an die Existenz Monokamis als ursprünglichen Schöpfer glaubst?«

»Mir wurde beigebracht, dass es keinen Sinn hat, darüber nachzudenken. Aber was meinen Sie mit *glauben*?«

»Gibt es denn in Amanon nichts, woran man glauben kann?«

»Doch«, antwortete Muin an Stelle ihrer Schülerin. »Die meisten Leute sind sogar sehr empfänglich für die billigen Sprüche irgendwelcher Sektenpriester, ebenso wie für Aberglauben und allen möglichen anderen Hokuspokus. Solche krankhaften und minderwertigen Anwandlungen lehnt unser Orden ab. Glauben heißt doch nur, von etwas Unbelegbarem überzeugt zu sein, sei es, dass man die Worte eines Betrügers für bare Münze nimmt, sich einbildet, einen Geist gesehen zu haben oder ähnlichen Humbug. Es ist deshalb ausgeschlossen, an die Existenz eines Schöpfers aller Dinge zwischen Himmel und Erde zu glauben, denn eine solche Existenz gehört zu einer völlig anderen Dimension. Man kann nicht einfach nur daran glauben, sondern muss sie durch Erkenntnis und Erleuchtung erfassen und mittels Meditation von allen Seiten genau durchleuchten. Tja, so sehen wir die Sache, und deshalb können wir uns nicht damit aufhalten, unreflektiert an den Monokamismus als einzige Wahrheit zu glauben.«

»Eine sehr besonnene Denkweise, die als solche meinen vollen Respekt hat«, sagte P, um höflich zu sein. Dabei bot er seinen Gesprächspartnerinnen von den verschiedenen Gängen des zeitgenössischen Menüs an, das soeben serviert worden war. P machte es großen Spaß zu beobachten, wie das hübsche Mädchen mit den klugen Augen sich über das Fleisch hermachte und einen Appetit an den Tag legte, den man bei ihr nicht erwartet hätte. Während er sich diesem Schauspiel mit zunehmendem Vergnügen hingab, kam ihm plötzlich ein verrückter Gedanke, der ihn in einen Zustand nur schwer kontrollierbarer Erregung versetzte: Wenn dieses possierliche Ding nun für immer bei ihm bliebe, könnte er stets jede einzelne seiner Bewegungen studieren, dachte er mit der gleichen Neugier, mit der ein Zoologe das Verhalten seiner Tiere erforscht. Außerdem, so überlegte er weiter, würde es zweifellos einen ganz anderen Eindruck machen, wenn er bei offiziellen Anlässen ein so aufgewecktes Mädchen als Sekretärin präsentieren könnte, und nicht mehr diesen Laotan, der sich an seiner Seite ausnahm wie eine ominöse alte Ledertasche. Er konnte nicht anders, er musste seine Idee einfach loswerden.

»Dürfte ich wohl etwas Persönliches fragen?«, begann P, weder eindeutig an Himeco noch an Muin gewandt. »Hat die junge Dame wohl vor, auch weiterhin in Askese zu leben, um später ebenfalls Äbtissin zu werden?«

»Davon gehe ich zumindest aus«, sagte Muin, und Himeco nickte bestätigend.

»Wenn sie sich schon fest entschieden haben sollte, ergibt mein Vorschlag zwar keinen Sinn, dessen bin ich mir völlig im Klaren, doch ich frage mich, ob ich mir Himeco wohl für eine Weile als persönliche Sekretärin ausleihen dürfte. Wo ich inzwischen weiß, was ein Laotan in Wirklichkeit ist, wäre es mir ebenfalls peinlich, einen bei offiziellen Anlässen dabeizuhaben. Das heißt nicht, dass ich ihn loswerden will, denn man kann ihn bestimmt noch anderweitig einsetzen. Was ich bräuchte, wäre eine richtige Sekretärin, am besten eine so hübsche und aufgeweckte wie Himeco. Das mag ein anmaßender Wunsch sein, doch mir wäre sehr geholfen, wenn Himeco bei Gesprächen mit hochrangigen Regierungsbeamten als Sekretärin und Dolmetscherin zu meiner Verfügung stünde, denn solche Gelegenheiten werden ab jetzt sicher häufiger auf mich zukommen. Auch Himeco selbst könnte viel wertvolle Erfahrung sammeln, wenn sie öfters mit Prominenten und wichtigen Persönlichkeiten aus allen möglichen Bereichen zusammenträfe. Natürlich würde ich ihre Dienste entsprechend honorieren und mich dabei ganz nach ihren Vorstellungen richten. Falls ihr für das Honorar Gold lieber wäre als Maney, könnte ich auch das einrichten. Vielleicht beunruhigt es Sie auch, dass ich ein Mann bin und noch dazu ein unbekannter Ausländer, doch keine Sorge: Ich bin monokamischer Padre mit einer amtlichen Zulassung als Missionar und, wie Sie sehen, die Redlichkeit in Person. Ich werde mir unter Garantie nichts zu Schulden kommen lassen. Ungefährlicher als ich könnte in dieser Hinsicht nur ein Laotan sein, wie ich neidlos zugeben muss.«

»Wirklich, das hört sich nicht übel an, auch für Himeco«, bemerkte Muin. »Doch sie soll selbst entscheiden. Wenn sie ihre Chancen außerhalb des Ordens bis zu ihrer Volljährigkeit nutzen möchte, werde ich mich ihrem Glück nicht in den Weg stellen. Ich bin also einverstanden – unter einer Bedingung ...«

»Natürlich, ich werde jeder Ihrer Forderungen entsprechen, egal was es ist.«

»Falls Himeco sich später einmal entscheiden sollte, nicht ins Kloster zu gehen, sondern einen anderen Weg einzuschlagen, bräuchte sie auf jeden Fall eine andere Ausbildung als die buddhaistische, die sie bei uns erhalten hat, und zwar eine normale schulische Erziehung. Da sie bereits vom regulären Bildungsweg abgewichen ist, bliebe nur noch eine spezielle Art der Schulung, mit anderen Worten Privatunterricht. Und so etwas kostet eine ganze Stange Maney. Es wäre also meine Bitte an Sie, auf jeden Fall dafür zu sorgen – ob nun durch ein entsprechend hohes Gehalt oder auf andere Weise – dass sie eine ausreichende Bildung erhält. Außerdem sollten Sie eines nicht vergessen: Dass ein normaler Mensch die Sekretärin eines Mannes wird, ist in diesem Land im Grunde undenkbar – das gilt nicht nur für Himeco. Bei Ihnen wird nur deshalb eine Ausnahme gemacht, weil Sie als Ausländer und bedeutende Persönlichkeit auf Staatsgastebene besondere Privilegien genießen.«

P bedankte sich vielmals. Von Himeco, die dem Gespräch schweigend gelauscht hatte, wollte er lieber keine überstürzte Antwort fordern. Vielmehr hoffte er, dass ihm Muins Überredungskünste eine Zusage bescheren würden, selbst wenn es einige Zeit in Anspruch nähme.

»Ich hätte nur eine Frage«, meldete sich Himeco mit unbewegter Miene zu Wort. »Angenommen, ich würde tatsächlich Ihre Sekretärin, müsste ich dann zum Monokamismus übertreten?«

»I bewahre«, antwortete P auf seine hoffnungslos altmodische Art.

»Das ist völlig nebensächlich. Wegen mir kannst du dich zu jeder Religion bekennen, die dir gefällt, oder auch zu gar keiner. Castanon ist zwar wie selbstverständlich konvertiert, kaum dass er mein Gefolgsmann wurde, aber nicht, weil ich es ihm aufgezwungen hätte. Derartige Bedingungen gibt es bei mir nicht.«

Auch auf diese Antwort reagierte Himeco nur mit einem unmerklichen Nicken, das kaum nach einer Zustimmung aussah. Ihrem reglosen Gesicht war nicht zu entnehmen, ob sie sein Angebot unter diesen Umständen annehmen würde oder nicht.

»Himeco hat weder Eltern noch Verwandte«, erklärte Muin. »Sie ist eigentlich ein Bankert.«

»Ein *Bankert?«* wiederholte P, bestürzt über einen so brutalen Ausdruck aus dem Mund einer alten Nonne.

»Ganz recht. Ihnen mag es neu sein, doch hier in Amanon stellen anständige Bürger einen behördlichen Antrag, um eine staatliche Erlaubnis zum Kinderkriegen zu erhalten, und die Kinder, die jenseits dieser Bestimmungen entstehen, gelten als illegitim. Diejenigen darunter, die unerlaubten heterosexuellen Kontakten zwischen Outlaws, Leuten aus der Unterschicht und ähnlichem Gesindel entstammen, nennt man *Bankerte.* Ich wollte, dass Sie über diesen Punkt in Himecos Vergangenheit Bescheid wissen. Von diesem einen Manko abgesehen ist sie bei uns von klein auf mit besonderer Liebe und Aufmerksamkeit erzogen worden und wird Ihnen trotz ihrer Herkunft keinerlei Probleme bereiten – dafür lege ich meine Hand ins Feuer. Da ich umständehalber auch ihre Eltern persönlich kenne, kann ich mit Bestimmtheit sagen, dass Himeco hervorragende Anlagen hat, auch wenn ihr ›Stammbaum‹ nicht ganz lupenrein ist. Denn trotz ihres problematischen Status waren Himecos Eltern, wie ich betonen möchte, weder unanständige Leute noch Angehörige der Unterschicht. In diesem Punkt müssen Sie mir bitte vertrauen.«

»Was für höchst bedauernswerte Umstände«, sagte P betroffen.

»Tja, das Leben ist nicht leicht.«

An diesem Punkt der Unterhaltung drosselte der Zug seine Geschwindigkeit; der Bahnhof von Tokiyo kam in Sicht. In der beiderseitigen Hoffnung, wegen Himeco zu einer baldigen Einigung zu gelangen, vereinbarten P und Muin ein weiteres Treffen und verabschiedeten sich dann fürs Erste voreinander.

Als P eilig zu seinem Abteil zurückkehrte, bot sich ihm dort ein völlig unerwarteter und höchst unerquicklicher Anblick. Es war Castanon, der bitterlich weinte. Ja, der alternde Kastrat schluchzte herzzerreißend wie ein kleines Kind, das seine Mutter aus den Augen verloren hat, mit Tränen in jeder einzelnen Falte seiner runzeligen Grimasse; er weinte quasi übers ganze Gesicht, das durch die verlorene Feuchtigkeit noch kleiner und hutzeliger wirkte als gewöhnlich.

»Was ist denn hier passiert«, fragte P streng. »Wir sind gleich da! Und unser Gepäck müssen wir auch noch zusammenpacken.«

Der bruchstückhaften Erklärung, die der Laotan unter heftigem Schluchzen hervorbrachte, entnahm er, dass Castanon tatsächlich Angst bekommen hatte, P würde nicht wiederkommen, und in der plötzlichen festen Überzeugung, sein Herr habe ihn verlassen und sich für immer aus dem Staub gemacht, war er in Verzweiflung geraten wie ein streunender Hund, mutterseelenallein zurückgelassen und all seiner Fesseln beraubt, und hatte die Tränen nicht zurückhalten können. Da P das Gefühl hatte, angesichts dieser beinahe unmenschlichen Verzweiflung selber den Verstand zu verlieren, machte er absichtlich ein unbeteiligtes Gesicht, raffte das Gepäck zusammen und begann, es selbst nach draußen zu tragen.

»Bring erst mal dein Gesicht in Ordnung, so kann man ja nicht mit dir unter die Leute gehen!«, rief er Castanon im Hinausgehen noch zu.

Zu seiner Überraschung erwartete ihn am Bahnsteig eine Gruppe von Männern. Sie trugen allesamt graue Anzüge und blickten so finster und bösartig drein, dass P nur eine Vermutung blieb: Dies mussten Agenten der *Stapol* sein, der Geheimpolizei, von der Muin gesprochen hatte.

6. KAPITEL

Ankunft in Tokiyo

Tokiyo war eine gigantische Metropole. Ihre Ausmaße überstiegen P's sämtliche Begriffe von Größe und erinnerten ihn an ein überdimensionales Wespennest oder einen Termitenbau, der sich weit über den Horizont hinaus erstreckte und hoch bis in den Himmel ragte. Es war vor allem diese extrem in die Höhe schießende Struktur der Stadt, die P bei seiner Ankunft in Erstaunen versetzte.

Sobald die Männer, die ihn am Bahnsteig erwarteten (P hielt sie natürlich für Regierungsmitglieder), den jungen Missionar entdeckt hatten, setzten alle plötzlich ein weltgewandtes Lächeln auf, begrüßten ihn freundlich und zückten dann einer nach dem anderen ihre Visitenkarten. Als P sie fragte, ob sie vielleicht von der *Stapol* seien, verneinten die Männer erschrocken; sie sahen zwar wie Regierungsbeamte aus, doch in Wirklichkeit gehörten sie, wie sich schnell herausstellte, zu einer Serviceagentur, die im Auftrag der Regierung arbeitete. Diese Agentur war auf Begrüßungs- und Verabschiedungsdienste spezialisiert und stellte je nach Anlass möglichst authentisch wirkendes Servicepersonal zur Verfügung. Wenn es beispielsweise galt, für die Regierung einen Staatsgast zu empfangen, schickte sie Leute, die wie Abgeordnete der Regierung zurechtgemacht waren. Diese erhielten dann für die Dauer ihres Einsatzes den Status von Sonderbeamten beziehungsweise Beamten auf Probe. Erst nachdem die Männer ihm dies erklärt hatten, war P bereit zu glauben, dass es sich nicht um irgendwelche Gauner handelte, die sich als Regierungsbeamte getarnt hatten, um ihn zu kidnappen.

»Wenn wir Sie nun zu Ihrer Unterkunft bringen dürften …«, sagte einer aus der Gruppe, ein hochgewachsener Mann, den die anderen *Boss* nannten; tatsächlich wirkte er mit seinem gepflegten Haarschnitt und der Brille wie ein parlamentarischer Staatssekretär. Ein Wink von ihm genügte, und ein weiterer Angestellter kümmerte sich um P's Gepäck. Gemeinsam fuhren sie mit der Rolltreppe eine Etage tiefer und folgten dem Strom der Reisenden durch eine unterirdische Passage bis zur ›Viplounge‹, wo P vom Bahnhofsvorsteher begrüßt wurde. Dann bestellte man einen Wagen für ihn, doch das kapselartige Gefährt, das daraufhin von allein angekrochen kam, hatte nur wenig Ähnlichkeit mit einem Auto; es sah eher aus wie ein durchsichtiges Gürteltier.

»Damit soll ich fahren?«, fragte P mit einem Blick auf den Einsitzer. »Ich bin mir nicht sicher, ob ich damit zurecht komme.«

»Sie brauchen gar nichts zu tun«, erklärte der Boss. »Das eingebaute Elektronengehirn wird Sie sicher ans Ziel bringen.«

»Es ist ein Ein-Personen-Taxie«, fügte Castanon hinzu.

»Wie praktisch.« Bewundernd strich P über den durchsichtigen Rücken des Gefährts. Da teilte sich die Kapsel in der Mitte entzwei und gab zur Linken eine Einstiegsöffnung frei.

»Bitte, nehmen Sie Platz. Wenn man den Knopf da betätigt, schließt sich das Cybermobil und fährt los. Früher gab es zu wichtigen Empfängen noch Limousinen mit Schofför, doch heutzutage werden selbst Minister mit diesen Cybermobilen gefahren. Sie nehmen allerdings nicht so gerne Einsitzer, sondern lieber größere für bis zu vier Personen.«

»Nach dem Motto: Bescheidenheit ist Trumpf, oder wie?«

»Ja, die Regierung möchte mit gutem Beispiel vorangehen, um der Verschwendung von menschlichen Ressourcen Einhalt zu gebieten. Deshalb übernehmen wir Privatunternehmen inzwischen die meisten der früheren Regierungsaufgaben«, sagte der Boss.

»Tatsächlich? Wo ich herkomme, gibt es solche Serviceunternehmen nicht. Und erst recht keine so praktischen Verkehrsmittel. Selbst der kleinste Firmenchef hat seine eigene Limousine, zehnmal so groß wie dieses Auto, mit Schofför und Diener. Es gibt nämlich mehr als genug arme Teufel, die zu nichts anderem taugen.«

»Bei uns ist es eher so, dass die Bevölkerung immer weiter zusammenschrumpft«, erklärte Castanon.

Wo gerade von Bevölkerung die Rede war, fiel P ein, dass er in Tokiyo bisher kaum Frauen gesehen hatte, doch gerade als er dies leise zu Castanon bemerken wollte, hatte der bereits auf den Knopf vor dem

Fahrersitz gedrückt. Darauf klappten die Hälften der durchsichtigen Kapsel zusammen wie zwei Muschelschalen und schlossen P fest im Inneren ein. Als sich das Cybermobil in Bewegung setzte, ertönte im Innern eine junge Frauenstimme und sagte, dass man sich auf dem Weg zum Hotel *Zum Staatsgast* befinde und die Fahrtdauer etwa zehn Minuten betrage. Das Gefahrt beschleunigte und bremste, hielt und fuhr an, bog an den richtigen Stellen ab und bewegte sich so sicher durch die tunnelartigen Passagen, als würde es von einem unsichtbaren Schofför gelenkt. In den Schaufenstern der zahlreichen Geschäfte zu beiden Seiten waren luxuriöse Waren ausgestellt, und auf den Bürgersteigen bewegte sich wie ein zäher Strom eine Unzahl von dunkel gekleideten Männern, von denen einer wie der andere aussah.

»Was die wohl alle machen?«, fragte sich P laut.

»Meinen Sie die Leute da draußen?«, ertönte darauf eine Stimme im Innern des Cybermobils.

»Hallo? Ist da jemand?«, fragte P und blickte sich um, doch in der engen Kapsel war natürlich niemand außer ihm selbst.

»Hier spricht die Taxiezentrale von *Safetytaxie*. Ich wollte nur Ihre Frage beantworten.«

»Können Sie denn genau wie ich nach draußen sehen?«

»Ja, ich verfolge alles auf dem Monitor.«

»Donnerwetter. Und was sind das nun für Leute da draußen?«

»Wahrscheinlich Beamte oder Bizmänner.«

»Was sind denn Bizmänner? Wissen Sie, ich bin kein Amanonier, und ab und zu gibt es Wörter, die ich nicht verstehe.«

»Wie? Kein Amanonier? Kapier ich nicht. Auf jeden Fall sind Bizmänner Angestellte, die bei irgendwelchen Firmen arbeiten.«

P vermutete, dass seine Gesprächspartnerin noch Schülerin war. Unwillkürlich musste er an Muins hübsche Novizin denken.

»Wäre Ihre Frage damit beantwortet?«, erkundigte sich die Stimme, nun wieder so höflich wie zuvor.

»Ja, danke.«

»In wenigen Augenblicken erreichen wir das Hotel *Zum Staatsgast.*«

Komischer Name für ein Hotel, dachte P. Wie er während seines Studiums gelernt hatte, war ein *Staatsgast* ein wichtiger Besucher aus dem Ausland, und ein *Hotel* eine Herberge zum Übernachten. Seines Wissens brachte man Staatsgäste in Palästen oder imposanten Villen unter, doch es erschien ihm unwahrscheinlich, dass eine Regierung ein Hotel betrieb. In dem Moment hielt das Cybermobil an, und Castanon und der Boss eilten herbei, um dem Missionar herauszuhelfen. Für den hochgewachsenen P war der Nachteil an dem kleinen Fahrzeug, dass er nur mit Mühe ein- und aussteigen konnte.

Vor dem Hotel stand ein junges Mädchen in schmucker Livree. Sie erinnerte P an die Bedienung im Speisewagen.

»Bei Ihnen sind sogar die Portiers Mädchen«, bemerkte P.

»Normalerweise sagt man nicht Portier, sondern Garßon«, korrigierte Castanon.

»Das sieht aber luxuriös aus hier. Ist das ein ganz normales Hotel?«

»Nein, eigentlich wird es nur von der Regierung genutzt, um Staatsgäste und andere Besucher aus dem Ausland unterzubringen, doch da heutzutage ohnehin keine Ausländer mehr kommen, dient es als Beamtenherberge und exklusiver Club für die Politikerelite. Das Haus ist von äußerst schlichter Eleganz. Ohne Sondergenehmigung kommt man hier nicht rein. Allerdings gibt es sowieso kaum Leute, die hier übernachten wollen, denn es hat nicht einmal irgendwelche Freizeitangebote«, erklärte der Boss, der P bis zu seiner Suite begleitet hatte. »Ich wollte Ihnen noch das Programm für Ihren Aufenthalt geben, das wir gemeinsam mit der Regierung erstellt haben.«

»Sie meinen, da steht drin, was ich zu tun haben werde?«

»Nein, es sind nur Empfehlungen, an die Sie sich nicht im Einzelnen zu halten brauchen.«

Tatsächlich handelte es sich um ein minuziös geplantes Programm, das in vier Zeitspannen unterteilt war. Die kurzfristige Planung deckte die kommenden vier Wochen ab, die mittelfristige die nächsten sechs Monate, die langfristige das gesamte nächste Jahr und die überlangfristige alles, was danach kam. Bei der Letzteren waren die betreffenden Spalten noch größtenteils frei, und die wenigen Einträge alle mit einem Fragezeichen versehen.

»Die Amanonier halten es offenbar für unsinnig, sich über Sachen Gedanken zu machen, die erst in einem Jahr passieren, nicht wahr?«, bemerkte P interessiert. »Das erinnert mich an das amanonische Sprichwort *Spreche nie vom nächsten Jahr, denn sonst macht's der Teufel wahr.*«

»Tja, wahrscheinlich hält man es für vernünftiger, nicht über die allzu ferne Zukunft nachzudenken.«

»Auch über vergangene, abgeschlossene Ereignisse denkt man in diesem Land nicht gern nach«, fügte Castanon hinzu, und P kam es vor, als habe in seinen Worten eine Spur Selbstverachtung gelegen.

»Auf jeden Fall ist, wenn ich das Programm richtig verstanden habe, für die nächste Woche bereits ein Treffen mit dem Staatsoberhaupt angesetzt, nicht wahr?«

»Ja, und zwar ein Bankett mit dem Premier und führenden Kabinettsmitgliedern.«

»Und das davor: der ›Sonderuntersuchungsausschuss zum Monokamismus‹ – was ist das für ein Ausschuss? Hört sich an, als hätte der etwas mit mir zu tun.«

Diese Frage brachte den Boss sichtlich ins Schleudern. Ausweichend antwortete er, dass auch ihm keine Details bekannt seien. »Über die Mitglieder dieses Gremiums kann ich Ihnen leider ebenso wenig Genaues sagen wie über Planung und Zielsetzung, doch ich schätze, dass es ein direkt vom Ministerpräsidenten einberufener Ausschuss ist, der sich mit Ihrer Sache beschäftigt.«

»Sicherlich soll ich vor diesem Ausschuss nur aussagen. Als Komiteemitglied wird man mich wohl kaum berufen.«

»Wahrscheinlich nicht«, sagte der Boss und lächelte gekünstelt. »Übrigens würde ich gern noch etwas Geschäftliches mit Ihnen besprechen. Wie ich vorhin bereits erwähnte, arbeiten wir als Serviceagentur der Regierung und würden uns freuen, wenn auch Sie von unserem Servanten-Angebot Gebrauch machten. Die Rechnung ginge dann direkt an die Regierung. Sie können natürlich auch einen privaten Vertrag mit uns abschließen. Allerdings müssten Sie in dem Fall den Pauschalpreis zahlen.«

»Was sind denn *Servanten*, wenn ich fragen darf?«

»Das sind Leute, die sich um Sie kümmern und für Ihr persönliches Wohl sorgen sowie auch Aufgaben als Sekretäre, Butler oder Manager übernehmen. Je nach Art der Dienstleistung haben wir Servanten jeder Altersstufe im Angebot, alle hervorragend qualifiziert.«

»Jetzt verstehe ich: Sie sprechen von Dienstboten, nicht wahr?«

»Ja, so nannte man das früher wahrscheinlich.«

»Dann wäre ich grundsätzlich schon interessiert. Allerdings bräuchte ich eigentlich nur noch eine junge Sekretärin, denn als Assistent beziehungsweise Butler habe ich schon Castanon.«

»Ach so, den Herrn Laotan.« Der Boss warf Castanon einen flüchtigen Blick zu und fuhr dann mit übertriebener Höflichkeit fort: »Ja, der Herr macht einen äußerst korrekten Eindruck. Ich würde Ihnen allerdings empfehlen, ihn nicht direkt anzustellen, sondern über unsere Firma, denn das wäre für uns alle von Vorteil. Herr Castanon selbst erhielte als fester Angestellter einen gewissen Status, genösse unseren speziellen Kündigungsschutz und würde natürlich auch nach den Tarifbestimmungen unseres Hauses bezahlt. Wobei ich in aller Bescheidenheit darauf hinweisen möchte, dass Sie so hohe Löhne wie bei uns sonst nirgends finden werden.«

Als P ihn nach seiner Meinung fragte, erklärte Castanon, er sei mit dem Vorschlag einverstanden. Auch P hatte den Eindruck, dass die Ungewissheit seines gegenwärtigen Status den ehemaligen Beamten und Polizeiinspektor verunsicherte, und es angebrachter sei, wenn er als festangestelltes Mitglied einer Serviceagentur arbeitete.

»Ansonsten benötigen Sie keine Servanten?«

Am liebsten hätte sich P eine junge Servantin für ein gemeinsames Schäferstündchen bestellt, doch er traute sich nicht, diesen Wunsch offen zu äußern.

»Wie gesagt, höchstens eine Sekretärin. Ich habe da bereits jemanden im Auge, doch zu direkten Verhandlungen ist es noch nicht gekommen.«

»Dann schlage ich vor, dass Sie uns diese Verhandlungen führen lassen, und wir Ihre Wunschkandidatin, genau wie Herrn Castanon, fest bei uns anstellen. Im Allgemeinen haben wir als Profis bei solchen Verhandlungen die besseren Karten.«

Da P gegen diesen Vorschlag nichts einzuwenden hatte, entschied er sich, die Verhandlungen mit Himeco der Serviceagentur zu überlassen.

»Was das Gehalt angeht, möchte ich mich übrigens ganz nach den Vorstellungen der Gegenseite richten und den Teil der Kosten, der die Tarifgrenzen Ihrer Firma übersteigt, aus eigener Tasche bezahlen. Aber das können wir auch noch ein anderes Mal besprechen.«

Damit verabschiedete P den Boss und wandte sich dann an Castanon.

»Habe ich alles richtig gemacht? Zwar kenne ich mich hier noch nicht so gut aus, aber Rationalität scheint das oberste Prinzip zu sein.«

»Ja, hier ist alles bis ins Kleinste durchkalkuliert«, bestätigte Castanon. »Die *Amanonia* ist das größte Unternehmen in der Dienstleistungsbranche. Sie erhält Unmengen von Regierungsaufträgen, sogar im polizeidienstlichen Bereich. Auf die kann man sich verlassen.«

»Im polizeidienstlichen Bereich?«, fragte P überrascht. »Dann warst du bisher also auch …?«

»Ich war Provinzbeamter. Als Angestellter der *Amanonia* wurde mein Ansehen beträchtlich steigen.«

»Es wäre also eine Verbesserung für dich, nicht wahr? Das freut mich.«

»Ja, zumal man normalerweise erstklassige Zeugnisse braucht, um von dieser Firma genommen zu werden. Und Laotane sollen angeblich gar keine Chancen haben. Tja, insofern ist es kein schlechtes Angebot.«

»Wirklich erfreulich«, wiederholte P und beschloss dann, die Gelegenheit zu nutzen und ein Problem zur Sprache zu bringen, das ihn schon geraume Zeit beschäftigte. »Übrigens bin ich über deinen Status und deine Aufgaben kaum informiert. Ich habe mich schon gefragt, ob du in Wirklichkeit vielleicht ein Spitzel bist, also jemand, der vom Nachrichtendienst oder der Geheimpolizei auf mich angesetzt wurde, um mich auszuspionieren …«

»Ich muss Sie enttäuschen: Solche geheimdienstlichen Tätigkeiten gibt es bei uns gar nicht. Wir haben ja keinen Kontakt zum Ausland. Aber wenn irgendwann einmal Bedarf bestünde, würde die Regierung sicher eine Serviceagentur beauftragen, die dann den Auftrag an jemanden wie mich weitergäbe. Natürlich gegen Sonderhonorar.«

»Seltsame Vorgehensweise. Und du würdest so einen Spionageauftrag tatsächlich übernehmen?«

»Normalerweise bliebe mir wahrscheinlich nichts anderes übrig«, sagte Castanon, »obwohl ich nicht glaube, dass sie mich dazu zwingen würden.«

»Zum Beispiel könnte ich dir einfach mehr bieten als das Spionagesonderhonorar – dann könntest du den Dienst leichten Herzens verweigern.«

»Einverstanden«, sagte Castanon, fügte dann jedoch hinzu: »Allerdings dürfte die Regierung kaum Interesse an so einem Auftrag haben. Allein das Wort ›Spitzel‹ ist so veraltet, dass ich auf Anhieb auch nichts damit anzufangen wusste, als ich es das erste Mal hörte.«

»Die Regierung ist vielleicht ein wenig zu optimistisch«, erwiderte P geradeheraus. »Denkt man denn gar nicht daran, dass auch ich ein Spitzel sein könnte?«

»Daran gedacht hat man wahrscheinlich schon«, erwiderte Castanon und machte dann eine Bemerkung über P's Zukunft, die das Problem auf den Punkt brachte: »Doch selbst wenn Sie an geheime Informationen kämen – wie wollten Sie diese außer Landes bringen, Padre? Sie haben doch, wenn ich es einmal ganz offen sagen darf, keinerlei Möglichkeit, von hier wegzukommen.«

»Momentan nicht, das stimmt«, sagte P, dem es unangenehm war, mit dieser Wahrheit konfrontiert zu werden, da er sich mit dem Gedanken, womöglich auf ewig in Amanon festzusitzen, noch keineswegs angefreundet hatte. »Allerdings habe ich es auch gar nicht nötig, meine Nase überall hineinzustecken und mit unlauteren Mitteln Staatsgeheimnisse auszuspionieren, denn meine Aufgabe ist die Verbreitung des Monokamismus, und alles, was ich an Informationen benötige, dient dieser Aufgabe. Ebenso wenig möchte ich von früh bis spät überwacht werden, als sei ich ein Verbrecher, der das Land heimlich zu vergiften trachtet, denn schließlich mache ich nichts weiter, als die Wahrhaftigkeit des Monokamismus zu predigen«, bemerkte P, während er vom Schreibtisch am Fenster einen Übersichtsplan zur Hand nahm, um sich mit seiner neuen Behausung vertraut zu machen. Nach diesem Plan stand ihm eine ziemlich große Wohnfläche zur Verfügung, und zwar der gesamte rot unterlegte Bereich, beinahe ein Viertel der 117. Etage. Von den mehr als zehn Zimmern würden einige sicher ungenutzt bleiben, selbst wenn demnächst auch noch Himeco zu ihnen zöge. Für das größte Zimmer, das geräumig wie ein Ballsaal war, dachte P an eine Andachtshalle mit Altar. Das nötige Material vermutete er bei den Sachen aus dem Transportschiff, doch als er Castanon telefonisch nachfragen ließ, erfuhr P, dass die Bauteile nach der staatlichen Inspektion zur Lagerung an einen Speditionsservice geschickt worden waren. Eine Grundausstattung an Möbeln sei schließlich vorhanden, hieß es, und falls P weitere Wünsche habe, könne er sich über das Hotel an einen Möbelverleih wenden.

Anschließend trat P auf die Terrasse und sah sich den Garten an, der aus seltenen Pflanzen und einer Steinlandschaft bestand, die aussah, als stelle sie eine verkleinerte Imitation des Senzan-Gebirges dar.

»Was für ein schöner Garten.«

»Ja, dieser Luftgarten ist der ganze Stolz des Hotels.«

»Wie funktioniert denn ein Luftgarten?«

»Ich nehme an, dass er auf dem Dach der darunter liegenden Etage angelegt ist.«

»Und dafür hat man extra Erde heraufgekarrt und Gewächse angepflanzt? Was für eine Heidenarbeit.«

»Das mag schon sein, aber wenn so ein Garten einmal angelegt ist, braucht er keine Pflege mehr. Die Pflanzen sind nämlich alle künstlich. Und die Steine natürlich auch.«

»Ach, das hätte ich nicht gedacht. So eine präzise Verarbeitung – beinahe schöner als das Original.«

»Es gibt eine Promenade, welche die Gärten und einzelnen Gebäude miteinander verbindet. So kann man fast überallhin gelangen und sich dabei fühlen wie bei einem Spaziergang im Wald oder in den Bergen.«

»Bei den Straßen und Gebäuden frage ich mich sowieso, was das für eine Bauweise ist. Man kommt sich immer vor wie mitten in einem halbfertigen Bauklötzchenturm. Oder wie in einer Art Freiluftlabyrinth …«

Plötzlich spürte P, dass er langsam hungrig wurde. »Übrigens, wie machen wir es mit dem Essen?«, fragte er Castanon. »Gibt es im Hotel einen Speisesaal, wo man zum Essen hingeht?«

»Selbstverständlich gibt es Restaurants«, antwortete Castanon, »aber man kann sich das Essen auch aufs Zimmer kommen lassen, entweder aus den Hotelrestaurants oder anderen, noch luxuriöseren Feinschmeckerlokalen. Wenn Sie wollen, können Sie sich auch einen Koch bestellen, der das Essen auf dem Zimmer zubereitet. Das ist allerdings ein ziemlich teurer Spaß. Ihr Goldklumpen dürfte davon zwar kaum einen Kratzer bekommen, selbst wenn Sie sich diesen Luxus ein paar Tage am Stück leisten würden, doch ich persönlich würde Ihnen von solch einer Verschwendung abraten.«

»An Luxus bin ich auch gar nicht interessiert«, erwiderte P. »Nur was es bei euch auf dem Land gab: Langustenhirn und Riesenfische im Todeskampf – das würde ich gern ab und zu essen.«

»Wenn Sie das so gern essen, werde ich mich demnächst nach einem entsprechenden Restaurant umsehen.«

An diesem Abend jedoch wollte P zunächst im Hotel bleiben und einen Tisch im nobelsten Restaurant des Hauses bestellen (welches das beste war, ließ sich leicht aus der Hotelbroschüre entnehmen, denn die Restaurants wurden mit der Höhe der Stockwerke immer teurer), doch ungefragt hatte Castanon nur für P allein reservieren lassen.

»Wieso denn nur für mich? Komm doch auch mit«, protestierte P, doch Castanon verzog sein Schrumpfkopfgesicht zu einem rätselhaften Ausdruck.

»Vergessen Sie bitte nicht, dass ich ein Laotan bin«, antwortete er. »In den meisten guten Restaurants haben wir keinen Zutritt. Das ist ein ungeschriebenes Gesetz.«

»Eine unverschämte Diskriminierung ist das«, empörte sich P, obwohl er den Sinn dahinter langsam zu verstehen begann. »Na ja, was soll's. Dann lassen wir uns heute Abend eben etwas aufs Zimmer bringen.«

»Ich weiß das zu schätzen«, erwiderte Castanon mit Tränen in den Augen, »doch nehmen Sie in Zukunft bitte nicht mehr so viel Rücksicht auf mich, Padre. Es würde Ihrem Ansehen nur schaden, wenn andere den Eindruck erhielten, dass Sie sich mehr als nötig um einen Laotan kümmern.«

»Tja, das mag schon sein. Aber allein essen ist mir zu langweilig.«

»Wenn erst Himeco hier ist, wird das alles kein Problem mehr sein.«

Nach einer Weile erschienen ein Koch und ein Garßon in einem großen Cybermobil, das mit Essen vollgeladen war – mehr als ein Dutzend verschiedener Speisen. Nachdem der Zimmerservice das Essen auf ein Handwägelchen umgeladen und in P's Esszimmer in einem Sekundenerhitzer erwärmt hatte, wurde es am Tisch serviert, verziert mit verschiedenen, bunt schillernden Soßen.

»Wirklich, der Service lässt nichts zu wünschen übrig«, sagte P, »und das Essen auch nicht. Übrigens könnten wir, wenn wir uns nach dem Essen kurz ausgeruht haben, mal in die Stadt gehen. Ich möchte mich nach einer Gegend umsehen, wo viel los ist, und dort das Wort Monokamis verkünden, also eine Trottoirpredigt abhalten, wie es auf Altamanonisch so schön heißt.«

»Ist das Ihr Ernst?«

»Aber ja. Es gehört zu den Pflichten eines Missionars, mindestens einmal am Tag auf der Straße zu predigen. Ob es etwas bringt, werden wir dann sehen.«

»Aber wenn Sie vorher keine Genehmigung einholen, laufen Sie Gefahr, wegen Ruhestörung verwarnt zu werden.«

»Hör mal, ich verstehe ja, dass du dir als ehemaliger Polizist Sorgen machst, doch ich habe weder vor, riesige Lautsprecher zu benutzen, noch Reden vor Menschenmassen zu halten. Ein ruhiges Gespräch mit ein paar Zuhörern, mehr nicht. Das dürfte schon in Ordnung gehen«, sagte P und holte aus seiner Reisetasche ein ponchoartiges Padregewand hervor, das speziell für Straßenpredigten gedacht war.

»Hier, ich habe noch eine Ersatzkutte. Es ist besser, wenn du auch eine trägst.«

Mit skeptischem Gesichtsausdruck zog Castanon den weiten Talar über. Sein kleines Gesicht wirkte darin noch winziger – er schaute aus wie das selbstgebastelte Püppchen eines handwerklich unbegabten Kindes.

7. KAPITEL

Die Sitzung der Intergenese-Forschungskommission

Die negativen Auswirkungen seiner Straßenpredigt wurden P bei seiner Teilnahme an der Sitzung des *Sonderuntersuchungsausschusses zum Monokamismus* schnell klar. Eines der Kommissionsmitglieder hatte sich sofort nach der Begrüßungsrede des Ausschussvorsitzenden zu Wort gemeldet und P zu diesem Thema ins Kreuzverhör genommen.

An dem fraglichen Tag, als P sich gleich nach seiner Ankunft in Tokiyo mit Castanon auf den Weg in die Stadt gemacht hatte (ihm war immer noch nicht klar, ob es sich um Straßenzüge unter freiem Himmel handelte oder um geschlossene Passagen, die sich innerhalb verschachtelter Gebäudekomplexe ins Unendliche verzweigten), waren die beiden trotz ihrer äußerst fremdartigen Aufmachung von den vorbeilaufenden Passanten komplett ignoriert worden. Auf einem kleinen Platz mit Springbrunnen hatte P seine erste Predigt begonnen, doch es gab kaum jemanden, der stehen blieb. Abgesehen von den wenigen, die immerhin zu ihnen herüberblickten, gingen die meisten Leute vorbei, ohne sich auch nur umzuschauen, als hätten sie den hochgewachsenen Fremdling mit der lauten Stimme überhaupt nicht bemerkt. Schließlich wurde es P zu dumm, und er beschloss, einen Stimmverstärker zu benutzen. Dies hatte Erfolg: Einige der Leute, offensichtlich alles Bizmänner, verlangsamten tatsächlich ihre Schritte und musterten P mit ausdruckslosen Mienen. Einer von ihnen kam näher und fragte P, was er zu verkaufen habe.

»Es ist die Botschaft Monokamis, die ich bringe.«

»Hast du davon was Gedrucktes?«

»Natürlich. Hier, bitte sehr. Das ist ein Auszug aus dem *Heiligen*

Kontrakt des Monokamismus. Den möchte ich heute an Sie alle verteilen. Selbstverständlich gratis. Sie können ihn zur täglichen Lektüre mit nach Hause nehmen«, erklärte P und wollte anfangen, seine Broschüren auszuteilen, doch daraufhin wichen die umherstehenden Leute angewidert zurück. Einem von ihnen versuchte P mit Gewalt eine Broschüre in die Hand zu drücken.

»Nein, danke. Gratisgeschenke will ich nicht. Wenn schon, will ich bezahlen.«

»Da haben Sie vollkommen Recht«, lenkte P hastig ein, »aber das ist der Segen Monokamis und kein Werbeprodukt mit späterem Kaufzwang. Wenn Sie allerdings darauf bestehen, Maney zu bezahlen, nehmen wir das gern als Spende entgegen, oder als Almosen, wie man auf Amanonisch sagen würde. Darf ich Ihnen gleich ein Exemplar geben?«

»Nö, nicht wenn ich dafür Maney bezahlen muss. Ich brauch's ja eigentlich gar nicht.«

»Dann nehmen Sie eben eines umsonst mit.«

»Umsonst will ich nichts.«

»Dann müssen Sie es wohl doch kaufen.«

»Was ich kaufe und was nicht, ist doch wohl meine Sache. Und das kann ich nicht gebrauchen, also kauf ich's auch nicht. Hier!« Damit drückte der Herr ihm die Broschüre wieder in die Hand. Es kostete P Mühe, sich zu beherrschen und seine Gereiztheit nicht anmerken zu lassen. Für die folgende Predigt erhöhte er die Lautstärke an dem mitgebrachten Stimmverstärker und zitierte in drohendem Ton aus einem Kapitel des *Heiligen Kontrakts*, welches die monokamische Inquisition über Aberglaube und Ungläubigkeit der Menschen heraufbeschwor. Bereits zehn Minuten später wurde er festgenommen. Unter den jungen Polizeibeamten, die zu mehreren herbeigeeilt waren, befand sich auch ein Laotan, wie P sogleich bemerkte, vielleicht ein wenig jünger als Castanon. Ohne Widerstand zu leisten, ließ P sich abführen. Der Ort, an den man ihn brachte, ähnelte in seiner Weitläufigkeit und Gepflegtheit eher einer Bank als einer Polizeiwache. Tatsächlich waren, wie P erstaunt vernahm, die uniformierten Beamten in Wirklichkeit keine Polizisten, sondern Angehörige eines privaten Wachdienstes; der einzige echte Polizist war der Laotan. Sogleich bat Castanon ihn um einen Anruf bei der Staatskanzlei, um zu beweisen, dass es sich bei P um einen bedeutenden Ausländer auf Staatsgastebene handelte. Als Castanon den Vizeregierungssprecher persönlich am Apparat hatte, reichte er P den Hörer. Am anderen Ende der Leitung meldete sich eine hohe, weibliche Stimme.

»Hier ist Vizeregierungssprecher Miyacos. Hat es Trouble gegeben, ja? Verstoß gegen das Antilärmgesetz, hm? Na, bezahl erst mal das Bußgeld, ich klär dann die Sache mit dem Sicherheitsdienst. Wir sehen uns ja eh demnächst beim Bankett. Freu mich schon. Also denn, tschüssi!«

Fassungslos starrte P den Hörer an. Sein Gesprächspartner hatte aufgelegt, ohne dass er auch nur zu Wort gekommen war.

»Sag mal, Castanon«, fragte er entsetzt, »hat sich da vielleicht jemand einen Spaß mit mir erlaubt?«

»Wie kommen Sie denn darauf«, entgegnete Castanon verwundert. »Das war der Vizeregierungssprecher, da bin ich ganz sicher, Padre. Ich habe schließlich selbst einige Male mit ihm gesprochen, als es um die ersten Recherchen zu Ihrer Person ging.«

»Das klang aber wie die Stimme eines Mädchens oder die eines jungen Burschen vor dem Stimmbruch.«

»So sprechen die bedeutenden Persönlichkeiten alle.«

»Das soll die Ausdrucksweise der Elite dieses Landes sein?« P konnte es nicht fassen. »Dieser schnodderige und unhöfliche Ton?«

»Ich kann daran nichts Unhöfliches finden«, entgegnete Castanon. »Das ist die charakteristische Redeweise der Proms. So distinguiert könnte sich unsereins gar nicht ausdrücken.«

»Was sind denn *Proms*?«

»Proms sind Prominente, also wichtige Persönlichkeiten, zu denen jetzt auch Sie gehören, Padre. Vielleicht sollten Sie versuchen, Ihre Ausdrucksweise ein wenig anzupassen.«

»Und mir eine degenerierte, unelegante Sprechweise zulegen, was?«, erwiderte P resigniert. »Dabei hatte das Altamanonisch, das ich am Theokolleg gelernt habe, ein hohes Niveau und eine klar definierte Höflichkeitssprache mit feiner Nuancierung je nach Geschlecht, Alter oder sozialem Status. Doch damit haben die hochgestellten Persönlichkeiten heutzutage offenbar nichts mehr am Hut. Jetzt wird mir auch klar, warum dieser Revierleiter damals so sprach. Ich fand es für jemanden in seiner Position ziemlich unpassend, doch in Wirklichkeit war gerade das ein Beweis für seine hohe gesellschaftliche Stellung als Prom, nicht wahr?«

»Richtig. Leider ist dieser Stil für unsereins schwer nachzuahmen. Obwohl ich ihn eigentlich sehr schick finde.«

»Na, die Ansicht kann ich nicht teilen. Interessant, dass das Altamanonische ausgerechnet beim einfachen Volk, also bei Ungebildeten oder Angehörigen der unteren Schichten noch relativ gut erhalten scheint.«

»Da könnten Sie Recht haben«, sagte Castanon. »Vielleicht kommt das daher, dass solche Leute mehr Gelegenheit haben, sich Höhergestellen gegenüber höflich auszudrücken.«

»Weißt du, im Grunde fällt mir die Kommunikation mit dir am leichtesten«, gestand P, obgleich er fürchtete, dass seine Worte Castanon verletzen könnten. »Du drückst dich klar und verständlich aus, fast wie im Altamanonischen. Ist das bei allen Laotanen so?«

»Ich glaube ja. Diese ›Sonntagssprache‹ ist uns in Fleisch und Blut übergegangen, da wir praktisch allen anderen gegenüber stets höflich und aufmerksam sein müssen, während die Proms sich vor niemandem zurückzunehmen brauchen. Deshalb klingt deren Sprechweise in Ihren Ohren wahrscheinlich wie die eines verwöhnten Kleinkindes.«

»Stimmt«, nickte P. »Und ich habe nicht die geringste Lust, mir diese Ausdrucksweise anzueignen.«

So blieb P nichts anderes übrig, als ein paar Tage später in Castanons Begleitung an der Sitzung des *Sonderuntersuchungsausschusses zum Monokamismus* teilzunehmen. Eigentlich war er weniger Teilnehmer als Vorgeladener, denn aus seinen wiederholten Telefonaten mit dem verantwortlichen Kanzleibeamten (dieser hatte sich als Planungschef des Ausschusses vorgestellt) war unmissverständlich deutlich geworden, dass es unter keinen, aber auch gar keinen Umständen geduldet werde, wenn P dort unter irgendeinem Vorwand abwesend sein sollte. Also fuhr P am Tag der Sitzung mit einem Cybermobil vom Hotel *Zum Staatsgast* zum Tagungsort, der Tokiyoter Stadthalle. In ganz Tokiyo gab es offenbar keine einzige Strecke unter freiem Himmel. Sicher bewegte sich das Vehikel per Autopilot durch die Gebäudepassagen und Unterführungen bis zur Stadthalle.

Genau wie das Hotel *Zum Staatsgast* war auch die Stadthalle in einem eher unzeitgemäßen Baustil gehalten. Von innen vermittelte das Gebäude einen altersgrauen, gewichtigen Eindruck. Am Eingang zum Konferenzraum begrüßte sie ein beflissener junger Mann; er bat P, sich am Empfangspult in ein elegantes Buch einzutragen, heftete ihm ein Namensschildchen an die Brust und brachte ihn dann zu seinem Platz. Auf den in Hufeisenform angeordneten, langen Tischen stand an jedem Platz ein Stimmverstärker mit Namensschild daran. Auf dem Schild des Vorsitzenden, dessen Platz seinem eigenen schräg gegenüberlag, las P den Namen Hócanon. Nachdem dieser Hócanon, ein Mann mit dicker Hornbrille, und die meisten anderen Kommissionsmitglieder sich an den Tischen eingefunden hatten, begann ein junges Mädchen in Garßon-Uniform, an allen Plätzen flache Holzkästchen und Getränke auszuteilen. P warf einen verstohlenen Blick in die Runde und bemerkte, dass alle anderen die Deckel von ihren Kästchen entfernt hatten und das Essen darin mit Hilfe zweier Holzstöckchen geschickt zu verspeisen begannen. Als er ihrem Beispiel folgte und ebenfalls den Deckel von seinem Kästchen abnahm, entdeckte er darin eine Miniaturversion des traditionellen Menüs, das er im Zugrestaurant auf der Fahrt nach Tokiyo gegessen hatte; in unzählige kleine Fächer gebettet sah es aus wie kunstvoll gearbeitetes Puppenstubenessen. Abgesehen von den wenigen, die sich im Flüsterton über private Dinge unterhielten, waren die Anwesenden mit gesenkten Köpfen schweigend auf ihre Mahlzeit konzentriert. P machte es wie sie und begann ebenfalls schweigend zu essen. Nachdem alle Anwesenden ihre Mahlzeit beendet hatten, erklärte der Planungschef der Kommission – eine äußerst beamtenhafte Erscheinung – die Sitzung für eröffnet und kündigte als ersten Punkt auf der Tagesordnung eine Begrüßung durch Ministerpräsident Yumicos an. Sogleich tat sich neben P eine Tür auf, und herein kam ein distinguierter Mittvierziger von kräftiger Statur; er schritt auf den Stimmverstärker zu und begann eine kurze Ansprache. Sein Tonfall glich dem des Revierleiters und des Vizeregierungssprechers, auch wenn er eine etwas offiziellere Note hatte. Trotzdem hatte P erhebliche Schwierigkeiten, der Rede zu folgen, wahrscheinlich wegen der Fülle von neuamanonischen Ausdrücken, also amanonisierten Fremdwörtern, die darin vorkamen.

Zunächst betonte der Ministerpräsident, wie sehr er P's unerwarteten Staatsbesuch begrüße. In seinem Kommen sehe er, so der Staatschef, nicht nur ein Vorzeichen der geplanten Intergenese (dieser Ausdruck stand für Internationalisierung, wie P später herausfand), sondern auch eine gute Gelegenheit, diese Intergenese durch ein Gremium von Fachleuten weiter erforschen zu lassen, um so die Zukunftsweichen für eine ernsthafte Realisierung zu stellen. Soweit hatte sich P den Inhalt des Gesagten in etwa zusammenreimen können. Nachdem der Ministerpräsident P um eine Teilnahme als Gastredner gebeten hatte, beendete er seine Rede mit dem Vorschlag, den Ausschuss umzubenennen und in Zukunft unter dem Namen *Intergenese-Forschungskommission* zu führen, was von den Anwesenden mit Applaus begrüßt wurde. Dann entschuldigte sich der Premier, da dringende Geschäfte ihn erwarteten. Beim Hinausgehen steuerte er mit ausgestreckter Hand auf P zu, und als P sich erhob und dem Staatschef die Hand schüttelte, spürte er, wie ihm dieser freundschaftlich den Rücken tätschelte, etwa auf Höhe der Schulterblätter. Für einen Amanonier war Yumicos von beachtlicher Größe, wenn auch nicht so hochgewachsen wie P, und machte trotz seiner birnenförmigen, beleibten Statur einen schwungvollen und stattlichen Eindruck. Seine weichen Hände fühlten sich an wie die einer Frau, und auch während ihrer kurzen Umarmung war der Regierungschef P vorgekommen wie eine nicht mehr ganz junge, mollige Dame der besseren Gesellschaft. Zu diesem insgesamt femininen Eindruck mochte auch das exquisite Parfüm des Ministerpräsidenten beigetragen haben: ein blumiger Duft, wie ihn normalerweise – soweit P das beurteilen konnte – eher Frauen bevorzugten.

Nachdem der Ministerpräsident den Anwesenden noch ein letztes liebenswürdiges Lächeln zugeworfen hatte und dann geschäftig hinausgeeilt war, wandte sich die allgemeine Aufmerksamkeit automatisch wieder dem Vorsitzenden Hócanon zu. Dieser war weniger stattlich und gutaussehend als der Ministerpräsident, eher ein Akademikertyp. Wie P von Castanon gehört hatte, war Hócanon früher einmal Präsident der Amanon-Universität gewesen und hatte bereits in vielen weiteren Regierungskommissionen, Untersuchungsausschüssen und Forschungsgremien Posten als Vorsitzender, Vertreter oder Sprecher innegehabt. Er war weitaus älter als der Ministerpräsident und sah mit seinen langen, graumelierten Haaren wie eine Dame um die Sechzig aus. Nachdem er weitschweifig erläutert hatte, wie es zur Umbenennung des Ausschusses durch den Ministerpräsidenten gekommen war, begann er tonlos die einzelnen Punkte der Tagesordnung zu verlesen, von der jedes Kommissionsmitglied eine Kopie vor sich liegen hatte. P wurde den Eindruck nicht los, dass die träge und trostlose Atmosphäre, die bei der

Sitzung bereits zu Beginn herrschte, zum Teil Hócanons schwerfälliger, beamtenhafter Art zu verdanken war.

Nachdem der Vorsitzende seine Erklärung beendet hatte, schlug er vor, doch gleich zum Brainstormen überzugehen. Obwohl P den Ausdruck *brainstormen* nicht kannte, dachte er sich, dass damit sicherlich ein freier Meinungsaustausch gemeint war. Es war an diesem Punkt der Sitzung, dass plötzlich jene Frage in den Raum gestellt wurde, beziehungsweise der erwähnte Angriff auf P erfolgte. Die Wortmeldung kam von einem älteren Kommissionsmitglied, einem Akademikertyp mit laotanhaft verschrumpeltem Gesicht, dem seine Abneigung gegen P schon an den abweisend verzogenen Mundwinkeln anzusehen war.

»Werter Herr Vorsitzender«, begann der Mann in altmodischem, hochgestochenem Amanonisch. »Wenn Sie erlauben, hätte ich zunächst einige Fragen zum Wesen dieses Ausschusses, zu seiner Intention und personellen Zusammensetzung.«

Damit eröffnete er sein bösartiges Verhör, wobei er sich scheinbar an den Vorsitzenden wandte und nicht ein einziges Mal zu P blickte. »Ich frage mich, Herr Vorsitzender, ob eine besondere Absicht dahinter steckt, diesen Untersuchungsausschuss, welcher die Förderung der Intergenese, also der Internationalisierung zum Ziel hat, wie der Herr Ministerpräsident vorhin ausführte, von ursprünglich *Sonderuntersuchungsausschuss zum Monokamismus* ausgerechnet unter Verwendung des Terminus *Intergenese* umzubenennen, und ferner, ob die Aufnahme von Herrn P, also einer Person mit fremder Staatsangehörigkeit, als Mitglied dieser Kommission durch eine Nominierung vonseiten des Ministerpräsidenten als offizielle Ernennung amtlich bestätigt worden ist, und wenn nicht, ob dann nicht eine Beratung über das Für und Wider der Zulassung einer Person mit fremder Staatsangehörigkeit als Mitglied beziehungsweise als Gastredner durch diese Kommission angebracht wäre, und ob in dem Fall die Eignung dieses Ausländers als Kommissionsmitglied nicht auch sofort und brutalstmöglich geprüft werden müsste, da dieser Ausländer, wie ich in Erfahrung bringen konnte, sich nicht nur der illegalen Einreise schuldig gemacht hat, sondern darüber hinaus auch noch illegalen religiösen Aktivitäten nachgegangen ist. Darauf hätte ich von Ihnen gern eine Antwort.«

An den Worten des Ausschussmitglieds hatte P nicht nur die verklausulierte Ausdrucksweise irritiert, sondern vor allem die nervtötende Aneinanderreihung von *ob*s. In der altamanonischen Sprache, die P gelernt hatte, war ihm diese merkwürdige Häufung nicht aufgefallen. Und schon gar nicht ein hanebüchener Ausdruck wie »brutalstmöglich«.

»Was diese Punkte anbelangt«, antwortete der Vorsitzende, ohne eine Miene zu verziehen, »so war der offizielle Name dieses Ausschusses noch nicht festgelegt, als Ihnen unlängst die Einladungen zu dieser Sitzung zugingen, wie schon der Zusatz ›Arbeitstitel‹ auf den Schreiben besagte. Erst danach wurde im Gespräch mit dem Herrn Ministerpräsidenten der amtliche Name *Intergenese-Forschungskommission* bestätigt, wie der Herr Ministerpräsident Ihnen heute bereits mitgeteilt hat. Was Ihre nächste Frage zum Mitgliedsstatus von Herrn P betrifft, möchte ich unter Berücksichtigung der Wünsche des Ministerpräsidenten vorschlagen, ihn zunächst einmal als Gastredner teilnehmen zu lassen, und die Entscheidung über einen ordentlichen Mitgliederstatus auf eine der nächsten Sitzungen zu verschieben. Und was den Vorwurf der illegalen Einwanderung angeht, so ist man nach Beratungen mit der Staatskanzlei und dem Justizministerium zu der Entscheidung gelangt, in diesem Ausnahmefall durch eine staatliche Sondermaßnahme von einer Einstufung als illegaler Einwanderer abzusehen und über das weitere Vorgehen in einem Sonderuntersuchungsgremium zu beraten, denn erstens ist es durch die Isolationspolitik unseres Landes und die staatlichen Abriegelungsmaßnahmen mit den Protektoren praktisch unmöglich, unser Land auf legale Weise zu betreten, und zweitens würde die Tatsache, dass die Protektoren diesmal so einfach zu durchbrechen waren, auf einen schweren Mangel hindeuten und somit ein weiteres heikles Problem aufwerfen. Doch was den von Ihnen zuletzt genannten Punkt angeht, dass Herr P illegalen Aktivitäten nachgehe, so liegt mir persönlich noch keine offizielle Information vor. Ich würde vorschlagen, Herrn P hierzu um eine kurze Stellungnahme zu bitten.«

Da es keine Einwände gab, folgte P dem Vorschlag des Vorsitzenden und knipste seinen Stimmverstärker an.

»Zunächst darf ich mich ganz herzlich bei dem verehrten Herrn Vorsitzenden und allen Mitgliedern der Kommission für diese spontane Redegelegenheit bedanken und mich kurz vorstellen: Mein Name ist Padre P und ich bin hier, um den Glauben meiner Heimat zu verbreiten: den Monokamismus. Das ›Padre‹ ist eigentlich nicht Teil meines Namens, sondern mein offizieller Titel als monokamischer Missionar, ein Titel, der bei uns weit verbreitet ist und in etwa dem amanonischen ›Hochwürden‹ entspricht. Ich darf mich also angesprochen fühlen, wenn vom Padre die Rede ist, denn soweit ich sehe, gibt es keinen anderen Padre, der sich einer ›illegalen Einwanderung‹ schuldig gemacht hat. Was die besagten Umstände meiner Einreise betrifft, die vorhin zur Diskussion gestellt wurden, so muss ich gestehen, dass mir selbst da noch manches unklar ist. Natürlich kann ich den Sachverhalt der illegalen Einwanderung als solchen nicht abstreiten, doch die Tatsache, dass es mir auf mysteriöse Weise gelang, durch die Maschen eines Abwehrsystems zu schlüpfen, das bis dato als undurchdringlich galt, hat sicher nichts mit irgendwelchen Mängeln oder Fehlern an Ihren so genannten Protektoren zu tun – nein, das war eindeutig ein monokamisches Wunder. Deshalb möchte ich untertänigst darum bitten, keinen von den Zuständigen hier in Amanon dafür zur Verantwortung zu ziehen. Meiner bescheidenen Meinung nach war es eine überaus adäquate Entscheidung der Regierung, meine Einreise als Ausnahmefall zu klassifizieren, wie der Herr Vorsitzende vorhin berichtete, denn dieser unvergleichlich souveräne Schritt verhindert, dass unheilvolle Saat für die Zukunft gesät wird. Vielmehr bereitet er einen guten Boden, auf dem die Freundschaft unserer beider Staaten gedeihen und die Intergenese gefördert werden kann. Insofern schulde ich der Weitsichtigkeit der Verantwortlichen größten Respekt.«

Der Vorsitzende nickte zufrieden und dankte P für seinen Redebeitrag, wobei er ihm noch den Tipp gab, sich in Zukunft ruhig etwas umgangssprachlicher auszudrücken und weniger Altamanonisch zu benutzen. »Für das Protokoll wird es ohnehin schriftsprachlich umformuliert.«

»Vielen Dank für den freundlichen Hinweis«, sagte P. »Auf dem Theokolleg habe ich nur sehr altes Amanonisch erlernt, und da ich noch nicht lange hier bin, beherrsche ich die Umgangssprache der oberen Gesellschaftsschichten noch nicht. Besonders schwer tue ich mich mit Fremdwörtern und amanonisierten Lehnwörtern, die ich mir gerade erst mit Hilfe eines Fremdwörterlexikons im Schnellverfahren anzueignen versuche.«

Danach ergriff der Vorsitzende wieder das Wort. »Da Sie sicherlich alle Fragen zu Herrn P's Heimat haben, möchte ich für die heutige erste Sitzung vorschlagen, umgehend mit dem Brainstormen zu beginnen«, sagte Hócanon. Damit war die Diskussion eröffnet, und es erfolgten sogleich die verschiedensten Wortmeldungen. Die erste kam von einem relativ jungen Teilnehmer, der aussah wie ein Bizmann.

»Könntest du vielleicht einfach ein bisschen über Monokamien erzählen?«, bat er. »Irgendwas, zum Beispiel uber die gegenwärtige wirtschaftspolitische Lage oder so. Wir haben nämlich kaum aktuelle Informationen über Monokamien und kennen das Land nur aus den alten Quellen.«

»Gern, doch zuvor möchte ich einige grundsätzliche Dinge vorausschicken«, erwiderte P. »Genau genommen ist unser Land kein normaler weltlicher Staat. Wir kennen weder Staat noch Regierung noch Politik im landläufigen Sinne, sondern nur die monokamische Gemeinde, welche die eigentliche Souveränität besitzt.«

»Aha, der perfektionierte Klerikalismus«, stellte Hócanon fest.

»Klerikalismus? Was ist denn das?«

»So bezeichnet man das Streben der Kirche nach einem Gottesstaat, also einem politischen System, in dem ein Gott oder seine vermeintlichen Abgesandten die alleinigen Machthaber darstellen.«

»Nein, das trifft für unser Land nicht zu. Monokami ist kein politischer Machthaber. Es bedarf wahrscheinlich keiner Erwähnung, dass Er nicht in menschlicher Gestalt vor uns erscheint. Monokami ist eine Kraft, die unmittelbar auf die menschliche Psyche wirkt, und sobald wir uns dieser Kraft öffnen, sozusagen unsere Schädeldecken heben, um sie zu spüren, wird unsere Seele von Seinem Willen beherrscht. Und wenn viele Leute mit der gleichen Erfahrung zusammenkommen, bildet ihre Welt ganz von selbst eine einzige große Gemeinde, die kein politisches System benötigt, in dem die einen den anderen ihren Willen aufzwingen. Die monokamische Gemeinde selbst ist die Macht, die sich bis in den letzten Winkel unserer Glaubenswelt erstreckt. An ihrer Spitze steht ein Generalsekretär, der den Willen Monokamis vertritt. Andere politische Institutionen gibt es nicht.«

Daraufhin nickten sich viele der Anwesenden bedeutungsvoll zu.

»So etwas bezeichnen wir hier als Pfaffenherrschaft«, erklärte einer.

»Ja, also eine Art Beamtenherrschaft unter dem Deckmantel der Religiosität, die auf eine Trennung von Staat und Religion verzichtet«, fügte Hócanon hinzu.

»Und euer Generalsekretär, also der oberste Machthaber – wie wird der gewählt?«, fragte ein anderer.

»Durch interne Abstimmung unter den zwanzig Priestern, die für das Amt kandidieren.«

»Und wie wird man Kandidat?«

»Na ja, durch langjährige Erfahrung und Engagement in der Gemeinde. So entstehen ganz automatisch geeignete Kandidaten.«

»Dabei kommt es sicherlich zu erbitterten Machtkämpfen, Sabotageakten und Auseinandersetzungen zwischen verschiedenen Splittergruppen, nicht wahr?«, vermutete der Vorsitzende.

»Tut mir Leid, aber dazu kann ich nichts sagen. So genau kenne ich mich in den oberen Reihen der Gemeinde nicht aus.«

»Ach, du brauchst dich doch nicht zu schämen, das gibt es schließlich überall. Mich wundert eher, dass ihr euer höchstes Oberhaupt als Generalsekretär bezeichnet. Normalerweise würde man einen etwas eindrucksvolleren Titel erwarten, zum Beispiel König oder Papst«, bemerkte der junge Mann in Bizmannkleidung.

»Die Bezeichnung Generalsekretär hat eine lange Tradition, denn es gilt als höchste Ehre für einen Geistlichen, die Worte Monokamis zu hören und niederzuschreiben.«

»Ach so, das wusste ich nicht. Bei uns sind Schriftführer oder Generalsekretäre nämlich niedere Beamtenposten. Doch sag mal, wie viele Einwohner hat das heutige Monokamien eigentlich?«

»Ungefähr 10 Milliarden.«

Diese Antwort kam für die Anwesenden so überraschend, dass sie für einen Augenblick wie versteinert dasaßen. Dann versuchten einige, ihre Fassungslosigkeit mit einem geringschätzigen Lächeln zu überspielen, während andere P mit bösen Blicken bedachten, als habe er sich einen schlechten Scherz mit ihnen erlaubt.

»Also, das war ein klein wenig aufgerundet«, fügte P hastig hinzu. »Wahrscheinlich sind es in Wirklichkeit etwas über 9,9 Milliarden, doch die exakte Zahl ist bei der riesigen Bevölkerung, mit der wir es zu tun haben, einfach nicht festzustellen.«

»Was für ein unglaublich großes Land«, sagte Hócanon mit einem Anflug von Ironie. »Über das Problem der Ernährung will ich gar nicht erst nachdenken, doch am meisten wundert mich, wie die Bevölkerung so explodieren konnte – gibt es bei Ihnen denn keine Kontrazeps?«

»Er meint Verhütungsmittel«, kam ein anderer erklärend zu Hilfe.

»Nein, so etwas gibt es bei uns nicht.«

»Also keinerlei Geburtenkontrolle, weder privat noch staatlich?«

»Selbstverständlich nicht«, erwiderte P streng. »Unser Glaube verbietet künstliche Eingriffe in das menschliche Leben und Sterben. Schwangerschaftsabbrüche und dergleichen werden als höchste Sünde geahndet.«

»Du meinst sicher Abortionen, nicht wahr? Eine idiotische Form der Geburtenkontrolle, die bei uns auch nicht üblich ist. Nur bei illegalen Schwangerschaften greift das Land schon mal zur Zwangsabortion.«

»Bei illegalen Schwangerschaften!?«

»Na ja, eben bei Schwangerschaften, die nicht vom Staat genehmigt wurden.«

»Soll das heißen, dass in Amanon die Regierung entscheidet, ob eine Schwangerschaft legal ist oder nicht?«

»Ja, dafür gibt es klare Gesetze.«

»Vielleicht lassen wir es damit zum Thema Bevölkerungswachstum gut sein«, unterbrach Hócanon. »Erzählen Sie uns lieber noch ein wenig über die klimatischen und landschaftlichen Verhältnisse Monokamiens.«

»Das Klima lässt sich nicht so einfach charakterisieren, denn dazu erstreckt sich unser Land über eine zu weite Fläche. Wir haben die ganze Bandbreite, von arktisch kalten Zonen mit Schnee und Eis bis zu tropischen Regenwaldgebieten. Nur so angenehm milde Klimaregionen wie hier in Amanon gibt es kaum. Dafür viele glühendheiße Steppen und karge Eiswüsten. Unter diesen extremen klimatischen Bedingungen führt das Volk Monokamis sein entbehrungsreiches und asketisches Leben.«

»Also herrscht bei euch ein niedriger Lebensstandard.«

»Nun ja, wir leben zwar einfach, aber nicht in Armut. Von dem Luxus und der Eleganz, die hier herrschen, können wir allerdings nur träumen.«

»Dafür ist euer technisches Niveau sehr hoch, nicht wahr?« Diese Bemerkung kam von einem Kommissionsmitglied, das P anhand des Namensschildes als Dr. Maiconos von der ingenieurwissenschaftlichen Fakultät der Amanon-Universität identifizieren konnte.

»So einfach kann man das nicht sagen«, antwortete P vorsichtig. »Zunächst einmal muss man bedenken, dass jedes Land in der Entwicklung von Naturwissenschaft und Technik andere Akzente setzt und ein direkter Vergleich daher schwierig ist. Zu den relativ weit entwickelten Bereichen gehören bei uns der Bau riesiger Gotteshäuser, Autobahnen und Kanäle sowie auch die Entwicklung von Kriegsschiffen oder Raketen. Mit anderen Worten, unser Können konzentriert sich auf das Erschaffen großer Dinge. Vielleicht kein Wunder, wenn man die Größe unseres Landes bedenkt. Dafür sind wir nicht besonders gut in der Entwicklung jener Kleinigkeiten, die das Leben angenehmer machen.«

»Ja, euer Schwerpunkt ist eindeutig. Es bedarf schon einer beachtlichen Navigationstechnik, um Menschen und Material in ein so weit entferntes Land schicken zu können. Wir haben die Trümmer von deinem Einpersonenüberseeboot bei uns im Forschungslabor untersucht, aber schon die Triebwerke und andere wichtige Teile waren uns ein Rätsel. Darüber müssen wir uns unbedingt noch mal ausführlicher unterhalten.«

»Leider bin ich auf dem Maschinenbausektor nicht sonderlich versiert, denn während meines Studiums der Ingenieurwissenschaften hatte ich mich auf Architektur spezialisiert«, gab P ausweichend zurück.

»Trotzdem weißt du in einigen Bereichen sicherlich weitaus besser Bescheid als wir. Denn wir haben, unter uns gesagt, nicht einmal eine theoretische Erklärung dafür, wie es eurer Technik gelingen konnte, Raum und Zeit zu überwinden. Wenn ich mich nicht irre, gehört die Klärung dieser Frage mit zu den inoffiziellen Aufgaben dieser Untersuchungskommission, nicht wahr, Herr Vorsitzender?«

»Dazu darf ich momentan leider kein Statement abgeben, obwohl es ein durchaus wichtiges Thema ist«, erwiderte Hócanon unverbindlich. »Doch die dringendere Fragestellung lautet zunächst, mit welchem Ziel Herr P in dieses Land gekommen ist. In diesem Zusammenhang werden wir uns etwas näher mit der monokamischen Kirche befassen müssen, die faktisch eins ist mit der politischen Führung Monokamiens. Wir müssen klären, welche Weltanschauung, Dogmen und religiösen Gebote sie vertritt und welche Haltung gegenüber anderen Religionen. Einiges an Informationsmaterial haben wir bereits von Herrn

P erhalten, so etwa den *Heiligen Kontrakt*, also die heilige Schrift des Monokamismus, und die Gemeindesatzung. Anhand dieser Informationen werden wir auf mehreren Hearings, die ab der nächsten Sitzung stattfinden sollen, Gelegenheit haben, Herrn P zu befragen. Parallel dazu soll ein internes Spezialgremium gebildet werden, das sich mit der Technologie Monokamiens beschäftigt, und zwar unter Mitarbeit von Toppclass-Wissenschaftlern aus den Bereichen Naturwissenschaft und Technik. So in etwa schaut die vorläufige Planung aus.«

Mit diesen Worten des Vorsitzenden endete die Ausschusssitzung. Hinterher sollte im benachbarten Saal anlässlich der Gründung der Intergenese-Forschungskommission eine Feier mit Gelegenheit zum geselligen Beisammensein veranstaltet werden. Eine junge ›Hostess‹, die seine Serviceagentur geschickt hatte, führte P in den beeindruckenden Bankettsaal. Dort herrschte bereits dichtes Gedränge unter den Gästen; P schätzte ihre Zahl auf etwas über einhundert Personen. Die meisten der Anwesenden waren von stattlicher Größe, und diejenigen, die nicht mit hohem Wuchs glänzen konnten, gingen wie zum Ausgleich dafür umso mehr in die Breite. Ein jeder von ihnen trug ein Namensschild an der Brust, auf dem in großen Lettern auch der jeweilige Titel stand. Daran versuchte P sich zu orientieren und die Proms, also die wichtigen Persönlichkeiten, zu erkennen, um sie der Reihe nach zu begrüßen.

Der erste der Anwesenden, den P als Prom identifizierte, war Auslandsminister Mécos, der zu den kleinen Untersetzten gehörte. Als P auf ihn zugehen wollte, um ihm die Hand zu reichen, zupfte ihn die Hostess am Ärmel.

»Da drüben ist Erziehungsminister Masacos. Den begrüßt du besser als Erstes«, flüsterte sie ihm ins Ohr.

»Wirklich?«, fragte P skeptisch, doch die Hostess schien sich ihrer Sache ganz sicher.

»Wenn ich's dir doch sage«, beharrte sie. »Vertrau mir, ich kenn mich hier aus.«

»'Tschuldige mal, aber bist du nicht noch etwas jung?« Endlich einmal war es P gelungen, sich so auszudrücken wie ein echter Prom.

»Ja, fünfzehn. Die meisten, die als Hostess jobben, hören spätestens mit siebzehn auf. Aber ich habe jede Menge Erfahrung, denn ich mache den Job schon, seit ich zwölf bin. Heute bin ich als deine Privathostess eingeteilt. Du hast ja offenbar keine eigene Sec als Begleitung für solche Veranstaltungen. Also werde ich für die nächsten zwei Stunden deine Sec spielen, verstehst du?«

»Was ist denn eine Sec? Eine Art Sekretärin?«

»Sekretärin? Was für ein antiquierter Ausdruck. Aber ganz Unrecht hast du wahrscheinlich nicht. Was man im modernen Amanonisch als Sec bezeichnet, ist eine Mischung aus Sekretärin und Geliebter.«

»Geliebter?«, stammelte P vor lauter Schreck.

»Na, hör mal, ein Prom kann doch bei so einer Veranstaltung nicht ohne Geliebte auftauchen. Hier haben die meisten Gäste ihre Geliebte dabei. Und wenn die eigene Geliebte nicht kann, bestellt man sich eben eine Hostess wie mich.«

»Das ist ja interessant. Kannst du die echten Geliebten, also die Secs, auf den ersten Blick von den bezahlten Hostessen unterscheiden?«

»Also, wir Profis erkennen einander irgendwie. Aber für die Proms dürfte das schwierig sein.«

»Na, dann bin ich beruhigt.«

»Ja, sei unbesorgt. Ich weiß schon, was ich tue«, versicherte das Mädchen lachend. »Aber du musst auch ein bisschen mitspielen.«

»Und wie mache ich das?«

»Zum Beispiel solltest du mir ab und zu sanft über das Haar streichen, wie man das bei einer Geliebten so macht.«

»Weiter nichts?«

»Mehr würde man sich in Gegenwart anderer nicht erlauben.«

Tief beeindruckt von den Gepflogenheiten der feineren Gesellschaft sah P sich seine Aushilfsgeliebte beziehungsweise Sec noch einmal genau an und stellte fest, dass sie ein reizendes und kultiviertes junges Mädchen war, auch wenn sie der Novizin aus dem Zugrestaurant nicht das Wasser reichen konnte. Falls es nicht klappen sollte, Himeco als Sec zu gewinnen, hätte er immer noch die Möglichkeit, dieses Mädchen als private Hostess zu engagieren, überlegte P und fragte seine Begleiterin nach ihrem Namen.

»Cúmin heiße ich.«

»Ist das dein richtiger Name?«

»Natürlich nicht. Den hat mir die Agentur gegeben, als Dienstnamen.«

»Verrätst du mir auch deinen richtigen Namen?«

»Nein, ausgeschlossen. Das ginge nur, wenn ich deine richtige Sec wäre.«

»Das könntest du doch werden.«

»Dummkopf«, lachte Cúmin. »Liebst du mich denn? Doch wohl nicht, oder?«

»Woher willst du das so genau wissen?«

»Komm, lassen wir die Scherze. Also, zurück zur Sache: der Auslandsminister hat nach der Rangordnung der Proms den unbedeutendsten Posten im Kabinett. Das Auslandsministerium hat sowieso ein ziemlich niedriges Ansehen. Tja, die haben halt gewöhnlich nichts Richtiges zu tun. Dagegen rangiert das Erziehungsministerium weitaus höher. Deshalb muss dort auch mit der Begrüßung angefangen werden. Von allen hier anwesenden Proms ist der Erziehungsminister der Höchste.«

»Dann untersteht die Intergenese-Forschungskommission, die heute gegründet wurde, am Ende gar nicht dem Auslandsministerium?«

»Anscheinend nicht. Wie ich gehört habe, sollen sich das Auslandsministerium und einige andere Ministerien über die Zuständigkeit in die Haare gekommen sein – mit dem Ergebnis, dass der Ausschuss nun direkt der Staatskanzlei untersteht. Deshalb wurde der Vizeregierungssprecher zur heutigen Party nachträglich eingeladen. Nur das interne Spezialgremium soll aus irgendwelchen Gründen Teil des Erziehungsministeriums bleiben.«

P war beeindruckt. »Du bist aber gut informiert.«

»Bin ja nicht umsonst schon so lange dabei«, erklärte Cúmin stolz.

»Langsam hätte ich dich wirklich gern als Sec«, sagte P und strich ihr sanft über das lange Haar.

»Gut machst du das, weiter so«, flüsterte Cúmin.

Schließlich ging P zum Erziehungsminister, der zu den großen Schlaksigen gehörte, und begrüßte ihn. Inzwischen waren noch weitere Gäste eingetroffen, die sich tatsächlich, genau wie Cúmin gesagt hatte, beinahe ausnahmslos in Begleitung einer jungen Sec befanden. Manche der Secs waren noch halbe Kinder. Cúmin zufolge wurden diese Kindfrauen aus unerfindlichen Gründen von den Proms aus der Wirtschaft bevorzugt, von denen die meisten groß und schlaksig waren, während die eher kleinen und untersetzten Politiker sich fast ausschließlich mit hochgewachsenen, üppig-femininen Secs umgaben. Schließlich tauchte auch Vizeregierungssprecher Miyacos auf: ein junger Mann mit Brille, der ganz wie ein Bizmann aussah. Als die Sec an seiner Seite ihm etwas zuflüsterte, kam er mit großen Schritten auf P zu und reichte ihm die Hand.

»Wir haben neulich telefoniert, nicht wahr?«, tat er ganz vertraut. »Schön, dass wir uns hier treffen – früher als gedacht, denn eigentlich war meine Teilnahme heute Abend gar nicht vorgesehen. Aber da die Forschungskommission jetzt dem Premier untersteht, ist die Staatskanzlei für die Administration verantwortlich. Und für Yumicos neues Projekt, die Intergenese, brauchen wir unbedingt deine Hilfe. Also, auf gute Zusammenarbeit!«

»Ja, auf gute Zusammenarbeit. Es würde mich überaus glücklich machen, wenn ich Ihnen irgendwie von Nutzen sein könnte.«

»Na, nun lass mal gut sein mit den Förmlichkeiten und relax ein bisschen. Ich werd' dich bei einigen von den Wirtschaftsbossen vorstellen.«

In der Halle wimmelte es mittlerweile von Menschen, so dass man nur noch schwer zwischen den Tischen durchkam, doch dank Miyacos Führung lernte P alle hochkarätigen Proms der Wirtschaftswelt kennen und konnte eine ganze Reihe eleganter Visitenkarten sammeln. Diese nahm Cúmin jeweils mit einem höflichen Knicks entgegen, um sie anschließend in P's Brieftasche zu verstauen, wie es offenbar üblich war. Ihre Bewegungen dabei waren so lieblich und elegant, dass sie keinen Vergleich mit den anderen Secs zu scheuen brauchte. Auch P vergaß nicht, sie wie eine wahre Sec zu behandeln und ihr ab und zu über das Haar zu streichen.

Nachdem Miyacos P schließlich allen wichtigen Leuten vorgestellt hatte, ließ er sich von seiner Sec etwas zu trinken holen, prostete P zu und leerte sein Glas dann mit anmutig zurückgebogenem Hals. Auch P probierte von dem unbekannten Getränk. Es schien eine Art Schaumwein zu sein und kaum Alkohol zu enthalten. Wie er später erfuhr, handelte es sich um ›Schampagner‹, ein kostspieliges und bei den Proms äußerst beliebtes Partygetränk.

»Trinkst du ein Glas mit?«, fragte P Cúmin, doch die schüttelte den Kopf.

»Ich darf nicht«, erklärte sie mit gedämpfter Stimme. »Eine Sec trinkt nicht vor Leuten, und man sollte ihr auch keinen Alkohol anbieten.«

Dann holte sie von den Speisen am Büfett ein Tellerchen voll kleiner

Häppchen und schob sie P, der mit seinem Glas in der Hand dastand, mithilfe zweier länglicher Holzstöckchen geschickt in den Mund. Offensichtlich gehörte dies zu den hauptsächlichen Pflichten einer Sec, denn die anderen Proms wurden von ihren Begleiterinnen in ähnlicher Weise umsorgt, während sie aßen, tranken und sich unterhielten. Es musste in der Tat äußerst unangenehm sein, bei so einer Feier keine eigene Sec dabei zu haben.

»Du warst meine Rettung heute Abend.«

»Mit Stäbchen füttern ist meine Spezialität.«

»Und du, darfst du nichts essen?«

»Doch, aber nur, wenn du mich fütterst wie eine Vogelmutter ihr Küken.«

»Oh, das gefällt mir«, erwiderte P erfreut. »Hier wird ja richtig geturtelt.«

»Geturtelt? Du drückst dich immer so komisch aus. Meinst du vielleicht: geflirtet?«

»Ja, das wird wohl das Gleiche sein.«

»Wenn ein Prom und seine Sec so etwas in Gegenwart anderer machen, ist das ein Beweis dafür, dass sie ein Paar sind. Es stand zwar nicht in meinem Serviceauftrag, dass ich mit dir soweit gehen darf, aber was soll's. Also, du bist dran mit Füttern.«

Voller Enthusiasmus versuchte P, Cúmin zu füttern, doch mit diesen so genannten Essstäbchen war das gar nicht so leicht. Außerdem musste er mit der Versuchung kämpfen, seine eigenen Lippen auf diesen Mund zu pressen, den sie ihm mit gesenkten Wimpern und vorgerecktem Kinn darbot, anstatt gebratenes Rindfleisch dort hineinzubefördern. Natürlich war ringsum niemand sonst zu entdecken, der sich zu derart verwegenem Tun hätte hinreißen lassen.

Gerade als P Cúmin einen Happen in den Mund steckte, sagte ein vorüberschlendernder Gast: »Ach, heute wird aber voller Service geboten.«

Es war Auslandsminister Mécos, den P ursprünglich als Ersten hatte begrüßen wollen. Als P ihm eilig die Hand geben wollte, nickte Mécos nur kurz und ließ ihn dann einfach so stehen. Cúmin zeigte sich über diese Behandlung äußerst erbost.

»Der weiß genau, dass ich als Hostess bei einer Serviceagentur jobbe. Deshalb macht er so hämische Bemerkungen.«

»Vielleicht hat er sich über mich lustig gemacht, weil ich dich füttere.«

»Ach was. Er ist beleidigt, weil ich ihn damals, als er mich als Aushilfs-Sec bestellt hatte, viel mehr auf Abstand gehalten habe …« Cúmin hatte Tränen in den Augen.

»So ein gemeiner Kerl.« P strich Cúmin tröstend über das Haar. »Als Mann sollte er sich schämen, dich so zu ärgern, obwohl du nur deine Pflicht tust. Übrigens, da fällt mir ein: darf man eigentlich nur eine Sec haben?«

»Nein, so viele man nur will. Manche Proms haben bis zu fünf oder sechs, die sie je nach Gelegenheit einsetzen.«

»Ist das wahr? Dann hätte ich dich gern als Sec! Vielleicht stelle ich noch weitere ein, wenn die Arbeit überhand nimmt, aber im Moment möchte ich erst einmal mit dir einen Vertrag abschließen. Wenn du meine feste Sec wärst, würde auch niemand mehr mit dem Finger auf uns zeigen.«

»Das ist aber nett von dir. Die Vertragskonditionen besprichst du am besten mit der Agentur.«

»Beispiellose Konditionen werden das sein«, versprach P übermütig, doch Cúmin schien den wahren Sinn seiner Worte nicht verstanden zu haben.

Plötzlich ertönte Applaus. Vor dem goldfarbenen Wandschirm an der Stirnseite des Saals hatte soeben ein beleibter Politiker mit einer Ansprache begonnen. Zuerst hörte P aufmerksam zu, doch da die Rede mit Ausnahme der einleitenden Worte, welche sich auf die Gründung der Intergenese-Forschungskommission und ihrer politischen Bedeutung bezogen, inhaltlich eine einzige Selbstbeweihräucherung war, ließ P's Interesse bald nach. Auch die anderen Anwesenden waren vornehmlich mit Essen, Trinken und Plaudern beschäftigt. Nur gegen Ende der Rede und zu Beginn der nächsten horchten sie auf und spendeten an den passenden Stellen höflich Beifall. P tat es ihnen gleich. Nach einiger Zeit brachte ihm ein junges Mädchen in Garßon-Uniform einen Zettel mit einer Nachricht von Miyacos; als erster ausländischer Besucher seit über tausend Jahren sollte P eine kurze Rede mit Bezug auf die Bedeutung der Intergenese halten.

P bahnte sich einen Weg bis nach vorn vor den goldfarbenen Wandschirm, nahm den schnurlosen Stimmverstärker entgegen und begann zu sprechen. Zwar errang er mehr Aufmerksamkeit als seine Vorredner, und einige der Anwesenden hörten ihm tatsächlich zu, doch gegen das allgemeine Gemurmel im Festsaal hatte seine Stimme keine Chance; seine Worte verebbten wie sanfte Wellenringe in der Brandung. In seiner Ansprache erwähnte P zunächst die erstaunliche Tatsache, dass er der erste ausländische Besucher seit über tausend Jahren sei, und betonte, dass dies auf eine schicksalhafte Verbindung zwischen der erwarteten Intergenese und der frohen Botschaft des Monokamismus hinweise, welche in Wirklichkeit einer wundersamen und gleichwohl unergründlichen monokamischen Fügung zu verdanken sei. Als er dann auf den hervorragenden Eindruck zu sprechen kam, den sein Gastland auf ihn gemacht hatte, erreichte ihn abermals ein Zettel, diesmal ohne Absender: man bat ihn, seine Rede baldmöglichst zu beenden, da soeben der Vorsitzende, Herr Heros, eingetroffen sei. An derartige Unterbrechungen bereits gewöhnt, brachte P seine Rede mit passenden Dankesworten für den herzlichen Empfang geschickt zum Abschluss. Darauf brandete heftiger Applaus auf, der nahtlos in die Begrüßung des nächsten Redners überging und sich dabei noch weiter verstärkte. Die Hand zum Gruß an den tosenden Saal erhoben, schritt eine titanische Gestalt auf P zu. Heros war für einen Amanonier nicht nur außergewöhnlich groß – beinahe ebenso groß wie P selbst – sondern auch von überwältigender Breite. Er schien heftig zu schwitzen; sein Gesicht glänzte wie eine Speckschwarte. In seinen schmalen Augen, die wie tief ins Fleisch geschnittene Kerben aussahen, schimmerten unheimlich zwei winzige Pupillen. Der kalte Blick daraus, der ihm etwas grausam Reptilhaftes verlieh, stand in verwirrendem Kontrast zu dem strahlenden Lächeln, das sein Gesicht erhellte. Anders als die übrigen Proms trug er extrem kurzgeschorene Haare.

»Grüß dich, ich bin Heros«, sagte der Koloss mit rauer Baritonstimme und drückte P kräftig die Hand. P drückte unerschrocken zurück, worauf sein Gegenüber ihn mit stechendem Blick musterte, noch stärker zudrückte und ihm dann, ohne seine lächelnde Miene zu verziehen, mit der anderen Hand kräftig auf den Rücken hieb, etwa in Höhe der Schulterblätter. Durch die Wucht des Schlages stolperte P nach vorn und landete genau in Heros Armen. Der Applaus brandete von neuem auf.

»So sieht also ein Monokamier aus. Hätte nicht gedacht, dass ihr so beeindruckend männlich seid. Fast heldenhaft männlich. Mein eigener Name steht übrigens auch für das Heldenhafte. Tja, schön, dich kennen gelernt zu haben. Komm mich doch bei Gelegenheit mal besuchen«, bemerkte Heros schnell zu P, bevor er sich seinem applaudierenden Publikum zuwandte.

Nachdem im Saal absolute Ruhe eingekehrt war, begann Heros in sanftem Plauderton von seinen jüngsten politischen Aktivitäten zu berichten, doch je länger er sprach, desto eindringlicher und lauter wurde seine Stimme. In einer Fontäne aus Speicheltröpfchen stoben die Worte nun wie Maschinengewehrsalven aus seinem Mund, und obwohl P nicht folgen konnte, hatte er den Eindruck, dass es sich um ein Bombardement aus Drohungen und Schimpftiraden handelte. Zwischendrin katzbuckelte der Redner immer wieder und sprach mit schmeichelnder Stimme zu seinen Zuhörern, nur um sich im nächsten Augenblick wieder zu voller Größe aufzurichten und mit strengem Blick weitere Anschuldigungen ins Publikum zu schleudern.

»Ich kann kaum etwas verstehen«, gestand P seiner Begleiterin.

»Ich auch nicht«, gab Cúmin zurück, »aber du solltest trotzdem zuhören, denn Heros ist wirklich ein hohes Tier.«

»Inwiefern ein hohes Tier? Bekleidet er irgendein Amt?«

»Er ist der Prom unter den Proms, der Vorsitzende! Ich glaube, er ist Präsident der Politikerbrigade. Zumindest ist er gemeint, wenn von dem ›Vorsitzenden‹ die Rede ist.«

»Ist diese Politikerbrigade eine politische Partei?«

»Nein, sein privater Freundschaftskreis. Und weil fast alle Politiker dort Mitglied sind, besitzt Heros ungeheure Macht.«

»Er hat gesagt, ich soll ihn besuchen kommen.«

»Dann musst du auf jeden Fall hingehen! Im Ernst, das ist so gut wie ein Befehl.«

»Anscheinend hat er wirklich enormen Einfluss auf der politischen Bühne. Schon sein Händedruck zeugt von übermenschlicher Stärke.«

»Selbst der derzeitige Ministerpräsident Yumicos würde in so einem Fall sofort zu ihm eilen. Du wirst wahrscheinlich erst einen Termin erhalten. Allerdings könnte es eine Weile dauern, bis du an der Reihe bist, denn der Vorsitzende muss unwahrscheinlich viele Leute empfangen.«

Die Ansprache des Vorsitzenden Heros dauerte über eine Stunde. Nachdem er sich unter ohrenbetäubendem Applaus winkend verabschiedet hatte, strömten auch die Gäste allmählich, wie die sinkende Flut, den Ausgängen zu. P unterschrieb ein Formular, das Cúmins Überstunden bescheinigte, und gab ihr dann noch ein reichliches Trinkgeld. Sie nahm es entgegen und schrieb ihm, äußerst korrekt, eine Quittung dafür aus.

»Sag mal, möchtest du nicht noch mit zu mir kommen?«, fragte P. »Der Abend hat doch gerade erst begonnen.«

»Und was sollen wir bei dir machen?«

»Kommt drauf an. Wenn du etwas älter wärst, könnte man sich zum Beispiel amüsieren, wie ein Mann und eine Frau es tun.«

»Ich bin mir nicht sicher, was du meinst, aber geht es vielleicht um Sex?«

»*Sex*? Schon wieder so ein Fremdwort. Kann sein, dass wir das gleiche meinen, aber dazu musst du mir schon erzählen, was man unter Sex versteht.«

»Na das, was die Proms sich in ihren Varietés und Nachtclubs ansehen. Natürlich war ich noch nie dabei, aber ich habe gehört, dass da professionelle Schauspieler Sex aufführen.«

»Nein, dann meinen wir wohl doch nicht dasselbe. Na egal, kommst du nun mit oder nicht?«

»Nein, lieber nicht«, antwortete Cúmin ernsthaft. »Ich freue mich zwar über deine nette Einladung und kann mir auch ungefähr vorstellen, was du dir erhoffst, doch was die Liebesgepflogenheiten unseres Landes angeht, hast du offenbar noch viel zu lernen. Du darfst hier nicht so schnell und direkt vorgehen. Das lässt du dir am besten mal von jemandem erklären. Wenn sich die Gelegenheit ergibt, kann ich es dir beibringen.«

Mit diesen Worten winkte die Hostess P neckisch zu und verschwand.

8. KAPITEL

Begegnung mit dem Ministerpräsidenten

Einige Tage später erhielt P eine Einladung zum Lunch mit dem Ministerpräsidenten; das Treffen sollte demnach weitaus früher stattfinden als ursprünglich geplant. Für ein Schreiben vom Regierungschef höchstpersönlich sah der Brief enttäuschend normal aus: weder feines Büttenpapier noch gedruckte Lettern, sondern einfaches Schreibpapier, auf das irgendein Mitarbeiter in unbeholfener Handschrift ein paar Standardsätze gekritzelt hatte. Nur der Umschlag, auf dem ein stolzes goldenes Wappen prangte, machte einen vornehmen Eindruck.

»Fast wie ein Privatschreiben, wenn man von dem Wappen einmal absieht. Ich hätte nicht erwartet, dass der Ministerpräsident handschriftliche Einladungen verschickt.«

»Normalerweise nicht, aber diesmal sind wahrscheinlich nur Sie eingeladen«, entgegnete Castanon. »Wenn nur ein einziger Gast kommt, werden nämlich nicht extra Einladungen gedruckt. Oder aber es wurde zu kurzfristig geplant, um noch eine Druckserviceagentur zu beauftragen.«

»Zum gemeinsamen Mittagessen mit hochrangigen Mitgliedern des Kabinetts, steht hier aber. Also doch keine ganz private Einladung. Wen nehme ich da wohl am besten mit? Du kommst als Begleitung ja nicht in Frage, genau wie neulich bei der Sitzung und dem anschließenden Empfang.«

»Für einen Prom ist eine junge Sekretärin die passendste Begleitung«, erklärte Castanon. »Über die Serviceagentur können Sie eine geeignete Hostess ordern.«

»Wenn das so ist: Ich kenne da ein sympathisches Mädchen, das vielleicht Interesse hätte. Nach der kannst du direkt mal bei der Serviceagentur fragen«, sagte P und berichtete Castanon von Cúmin. Sogleich griff Castanon zum Telefon und vereinbarte mit der Serviceagentur einen einjährigen Exklusivvertrag.

»Damit wäre für die erste Zeit gesorgt. Wenn ich dich nicht hätte, Castanon! Du kennst dich wie kein anderer mit den Sitten und Gebräuchen der Prom-Gesellschaft aus.«

»Ach, ich versuche nur, mich in meiner Freizeit weiterzubilden«, erwiderte Castanon. »Außerdem verfügen wir Laotane über ein gut funktionierendes Netzwerk, das uns Zugriff auf interne Informationen verschafft, die sonst nirgends erhältlich sind, denn durch unsere Arbeit als Privatsekretäre und dergleichen vermögen wir bis in die innersten Schichten der Prom-Welt vorzudringen.«

»Den Eindruck hatte ich auch. Auf jeden Fall bin ich froh, dich dabei zu haben. Du bist für mich wie ein treuer Butler. Genau, ab sofort sollst du mein offizieller Butler sein.«

»Ihr Bettler?«

»Nicht Bettler, sondern Butler! Weißt du nicht, was ein Butler ist? So eine Art Sekretär, nur etwas höher im Rang.«

»Aber trotzdem ein Sekretär?«

»Ja, zum Teil erledigt ein Butler auch die Arbeit eines Sekretärs, aber hauptsächlich bleibt er daheim und vertritt seinen Herrn oder verwaltet den Haushalt. In der Regel haben Butler etwas Würdevolles an sich, sind ungefähr in deinem Alter und entsprechend formell gekleidet. Richtig, wir sollten dir gleich eine passende Livree schneidern lassen. Wenn Cúmin als neue Sekretärin anfängt, werden ihre Pflichten hauptsächlich außer Haus liegen, doch hier im Hause untersteht sie deiner Aufsicht.«

Das Arbeitsessen mit dem Ministerpräsidenten sollte an einem Samstag stattfinden. Am fraglichen Tag war Cúmin schon frühmorgens vorbeigekommen und hatte sich, nachdem die vertraglichen Formalitäten und eine kurze Dienstbesprechung erledigt waren, vor die Spiegelkommode in P's Wohnzimmer begeben, um sich dort sorgfältig zu schminken. Nachdem sie ihre zahlreichen Schminkutensilien und Toilettenartikel ausgepackt und vor sich aufgereiht hatte, konzentrierte sie sich auf die Verschönerung ihres Gesichts wie ein Maler, der völlig in sein Werk versunken ist; selbst P, der hinter ihr stand und sie gespannt beobachtete, konnte sie nicht ablenken.

»Was denn? Ist das so ein seltener Anblick?«, fragte Cúmin mit seltsam gespitzten Lippen.

»Sehr kunstvoll, wie du dich schminkst. Und all diese luxuriösen Kosmetikartikel! Da, wo ich herkomme, könnte man nach so etwas lange suchen.«

»Ach, wirklich? Das ist doch alles billiges Zeug.«

»Für ein Kind ziemlich luxuriös, wie mir scheint. Wenn ich mich nicht irre, bist du erst fünfzehn. In dem Alter dürftest du dich bei uns noch gar nicht schminken. Erst wenn du volljährig wärst, also mit zwanzig.«

»Komische Sitten. Bei uns schminken sich die Kinder am sorgfältigsten und die Erwachsenen kaum. Die benutzen statt dessen sehr teure Pflegeserien. Es gibt auch Prom-Kinder in meinem Alter, die nicht arbeiten und sich schon nicht mehr schminken, sondern nur noch parfümierte Cremes benutzen, weil ihre Eltern das so machen. Aber wir Hostessen haben uns für unseren Job wie liebliche Kinder zu schminken, verstehst du? Besonders angesagt ist in letzter Zeit ganz unauffälliges Make-up. Eindeutig der Einfluss der Prom-Kinder.«

»Wirklich interessant«, staunte P. »Und doch ein wenig unlogisch, oder? Die Erwachsenen müssten sich eigentlich um so kräftiger schminken, je mehr ihre Schönheit verblasst, während die Kinder ungeschminkt am schönsten sind. Zumindest ist es in meiner Heimat so.«

»Das finde ich erst recht unlogisch.« Mit geübter Hand trug Cúmin Lippenstift auf. »Ungeschminkte Kinder sind doch hässliche Kreaturen, nichts Halbes und nichts Ganzes.«

»Findest du? Nach dem monokamischen Volksglauben gelten Kinder als absolut reine Wesen, denen nach dem Tod Flügel wachsen und die als Boten Monokamis am Himmel umherfliegen.«

»Den Kindern wachsen Flügel? Wie ekelhaftig!«

Der Ausdruck »ekelhaftig« kam P irgendwie komisch vor, doch je länger er darüber nachdachte, desto unsicherer wurde er sich seines Urteils.

»So, ich bin soweit«, sagte Cúmin und stand auf. Zwar kamen ihre Lippen jetzt etwas mehr zur Geltung, doch ansonsten war ihr Make-up so perfekt, dass sie wie ungeschminkt aussah.

»Sehr hübsch«, bestätigte P. »Und was ist mit mir? Welche Kleidung ist denn für ein solches Treffen angebracht – vielleicht ein Smoking?«

»Nein, das wäre übertrieben. Wieso willst du dir überhaupt etwas Besonderes anziehen? Ist doch eh nur ein Essen mit dem Ministerpräsidenten.«

»Das hört sich an, als sei er kein besonders bedeutender Prom.«

»In Wahrheit ist er ja auch nicht der höchste Prom.«

»Wer ist denn dann der höchste Prom?«

»Weiß ich auch nicht so genau.« Nachdenklich legte Cúmin den Kopf schief. »Formell gilt der Ministerpräsident schon als der oberste Boss, doch der Vorsitzende Heros ist ebenfalls sehr mächtig, genau wie der oberste Boss der Wirtschaft und der oberste Boss der Medien. Unter denen ist der Ministerpräsident vielleicht sogar der Unbedeutendste.«

»Komisches Land.« P legte ebenfalls nachdenklich den Kopf schief. »Normalerweise sagt man, zu viele Köche verderben den Brei. Ich meine, hier gibt es anscheinend gar keine klar strukturierte Hierarchie, und auch keinen führenden Kopf an der Spitze. Wahrscheinlich schlägt sich da die Vielgötterei der hiesigen Glaubenswelt nieder.«

»Das ist mir zu hoch. Überhaupt müssen wir langsam los.«

Castanon bestellte ihnen ein Cybermobil für zwei Personen. Führerlos schnurrte das Gefährt durch das unendliche Netzwerk von Passagen, die nirgends ins Freie führten, wurde unterwegs mehrmals von Kabelzugkabinen zu höher oder tiefer gelegenen Ebenen transportiert und kam etwa nach einer Viertelstunde am Zielort an. Allerdings sah das Portal, vor dem sie hielten, wie ein ganz normaler Hoteleingang aus, so dass P zunächst dachte, das Cybermobil habe sich in der Adresse geirrt, doch als er durch die automatische Glastür in das geräumige Foyer trat und die Etagenübersicht an der Wand studierte, entdeckte er unter mehreren Dutzend Firmen- und Gesellschaftsnamen auch die Einträge *Staatsresidenz*, *Staatskanzlei* und *Staatspolizei*. Alles, was mit der Regierung zu tun hatte, befand sich auf der 34. Etage des 50-stöckigen Gebäudes. Im obersten Stockwerk war das *Maxim de Tokiyo*, laut Cúmin das nobelste Restaurant der ganzen Stadt. In der 33. Etage, einen Stock tiefer als die Amtswohnung des Premiers, waren lauter Unternehmen und Boutiquen, mit deren Namen P nichts anfangen konnte.

»Was für ein Durcheinander von Firmen und Läden«, sagte P perplex. »Die Residenz des Ministerpräsidenten hätte ich mir ganz anders vorgestellt, eher wie ein hoch aufragendes, imposantes Schloss auf einem kleinen Hügel inmitten eines friedlichen Parks. Aber nicht so! Ich frage mich, was das Zentrum der Staatsmacht in so einem Geschäftsgebäude zu suchen hat.«

»Tja, die Regierung hat eben auch kein Maney«, erkärte Cúmin achselzuckend. »Die Räume sind wahrscheinlich eh nur gemietet, und wenn es maneymäßig wieder bergauf geht, können sie immer noch weiter nach oben ziehen, in ein teureres Stockwerk.«

»So etwas Hirnverbranntes habe ich lange nicht gehört.«

Als die beiden im 34. Stock ausstiegen, erblickten sie vor sich einen Empfangstisch, an dem ein junges Mädchen saß. Daneben standen zwei uniformierte Wächter mit Schlagstock am Gürtel, wahrscheinlich von einer privaten Sicherheitsagentur. Weiteres Sicherheitspersonal war nicht zu entdecken. Als Cúmin der Empfangsdame P's Einladung und seine Visitenkarte gab, lächelte das Mädchen freundlich und bat sie hinein. Drinnen folgten die Besucher den Richtungspfeilen entlang des Korridors, passierten einige Glastüren und beobachteten dabei die emsige Geschäftigkeit der unzähligen Kanzleiangestellten hinter den Glastrennwänden. Schließlich gelangten sie an eine Stahltür mit der Aufschrift *Residenz*. Als sie klingelten, erklang von innen ein liebliches »Herein«, und die Tür ging auf. Ein junger Garßon erschien und führte sie weiter einen langen Korridor entlang, der mit rotem Teppich ausgelegt war. Alles wirkte wie in einem Luxushotel, bis auf die Bezeichnungen an den einzelnen Türen: *Premierminister-Schlafzimmer*, *Premierminister-Badezimmer*, *Premierminister-Esszimmer*, *Premierminister-Lesezimmer*, *Premierminister-Amtszimmer*. Nachdem sie mehrere Male abgebogen waren, erreichten sie schließlich das *Premierminister-Besprechungszimmer* und wurden hineingebeten.

Der Raum war großzügig geschnitten, mit hoher Decke und einem schönen Blick auf den Luftgarten, genau wie in P's Suite. An der blumengeschmückten Tafel vor der Fensterfront saßen bereits einige Personen, vermutlich alles Mitglieder des Kabinetts. Unter ihnen befand sich auch Yumicos selbst. Lächelnd erhob sich der Ministerpräsident und schüttelte dem jungen Missionar die Hand; dann legte er einen Arm freundschaftlich um seine Schultern und stellte ihn den versammelten Ministern vor. Neben Schatzamtsminister Nobucos, Handelsminister Michicos und Regierungssprecher Saion waren zu dem Arbeitsessen auch Erziehungsminister Masacos und Vizeregierungssprecher Miyacos erschienen, die P bereits auf dem letzten Empfang kennen gelernt hatte, sowie auch Hócanon, der Vorsitzende der Intergenese-Forschungskommission als einziger Nichtangehöriger des Kabinetts.

»Liebe Kollegen! Ich freue mich, in unserer heutigen Runde Herrn P begrüßen zu dürfen, über dessen Kommen ich ganz besonders happy bin. Da nun alle versammelt sind, wollen wir gleich mit dem Essen beginnen«, erklärte der Ministerpräsident. »Tja, lieber P, eigentlich hätte ich dich gern dem gesamten Kabinett vorgestellt, das gerade heute Vormittag eine Sitzung hatte, aber leider hat es aus verschiedenen Gründen nicht geklappt. Deshalb also heute, wie bereits angekündigt, nur die wichtigsten Minister – alles Mitglieder meines Parteiflügels und meine engsten Verbündeten. Zu diesem Kreis zählen natürlich auch Hócanon, der Kopf meines Beraterteams, wie du weißt, und Religionsminister Marios, der heute leider verhindert war. All diese Leute genießen mein vollstes Vertrauen – vor ihnen kannst du offen und unbesorgt reden, denn alles hier Besprochene bleibt natürlich toppsecret.«

P saß Yumicos genau gegenüber und konnte ihm zum ersten Mal richtig ins Gesicht sehen. Dabei stellte er fest, dass Yumicos für Anfang Vierzig nicht nur überraschend jung aussah, sondern auch auffallend schön, oder besser gesagt: gutaussehend. Bei seinem Anblick fühlte sich P abermals an eine üppige Aristokratin erinnert. Diesen flüchtigen Eindruck, den er schon bei ihrer ersten Begegnung gewonnen hatte, fand er vor allem in Yumicos ausdrucksvollen Augen bestätigt, in seiner wohlgeformten Nase, den geschwungenen Lippen und der weichen Linie der Wangen. Nur der Prinz-Eisenherz-Schnitt stand ihm weniger gut. Zu seinem Gesicht hätten sanfte Locken besser gepasst, dachte P.

Die anderen Minister waren nicht so jung wie Yumicos und auch längst nicht so attraktiv. Der bei weitem hässlichste von ihnen war Regierungssprecher Saion, der die gleichen leblosen Züge und dörrpflaumenhafte Erscheinung hatte wie Castanon, so dass P ihn ohne Schwierigkeiten als Laotan identifizieren konnte.

»Sagen Sie, Herr P«, sprach Saion ihn mit der typisch heiseren Stimme eines Laotan an. »Wie kommen Sie mit dem Essen in Amanon zurecht?«

»Ausgesprochen gut. Ja, ich muss zugeben, ich bin mittlerweile ein wahrer Fan der amanonischen Küche und gönne mir in den Luxusrestaurants täglich die erlesensten Köstlichkeiten.« Dann erzählte P von den lebenden Langusten und Riesenfischen, die es bei seinem ersten Willkommensbankett gegeben hatte.

»Ach, die«, nickte Vizeregierungssprecher Miyacos wohlwollend, doch Saion setzte ein süffisantes Lächeln auf. »Zwar ganz typische, provinzielle Fischergerichte, doch wenn unser Gast aus der Ferne so begeistert davon ist, bedeutet das für unsere ländliche Küche und Kultur eine große Ehre.«

»Du meinst die Fische im Todeskampf, nicht wahr? Davon hast du gegessen? Ich muss gestehen, dass ich selbst sie noch nie probiert habe«, sagte der Ministerpräsident.

»Ich glaube kaum, dass dir so was schmecken würde, Yumicos«, bemerkte der Schatzamtsminister, ein typischer Vertreter der kleinen Untersetzten.

»Stimmt, den rohen Gerichten der traditionellen Küche kann ich nicht viel abgewinnen. Trotzdem habe ich für heute ein komplettes ›Intermenü‹ bestellt, also eine Kombination von traditionellen und zeitgenössischen Gerichten, und zwar vom besten Restaurant der Stadt, dem *Maxim de Tokiyo* hier im Haus. Lebende Fische werden vielleicht nicht dabei sein, aber dafür ist die Inter-Cuisine momentan *der* Renner und gilt als Krönung der amanonischen Kochkunst. Also, ich denke, du wirst nicht enttäuscht werden. Ah, da kommt unser Essen ja schon!«

Ein junges Mädchen in Garßon-Uniform rollte einen Schiebewagen voller Speisen herein. Die prächtigen Teller und Schalen zierte jeweils eine winzige Portion raffinierter Köstlichkeiten, über deren Zutaten und Rezeptur P nur rätseln konnte.

»Essen wir heute ohne Secs?«, fragte der Erziehungsminister.

Erst bei diesen Worten bemerkte P, dass Cúmin nicht mit im Zimmer war.

»Ja, ich würde vorschlagen, wir lassen die Secs nebenan unter sich essen. Schon aus Rücksicht auf unseren ausländischen Gast«, sagte der Ministerpräsident. »Außerdem können wir uns dann ungestörter unterhalten.«

»Aber ich bitte Sie, extra wegen mir brauchen Sie keine Ausnahme zu machen. Ich habe ebenfalls eine Sec dabei.«

»Nein, so war das nicht gemeint«, wehrte der Ministerpräsident mit einer grazilen Handbewegung ab. »Weißt du, bei inoffiziellen Meetings wie heute sitzen meist unsere Lieblingssecs bei uns, und wenn es etwas gibt, das sie mögen, füttern wir sie mit Stäbchen. Aber wahrscheinlich bist du mit den hiesigen Bräuchen noch nicht so vertraut. Am besten, ich mache es dir einmal vor. Schau gut zu.« Der Ministerpräsident bedeutete einem Garßon, seine Sec zu holen. Wie nicht anders zu erwarten, handelte es sich um ein bildhübsches Mädchen, das Cúmin weit in den Schatten stellte, wie P neidlos zugeben musste. Höchstens Himeco hätte diesem Liebreiz Konkurrenz machen können. Das schöne, langhaarige Geschöpf kniete neben Yumicos nieder und blickte ergeben zu ihm hoch wie ein Hund zu seinem Herrn. Der Ministerpräsident, der die Vorlieben seiner Sec offenbar genau kannte, griff mit seinen Stäbchen zielsicher nach einem Klößchen aus gedämpfter Fischpastete und schob es ihr in den Mund, den sie ihm geöffnet entgegenhielt wie eine tiefrote Frucht. Nachdem die Sec den Bissen elegant entgegengenommen hatte, strich der Ministerpräsident ihr zärtlich über das Haar und schickte sie dann zurück nach nebenan.

»So macht man das.«

»Was für ein reizendes Wesen«, stellte P bewundernd fest.

»Ja, das ist sie wirklich«, seufzte der Schatzamtsminister neidisch. »Wie könnte es bei der Lieblingssec des Ministerpräsidenten auch anders sein.«

»Aber die werd' ich nicht so leicht hergeben, nur um das klarzustellen«, erwiderte der Ministerpräsident mit ungewohnter Schärfe und wandte sich dann zu P. »Manchmal geht es ganz schön hoch her, wenn wir unsere Secs beim Essen miteinander vergleichen. Nicht selten kann man einem anderen seine Sec abtauschen oder abdealen. Dann ist an ein ruhiges Essen nicht mehr zu denken! Deshalb wollten wir uns heute, wo wir dich zu Gast haben, auch lieber zurückhalten.«

»Mir ist das sowieso lieber, wenn ich ehrlich bin«, erklärte der Regierungssprecher. »Wir Laotane haben nämlich keine Secs, nur Assistenten. Außerdem würde ich mein Essen sowieso mit niemandem teilen, weder mit einem Assistenten noch mit einem Hund, denn dazu wäre es mir zu schade!«

»Immer bissig wie ein alter Köter, unser lieber Saion«, sagte der Ministerpräsident. »Und von Ero keine Ahnung. Oder einfach kein Interesse.«

»Ero? Was ist denn das?«, wollte P wissen.

»Das kommt von einem Gott namens Eros aus der Mythologie unseres Landes«, erklärte Hócanon. »Er war der Gott der Liebe, und deshalb steht Eros, beziehungsweise mittlerweile Ero, für die Liebe. Besonders für die *reine* Liebe.«

»Meinen Sie damit platonische Liebe?«

»Ja, zumindest sollte sie platonisch sein, was die offizielle Seite angeht«, sagte der Regierungssprecher. »Doch in Wirklichkeit passiert wahrscheinlich mehr als nur gegenseitiges Füttern. Allerdings können Hócanon und ich als Laotane da eigentlich nicht mitreden.«

P war überrascht, den Regierungssprecher so offen darüber reden zu hören, dass Hócanon, der ehemalige Präsident der Amanon-Universität, ebenfalls ein Laotan war, also ein Kastrat. Zwar hatte auch P ihn irgendwie laotanhaft gefunden, diesen Eindruck jedoch seinem hohen Alter zugeschrieben.

»Die reine Liebe zu Kindern wird im Volksmund auch als ›lolitaesk‹ bezeichnet, doch wenn ich Ihnen diesen Begriff erklären soll, sitzen wir noch morgen früh hier, denn über den genauen etymologischen Ursprung streitet sich die Wissenschaft noch immer. Für beide Komponenten des Terminus soll es jeweils mehr als zehn Interpretationen geben, also zusammen mehr als hundert denkbare Analyseansätze! Doch von der wissenschaftlichen Kontroverse einmal abgesehen, sind diese lolitaesken Verhältnisse zum ›Lieblingslaster‹ der Proms geworden.«

»Laster ist aber kein nettes Wort dafür.« Der Ministerpräsident kratzte sich verlegen am Kopf. »Immerhin ist es ursprünglich eine Art Ero. Gibt es so was bei euch in Monokamien auch?«

»Ja, auch im Monokamismus existiert die Liebe«, erklärte P, »und zwar in drei Formen: Die Liebe Monokamis zu seinen Kindern, also uns Menschen, dann die brüderliche Liebe zwischen Freunden, und schließlich die geschlechtliche Liebe zwischen Mann und Frau. Von dieser letzten gibt es noch eine krankhafte Abart, die homosexuelle Liebe, womit sexuelle Beziehungen unter Gleichgeschlechtlichen gemeint sind.«

Unter den Amanoniern entstand ein peinliches Schweigen; offenbar hatte P mit seiner Erklärung irgendeinen wunden Punkt berührt.

»Mir scheint, bei euch herrscht doch eine ganz andere Auffassung.« Hastig versuchte der Ministerpräsident ein neues Thema anzuschneiden. »Das mit der Liebe Monokamis klingt sehr interessant, doch im Zusammenhang mit der Intergenese möchte ich zunächst einmal mehr über die zweite Kategorie hören: die brüderliche Liebe. Bei uns können die meisten Menschen kaum über den eigenen Tellerrand hinweg sehen, und ihnen fehlt jede Vorstellung davon, dass es neben Amanon auch noch andere Länder gibt, die von Menschen bevölkert sind. Durch die lange Isolation unseres Landes denken die Amanonier tatsächlich, sie seien das einzige Volk unter der Sonne. Ein großer Fehler, wenn du mich fragst. Im Grunde meines Herzens bin ich nämlich ein Befürworter der Landesöffnung, aber das muss unter uns bleiben.«

»Yumicos, ich glaube, für das Thema ist es noch etwas verfrüht«, unterbrach der Regierungssprecher und wandte sich dann an P. »Es wird sicherlich noch genügend Gelegenheit geben, uns darüber offen auszutauschen. Bis dahin sollten Sie von der ganzen Sache am besten nichts gehört haben.«

»Richtig«, stimmte der Ministerpräsident zu. »Doch eins solltest du wissen: Die Intergenese wird keineswegs von allen Politikern unterstützt, und je nach Parteiflügel und Interessengruppe gehen die Meinungen weit auseinander. Ja, es gibt sogar eine Antiintergenese-Bewegung! Die unterschwelligen Machtkämpfe, die dieses Thema ausgelöst hat, stellen bereits eine Gefährdung für meine politische Karriere dar.«

Das bedeutungsvolle Nicken der anderen Kabinettsmitglieder verdeutlichte P, wie brisant die Thematik war.

»Dann werde ich mir meine Fragen aufheben«, sagte P so diplomatisch wie möglich. »Ich denke allerdings, dass ich nicht erst betonen muss, wie sehr ich es als monokamischer Missionar begrüßen würde, wenn die Beziehungen zur monokamischen Welt durch Ihre Intergenesepolitik gefördert würden. Insofern stehe ich ganz auf Ihrer Seite.«

»Ach, lassen wir doch die Politik«, sagte der Schatzamtsminister, der neben ihm saß, und füllte P's Glas mit einem perlenden Getränk. »So, jetzt hoch die Tassen! Beim Kelchetauschen fängt die wahre Intergenese erst an.«

»Beim Kelchetauschen?«, wiederholte P. »Es wundert mich, dass Sie als Prom einen so provinziellen Ausdruck kennen.«

»Danke für das Kompliment, aber ein paar seltene Ausdrücke darfst du mir schon zutrauen. Schließlich bin ich auch Amanonier.«

»Also dann, Herr Nobucos, auf Ihr Wohl!« P prostete ihm zu und leerte sein Glas in einem Zug. Es war ein exquisiter Schaumwein mit leicht fruchtiger Note.

»Ach, übrigens«, wandte Handelsminister Michicos sich an P. »Ich soll dich etwas von Marios fragen, dem Religionsminister, der heute nicht kommen konnte. Und zwar wollte er wissen, wie es mit der Selbstmordrate in Monokamien steht. Die ist bei uns in letzter Zeit nämlich sprunghaft angestiegen, wie gerade vorhin in der Kabinettssitzung zur Sprache kam.«

»Wirklich? Um wie viele Selbstmorde geht es denn?«

»Im vorigen Jahr waren es 150 Fälle und dieses Jahr im zweiten Quartal bereits 120«, teilte der Erziehungsminister mit.

»Auf wie viele Einwohner insgesamt?«

»Auf etwa 30 Millionen Einwohner.«

»Das ist erstaunlich.«

»Erstaunlich viele, nicht wahr?«

»Nein, ich meinte, erstaunlich wenige«, erklärte P. »Bei uns liegt die Suizidrate um ein Vielfaches höher. Und das, obwohl Selbstmord im Monokamismus ganz wörtlich als Mord an sich selbst gesehen wird und somit als schwere frevelhafte Sünde. Im *Heiligen Kontrakt* ist er unter Strafe gestellt. Zwar habe ich keine genauen Zahlen im Kopf, doch ich schätze, auf zehntausend Einwohner kommen bei uns je zwei oder drei Suizidfälle. Das wären auf Amanon umgerechnet etwa sechstausend Fälle, oder auch neuntausend, zumindest eine Zahl von ganz anderer Größenordnung. Aber selbst das läge noch im Bereich des Normalen, wenn Sie mich fragen. Umgekehrt kommen mir Ihre 150 Selbstmorde wenig vor.«

»Es überrascht mich, dass sich in Monokamien so viele Leute das Leben nehmen«, bemerkte Hócanon. »Was für Gründe mögen sich dahinter verbergen: kulturelle, philosophische oder religiöse?«

»Also, wenn Sie mich persönlich fragen und nicht die orthodoxe Lehre des Monokamismus: Ich denke, dass die Menschen nun einmal nicht perfekt sind, und unter zehntausend Menschen finden sich wahrscheinlich eine Handvoll oder ein paar Dutzend schwere Fälle, die man in Kauf nehmen muss«, erläuterte P. »So wie geistige Abnormalitäten und angeborene Körperbehinderungen in der Natur einfach vorkommen, gibt es eben auch Leute, die sich selbst oder andere töten. Doch unser Glaube maßt sich nicht an, das Problem als solches aus der Welt schaffen zu können, auch wenn er uns Selbsttötungen verbietet. Vielmehr wird es als Aufgabe des Monokamismus gesehen, sich der gesamten Menschheit mit all diesen kalkulierbaren Defekten anzunehmen.«

»Eigentlich ist es eher die steigende Selbstmordrate unter alten Menschen und Kindern, die uns momentan beschäftigt«, ergriff der Ministerpräsident das Wort. »Bei den Alten ist das nicht so tragisch, denn die sterben sowieso über kurz oder lang. Aber wenn Kinder sich ohne einen triftigen Grund einfach so das Leben nehmen, ist das schon ein Grund zur Sorge.«

»Stimmt, das klingt beunruhigend«, sagte P.

»Ja, nicht wahr? Andere Selbstmordfälle der letzten Zeit waren außerdem ziemlich rätselhaft. Und zwar die der Immortalen.«

»Der Immortalen? Was sind das nun wieder für Leute?« Unwillkürlich vergass P seine gewohnte Zurückhaltung.

»Das sind unsterbliche Menschen.«

Für einen Augenblick blieb dem Missionar der Mund offen stehen. »Es gibt Menschen, die nicht sterben? Und die verüben Selbstmord ...? Das soll nun einer verstehen.«

»Kurios, nicht wahr?« Der Ministerpräsident beugte sich nahe zu P über den Tisch. »Du musst wissen, diese besonderen Menschen, die wir als unsterbliche Immortale bezeichnen, leben hier schon wer weiß wie lange, seit mehreren Jahrtausenden wahrscheinlich. Von allein können sie keines natürlichen Todes sterben. Was das bedeutet, davon wirst du dir demnächst selbst ein Bild machen können, denn dein Besuch dort ist bereits geplant. Momentan gibt es ungefähr ein paar hundert Immortale, die alle vor sich hinsiechen, ohne zu sterben, völlig klapprig, so dass man denkt, es müsse sie jeden Augenblick dahinraffen. Du wirst bestürzt sein, was für hässliche Typen das sind. Und ausgerechnet diese Immortalen legen neuerdings Hand an sich.«

»Aber wie kann man Selbstmord begehen, wenn man unsterblich ist?«

»Indem man den eigenen Körper zerstört«, antwortete der Ministerpräsident, »zum Beispiel mit einem Messer oder mit Gift, durch Selbstverbrennung, Erhängen oder Herunterspringen von einem Luftgarten et cetera. So was überlebt nicht mal ein Immortaler.«

»Mit anderen Worten, ein Leben als Immortaler ist nur möglich, wenn man überdurchschnittlich am Leben hängt«, fügte Hócanon hinzu.

»Ja, ein Unsterblicher, der die Liebe zum Leben verloren hat – das klänge auch recht paradox«, stimmte P zu.

»Ganz genau – messerscharf erkannt. Ich sehe schon, du bist ein würdiger Vertreter der Intelligenzia – der intellektuellen Elite deines Landes.« Die Geste, welche der Ministerpräsident bei dieser Bemerkung machte, sollte offenbar seinen besonderen Respekt für P ausdrücken.

»Meiner Ansicht nach sind die Immortalen an sich schon widernatürliche Existenzen, sprich Fehlprodukte«, erklärte der Regierungssprecher kühl. »Anders als bei normalen Menschen unterliegen ihre Zellen keinem Alterungsprozess. Das heißt, ihre Körper bestehen aus mutierten Zellen, die sich endlos oft teilen, genau wie Krebszellen. Solange man dem kein künstliches Ende setzt, etwa durch Erhängen oder extrem gesundheitsschädliches Verhalten, leben die Immortalen ewig.«

»Als die ersten Fälle von überlanger Lebensdauer bekannt wurden, schrieb man das zunächst dem medizinischen Fortschritt zu, doch sobald diese Ansicht revidiert wurde, behandelte man die Immortalen nur noch wie Aussätzige. Ihre Selbstmordtendenz ist zwar neu, doch sie bereitet uns kein großes Kopfzerbrechen. Im Gegenteil, unseretwegen sollen sie ruhig so weitermachen, das kümmert uns nicht. Viel problematischer wäre es, wenn sie sich übermäßig vermehrten. Dann müsste man sehen, wie man einen Teil von ihnen wieder loswürde. Nein, unser Problem sind die Selbstmorde unter Kindern. Es ist uns ein Rätsel, was die Kinder zu Suizidgedanken verleitet. Existiert dieses Problem auch bei euch in Monokamien?«

»Kaum«, antwortete P.

»Und woran liegt das?«

»Vermutlich daran, dass die Kinder der monokamischen Welt äußerst fragile Wesen darstellen, die in großer Zahl geboren werden, aber nur in geringer Zahl überleben. Von den Erwachsenen werden sie weder besonders behütet noch beachtet. Für sie stellen die Kinder nur halbfertige Kreaturen dar: kleine, noch unfertige Menschen, die schnell groß werden und in den Kreis der Erwachsenen aufgenommen werden sollen. Für die Kinder ist das Leben ein harter Kampf ums tägliche Dasein, der keinen Platz für Selbstmordgedanken lässt. Und ein Kind, das nur noch im Selbstmord einen Ausweg aus der Armut sieht, wäre vermutlich schon vorher an Krankheiten oder Mangelerscheinungen gestorben. Ich nehme an, in Amanon sind es auch nicht die Arbeiterkinder, die sich das Leben nehmen, sondern die wohlbehüteten Kinder der Proms, nicht wahr?«

»Genau so ist es«, nickte der Ministerpräsident beeindruckt. »Und das stellt uns vor ernste Probleme. Es ist, als habe sich die Idee des Sterbens als eine Art Virus in diesen Kindern festgesetzt und ihren Lebenswillen abgestellt wie einen Motor. Und dann hängt sich so ein Prom-Kind eines Tages einfach auf. Noch dazu offenbar halb im Spaß.«

»Es soll sogar ein Selbstmordspiel namens ›Häng mich‹ geben«, erläuterte der Regierungssprecher.

»Was ist das für ein Spiel?«, fragte der Erziehungsminister.

»Angeblich wird dabei ein einzelnes Kind von einer Gruppe Gleichaltriger durch Drohungen und Aufhetzen dazu gebracht, den Kopf nur zum Schein durch eine Schlinge zu stecken. Wenn das Kind dann nachgibt und zumindest so tut, als wolle es sich aufhängen, klammern sich die anderen Kinder eines nach dem anderen an die Beine des Opfers, bis es am Ende tatsächlich zu Tode stranguliert ist«, berichtete Hócanon.

»Was für ein grausames Spiel«, sagte P bestürzt. »Aber meinen Sie wirklich, dass man bei ein- bis zweihundert Suizidfällen – die Opfer dieser Selbstmordspielchen eingeschlossen – schon von einer Modeerscheinung sprechen kann? Ich fände es etwas übertrieben, dahinter ein krankhaftes Phänomen zu befürchten.«

»Hm, ich wünschte, ich könnte die Sache ebenso locker und optimistisch sehen wie du«, seufzte der Ministerpräsident.

»Ich kann mich der Meinung von Herrn P nur anschließen. Dieses viel beschworene ›Selbstmordproblem‹ ist im Grunde nichts als eine Erfindung der sensationssüchtigen Journies. Und die Prügel kassiert wie immer die Regierung, obwohl dieses Problem nicht zu den Dingen gehört, denen man durch politische Maßnahmen beikommen könnte«, bemerkte der Regierungssprecher in dem bitteren Ton eines Laotan. »Schließlich können wir nicht alle potenziell selbstmordgefährdeten Menschen rund um die Uhr im Auge behalten. Zumal die Journies dann ein Riesentheater wegen Verletzung der Privatsphäre machen würden. Sollen sie sich doch umbringen, die ganzen Selbstmordkandidaten, egal ob von Suizidviren befallen oder erblich vorbelastet, bis all die Viren und Gene von selbst aus der Welt geschafft sind. Jawoll, genau das erzähle ich auf der nächsten Pressekonferenz!«

»Bist du irre? Ein Wort davon und die Journies machen kurzen Prozess mit mir! Und mit dir auch, wenn du nicht aufpasst.«

»Ach, das würde ich so raffiniert verpacken, dass die gar nichts merken.«

»Übrigens hat die Selbstmordgeschichte noch einen anderen Aspekt, den ich bei der Kabinettssitzung für mich behalten habe«, meldete sich Handelsminister Michicos zu Wort. »Und zwar handelt es sich bei einer der Interessengruppen, die den sprunghaften Anstieg der Selbstmordfälle am lautesten anprangern, um eine religiöse Organisation. Sie behauptet, nur die Religion – und zwar einzig und allein ihre eigene Sekte – könne die Nation aus dieser geistigen Krise herausführen. Dabei liegt es auf der Hand, dass sie nur vorhaben, sich staatliche Subventionen zu ergaunern. Bei denen müssen wir hart bleiben, sage ich, ganz hart.«

»Gut, vielleicht sollten wir nach diesem Ergebnis für heute langsam zum Ende kommen«, schlug der Ministerpräsident vor.

Darauf erhoben sich einige der Abgeordneten und packten hastig ihre Sachen zusammen, während sie zustimmend murmelten, dass schließlich Samstag sei und sie schleunigst in ihren Wahlbezirk zurück müssten. Als P es ihnen gleichtun wollte, eilte der Ministerpräsident auf ihn zu und gab ihm ein verschwörerisches Zeichen.

»Bleib noch ein bisschen. Ich wollte in Ruhe etwas mit dir besprechen – unter vier Augen.«

Aus irgendeinem Grund kam es P vor, als habe eine Freundin ihm ein eindeutiges Angebot gemacht. Doch offensichtlich war er nicht der Einzige, der etwas Besonderes gespürt hatte: Auch der Regierungssprecher machte keine Anstalten aufzubrechen und zeigte sich äußerst anhänglich, so dass der Ministerpräsident ihm schließlich einen Arm um die Schultern legen und ihn mit Gewalt zum Ausgang dirigieren musste.

»Hócanon ist zwar ein tüchtiger Laotan, aber er kann ganz schön lästig sein.« Mit erleichtertem Lächeln bat der Ministerpräsident P in einen Nebenraum. Durch die geöffnete Tür gegenüber konnte man bis in sein Büro sehen, das einige Zimmer weiter lag. Nachdem Yumicos die Tür geschlossen hatte, wirkte der dreiseitig verglaste Raum wie ein kleines Gewächshaus, denn er ragte geradewegs in einen der Luftgärten hinein. Jenseits der gläsernen Zimmerdecke streckten tropische Pflanzen ihre bizarr geformten Blätter aus.

»Hier kommt man sich ja vor wie mitten im Dschungel.«

»Nicht schlecht, was? Jede freie Minute verbringe ich hier, um im Anblick dieses satten Grüns zu versinken. Ungefähr so, siehst du?« Der Ministerprasident setzte sich in einen breiten Sessel und schlug die Beine unter. »So kann ich total relaxen.«

»Sie meinen entspannen, nicht wahr?«

»Genau. Und danach mache ich ein bisschen Gymnastik. Manchmal auch Handstand oder so. Oder ich sitze hier und wälze verzwickte Probleme in meinem Kopf hin und her. Zumindest wirkt das Grün der Pflanzen wie eine echte Wohltat. Ausspannen könnte ich zwar am Wochenende auch in meinem Landhaus, aber dazu komme ich fast nie.«

»Ihr Arbeitsalltag muss recht beschwerlich sein.«

»Das kann ich dir sagen: absolut busy!«

In diesem Augenblick erschien die hübsche Sec des Ministerpräsidenten und brachte zwei Gläser mit Getränken. In dem einen befand sich orangefarbener Fruchtsaft und in dem anderen rötlicher Dessertwein, der einen schweren Duft verströmte.

»Du verträgst doch einiges, nicht wahr? Den Sherry hier habe ich heute extra für dich aufgemacht, der lagert schon an die hundert Jahre. Davon ist noch eine Flasche da, die kannst du dir mitnehmen, wenn er dir schmeckt.«

»Welch köstliches Aroma!«, entfuhr es P, nachdem er einen Schluck genommen hatte. »Wie ein Destillat aus aufgelösten Juwelen, so schmeichelt der dem Gaumen.«

»Was? Ist der echt so gut?« Selbst neugierig geworden, beugte der Ministerpräsident sich zu P hinüber und genehmigte sich ein Schlückchen aus seinem Glas. »Ja, sogar besser als ich dachte. Ich glaube, heute vergesse ich mal alle ärztlichen Gebote und hebe ordentlich einen. Marico, bringst du mir auch ein Glas? Du kannst dafür meinen Saft haben. Trinken wir doch alle zusammen.«

»Ja, meine Sec ...«, begann P und dachte an Cúmin, doch dann kam ihm die Gelegenheit unpassend vor. »Die schicke ich am besten schon mal nach Haus«, beendete er daher seinen Satz.

»Sehr wohl, ich werde es ihr ausrichten.« Den Kopf anmutig zur Seite geneigt, machte Marico einen kleinen Knicks und verschwand im

Nebenzimmer. Bald darauf tauchte sie wieder auf, diesmal mit einem weiteren Glas Sherry für den Ministerpräsidenten und einer langhalsigen Flasche, in der sich der rötliche Dessertwein befand.

»Köstlich! Davon würde ich jemandem wie Saion keinen einzigen Tropfen gönnen. Wäre viel zu schade drum. Der säuft nämlich wie ein Loch, dieser Laotan. Obwohl, wenn ich in der richtigen Stimmung bin, kann ich da ohne Probleme mithalten. Na, gegen dich hätte ich wahrscheinlich keine Chance. Erstens bist du viel größer als ich, und außerdem sind wir Amanonier generell nicht besonders trinkfest.«

»Bekomme ich auch ein Schlückchen?«, fragte Marico.

»Wenn du willst. Aber pass auf, der ist ziemlich stark. Du solltest deinen vielleicht lieber mit Soda verdünnen.«

»Nein, lass mich ein bisschen so probieren. Keine Sorge, für mein Alter kann ich ganz schön viel vertragen.«

Marico war schön wie eine taufrische Blüte; charmant lachten ihre großen Augen aus dem gescheiten, fröhlichen Gesicht. Die warmherzige und gesellige Ausstrahlung hatte sie mit dem Ministerpräsidenten gemein. Wäre da nicht die Tatsache gewesen, dass eine Sec gleichzeitig Geliebte war, hätte man die beiden für Vater und Tochter halten können, wenn man sie so zusammen sah. Dies sagte P auch ganz offen zu Yumicos, ohne ihm damit schmeicheln zu wollen.

»So? Das freut mich aber.« Der Ministerpräsident nickte gut gelaunt. »Es gilt nämlich als ideal für eine Ero-Beziehung, einerseits lolitaesk zu sein und andererseits wie ein Vater-Tochter-Verhältnis zu wirken. Wenn es so ist, wie du sagst, wären wir das ideale Pärchen.«

»Und nicht nur das, von allen Schönheiten, die mir bisher in Amanon begegnet sind, ist Ihre Marico die atemberaubendste«, sagte P, und vermied dabei ganz bewusst die Worte ›Frau‹ oder ›Mädchen‹. »Mit einer Ausnahme vielleicht, um genau zu sein, denn meines Atems beraubt wurde ich nun schon zum zweiten Mal. Das erste Mal übrigens von einer Novizin der Äbtissin Muin aus Kiyoto, die von ähnlicher Schönheit ist, wenn auch von gänzlich anderem Wesen. Die beiden sind wirklich eine Klasse für sich.«

»Dann hol sie dir doch als Sec, wenn du schon mit dieser Äbtissin bekannt bist.« Der Vorschlag des Ministerpräsidenten klang ganz einfach.

»Die Verhandlungen dazu sind bereits im Gange, doch so recht vorwärts scheint das Ganze nicht zu gehen.«

»Ich werde mich drum kümmern. Du brauchst eine hübsche und gescheite Sec. Mit einer langweiligen Sec macht man sich als Prom nur lächerlich, und zwar um so mehr, je ernster es einem ist.« Der Ministerpräsident leerte sein zweites Glas Sherry; und als seine Sec ihm ein drittes Glas reichte, zog er sie zu sich auf den Schoß und ließ sie an seinem Glas nippen. Dann wurde seine Miene ernst.

»Doch nun zu meinem eigentlichen Anliegen«, begann er mit feierlicher Stimme. »Ich hätte eine Bitte an dich. Es geht um eine Sache, die auch für dich von Interesse sein dürfte, nämlich um die Intergenese.«

»Ach, um die Landesöffnung. Der kann ich prinzipiell nur zustimmen. Wenn ich Sie recht verstanden habe, sind die konkreten Ziele dabei die Wiederaufnahme des diplomatischen, wirtschaftlichen und personellen Austauschs mit der monokamischen Glaubenswelt.«

»Exakt. Die Idee dazu kam mir wie eine Erleuchtung, als ich von deiner Ankunft in Amanon erfuhr. Anfänglich war ich davon ausgegangen, dass es bei euch da draußen außer Monokamien noch viele andere Länder gibt, doch durch deine Erzählungen ist mir klar geworden, dass offenbar die ganze Außenwelt zu einer einzigen, vom Monokamismus beherrschten Nation zusammengefasst ist. Daher sollte unser Verhandlungspartner natürlich Monokamien sein.«

»Richtig.«

»Aber wenn ich die bilateralen Beziehungen wieder aufnehmen will, brauche ich deine Hilfe.«

»Gerne, jederzeit. Sie brauchen mir nur zu sagen, was ich tun soll.«

»Für dich klingt mein Plan vielleicht verrückt, doch ich habe vor, die Verbreitung des Monokamismus staatlich zu unterstützen.« Der Ministerpräsident schob Marico von seinem Schoß und blickte noch eine Spur ernster drein. »Natürlich denke ich dabei nicht an eine komplette Monokamisierung unseres Landes, da die religiöse Vielfalt Amanons möglichst erhalten bleiben soll, aber für die Zulassung deines Glaubens würde ich mich einsetzen, denn das könnte die Intergenese ins Rollen bringen. Weiterhin sieht mein Plan vor, von dem Maney aus deinen Goldreserven eine religiöse Stiftung zu gründen, die Amanon-Monokami-Foundation, die mit Unterstützung der Regierung in einigen Großstädten Kirchen baut. Von dieser Vision habe ich bisher niemandem etwas erzählt, nicht einmal Saion.«

»Ihre Idee klingt fast zu schön, um wahr zu sein«, entgegnete P, ohne von seiner vorsichtigen Haltung abzuweichen. »Doch ich frage mich, wo der Haken an der Sache ist, denn wie man bei uns in Monokamien zu sagen pflegt: Der schönste Apfel ist oft am giftigsten.«

»Ich weiß zwar nicht, ob es ein Haken ist, aber insgeheim hatte ich gehofft, du könntest bei den Verhandlungen mit den Monokamisten unser Negoziator sein und der Wiederaufnahme der diplomatischen Beziehungen den Weg ebnen. Das heißt, du würdest zu gegebener Zeit nach Hause zurückkehren, um dort bei eurem Oberhirten – ob das nun ein Papst ist oder ein Generalsekretär – irgendwie zu erreichen, dass ich noch innerhalb dieser Legislaturperiode eine Einladung nach Monokamien erhalte. Natürlich weiß ich, wie gewagt und radikal die Idee ist, deshalb habe ich bisher auch kaum jemandem davon erzählt.«

»Stimmt, das ist ein gewagtes Vorhaben. Allerdings ist mir noch nicht klar, auf was es abzielt und was Sie mit der Wiederaufnahme diplomatischer Beziehungen wirklich bezwecken. Welchen Vorteil hätte die Sache für Ihr Land? Ich meine, während der etwa tausendjährigen Isolation hat Amanon eine gewisse Stabilität erreicht. Auch die Kultur ist in dieser Zeit zu erstaunlicher Blüte gereift – und das sage ich nicht als bloßes Kompliment, sondern weil es mein ehrlicher Eindruck ist. Deshalb frage ich mich, woher dieses plötzliche Bestreben kommt, das Land zu öffnen und mit den Monokamisten in diplomatische Beziehungen zu treten.«

»Ich sehe schon, du bist kein Dummkopf.« Der Ministerpräsident lächelte vergnügt. »Also sollst du noch ein wenig mehr erfahren. In der Intergenese sehe ich eine Chance für die Amanonier, auszuwandern und sich in Monokamien niederzulassen. Genauer gesagt ist dies das eigentliche Ziel der Intergenese, wie ich sie mir vorstelle, nur dass noch niemand davon weiß. Natürlich möchte ich umgekehrt nicht, dass unser Land im Zuge der Intergenese total monokamisiert wird – weder im demografischen noch im kulturellen Sinne, und erst recht nicht im religiösen! Etwas anderes wäre es allerdings, wenn die Monokamier sozusagen mit uns Platz tauschten, uns also für unser kleines Land ihr gesamtes Reich überließen.«

»Wenn ich Sie richtig verstehe, ist das letztendliche Ziel der Intergenese also eine Auswanderung aus Amanon und Immigration in unser monokamisches Reich. Doch das klingt für mich als unparteiischer Betrachter nach einem ziemlich törichten Unterfangen.«

»Wieso?«

»Weil es, bildlich gesprochen, etwa so ist, als verlasse man ein warmes und gemütliches Zimmer mit köstlichen Speisen auf dem Tisch, um stattdessen hinauszugehen in eine von eisigem Wind umtoste Ödnis!«

»Das klingt aber nicht nett. Ist es in Monokamien wirklich so schlimm?«

»Vom Lebensstandard her gar kein Vergleich zu Amanon. Bei uns leben die Menschen nicht von Brot und Spielen, sondern hauptsächlich von ihrem Glauben an Monokami.«

»Genau umgekehrt wie bei uns. Brot und Spiele haben wir im Überfluss, doch keinen Glauben. Die vielen Religionen, die es gibt, vertrösten die Seelen ihrer Jünger im Grunde nur mit Brot und Spielen, anstatt diese zu verbieten und dafür eine strikte Konzentration auf den Glauben zu fordern, wie der Monokamismus es tut. Die Frage ist, ob wir so weitermachen können. Wissenschaftler warnen zum Beispiel, wir Amanonier seien wie eingesperrte Kranke, die ihr Gefangenendasein als angenehm empfinden. Leider kann ich dir diese Theorie auf die Schnelle nicht in Einzelheiten darlegen, doch nachdem, was ich von meinem geheimen Berater beziehungsweise wissenschaftlichen Mentor gehört habe, soll unser Land sich in einer abnormen Lage befinden, in die es bereits vor mehreren tausend Jahren geriet, als es auf abnorme Weise zustande kam. Aus dieser abnormen Lage soll uns die Intergenese befreien.«

»Und inwiefern ist diese Lage abnorm?«

»Bildlich gesprochen soll Amanon an einem unerreichbaren Ort liegen, eingeschlossen in der Innenseite der Welt.«

»Das würde ich mir gern von Ihrem Mentor persönlich erklären lassen.«

»Ja, tu das. Besuch ihn einmal. Dann verstehst du auch besser, wie ich auf die Idee mit der Intergenese gekommen bin. Übrigens möchte er ebenfalls deine Bekanntschaft machen. Er hat nämlich großes Interesse an Monokamien.«

Wie Yumicos berichtete, war der Name des besagten Wissenschaftlers Tauron; er lebte in einer einsamen Berghütte weitab von Tokiyo.

»Soll ich ihn bitten, nach Tokiyo zu kommen? Für mich würde er das jederzeit tun«, bot der Ministerpräsident an.

»Nein, ich gehe ihn lieber besuchen«, entschied P intuitiv.

»Danke, das macht die Sache einfacher. Dann gebe ich dir noch eine Flasche von dem Dessertwein als Geschenk für ihn mit.«

Sogleich ließ der Ministerpräsident eine weitere langhalsige Flasche kommen. Zum Abschied schüttelte er P gutgelaunt die Hand und legte ihm freundschaftlich einen Arm um die Schultern; dabei war sein Parfüm so fein und seine Haut so weich, dass sich P abermals an eine füllige Dame in den besten Jahren erinnert fühlte.

9. KAPITEL

Der Vertrag mit Himeco

Als P von seinem Besuch beim Ministerpräsidenten zurückkam, erwartete ihn Castanon zu Hause mit einer freudigen Nachricht. Die Serviceagentur hatte gemeldet, dass die Verhandlungen mit Muin endlich unter Dach und Fach seien und Himecos Umregistrierung als neuer Sekretärin von P nichts mehr im Wege stehe.

»Dem Vertrag hat Himeco bereits zugestimmt.«

»Sehr gut. Eine wirklich erfreuliche Nachricht«, sagte P. »Ja, Himeco ist die einzig richtige Wahl als Sekretärin. Das dachte ich gerade heute, als ich Marico kennen gelernt habe, die Sec des Ministerpräsidenten. Natürlich gar kein Vergleich zu einer behelfsmäßig engagierten Hostess wie Cúmin. Sozusagen Spitzenware gegen zweite Handelsklasse.«

»So erstklassig ist die Sec des Ministerpräsidenten?«

»Das kann man wohl sagen. Es wäre traumhaft, wenn er sie mir abtreten würde. Den anderen Ministern scheint es übrigens ähnlich zu gehen, zumindest sind sie ziemlich neidisch auf Yumicos.«

»Wie man hört, soll der Ministerpräsident sie selbst von einem der Wirtschaftsbosse übernommen haben. Nicht ausgeschlossen, dass er sie wieder hergibt, wenn die Konditionen stimmen.«

»Damit meinst du Maney, oder?«

»Das wäre das Nächstliegendste.«

»Am Maney soll es nicht scheitern. Davon habe ich momentan offenbar mehr zur Verfügung als er. Fragt sich jedoch, ob das nötig ist, denn Himeco könnte durchaus mit seiner Marico konkurrieren.«

»Möglicherweise. Auf jeden Fall hat es Sie eine Riesenstange Maney gekostet, den Vertrag mit Himeco abzuschließen.«

Wie Castanon berichtete, hatte zunächst einmal Himecos Vormund Muin eine enorme Ablösesumme erhalten, die all ihre bisherigen Ausgaben für Himecos Erziehung und Unterhalt berücksichtigte und daher von so astronomischer Höhe war, dass jemandem wie Castanon ganz schwindlig wurde. Im Gegenzug dafür enthielt der Vertrag eine Klausel, die Muins zukünftigen Verzicht auf sämtliche Rechte an Himeco regelte. Das hieß, dass P bei einem Weiterverkauf von Himeco so viel an Ablösung fordern konnte, wie er nur wollte. Insofern war der Vertrag für P im Grunde ein guter Deal, so die Serviceagentur, welche das Ganze vermittelt hatte. P indessen kam es allmählich so vor, als habe er sich an einem Menschenhandel beteiligt, und das versetzte seiner Begeisterung einen Dämpfer. Außerdem verlangte die Serviceagentur für ihre Vermittlung nicht nur die übliche saftige Provision, sondern auch noch 20 Prozent der Vertragssumme als so genanntes Erfolgshonorar. Der letzte Kostenpunkt schließlich war die Abfindung für Himeco selbst und ihr erstes Servantengehalt, zahlbar für ein Jahr im Voraus.

»Die Honorarforderung der Serviceagentur konnte ich durch hartes Verhandeln um 30 Prozent drücken«, berichtete Castanon, »doch darüber hinaus schien es mir ratsamer, nicht weiter zu feilschen, sondern mich nach den Wünschen der Gegenseite zu richten, besonders im Hinblick auf Himecos Abfindung.«

»Das hast du gut gemacht. Die Summe, die du einsparen konntest, werde ich dir als Prämie zu deinem Gehalt auszahlen. Weil du so ein tüchtiger und vertrauenswürdiger Butler bist. Wenn ich nun noch einen Missionsassistenten hätte, einen mit Hilfspadre-Qualifikation, wäre die Sache perfekt, aber dieser Wunsch überfordert wahrscheinlich selbst den tüchtigsten Butler und die versierteste Serviceagentur, oder?«

»Aber nein, Sie können natürlich einen einstellen. Nicht umsonst behauptet man, dass hier in Amanon alles käuflich ist, solange man nur genügend Maney hat.«

»Selbst dann dürfte es schwierig sein, Missionare oder Padres, wie es sie nur in meiner Heimat gibt, hier aufzutreiben. Denn ohne den entsprechenden Glauben und eine reguläre Theokolleg-Ausbildung kann man kein monokamischer Geistlicher werden.«

»Offiziell vielleicht nicht.« Castanon machte eine ernste Miene und fuhr mit ungewöhnlichem Eifer fort. »Aber Sie könnten sich von der Serviceagentur eine möglichst geeignete, junge Person vermitteln lassen, die Sie so trainieren, dass sie als Profigeistlicher auftreten kann.

Zwar sagten Sie vorhin, echter Glaube sei vonnöten, doch viel wichtiger erscheint mir, dass diese Person ihre Rolle überzeugend verkörpern kann. So etwas vorzutäuschen gelänge notfalls sogar mir selbst.«

»Das Vortäuschen von Religiosität wäre ein Bekenntnis zum Fiktionalismus«, warnte P. »Auch im Monokamismus gab es früher eine Sekte, die diese Lehre des Vortäuschens predigte. Sie nannte sich ›Schule der Fiktionalisten‹, wurde jedoch von der Obersten Ordenskonferenz als ketzerisch gebrandmarkt. Schließlich verurteilte man den Sektenführer und alle maßgeblichen Geistlichen sowie Padres bei der Inquisition zur Feuerstrafe.«

»Zur Feuerstrafe? Was ist das denn?«

»Das bedeutet den Tod auf dem Scheiterhaufen, also das Verbrennen des Verurteilten bei lebendigem Leibe auf einem großen Haufen Brennholz. Früher wurde nämlich das Vortäuschen von Religiosität ohne wahren Glauben beziehungsweise ohne eindeutiges Bekenntnis für oder gegen den Glauben weitaus schwerer geahndet als ein offizielles Bekenntnis gegen den Glauben, wie aus der damaligen Urteilsschrift hervorgeht.«

»Eine erschreckende Ansichtsweise, doch zum Glück sind wir nicht in Monokamien. Das Risiko, hier als ›Fiktionalist‹ verdächtigt zu werden, ist sicher gleich null. Also, wenn es Ihnen Recht ist, werde ich mich um einen geeigneten Hilfspadre für Sie kümmern. Auch Darsteller für die Monokamistenrollen dürften verhältnismäßig billig zu bekommen sein. Sie selbst, Padre, bräuchten nicht mehr zu tun, als diese Leute auszubilden, damit sie überzeugend wirken. Die Ausbildung könnte auch ich übernehmen, wenn ich wüsste, wie die Jünger zu erscheinen haben. Wenn wir die Zahl der Pseudo-Gläubigen aufstocken, werden sich zu den ›fiktionalen Jüngern‹ bald echte Gläubige gesellen und so die Macht der Monokamisten vergrößern. Meiner Meinung nach ist das der einzige Weg zu einer erfolgreichen Missionierung Amanons. Ich habe schon lange auf eine Gelegenheit gewartet, Ihnen dies offen zu sagen.«

»Ich staune, was für teuflische Gedanken in deiner Brust schlummern. Seid ihr Laotane vielleicht Anhänger einer besonderen Art von Nihilismus?« P wollte sich nicht anmerken lassen, dass ihm Castanons Vorschlag im Grunde gefiel. Er klang plausibel und traf den Kernpunkt einer Religion: die Rekrutierung einer Gemeinde.

»Ich weiß zwar nicht, was Sie mit Nihilismus meinen, doch es ist nicht so, dass dieser Gedanke nur einem Laotan käme. Vielmehr entspricht er, nüchtern betrachtet, dem gesunden Menschenverstand jedes normalen Amanoniers.«

»Na ja, trotzdem, lass uns darüber lieber ein andermal in Ruhe reden«, sagte P, um nicht den Anschein zu erwecken, bereits angebissen zu haben; in Wirklichkeit war er jedoch schon so gut wie entschlossen, Castanons ›fiktionalistischen Plan‹ in die Tat umzusetzen.

»Gut. Ich wollte sowieso noch etwas mit Ihnen besprechen«, erwiderte Castanon. »Es geht um Himecos Vertrag, um nochmals darauf zurückzukommen. Normalerweise wird bei einem solchen Vertragsabschluss zur Feier der formellen Unterzeichnung ein kleines Essen für alle Beteiligten gegeben.«

»Natürlich, daran hatte ich nicht gedacht! Eigentlich eine ganz selbstverständliche Geste. Dieses Essen sollte ich ausrichten, nicht wahr? Als Gäste eingeladen wären Himeco und Muin, sowie auch der Verhandlungsführer beziehungsweise der Geschäftsführer der Serviceagentur. Habe ich irgendwen vergessen?«

»Ihren Rechtsanwalt«, erinnerte ihn Castanon. »Einen persönlichen Rechtsberater brauchen Sie nämlich in jedem Fall, weil das bestimmt nicht der letzte Vertrag sein wird, den Sie abschließen müssen. Deshalb habe ich bereits einen passenden Anwalt für Sie ausgesucht, und zwar einen Laotan, der mir von einem Bekannten empfohlen wurde. Die meisten Rechtsanwälte sind Laotane, wie Sie wissen müssen.«

»Gut, dann laden wir den ebenfalls ein. Und du darfst diesmal auch nicht fehlen. Für die Räumlichkeiten wäre vielleicht das *Maxim de Tokiyo* passend, das Restaurant über der Amtswohnung des Ministerpräsidenten.«

»Eine vorzügliche Wahl«, stimmte Castanon in dem ehrerbietigen Ton eines Butlers zu.

So kam es, dass P einige Tage später zum feierlichen Vertragsabschluss ins *Maxim de Tokiyo* einlud. Muin erschien in den prächtigen Gewändern einer buddhaistischen Hohepriesterin. Als P an ihrer Seite Himeco erblickte, ebenfalls von Kopf bis Fuß in Seide gehüllt, raubte ihm ihre Schönheit aufs Neue den Atem. Sie besaß das kühle, geheimnisvolle Strahlen eines raffiniert geschliffenen Juwels und übertraf damit die Sec des Ministerpräsidenten, deren blühende Schönheit für sich ebenfalls ein seltener Anblick war.

»In der Zwischenzeit bist du noch hübscher geworden«, begrüßte P Himeco, doch seine Worte vermochten auf der Oberfläche des Juwels nicht mehr als ein kaum wahrnehmbares Flackern auszulösen. Seine Begrüßung wurde völlig ignoriert.

»Ja, Himeco wird langsam erwachsen«, sprang Muin entschuldigend ein.

»Wirklich, sie ist noch schöner als die Sec des Ministerpräsidenten, die ich neulich kennen lernte«, sagte P.

»Freut mich, wenn sie Ihnen gefällt«, antwortete Muin taktvoll.

Von der Serviceagentur war neben dem Vertriebsdirektor auch der Boss anwesend, der P bei seiner Ankunft in Tokiyo abgeholt hatte. Der Rechtsanwalt Advocon, den Castanon besorgt hatte, war für einen Laotan ein ungewöhnlich beleibter Mensch, der schrecklich geschäftig tat und dabei stark transpirierte.

Vor dem Essen wurde in einem Nebenraum der Vertrag unterzeichnet und mit einem Klatschritual besiegelt. Dazu standen alle auf und begannen auf ein eigenartiges Heulen des Rechtsanwalts hin rhythmisch zu klatschen und Freudenrufe auszustoßen. P fand es zwar unnötig laut und auch etwas kindisch, doch da dies anscheinend ein üblicher Brauch war, klatschte er mit, obwohl es ihm schwerfiel, nicht aus dem eigentümlichen Takt zu geraten.

»Wie beklatscht man denn bei Ihnen in Monokamien?«, erkundigte sich der Rechtsanwalt.

»Ein so fröhliches Klatschritual wie hier gibt es bei uns nicht, aber dafür wird der Vertragsabschluss äußerst zeremoniell begangen. Dazu gibt es klare Bestimmungen. Ehe die Vertragspartner unterzeichnen, müssen sie beide zuerst ihre Hand auf den Heiligen Kontrakt legen und dabei einen feierlichen Eid schwören.«

»Hört sich ziemlich wichtigtuerisch an«, ließ der Rechtsanwalt seinen Eindruck vernehmen. Trotz seiner Fettleibigkeit war sein Gesicht mit auffällig vielen Runzeln durchzogen, die ihm nun, da ihm der Schweiß abermals aus allen Poren drang, das Aussehen einer verheulten Mittvierzigerin verliehen.

»Wenn ich die Herrschaften jetzt nach nebenan bitten dürfte – das Essen ist angerichtet«, verkündete Castanon. »Serviert wird heute ein Festmenü des *Maxim de Tokiyo,* zu dem ich Ihnen allen einen recht guten Appetit wünsche!«

Sogleich erschienen Garßonmädchen mit den Vorspeisen. Gleichzeitig gab sich auch der Chefkoch die Ehre, die einzelnen Gerichte feierlich zu erläutern. Dabei erwähnte er, dass die Speisenzusammenstellung eine moderne Version eben jenes Essens sei, mit dem man rund tausend Jahre zuvor schon einmal eine monokamische Delegation bewirtet habe, denn die Aufzeichnungen zu den Festmenüs des Restaurants reichten bis ins vorletzte Jahrtausend zurück. Auch über die Zubereitung und Zutaten der Gerichte dozierte der Chefkoch eine ganze Weile, doch davon verstand P lediglich, dass es irgendwie um die Verwendung exotischer Tierfleischsorten der amanonischen Küche ging, darunter seltene Schalentiere, Fische und Reptilien, als auch Geflügel und Säugetiere. Außerdem, so berichtete der Chefkoch weiter, habe man eigens für Muin, dem seine buddhaistischen Gebote den Genuss von Fleisch untersagten, eine vegetarische Version des Menüs kreiert, die farblich und von der Form her nicht vom Original zu unterscheiden sei.

»Wie überaus aufmerksam«, freute sich Muin. »Da werde ich ja nach allen Regeln der Kunst verwöhnt. Übrigens darf Himeco mittlerweile ohne Bedenken essen wie jeder andere auch. Sie ist unlängst offiziell aus der buddhaistischen Gemeinde entlassen worden und somit von sämtlichen Gelübden dieser Art befreit. Das bedeutet, dass Sie sich mit Himeco nach Belieben in der Welt der Gaumenfreuden verlustieren können, lieber Herr P, denn dem Essen zugetan war die Kleine schon immer.«

»Das trifft sich gut«, erwiderte P, »denn als leidenschaftlicher Schlemmer freue ich mich schon sehr darauf, gemeinsam mit ihr neue Gourmetgipfel zu erklimmen. Sag, Himeco, was würdest du in Zukunft gern essen?«

»Alles, was gut schmeckt.«

»Eine hervorragende Antwort! Besser hätte ich es auch nicht sagen können.«

»Himeco, gib dem Herrn eine ernsthafte Antwort«, ermahnte sie Muin, doch Himeco überhörte den Tadel mit stolz erhobenem Kopf.

»Also«, antwortete sie schließlich, »wenn ich unbedingt etwas wählen müsste, dann am ehesten bissfeste Speisen, die man richtig gut kauen muss. Ich habe zwar nichts gegen feine Pasteten aus Fleisch oder Meeresfrüchten, die mit ihren delikaten Soßen auf der Zunge zergehen und die Gourmets begeistern, doch so ein halb verdauter Brei ist eher etwas für Neugeborene oder zahnlose Alte. Mich hingegen gelüstet es nach schmackhaftem, kräftigen Fleisch, wie es die Raubtiere im Zoo fressen, oder nach erdig duftendem Gemüse und zuckenden Fischen.«

»Nach zuckenden Fischen, wie schön«, entschlüpfte es P, der sich nur knapp beherrschen konnte, abermals von den lebenden Riesenfischen und dem frischen Langustenhirn beim Bankett des Reviervorstehers zu schwärmen.

»Padre, bitte verzeihen Sie Himecos respektlosen Ton, den ich mir kaum erklären kann, denn so offen spricht sie sonst zu niemandem. Hoffentlich werden Sie ihr kleinere Entgleisungen nachsehen, denn im Grunde ist sie ein kluges Kind mit gesunden Instinkten und einem ausgeprägten Gerechtigkeitssinn. Wahrscheinlich gebärdet sie sich nur momentan etwas bissig, weil der Verkauf an einen neuen Herrn sie verstört hat. Dabei kann sie durchaus reizend sein – nicht wie ein Schoßhund, der immerfort mit dem Schwanz wedelt, sondern eher auf eine katzenhaft unberechenbare Art. Mit anderen Worten, für Himeco braucht es eine feste und doch sanfte Hand und viel Geschick, dann können Sie sie bald nach Belieben abrichten.«

Inhaltlich konnte P nur zustimmen, aber der Ton, in dem Muin über Himecos Eigenschaften und Schwächen sprach, erinnerte ihn an einen Tierhalter beim Verkauf seines Hundes oder Pferdes, und je länger P zuhörte, desto mehr hatte er das unangenehme Gefühl, den Erklärungen eines Tierhändlers zu lauschen.

»Alle Einzelheiten dessen, was Abt Muin Ihnen soeben mitgeteilt hat, sind im Anhang des Vertrags erwähnt«, fügte der Rechtsanwalt Advocon hinzu. »Dort finden Sie alle notwenigen Angaben zu Himecos Person: körperliche Besonderheiten, Gesundheitszustand, Krankengeschichte, Psychotestergebnisse, Charaktereigenschaften, Schulbildung, Berufserfahrung, besondere Fähigkeiten, erworbene Qualifikationen, Kleidungsstil und natürlich auch die kulinarischen Vorlieben, die vorhin zur Sprache kamen. Außerdem bekommen Sie als Arbeitgeber eine Magnetstreifenkarte, auf der alle Informationen gespeichert sind. So können Sie mithilfe eines Lesegeräts sämtliche Daten jederzeit abrufen.«

Besorgt fragte sich P, ob die Worte des Rechtsanwalts Himeco nicht vielleicht verärgert hatten, doch diese ließ sich in aller Ruhe ihr Essen schmecken, ohne jedes Anzeichen von schlechter Laune oder Wut, als ginge sie die Sache überhaupt nichts an. Mit ihrer konzentrierten Miene sah sie tatsächlich liebreizend aus, genau wie Muin gesagt hatte, und es war ein reines Vergnügen, ihr einfach nur zuzuschauen. Als Himeco bemerkte, wie P sie beobachtete, warf sie ihm einen scharfen Blick zu, um sich dann mit katzenhafter Eleganz wieder ihrer Mahlzeit zu widmen, ohne ihn noch weiter zu beachten.

Auch Muin verzehrte ihr Essen mit erstaunlichem Appetit und plauderte dabei in bester Stimmung über dies und das.

»Ach ja«, sagte sie schließlich, als sei ihr plötzlich etwas eingefallen, »das Wichtigste hätte ich beinahe vergessen. Und zwar wollte ich Ihnen erzählen, dass wir vorhaben, mit Hilfe der Ablösesumme, die Sie uns gezahlt hatten, die Vergoldung unseres Reliquienschreins zu finanzieren. Der Anblick des goldglänzenden Reliquienschreins vor dem blauen Himmel – das wird für unsere Anhänger wie das Paradies auf Erden sein. Oh, ich sehe schon vor mir, wie er als Touristenattraktion nicht nur in Kiyoto, sondern in ganz Amanon berühmt sein wird! Damit würde für mich ein großer Traum wahr, wenn Sie sich das vorstellen können.«

»Aber ja, und es steht Ihnen natürlich vollkommen frei, was Sie mit Himecos Ablösesumme machen«, erwiderte P mit spöttischem Unterton. »Doch wenn Sie für derartige Unternehmen Maney benötigen, könnte ich Ihnen auch ein günstiges Darlehen anbieten.«

»Überaus freundlich von Ihnen«, gab Muin ebenso spöttisch zurück. »Sie sollen ja Maney wie Heu haben, mehr sogar als unsere Zentralbank.«

»Sie sprechen da einen Punkt an, der mir Sorgen bereitet«, meldete Advocon sich zu Wort. »Offenbar wurde es bisher versäumt, zwischen Ihnen und der Regierung vertraglich festzulegen, wie diese astronomische Maneysumme verwaltet und investiert werden soll, und wenn ich richtig informiert bin, ist noch nicht einmal über die Vertragsbedingungen verhandelt worden. Darin sehe ich ein großes Risiko. Ich befürchte nämlich, die Regierung könnte für jedwede kommerzielle Nutzung Ihres Vermögens sehr strenge Auflagen erteilen. Und derlei Auflagen sind so beliebig interpretierbar, dass Ihnen selbst am Ende vielleicht nur noch die Ausgaben für Ihre privaten Lebenshaltungskosten gewährt würden und keine anderen mehr. So zum Beispiel Ihre missionarischen Aktivitäten: Wenn die als Gewinn bringende Investition eingestuft würden, dürften Sie kein Maney mehr dafür abheben, und so weiter und so fort, bis Ihr Kapital de facto eingefroren wäre. Perlen vor die Säue zwar, doch ich fürchte, für die Regierung wäre das die einfachste und sicherste Lösung.«

»In der Tat, eine komplizierte Sachlage«, nickte P. »Darüber bin ich mir durchaus im Klaren. Doch im Grunde meines Herzens ist mir Maney nicht so wichtig. Ich meine, allein schon dieser Goldklumpen – es ist doch verwunderlich, dass etwas, was es bei uns wie Sand am Meer gibt, hier mehr wert sein soll als Glaube oder ein Menschenleben. Eine perverse Vorstellung. Schauen Sie, hier mangelt es an Gold, doch gleichzeitig gibt es alle nur erdenklichen Luxusgüter. Und bei uns liegt ein Haufen nutzloses Gold herum, während man von Luxusgütern nur träumen kann, ja, es selbst am Nötigsten mangelt. Vielleicht ist es das, was Ministerpräsident Yumicos wirklich mit seinem Intergeneseprojekt erreichen will – ein Tauschhandel, der für beide Länder von Vorteil ist. Dann wäre er ein weitsichtiger Stratege.«

»Bedauerlicherweise liegt so ein Strategiedenken jenseits des Verständnisses unseres Volkes«, erwiderte der Rechtsanwalt, während er sich schwer atmend sein Essen einverleibte. Der Inhalt seines Tellers schien den Fettwanst mehr zu interessieren als eine Diskussion über außen- oder innenpolitische Themen.

Es wurden noch unzählige Arten von Speisen aufgetischt, und als man sich endlich von den Tischen erhob, begann es draußen schon fast zu dunkeln. Mit Staunen bemerkte P, dass Himeco alles bis auf den letzten Krümel aufgegessen hatte, ohne auch nur mit der Wimper zu zucken. Wenngleich ihre Portionen etwas kleiner gewesen waren als die der Erwachsenen, hätte er dem zierlichen Wesen eine solche Völlerei nicht zugetraut (während sie ihn bei dem Fettwanst von Rechtsanwalt nicht weiter überraschte). Nachdem die Feier zu Ende war und sich alle Gäste verabschiedet hatten, begaben sich P, Himeco und Castanon zum Ausruhen in ein Nebenzimmer, wo sie sich jeder einen Magenbitter genehmigten.

»Es hat mich überrascht, dass du so ein Schleckermaul bist, Himeco«, bemerkte P.

Ganz ermattet vom vielen Essen musterte Himeco ihn trägen Blickes. »Was ist ein Schleckermaul?«

»Also, ein Schleckermaul ist jemand, der mit gutem Appetit große Portionen verspeist.«

»Was soll daran Schlechtes sein? Zunehmen tue ich sowieso nicht. Und außerdem macht es mir, wie Sie vielleicht im Anhang des Vertrags gelesen haben, überhaupt nichts aus, auch mal zwei, drei Tage nichts zu essen. Da bin ich wie ein Raubtier.«

»Ein äußerst liebreizendes Raubtier.«

»Hören Sie, Herr ...« Himeco brach ab und blickte P plötzlich treuherzig an. »Genau, wie soll ich Sie eigentlich anreden?«

»Einfach Padre.«

»Also, Herr Padre ...«

»Du kannst mich ruhig duzen.«

»Also, Padre, das Wort ›liebreizend‹ hast du nun schon ein paar mal benutzt, dabei bin ich im Grunde keine besonders liebreizende Person. Da solltest du dir nicht zu viel erwarten. Obwohl ich mich nach Kräften bemühen werde, mehr Liebreiz zu entwickeln, wenn du so etwas bevorzugst.«

»Aber nein, das ist nicht nötig«, wehrte P ab, ganz gerührt über ihre unerwartet fügsamen Worte. »Sei einfach nur du selbst. Auf deine katzenhafte Art bist du reizend genug.«

»Du magst also das Katzenhafte?«

»Nein, ich gehöre nicht zu den Männern, die das Katzenhafte dem Hündischen vorziehen oder umgekehrt. Das Katzenhafte gefällt mir, weil du so katzenhaft bist.«

»Aber ich könnte auch wie ein Hund sein, wenn du in Wirklichkeit Hunde bevorzugst.«

P war überwältigt vor Rührung. »Nein wirklich, das ist nicht nötig.«

»Übrigens, was ich dir erzählen wollte.« Himeco senkte plötzlich die Stimme. »Die Muin, die hat normalerweise überhaupt keine Hemmungen, Fleisch zu essen. Heute sollte sie doch extra ein vegetarisches Essen bekommen, das genau aussieht wie die Fleischgerichte, nicht wahr? Von wegen! Bestimmt war das abgesprochen, und in Wirklichkeit hat sie richtiges Fleisch gegessen.«

»Na, das wäre ja unerhört.«

»Also, ich fände es lustig.« Himeco holte einen Taschenspiegel hervor, inspizierte vergnügt ihr Aussehen und zog sich dann die Lippen nach. P musste an Cúmins Schminkprozedur denken und beschloss im

Stillen, Himeco mit den luxuriösesten Kosmetika auszustatten. Dann erklärte Castanon der neuen Sekretärin, was sie von nun an erwartete, vor allem hinsichtlich Arbeitsaufgaben und Unterbringung. Als er zu reden begann, legte Himeco ihre Schminksachen beiseite, wandte sich ihm zu und lauschte aufmerksam, die Hände wohlerzogen im Schoß gefaltet. Cúmin hätte sich in der gleichen Situation ganz sicher nicht von ihrem Spiegelbild abgewandt, sondern einfach weitergeschminkt und dabei höchstens ab und zu halbherzige Kommentare von sich gegeben. Von solchen schlechten Angewohnheiten und Unerzogenheit war bei Himeco nichts festzustellen.

»So, wie du gehört hast, wirst du ab jetzt bei mir wohnen, im Hotel *Zum Staatsgast*«, sagte P. »Falls du irgendwelche Wünsche hast, brauchst du es nur zu sagen, denn ich möchte gern alles tun, um dir das Zusammenleben so angenehm wie möglich zu gestalten. Erfreulicherweise konnte ich neulich den Mietvertrag ändern lassen, so dass wir jetzt die gesamte 117. Etage für uns haben, insgesamt über fünfzig Zimmer, also etwa viermal so viel wie vorher. Mehr hat die Amtswohnung des Ministerpräsidenten auch nicht. Damit kann ich dir ein luxuriöseres Leben bieten als der Ministerpräsident seiner Sec.«

»Wirst du mich denn auch zu deiner Sec machen?«, fragte Himeco geradeheraus.

»Irgendwann schon«, antwortete P zurückhaltend. »Doch das liegt ganz in deiner Hand. Du sollst nur wissen, dass ich es mir sehr wünsche.«

»Was sagt mein Vertrag dazu?«

»So etwas wird normalerweise durch eine allgemein formulierte Klausel geregelt.« Castanon ließ seine Augen über den Vertrag schweifen. »Ja, hier steht es: *Zuneigungsbezeugungen sollen nicht grundlos zurückgewiesen werden.*«

»Aha. Also, gut: Ich werde deine Sec.«

»Aber Himeco, so etwas will gut überlegt sein«, bremste P sie erschrocken.

»Nein, danke. Dafür brauche ich keine große Bedenkzeit.«

Nachdem sie ausgetrunken hatten, ließ P ein Großraum-Cybermobil für drei Personen rufen, mit dem sie gemeinsam nach Hause fuhren. Dort waren die Servanten von der Serviceagentur gerade mitten beim Putzen. Himeco nutzte die Gelegenheit zu einer gründlichen Besichtigungsrunde durch die gesamte Wohnung. Sobald sie auf ungewöhnliche Wandschränke und andere Möbelstücke stieß, machte sie diese auf und spähte hinein wie eine neugierige Katze.

»Und, gefällt es dir?«, erkundigte sich P.

»Ja, sehr gut«, nickte Himeco. »Wenn ich das mit meinem bisherigen Leben im Tempel vergleiche, erscheint es mir geradezu fürstlich. Aber wo verrichtest du deine Meditation? Brauchst du keine Andachtshalle oder so?«

»Doch, dafür wird demnächst hier umgebaut«, erklärte Castanon. »Dann soll eine Halle entstehen, in der Gottesdienste und andere Zeremonien abgehalten werden können.«

»Und was die Niederlassung der Monokamisten und einen Dom betrifft, so möchte ich sie lieber woanders neu errichten lassen«, fügte P hinzu. »Doch keine Sorge: Du brauchst ohnehin keine Arbeiten zu verrichten, die mit der Mission zu tun haben. Ich habe mich zwar nicht extra vergewissert, wie das im Vertrag geregelt ist, aber du hattest ja mal danach gefragt. Wie ich damals schon sagte, brauchst du nicht zum Monokamismus überzutreten, um meine Assistentin oder Sec zu werden. Sogar wenn dir der Glaube an Monokami völlig fehlte, wäre das nicht weiter tragisch. Es reicht, wenn du diesen Glauben bei Bedarf vortäuschen kannst. Das mag zwar schwieriger sein, als es sich anhört, aber bei dir bin ich mir sicher, dass du die notwendigen Tricks bald auf Lager hast.«

»Na, wenn ich schon die Gläubige spielen soll, wäre es doch einfacher, wirklich Monokamistin zu werden.«

»Da bin ich mir nicht so sicher«, gab P zu bedenken. »Unter uns gesagt möchte ich nicht, dass du so einfach eine Monokamistin wirst. Wie willst du das auch anstellen – indem du mit aller Kraft Gläubigkeit simulierst, oder indem du bis ins Mark zu einer völlig anderen Person mutierst? So eine Mutantin wäre mir unheimlich. Für deine Arbeit bei mir reicht das Simulieren, damit wäre ich schon zufrieden.«

»Für Muin war ich auch eine ernsthafte Novizin.«

»Mir reicht es, wenn du deine Aufgaben als Assistentin beziehungsweise Sec ernst nimmst. Darüber hinaus verlange ich nichts von dir.«

»Du bist die Bescheidenheit in Person, Padre.« In Himecos Lächeln verbarg sich eine Spur Ironie. »Oder ist der Monokamismus am Ende doch eine sehr tolerante Religion …?«

»Das eigentlich nicht«, erklärte P ernsthaft. »Doch inzwischen habe ich hier so vieles erfahren, dass ich die orthodoxen Dogmen des Monokamismus am liebsten ein wenig abändern würde. Auf eigene Verantwortung natürlich. Ob unser Glaubenskomitee diese Korrekturen akzeptieren würde, kann ich nicht sagen, denn im Moment habe ich keine Möglichkeit, mit der Gemeinde Kontakt aufzunehmen. Doch wir sind nicht in der monokamischen Welt, sondern in Amanon, wo ganz andere Regeln gelten und meiner Meinung nach eine Form der Missionierung nötig ist, die perfekt auf die hiesigen Verhältnisse zugeschnitten sein sollte. Ja, so soll meine Mission sein: unabhängig, undogmatisch und flexibel.«

»Mit anderen Worten: eigenmächtig, undiszipliniert und willkürlich, nicht wahr?«

»Du hast eine recht unverblümte Art, die Dinge auszudrücken.«

»Tut mir Leid, wenn ich vorlaut war,« sagte Himeco entschuldigend, doch nach wie vor mit provozierendem Lächeln auf dem Gesicht.

»Ach, was soll's – ich könnte sowieso vorgehen, wie ich wollte, ohne dass du auch nur in der Lage wärst zu beurteilen, ob das nun konventionell ist oder völliger Humbug, denn vom Monokamismus verstehst du so gut wie gar nichts.«

»Aha, das bedeutet, du kannst hier alles Mögliche als Monokamismus verkaufen, weil es ohnehin niemand anzweifeln könnte.«

An diesem Abend dachte P in aller Ruhe über Himeco nach und über all die Dinge, die vor ihm lagen. Dabei setzte er sich so auf den Stuhl, wie der Ministerpräsident es ihm mittags beigebracht hatte, und tat versuchshalber so, als meditiere er, während er zu den dunklen Gewächssilhouetten des Luftgartens hinaufsah. Zwischen den schwarzen Blättern hindurch war das eigenartige Zwielicht des sternenlosen Nachthimmels zu erkennen. Das hatte P schon bald nach seiner Ankunft bemerkt: Der Himmel über Amanon war nicht nur mittags in grelle Helligkeit getaucht, auch in der Nacht herrschte ein komisches Zwielicht, wie durch künstliche Beleuchtung, und nicht ein einziges Mal waren der Mond oder die Sterne zu sehen gewesen. Das angenehme Klima entsprach dem, was er auf dem Theokolleg gelernt hatte, doch gerade die ständige sanfte Brise erschien ihm nun, da er hier war, wie ein weiterer Beweis für die Künstlichkeit der amanonischen Welt. Alles in dieser Welt, das Meer, der Himmel, die Sonne, der Wind und auch die Landschaft des Senzangebirges, die er vom Zugfenster aus gesehen hatte, war durchdrungen von einer seltsam unnatürlichen Milde, menschentypischer Wohlgeordnetheit und Perfektion; raue Natur hingegen, wie er sie aus seiner Heimat kannte, hatte er hier kein einziges Mal gespürt. Bei der Erschaffung der amanonischen Welt musste der Schöpfer, wenn man davon ausging, dass die Welt durch göttliche Hand entstanden war, einen gänzlich anderen Charakter und Geschmack gehabt haben als bei der Schöpfung der monokamischen Welt. Oder es waren zwei verschiedene Schöpfer gewesen. Dieser Gedanke erschien P nun, da er ihn zu Ende gedacht hatte, ganz natürlich und in keinster Weise ketzerisch. War die monokamische Welt das Werk eines Gottes, so musste Amanon das vollendete Kunstwerk einer Göttin sein. Und die Menschen in ihrem Reich stammten nicht wie Söhne von einem väterlichen Gott ab, sondern waren die Töchter einer Göttin, und als solche grundsätzlich sanftmütige Kreaturen. Außerdem war die arbeitende Bevölkerung samt ihrer Bizmänner und Politiker auf den praktischen Nutzen eingestellt und interessierte sich eher für ihr alltägliches Wohl als für transzendente Dinge. Da bildete selbst ein beruflicher Theologe wie Muin keine Ausnahme.

In diesem Moment kam Castanon hinein und teilte P mit, dass Himeco sich für ein Zimmer entschieden habe.

»Das hinterste der Zimmer, die an den Luftgarten grenzen«, zeigte Castanon mit ausgestrecktem Finger. »Sehen Sie? Da, wo gerade das Licht angegangen ist. Es hat sowohl eine Tür zum Garten als auch eine zum Flur. Hier ist der Schlüssel.«

»Was soll ich damit?« P versuchte, eine strenge Miene aufzusetzen, vermochte jedoch seine innere Vorfreude kaum zu verbergen.

»Nichts. Nur, wenn man eine Sec hat, ist es ganz normal, sich des Nachts in ihr Zimmer zu schleichen.«

»Um dort was zu tun?«

»Um dort gemeinsam die Nacht zu verbringen.«

»Und daran stört sich niemand?«

»Das kann ich Ihnen nicht sagen, doch bei den anderen Herrschaften ist es gang und gäbe, und deshalb habe ich die entsprechenden Vorbereitungen getroffen. Alles Weitere bleibt ganz Ihnen überlassen.«

»Deswegen müsste ich mit dir reden, Castanon, denn als guter Butler weißt du sicher einen Rat.« P lächelte Castanon vertrauensvoll zu.

»Wenn ich Ihnen mit meinen bescheidenen Kenntnissen weiterhelfen kann, stehe ich ganz zu Ihrer Verfügung, Padre.«

»Gut. In der Sache selbst hast du als Laotan wahrscheinlich keine Erfahrung, aber dank deines Recherchetalents vielleicht mehr Wissen als andere. Und zwar geht es um Folgendes: Wenn eine Sec eigentlich eine Art Geliebte ist, wie weit geht dann die Beziehung zu dieser Geliebten ganz konkret? Bis hin zu intimem Umgang beispielsweise …?«

»Nun ja, offiziell wird natürlich behauptet, dass die Beziehungen zwischen Prom und Sec rein platonischer Natur seien, beziehungsweise sein sollten, doch in Wirklichkeit umfassen sie in den meisten Fällen auch intimen Umgang. Bei dem Ministerpräsidenten und seiner Sec … wie war doch gleich ihr Name?«

»Marico.«

»Richtig, mit dieser Marico ist das sicher nicht anders.«

»Aber Marico und Himeco sind doch noch halbe Kinder …«

»Kinder? Wie meinen Sie das?«

»Na, eben noch unreif, wenn du weißt, was ich meine. Ganz konkret gesagt, hatte Himeco doch zum Beispiel noch nicht mal ihre Menarche, oder?«

»Und daran würden Sie sich stören?«

»Zugegebenermaßen, ja. Denn mit allzu unreifen Mädchen ist eine geschlechtliche Beziehung nicht möglich. Erosmäßig, meine ich.«

»Eromäßig heißt es richtig, ohne *s*«, verbesserte Castanon pedantisch. »Doch das meinte ich nicht. Als ich fragte, ob Sie sich daran stören würden, meinte ich das nicht im körperlichen Sinne, sondern als reine Geschmacksfrage. Unter den Proms gibt es nämlich zwei Sorten, und zwar solche, für die es wichtig ist, dass ihre Sec noch nicht geschlechtsreif ist, und solche, für die das keine Rolle spielt. Die Angehörigen der Intelligenzia gehören in der Regel zu den wählerischen Proms, welche Mädchen vor der Geschlechtsreife bevorzugen. Diese Vorliebe wird bei uns als lolitaesk bezeichnet.«

»Ach ja, davon war auch schon beim Mittagessen mit dem Ministerpräsidenten die Rede. Wenn ich es richtig verstanden habe, ist die etymologische Herkunft des Begriffs noch unklar, weil für beide Teile jeweils mehrere Erklärungsansätze existieren.«

»Mag sein, doch die Bedeutung ist unmissverständlich: Die Liebe zu einem Kind vor der Geschlechtsreife.«

»Ah, jetzt verstehe ich. Eine ganz klare Grenze wird da also gezogen …«, nickte P. »Dann kann ich diesen lolitaesken Beziehungen persönlich sicher nichts abgewinnen. Mit anderen Worten, ich bevorzuge erfahrene Mädchen, die zumindest geschlechtsreif und fortpflanzungsfähig sind. Ja, um ganz ehrlich zu sein, am liebsten sind mir richtige Frauen.«

»Wie belieben?« Castanon tat absichtlich, als verstehe er nicht. »Padre, mir scheint, Sie haben sich abermals in riskantes Terrain verirrt. Sie sollten sich hüten, so etwas laut zu sagen! Was Sie wollen, ist äußerst perversomäßig und hochgefährlich und überschreitet die Grenzen jedes normalen Liebesverhältnisses. Es gehört bereits dem Pornobereich an, um es einmal ganz deutlich zu sagen.«

»Was ist denn Porno? All diese neuamanonischen Begriffe! Porno und perversomäßig?!«

»Perverso bedeutet abartig. Und als Pornos bezeichnet man die verbotenen Filme und Anarcho-Shows, welche sich die Proms heimlich ansehen. Für diese Produkte gibt es einen großen Schwarzmarkt, der unter der heimlichen Protektion der Proms blüht und gedeiht. In den Shows zum Beispiel wird auf der Bühne perversomäßiger Heterosex aufgeführt. Ebenso in Pornofilmen und Pornovideos. Am besten, Sie sehen sich selbst mal einen an.«

»Ja, das würde mich sehr interessieren. Angeblich soll es so etwas auch bei uns geben, wenn auch etwas harmloser, wie man hört, denn die monokamische Gemeinde hat darauf ein strenges Auge, und denjenigen, die sich erwischen lassen, droht mitunter die Todesstrafe.«

»Was für rigide Verhältnisse«, sagte Castanon erschrocken. »Aber wenn Sie wollen, könnte ich Sie bei Gelegenheit in ein Pornokino mitnehmen oder, falls Ihnen das lieber ist, ein Pornovideo für zu Hause besorgen.«

»Ja, das wäre nett«, antwortete P freimütig. »Und es würde uns die peinliche Fragerei ersparen. Denn wenn ich mit Himeco oder anderen Amanonierinnen in Zukunft intim werden möchte, sollte ich das kleine Einmaleins der amanonischen Liebe in den Grundzügen schon beherrschen. Sonst gelte ich am Ende noch für perversohaft, wenn ich es gleich auf die monokamische Weise mache.«

»Das könnte durchaus passieren, fürchte ich«, stimmte Castanon vorsichtig zu.

»Na ja, auf jeden Fall werde ich jetzt mal einen Blick in Himecos Zimmer werfen.«

»Dann wünsche ich noch einen angenehmen Abend.« Mit diesen Worten zog Castanon sich zurück.

P entschied sich für den Weg über die Promenade des Luftgartens, wie Castanon ihm geraten hatte. Als er angekommen war und voll fiebriger Erwartung aus dem Dunkel des Gartens heraus in das hell erleuchtete Zimmer spähte, wurde er herb enttäuscht. Drinnen saß Himeco in bequemer Hauskleidung gemütlich ausgestreckt in einem großen Sessel und war in ein Buch vertieft. Aufmerksam folgte ihr Blick den Zeilen. Da sie ganz in ihre Lektüre versunken war, erschien es P angebrachter, sich nicht mit Hilfe des Schlüssels, den er von Castanon erhalten hatte, leise hineinzustehlen, sondern sich wie ein normaler Besucher zu verhalten. Vernehmbar klopfte er an die Scheibe. Ohne von ihrem Buch aufzublicken, antwortete Himeco etwas, das P nicht hören konnte, obwohl er sah, wie sich ihre Lippen bewegten. Als er ein weiteres Mal klopfte, schaute sie erschrocken auf und kam zur Tür.

»Du hast doch einen Schlüssel, oder?« Verwundert sah Himeco zu P hoch.

»Schon, aber du sahst so vertieft aus. Ich dachte, es erschreckt dich, wenn ich mich einfach hereinschleiche.«

»Ach, wie rücksichtsvoll«, sagte Himeco beeindruckt, doch P war sich nicht sicher, ob sie es ernst meinte oder ihn einfach zum Narren hielt.

»Oder hat sich eine Sec immer bereit zu halten und jederzeit damit zu rechnen, dass jemand, also in dem Fall ich, einfach so hereinkommt?«, fragte er.

»Das ist zwar etwas übertrieben formuliert, aber im Prinzip hast du Recht.«

»Sprichst du da aus eigener Erfahrung?«

»Aber natürlich!«

»Mit wem denn?«

»Mit Muin natürlich.«

»Mit der Äbtissin! Das hätte ich nicht gedacht.«

»Wieso? Ich war Muins Sec und hatte einen Vertrag mit ihr, ebenso wie ich jetzt einen mit dir habe.«

»Hm, das ist schon richtig. Wahrscheinlich habe ich deine dortige Stellung als Novizin zu wörtlich interpretiert.« P machte aus seiner

Fehleinschätzung keinen Hehl. »Weil du schließlich bei Muin in buddhaistischer Ausbildung standest, selbst wenn es in eurer Beziehung gewisse Tendenzen gegeben haben sollte …«

»Das hört sich an, als wärst du enttäuscht, dass ich etwas Unrechtes getan habe.«

»Oh, jetzt hast du mich durchschaut: Ich bin tief schockiert, siehst du?« P bemühte sich um einen scherzhaften Ton.

»Wenn man den Vertragspartner wechselt, bedeutet das nun mal, nicht mehr die Sec von A zu sein, sondern die von B. So ist das eben. Es war einfach Schicksal, dass wir uns nicht eher begegnet sind«, sagte Himeco ernsthaft, als wollte sie mit diesen Worten, die etwas zu reif für ihr Alter klangen, ihren neuen Herrn trösten.

»Na ja, andersherum betrachtet war es ein Geschenk des Himmels, dass wir uns überhaupt begegnet sind und nun einen Vertrag miteinander haben. Zumindest empfinde ich das so.«

»Das würde ich gern zurückgeben, aber im Moment kann ich es noch nicht. Ich werde es dir sagen, wenn ich es wirklich empfinde.«

»Danke«, sagte P fest. »Ehrlichkeit und Klarheit sind das Wichtigste. Außerdem scheinst du mir die Klügste von allen Amanoniern zu sein, die ich bisher kennen gelernt habe. Und natürlich auch die Schönste. Früher sagte man angeblich, eine Frau könne entweder schön oder intelligent sein, doch du bist beides in einem.«

»Entweder schön oder intelligent … Ja, das habe ich mal in einem alten Buch gelesen.«

»Du liest gern, nicht wahr? Und jetzt ist bei dir Lesestunde?«

»Ach, das ist eigentlich nichts Richtiges zu lesen, nur ein Liebesroman.«

»Ein Roman? Also eine Erzählung, ein Stück Prosa?«

»Nein, als Prosa bezeichnet man streng genommen nur richtige Romane. Liebesromane hingegen sind Schundromane, also rein unterhaltsame Erogeschichten für Kinder oder Erwachsene.«

»Also war das, was du vorhin gelesen hast, ein Schundroman.«

»Genau. Die sind zwar etwas niveaulos, aber erstaunlich unterhaltsam. Für so etwas brauche ich bei meinem Lesetempo keine zwei Stunden. Und wenn man einen davon ausgelesen hat, möchte man am liebsten gleich mit dem nächsten anfangen.«

»Die müssen ja von magischem Reiz sein.«

»Eben nicht«, widersprach Himeco mit ernster Miene. »Von magischem Reiz, großen Gefühlen, Exstase oder Katharsis kann da gar keine Rede sein. Man liest halbwegs aus Langeweile immer weiter, so wie man bestimmte Süßigkeiten einfach immer weiter in sich hineinstopfen kann, ohne davon jemals richtig satt zu werden.«

Auf den ersten Blick wirkte Himeco mit ihren großen, ungewöhnlich strahlenden Augen wie ein eher schweigsames Mädchen, doch in Wirklichkeit war sie recht mitteilsam. Und was sie sagte, war keineswegs Geschwätz, sondern entstammte einfach ihrem Drang, die Dinge präzise benennen und erklären zu wollen.

»Und was die Handlung dieser Liebesromane angeht«, fuhr Himeco fort, »sind sie immer nach dem gleichen Muster gestrickt. Da ist zunächst einmal ein cooler Prom. Dann die Heldin der Geschichte, etwa in meinem Alter, also um die zwölf, dreizehn Jahre alt, höchstens vielleicht siebzehn Jahre, hübsch und intelligent, aber als Waise oder durch einfache Abstammung leider etwas gehändikäppt. Trotzdem schafft sie es am Ende, dass der Prom sich in sie verliebt und zu seiner Sec macht. Inhaltlich geht also alles nach Schema F.«

»Ist das nicht etwas eintönig?«

»Doch, deshalb langweilt man sich anfangs auch. Trotzdem kann man so ein Buch nicht mehr aus der Hand legen, wenn man einmal drin ist, selbst wenn die Geschichten sich ähneln. Und zu den begeistertsten Fans dieser Liebesromane gehören die Kinder der Intelligenzia, wie man hört.«

»Das ist überaus erstaunlich. Diese Kinder stammen doch selbst alle aus Prom-Elternhäusern, nicht wahr? Die dürften im Grunde kaum Interesse an solchen Aschenputtel-Geschichten haben, oder?«

»Stimmt. Aber für Ero interessiert sich jeder.«

»Du dich auch?«

»Mich interessiert eher der coole Prom«, gab Himeco mit leuchtenden Augen zu. »Ich meine, wie du zugeben musst, war Muin nicht besonders cool. Zu alt und noch dazu ein Ordensbruder, beziehungsweise eine Ordensschwester, um genau zu sein. Also, zumindest ein Geistlicher und somit als Prom ziemlich unbedeutend. Für mich wäre das kein denkbarer Weg gewesen.«

»Dann bist du jetzt mit deinem neuen Vertrag insgesamt besser dran, stimmt's?«

»Ja, natürlich«, antwortete Himeco im Grundton der Überzeugung. »Die hohe Ablösesumme, das fürstliche Honorar, und du als Prom im Rang eines Staatsgastes – soviel Glück lässt sich kaum fassen. Nur ein kleiner Schönheitsfehler ist dabei.«

»Ein Schönheitsfehler … Was denn für einer? Dass ich Ausländer bin?«

»Das vielleicht auch, doch das meinte ich nicht. Es ist, weil du ein Opi bist.«

»So hast du mich schon einmal genannt, nicht wahr?« P musste an ihr gemeinsames Essen im Zugrestaurant denken.

»Stimmt. Und um die Wahrheit zu sagen, von so einem Opi wie dir würde kein normales Mädchen die Sec werden wollen. Aber mir ist das relativ egal. Ich finde es eher interessant, dass du in vielerlei Hinsicht eine Ausnahme darstellst. Außerdem bist du, auch wenn du hier als Mann vielleicht keinen Blumentopf gewinnen kannst, viel scharmanter als Muin!«

»Scharmanter?«

»Na, attraktiver.«

»Freut mich, dass ich dir gefalle. Doch wenn ich dich richtig verstehe, muss ein Mädchen wie du, das freiwillig die Sec von einem ausländischen Opi wie mir wird, nach amanonischen Maßstäben ein recht außergewöhnliches Kind sein. Hängt das damit zusammen, dass du eine Waise bist?«

»Waise ist nicht das richtige Wort«, korrigierte Himeco abermals. »Immerhin habe ich ein Stammbaumzertifikat. Meine verstorbene Mutter war Professor an der Amanon-Universität, und ihre Mutter wiederum ein Prom der Finanzwelt, und zwar der ehemalige Schatzamtsminister. Das Problem liegt bei meinem Vater.«

Gespannt horchte P auf.

»Er soll zu den Anarchos gehört haben, und deshalb zähle ich als Bankert.« Diesen Ausdruck benutzte Himeco ganz unbefangen, als mache sie sich nichts aus ihrem Schicksal, doch P musste unwillkürlich schlucken.

»Als Bankert also … Ja, das sagte Muin bereits.«

»Ich werd' es dir zur Sicherheit noch mal erklären. Und zwar gibt es in Amanon zwei Kategorien von Kindern. Die einen entstehen unter Einhaltung der vorgeschriebenen Formalitäten durch eine amtlich genehmigte Schwangerschaft, und die anderen nicht. Die illegal gezeugten Kinder nennt man im Volksmund Bankerte. Diese Bezeichnung stand, um ganz genau zu sein, ursprünglich für verbotene Eheschließungen, dann für verbotenen Heterosex und schließlich für Schwangerschaften, die durch direkten sexuellen Kontakt entstanden und nicht durch die vorgeschriebene Benutzung der staatlichen Samenbank. So hat sich die Bedeutung des Wortes gewandelt.«

»Halt, halt«, unterbrach P sie aufgeregt. »Das waren zu viele wichtige Sachen auf einmal. Also, zum Kinderkriegen braucht man einen behördlichen Antrag und eine Genehmigung – soweit richtig?«

»Genau. Eine gesetzliche Strafe für unbefugtes Kinderkriegen gibt es allerdings nicht. Man wird nur in vielerlei Hinsicht nachteilig behandelt.«

»Das kann ich mir vorstellen. Und deine Geburt war auch so ein Fall, oder?«

»Richtig. Deshalb zähle ich als Bankert.«

»Das heißt, deine Mutter wurde durch unbefugten Sex auf direktem Wege schwanger und brachte dich zur Welt.«

»So ist es. Dabei hätte meine Mutter über den offiziellen Weg erstklassiges Material von der Samenbank beziehen können, doch extravagant wie sie war, zog sie es vor, sich mit einem Anarcho einzulassen und mich selbst zur Welt zu bringen.«

»In meiner Heimat ist es für eine Frau völlig normal, mit einem Mann Sex zu haben, schwanger zu werden und ihr Kind selbst auszutragen. Alle Menschen entstehen auf diesem Weg. Eine Samenbank, von der man Spermien erhält, um damit ein Kind zu erzeugen – so etwas Verrücktes würde uns gar nicht in den Sinn kommen.«

»Also Verhältnisse wie in der Steinzeit«, sagte Himeco erfreut. »Vor mehr als einem Jahrtausend sollen auch die Amanonier auf diese Weise ihre Kinder bekommen haben. Doch die Methode wurde schon vor Ewigkeiten abgeschafft und kommt heute nur noch in Ausnahmefällen vor, vornehmlich in den untersten Schichten der Gesellschaft.«

»Dann ist es also ganz normal, sich die gewünschten Spermien von der Samenbank zu holen und damit eine künstliche Schwangerschaft in die Wege zu leiten …?«

»Klar. Aber an die Spermien seiner Wahl muss man erst mal rankommen! Die richtigen 1-A-Spermien, die jeder will, sind hart umkämpft. Von jedem Bewerber wird der Grad seiner Berechtigung ermittelt, und wer nicht die entsprechende Bildung, berufliche und fachliche Qualifikation oder gesellschaftliche Stellung vorweisen kann, muss einen speziellen Eignungstest bestehen. Deshalb strengen sich alle schon von klein auf an, um ihre Chancen zu verbessern. Doch als Prom bekommt man in der Regel erstklassiges Erbmaterial, denn die Proms stehen immer ganz oben auf der Berechtigungsliste.«

»Und wie entstehen dann die Kinder?«

»Die meisten lassen eine künstliche Befruchtung an der eigenen Eizelle vornehmen und benutzen zum Austragen eine künstliche Gebärmutter. Niemand würde seine eigene Gebärmutter benutzen. Nur einige Proms, die trotz allem auf die Vorzüge einer natürlichen Schwangerschaft und Geburt schwören, geben riesige Maneysummen aus, um sich Leihmütter zu mieten. Diesen Luxus können sich allerdings nur wenige leisten, wie zum Beispiel der große Vorsitzende Heros, der immer damit angibt, dass all seine Kinder von gemieteten Leihmüttern ausgetragen und auf natürliche Weise zur Welt gekommen seien. Das zumindest habe ich mit Heros Kindern gemein«, feixte Himeco und zog dabei die Nase kraus.

»Da hast du Recht. Daher auch dein natürliches und gradliniges Wesen.«

»Meinst du das als Kompliment? So etwas würde man bei uns nicht als Kompliment auffassen. Außerdem sind eine natürliche Schwangerschaft und Geburt riskanter, was Erbschäden oder Komplikationen bei der Niederkunft angeht, und auch das Risiko, ein sonderbares Kind wie mich zu bekommen, ist höher.«

»Aber gerade dieses Sonderbare macht dich so scharmant, wenn du mich fragst.«

»Bravo, weiter so! Deine Promsprache klingt schon recht überzeugend.«

»Danke, aber lass uns nun lieber zum nächsten wichtigen Punkt kommen.« P versuchte seine Verlegenheit mit einer ernsten Miene zu überspielen. »Und zwar zu deinem Vater. Er hat dich gezeugt, indem er mit deiner Mutter normalen Sex hatte – zumindest nach dem, was ich unter normalem Sex verstehe. Für Amanonier haben damit beide großen Mut bewiesen. Deinen Vater nanntest du vorhin einen Anarcho oder so, nicht? Was bedeutet das?«

»So nennt man Leute, die jenseits der Gesetze existieren.«

»Oh, dann ist ein Anarcho eine Art Expatriierter?«

»Ja, das mag schon sein«, erwiderte Himeco gelassen. »So genau kenne ich mich da auch nicht aus. Schließlich begegnet man diesen Anarchos, zu denen er gehören soll, nicht einfach so. Ich kann mich ja nicht einmal richtig an meine Mutter erinnern, wie soll ich da Genaueres über meinen Vater erfahren haben? In meinem Stammbaumzertifikat ist er einfach als ›unbekannt‹ angegeben. Wie es bei Bankerten eben üblich ist.«

»Aber es müsste doch irgendetwas über ihn herauszukriegen sein. Schließlich werden selbst über Verbrecher Akten geführt. Ich kann mir nicht vorstellen, dass über jemanden, der hier geboren ist, keinerlei Aufzeichnungen über Namen, Herkunft oder Werdegang bestehen.«

»Na ja, unbestätigten Gerüchten zufolge soll dieser Mann, der mein Vater war, kein einfacher Anarcho gewesen sein, sondern ein Verbrecher, und zwar einer von den Extremisten. Das hat mir Muin erzählt, als ich schon größer war, doch sie wusste es auch nur von einem Mittelsmann, der es wiederum über zwei Ecken von meiner Mutter hatte. Mehr als das ist nicht bekannt.«

»Hier gibt es extremistische Fundamentalisten?«

»Nein, mit Religion haben die Extremisten nichts zu tun. Ihre Ziele, für die sie im Untergrund operieren, sind eine Revolution und ein Zusammenbruch der öffentlichen Ordnung.«

»Was für gefährliche Elemente!«, rief P erschrocken. »Bei solchen Leute würde in meiner Heimat gar nicht lange gefackelt. Im Nu wären sie von der Geheimpolizei geschnappt und wegen Hochverrats aufs Schafott gebracht. Und ich fürchte, das steht auch deinem Vater früher oder später bevor, wenn er noch lange als Extremist für die Revolution tätig ist.«

»Nein, ich glaube nicht, dass das in Amanon passieren könnte. Erstens sind sowohl die Regierung als auch die Polizei sehr tolerant und nicht ernsthaft daran interessiert, den Extremisten das Handwerk zu legen, und zweitens haben die Extremisten oder andere Systemgegner nichts wirklich Böses im Sinn.«

»Komische Verhältnisse sind das in diesem Land. Verglichen mit dem strengen Reich Monokamis geht es hier sorglos zu wie in einem Kindergarten.«

»Aber wer die Wahl hätte, würde hier leben wollen, oder?«

»Da hast du Recht«, lachte P. »Die meisten Menschen hier sind klug und gut veranlagt. Außerdem gibt es viele schöne Frauen. Und die Kinder sind, wie man auch an dir sieht, wirklich niedlich. Ja, hier lässt es sich aushalten, das kann man schon sagen. Doch wegen deines Vaters – es ist tragisch, dass er ein Anarcho ist und du nichts über ihn weißt, weder über ihn als Person noch über seinen Verbleib. Gibt es denn keinen einzigen Anhaltspunkt?«

»Einen vielleicht. Und zwar bin ich einmal, nur ein einziges Mal, einem Opi begegnet, der offenbar zu den Anarchos gehörte. Er hatte sich am Tempel verkrochen, um dort Obdach zu suchen, und erzählte mir, das weiß ich noch wie heute, dass die Anarchos in den Thesen Taurons nach einer verschlüsselten Botschaft suchten, hinter der sich angeblich die Formel zur Revolution Amanons verberge.«

»Der wollte dir nur gefährliches Gedankengut eintrichtern. Vielleicht hat er sich ganz bewusst an dich gewandt, weil er wusste, wer du bist.«

»Das glaube ich nicht. Das war nie und nimmer mein Vater oder jemand, der ihn kennt, sondern einfach zufällig irgendein Anarcho. Und zwar ein richtig widerlicher alter Knacker, schlimmer noch als jeder Laotan.«

»Doch eines finde ich sehr interessant. Und zwar die Sache mit Tauron, den ich demnächst kennen lernen werde. Ein verrückter Wissenschaftler soll er ja sein, aber für einen Revolutionsführer hätte ich ihn nicht gehalten.«

»Bis vor etwa zehn Jahren war er der Berater des damals amtierenden Ministerpräsidenten. Er ist ein Mann, und zwar kein Laotan, sondern ein richtiger! Von seinen Büchern habe ich einige gelesen.«

»Dann musst du mir nachher mal erzählen, was du von ihnen hältst. Und zu meinem Treffen mit Tauron nehme ich dich natürlich auch mit! Vielleicht weiß er etwas Neues über die Anarchos oder die Extremisten, oder hat einen Tipp für uns, wie wir deinen Vater finden können.«

Himeco schüttelte den Kopf und deutete ein Lächeln an. »Nein, lass es ruhig gut sein damit. Vielmehr muss ich mich bei dir entschuldigen, dass wir die ganze Zeit nur geredet haben. Gehen wir langsam schlafen?«

»Herrje, schon so spät!« P erhob sich. »Für dich ist auch langsam Schlafenszeit. Also, dann reden wir morgen weiter …«

Verwundert sah Himeco ihn an. »Schläfst du denn nicht bei mir?«, fragte sie. »Da steht doch schon dein Bett, eine Sonderanfertigung in XXL.«

»Das hat sicher Castanon so arrangiert. Doch ich halte es für besser, wenn du die erste Zeit allein schläfst, falls dir das nicht zu einsam ist. Mit meinem Geschnarche würde ich dich sowieso nur stören.«

»Natürlich ist es allein angenehmer, aber …« Himeco blickte zu P hoch. Ihre Miene war schwer zu entschlüsseln, doch P kam es so vor, als wolle sie jeden Moment in Tränen ausbrechen.

»Was hast du denn?«, fragte er erschrocken.

»Nichts«, brachte sie hervor und vergrub ihr Gesicht an seiner Brust. »Ich war nur etwas traurig, weil ich dachte, dass ich dir in Wirklichkeit vielleicht gar nicht gefalle …«

»Du Dummchen, was für ein Unsinn«, tröstete P und zog Himeco zu sich heran. »Mag sein, dass ich deinen Stolz etwas verletzt habe, doch nicht aus Gründen, die dir Sorgen bereiten müssten. Irgendwann werde ich bestimmt bei dir schlafen. Aber dazu musst du erst noch ein bisschen erwachsen werden.«

»Das verstehe ich zwar nicht ganz, aber mir soll es recht sein.« Eng in seine Arme geschmiegt, blickte Himeco zu P hoch, die Augen verdächtig glänzend, als stünden Tränen darin.

»Gute Nacht«, sagte P, doch Himeco hielt ihn zurück und legte ihre Wange zärtlich an seine Brust.

»Tust du mir einen Gefallen und trägst mich noch ins Bett?«

»Nichts leichter als das.«

»Ah, wunderbar! Hui, ist das hoch …« Himeco schlang vor Freude lachend beide Arme um P's Hals. »Darauf hatte ich mich schon richtig gefreut, weil du so groß und stark aussahst!«

Vorsichtig legte P Himecos gertenschlanken, federleichten Körper auf das Bett und gab ihr einen Gutenachtkuss auf die Stirn, wie es in seiner Heimat üblich war. Als er sich im Gehen noch einmal umwandte, sah er die geröteten Wangen unter ihren fest geschlossenen Lidern.

10. KAPITEL

Zu Besuch bei Dr. Tauron

Als Castanon in P's Auftrag bei Dr. Tauron anrief, um das von Ministerpräsident Yumicos angeregte Treffen zu vereinbaren, wurde ihm beschieden, dass dem großen Wissenschaftler eine Reise nach Tokiyo zurzeit nicht möglich sei, da es um seine Gesundheit nicht zum Besten stehe. Selbst wenn P sich zu ihm bemühen würde, könne Tauron ihn nicht gebührend empfangen, da er sich gegenwärtig in der Talphase seiner manisch-depressiven Erkrankung befinde.

»Er neigt zu Gemütskrankheiten?«, fragte P, doch Castanon schüttelte den Kopf.

»Eine Art Erkrankung mag es zwar sein«, erklärte er, »doch eine, die als cool gilt und der Intelligenzia als feine Ausrede dient, um lästige Besucher abzuwimmeln: Die Angehörigen dieser Gesellschaftsschicht verstehen es beneidenswert geschickt, sich von Zeit zu Zeit wegen angeblicher Depressionen von der Öffentlichkeit zurückzuziehen.«

»Also bleibt uns nichts anderes übrig, als unser Treffen mit Dr. Tauron zu verschieben und alles Weitere abzuwarten.«

»Genau. Er wird sich dann bei uns melden, wenn es soweit ist.«

»Anscheinend ein ganz zuvorkommender Mensch. In der Zwischenzeit sollten wir versuchen, möglichst viel über ihn in Erfahrung zu bringen. Trag bitte alles an brauchbaren Informationen zusammen, was du finden kannst.«

»Sehr wohl«, antwortete Castanon butlerhaft. »Dürfte ich vorschlagen, dass ich meine Nachforschungen auf Taurons Verbindungen zur Politik konzentriere, während Himeco sich um die Recherchen und einen Bericht zu seinen Thesen und wissenschaftlichen Publikationen kümmert?«

»Nun ja, was deinen Teil angeht, mache ich mir keine Sorgen, aber bei Himeco bin ich mir nicht so sicher. Meinst du nicht, dass wir sie mit so einer Aufgabe überfordern? Sie ist zwar ein kluges Köpfchen, aber trotzdem erst vierzehn oder fünfzehn.«

»Nein, ich bin überzeugt, dass Himeco nicht nur messerscharfen Verstand, sondern auch intellektuelle Bildung besitzt«, beharrte Castanon. »Außerdem interessiert sie sich für Tauron und hat bereits einen Großteil seiner Werke gelesen.«

»Dass sie nicht dumm ist, weiß ich auch. Deshalb wollte ich sie ja als Sec.«

»Natürlich«, nickte Castanon, fügte dann jedoch vorsichtig hinzu: »Da ist nur eine Sache, die mir Gedanken macht, wenn ich das untertänigst anmerken dürfte.«

»Also, dein Butlerton klingt schon richtig überzeugend, Castanon.«

»Vielen Dank für das Kompliment. Nun, Sie werden vielleicht selbst bemerkt haben, dass Himeco, gerade bedingt durch ihre hohe Intelligenz, kein gewöhnliches Kind ist.«

»Ja, das mag zutreffen. Worauf willst du hinaus?«

»Tja, ich kann es zwar nicht konkret belegen, doch irgendwie habe ich den Eindruck, dass sie zu Dingen in der Lage ist, vor denen normale Menschen Skrupel haben. Anders als übrige Kinder hat sie ihre ganz eigene Art zu denken und verfügt über eine gewisse Respektlosigkeit. Na ja, man darf natürlich nicht vergessen, dass sie in dieser Hinsicht erblich vorbelastet ist.«

»Ja, ihre Mutter soll ebenfalls kein gewöhnlicher Mensch gewesen sein.«

»Stimmt, nicht nur der Vater, auch die Mutter war anders als die anderen: Obwohl Prom, hatte sie Sex mit einem Mann und brachte ihr Kind dann auch noch selbst zur Welt.«

»Im Grunde hat sie nur getan, was Mutter Natur von allen Geschöpfen dieser Erde verlangt. Nach den Moralvorstellungen meiner Heimat entsprach ihr Handeln damit völlig der menschlichen Natur. Wenn das allerdings in Amanon als unbefugter Verkehr gilt und als gesellschaftlicher Regelbruch, tja, dann muss man es wahrscheinlich als sonderbares Benehmen bezeichnen. Es wäre nicht verwunderlich, wenn dieser Geist auch in der Tochter steckt.«

»Und das offenbar in beträchtlichem Maße. Ein normales Kind würde sich nämlich, mit Verlaub, gar nicht darauf einlassen, die Sec eines Fremdlings und noch dazu eines Mannes zu werden. Da zeigt sich bei Himeco das Erbe der Mutter. Nicht ausgeschlossen, dass sie in ihre Fußstapfen tritt und ebenfalls einen Bankert in die Welt setzt …«

»Moment mal«, sagte P, der unwillkürlich Hitze in sich aufwallen fühlte. »Du meinst doch nicht etwa …«

»Oh doch, ich halte es für durchaus denkbar, dass so etwas tatsächlich passiert«, erwiderte Castanon und präzisierte dann mit butlerhafter Sorgfalt: »Ich spreche natürlich von der Möglichkeit, dass Himeco ein Kind von Ihnen bekommt.«

»So ein Unsinn!«, entgegnete P wegwerfend, doch er merkte genau, wie seine Züge dabei zu einem unsicheren Lächeln gefroren; innerlich schwankte er zwischen Freude und Verwirrung, denn einerseits erschien ihm diese Aussicht sehr verheißungsvoll, andererseits fühlte er sich ertappt. Als er seine Gesichtszüge wieder unter Kontrolle hatte, fuhr er fort: »Eigentlich müsste ich darauf antworten, dass so etwas einem monokamischen Missionar niemals passieren könnte, doch da du mein getreuer Butler bist, der in allen Dingen die Ehrlichkeit seines Herrn verdient hat, will ich aufrichtig mit dir sein: Auch ich halte es für möglich, dass es sich zwischen mir und Himeco so entwickelt, wie du sagtest. Wenngleich auch erst in ferner Zukunft.«

»So fern in der Zukunft dürfte das nicht liegen. Zumindest die biologischen Voraussetzungen dafür müssten bei Himeco relativ bald erfüllt sein.«

»Du bist ja gut informiert.«

»Wenn Sie an Details interessiert sind, brauchen Sie nur einen Blick in den Anhang ihres Arbeitsvertrags zu werfen. Darin finden sich alle Daten ihrer körperlichen Entwicklung.«

»Danke, nicht nötig. Das überlasse ich dir«, erklärte P großzügig. »Viel wichtiger ist mir, dass die Sache mit Tauron zügig vorankommt.«

»Ach ja, natürlich. Dann darf ich Ihnen zunächst berichten, was wir bereits über ihn wissen.«

Castanons Bericht zufolge stammte Tauron aus einer berühmten Familie; sein Vater war Historiker und seine Mutter eine Verwaltungsbeamtin, die als Schriftstellerin Karriere gemacht hatte. Seine profunden Kenntnisse in Konfuziologie, Taologie, Buddhaismus und Sintoismus hatte er sich praktisch autodidaktisch angeeignet. Neben seinen linguistischen Forschungen zur Diachronie und Synchronie des Amanonischen hatte er auch in anderen Bereichen der Amanologie bahnbrechende Leistungen erbracht und viele Veröffentlichungen zur Politik- und Literaturgeschichte des Landes hinterlassen, sowie als privater Berater sämtlicher Ministerpräsidenten der letzten zwanzig Jahre großen Einfluss auf die politische Entwicklung ausgeübt; an vielen Reformen und Konfliktlösungen war er maßgeblich beteiligt gewesen. Erst mit Yumicos Vorgänger waren Meinungsverschiedenheiten aufgetreten, so dass Tauron sich kurz nach dessen Amtsantritt halb gezwungen halb freiwillig von sämtlichen öffentlichen Ämtern zurückgezogen hatte, um fortan ein Einsiedlerleben in der Abgeschiedenheit des Taizan-Gebirges zu führen. Dort war er schließlich geblieben; selbst als der gegenwärtige Ministerpräsident, welcher schon immer heimliche Sympathien zu Tauron und seinen Ansichten gehegt hatte, ihn nach seinem Amtsantritt aufgefordert hatte, eine Funktion als Sonderberater der Regierung zu übernehmen, hatte Tauron dies aus Altersgründen abgelehnt. Bei diesem letzten Punkt fiel P ein, dass der Ministerpräsident ihm gegenüber gesagt hatte, Tauron käme jederzeit nach Tokiyo geeilt, wenn er ihn darum bäte. Offenbar war diese Behauptung reiner Eitelkeit entsprungen, und in Wirklichkeit verhielt es sich eher so, wie Castanon sagte – dass es nämlich vielmehr der Ministerpräsident war, der Tauron bei Bedarf heimlich aufsuchte und um Rat fragte.

»Übrigens, diese Konfuziologie und Taologie, die du vorhin erwähnt hast, das sind doch sicher wissenschaftliche Forschungsbereiche, oder? Den Buddhaismus kenne ich von Abt Muin, doch was ist Sintoismus? Vielleicht eine einheimische Religion Amanons?«

»So ist es. Die Konfuziologie ist die nach ihrem Gründer Konfuzius benannte, einflussreichste philosophische Geisteshaltung dieses Landes, die noch bis vor ein paar Jahrhunderten als einzig verbindliche Staatsdoktrin galt, aber inzwischen gibt es kaum mehr Wissenschaftler, die sich noch damit befassen. Die Taologie ist ein Volksglaube, vereint aus den mystischen Lehren des Altertums, also vor allem Zauberkunst, Magie, metaphysischer Erleuchtung und Hyperheilkunde zur Erlangung ewiger Jugend. Und der Sintoismus entstammt, wie Sie ganz richtig bemerkten, aus dem Glauben des alten Amanons, in dessen Zentrum die Verehrung der Ahnen als Götter steht, beziehungsweise die Verehrung von Menschen, die in ihrem Leben Außergewöhnliches vollbracht haben. Wenn man all die kleinen Sekten mitzählt, sollen in

Amanon über achthundert verschiedene Religionen miteinander konkurrieren. Die wichtigsten davon hat Tauron seit seiner Jugend erforscht, angeblich um selbst eine Art Synthesereligion zu gründen. Doch nach den Einzelheiten fragen Sie besser Himeco.«

»Über achthundert? Diese Sekten scheinen ja mächtig Konjunktur zu haben. Natürlich resultiert dieser anarchische und chaotische Zustand allein daraus, dass Sie nicht wie wir Monokamisten an einen einzig wahren Gott glauben. Welche dieser ganzen Sekten hat denn den größten Einfluss?«

»Das geht auch aus den Statistiken des Religionsministeriums nicht klar hervor. Erstens gibt es eine Unzahl von Leuten, die gleichzeitig bei mehreren Religionen Mitglied sind, und zweitens pflegen die einzelnen Sekten ihre Anhängerzahlen recht großzügig aufzurunden. Die Vormachtstellung einer einzigen Religion wird außerdem dadurch ausgeschlossen, dass sie jeweils verschiedene Aufgabengebiete haben. So ist etwa der Buddhaismus generell für Beerdigungen zuständig, während der Sintoismus eher erfreuliche Zeremonien übernimmt wie zum Beispiel Einschulungen, Firmeneinstellungen, Taufen, Grundsteinlegungen oder Hauseinweihungen. Auf diese Weise leben alle Konkurrenten in friedlicher Koexistenz miteinander.«

»Aha ...« P zeigte sich plötzlich ernsthaft interessiert. »Wenn wir also erst mal einen Fuß in der Tür hätten, gäbe uns das die Möglichkeit, die gesamte amanonische Glaubenswelt mit einem Schlag zu erobern.«

»Ihr Optimismus ist erstaunlich, Padre«, sagte Castanon kopfschüttelnd. »Ich als Pessimist würde mir eher das Gegenteil ausmalen – den schlimmstmöglichen Fall: Auch wenn dem Monokamismus der Markteinstieg nicht schwer fallen sollte, bliebe doch zu befürchten, dass er für immer unter den unbedeutenderen Sekten herumdümpeln würde. Denn die religiöse Toleranz der Amanonier bedeutet nichts anderes als Desinteresse. Zumindest Tauron scheint durch seine vergleichende Studie über die Sekten zu einer Art gleichgültiger Ignoranz gelangt zu sein ...«

»Am Desinteresse der Leute würde ich mich nicht stören. Ebenso wenig an Verachtung. Mir ist da eine kleine Idee gekommen, die ich demnächst gern mit dir besprechen würde.«

Am nächsten Tag jedoch kam mit überraschender Schnelligkeit die Einladung von Tauron, so dass P sofort aufbrechen musste. Nachdem er Castanon beauftragt hatte, während seiner Abwesenheit das Haus zu hüten, machte er sich mit Himeco und zwei Eskorte-Servanten der Serviceagentur auf den Weg zum Taizan-Gebirge. Für die Fahrt hatte P sich für einen normalen, oberirdisch fahrenden Zug entschieden, weil er gehört hatte, dass man mit dem U-Zug, der wie ein Geschoss durch darmähnliche Tunnel tief unter der Erdoberfläche dahinsauste, zwar bei weitem schneller am Ziel sei, dafür jedoch rein gar nichts von der Landschaft habe.

Die Landschaft um das Taizan-Bergmassiv bestand im Gegensatz zum Senzan-Gebirge bei Kiyoto aus unzähligen, sanft geschwungenen Hügeln, die an einen riesigen Berg Kartoffeln erinnerten. Zwischen diesen hindurch schlängelte sich der Zug immer weiter in das Bergmassiv hinauf, bis er schließlich an den Rand eines von Bergen umgebenen Vulkankraters gelangte, der aussah wie ein überdimensionaler Mörser. Auf seinem Grund befand sich ein See, der mit seinem leuchtend türkisfarbenen Wasser einen irgendwie künstlichen Eindruck machte; das Wasser sah nicht aus wie Seewasser, sondern wie eine andere, weitaus dichtere Flüssigkeit. Auf der seichten Böschung um den See standen vereinzelt ein paar niedrige Bäume. Taurons Haus thronte auf dem Gipfel eines besonders hohen, knollenartigen Berges, von dem man in den bizarren Krater hineinsehen konnte. Um diesen Berg zu erreichen, musste man von der verlassenen Bahnstation aus einem groben Schotterweg folgen, der sich durch die einsame Berggegend wand wie ein vertrocknetes Flussbett. Obwohl weit und breit keine Menschenseele zu erblicken war, vernahm P in der Ferne fröhlich plaudernde Stimmen und hier und da auch Vogelrufe aus dem lichten Wald, die wie schrilles Gelächter klangen.

»Wie im sagenumwobenen Hochland: Kein Mensch in Sicht, und doch irgendwelche Stimmen zu hören«, stellte P fest, während er mit Himeco an der Hand bergan stieg. »Wie heißt denn der Vogel, der da so irrsinnig schreit?«

»Das ist der Kichervogel. Der fängt an zu kichern wie durchgedreht, sobald sich Menschen nähern«, antwortete Himeco, die bereits leicht außer Atem war. »Doch die fröhlichen Stimmen klingen eher nach einer Picknickgruppe am Gipfel da drüben.«

»Das müssten ja schöne Spinner sein, die hier draußen ein Picknick veranstalten.«

»Vielleicht auch irgendwelche Dreharbeiten.«

Als P und sein Gefolge endlich oben auf dem Berg angekommen war, entdeckten sie auf der anderen Seite des Sees einen in den Hang gehauenen Platz, auf dem ein großer Senkrechtflieger stand.

»Ein Hubi vom Fernsehen!«, rief Himeco.

»Heißt das nicht Hubschrauber?«

»So hieß es vielleicht früher mal, aber jetzt sagt man nur noch Hubi«, erklärte Himeco. »Also doch ein Fernsehteam. Kein Wunder, dass es so laut war.«

»Dr. Tauron ist oft zu Gast im Fernsehen, bei Interviews oder Talkshows«, fügte einer der Servanten hinzu.

»Aha, dann führt er gar kein richtiges Einsiedlerleben.«

»Tja, mit Einsiedlern und Aussiedlern kenne ich mich nicht aus, aber eines steht fest: Er hat sich keinesfalls von der Öffentlichkeit verabschiedet, sondern ist ein aktives Mitglied der Intelligenzia.«

Unterdessen war eine Gruppe von Frauen und Männern aus Taurons festungsähnlichem Steinbau herausgekommen. Lebhaft schwatzend verstauten sie ihre Sachen im Bauch des Hubis, stiegen dann selbst ein und erhoben sich, eine riesige Staubwolke aufwirbelnd, im Nu senkrecht in die Lüfte.

Am Eingang des Hauses meldete Himeco ihren Besuch. Befriedigt beobachtete P, wie formvollendet sie dies tat – um Klassen besser als jemand wie Cúmin. Kurz darauf wurden P und seine Begleiter von zwei Hausservanten hineingebeten; sie folgten einem langen Gang mal treppauf und mal treppab und um mehrere Ecken, bis sie zu einem geräumigen Zimmer kamen, das direkt über dem Abgrund zu schweben schien und einen phantastischen Blick auf jenen überirdisch blauen See freigab, der weit unten in der Tiefe wie eine verführerische Pupille schimmerte. Nachdem sie dort kurz gewartet hatten, erschien abermals ein Servant und meldete, Tauron sei noch etwas erschöpft und brauche eine kleine Ruhepause; seine Gäste sollten sich in der Zwischenzeit ruhig ein wenig im heißen Quellbad entspannen.

»Natürlich gern in Begleitung Ihrer Sec, wenn es beliebt«, fügte der Servant hinzu und legte zwei Sets mit Badeutensilien und etwas zum Umziehen bereit.

»Ich war noch nie in so einer heißen Quelle. Gehen wir zusammen rein?«

»Wie du willst«, antwortete Himeco vage und fügte dann hinzu: »Ich meine, mir ist es gleich, ob ich mit dir bade oder gar nicht.«

»Na, dann badest du mit mir«, entschied P im Befehlston.

Nachdem ein junger Servant in Garßon-Uniform sie zu dem großen Thermalbad begleitet hatte, das ebenfalls einen herrlichen Blick auf den See bot, begann er P respektvoll zu entkleiden. Dann zog er sich ebenfalls bis auf einen Lendenschurz aus und folgte dem Missionar in den Baderaum; P nahm an, er wolle ihm beim Einseifen zur Hand gehen oder ihm eine Massage verabreichen. Höflich dankend lehnte er ab und schickte ihn weg, denn er wollte lieber mit Himeco allein sein. Voller Vorfreude auf die einmalige Gelegenheit, ihre körperliche Entwicklung in Augenschein zu nehmen und sich dabei gründlich an ihrem Anblick erquicken zu können, tastete P sich durch die dichten Dampfwolken voran, doch da rutschte er plötzlich aus und stürzte kopfüber in das Becken. Wie gelähmt vor Schreck verharrte er einen Augenblick reglos in dem nach Schwefel riechenden heißen Wasser, bis seine Augen sich endlich an den Dampf gewöhnt hatten und er ein Stück von sich entfernt die wabernden Umrisse einer weiteren Person ausmachen konnte. Allerdings schien es nicht Himeco zu sein, sondern ein Mann, und zwar ein recht betagter. Langsam glitt der Greis, von dem nur der Kopf aus dem Wasser ragte, auf P zu.

»Das war aber ein kühner Sprung«, sprach er ihn an. »Haben Sie sich auch nichts getan?«

»Danke, mir ist nichts passiert«, antwortete P kleinlaut. »Es war gar kein Sprung, sondern ein dummer Sturz, wirklich schrecklich ungeschickt von mir. Bitte verzeihen Sie vielmals!«

»Aber, ich bitte Sie, das macht doch nichts. Doch mir war, als suchten Sie jemanden …?«

»Ja, meine Sec. Wir sind zusammen hereingekommen, doch dann habe ich sie im Dampf aus den Augen verloren.«

»Wenn Sie das junge Mädchen meinen – ich glaube, die ist nebenan ins Damenbad gegangen.«

»Ach so«, sagte P. »Dann ist ja alles in Ordnung.«

»Sie können es ruhig zugeben, wenn Sie enttäuscht sind«, lächelte der Alte augenzwinkernd.

»Oh, das haben Sie mir angesehen? Vor Ihnen muss man sich aber in Acht nehmen.«

»Schön, dass Sie so aufrichtig sind, Padre. Ich war nämlich ebenfalls enttäuscht, um die Wahrheit zu sagen. Doch wahrscheinlich wollte Ihre Sec mit Ihnen allein sein und ist vor Schreck nach drüben geflohen, als sie hier einen widerlichen alten Knacker wie mich vorfand.«

»Aber nein, eigentlich ist sie nicht besonders empfindlich«, versicherte P eilig. »Doch sagen Sie, haben Sie mich eben Padre genannt? Wenn Sie wissen, wer ich bin, müssen Sie … Nein, Sie sind doch nicht etwa Doktor Tauron?«

»Doch, das bin ich,« nickte der Alte lachend. »Ich habe Ihnen extra einen Besuch im Bad vorschlagen lassen, weil ich die gegenseitige Blöße für so eine Begegnung irgendwie reizvoll fand.«

»Ja, eine hüllenlose Begegnung sozusagen. So sagt man doch im Amanonischen, wenn ich mich nicht irre.«

»Das stimmt. Schade, dass man diesen alten Ausdruck heute kaum mehr hört. Eine hüllenlose Begegnung – noch dazu unter Männern …«

P fragte sich, was der Doktor mit dieser Bemerkung wohl gemeint hatte, doch als er seinen aus dem Wasser ragenden Kopf so betrachtete, fiel es ihm auf einmal wie Schuppen von den Augen: Dies war der erste richtige Mann, dem er in Amanon begegnete! Ein stattliches Mannsbild noch dazu, mit den edlen Zügen eines Königs, gegen den alle anderen amanonischen Männer wie billige Kopien wirkten.

»Darf ich Ihnen etwas gestehen?«, fragte P, der seinen Eindruck nicht verhehlen konnte. »Es ist wirklich eigenartig, aber mir kommt es so vor, als stünde ich seit meiner Ankunft zum ersten Mal einem richtigen Mann gegenüber, obwohl das natürlich gar nicht sein kann. Denn was in aller Welt wären dann all die anderen, die ich bisher traf?«

»Tja, das waren dann wohl alles Frauen.« Ungerührt schöpfte Tauron mit beiden Händen Wasser und wusch sich das Gesicht.

»Logisch: Wenn es keine Männer waren, müssen es Frauen gewesen sein. Das heißt, alle Amanonier sind Frauen, die wie Männer tun – außer natürlich den Laotanen, welche zwar Männer sind, ihre Natur jedoch verleugnen …«, gab P in scherzhaftem Ton zurück, während er sich ebenfalls das Gesicht wusch. Da er nicht ahnen konnte, wie viel Wahrheit sich hinter Taurons Bemerkung verbarg, wollte er gleichfalls Humor beweisen.

»Kennen Sie vielleicht die Anekdote von dem Philosophen, der einst am helllichten Tag mit brennender Laterne über den Markt ging, um

Menschen zu suchen? Ebenso angestrengt könnten Sie in Amanon nach Männern suchen und würden doch keine finden. Insofern ist es nicht weiter verwunderlich, dass ich der erste bin, der Ihnen begegnet.«

»Die Anekdote von dem Philosophen ist mir bekannt. Auch bei uns Monokamiern sind wirkliche Menschen und wahre Männer so selten wie Sterne am Mittagshimmel.«

»Sie haben mich missverstanden. Ich meinte das nicht als Gleichnis und auch nicht als Kritik,« entgegnete Tauron mit bitterem Lächeln. »Bei dem, was ich sage, brauchen Sie nicht zwischen den Zeilen zu lesen, denn ich bin kein Freund von tiefsinnigen Gedankenspielen. Mir ist es gleich, ob nun zuerst die Henne da war oder das Ei, beziehungsweise umgekehrt. So, jetzt wollen wir aber erst einmal einen Schluck trinken. Dabei können wir in Ruhe alles Weitere besprechen.«

Als der Doktor sich aus dem flachen Becken erhob, fiel P's Blick auf sein stolzes Geschlecht, dessen Größe im auffälligen Gegensatz zu dem ansonsten eher kümmerlichen Körperbau des abgezehrten Alten stand. Jawohl, so hatte das männlichste Körperteil eines wahren Mannes in der Tat auszusehen, dachte P beeindruckt und marschierte hinter Tauron her. Zwischen seinen Beinen baumelte dabei seine eigene imposante Männlichkeit, welche im perfekten Einklang zu seinem stattlichen Körper stand und die des Doktors sogar noch in den Schatten stellte.

Als P fertig umgezogen in das Empfangszimmer zurückkam, hatte Tauron sich bereits am Tisch niedergelassen, direkt gegenüber von Himeco, die mit zartem Make-up auf ihren vom Bade geröteten Wangen in formvollendeter Haltung vor ihm saß. P wurde der Platz rechts neben ihr zugewiesen, gleich an der großen Fensterfront.

»Dann stoßen wir erst einmal an.« Tauron hob ein kleines Trinkschälchen aus Porzellan und prostete damit erst P und danach Himeco zu.

»Gesundheit und ein langes Leben«, sagte P.

»Das Gleiche wünsche ich Ihnen auch«, antwortete Tauron und zwinkerte dann Himeco zu. »Außerdem trinke ich auf die holde Schönheit der jungen Dame.« Dann lehrte er sein Schälchen in einem Zug.

P nahm ebenfalls einen Schluck von dem kühlen, kristallklaren Reiswein und stellte fest, dass ihm dieses köstliche Getränk in Amanon zuvor noch nicht begegnet war.

»Reiswein hat bei uns eine lange Tradition, und bei diesem handelt es sich um einen ganz edlen Jahrgang«, erklärte Tauron. »Ach, bei Jahrgang fällt mir das Geschenk von Yumicos ein, das Sie mitgebracht hatten. Diese alten Dessertweine mögen ja edle Tropfen sein, doch letzten Endes sind sie Rebenerzeugnisse, die im Laufe der Jahre immer mehr verschlicken. Bei so einem Reiswein passiert das nicht; man kann ihn zwar nicht so lange lagern, doch dafür ist er nach ein paar Jahren rein wie Quellwasser, fast als verwandele sich der Alkohol zu Wasser. Deshalb kann man den ganzen Abend davon trinken, ohne ihn über zu bekommen.«

»Tatsächlich, klar wie Quellwasser …«, musste auch P zugeben.

»Wie wär's mit einem Schlückchen für die verehrte Sec?«, bot Tauron an und füllte ihr Schälchen bis zum Rand. Himeco neigte ihren schönen Hals anmutig nach hinten und trank den Reiswein in einem Zug wie Wasser.

»Bravo, so ist es richtig!«, lobte der Alte.

»Wirklich, der schmeckt fast wie Wasser. Das ist der köstlichste Reiswein, den ich je getrunken habe.«

»Dann lass dir von deinem Herrn ruhig noch nachschenken. Es ist genug da«, versicherte Tauron.

»Gehört es sich eigentlich, bei so einer Gelegenheit seine Sec bei sich zu haben?« fragte P, doch Tauron lachte.

»Aber natürlich. Als Sekretärin und Geliebte darf eine Sec prinzipiell überall dabei sein und jedes Gespräch mitanhören, denn sie dient gleichzeitig als Stimmaufzeichner und als Schoßtier. Etwas anderes ist es allerdings, wenn der jeweilige Gesprächspartner sich an ihrer Anwesenheit stört.«

»Und wie gefällt Ihnen Himeco, Doktor Tauron?«

»Überaus gut – es beweist mir, dass Sie sich auskennen, lieber Padre. Mit Himeco haben Sie einen Treffer gelandet, wie man so schön sagt. Sie ist ein Rohdiamant, dessen Glanz sich bereits zur Hälfte entfaltet hat. Ein echter Mann hat eben doch einen anderen Blick für Frauen.«

»Meinen Sie damit etwa mich?«

»Na, wen denn sonst.«

»Also meinen Sie ›echt‹ im wahrsten Sinne des Wortes …«

»Ganz richtig. Ein ›echter‹ Mann ist einer, der ordentlich was zwischen den Beinen trägt.«

»In der Hinsicht brauchen Sie, Herr Doktor, sich aber auch nicht zu verstecken, wie ich vorhin zufällig feststellen durfte.«

»Jetzt bringen Sie mich in Verlegenheit. Übrigens, wenn ich ehrlich bin, war mir vorhin ebenfalls ein kurzer Blick vergönnt, und ich muss sagen: das Kompliment kann ich nur zurückgeben.« Um Taurons Mundwinkel erschien ein Lächeln. »Schade jedoch, dass Ihr stolzer Besitz in diesem Land kaum zum Einsatz kommen wird, nicht wahr?«

»Das stimmt, bislang hat sich noch keine Gelegenheit ergeben. Offiziell muss ich als monokamischer Missionar allerdings sowieso in Abstinenz leben.«

»Dann gilt wohl für alle monokamischen Berufsgeistlichen das Zölibat?«

»Ja, mit einer Ausnahme: Wer schon vor dem Eintritt in den Priesterstand verheiratet war, darf mit seiner Ehefrau Sex haben und Kinder zeugen. Außerehelicher Verkehr ist jedoch strikt verboten. Deshalb heiraten die meisten Geistlichen sehr jung, um sich in dieser Hinsicht abzusichern.«

»An diese Gebote halten Sie sich natürlich auch in der Fremde, nicht wahr, Padre?«

»Gezwungenermaßen«, gab P zu. »Doch während der Mission wird dieses Problem flexibler gehandhabt. Und ich liebe nun mal die Frauen und den Sex – verzeihen Sie die unfeine Ausdrucksweise, doch ich weiß keine bessere –, deshalb werde ich bei entsprechender Gelegenheit meiner Natur folgen und tun, was man in so einer Situation eben tut.«

»Dann verrate ich Ihnen besser gleich, dass das, was Sie für normal halten, bei uns in Amanon nicht als normal gilt, sondern als abnormal und gefährlich. Besser gesagt, es ist faktisch undurchführbar, obwohl oder gerade weil man von lauter Frauen umgeben ist.«

»Das soll nun wieder einer verstehen.«

»Wissen Sie, die Frauen haben schon vor langer Zeit aufgehört, Frauen zu sein. Sie bilden sich ein, Männer zu sein, sobald sie den Kinderschuhen entwachsen sind, und handeln auch in jeder Hinsicht wie Männer. Mit denen Sex haben zu wollen, ist völlig utopisch. Sie können sich sicher vorstellen, dass der Versuch, sich einer Frau zu nähern, die sich in einer seelischen Menopause befindet, von vorn herein zum Scheitern verurteilt ist. Das wäre wie Sodomie mit einem nicht gewillten Tier. Man könnte fast sagen, dass unsere Frauen keine Menschen sind, sondern Kreaturen einer ganz anderen Spezies.«

»Eine entsetzliche Vorstellung«, sagte P, ohne recht zu verstehen. »Doch es gibt sicher auch ein paar normale Frauen, die nicht so sind, oder?«

»Vielleicht zweihundert oder dreihundert unter den ganzen dreißig Millionen. Aber um die zu finden, müssen Sie schon am helllichten Tag mit einer brennenden Laterne losziehen.«

»Eine unter Hunderttausend? Das ist so gut wie keine!«

»Noch dazu gelten diese seltenen Exemplare nicht als rechtschaffene Frauen, sondern als Outlaws.«

»Ja, zu denen soll offen gestanden auch Himecos Mutter gehört haben. Deshalb gilt Himeco als ›Bankert‹.«

»Wie ich mir gedacht hatte«, nickte Tauron mit ernster Miene. »Verstehen Sie nun? Es sind nur die Outlaws, die sich mit Ihnen einlassen. Und wenn Sie Kinder hätten, stünde denen das gleiche Schicksal bevor wie Himeco.«

»Einen Moment bitte, Dr. Tauron. Über dieses wichtige Thema würde ich gerne Ausführlicheres hören, und zwar ganz langsam der Reihe nach.« P war froh über die Gelegenheit, sämtlichen ungeklärten Fragen lückenlos auf den Grund zu gehen; er wollte den betagten Wissenschaftler bitten, ihm alles Punkt für Punkt zu erklären. »Also, habe ich das richtig verstanden: in Amanon gibt es nur wenige Frauen, die ihre Kinder mittels Sex, Schwangerschaft und Geburt bekommen, also auf eine Weise, die uns beiden völlig natürlich erscheint?«

»Das ist korrekt.«

»Und wie bekommt dann die große Mehrheit der Frauen ihre Kinder?«

»Sie stellen einen Antrag bei der Samenbank und bekommen dann, wenn sie von der Prüfungskommission die Genehmigung erhalten haben, Samenmaterial zugeteilt, mit dem sie ihre Eizelle künstlich befruchten lassen, bevor sie anschließend in eine künstliche Gebärmutter kommt. Nach etwa neun Monaten wird der fertige Fötus wieder herausgenommen und zum weiteren Heranreifen in eine Inkubatormaschine gelegt. So funktioniert das normalerweise.«

»So ungefähr hatte es auch Himeco erklärt. Und die Väter, die existieren nur als Eintrag im Stammbaumzertifikat, während die Mütter real vorhanden sind. Holen die Frauen ihre Kinder dann irgendwann zu sich, wenn es an der Zeit ist?«

»Schon, doch die meisten überlassen die Kinderpflege einer Babysitteragentur. Die bieten sowohl Gruppenpflege an als auch Einzelpflege durch private Babysitter-Servanten.«

»Dann führen die Mütter, die sich für Ersteres entscheiden, praktisch weiterhin das Leben einer ledigen Frau, richtig?«

»Ja, für die meisten Frauen dürfte das zutreffen. Sie besuchen ihre Kinder höchstens ein, zweimal im Monat. Erst im schulpflichtigen Alter werden dann einige der Kinder von der Mutter zu sich geholt. Doch auch hier zeigt sich eine von Jahr zu Jahr sinkende Tendenz. Wahrscheinlich weil immer mehr Agenturen auch Internatsprogramme anbieten.«

»Und was bleibt den Müttern noch zu tun, wenn sie Kinderpflege und Erziehung den Serviceagenturen überlassen?«

»Arbeiten natürlich. Und zwar in allen möglichen Berufen, vom Ministerpräsident oder Firmenchef bis zum Angestellten, Beamten, Arzt, Rechtsanwalt, Lehrer und so weiter.«

»Da haben es die Frauen aber bemerkenswert weit gebracht.«

Tauron lachte auf. »Sie haben wirklich Sinn für Humor«, sagte er. »Natürlich, Ihre Umschreibung der Verhältnisse trifft den Nagel auf den Kopf. Schließlich liegt alle Macht in der Hand der Frauen. Während sie ein Dasein als normale Menschen führen, stellen die Männer ein gesellschaftliches Relikt dar, das theoretisch nur noch zur Erhaltung eines ausreichenden Vorrats an Spermien benötigt wird. Als existenzberechtigt gelten deshalb lediglich Männer mit besonders wertvollen Erbanlagen, und diese besonderen Ausnahmen dürfen unter Aufsicht der staatlichen Samenbank ein Leben als Samenspender führen. Alle anderen überlebenden Männer sind Bankerte, die sich zum großen Teil den Anarchos anschließen. Den wenigen, die kein Anarcho sein wollen, sondern arbeiten und ein Leben in der Öffentlichkeit führen, bleibt als Lösung nur die freiwillige Kastration zum Laotan. Was ein Laotan ist, haben Sie ja sicher bereits erfahren, nicht wahr?«

»Ja, ich habe einen Laotan als Butler.«

»Der gehört vermutlich zur *Stapol*, der staatlichen Polizeielite, und ist somit ein Fachmann für Geheimdiensttätigkeiten. Mit anderen Worten, Ihr Butler ist höchstwahrscheinlich ein Spion.«

»Vor dieser Möglichkeit hatte mich schon Abt Muin gewarnt, ein buddhaistischer Geistlicher aus Kiyoto. Das kann natürlich sein, doch selbst wenn, würde es mich nicht sonderlich stören. Was könnte mir schon passieren, wenn Castanon diese Leute bis in alle Einzelheiten über mich informiert? Hauptsache, er erledigt seine Arbeit als Butler ordentlich.«

»Ihre Courage ehrt Sie zwar, lieber Padre, doch vielleicht sollten Sie einmal ernsthaft darüber nachdenken, ob Sie sich nicht längst in den Maschen des Geheimdienstes befinden und Ihre wahre Freiheit verloren haben. Wer sagt Ihnen zum Beispiel, dass Ihr Besuch bei mir wirklich aus freien Stücken erfolgte und nicht von einer Macht im Hintergrund in die Wege gelenkt wurde? Der Regierung und der *Stapol* mit ihren versteckten Beweggründen käme es sehr gelegen, Sie durch mich verhören und auf Herz und Nieren prüfen zu lassen, um es in aller Deutlichkeit zu sagen.«

»Ja, das kann ich mir vorstellen.« Allmählich konnte P nichts mehr überraschen. »Dann müsste ich mich entschuldigen, dass ich Ihnen kaum Gelegenheit zum Fragen gegeben habe. Nun, was die Laotane angeht, von denen ich bereits einige kennen gelernt habe, bin ich im Bilde. Doch was ist mit den vielen bedeutenden Persönlichkeiten, die mir bisher begegneten? Wenn die normalen Männer gesellschaftlich nicht in Erscheinung treten, müssen das alles Frauen gewesen sein, genau wie Sie vorhin sagten. Also auch Ministerpräsident Yumicos und alle Kabinettsmitglieder, die ich traf, mit Ausnahme des Regierungssprechers, weil der ein Laotan ist, aber auch der Revierleiter und Priester Muin – alles Frauen! Wieso bin ich da nicht von allein drauf gekommen … Irgendwie muss ich angenommen haben, die Amanonier sähen nun einmal alle so sanft und feminin aus. Genau, diese weiche Fülle, die ich neulich bei der herzlichen Begrüßung des Ministerpräsidenten spürte – so fühlt sich kein Mann an. Wie konnte ich nur so blind sein!«

»Na na, wer wird sich denn gleich so grämen. Trinken Sie lieber noch einen.«, sagte Tauron und schenkte P nach. »Ja, Amanon ist ein Land der Frauen. Die Silbe *Ama* stammt aus dem Altamanonischen und bedeutete ursprünglich Frau. Und *on* stand für das Maskuline. In einem regionalen Dialekt tauchte der Begriff *Amanon* zunächst als Bezeichnung für feminine Männer und Homophile auf, doch irgendwann benutzte man ihn nur noch als Bezeichnung einer Gesellschaft, in der die Frauen anstelle der Männer arbeiten und immer maskuliner und dominanter werden. Schließlich wurde Amanon zum Landesnamen. Deshalb bedeutet Amanon dem Wortsinn nach ›Frauenstaat‹.«

»Dank Ihrer aufschlussreichen Erklärungen wird mir nun vieles klarer, als lichte sich der Nebel vor meinen Augen.« Abermals füllte P das Trinkschälchen des Alten und schenkte dann auch Himeco nach. »Nur ein paar Fragen hätte ich noch. Hat Amanon irgendetwas mit diesem Frauenstaat der Amazonen zu tun, dessen Mythologie aus der Antike überliefert ist?«

»Nein, weder linguistisch noch historisch. Zwar existiert landläufig die Ansicht, dass da ein Zusammenhang bestünde, doch das ist reiner Humbug.«

»Wie man hört, sollen diese Amazonen ihren Frauenstaat aufrecht erhalten haben, indem sie andere Völker bekämpften und von deren Soldaten Kinder bekamen, die jedoch getötet wurden, wenn es sich um Jungen handelte. Doch wie verfährt man hier zu Lande mit der männlichen Nachkommenschaft?«

»Ganz einfach«, meldete sich Himeco zu Wort. »Heutzutage ist unsere medizinische Technik auf einem Stand, der es möglich macht, das Geschlecht eines Kindes bereits im Stadium des befruchteten Eis zu erkennen. Bis auf ganz seltene Ausnahmefälle werden alle männlichen Embryos sofort entsorgt.«

»Das klingt einleuchtend. Eine sowohl simple als auch rationelle Methode. Und was sind das für seltene Ausnahmefälle, in denen ein männlicher Fötus ausgetragen werden darf?«

»Das passiert nur bei den wenigen, die über einen erstklassigen Stammbaum verfügen und als geeignete Samenspender anerkannt wurden«, antwortete Tauron. »Diese Männer, im Volksmund auch ›Zuchthengste‹ genannt, wachsen hinter den Mauern der staatlichen Samenbank auf und kommen ihr Leben lang nicht in die normale Welt hinaus. Die Einzelheiten ihrer Lebensumstände gehören zu den bestgehüteten Staatsgeheimnissen Amanons.«

»Aber wie kommt es dann, dass Sie in der Öffentlichkeit geduldet wurden, Doktor Tauron, obwohl Sie ein Mann sind?«

»Sie werden lachen«, antwortete Tauron, der sich nur mühsam ein hämisches Grinsen verkneifen konnte, »das geschah durch ein reines Versehen. Gezeugt wurde ich zwar gemäß der formellen Bestimmungen, doch bei der Geschlechtsdeklarierung machte der zuständige Beamte einen Fehler, und ich wurde als Mädchen eingetragen. Als ich dann einmal auf der Welt war, konnte die Regierung mich nicht mehr so einfach entsorgen lassen und erklärte mich deshalb per Sondererlass ausnahmsweise als existenzberechtigt. Zum Samenspenden wurde ich aus irgendwelchen Gründen nicht zugelassen, so dass mir ein Leben hinter den Gittern der staatlichen Samenbank erspart blieb. Wie dem auch sei, meine Existenz als Mann in Amanon stellt eine große Ausnahme dar.«

»Die Geschichte unseres Landes kennt keinen anderen Fall, in dem ein führender Wissenschaftler Generationen von Ministerpräsidenten als persönlicher Berater diente und gleichzeitig ein richtiger Mann war und kein Laotan«, fügte Himeco hinzu, »denn die wenigen amanonischen Männer sind entweder amtlich anerkannte Samenspender oder illegal geborene Anarchos.«

»Und Sie sind die einzige Ausnahme«, sagte P ehrfürchtig.

»Tja, gerade deshalb bin ich als staatenloser Ausnahmefall für die Amanonier wie eine tickende Zeitbombe.« Auf Taurons raubvogelhaften Zügen erschien ein ironisches Lächeln. »Natürlich darf ich keine Kinder in die Welt setzen. Täte ich es trotzdem, wären meine Nachkommen zu einem Dasein als Anarchos ohne Stammbaumzertifikat verurteilt. Ich selbst würde dann auch als einer dieser Anarchos gelten, die, nebenbei gesagt, nicht den geringsten politischen Einfluss haben, obwohl es unter ihnen Extremisten mit revolutionären Zielen geben soll. Doch ich will ein Mann bleiben, der zu keiner der beiden Kategorien gehört, die Himeco eben nannte. Diesen delikaten Status will ich mir bewahren und deshalb sowohl Regierung als auch Journies auf gesunde Distanz halten. Yumicos und die anderen Frauen tun immer so, als nähmen sie mich gar nicht als Mann wahr, sondern nur als wertvollen politischen Berater, doch im Grunde ihres Herzens haben sie Angst vor mir. Wahrscheinlich empfinden sie im Unterbewusstsein sogar Minderwertigkeitsgefühle. Vielleicht ist das die instinktive Furcht der Frau vor dem Mann als einem Wesen, das die Macht hat, sie zu schwängern. Allerdings würde es keinen Sinn machen zu versuchen, sie mit meiner Männlichkeit offen anzugreifen, denn dann würden sie ihren Sondererlass, dem ich meine Existenz verdanke, einfach wieder aufheben. So halten wir uns gegenseitig in Schach, und das nun schon jahrzehntelang.«

»Das bringt mich zu einer letzten, ganz banalen Frage, wenn Sie erlauben«, sagte P. »Ich weiß nun zwar, dass Ihnen der legale Weg zu Nachkommen verwehrt ist, doch wie steht es mit dem Sex an sich? Ist der auch verboten?«

»Nicht direkt verboten, aber auch nicht erlaubt.«

»Und würden Sie mir verraten, wie Sie mit dem Problem fertig werden?«

»Gern, wenn es Sie nicht stört, das vor Ihrer Sec zu besprechen …« Ohne P seine Frage auch nur im Geringsten übel zu nehmen, führte Tauron sein Trinkschälchen an die Lippen. »Die Sache ist zwar denkbar simpel, doch bevor ich Ihre Frage beantworte, schulde ich Ihnen noch ein paar allgemeine Erklärungen. Heterosexuelle Kontakte bedeuten hier in Amanon eine Seltenheit, die offiziell nicht existiert. Zunächst einmal ist Sex kein gangbares Mittel, um auf legale Weise Nachkommen zu erzeugen, denn schließlich fehlen die dafür nötigen männlichen Partner. Was existiert, sind nur tiefgefrorene Spermien. Sex ist nur in zwei Fällen denkbar. Zum einen ist das der Sex zwischen einer der wenigen Outlawfrauen und einem Anarcho. Illegal ist das zwar nicht, aber es gilt als unverzeihliche Entgleisung, die nur in den seltensten Fällen vorkommt. Dann gibt es noch Sex, der in Form einer Show praktiziert wird. Früher soll diese Art von Sex als religiöses Ritual in den Schreinen des Sintoismus gedient haben. Daraus entwickelte sich dann eine eigenständige Form der Bühnenkunst, mit der man heute die Proms in ihren Luxusnachtclubs unterhält. Natürlich sind die Schauspieler alle operativ sterilisiert. Doch diese Shows haben ziemlich an Beliebtheit verloren. Der momentan größten Beliebtheit erfreuen sich, ganz nebenbei gesagt, die geheimen Ero-Shows mit rein weiblicher Besetzung, die alles bis ins schamloseste Detail zeigen. Diese Shows, deren Handlung sich stets um einen stolzen Prom und seine junge, liebreizende Sec dreht, sind bei den Proms offenbar der absolute Renner. Es bleibt natürlich dahingestellt, ob sie in Wirklichkeit selbst soweit gehen würden wie in diesen Shows. Wie dem auch sei, zumindest dürfte Ihnen nun klar geworden sein, dass heterosexuelle Kontakte im Grunde nicht vorkommen, wenn man einmal von den seltenen Ausnahmen mit den Anarchos absieht. Doch Dinge, die es eigentlich nicht geben dürfte, hat es trotzdem immer gegeben, über alle Zeitalter und Kontinente hinweg, und wahrscheinlich auch in Ihrer Heimat. Da gab es im Altertum beispielsweise die Prostitution. Obwohl sie in vielen Ländern verboten war, existierte sie in Wirklichkeit überall. Solange es Menschen gibt, die bereit sind, für eine Ware Maney zu zahlen, wird diese Ware angeboten. Das trifft ebenso für die Gegenwart zu. Auch ich kann mir für Maney Sexdienste kaufen. Allerdings bin ich zurzeit der einzige Mann Amanons, der solche Dienste wünscht. Von den Serviceagenturen ist es ziemlich viel verlangt, extra für mich eine spezielle Servantin aufzutreiben, die sich auf antiquierte Freudenmädchendienste versteht. Richtig ausgebildete Servantinnen kann man gegenwärtig an einer Hand abzählen.«

»So wenig?«, fragte P enttäuscht. »Nur eine Handvoll brauchbarer Exemplare, obwohl es hier von Frauen nur so wimmelt? Da kommt man sich vor wie ein Schiffbrüchiger auf offener See, der von all dem Wasser ringsherum keinen einzigen Tropfen trinken kann.«

»Ein sehr treffender Vergleich. Ja, die Amanonier, vielmehr die Amanonierinnen, sind wirklich Frauen, ohne Frauen zu sein; sie sind wie Drohnen oder Arbeitsameisen. Über die Jahrhunderte sexuell komplett entwöhnt, widmen sie sich nun emsig allen Aufgaben, die früher den Männern vorbehalten waren. Die meisten von ihnen würden sich nicht einmal mehr zur Notzucht eignen, wobei wir zwei auch die einzigen Männer wären, die so etwas bewerkstelligen könnten, wenn man einmal von den Anarchos absieht. Und einen Anarcho, der sich der Notzucht schuldig machte, würde man sofort zwangskastrieren. Unter den Laotanen dürften einige Kastraten sein, denen es so gegangen ist, wenn auch nur verschwindend wenige.«

»Darf ich aus Ihren Ausführungen schließen, dass die meisten Amanonierinnen kein Interesse mehr am Sex haben?«

»Richtig. Es kann ja auch schlecht sexuelles Verlangen entstehen, wenn es keine Männer gibt.«

»Aber es müsste doch irgendeine Methode geben, dieses Verlangen wieder zu erwecken«, erwiderte P.

»Irgendeine Methode – ja, da liegt der Hase im Pfeffer. Wenn man herausfände, was für eine Methode das sein könnte und sie dann auch noch in die Tat umzusetzen wüsste, ließe sich eine Lawine lostreten.«

»Das glaube ich auch. Eine Revolution würde das auslösen. Zum ersten Mal seit meiner Ankunft ist mir, als sähe ich einen Lichtstreif am Horizont. Womöglich liegt hier der Schlüssel zum Erfolg meiner Mission …« Weiter wollte P seine Gedanken nicht ausführen und wechselte schnell das Thema. »Übrigens hätte ich eine Frage an Sie als Historiker, und zwar, wie sich Amanon zu einem solchen Matriarchat entwickeln konnte, zu einer Gesellschaft, die eher einem Ameisen- oder Bienenvolk gleicht. Wurde diese gesellschaftliche Entwicklung durch irgendeine schreckliche Naturkatastrophe ausgelöst, oder ist sie das Ergebnis irgendwelcher innerer Kräfteverschiebungen …?«

»Sowohl als auch. Dazu habe ich sogar eine eigene Hypothese aufgestellt, doch heute ist es schon zu spät für ausführlichere Erörterungen. Sehen Sie, auch über die Augen der jungen Dame senken sich bereits rosige Schleier.«

»Oh nein, ich bin kein bisschen müde«, protestierte Himeco und riss ihre großen Augen weit auf.

»Doch, sie ist vor lauter Erschöpfung nur etwas aufgedreht«, berichtigte P höflich. »Wenn Sie erlauben, werden wir uns langsam zurückziehen und den Rest morgen besprechen.«

Tauron lächelte verständnisvoll und hielt P nicht weiter zurück. »Dann schicke ich Ihnen für heute Nacht eine Servantin hinüber, die ich extra habe kommen lassen«, erklärte er. »Es ist meine Spezialservantin für jene antiquierten Freudenmädchendienste, von denen wir eben sprachen. Sie ist ausgezeichnet trainiert und sexuell recht empfindsam. Es würde mich freuen, wenn Sie sich ihrer nach Belieben bedienten und ihr vielleicht sogar neue Tricks beibringen könnten. Oder wollen Sie die Nacht lieber mit Ihrer Sec verbringen? Gegen ihre Schönheit steht meine Servantin natürlich weit zurück.«

»Nein, nein, von dieser Art von Beziehung sind Himeco und ich noch weit entfernt«, erklärte P eilig. »Allerdings freue ich mich darauf, sie zu meiner Geliebten zu machen, wenn sie eine gewisse Reife erlangt hat.«

»Von lolitaesken Beziehungen halten Sie also nicht viel. Ich auch nicht, wenn ich ehrlich bin.«

»Eigentlich geböte es ja die Höflichkeit, Ihnen Himeco für heute Nacht zu leihen.«

»Aber nicht doch, ich bitte Sie.« Tauron schüttelte den Kopf und zwinkerte Himeco zu – eine unerwartet lüsterne Geste, die P insgeheim etwas beunruhigte.

Danach wurden P und Himeco von einer älteren Servantin ihre Zimmer gezeigt.

»Was meinst du, möchtest du lieber allein schlafen?«, fragte P.

»Also, mir ist es allein ebenso recht wie zu zweit oder zu dritt«, antwortete Himeco mit nachdenklicher Miene, »aber du willst bestimmt lieber mit dieser Servantin allein sein, nicht wahr? Und mir wird es schon nicht zu einsam.«

Nachdem sie sich auf eine getrennte Nachtruhe geeinigt hatten, ging Himeco in ihr Zimmer auf der anderen Seite des Gangs, und P verschwand in seinem. Sein Kopf war so voll von Gedanken an Himeco, dass er Taurons Servantin völlig vergaß. Gerade als er sich etwas gefangen hatte und in sein Badezimmer gehen wollte, um vor dem Schlafengehen noch ein Bad zu nehmen, vernahm er plötzlich ein deutliches Rascheln. Er sah sich um und erblickte eine unglaublich dicke Frau, die in ein altmodisches Gewand aus langen Stoffbahnen gehüllt war.

»Ah, du bist sicher die Servantin, die mir Dr. Tauron zum Schäferstündchen herüberschicken wollte, nicht?«

»Von einem Schäfer hat er zwar nichts gesagt, aber ich schätze mal, ich soll das gleiche machen, was ich mit dem Opi auch immer mache«, erwiderte die Frau geschäftsmäßig und begann, sich unverzüglich ihres Gewandes zu entledigen.

»Moment mal, ich wollte gerade ins Bad.«

»Na eben, was meinst du, warum ich mich ausziehe.«

»Aha, in Amanon vergnügt man sich also zu zweit im Bad ...«

»Genau, mit ordentlich viel Seifenschaum. Nach diesen Spielchen ist der Alte ganz verrückt. Und bei mir schäumt es prima, sag' ich dir, denn wie du siehst, bin ich gut gepolstert und hab' mehr Körperoberfläche als andere. Wie das weiße Schwein aus irgend so einer Sage, behauptet der Alte immer.«

»Du sprichst ja perfekte Promsprache.«

»Stimmt. Ich bin ja auch als Prom-Prostituierte ausgebildet.«

Den Ausdruck »Prom-Prostituierte« fand P lustig. Schließlich entschied er, sich den Gepflogenheiten anzupassen und es mit einem gemeinsamen Bad zu versuchen. Zusammen ins Badewasser zu steigen, war für den hochgewachsenen Missionar und die korpulente Frau jedoch technisch unmöglich, denn die Wanne war nicht besonders groß. Also stieg P als erster hinein. Als er die Frau aus der Wanne betrachtete, musste er feststellen, dass sie ohne das beengende Gewand noch weitaus mehr Fett am Leib hatte als vermutet; ihre Haut wellte sich in dicken Speckfalten, und ihre Brüste hingen sackartig über den fetten Wanst. Er stellte sich vor, wie ihr Bauch im Knien den Boden berühren würde und die vielen Speckfalten an ihr herunterhingen wie Stalaktiten in einer Tropfsteinhöhle. Doch was wirklich geschah, nachdem P aus der Wanne gestiegen war, übertraf diese Vorstellung noch bei Weitem: Ehe er sich versah, war der fette Wanst über ihm und presste ihn zu Boden. Zähneknirschend dachte P, dass er sich bei einem echten Zweikampf wenigstens hätte mit Fäusten verteidigen und von dem Fleischklops befreien könnte, doch so musste er sich völlig wehrlos der Gewalt der fetten Servantin beugen. Die war inzwischen wie besessen dabei, sich mit ihren unzähligen, herabbaumelnden Fettstalaktiten an P zu reiben, was ihn eher kitzelte als erregte, und dabei Berge von Schaum zu produzieren. An derartiges nicht gewöhnt, bekam P Seifenschaum in die Augen und geriet bisweilen sogar in akute Atemnot, wenn das Körpergewicht der Frau direkt auf seinem Gesicht lastete, so dass er beschloss, sich diesen wundersamen Liebkosungen nicht weiter auszusetzen, denn das erschien in seiner seifigen Lage einfach zu gefährlich. Er wagte einen kurzentschlossenen Ausfall, indem er unter dem vierbeinigen Fleischklops hervorflutschte, sich flugs umwandte und schließlich seinerseits zur rückwärtigen Offensive überging. Dass man sich beim unbekleideten Nahkampf dem Gegner am besten von hinten näherte, war P wohlbekannt, und seine vorbildliche Ausführung dieser Spielregel erzielte einen noch besseren Effekt als erwartet. Durchbohrt von seiner stählernen Fleischlanze, stieß die Frau klägliche Laute aus, die P von einer Person mit solch überwältigender Körpermasse kaum erwartet hätte, und leistete keinerlei Gegenwehr, als habe sein unerwarteter Angriff in dem kurzen Augenblick, in dem sie ihr Opfer aus den Augen verloren hatte, sie völlig ihres Kampfgeistes beraubt. Nach einer Weile der fortgesetzten Attacke drehte P den Fleischklumpen um. Nun lag die Frau bewegungsunfähig auf dem Rücken wie eine umgedrehte Schildkröte, und P setzte zur abermaligen Offensive an, indem er sein Opfer für eine Weile von oben penetrierte.

Während des gesamten grandiosen Zweikampfes bewies seine Waffe heroische Dynamik und verlor nicht ein einziges Mal ihre kämpferische Standhaftigkeit, was P's Selbstvertrauen enorm stärkte. Aufgrund ihrer Fettleibigkeit besaß seine Gegnerin weniger Durchhaltevermögen als angenommen und war schon nach kurzer Zeit völlig außer Atem.

Mit großer Überlegenheit ließ P schließlich gönnerhaft von ihr ab und schöpfte der Frau, die wie eine umgekippte Schildkröte verwundert auf dem Rücken lag, etwas warmes Wasser auf den Bauch.

»Wow, du hast es ja richtig drauf«, brachte die Frau schließlich keuchend hervor. »War für mich völlig ungewohnt, die ganze Zeit in der Defensive zu sein. Am Ende wusste ich kaum mehr, wo oben ist und wo unten.«

»Du warst aber auch nicht schlecht«, sagte P aus reiner Höflichkeit. »So verausgabt habe ich mich schon lange nicht mehr. Was hältst du von einem kühlen Gerstensaft als Belohnung für unseren Kampfgeist?«

Ohne sich anzuziehen, folgte die Frau P ins Esszimmer, trank einen Schluck und stellte sich dann als Hirocon vor.

»Niedlicher Name, oder? So was braucht man in der Branche, denn mein Job hat echten Seltenheitswert. Obwohl ich schon lange dabei bin, war der Doktor immer mein einziger Kunde. Mit dir habe ich nun endlich einen zweiten. Aber wie gesagt, im Gegensatz zu Tauron hast du mich nicht als Servanten behandelt, sondern richtig verwöhnt. Bei dem Opi muss ich immer die ganze Arbeit machen, weißt du, weil der so steinalt ist. Da kommen meine Technik und Hingabe als Profi voll zur Geltung, verstehst du? Bei dir hatte ich kaum eine Chance, meine Qualitäten zu beweisen, weil ich so schnell besiegt war.«

Hirocon gähnte ausgiebig und ging hinüber ins Schlafzimmer. Als P bemerkte, dass sie offenbar vorhatte, den Rest der Nacht bei ihm zu verbringen, löste dies in ihm einen Widerstreit der Gefühle aus; einerseits freute er sich über die Aussicht, diesen üppigen Fleischbatzen auch weiterhin zur freien Verfügung zu haben, andererseits nervte es ihn, dass sich so ein zentnerschweres Tier in seinem Bett breitgemacht hatte. Doch als P fertig umgezogen ins Schlafzimmer kam, entdeckte er, ob nun zum Guten oder zum Schlechten, dass der Klumpen auf seiner Bettstatt bereits dröhnend schnarchte. Dieses Schnarchen schien jedoch nicht aus Hals oder Rachen zu kommen; es glich eher der gleichzeitigen Vibration sämtlicher Zellen ihres riesigen Körpers.

Erleichtert, dass Hirocon vor ihm eingeschlafen war, wollte P sich ebenfalls zur Ruhe begeben, doch es dauerte nicht lange, bis er feststellen musste, dass dies unmöglich war. Bei diesem ohrenbetäubenden Lärm war an Schlaf nicht zu denken. Er gab den Gedanken an eine ungestörte Nachtruhe auf und stieg aus dem Bett. In der schwachen Hoffnung, das Geschnarche würde aufhören, wenn er Hirocon kurz wach mache, stupste er den tief versunkenen Fleischberg kurz mit der Hand an. Doch so einfach schien es nicht zu sein. Schließlich änderte P seine Taktik und entschied sich zu einer erneuten Attacke auf Hirocons Körper, der im Tiefschlaf noch weicher war als zuvor. Dazu hievte er sich eines ihrer Beine über die Schulter, bis Hirocons Körper im rechten Winkel zum Bett lag.

In diesem Moment war es P, als habe jemand die Tür zum Schlafzimmer geöffnet und sei hereingetreten.

»Was machst du da?« Es war Himecos Stimme.

»Blöde Frage. Wie du siehst, ringe ich gerade mit diesem Fleischberg.«

»Soll ich dir helfen?«

»Ja, das wäre nett.« Mit Himecos Hilfe wuchtete P Hirocons Körper in die richtige Position.

»Was will die hier? Warum schläft sie in deinem Bett?«

»Gute Frage. Ich hätte auch nicht gedacht, dass sie nach getaner Arbeit einfach einschlafen würde, noch dazu unter so einem Geschnarche.«

»Ist das die mit den antiquierten Freudenmädchendiensten, von der Tauron erzählt hat?«

»Ja, dazu hat sie eine spezielle Ausbildung erhalten.«

»Und davon ist sie so dick geworden?«

»Nein, das glaube ich nicht. Extreme Fettleibigkeit ist bestimmt auch in ihrem Gewerbe ein Nachteil. Jemand, der nicht so groß und kräftig ist wie ich, könnte von ihr erdrückt werden, wenn er Pech hat.«

»Und was hast du nun mit ihr vor?«

»Sex natürlich. Und zwar heterosexuellen, wie man ihn hier nur in Ero-Shows zu sehen bekommt. Wenn du willst, kannst du gern bleiben und zuschauen.«

Als ob dies ein ganz alltägliches Angebot sei, blieb Himeco stehen und blickte P gespannt an, die Hände tief in den Falten ihres weiten, sackartigen Schlafgewandes verborgen. Zuerst zeigte P seiner Zuschauerin, wie er Hirocons verschiedene Körperteile stimulierte, und dozierte dabei im Stil eines Medizinprofessors im Anatomieunterricht. Dann zeigte und erklärte er Himeco einen seiner eigenen Körperteile und forderte sie auf, ihn ruhig einmal anzufassen. Lustlos streckte Himeco ihre zierliche Hand aus und prüfte damit die Beschaffenheit des Knüppels, der freilich nicht in ihre kleine Faust passte, doch als P ihr dann seine Funktion erklärte, war ihr Interesse mit einem Mal geweckt. Voll kindlichem Staunen, wie dieses absurd große Ding bloß in den vorgesehenen Körperteil hinein passen sollte, verfolgte sie gespannt, was P tat. Dieser war etwas in Sorge, sich nicht ausreichend konzentrieren zu können und von seinem wichtigsten Körperteil im entscheidenden Moment im Stich gelassen zu werden, denn auch für ihn war es das erste Mal, dass er es vor Publikum tat, wie bei einem Klinikpraktikum, doch seine Bedenken erwiesen sich als völlig unbegründet. Problemlos und in seiner Erregung durch Himecos Anwesenheit als Schülerin beziehungsweise Hospitantin eher noch angefacht, demonstrierte P ihr jeden einzelnen Schritt und kam sich dabei vor, als seziere er eine Leiche und durchbohre gleichzeitig mit einem mächtigen, waagerecht stehenden Bohrer eine Felswand. Zu seiner völligen Überraschung brach Himeco mittendrin in Lachen aus. Offenbar hatte sie der mittlerweile gleichmäßige Rhythmus seiner Bewegungen amüsiert. Unwillkürlich musste P mitlachen, was in seiner Situation so unpassend war, dass es jeden anderen aus dem Rhythmus gebracht hätte, doch sein Steinbohrer erfüllte auch unter diesen Umständen ohne Schwierigkeiten seine Aufgabe, und dies verlieh P ein ganz neues Selbstvertrauen. Solange ihm dieses gewisse Pflichtgefühl nur genügend Konzentration schenkte, wäre er mit Sicherheit in der Lage – davon war er nun überzeugt – auch vor Zuschauern oder gar einem größeren Publikum sexuell einsatzfähig zu bleiben und den Anwesenden dabei noch eine Vorlesung oder eine Predigt zu halten oder gar Witze zu erzählen, je nach Bedarf.

Nach einer Weile schien Hirocon endlich aus ihrem tiefen Schlaf zu erwachen und zu bemerken, was mit ihrem Körper geschah; die Töne, die sie von sich gab, klangen nun nicht mehr wie Schnarchen, und die Vibration ihres Körpers verwandelte sich in ein heftiges Zittern, bis sie sich schließlich wogend auf dem Bett aufbäumte, was P seine Arbeit erheblich erschwerte und ihm den Schweiß aus allen Poren treten ließ, so dass das Ganze abermals die Züge eines Zweikampfes annahm.

Als der Kampf endlich vorbei war, lachte Himeco nicht mehr. Ein wenig ermüdet vom langen Zuschauen versteckte sie hinter vorgehaltener Hand ein Gähnen, wünschte P eine gute Nacht und kehrte dann in ihr Zimmer zurück.

11. KAPITEL

Das Rätsel um die Geschichte Amanons

Als P am nächsten Morgen aufwachte, war der Fleischberg noch immer da; im hellen Morgenlicht türmte er sich neben ihm im Bett auf und erinnerte den Missionar an das alptraumhafte Gefecht der vergangenen Nacht, in dessen Verlauf er seine Gegnerin schließlich überwältigt und kampfunfähig gemacht hatte – eine heldenhafte Leistung, zu der er sich selbst nur beglückwünschen konnte. Hirocon schlief fest wie ein Murmeltier und ließ dabei ein Schnarchen vernehmen, das so gewaltig war wie der Rest ihrer schwergewichtigen Erscheinung. Allein ihr Anblick raubte P jede Kraft, doch gerade als er überlegte, einen Servanten zu rufen, um den Koloss so schnell wie möglich wegräumen zu lassen, kam Himeco herein.

»Ich glaube, das Frühstück ist angerichtet.«

»Danke, ich werde mich sofort umziehen. Doch was mache ich mit diesem Ding hier? Allein kann ich es nicht vom Fleck bewegen.«

»Lass es doch einfach liegen. Es wird schon irgendwann zu sich kommen und von selbst dahin verschwinden, wo es hergekommen ist.«

»Vielleicht sollte ich mir einfach ein anderes Zimmer geben lassen.«

Nachdem P sich rasch etwas angezogen hatte, machte er sich mit Himeco auf den Weg zum Speisesalon.

»Padre! Es freut mich, Sie bei bestem Befinden zu sehen. Anscheinend hatten Sie eine angenehme Nacht?«, begrüßte ihn Tauron augenzwinkernd, ganz so, als wisse er über die Ereignisse der vergangenen Nacht Bescheid.

»Eher erschöpfend als angenehm, würde ich sagen, bei dem erbitterten Kampf während der Nacht«, gab P zurück.

»In dem Zusammenhang muss ich Ihnen wohl etwas beichten.« Nach wie vor erhellte ein zufriedenes Lächeln Taurons Gesicht. »Mir ist da offenbar ein kleines Missgeschick unterlaufen. Die Frau, die Ihnen gestern geschickt wurde, war gar nicht die, die ich empfohlen hatte, sondern aus Versehen eine andere, und zwar die fürchterliche Hirocon. Das schreckliche Weib würde ich mir niemals bestellen. Ohne einen Kran im Bett kann man die ja kaum hochhieven! Doch Ihr Einsatz und Ihre Kraft haben mich sehr beeindruckt: Erst der heldenhafte Kampf und dann auch noch die plötzliche Attacke am Ende, mit der Sie das schlafende Opfer auf Anhieb zur Strecke brachten – das war schon eine bemerkenswerte Taktik. Meine Hochachtung!«

»Freut mich, dass es Ihnen gefallen hat«, bedankte sich P verwirrt. Er fragte sich, wie Tauron über die Ereignisse der vergangenen Nacht so genau informiert sein konnte. »Haben Sie unseren Kampf vielleicht von irgendwoher beobachtet?«

Ungerührt nickte Tauron. »Leider vergaß ich, es Ihnen zu sagen, doch in allen Zimmern sind Fernüberwacher installiert. Durch diese fiesen kleinen Apparate habe ich von meinem Zimmer aus jederzeit perfekten Einblick in alle Geschehnisse. Doch kommen Sie, das erkläre ich Ihnen in Ruhe beim Frühstück.«

Da P aus seinem Gastgeber nicht recht schlau wurde, beschloss er, sich erst einmal abwartend zu verhalten. Das Essen wurde aufgetragen: eine reichhaltige Auswahl mehrerer Dutzend luxuriöser Speisen, bei denen es sich tatsächlich nur um das Frühstück handeln sollte; dankbar machte sich P, der nach den Strapazen der vergangenen Nacht wie ausgehungert war, sogleich darüber her. Die drehbare Scheibe in der Mitte des runden Esstisches war vollgestellt mit Tellerchen und Schälchen; gefüllt mit verschiedenen Brotsorten, gedünsteten Teigtaschen mit Fleischfüllung, Reisbrei mit Gemüseeinlage, Nussplätzchen, allerlei Milchprodukten, Früchtedesserts und dergleichen mehr. Man musste die gewünschten Speisen einfach auf der Scheibe zu sich drehen und sich dann eine Portion davon herunternehmen. Bei dieser Art zu essen handelte es sich, wie Tauron erklärte, um eine zeitgenössische Version des so genannten Chinabüfetts aus dem Voraltertum. Dazu trank man nach amanonischem Brauch Tee, den man sich aus einem Sortiment von mehreren Dutzend Arten aussuchen konnte.

»Der hohe Standard der amanonischen Esskultur begeistert mich immer wieder aufs Neue«, schwärmte P. »Durch ihre Vielseitigkeit und Raffinesse geht die amanonische Küche auf die individuellen Bedürfnisse jedes Gastes ein, und so etwas findet man nur in einer wirklich hochzivilisierten Umgebung. Wo ich herkomme, wird das Essen und Kochen, also ein Grundbestandteil des täglichen Lebens, vielfach vernachlassigt, ja, beinahe verachtet: Hauptsache, man wird irgendwie satt. Wenn man es mit Amanon vergleicht, herrscht bei uns wahrhaft kulinarisches Barbarentum.«

»Das kann ich mir gut vorstellen«, erwiderte Tauron. »Schließlich erwartet Ihre Religion, dass man vom allmächtigen Gott trunken und vom Glauben satt wird. Für kulinarische Vergnügen ist da sicherlich kein Platz, nicht wahr?«

»Sie sagen es. Doch meine Überzeugung als Geistlicher geht nicht weit genug, um diese Gebote wirklich zu befolgen. Auch die so genannte Abstinenz liegt mir nicht, denn ich halte nicht viel davon, die Freuden des Lebens zu verdammen. Diese Überzeugung hat sich seit meiner Ankunft hier weiter gefestigt.«

»Mit anderen Worten, die Bekanntschaft mit den amanonischen Gaumenfreuden und dem hiesigen Lebensstandard hat Sie degeneriert.«

»Ja, nach der monokamischen Definition von Degeneration trifft das wahrscheinlich zu.«

»Dann will ich Ihnen reinen Wein einschenken.« Ernst blickte Tauron P an. »Ihr ganzer Besuch hier diente nur dem Zweck, Sie zu verhören und herauszufinden, was die Monokamier wirklich im Schilde führen. Es wäre Ihr Todesurteil, wenn ich in meinem Bericht an den Ministerpräsidenten zu dem Schluss käme, dass Sie eine ernsthafte Gefahr darstellen. Insofern liegt die Entscheidung über Ihr Leben allein in meiner Hand. Um mir ein Urteil zu bilden, hatte ich eigentlich vor, Sie zu allen ungewissen Punkten selbst zu befragen, denn die Informationen, die ich in den Nachschlagewerken zum Monokamismus fand, reichten dafür nicht aus. Doch bereits jetzt ist mir klar, dass Sie nicht als gefährlich einzustufen sind, denn Sie machen mir, offen gestanden, nicht den Eindruck eines überzeugten Missionars, auch wenn das kein schmeichelhaftes Gutachten für Sie sein mag. Zumindest würde ich dafür plädieren, dass Sie sich in Amanon so lange aufhalten dürfen, wie Sie mögen.«

»Zu diesem Schluss sind Sie aufgrund Ihrer Beobachtungen der letzten Nacht gekommen, richtig?«

»Das auch, natürlich.« Tauron lächelte vielsagend. »Ihre einzigartige Darbietung mit dem riesigen Fleischklumpen hat mich überzeugt. Mir wurde klar, dass ich da nicht mithalten kann, und gleichzeitig begann ich mich zu fragen, ob wir beide uns nicht unter Umständen zusammentun könnten.«

»Sie meinen als Verbündete?«

»Ja, sozusagen. Doch das werde ich Ihnen nach und nach erklären, denn es ist zu kompliziert, um es auf einmal zu verstehen.«

»Zumindest eines verstehe ich«, sagte P, »und zwar, dass Sie und ich als Männer in diesem Land die absolute Ausnahme sind und als solche die Hauptrolle übernehmen müssten, wenn man Amanon in einen männerdominierten Staat verwandeln wollte – beispielsweise im Zuge einer Revolution…«

»Ein kühner Gedanke.« Tauron blickte P forschend an. »Möglicherweise haben Sie damit bereits meine unbewussten Wünsche durchschaut. Doch das sind letzten Endes nur Wünsche – eine Revolution wäre derart unrealistisch, dass ich mir von vornherein keinerlei Hoffnungen machen würde. Als reines Gedankenmodell ist so etwas allerdings hochinteressant. Haben Sie für Ihre Männerrevolution eine bestimmte Strategie im Kopf?«

»Schon, aber die ist so absurd, dass es mir peinlich wäre, Ihnen auch nur davon zu erzählen. Vielleicht ein andermal, bei einem gemeinsamen Schälchen Reiswein oder so«, antwortete P ausweichend. »Auf jeden Fall haben mir meine hiesigen Erlebnisse und das, was ich gestern Nacht von Ihnen über die Frauenherrschaft erfuhr, klar gemacht, dass es kompletter Unsinn wäre zu versuchen, möglichst viele Amanonier zu unserem Glauben zu bekehren und eine monokamifreundliche Regierung zu proklamieren, um Amanon unter die Herrschaft der monokamischen Kirche zu stellen, wie Sie und die Regierung befürchten. So eine Art geistige Revolution durch den Monokamismus dürfte bei den Frauen Amanons relativ aussichtslos sein. Dies wiederum erfordert einen neuen Denkansatz, und ich werde mir überlegen müssen, wie ich künftig vorgehen soll. Nach außen hin muss es natürlich weiterhin so wirken, als käme ich nur meinen missionarischen Pflichten nach.«

»Langsam klingt die Sache richtig interessant.« Mit vergnügtem Gesichtsausdruck schlürfte Tauron von seinem Getränk, einer Art halbfermentiertem Tee. »Zwar habe ich nicht vor, mich von Ihnen in riskante Geschäfte verwickeln zu lassen, doch was Sie soeben erläuterten, entspricht ungefähr dem Verhandlungsbereich, auf den ich mich einzulassen bereit war. Mit anderen Worten, wenn Ihre Pläne so aussehen, werde ich der Regierung vorschlagen, Ihre so genannte Mission stillschweigend zu dulden. Mich wundert allerdings, wie flexibel Sie sich den Gegebenheiten anpassen können, denn meines Wissens nach kennt der Monokamismus keinerlei Toleranz gegegnüber anderen Religionen. Ich hatte fest damit gerechnet, dass die monokamische Kirche mit ihren Missionaren hier einfallen würde, um sich im Namen ihres Herrn die gesamte Welt untertan zu machen, denn in den Augen der Monokamisten ist ihr Glaube so unfehlbar, dass ihm alle folgen müssen. Wer aus der Reihe tanzt, gilt als Feind beziehungsweise als menschenunwürdige Existenz und wird gnadenlos hinweggemetzelt. Aus unserer Sicht also nichts anderes als eine Invasion.«

»Meine Hochachtung, Dr. Tauron, treffender hätte ich die monokamistische Denkweise auch nicht umschreiben können«, sagte P. »Ja, ich will die Sache beim Namen nennen, da Schönfärberei doch nichts bringt: Wie Sie ganz richtig bemerkten, trägt der Monokamismus extrem glaubensimperialistische Züge. Und meine Rolle in dem Spiel war keine andere als die des Wegbereiters für eine geistige Bezwingung Amanons, daran kann kein Zweifel bestehen. Allerdings haben meine eigenen Ziele – ob Sie mir in diesem Punkt Glauben schenken oder nicht – offenbar nie ganz mit denen des Zentralrats der Monokamisten übereingestimmt, denn für mich war die Entsendung nach Amanon eher ein Mittel, in einem fernen Land mein Wissen zu erweitern und exotische Erfahrungen zu sammeln, wie ich gestehen muss, auch wenn es mir nicht gerade zum Ruhme gereicht.«

»Das will ich Ihnen fürs Erste einmal glauben«, entgegnete Tauron, »doch was Ihren unerwarteten Besuch hier angeht, bestehen noch Fragen, die auch die Regierung nicht beantworten kann, beziehungsweise, die die Regierung sich noch nicht einmal gestellt hat. Wenn es Ihnen nichts ausmacht, hätte ich auf diese Fragen gern eine Antwort.«

»Selbstverständlich. Ich werde Ihnen nach bestem Wissen und Gewissen antworten.«

»Gut, dann also die erste Frage, die am simpelsten erscheint, jedoch in Wahrheit die heikelste ist: Wie in aller Welt konnte es Ihnen gelingen, in Amanon zu landen? Eigentlich hätten Sie spätestens an unseren Protektoren scheitern müssen, denn die gelten als unfehlbar. Dazu hätte man Sie zuerst befragen müssen, doch das ist offenbar niemandem eingefallen.«

»Ausgerechnet bei dieser Frage muss ich passen«, sagte P verlegen. »Ich hatte nämlich vor meiner Abreise eine harte Nacht hinter mir und fiel sofort, nachdem ich an Bord meines Ein-Personen-Überseeboots gegangen war, in einen bleiernen Schlaf, aus dem ich erst wieder erwachte, als ich die rötliche Außenhülle Amanons durchstieß. Weiter kann ich Ihnen leider nichts sagen, denn das Nächste, an was ich mich erinnere, ist bereits der Strand, an den ich angeschwemmt wurde.«

»Es wurde jedoch beobachtet, dass sich uns nicht nur Ihr Schiff näherte, Padre, sondern eine ganze Armada von Schiffen, gleich einem Meteoritenschwarm, – unzählige will ich nicht sagen, aber bestimmt Hunderte. Allerdings wurde jedes einzelne von den Protektoren aufgehalten und noch vor der Landung eliminiert. Es ist mir höchst unerklärlich, wie nur Ihr Schiff und das Frachtboot unbeschadet passieren konnten.«

»Ich denke mal, nach dem gleichen Prinzip, nach dem eine Eizelle nur der ersten eintreffenden Samenzelle Einlass gewährt und danach an der Oberfläche Protektoren bildet, durch die alle weiteren Ankömmlinge ausgesperrt bleiben. Ja, es muss ein absoluter Glücksfall gewesen sein, durch den ausgerechnet ich als Erster eintraf und eingelassen wurde, während die nachfolgende Missionarsdelegation mitsamt ihren Schiffen von den Protektoren aufgehalten wurde und von der Bildfläche verschwand.«

»Dass unsere Protektoren zu solch komplizierten Manövern in der Lage sind, wage ich zu bezweifeln«, bemerkte Tauron skeptisch. »Auf jeden Fall beweist die Tatsache einer einmaligen Durchlässigkeit bereits die Untauglichkeit ihrer Schutzfunktion. Das heißt, wenn irgendwann einmal eine weitere Missionarsflotte auftauchen sollte, bestünde keine Garantie für eine lückenlose Abwehr. Das wäre zwar halb so schlimm, solange nur Missionare kämen, doch was, wenn so ein Angriff militärischer Natur wäre?«

»Tja, ausschließen kann man die Möglichkeit wohl leider nicht.«

»Sehen Sie? Trotzdem wird dieses Problem unterschätzt, selbst von den Verantwortlichen unserer Regierung. Deshalb möchte ich Sie in aller Offenheit fragen, ob Sie mir irgendetwas über eventuelle Angriffspläne Ihres Zentralrats verraten können.«

»Leider besitze ich nicht die entsprechende gesellschaftliche Stellung, um über solche Dinge unterrichtet zu sein; und wie Sie sich sicher vorstellen können, hätte man mich gar nicht erst dieser Delegation zugeteilt, wenn ich ein so hohes Tier wäre. Doch in Anbetracht der Zustände in meiner Heimat käme mir ein Angriff auf Amanon eher unwahrscheinlich vor. Innerhalb der Gemeinde war nur die Rede von einer Aktivierung der stagnierenden Missionarstätigkeit, und davon, dass man den Gedanken des Monokamismus verstärkt im Ausland verbreiten müsse. Weitere Absichten gibt es meinem Eindruck nach nicht.«

»Mag sein, dass Sie Recht haben. Schließlich ist unser Amanon nur ein kleines Land ohne nennenswerte Bodenschätze, an dessen Eroberung einer Großmacht wie Monokamien, die beinahe die gesamte Welt beherrscht, kaum etwas liegen dürfte. Andererseits wäre es aber auch denkbar, dass die Monokamier unser Land für eine besonders leichte Beute halten, für ein Land, das keinerlei Widerstand leisten würde, gerade weil es so unbedeutend ist. Das ergäbe wiederum einen ausreichenden Grund für einen Angriff. Nun mögen Sie einwenden, dass wir uns doch entsprechend bewaffnen könnten oder anderweitige Vorsichtsmaßnahmen treffen, wenn wir wirklich dermaßen in Sorge seien. Doch so einfach ist die Sache nicht. Amanon ist ein Frauenstaat, und wie jedermann weiß, stehen Diplomatie und Verteidigung ganz oben auf der Liste der Dinge, von denen Frauen nichts verstehen. Bei uns gibt es ja nicht einmal eine Armee. Und auch keine Polizei, die in der Lage wäre, öffentliche Sicherheit zu gewährleisten. Wir haben zwar Krankenhäuser und andere Anstalten, in denen man angeblich Gesetzesbrecher und Dissidenten kuriert, doch wenn es wirklich zum Krieg käme, könnte man die Angreifer kaum in Krankenhäuser stecken, um sie von ihrem Kriegswahn zu heilen. Abgesehen davon herrscht in diesem Frauenstaat die typisch weibliche Tendenz, sich nur für das zu interessieren, was sich im eigenen Land vor der eigenen Nase abspielt. Deshalb habe ich auch angeregt, das Augenmerk von nun an mehr auf die Außenwelt zu richten. Der Ministerpräsident war von der Idee so begeistert, dass er prompt einen Ausschuss einberief, der angeblich die Öffnung des Landes fördern soll.«

»Ja, die *Intergenese-Forschungskommission.* So lautet der offizielle Name dieser Kommission, zu der ich selbst offen gestanden auch gehöre, obwohl mir immer noch nicht ganz klar ist, welche Aufgaben sie eigentlich erfüllen soll.«

»Das weiß wahrscheinlich keiner so genau. Dieser Möchtegernausschuss ist, wie so viele andere leider auch, nichts als ein Konglomerat verschiedenster Ziele und Zwecke: Zum einen war da die ursprüngliche Absicht, Sie zu verhören, und so über einige Punkte, welche die Sicherheit Amanons betreffen, Klarheit zu gewinnen – zum Beispiel über die Hintergründe Ihres Besuchs, beziehungsweise Ihrer illegalen Einreise, über die Pläne der Monokamisten und über die Situation in Monokamien. Dazu gesellte sich dann eine hanebüchene Diskussion um die Wiederaufnahme diplomatischer Beziehungen sowie der Wunsch nach einer Modernisierung des Landes durch die Einführung des Monokamismus.«

»Und wo liegen dabei die wahren Interessen von Ministerpräsident Yumicos?«

»In der Wiederaufnahme der diplomatischen Beziehungen und einem Staatsbesuch in Monokamien, wobei es Yumicos, kindisch wie sie ist, natürlich nur darum geht, selbst der erste Besucher dort zu sein.«

»Ein Besuch im Reich Monokamis also«, sagte P nachdenklich. »Dagegen ist im Grunde nichts einzuwenden, doch hat sie sich auch überlegt, wie sie überhaupt hinkommen will? Wahrscheinlich erwartet sie, dass ich mitfahre, oder besser gesagt, ihr auf meiner Heimreise den Weg zeige, doch im Moment wüsste ich nicht, wie das klappen sollte. Es sei denn, es käme noch ein großes Überseeboot aus meiner Heimat, das die Protektoren durchbricht und uns abholt. Eine andere Möglichkeit zur Rückkehr sehe ich nicht.«

»Da bringen Sie mich auf einen weiteren wichtigen Punkt. Sie behaupten, es gäbe keine Möglichkeit, die Protektoren von Amanon aus zu durchbrechen und heimzukehren, obwohl Sie das Gleiche in der Gegenrichtung fertig gebracht haben. Ich will Ihnen zwar nichts unterstellen, doch ich frage mich, ob Sie aus irgendwelchen Gründen vielleicht lieber nicht nach Hause zurückkehren wollen.«

»Natürlich möchte ich nach Hause. Schließlich habe ich dort Frau und Kind«, versicherte P, obwohl ihm seine Frau und sein Kind soeben erst wieder eingefallen waren.

»Verzeihen Sie, doch ich meinte eigentlich weniger Ihre Frau und Ihr Kind, als vielmehr diese gewisse Unzufriedenheit mit der anspruchslosen Kultur und Lebensweise in Ihrer Heimat und den, nun ja, mehr als einfachen Verhältnissen dort. So eine Unzufriedenheit meinte ich aus Ihren Erzählungen herausgehört zu haben und folgerte, dass Sie einer Heimkehr vielleicht mit gemischten Gefühlen entgegensehen.«

»Ich muss zugeben, Ihre Vermutungen treffen zum großen Teil ins Schwarze. Nur – als ich mich für die Missionarsdelegation nach Amanon bewarb, habe ich nicht den geringsten Gedanken daran verschwendet, dass ich auch irgendwann und irgendwie wieder heil nach Hause kommen muss. Rückblickend kann ich mich über meine Abenteuerlust und Blauäugigkeit nur wundern, doch so ist es gewesen, so wahr ich hier stehe.«

Tauron nippte nachdenklich an seinem rosaroten Tee. »Übrigens, das ist eine Art Früchtetee, leicht säuerlich, aber sehr wohltuend nach dem Essen«, sagte er und bot auch P und Himeco ein Schälchen davon an. »Nun, die Sache mit Ihrer Heimkehr können wir später besprechen. Die dringendere Frage lautet momentan, ob in absehbarer Zeit weitere Überseeboote oder Abholdelegationen hier aufkreuzen werden. Ich nehme doch an, dass die Monokamisten eine solche Entsendung planen?«

»Ja, damit sollte man wohl besser rechnen«, bestätigte P in vorsichtigem und gleichzeitig feierlichem Ton. »Aber solange die Protektoren funktionieren, wird diese Flotte zum Tod in den Wellen verurteilt sein, bevor sie ihr Ziel erreicht.«

»Ja, bis jetzt haben sie es alle mit dem Leben bezahlen müssen. Und wir können von Glück sagen, dass der einzige illegale Eindringling, dem es durch einen unerklärlichen Zufall gelang, die Protektoren zu durchbrechen, ein so harmloser Mensch war wie Sie. Doch ich fürchte, so viel Glück werden wir nicht jedes Mal haben.«

»Keine Sorge«, beschwichtigte P Tauron mit seinem üblichen Optimismus, doch weil er nicht allzu unbesonnen erscheinen wollte, fügte er eilig hinzu: »Erstens funktionieren die Protektoren momentan einwandfrei, und zweitens würde ich eventuelle Eindringlinge – falls ihnen dennoch versehentlich Einlass gewährt werden sollte – sofort unter mein Kommando nehmen und dafür sorgen, dass sie keinen Unfug anstellen, denn dazu habe ich als Erstgelandeter das Recht.«

»Das heißt, Sie würden zum Befehlshaber all derer, die nach Ihnen kommen?«

»Falls überhaupt welche kommen.«

»Was für Monokamier würden denn kommen: Nur Missionare oder am Ende richtige Kampftruppen?«

»In der Glaubenswelt Monokamis gibt es keine Armee.«

»Keine Armee? Genau wie bei uns? Das müssen Sie mir erklären!«

»Ganz einfach«, begann P zu erläutern. »Also, das Reich Monokamis besteht nicht aus einzelnen Staaten, das heißt, es bildet eher eine Gesamtnation. Na, jedenfalls existieren schon längst keine Einzelstaaten mehr, die gegeneinander Krieg führen oder Probleme auf gewaltsame Weise lösen.«

»Dann besteht bei Ihnen so etwas wie eine Weltregierung oder Weltrepublik, nicht wahr?«

»Ja, so etwas in der Richtung. Und früher hatten wir auch noch eine Sicherheitsarmee gegen rebellierende Elemente, doch die gibt es nicht mehr. Jetzt sorgt das MBI, eine Art Geheimpolizei für die Aufrechterhaltung der öffentlichen Sicherheit sowie für Verbrechensvorbeugung und -bekämpfung. Das MBI, also das Monokamische Büro für Innere Angelegenheiten, ist tatsächlich sehr mächtig, aber ganz anders aufgebaut als eine Armee, mit der man im Ausland Kriege führt. Ich persönlich halte es für ausgeschlossen, dass das MBI Amanon angreift.«

»Verstehe.« Tauron nickte bedächtig. »Demnach ist die gesamte Monokamische Glaubenswelt so durchdrungen von einer totalitären Theokratie, in der die Kirche das alleinige Sagen hat, dass die weltliche Macht, also der Staat, sich aufgelöst hat, nicht wahr? In diesem Punkt, dem Verschwinden des Staates, gleichen sich unsere beiden Länder. Amanon ist wie ein riesiges Ameisen- oder Bienenvolk, das in einem einzelnen Bau haust, in dem sowohl Gesetze als auch Verwaltungsorgane existieren. Aber es ist keine Nation. Für meine Begriffe muss eine Nation wie ein Tier sein, und zwar ein männliches Tier mit der Kampfbereitschaft eines Stieres, eines ›Tauros‹, wie er in der Überlieferung vorkommt. Doch Amanon hat schon im Altertum aufgehört, solch ein Staat zu sein, und sich zu einem Insektenvolk mit festen sozialen Strukturen entwickelt, das es bis heute geblieben ist.«

»Stiere gibt es in meiner Heimat auch heute noch. Allerdings leben sie nur im Zoo, wo sie zu reinen Betrachtungsobjekten geworden sind, die sich hinter Gittern vermehren«, bemerkte P. »Doch selbst bei den Insektenvölkern gibt es spezielle Kampf- oder Verteidigungseinheiten wie zum Beispiel die Kampfameisen.«

»In Amanon nicht, nicht einmal im Ansatz.«

»Um so besser, oder? Das verdanken Sie dem glücklichen Umstand, dass die perfekte Isolation Ihres Landes eine Invasion von außen unmöglich macht.«

»So? An einer Gesellschaft, die aus geschlechtslos gewordenen weiblichen Drohnen und Arbeitsameisen besteht, kann ich nichts Gutes finden«, beharrte Tauron in ungewohnt scharfem Ton.

Nach dem Frühstück folgten P und Himeco dem Wissenschaftler in sein Arbeitszimmer, durch dessen Fenster man den ungewöhnlich leuchtendblauen See erkennen konnte; dort nahm Tauron einen Satz seines in Leder gebundenen Gesamtwerks, den er P schenken wollte, aus dem Regal und stapelte ihn auf dem Boden auf, bis er ihm selbst bis zur Schulter reichte. P bedankte sich vielmals und überflog kurz das Inhaltsverzeichnis jedes einzelnen Bandes.

»Sogar fünf Bände zur Geschichte Amanons! Die werde ich als erstes durcharbeiten.«

»Ich weiß nicht, welche wissenschaftliche Methode in der Geschichtsforschung Monokamiens angewandt wird, doch vorausschicken sollte ich vielleicht, dass meine Forschungsarbeit nicht auf so genannten positivistischen Grundsätzen beruht«, bemerkte Tauron mit ironischem Lächeln. »Am besten lesen Sie sich vielleicht zuerst den *Querschnitt der amanonischen Geschichte* durch, dann verstehen Sie den Rest besser. Es handelt sich übrigens weniger um die historische Wahrheit als um eine Erzählung aus meiner eigenen Feder, denn beim Schreiben habe ich als Quellenmaterial lediglich eine Chronik benutzt und mich ansonsten ganz auf mein Gedächtnis verlassen. Die anderen Abhandlungen sind Versuche, aus dem Vergleich verschiedener alter Quellen einen neuen logischen Zusammenhang herauszuarbeiten, also im Grunde Hypothesen.«

»Darunter offenbar auch detaillierte Studien zur Interpretation der Mythologie.«

»Ja, aber von den Amanonierinnen wird meine Interpretation der Mythologie vollständig ignoriert. Natürlich ist sie ihnen inhaltlich unangenehm, doch nicht nur das – meiner Ansicht beweist es auch, dass

Frauen grundsätzlich kein Interesse an Geschichte haben. Die Suche nach den eigenen Ursprüngen, also Sippen- und Stammbaumforschung, ist eine Domäne der Männer. Auch die Geschichte seiner Heimat ist für einen Mann von Interesse, aber Frauen haben dafür nichts übrig. Vielleicht können sie sich nicht dafür begeistern, weil sie selbst Schöpfende sind, weil aus ihnen alles entspringt und seinen Anfang nimmt. Jedenfalls scheinen die Frauen dieses Landes sich nur für das Hier und Jetzt zu interessieren, und Geschichte reduziert sich für sie auf die Ammenmärchen in den Schulbüchern: Dort heißt es, dass sich die Menschheit vor Jahrtausenden zufällig in Amanon niederließ und sich ihre Zivilisation ohne Kriege, Aufstände oder Revolutionen bis heute entwickelt hat. Das ist schlichtweg öde. Auch für die Geschichtsarbeiten müssen die Kinder lediglich die Namen aller Dynastien und Ministerpräsidenten auswendig lernen, sonst nichts.«

»Das klingt tatsächlich nicht besonders aufregend. Es wundert mich, dass die Leute sich ohne den leisesten Zweifel mit so hanebüchenen Erklärungen abspeisen lassen. In meiner Heimat ist die Landesgeschichte gleichzeitig die Geschichte des Monokamismus, die in spannenden, bunten Bildern die Irrungen und Wirrungen des Menschengeschlechts beschreibt, sein Straucheln und seine Qual von der Schöpfungsgeschichte bis hin zur letztendlichen Erlösung. Besonders dramatisch geschildert ist der unbarmherzige Kampf des Monokamismus gegen das ›Reich Satans‹ – ein heldenhafter Kampf der Monokamisten, der am Ende des letzten Erdkrieges vor nunmehr etwa eintausend Jahren zur Weltherrschaft führte und gleichzeitig zum weltweiten Beginn des ewigen Paradieses Monokamis.«

»Ebenfalls ein raffiniertes Lügenmärchen, und zwar ein grandioses. Doch ich nehme an, dass nicht einmal die Führer Ihres Zentralrats an diese Geschichte glauben, oder?«

»Tja, das ist schwer zu sagen«, antwortete P zurückhaltend. »Ich persönlich glaube, offen gestanden, nicht daran. Allerdings wird in diesem Punkt auch nicht insistiert, nicht einmal bei den hohen Herren des Zentralrats, denn es ist eine reine Gewissensfrage. Doch Wissenschaften wie Kosmologie, Anthropologie oder Evolutionslehre, die zur Entstehung der Welt, der Entwicklung der Lebewesen und den Anfängen der Menschheit die verschiedensten Theorien aufgestellt haben, werden eher belächelt. Ihre Behauptungen gelten als absurde Ideen, die zwar publiziert werden dürfen, jedoch nur als Hypothesen, also – wie das Wort schon sagt – als hypothetische Spekulationen, die keine Alternative zur heiligen Wahrheit Monokamis darstellen. Diesen unbewiesenen Theorien zufolge soll das Universum vor nunmehr 15 oder 20 Milliarden Jahren durch einen riesigen Knall entstanden sein. Indem es sich immer weiter ausdehnte, gebar es unzählige Sterne, unter anderem die Galaxie der Milchstraße und das Sonnensystem: Es bestand aus einem Stern dieser Milchstraße, der Sonne, und den Planeten, die ihn umkreisen. Auf einem dieser Planeten, und zwar auf der Erde, beziehungsweise der Welt Monokamis, sollen dann vor zwei, drei Milliarden Jahren die ersten sich selbst erhaltenden und vermehrenden Organismen entstanden sein. Es handelte sich um Lebewesen, deren Struktur im Kern ihrer Zellen vorprogrammiert war, doch im Laufe der Jahrtausende passten sie sich Stück für Stück den Veränderungen der Außenwelt an, so dass immer wieder neue Arten von Lebewesen entstanden. Die Theorie, die diese Zusammenhänge erklärt, ist die so genannte Evolutionstheorie. Jedenfalls tauchte nach diesem unvorstellbar langen Entwicklungsprozess dann vor einer Million bis drei Millionen Jahren eine mit dem Affen verwandte Kreatur auf, die erstmals einen aufrechten Gang annahm und als Vorfahr des Menschen bezeichnet werden kann. Im Zuge seiner plötzlichen zerebralen Entwicklung erwarb dieses Geschöpf sprachliche Fähigkeiten und bevölkerte schließlich vor mehreren zehntausend Jahren die Erde in einer Gestalt, die sich von den heutigen Menschen nicht wesentlich unterscheidet. An diesem Punkt beginnt die Geschichte der menschlichen Kultur, die zeitlich in der Geschichte der Erde zwar nur einen winzigen Moment bildet, doch um Ihnen alles ausführlich zu erzählen, ist einfach zu viel an Daten überliefert – da könnte ich reden, bis ich alt und grau bin. Meiner Meinung nach ist die Geschichte der Menschen, wie sie im *Heiligen Kontrakt* steht, nur ein Bruchteil der Menschheitsgeschichte, und zwar durch die Lupe der Monokamisten gesehen, um nicht zu sagen: ein Märchen, das die Weltherrschaft des Monokamismus rechtfertigen soll.«

Andächtig hatte Tauron den Worten des Missionars gelauscht; als P ihn von der anderen Seite des Tisches aus ansah, erinnerten ihn sein unverhältnismäßig großer Kopf und Oberkörper an eine Bronzestatue. Offenbar kamen seine Worte für Tauron einer unglaublichen Offenbarung gleich, deren Ausmaß P sich nicht vorzustellen vermochte, denn er hatte ja lediglich ein wenig von seinem geschichtlichen und naturwissenschaftlichen Wissen aus dem Grundstudium an der Universität hervorgekramt und vereinfacht wiedergegeben. Eine Weile saß Tauron mit verschränkten Armen da und war in nachdenkliches Schweigen versunken; dann löste er seine Arme und wechselte, nun wieder das gewohnte, strahlende Lächeln auf dem Gesicht, die Sitzposition. Er schien plötzlich um ein Stück gewachsen, doch das lag nur daran, dass er jetzt auf seinem Stuhl kniete.

»Was für eine höchst bemerkenswerte Geschichte, die Sie mir da erzählt haben. Mir ist, als habe sich in meinem Innern eine Feder gelöst, die mit Gewalt hineingepresst war, beziehungsweise, als wären alle Schaltungen in meinem Gehirn auf einmal gekappt worden, so unglaublich einfach ist des Rätsels Lösung!«

»Also war meine Darstellung für Sie aufschlussreich?«

»Das kann man wohl sagen.« Taurons Züge entspannten sich in einem sanften Lächeln. »Zwar werde ich sicher noch die eine oder andere Frage an Sie haben, doch das Wesentliche ist mir klar geworden. Es entspricht ungefähr meinen Theorien.«

»Es würde mich sehr interessieren, diese Theorien kennen zu lernen. Meinen Sie, dass Sie den entscheidenden Schlüssel zum Geheimnis der amanonischen Geschichte gefunden haben?«

»Ich denke schon. Wie gesagt, in Amanon gibt es keine geschichtlichen Aufzeichnungen, die dieser Bezeichnung würdig wären. Das liegt daran, dass man beim Zurückverfolgen detaillierter historischer Berichte von der neueren Geschichte bis zur älteren an einem bestimmten Punkt unweigerlich auf eine höchst unliebsame historische Wahrheit stoßen würde. Um dies zu vermeiden, kam man überein, ab der betreffenden Episode alle genauen und detaillierten Dokumente aus privatem und staatlichem Besitz restlos zu vernichten und auch die Episode selbst zu verleugnen und zu vergessen. Auf diese Weise ist die Geschichte unseres Landes bis zur Unkenntlichkeit verwaschen worden – wie ein Bündel alter Zeitungen: vom Regen aufgeweicht und zu Humus geworden, so dass sich mittlerweile kein Mensch mehr dafür interessiert. Doch ich habe nicht aufgegeben, aus diesen verrotteten Dokumenten das gerade noch Lesbare herauszusuchen und zu entschlüsseln, wodurch mein Vorstellungsvermögen über die Jahrzehnte hinweg so effizient wurde, dass sich in meinem Kopf schließlich eine glaubwürdige Geschichte entwickelte. Ihre wichtigsten Punkte lauten wie folgt«, sagte Tauron. Dann begann er, seine Thesen Punkt für Punkt vorzustellen.

1. Über die allgemeine Geschichte der Menschheit und somit auch der Amanonier machten sich die Amanonier bisher kaum Gedanken. Es bestand auch kein Bedarf nach einer Evolutionstheorie über den Ursprung der Menschheit, weil die Menschen einfach schon immer da waren. Nach dem amanonischen Geschichtsverständnis taucht die Prozession der Menschen irgendwann langsam aus dem Nebel der unendlichen Vergangenheit auf, genau wie sie irgendwann auch wieder in den Weiten der unendlichen Zukunft verschwinden wird.

2. Anhand der übrig gebliebenen Dokumente lässt sich die amanonische Geschichte höchstens eintausend Jahre weit zurückverfolgen. Über die historischen Ereignisse vor diesem Zeitpunkt ist ebenso wenig bekannt wie über die völkerkundliche Abstammung und Herkunft der Amanonier. Genauer gesagt blieben derartige Themen bisher von der Forschung ausgeklammert. Deshalb wird die tausendjährige Geschichte in den Schulbüchern so dargestellt, als habe es davor nichts gegeben; auch ihr Ausgangspunkt bleibt nebelhaft, als habe Amanon seit dem Entstehen der Erde durchgehend in unveränderter Form existiert.

3. Es ist anzunehmen, dass vor ungefähr tausend Jahren Folgendes passierte: Um jene Zeit brach ein verheerender Krieg aus, der die ganze Welt in Mitleidenschaft zog. Amanon verlor diesen Krieg oder erlitt eine Invasion (Letzteres ist wahrscheinlicher) und wurde zum Vasallenstaat eines unbekannten Landes. Innerhalb der folgenden einhundert Jahre wurden ungefähr zwei Drittel der Amanonier in dieses Land verschleppt, wo sie als Sklaven Zwangsarbeit leisteten und schließlich ihr Leben lassen mussten, beziehungsweise sich so lange mit den Einheimischen vermischten, bis ihre Rasse nicht mehr existierte. Den wenigen Amanoniern, die in Amanon zurückgeblieben waren, gelang es während einer bislang ungeklärten Naturkatastrophe auf irgendeine Weise, gemeinsam der Welt zu entkommen, die sich bereits unter der Herrschaft des unbekannten Landes befand; sie flohen in eine andere Welt, wo sie ein zweites Amanon gründeten. Diese Staatsgründung erfolgte vor etwa tausend Jahren.

4. Das neue Amanon wurde, bildlich ausgedrückt, in einer riesigen unterirdischen Höhle errichtet, einer Verzweigung eines eingestürzten Lochs der alten Welt, in der man unter Aufbietung aller damals verfügbaren Technologie eine künstliche Umwelt schuf, die ein angenehmes Leben bot, während mächtige Protektoren (deren Funktionsweise heute nicht mehr rekonstruierbar ist) das Land vor Angriffen aus der Alten Welt schützten und ihm innerhalb dieser völligen Abschottung ein fruchtbares, wenn auch eintöniges und abwechlungsarmes Fortbestehen ermöglichten. Deshalb ist die Sonne, die die Amanonier sehen, keine echte, sondern eine künstliche Sonne, und deshalb stehen am Himmel auch keine Sterne, und alles, was wie eine natürliche Landschaft erscheint, ist in Wirklichkeit ein künstlich angelegter Garten.

5. In der Bevölkerung des jungen Landes machte sich bald ein grobes Unverhältnis in der Anzahl der Frauen und Männer bemerkbar, doch es ist ungeklärt, ob das an den schwierigen Umständen der ersten Jahre lag oder bereits zu Zeiten bei der großen Flucht so war. Während die Zahl der Frauen überwältigend zugenommen hatte, war die der Männer bis auf das Minimum herabgesunken, das zur Samenproduktion nötig war. Schließlich wurde die Kontrolle von Bevölkerungs- und Geschlechterverhältnis unter die restriktive Aufsicht des Staates gestellt; als Methode der Fortpflanzung bestimmte man In-vitro-Fertilisation in künstlichen Uteri.

6. Die amanonischen Frauen, die dadurch ihre ursprüngliche Rolle als Schwangere und Gebärende verloren, übernahmen nicht nur in Politik, Wirtschaft und Verwaltung, sondern auch in allen anderen Bereichen die Aufgaben, für die vorher Männer verantwortlich gewesen waren (über diesen Punkt war P durch Taurons ausführliche Darstellung am Vortag bereits informiert).

7. Politisch bildet das gegenwärtige Amanon eine sonderbare Form der Monarchie, die schon seit der Staatsgründung ein Königshaus unterhält, das vermutlich noch aus dem früheren Amanon stammt. Die seit Generationen herrschenden Könige sind aus unerfindlichen Gründen alle Greise unbekannten Alters; manche halten sie sogar für Unsterbliche. Da sie nur einmal im Jahr öffentlich in Erscheinung treten – und zwar an ihrem jeweiligen Geburtstag, zu dem der Ministerpräsident und sein gesamtes Kabinetts stets einen Gratulationsbesuch abstatten – ist ihre Existenz im Volk beinahe völlig in Vergessenheit geraten.

8. Wie Dokumente besagen, soll es Besuchern aus der Außenwelt vor etwa 300 Jahren einmal geglückt sein, nach Amanon zu kommen und eine Audienz beim König zu erhalten. Doch es ist weder geklärt, ob es sich um eine Invasionstruppe oder eine offizielle Delegation handelte, noch unter welchen Umständen und ob sich dieser Besuch überhaupt ereignet hat.

P holte tief Luft. »Je mehr ich über dieses Land erfahre, desto mehr erstaunt es mich«, sagte er ergriffen, doch noch begeisterter als er selbst reagierte Himeco auf Taurons Darstellung:

»Aus Ihren Werken kannte ich das, was Sie uns erzählt haben, als komplizierte wissenschaftliche Abhandlung, die nur Bruchstücke des Themas behandelt, doch durch Ihren Vortrag haben sich die verschiedenen Teile wie ein Puzzle zusammengefügt: zum ersten Mal begreife ich das Ganze in seiner Gesamtheit.«

»Trotzdem ist das noch kein Anlass zu vorschneller Freude«, mahnte Tauron, obwohl ihm Himecos Begeisterung zu schmeicheln schien. »Das alles könnte ebenso gut meiner Einbildung entsprungen sein, denn ich habe keinen einzigen stichhaltigen Beweis. Wenn ich Sie, Padre, nicht getroffen hätte, wäre mein Werk als Ansammlung von Hirngespinsten und sinnlosen Klagen über kurz oder lang auf dem Müll gelandet. Doch was Sie sagen, stimmt glücklicherweise an vielen Stellen mit meinen Theorien überein. Der verheerende Krieg, der die Welt vor etwa tausend Jahren erschütterte, scheint mir eben der Krieg zu sein, den Sie als letzten Erdkrieg der Monokamier gegen das ›Reich Satans‹ bezeichnet haben. Und das unbekannte Land, das ich vorhin erwähnte, muss natürlich das Land der Monokamisten gewesen sein. Nur schwer vorstellbar erscheint mir allerdings unser Amanon als ›Reich Satans‹. Wahrscheinlich hat es sich dabei um eine Großmacht an der Spitze der Vereinten Nichtmonokamistischen Nationen gehandelt, zu denen auch Amanon gehörte. Jedenfalls ist Amanon von den Monokamisten annektiert worden, ob nun durch einen verlorenen Krieg als Alliierter der Vereinten Nichtmonokamistischen Nationen oder durch eine gezielte Invasion der Monokamier. Kurz darauf machten die Anhänger Monokamis sich dann die gesamte Welt untertan. Ich vermute, dass Ihre Vorfahren die militärische und religiöse Weltherrschaft erlangten, indem sie die anderen Staaten rigoros vor die Wahl stellten, entweder den Monokamismus zu akzeptieren, oder anderenfalls von Panzern zermalmt zu werden.«

»Man muss wohl davon ausgehen, dass es sich im Wesentlichen so oder ähnlich zugetragen hat, denn in unserem Heiligen Kontrakt schildert die *Chronik des Heiligen Krieges* den damaligen Kampf, oder besser gesagt: das grausame Metzeln der monokamischen Jünger bis in die elendsten Einzelheiten, auch wenn die Darstellung stellenweise übertrieben sein mag. Der Anführer der Monokamisten während des ›Heiligen Krieges‹ war ein gewisser Hosi Anna. Er hatte von Monokami einen Befehl erhalten, der sich auf Amanonisch etwa wie folgt wiedergeben lässt: *Ich bin mit dir. Deine Worte werden von nun an meine Worte sein. Wer auch immer sich deinen Worten widersetzt und deine Befehle nicht befolgt, den sollst du töten!* Diesen Auftrag setzte Hosi Anna nicht nur gewissenhaft, sondern auch erfolgreich in die Tat um, so erfolgreich, dass die Nachwelt große Erfolge fortan mit dem Freudenruf ›Hosianna!‹ zu feiern pflegte. Auf jeden Fall stieß das von Hosi Anna geführte Heer der Monokamisten gleich einer rasenden Anakonda in alle Winkel der Erdkontinente vor, tötete alle Einheimischen, die sich ihm in den Weg stellten, brannte Städte nieder und begrub die Leichen unter Steinen, kurz gesagt, es verübte die schrecklichsten Massaker. Nachdem die wütende Riesenschlange sich alle Kontinente einverleibt hatte, wuchsen ihr acht Köpfe, aus denen sie in alle Richtungen Feuer speiend weiterzog, um auch die letzten auf den Inseln rund um die Kontinente verbliebenen Feinde zu zerschlagen. Doch bei aufmerksamer Lektüre der *Chronik des Heiligen Krieges*, in der diese Ereignisse ausführlich beschrieben sind, fällt auf, dass in Wirklichkeit gar nicht alle Feinde umgebracht wurden, sondern offenbar nur die Männer, wobei im Besonderen die erwachsenen Männer ausnahmslos getötet wurden. Frauen und Kinder hingegen, so ist dort zu lesen, wurden zum Teil versklavt. Außerdem, so heißt es weiter, wurden alle schwangeren Frauen getötet und die restlichen den monokamischen Männern überlassen. Dies scheint mir ein wichtiger Hinweis zu sein. Vielleicht war es nämlich wirklich so, dass die meisten der männlichen Amanonier in diesem ›Heiligen Krieg‹ ermordet wurden und das heutige Amanon der Staat ist, den die überlebenden Frauen, ganz wie Sie sagten, nach ihrer Flucht aus der Welt Monokamis tief unter der Erde errichteten. Das wäre die Theorie, die mir dazu einfiele.«

»Sehr einleuchtend«, nickte Tauron mit verschränkten Armen; dann jedoch fügte er hinzu, dass die Sache womöglich noch einen anderen Aspekt habe. »Und zwar einen, über den Fragmente alter Legenden Aufschluss geben, bei denen es sich sozusagen um die Mythologie Amanons handelt. Darin tauchen nämlich häufig Episoden auf, in denen die mutmaßlichen Vorfahren der Amanonier von den Göttern gefangen und einer Zirkumzision unterzogen wurden.«

»Was ist denn eine Zirkumzision?«, erkundigte sich P.

Tauron erklärte es ihm und fuhr dann fort: »Soweit ich weiß, wurden diese Beschneidungen im Altertum vorgenommen und sind auch heute noch bei einigen unkultivierten Völkern üblich. Freilich nicht im heutigen Amanon.«

»Aber natürlich, jetzt fällt es mir wieder ein: Auch in der *Chronik des Heiligen Krieges* wird beschrieben, wie die von Hosi Anna geführten Monokamier gegenseitig Beschneidungen an sich vornahmen. Also gab es diese unter den alten Monokamisten doch! Allerdings wäre mir neu, dass sie auch an fremden Völkern Beschneidungen vornahmen. Vielleicht waren das …« P verstummte, denn es schien ihm ungehörig, das auszusprechen, was er vermutete.

»Ich schätze, mir ist der gleiche Gedanke gekommen wie Ihnen«, kam Tauron ihm zu Hilfe. »Und zwar, dass in den Berichten zwar von Zirkumzisionen die Rede ist, dabei jedoch eventuell nur der Terminus verwechselt wurde und es sich in Wirklichkeit um Kastrationen gehandelt hat. In Wahrheit wurden die Amanonier irgendwann von den ›Göttern‹ gefangen und wie Haustiere kastriert. Daraus wurden dann in der Überlieferung Zirkumzisionen, also bloße Beschneidungen der Vorhaut.«

»Damit würde alles zusammenpassen«, bestätigte P. »In der *Chronik des Heiligen Krieges* steht, dass Hosi Annas Heerscharen in den eroberten Städten die Männer oft kastriert haben statt sie zu töten.«

»Also wurden die amanonischen Männer von den Monokamisten entweder getötet oder kastriert. Wahrscheinlich hat auch die heute noch verbreitete Sitte, durch operative Kastration zum Laotan zu werden, in dieser geschichtlichen Tradition ihren Ursprung.«

Nach dieser letzten Bemerkung rief Tauron eine junge Servantin herbei und trug ihr auf, den Tisch so herzurichten, dass man vom Frühstück direkt zum Mittagessen übergehen konnte, denn P hatte vor, sich am frühen Nachmittag wieder zu verabschieden. Dann setzte sich Tauron aufrecht hin und wandte sich mit ernster Miene an P.

»Da uns heute nicht mehr viel Zeit bleibt, möchte ich nun ohne Umschweife zum Kernpunkt unseres Gesprächs kommen und Sie fragen, wie Ihre weiteren Pläne in diesem Land aussehen.«

»Desgleichen wollte ich eigentlich Sie fragen, in welche Richtung Ihre Gedanken letztlich schweifen und ob Sie vielleicht insgeheim eine Art Revolution planen …«

»Tja, eine Revolution …«, wiederholte Tauron unbewegt. »Meiner Meinung nach ist das zwar nichts als ein anderes Wort für eine sinnlose Illusion, doch ich muss zugeben, dass ich gegen diese Art illusionärer Träumereien nicht völlig gefeit bin. Möglicherweise können Sie sich ja vorstellen, wie meine Illusion aussieht?«

»Vielleicht so wie meine«, entgegnete P mit vielsagendem Lächeln. »Wenn Sie mich fragen, kann Revolution eigentlich nur eine Bedeutung haben, und zwar Amanon wieder zu dem zu machen, was es vor Urzeiten einmal war, nämlich ein normales Land, wo Männer leben und wo Männer regieren. Schließlich ist jede Revolution letztlich nur eine Wiederherstellung früherer Zustände.«

»Ganz Ihrer Meinung. Und wie geht es dann weiter?«

»Ja, dann …«, wollte P fortfahren, doch hielt er inne und tat so, als müsse er nachdenken; offenbar wollte er seinem Gastgeber den Vortritt lassen.

Und Tauron spann in der Tat den Faden weiter. »Das erste Ziel der Revolution ist die völlige Umkehr der Geschlechterverhältnisse im Inland, und das zweite die Rückkehr der Amanonier in die oberirdische Welt, die heutige Welt der Monokamisten, wo eine richtige Sonne scheint. Ich meine damit, wir Amanonier sollten aus unserem Loch hervorkriechen und uns Lebensraum an der Erdoberfläche sichern, entweder durch Widerstand und Krieg gegen die Vorherrschaft der Monokamisten oder durch Verhandlungen.«

»Ihrer Meinung nach hat die amanonische Revolution also eine nationale und eine internationale Seite. Das liefe auf eine Zweiphasenrevolution hinaus, bei der zuerst die nationale Stufe erfolgt und dann die internationale. Übrigens, könnte das Lieblingsthema von Ministerpräsident Yumicos, die Intergenese, etwas mit dieser zweiten Stufe zu tun haben?«

»Nein, der Ministerpräsident hat von den wahren Zusammenhängen keine Ahnung. Auch nicht von der der ersten Stufe, die ich als *He-Revolution* bezeichne. Yumicos vage Kenntnis meiner Werke hat sie auf die fixe Idee gebracht, das Land irgendwie internationaler zu machen und wieder Beziehungen zur Außenwelt anzuknüpfen. Es ist ihr zwar hoch anzurechnen, dass sie die Existenz der Außenwelt überhaupt akzeptiert, doch da ihr Wissen über diesen Punkt nicht hinausgeht, kann sie niemanden so recht von ihrer Intergenese überzeugen. Von meinen Revolutionsplänen, oder besser gesagt, von meiner Illusion habe ich ihr niemals Genaueres erzählt. Das hätte auch wenig Sinn, wie Sie sich sicher denken können.«

»Ja, das kann ich mir denken. Und eines stelle ich mir besonders schwierig vor.« P versuchte angestrengt, das Gespräch in konkretere Bahnen zu lenken. »Und zwar, allein schon für die erste Stufe der Revolution einen Einstieg zu finden. Es würde mich freuen zu hören, an welche Taktik Sie hier gedacht haben.«

»Leider habe ich keine. Deshalb nannte ich es auch nur eine Illusion.«

»Dann lassen Sie mich Ihnen sagen, was mir im Moment vorschwebt. Um die nötigen Vorraussetzungen für eine ›Männer-Revolution‹ oder eine *He-Revolution*, wie Sie es nennen, zu schaffen, möchte ich die monokamische Mission einsetzen. Zwar habe ich es noch nicht bis in alle Einzelheiten durchdacht, doch ich möchte die Mission in etwa so aufziehen, dass ich Monokami als männlichen Gott präsentiere und mich selbst als seinen auf die Erde gesandten Sohn. Das heißt, ich würde den Amanonierinnen als übermächtige Verkörperung des Männlichen entgegentreten. So werde ich diese drohnen- und ameisenhaften Existenzen, die ihr wahres Geschlecht vergessen haben, daran erinnern, dass sie Frauen sind. Insofern könnte man diese ›Männer-Revolution‹ gleichzeitig auch als ›Frauen-Revolution‹ bezeichnen. Zusammen ergäbe das eine ›Geschlechter-Revolution‹, also einen Umsturz, der die Geschlechter zu neuem Leben erweckt. Die Frage ist nur, wie macht man aus einer Frau eine Frau? Als grundsätzlicher Plan schwebt mir momentan vor, die Amanonierinnen persönlich im Sex zu unterweisen, um in ihnen die Lust zu erwecken, denn das scheint mir hier, in diesem Land voller Frauen, der natürlichste Weg zu sein.«

»Meine Hochachtung, Padre«. Tauron seufzte. »Eine ähnliche Idee hatte ich auch einmal. Doch es blieb eben nur bei der Idee, denn ich selbst konnte mich nicht überwinden, etwas davon auch nur im Ansatz umzusetzen. Sie jedoch besitzen die erstaunliche Vitalität und beinahe tollkühne Aggressivität jenes Hosi Anna, von der ein alter Knochen wie ich nur träumen kann.«

»So? Den Eindruck hatte ich eigentlich nicht, als ich gestern das eindrucksvolle und erhabene Symbol Ihrer Männlichkeit in Augenschein nahm. Außerdem verleiht Ihnen das Alter eine Würde, um die ich Sie nur beneiden kann. Sie müssen wissen, dass unsere Missionen normalerweise von alten Heiligen angeführt werden, die eine ähnliche Kraft und Würde ausstrahlen wie Sie. Und die besten Erfolge haben wir mit einem Dreigestirn aus einem alten Heiligen, einem kräftigen Jünger und einer jungen Novizin erzielt.«

»Sogar einen wie mich würden Sie für Ihre Zwecke einspannen? Hut ab! So ein gewieftes Engagement hätte ich Ihnen nicht zugetraut.«

»Ich bin mir nicht sicher, ob Sie das ironisch meinen oder als Kompliment, aber mir scheint, Sie überschätzen mich«, erwiderte P lächelnd, ohne sich aus der Ruhe bringen zu lassen. »Mit Hosi Anna habe ich rein gar nichts gemein, denn es würde mir nie in den Sinn kommen, aller Unbill zum Trotz für ein bestimmtes Ziel mein Leben aufs Spiel zu setzen. Dazu mangelt es mir wahrscheinlich an der nötigen Ernsthaftigkeit – genau dafür hat mich vor meiner Abfahrt mein Pfarrlehrer noch streng getadelt. Offenbar bin ich vom Ideal eines monokamischen Missionars weit entfernt. Ich will nicht arrogant klingen, aber um trotzdem meinen bescheidenen Teil beizutragen, habe ich vor, die Mission künftig nach meinem eigenen Stil durchzuführen, und zwar nach der Methode, die mir am wirksamsten erscheint. Den Verkehr mit den Amanonierinnen zum Zwecke der Belehrung hat der Kirchenvorstand mir bereits genehmigt. Mit anderen Worten, ich möchte die Mission so gestalten, dass sie meinem Geschmack und meinen Ansprüchen genügt. Dafür erwarte ich zwar nicht unbedingt Ihre direkte Mitarbeit, doch ich möchte Sie bitten, meine Vorgehensweise, so extravagant sie auf den ersten Blick auch erscheinen mag, erst einmal mit Nachsicht und Verständnis zu betrachten und, wenn es geht, auch beim Ministerpräsidenten ein gutes Wort für mich einzulegen.«

»Solange es der Realisierung unserer gemeinsamen Ziele dient, können Sie mit meinem Verständnis rechnen«, versprach Tauron. »Unser erstes Ziel ist also die *He-Revolution*, nicht wahr?«

»Genau.«

»Dann trifft es sich ja gut, dass soeben unser edler Dessertwein serviert wurde: mit dem wollen wir gleich einmal auf die Zukunft unserer gemeinsamen Illusion anstoßen!«

»Und auf den Tag, an dem diese Illusion wahr wird.«

»Stößt du mit uns an, Himeco?«, fragte Tauron.

»Aber ja, auf so einen spannenden Plan stoße ich gern mit an. Zum Wohl!« Die runden Augen von erhitztem Glanz erfüllt, stürzte Himeco den sonnengoldenen Dessertwein in einem Zug hinunter.

»Du wirst dabei bestimmt eine tragende Rolle spielen«, sagte Tauron.

»Ganz recht«, nickte P. »Gerade neulich, als ich etwas über die alten Religionen Amanons las, stieß ich auf die Existenz spirituell begabter Tempelmädchen, deren Einsatz ich mir ganz reizvoll vorstelle – auch wenn es solche ›Spiritistinnen‹ im Monokamismus eigentlich nicht gibt. Und zwar könnten diese Spiritistinnen die göttliche Botschaft empfangen, indem sie sich körperlich mit Monokami vereinen, beziehungsweise mit mir als dessen angeblichem Sohn, und dann in einen entrückten Zustand geraten, aus welchem heraus sie anderen die Botschaft verkünden. Oder vielleicht eignen sich auch gewisse Dienste durch Hand oder Mund der Spiritistinnen, um gläubige Anhänger und andere Zuschauer in einen entrückten Zustand zu versetzen, beziehungsweise um neue Anhänger zu gewinnen und in unseren Bann zu ziehen.«

»Ihr Einfallsreichtum kennt offenbar keine Grenzen«, sagte Tauron ehrfürchtig.

»Ach, es ist vorerst nichts weiter als ein Gedanke.«

»Doch mit Himeco als einziger Spiritistin werden Sie nicht weit kommen. Für die Rollen weiterer Spiritistinnen oder Jünger Monokamis bräuchten Sie eine Gruppe spezieller Anhänger, die Ihnen hilft. Die Rekrutierung solcher Leute dürfte eine erste große Hürde darstellen.«

»In diesem Punkt bin ich recht optimistisch.«

»Sie haben wohl schon einen geheimen Plan?«

»Keinen richtigen Plan, aber eine ebenso simple wie praktische Idee«, sagte P und begann, sein Vorhaben zu erklären, als handle es sich um eine reine Selbstverständlichkeit. »Und zwar dachte ich daran, mir die erforderlichen Leute über eine Serviceagentur zu beschaffen, denn das Wunderbare an diesem Land ist ja, dass man gegen Maney jede Art von Dienstleistung bekommen kann. Und Maney habe ich Monokami sei Dank mehr als genug. Wenn ich genug investiere, könnten die gemieteten Servanten für mich als Spiritistinnen und feste Glaubensgemeinde auftreten. Wenn nötig, könnte ich sogar die normalen Gläubigen bei einer Serviceagentur bestellen.«

»Ein ganzer Haufen Lockvögel«, rief Himeco begeistert.

»Was sind denn Lockvögel?«

»Mit diesem altamanonischen Ausdruck aus Dr. Taurons Werk bezeichnet man Verbündete eines Straßenhändlers, die so tun, als wären sie normale Kunden, und andere Kunden zum Kauf animieren, indem sie dem Händler als Erste etwas abkaufen. Insofern wären die Anhänger, die du dir mit Maney beschaffen willst, alles Lockvögel.«

»Hmm, Lockvögel also«, nickte auch Tauron, der nicht wusste, ob er P's Idee schockierend oder genial finden sollte.

»Ich denke schon seit langem, dass das der schnellste und sicherste Weg ist«, fuhr P ernst fort. »Zwar könnte ich ebenso gut Trottoirpredigten in der Stadt halten oder Leute, die zufällig in die Kirche kommen, zu bekehren versuchen, aber das wäre eine schrecklich langwierige Sache und würde kurzfristig bestimmt nicht zum gewünschten Erfolg führen. Für eine umfassende Missionierung der Amanonierinnen braucht es eine Strategie, die genau auf dieses Land zugeschnitten ist: Mit den Wölfen sollst du heulen, wie es so schön heißt.«

»Gut, ich weiß nun, dass Sie Ihre unüberschaubaren Reichtümer investieren und Lockvögel anheuern wollen, doch wie soll es dann konkret weitergehen?«, fragte Tauron.

»Im Moment schwebt mir eine extensive Nutzung des Fernsehens vor, obwohl ich das natürlich erst noch mit meiner Serviceagentur klären muss. Es müsste zum Beispiel möglich sein, eine Sendung zu kaufen, in der man dann verschiedene Rituale überträgt. Auch meine Predigten würde ich fernsehgerecht umgestalten. Den Anlass für diese Idee gab eigentlich schon mein erster Besuch im Haus einer Fischerfrau gleich nach meiner Ankunft, wo ich Kinder vor dem Fernseher sitzen sah, die aussahen, als säßen sie betend vor einem Altar. Da dachte ich mir, wenn das eine Art Altar ist, dann könnte ich mich ebenso gut selber darin präsentieren und auf einen Schlag eine Menge Leute erreichen.«

»Dann wünsche ich Ihnen viel Erfolg«, sagte Tauron, doch offenbar hatten seine Kräfte ihre Grenze erreicht, wie seine zunehmende Schweigsamkeit und der schwermütige Ausdruck auf seinen Zügen gegen Ende des Gesprächs bekundeten. Zweifellos war das seit gestern andauernde Marathongespräch bereits eine ausreichende Belastung für den hochbetagten Wissenschaftler; zu seiner Erschöpfung mussten die Aufregung und der Schlafmangel der vergangenen Nacht ihr Übriges beigetragen haben, wenn man davon ausging, dass er via Fernüberwacher den grandiosen Ringkampf zwischen P und Hirocon verfolgt hatte. P nahm an, dass es langsam Zeit zum Gehen sei; nachdem er sich höflich von Tauron verabschiedet und ihm nochmals für seine detaillierten Informationen zum Geheimnis der Landesgeschichte und der Frauenherrschaft gedankt hatte, kehrte er dem Chalet in den Bergen den Rücken, um den Heimweg anzutreten, für den er diesmal den unterirdischen Sonderexpresszug nehmen wollte. Zum Abschied begleitete Tauron ihn noch bis zum Tor, wo er ihn einlud, jederzeit wiederzukommen, falls er noch Fragen habe. Als P und Himeco in das Cybermobil stiegen, das sie zum Bahnhof bringen sollte, hob Tauron salutierend eine Hand an die Schläfe; unwillkürlich grüßte P auf gleiche Weise zurück.

Der Sonderexpresszug fuhr in den Bahnhof ein wie eine lange Raupe. Ein seltsames Leuchten umgab den gesamten Zug. Die Wagen selbst bestanden aus halbdurchsichtigen, kapselartigen Abteilen. P und Himeco entschieden sich für ein Zweierabteil der Luxusklasse mit zwei nebeneinander liegenden schalenartigen Liegesitzen, in die ihre Körper wie durch Luftdruck fest hineingepresst wurden.

»Ich komme mir vor wie in einem Sarg.« Himeco musste ihren Oberkörper verdrehen, um den Kopf an P's Brust zu legen.

»Wenn die Sitze nicht getrennt wären, könntest du jetzt in meinen Armen schlafen«, sagte P.

Himeco schnellte aus ihrem Sitz hoch. »Dafür gibt es bestimmt Privatabteile mit Doppelbett«, rief sie und verhandelte sogleich vom Zugtelefon aus mit dem Schaffner. Kurz darauf wurden die beiden zu einem anderen Privatabteil ohne durchsichtige Wände gebracht, in dem ein großes, ovales Doppelbett stand.

»Oh ja, da drin lässt es sich bestimmt prima Arm in Arm schlafen.«

»Vor der Ankunft in Tokiyo werden die Herrschaften telefonisch geweckt. Einen angenehmen Aufenthalt an Bord.« Mit diesen Worten zog sich der Schaffner zurück. Himeco zog ihre Jacke aus und legte sich auf das Bett. P folgte ihrem Beispiel. Dann schob er seinen linken Arm unter Himecos Kopf und zog sie ganz nah zu sich heran, so dass er ihre zitternden langen Wimpern und die von zartem Rosahauch überzogenen Porzellanwangen wie in Großaufnahme betrachten konnte. Als er ohne spezielle Hintergedanken ihre Lippen küsste, die wie zartes Fruchtfleisch aussahen, leistete Himeco keinerlei Widerstand und erwiderte den Kuss, als sei es eine Form der herzlichen Begrüßung.

»Wie fühlst du dich?«

»Wunderbar. Und du?«

»Wie dein Vater. Als schliefe ich mit meiner großen Tochter im Arm.«

Himeco dachte einen Augenblick mit gespitzten Lippen nach.

»Na ja, was heißt Vater«, fügte P hinzu. »Ihr Amanonierinnen kennt eure Väter ja nicht, geschweige denn ein Zusammenleben mit ihnen.«

»Das stimmt. Tja …«, sagte Himeco gedankenversunken. »So fühlt man sich also, wenn man mit seinem Vater beisammen ist?«

»Wie denn?«

»Einerseits geborgen, aber andererseits auch etwas bange vor dem, was er einem Schlimmes antun könnte …«

»Keine Angst, ich habe nichts Schlimmes im Sinn, ganz bestimmt nicht.«

»Du kannst gern alles tun, was du willst … Obwohl – ach, ich weiß nicht. Was machen die Väter in Monokamien denn mit ihren Töchtern?«

»Solange sie noch klein sind, halten sie ihre Töchter beim Schlafen im Arm, genau wie jetzt. Doch wenn sie groß geworden sind, nicht mehr. Das heißt, dann dürfen sie es gar nicht mehr.«

»Und wieso nicht?«

»Weil Sex zwischen direkten Verwandten wie Vater und Tochter, Mutter und Sohn sowie Bruder und Schwester strikt verboten ist, zumindest in der Welt Monokamis. Ich glaube, auf Altamanonisch nannte man es Blutschande oder so.«

»Ah, du meinst sicher das ›Inzesttabu‹. Den Ausdruck kenne ich aus Taurons Büchern, aber so recht verstanden habe ich ihn nie. Na ja, hier in Amanon müssen wir uns über Blutschande keine Gedanken machen, weil es ja keine Väter oder Brüder mehr gibt.«

»Tja, und offiziell sowieso keinen Sex zwischen Mann und Frau.«

»Ich glaube, ich fände es gar nicht übel, wenn du mein Vater würdest.«

»Das stellst du dir vielleicht ein bisschen zu einfach vor. Nach den monokamischen Gesetzen kann ein Mann zwar als Pflegevater eine Adoptivtochter haben, aber in Amanon herrschen schließlich ganz andere Zustände.«

»Dann bist du eben nur für mich mein Vater. Wie sagt man denn zu seinem Vater?«

»Dafür gab es im Altamanonischen die verschiedensten Bezeichnungen, zum Beispiel *Vater*, *Vati*, *Papa* oder *Papi*. Zu dir passt vielleicht *Papa* am besten.«

»*Papa* also. Klingt gut. Tausendmal besser als *Padre*! Von jetzt an werde ich dich also Papa nennen. Das können dann nur wir beide verstehen und niemand anders, wie eine geheime Parole.«

»Ja, gefällt mir auch«, sagte P und strich Himeco übers Haar. »Trotzdem, das macht mich nicht zu deinem Vater. Ein Vater streicht seiner Tochter zwar auch mal übers Haar, doch wenn du meine Sec bist, wird es dabei ja nicht bleiben, weißt du?«

»Ich weiß. Ich soll deine Geliebte sein, nicht wahr?«

»Geliebte! Es erschreckt mich jedes Mal, wenn du das so unbekümmert sagst. Weißt du überhaupt, was das Wort bedeutet?«

»Hm, du wirst es mir wohl erklären müssen …«, wich Himeco seiner Frage mit bedeutungsvollem Lächeln aus.

»Das werde ich schon tun, wenn es an der Zeit ist.«

»Du Papa, darf ich ein bisschen schlafen? Es ist noch mehr als eine Stunde bis Tokiyo.«

Himeco rollte sich in P's Armen zusammen; bald darauf hörte er an ihren gleichmäßigen Atemzügen, dass sie bereits eingeschlafen war.

12. KAPITEL

Eine Nacht mit Miyacos

Bald darauf tagte die Intergenese-Forschungskommission zum zweiten Mal. Etwa zwei Wochen zuvor hatte P eine vom Ausschussvorsitzenden Hócanon unterzeichnete Einladung erhalten, so dass er abermals teilnahm. Diesmal dauerte die Sitzung weniger lange; nachdem ein Gastredner einen Vortrag mit dem Titel »Historische Rundschau der Intergenese« gehalten hatte, folgten eine Fragestunde und ein gemeinsames Brainstormen, in dessen Verlauf P ein oder zweimal Gelegenheit hatte, das Wort zu ergreifen. Als Hócanon für das nächste geplante Treffen ein Hearing zu einem weiteren Thema angekündigt und dann die Sitzung für geschlossen erklärt hatte, wollte P sich zum Gehen wenden; da sprach ihn von hinten Vizeregierungssprecher Miyacos an, die ebenfalls zur Kommission gehörte und noch etwas Dringendes mit P zu besprechen hatte, wie sie sagte.

»Aber sehr gern. Vielleicht gehen wir irgendwo etwas trinken?«, schlug P vor. Bei diesem Angebot malte sich offene Freude auf Miyacos Gesicht, das man mit Fug und Recht als bildschön bezeichnen konnte.

»Ja, das wäre Klasse. Aber hier in der Stadthalle werden wir zu sehr beobachtet. Wenn du nichts dagegen hast, gehen wir vielleicht besser zu dir nach Hause.«

»Klar, kein Problem«, versuchte P seine Sprechweise der seines Gegenübers anzupassen.

»Es handelt sich eher um eine Privatangelegenheit«, gestand Miyacos mit leichter Verlegenheit.

In diesem Augenblick fiel P abermals auf, dass sie weitaus größer war als die meisten Amanonier, beziehungsweise Amanonierinnen; und nun, da er endlich wusste, dass die meisten Mitglieder der Regierung und anderen Leute in Wirklichkeit Frauen waren, bemerkte er erst, dass Miyacos mit ihrer goldgerahmten Brille und den intelligenten Zügen eine durchaus attraktive Frau in den Dreißigern war. Für einen Moment vergaß P, dass er sich in Amanon befand, und war ganz berauscht von der Vorstellung, was sich möglicherweise zwischen ihnen abspielen würde, wenn er sie mit nach Hause nähme; ein solches Gefühl hatte er schon lange nicht mehr gehabt. Andererseits war es denkbar, dass sie in ihrer elitären Stellung als Regierungspolitiker ebenso wie die anderen Mitglieder der Intelligenzia durch und durch geschlechtslos geworden war, völlig ohne Bewusstsein für die eigene Weiblichkeit. Hastig verscheuchte er diesen Gedanken.

Es war nicht nur Miyacos erster Besuch bei P, sondern überhaupt das erste Mal, dass ein Regierungsmitglied seine Wohnung betrat. Sofort ließ P eine Flasche von seinem besten Schampagner holen, doch Miyacos hatte nur Augen für Himeco, die sich mittlerweile zu ihnen gesellt hatte.

»Das ist aber nicht die Sec, die du neulich beim Lunch mit dem Premier dabei hattest, oder?«

»Du hast ein gutes Gedächtnis. Die von neulich war eigentlich nur eine Aushilfssec von meiner Serviceagentur. Das hier ist Himeco, meine richtige Sec.«

»Oho. Die könnte glatt Marico Konkurrenz machen, der Lieblingssec des Premiers. Nein, ich muss sagen, sie übertrifft sie sogar noch, wenn du mich fragst.« Miyacos machte aus ihrem Neid und eindeutigem Interesse an Himeco keinen Hehl, doch das störte P kaum, da er nun wusste, dass er es mit einer Frau zu tun hatte.

»Damals hast du noch gesagt, Marico sei die atemberaubendste Schönheit, die dir in Amanon je begegnet sei«, fuhr Miyacos fort.

»Schon, aber um genau zu sein, sprach ich davon, bereits zweimal meines Atems beraubt worden zu sein. Und zwar zum ersten Mal von Himeco.«

»Stimmt, so sagtest du. Ich erinnere mich.« Miyacos gelang es nur schwer, ihren Blick von Himeco zu lösen, doch dann riss sie sich zusammen, als sei ihr mit einem Mal wieder der eigentliche Grund ihres Besuchs eingefallen. »Nun, um gleich zur Sache zu kommen: Ich wollte mit dir darüber sprechen, dass ich gern für dich arbeiten würde.«

»Aber was ist mit deinem leitenden Posten als Vizeregierungssprecher – den willst du doch nicht etwa aufgeben?«

»Doch, ganz genau das habe ich vor«, erwiderte Miyacos gelassen. »Ich wollte eh demnächst aufhören. Und das habe ich nicht einfach aus dem Bauch heraus entschieden, sondern nach reiflicher Überlegung. Yumicos ist jetzt in ihrer zweiten Amtszeit und hat noch ein Jahr als Premier vor sich, doch selbst wenn sie eine Wiederwahl anstrebt, ist sie doch ein ziemlich abgewrackter Kahn – einer, der jederzeit untergehen kann. Meinst du, ich hab Lust, ihr bis zum bitteren Ende die Stange zu halten und an ihrer Seite unterzugehen? Nein danke, dazu bin ich noch zu jung, und in beruflicher und finanzieller Hinsicht wäre jetzt genau der richtige Zeitpunkt, getrennte Wege einzuschlagen. Im Moment will ich mich erst mal aufs Maneyverdienen konzentrieren. Deshalb hab ich mich gefragt, ob ich bei dir vielleicht die Promo übernehmen könnte …«

»Die Promo? Was ist denn das nun schon wieder?«, fragte P zurück; allmählich ging ihm Miyacos aufdringlich familiärer Ton auf die Nerven.

»Das ist die Abkürzung von Promotion, und Promotion bedeutet in dem Fall, dass ich dir alle Arbeiten abnehmen würde, die für dein Unternehmen notwendig sind, von Strategieentwürfen über Geschäftsverhandlungen bis hin zu Personalentscheidungen und anderen internen Verwaltungsfragen. Denn du bist schließlich nicht nur Kapitalgeber und Boss der Monokami AG, sondern hast daneben ja noch andere spezielle Pflichten als Abgesandter Monokamis beziehungsweise Sektenchef oder Priester. Da solltest du die Promo lieber einem Fachmann überlassen. Zufällig war ich bis zu meiner Ernennung als Vizeregierungssprecher stellvertretender Direktor einer Werbefirma. Ich bin sicher, dass ich der richtige Mann für dich wäre.«

»Ja, wirklich, das klingt sehr verlockend«, sagte P. »Es wäre mir eine große Hilfe, wenn ich meine Promo, oder wie du es nennst, einem Profi wie dir überlassen könnte. Ich denke schon, dass wir miteinander ins Geschäft kommen können. Allerdings hätte ich bestimmte Bedingungen und außerdem ein paar Fragen, die ich vorher gern mit dir klären würde.«

»Nur zu. Bedingungen habe ich selber auch noch, und deine Fragen werde ich so gut es geht beantworten.«

»Also, gut: Was weißt du über meine Geschäfte, und von wem weißt du es?«

»Konkret bin ich über deine Geschäfte nicht informiert. Aber es ist kein Geheimnis, dass es sich um die Verbreitung des Monokamismus handelt, also im Prinzip um die gleiche Arbeit wie in der Werbebranche, wenn man so will. Deshalb dachte ich ja, dass ich der Richtige dafür wäre. Ach ja, und dann weiß ich noch, dass du enorme Summen in deine Mission investieren und sie in einem ganz neuen Stil aufziehen willst, nicht so wie die bisherigen Religionen. Das habe ich von Yumicos, und die hat es offenbar aus einem Bericht von Tauron.«

»Ist denn der Premier überhaupt damit einverstanden, dass du dein Amt abgeben und bei mir arbeiten willst?«

»Na klar, keine Sorge. Das habe ich schon mit Yumicos abgeklärt. Sonst hätte ich dir den Vorschlag doch gar nicht erst gemacht. Unter uns gesagt wäre sie sogar selber nicht abgeneigt, nach ihrem Ausscheiden aus der Politik bei dir einen unternehmensstärkenden Posten als Sonderberater oder Mentor zu übernehmen, denn für einen zurückgetretenen Ministerpräsidenten ist das kein schlechter Job. Auch für dich wäre es nicht unvorteilhaft, einen ehemaligen Premier zum Berater zu haben. Ihr würdet beide davon profitieren.«

Je länger P mit Miyacos sprach, desto mehr hatte er das Gefühl, ein zwar durchaus intelligentes, aber doch höchst naives und argloses Kind vor sich zu haben. Vermutlich spielte dabei auch die typisch infantile Ausdrucksweise der Proms eine Rolle, doch P war sicher, dass die Menschen in dieser Gesellschaft, die faktisch nur aus Frauen bestand, entweder nie zur Reife gelangten oder nur zu einer Reife auf Kindergartenniveau. Während er über seine Theorie nachdachte, trank Miyacos in steifer Haltung den Schaumwein, von dem Himeco ihr ab und zu nachschenkte; offensichtlich war sie bemüht, auf ihren zukünftigen Arbeitgeber einen guten Eindruck zu machen. Das gefiel P, und er reichte ihr die Hand, um das Geschäft zu besiegeln.

»Danke«, sagte Miyacos und erhob sich, um ihm ebenfalls die Hand zu geben; wie erwartet war es die weiche, feingliedrige Hand einer Frau. Als sie voreinander standen, zog P sie an sich und umarmte sie freundschaftlich. Er ging sogar so weit, ihr sanft den Rücken zu tätscheln und sie auf beide Wangen zu küssen, doch Miyacos machte keine Anstalten, sich zu versteifen oder seiner Umarmung zu entziehen. Offenbar hielt sie dies alles für die monokamische Etikette.

»Danke«, wiederholte Miyacos nochmals und setzte sich wieder. »Übrigens, was für Bedingungen wolltest du stellen?«

»Dass du nicht nur die Promo für mich machst, sondern mir daneben auch körperliche Freuden bereitest.«

»Denkst du vielleicht an eine Art Sport?«

»Na ja, an etwas Ähnliches.«

»Gut, aber ich kann dir nicht versprechen, dass ich mich dabei geschickt anstelle«, lautete Miyacos arglose Antwort. »Außerdem muss das im Vertrag unmissverständlich geregelt sein. Nicht, dass es hinterher Trouble gibt.«

Danach hörte sich P Miyacos Bedingungen an und ließ sie von Castanon schriftlich festhalten; da es keine überzogenen Forderungen waren, sah es so aus, als würde der Vertrag auch hinsichtlich Ablösesumme und Gehalt im Großen und Ganzen Miyacos Vorstellungen entsprechend zustande kommen. Man einigte sich darauf, für den offiziellen Vertragsabschluss einen Extratermin festzusetzen und zunächst gemeinsam zu Abend zu essen. Während der Mahlzeit sprachen sie über alles Mögliche, ohne dass die konkreten Pläne der Mission zur Sprache kamen; weder erwähnte P sie, noch schien Miyacos daran interessiert zu sein. Das Gespräch drehte sich von Anfang bis Ende um regierungsinterne Angelegenheiten und Abgeordnetentratsch.

»Eine recht geschwätzige Person, wenn Sie meine bescheidene Meinung hören möchten«, kommentierte Castanon, nachdem Miyacos gegangen war.

»Zumindest nicht eben schweigsam.«

»Anscheinend strebt sie insgeheim eine Trennung von Yumicos an, deren Sec sie in ihrer Jugend gewesen sein soll. Das ist zwar kein direkter Verrat, aber als Überläuferin kann man sie schon bezeichnen.«

»Und wenn schon«, erklärte P. »Wahrscheinlich würde Miyacos bei der nächsten Gelegenheit ebenso von mir wieder auf jemand anders umsatteln. Für mich ist es die Hauptsache, dass er, nein, dass *sie* sich als tüchtig erweist und ihre Arbeit ordentlich erledigt. Übrigens, darf sie überhaupt meine Sec werden, wenn sie früher einmal die von Yumicos war? Oder wäre es undenkbar, in ihrem Alter noch als Sec zu arbeiten?«

»Also, undenkbar nicht gerade, aber …« Castanon wollte nicht recht mit der Sprache heraus.

»Sie ist doch erst Anfang dreißig. Noch ziemlich jung, oder?«

»Na ja, wer als rechtschaffener Prom gelten will, hat eine Sec weit unter zwanzig oder höchstens Anfang zwanzig, aber keine ältere, denn das gilt schon als sonderbar. Auch wenn eine Sec noch als Kind zu einem Prom kommt und dann sehr lange bei ihm bleibt, finden die Leute das nicht etwa anrührend, sondern eher seltsam.«

»Was sind denn das für Freuden, die dir Miyacos bereiten soll?«, wollte Himeco wissen.

»Das kannst du dir, schlau wie du bist, doch sicher vorstellen.«

»Sag bloß nicht das, was du mir in Taurons Chalet in den Bergen gezeigt hast. Wie lächerlich!« Himeco klang empört.

»Du kannst das wahrscheinlich noch nicht verstehen, aber den monokamischen Männern und Frauen macht es Spaß, und gleichzeitig dient es der Zeugung von Nachwuchs.«

»Wenn es zum Kinderkriegen notwendig ist, will ich nichts sagen, aber einen ziemlich lächerlichen Anblick bietet es trotzdem, wenn du mich fragst.«

»Na ja, für einen unbeteiligten Dritten vielleicht schon. Im Grunde ist es ja auch nichts zum Zusehen, sondern zum Selbermachen. Und zwar ohne Publikum, verstehst du?«

»Aber du quälst dich doch nur ab, während die Frau ihren Spaß hat, oder?«

»Das hast du sehr gut beobachtet.« P nickte anerkennend. »Nach meiner Überzeugung hat dabei der Mann die Pflicht, weniger sich selbst als vielmehr der Frau Freude zu bereiten. Oder besser gesagt ist es so, dass es mir Vergnügen bereitet, wenn meine Partnerin höchste Wonnen erreicht. Ein Mann erlebt den Spaß nämlich im Kopf, selbst wenn er seinen Körper schindet.«

»Welch noble Selbstlosigkeit«, sagte Castanon mit ironischem Unterton.

»Es ist offenbar leider aussichtslos, euch beiden das verständlich zu machen.«

»Ebenso wie du anscheinend nicht in der Lage bist, die Gefühle der Amanonier zu verstehen.«

»Das will ich gar nicht leugnen. Ich bin eben noch nicht lange genug hier, um euch wirklich zu verstehen.«

»Ach was, davon rede ich gar nicht«, erwiderte Himeco ungeduldig. »Ich meine, dass du als Mann die Amanonier nie verstehen wirst, weil die Amanonier Frauen sind!«

»Danke für den schlauen Hinweis. Stimmt, du und die anderen, ihr seid ja fast alle Frauen, das hatte ich schon beinahe wieder vergessen.«

»Du brauchst gar nicht so zu tun!«

»Wir haben wohl schlechte Laune? Immerhin weiß ich noch, wer meine süße Sec ist. Du kannst jederzeit zu Papa auf den Schoß kommen.«

Himeco warf P einen vernichtenden Blick zu und verließ naserümpfend das Zimmer.

»Übrigens, was hältst du von Miyacos Angebot?«, fragte P Castanon.

»So, wie sie es vorgebracht hat, erscheint mir ihre Offerte durchaus seriös.«

»Und der Haken an der Sache?«

»Ob da ein Haken ist, kann ich Ihnen nicht sagen.«

»Wenn nicht einmal du das sagen kannst, wer könnte es dann?«

»Bitte, Padre, Sie überschätzen mich. Nun, in der Tat hat Miyacos eine exzellente Karriere hinter sich, und ihre Angaben stimmen mit dem überein, was ich an Daten über sie im *Who's Who der Promwelt* gefunden habe. Offenbar war sie schon in jungen Jahren ein erfolgreicher Bizmann. Mit ihrer erstklassigen Ausbildung wird sie unter den jungen Mitgliedern der Prom-Intelligenzia als eine der aussichtsreichsten Kandidatinnen gehandelt, und das sicher völlig zu Recht. Deshalb lautet die Frage, was sie wirklich dazu bewogen haben könnte, ihrer Gönnerin Yumicos, der sie privat und beruflich so viel zu verdanken hat, nun den Rücken zu kehren, um bei Ihnen die Promo zu übernehmen. Denn so eine Entscheidung könnte sie teuer zu stehen kommen.«

»Ganz deiner Meinung. Vielleicht hat es ja irgendwelche Misshelligkeiten zwischen den beiden gegeben. Zumindest frage ich mich, warum sie einen Job bei mir für vorteilhafter hält und was sie sich konkret davon verspricht.«

»Ich schätze, sie möchte später einmal für das Amt des Ministerpräsidenten kandidieren. Dafür hätte eine Anstellung bei Ihnen durchaus Vorteile: Sie könnte sich das Geld für den Wahlkampf verdienen, wäre durch die Verbreitung des Monokamismus ständig im Fernsehen und anderen Medien präsent und würde mit den neu gewonnenen Anhängern gleichzeitig potenzielle Wähler gewinnen.«

»Das würde mir wenigstens sein, nein, *ihr* ernsthaftes Engagement garantieren.«

»In diesem Punkt wird Miyacos Sie nicht enttäuschen.«

»Und was meinst du zu der Bedingung, die ich ihr gestellt habe?«

»K. K., kann ich da nur sagen: Kein Kommentar.«

»Du bist also dagegen.«

»Wenn ich mir ein Urteil erlauben dürfte: Ich denke, dass Sie mit dieser Bedingung ein wenig zu weit gegangen sind.«

»Dann werde ich es eben so machen, dass sie es nicht als zu weit gehend empfindet«, sagte P. »Weißt du, seit neulich, also seit meinem Besuch bei Tauron muss ich jedes Mal, wenn ich irgendwelche jungen Leute unter den Abgeordneten oder anderen Proms sehe, daran denken, dass das in Wirklichkeit alles Frauen sind, und das macht mich ganz irre. Ich komme mir schon vor wie ein Sexbesessener! Am liebsten würde ich mich durch die Bank an all diesen Frauen vergehen. Natürlich nicht ernsthaft, aber in sexueller Hinsicht finde ich Miyacos ziemlich anziehend. Eindeutig die Attraktivste unter den Abgeordneten. Hast du vielleicht eine Idee, was ich da machen könnte?«

»Nein, tut mir Leid, in diesen Dingen habe ich keinerlei Erfahrung.«

»Das ist mir schon klar. Aber es gibt sicher Spielregeln oder Benimmvorschriften für die gleichgeschlechtlichen Liebesbeziehungen zwischen den Amanonierinnen, die für mich aufschlussreich sein könnten, oder?«

»Schon, doch wenn ich Ihnen untertänigst etwas raten dürfte: Am einfachsten wäre es, Sie schritten selbst zur Tat anstatt lange darüber nachzudenken.«

Sowohl in seinem Tonfall als auch in seiner Denkweise hatte sich Castanon eine Nüchternheit angeeignet, die seiner Stellung als Butler durchaus entsprach, wie P amüsiert feststellen musste. Er beschloss, das Thema für heute fallen zu lassen.

Einige Tage später kam Castanon mit einem Stapel Romane nach Hause, die bei den Mädchen und jungen Frauen Amanons besonders beliebt waren. Sofort nahm P sich einen davon vor und überflog dann noch einige weitere, doch als er merkte, dass es im Grunde immer wieder ein und dieselbe Geschichte war, gab er entnervt auf. Die Abbildungen auf dem Umschlag waren alle in demselben romantisch-kitschigen Stil gezeichnet und zeigten ausnahmslos die ewig gleiche Konstellation von jeweils einem hübschen, hochgewachsenen und – nach P's Empfinden – maskulin wirkenden Prom, an dessen Brust sich schutzbedürftig ein junges Mädchen schmiegte, offenbar seine Sec. Auch inhaltlich waren die Geschichten nach einem Muster gestrickt: Der Heldin, einem jungen Mädchen aus einfachen Verhältnissen, gelingt es dank ihres Liebreizes, ihrer Intelligenz und durch harte Entbehrungen erworbenen Bildung, einem stolzen Prom aufzufallen und nach Überwindung von allerlei Problemen und Hindernissen am Ende dessen Sec zu werden.

Als P Himeco nach ihrer Meinung zu diesen Romanen fragte, stellte sich heraus, dass sie sich offenbar recht gut auskannte.

»Da hast du noch relativ erträgliche Exemplare erwischt, Papa«, urteilte Himeco, nachdem sie sich die Geschichten angesehen hatte. »Aber was willst du eigentlich mit diesen langweiligen Kinderbüchern?«

»Eigentlich wollte ich Ausführlicheres über das Verhältnis von Prom und Sec herausfinden. Aber in diesen Geschichten erfährt man nur, wie man am besten die Sec eines Proms wird, und kaum etwas darüber, was eine Sec und ein Prom als Geliebte miteinander tun.«

»Dann solltest du vielleicht lieber Comicromane für Kinder lesen. Die Liebesszenen darin sind akkurat gezeichnet und zeigen alles auf beinahe aufdringliche Weise. Außerdem wird darin ausführlich erklärt, wie das Amore funktioniert.«

»Amore? Ist das etwas, worin du dich gut auskennst?«

»Auskennen tue ich mich schon, aber eigene Erfahrungen habe ich keine. Denn mit Muin lief natürlich nichts in der Richtung.«

»Wegen deines Abhängigkeitsverhältnisses als auszubildende Novizin?«

»Nein, natürlich weil Muin schon zu alt war, um an solchen Dingen noch Interesse zu haben.«

Als P sich ein paar von den Comicromanen ansah, die Himeco ihm gebracht hatte, verschlug es ihm angesichts deren schonungsloser Offenheit beinahe die Sprache.

»Das ist ja obszön!«

»Obszön?«

»Tja, wie soll ich dir das erklären – wahrscheinlich macht der Begriff der Obszönität in einem Land ohne Männer wenig Sinn. Im Reich Monokamis werden Schriften oder Bilder, die mit ihrer Darstellung von Huren oder anderen, aus männlicher Sicht als liederlich geltenden Frauenzimmern die niederen Instinkte der Männer reizen, als obszöne Schriften betrachtet. Darin wird etwa gezeigt, wie diese Huren und anderen liederlichen Frauenzimmer Geschlechtsverkehr und ähnliche Dinge ausüben, und zwar nicht zum Zwecke der Fortpflanzung, sondern zum Vergnügen. Als Huren bezeichnet man Frauen, die für solche Dienstleistungen von den Männern Geld verlangen, während liederliche Frauenzimmer ihre Körper leichtfertig und um des eigenen Vergnügen willens preisgeben. Natürlich gibt es in Amanon weder Huren noch liederliche Frauenzimmer; doch wie diese Comicromane zeigen, spielen Prom und Sec das nach, was bei uns Männer und Frauen machen. Und zwar auf eine Weise, die technisch versierter und weitaus lustorientierter ist als bei uns. Zu allem Überfluss sind die Szenen in detaillierten Bildern dargestellt. In meiner Heimat sind Abbildungen oder Fotos von nackten Körpern ein Tabu, und wer sich mit solchen obszönen Schriften erwischen lässt, wird auf der Stelle verhaftet, besonders wenn darin nicht einmal die Geschlechtsorgane retuschiert sind – dann wandert man für den Rest seines Lebens ins Gefängnis.«

»Hier ist so etwas frei zugänglich. Ist doch nichts dabei. Die Bilder der Comicromane sind absichtlich so klar und detailliert, weil sie zum Teil als Anleitung zum Amore dienen. Deshalb verschlingen die Kinder sie nur so: weil sie dumm genug sind zu glauben, sich mit der richtigen Liebestechnik vielleicht irgendwann einen tollen Prom angeln zu können und dessen Sec zu werden. In Wirklichkeit spielt die Liebestechnik dabei jedoch keine Rolle. Ob man die Sec eines Proms werden kann, hängt vom individuellen Niveau jedes Einzelnen ab, also von Aussehen, Intelligenz oder Bildung, und wer kein Niveau hat, dem bringt auch die raffinierteste Liebestechnik nichts. Außerdem ist es ein Trugschluss anzunehmen, als Sec eines Proms könne man selbst in den Kreis der Proms aufsteigen. Anständige Mädchen bemühen sich, aus eigener Kraft ein Prom zu werden, ohne den Umweg als Sec, und wenn sie dabei zufällig von einem Prom entdeckt und gefördert werden, dann haben sie einfach Glück gehabt. Außerdem geht es bei einem idealen Verhältnis von Prom und Sec nicht etwa nur um Amore, wie die Comicromane es darstellen, sondern um spirituelle Liebe ohne körperliche Komponente. So wird etwa in besonders edlen Romanen, die man als ›Schöne Romane‹ bezeichnet, häufig ein Verhältnis beschrieben, in dem Prom und Sec trotz ihrer tiefen Liebe zueinander niemals Sex haben, sondern sich nur der elektrisierenden Spannung ihrer geistigen Verbundenheit hingeben.«

»Irgendwie erinnert mich das an verbotene Liebe unter Nonnen im Kloster.«

»Ja, es hat etwas Scheinheiliges und Lächerliches an sich«, stimmte ihm Himeco zu.

»Ganz deiner Meinung. Diese ›Schönen Romane‹ versuchen nur, auf pseudointellektuelle Weise die Sinne zu erregen. Psychopornos sozusagen.«

»Im Grunde trifft das auf alle Romane zu, finde ich, auf Unterhaltungsromane ebenso wie auf Comicromane und Schöne Romane. Letztlich versuchen sie alle nur, dem Leser zu gefallen, indem sie ihn an seiner empfindlichsten Stelle packen. Deshalb bin ich auch kein besonderer Fan von Romanen. So eine Lektüre befriedigt einen vielleicht sinnlich, wie du sagtest, aber nicht intellektuell. Und für mich ist es erst ein richtiges Leseerlebnis, wenn es mir vorkommt, als würden all meine Gehirnzellen auf einmal unter Strom gesetzt, oder als schwinge Musik durch die Schaltkreise meines Gehirns, oder als schlichen feine, streichelnde Fühler in mein Hirn.«

»Nicht eben anspruchslos, würde ich sagen.«

»Tja, mein Kopf ist wahrscheinlich etwas zu weit entwickelt für mein Alter. Ganz im Gegensatz zu meinem Körper.« Verlegen zuckte Himeco mit den Schultern.

»Aber das ist doch gerade das Reizende an dir.« P trat hinter Himeco und umfasste mit den Händen die Wölbung ihrer Brüste. »Und es scheint mir gar nicht mal, als seiest du körperlich zu wenig entwickelt.«

»Das kitzelt«, lachte Himeco, machte jedoch keine Anstalten, sich P's Händen zu entziehen.

Etwa zwei Wochen später, an einem Samstagnachmittag, erhielt P zum zweiten Mal Besuch vom Vizeregierungssprecher. P bemerkte sofort, dass Miyacos sich diesmal extra feingemacht hatte und bei Weitem schicker wirkte als bei ihrem vorigen Besuch nach der Sitzung der Intergenese-Forschungskommission. Mit ihrem blütenweißen Blazer, dem hellgrauen Hemd und der rotgesäumten dunklen Krawatte machte sie einen weitaus eleganteren Eindruck als die anderen Abgeordneten. Die Gläser der goldgerahmten Brille waren zartrosa getönt und ließen ihren hellen Teint noch schöner erscheinen. Auch das dezente Make-up auf ihrem weißen, feingeschnittenen Gesicht fiel ihm nun zum ersten Mal auf.

»Heute bist du überwältigend schön. Schöner noch als sonst.«

»Was soll denn das für ein Kompliment sein«, lachte Miyacos, doch unzufrieden schien sie dabei nicht.

»Das ist in meiner Heimat nun einmal die Art und Weise, wie man einer Dame ein Kompliment macht.«

Unwillkürlich zog P den Kopf ein, da er anstelle des angebrachten Ausdrucks »Person« aus Versehen das Wort »Dame« benutzt hatte, doch Miyacos schien sich nicht daran zu stören, sondern nickte nur gutgelaunt. Entweder sie war ein Mensch, der über Kleinigkeiten konziliant hinwegsehen konnte, oder zu unaufmerksam, um richtig zuzuhören; vielleicht auch einfach zu beschäftigt mit anderen Dingen. P führte sie zu der festlich gedeckten Tafel in seinem Ziergarten. Es war das erste Mal, dass er den Marmortisch benutzte, den er in einem Teil des Luftgartens nachträglich hatte aufstellen lassen, um dort mit seinen Gästen speisen zu können.

»Wunderschön hast du es hier«, sagte Miyacos beeindruckt.

»Ach, alles nur improvisiert«, erwiderte P mit höflicher Bescheidenheit. »Aber du als Vizeregierungssprecher kannst dir doch sicher jede Luxusvilla leisten, oder?«

»Leider nicht. Bei uns sind die Einkommensunterschiede zwischen normalen Bürgern und der Intelligenzia nicht so groß. Ich vermute sogar, dass die Intelligenzia noch das bescheidenere und sparsamere Leben führt, denn hier herrscht die Ansicht vor, dass Leute mit viel Macht und Befugnissen dafür weniger an Reichtum erhalten sollen. Außerdem ist es oft so, dass die Mitglieder der Intelligenzia sich für die Ausbildung ihrer Kinder finanziell ruinieren. Insofern leben die Repräsentanten der Prom-Intelligenzia, also Regierungsmitglieder und Universitätsprofessoren, verhältnismäßig eingeschränkt. Auch ich habe damals bei der Werbefirma mehr als doppelt so viel verdient wie in meiner jetzigen Stellung. Deshalb muss ich mein früheres Haus nun vermieten und selbst mit einer engen Wohnung im Parlamentarierwohnheim vorlieb nehmen.«

»Hast du auch Kinder?«

»Ja, drei Stück, wie es halt so üblich ist.«

»Es würde mich sehr interessieren, wie du wohnst und was du zu Hause für ein Leben führst. Abgesehen von dem Haus der Fischerfrau, in das man mich gleich nach meiner Ankunft brachte, war ich noch nie bei einem Amanonier zu Hause und habe absolut keine Vorstellung von eurem Privatleben.«

»Dann komm mich doch einfach mal besuchen. Allerdings ist es nur eine bessere Hundehütte, wahrscheinlich nicht mal ein Zehntel von dem, was du hier hast. Bei der Gelegenheit kannst du dir auch meine Kinder ansehen.«

»Bestimmt sind sie ebenso so schön und begabt wie du.«

»Na ja, schlecht sind sie nicht. Bei der Samenbank hatte ich ja auch Sonderklasse A bekommen.«

»Dabei hat sicher dein Status als Regierungsmitglied eine Rolle gespielt, oder?«

»Stimmt. Das ist der größte Vorteil, den man als Beamter hat. Tja, allein schon aus dem Grund könnten die Samenbanken niemals privatisiert werden, im Gegensatz zu anderen Servicebehörden wie Polizei, Gefängnissen, Gerichten und Rathäusern, die längst in privater Hand sind.«

»Dem entnehme ich, dass Kinder in eurer Gesellschaft einen großen Stellenwert haben.« Zwar vermutete P, dies könne damit zu tun haben, dass die Amanonier Frauen waren, doch laut sagen wollte er es fürs Erste lieber nicht.

»Ja, für uns ist es das Ziel unseres Lebens, uns zu reproduzieren, und zwar möglichst oft und möglichst durch Kombination mit exzellentem Samenmaterial.«

»Der Fortbestand des eigenen Erbmaterials zählt also mehr als alles andere?«

»Richtig. Es sei denn, man würde selbst unsterblich.« Miyacos neigte den Kopf zur Seite und lächelte. Es war das bezaubernde Lächeln einer zur vollen Schönheit erblühten Frau, wie P nun dank seines Wissens über das wahre Geschlecht seines Gesprächspartners erkennen konnte.

»Na ja«, fuhr Miyacos fort und drehte ihr Glas vor dem Gesicht hin und her, »ich bin froh, dass ich nicht zu den Unsterblichen gehöre. Zu der widerwärtigen Bande!«

»So? Ich würde sie mir trotzdem gern einmal ansehen.«

»Ich kann dich ja mal mitnehmen. Die meisten von ihnen leben auf dem Land, so wie es schon vor Urzeiten die alterslosen Weisen taten, wie man sich erzählt. Nur dass die Immortalen natürlich nicht das kleinste bisschen weise sind. Jenseits der Zweihundert sind sie dermaßen senil, dass man sie kaum mehr als Menschen bezeichnen kann. Vernünftige Antworten sind von ihnen nicht zu erwarten, egal was man fragt. Mit ihrer verbitterten und depressiven Art sind sie zu nichts nütze und leben nur weiter, weil sie nicht sterben können. Deshalb beneidet oder respektiert auch niemand ihre Unsterblichkeit – im Gegenteil: es sind die Unsterblichen, die uns normale Menschen wegen unserer Sterblichkeit beneiden und verzweifelt hassen. Das macht sie natürlich nur noch umso unbeliebter.«

»Dann sollten sie Selbstmord begehen.«

»Tja, komischerweise geraten sie in Panik und machen ein Riesentheater, wenn man ihnen das auch nur vorschlägt. Total unlogisch. Wenn sie unbedingt sterben wollen, sollen sie sich doch, bitte schön, selbst das Leben nehmen.«

»Wenn alles nichts hilft, muss man sie eben hinrichten«, konstatierte P mit Bestimmtheit.

»Du machst ja drastische Vorschläge.« Miyacos lächelte nervös. »Offen gestanden ist es genau das, was in letzter Zeit auf den Kabinettssitzungen diskutiert wurde. Und zwar war es Kanzleichef Saion, der ganz cool Mord als mögliche Lösung vorbrachte. Ein widerlicher Gedanke, wie er nur einem Laotan kommen kann, aber ihm war es total ernst. Und im Kabinett fand seine Idee Zuspruch, denn eine mutwillige Zerstörung des Körpers, ob nun durch eigene oder fremde Hand, kann auch ein Immortaler nicht überleben. Wahrscheinlich sind die Leute von der Rechtsabteilung des Kabinetts und dem Politikausschuss der Partei bereits zusammengekommen, um Todesurteile der Vergangenheit, Vollstreckungsbeispiele und Methoden der Hinrichtung zu erörtern. Ist natürlich vorerst alles toppsecret.«

»In meiner Heimat haben wir die Erfahrung gemacht, dass Enthauptung die einfachste, sicherste und beste Hinrichtungsmethode darstellt, obwohl es freilich noch unzählige weitere Möglichkeiten gibt: den Galgen, Kreuzigung, Erschießen, Scheiterhaufen, elektrischer Stuhl, Giftspritze, Gaskammer und so weiter und so fort. Es wird aber sicher niemand daran zweifeln, dass selbst für einen Immortalen das letzte

Stündchen geschlagen hat, wenn der Kopf einmal vom Rumpf getrennt ist.«

»Danke für die wertvolle Anregung. Die werde ich bei der nächsten Kabinettssitzung einbringen. Was uns im Moment allerdings mehr beschäftigt, ist das Problem, wie wir ein Gesetz zur Todesstrafe für die Immortalen im Parlament durchsetzen sollen. Das stellt sich recht diffizil dar, und wahrscheinlich wird es nur zu einer halbherzigen Lösung kommen. Im Moment sieht eine Gesetzesnovelle vor, Sterbehilfe gesetzlich zu ermöglichen, wenn dies dem ausdrücklichen Willen des Immortalen entspricht.«

Miyacos schien viel entspannter als bei ihrem vorigen Besuch und hielt sich auch beim Wein nicht zurück. Obwohl P sich einerseits Sorgen machte, sie könne zu viel trinken, glomm andererseits die Hoffnung in ihm, sie würde bis zur Besinnungslosigkeit weiter trinken.

»Übrigens, ich habe noch eine edle Flasche Reiswein da, ein Geschenk von Tauron. Was meinst du, wollen wir die zur Feier des Tages aufmachen?«, schlug P vor.

»Na logo!« Miyacos zeigte bereits erste Anzeichen fröhlicher Berauschtheit. »Dann habe ich zwar nachher einen sitzen, aber was soll's, nicht wahr? Heute wollen wir uns voll laufen lassen bis zum Morgengrauen!« Schwungvoll warf sie ihr Jackett von sich und lockerte die Krawatte.

»Gute Idee! Notfalls kannst du hier übernachten.«

»Das hättest du wohl gern, hm?«, fragte Miyacos augenzwinkernd, doch P wusste nicht recht, ob er das als Angebot werten sollte.

»Dabei hättest du keine Bedenken?«

»Nein, Bedenken nicht. Sagen wir mal, ich wäre auf einiges gefasst.«

»Auf was denn?«

»Tja, wie soll ich sagen, auf so ziemlich alles, zum Beispiel darauf, dass es ziemlich schmerzhaft für mich werden könnte.«

»Aber, aber, ich habe keine Absicht, dich zu fressen«, lachte P und wechselte dann das Thema. »Zu einer Sache würde ich gern noch deine Meinung hören, und zwar dazu, wie wir meine Mission fortsetzen. Meine Idee war, zunächst das Fernsehen zu nutzen, um eine Ritualshow zu senden. Zwar bin ich mir über die Einzelheiten noch nicht im Klaren, aber zumindest Gesang, Tanz und Musik dürfen dabei nicht fehlen. Jedenfalls soll es eine überwältigende Show werden, bei der die namhaftesten Künstler des Landes mitwirken und natürlich auch nur die besten Regisseure, Musikdirektoren und Drehbuchautoren. Das Konzept der Show darf ruhig variabel sein, aber was ich jedes Mal unbedingt zeigen möchte, ist das Ritual der Götterbeschwörung, das ich gemeinsam mit einem jungen Mädchen in der Rolle der Spiritistin darstellen werde. Götterbeschwörung bedeutet, dass ich einen Gott herbeirufen werde. Deshalb brauche ich auch die Spiritistin, weil man einen Gott ja normalerweise nicht sehen kann. Seine Anwesenheit wird nur dadurch sichtbar, dass er von dem Körper der Spiritistin Besitz ergreift. Zum Beweis dafür windet sie sich in wilden Krämpfen, schreit oder verliert das Bewusstsein und erreicht schließlich einen Zustand der äußersten Verzückung und Entrücktheit.«

»Also das, was man in der Psychopathologie als Exstase bezeichnet.«

»Ach, das kennt man also auch in Amanon?«

»Ja, aber mir selbst war diese außergewöhnliche Erfahrung noch nicht vergönnt.«

»Für die monokamischen Frauen ist es, soweit ich weiß, eine ganz alltägliche Erfahrung.«

Interessiert beugte sich Miyacos vor. »Dass ein Gott von ihnen Besitz ergreift?«

»Nein, so einen Service bietet unser Gott nicht. Als ich von einer Götterbeschwörung sprach, meinte ich die Gottheiten, von deren Existenz die verschiedenen Religionen Amanons ausgehen. Was genau das für Gottheiten sein sollen, weiß ich ehrlich gesagt auch nicht genau. Doch sie müssen so eine Art allmächtige Serviceagentur darstellen, denn nach allem, was ich gehört habe, sollen sie auf verschiedene Weise wundertätig und durch Gebete leicht zur Heilung von allerlei Gebrechen herbeizurufen sein. Solche Gottheiten hatte ich mir für meine Show vorgestellt.«

»Eigentlich wollte ich nichts über Götter hören, sondern über die monokamischen Frauen«, erklärte Miyacos ungeduldig.

»Hast du gerade monokamische *Frauen* gesagt?«

»Na ja, dir gegenüber bleibt mir ja nichts anderes übrig, als diese geschmacklose Tabubezeichnung zu benutzen. In deiner Heimat unterscheidet man nun mal nach wie vor zwischen Männern und Frauen, wobei die Männer, so unglaublich es scheint, auch noch das Sagen haben.«

»Endlich sprichst du dieses Thema an.« Gespannt beobachtete P Miyacos Miene.

»Na, denkst du etwa, ich hätte mich nicht entsprechend über Monokamien informiert? Irgendwann musste man schließlich der Tatsache ins Auge sehen, dass du ein monokamischer Mann bist. Besonders ich muss mich diesem Problem frühzeitig stellen, wenn ich von nun an mit dir zusammen arbeiten will.«

»Und wie denkt ihr alle darüber, dass ich ein Mann bin? Das würde mich sehr interessieren.«

»Tja, diese unliebsame Wahrheit haben wir einfach so gut es ging unter den Tisch gekehrt. Das heißt, wir haben uns damit beholfen, dich nicht als Mann zu sehen, sondern als Fremdling, dessen Mannsein untilgbarer Teil seines Fremdseins ist. Das Bewusstsein, dass du ein Mann bist, also kein Mensch wie alle anderen, existierte sozusagen als unsichtbare Komponente deiner Diskriminierung als Ausländer. Das lag so auf der Hand, dass es niemand aussprach. Auf diese Weise festigte sich in Regierungskreisen die Ansicht, dass du dich als Amanonier zwar niemals so frei bewegen könntest wie jetzt, in deinem Fall jedoch nichts zu machen sei, da du als Monokamier beziehungsweise als Ausländer nun einmal gewisse Sonderrechte genießt.«

»Aha. Auf jeden Fall darf ich von nun an in deiner Gegenwart auch Worte wie ›Frau‹ oder ›Mädchen‹ benutzen, nicht wahr?«, vergewisserte sich P. »Dann will ich dir deine Frage zur Exstase der monokamischen Frauen beantworten: Die Monokamierinnen machen diese Erfahrung, wenn sie Sex mit einem Mann haben und dann zum Teil in der Lage sind, im höchsten Wohlgefühl diesen Zustand zu erreichen.«

»Das heißt, diese Exstase erreicht man beim Sex nicht unbedingt automatisch, oder?«

»Nun ja, ich will ehrlich mit dir sein: Sex als Mittel der Fortpflanzung ist zwar für alle normalen Monokamier mit Ausnahme der Geistlichen etwas völlig Selbstverständliches und wird mit großem Eifer praktiziert, doch nicht alle Frauen erreichen dabei den Zustand der Exstase. Diese Erfahrung wird den Frauen nur in verhältnismäßig seltenen Glücksfällen zuteil. Dabei gibt es welche, die sie gar nicht kennen, und welche, die sie nur sporadisch erfahren. Das kann sowohl vom Partner abhängen als auch von den jeweiligen Umständen. Als Mann kenne ich mich da zwar nicht so aus, aber es soll recht kompliziert sein.«

»Und wie willst du es dann anstellen, in deiner Götterbeschwörungssendung die Spiritistinnen zur Exstase zu bringen?«, konterte Miyacos scharfsinnig.

»Dafür habe ich auch keine Patentlösung«, gab P zu. »Aber die Hauptsache ist schließlich, dass es wie eine echte Exstase aussieht. Es soll nur glaubwürdig dargestellt werden, wie ich vorhin bereits sagte.«

»Das ist mir schon klar. Mich interessiert, was dieses Götterbeschwörungsritual mit Sex zu tun haben soll.«

»Nun ja, das Ritual an sich ist nichts anderes als Sex. Sex, den ich mit einem Mädchen in der Rolle der Spiritistin vorführe.«

Nachdenklich legte Miyacos den Kopf zur Seite.

»Oder bekämen wir mit so etwas Probleme?«

»Könnte sein«, antwortete Miyacos unverblümt. »Denn es wäre ungefähr das, was auch die Shows in den Prom-Nachtklubs bieten, nur dass da freilich, anders als beim monokamischen Sex, nur Frauen auftreten.«

»Ach ja?«, fragte P skeptisch, denn er musste daran denken, was Castanon ihm erzählt hatte. »Und was ist mit den so genannten Pornos? Wie ich gehört habe, soll in diesen verbotenen Filmen und Anarcho-Shows perversomäßiger Sex zu sehen sein. Und perversomäßig bedeutet meines Wissens nach, dass der Partner ein Mann ist, also weder Prom noch Sec.«

»Ja, aber dass es solche perversomäßigen Shows gab, ist schon lange her. Sie sind irgendwann einfach aus der Mode gekommen. Ist ja auch ein grotesker Anblick, wenn der Partner ein Mann ist. Zu lächerlich, um es sich mehr als einmal anzusehen. Deshalb war nicht einmal ein Verbot nötig, diese Porno-Shows sind von ganz allein ausgestorben. Zumindest ich habe nie eine gesehen. Was wir uns in den Prom-Nachtklubs ansehen, sind Shows, in denen atemberaubend hübsche Mädchen als blutjunge Secs und gutaussehende Proms auftreten.«

Trotz Miyacos Beteuerungen war P misstrauisch und blieb bei seinem Verdacht, dass es Shows gab, deren Angebot über das Normale hinausging, und dass die Proms sich diese Shows heimlich ansahen.

»Doch das eigentliche Problem in unserem Fall ist«, fuhr Miyacos fort, »dass eine Art ungeschriebenes Gesetz besteht, im Fernsehen zwar fast alles zeigen zu dürfen, aber keine Sexshows. Und natürlich erst recht keine Anarcho-Shows.«

»Das kriegen wir schon hin. Es wird überhaupt nicht wie eine pornografische Darbietung aussehen, denn wir zeigen zwar Sex, aber nicht als Sexshow, sondern im Rahmen eines Götterbeschwörungs-Rituals. Dadurch bekommt das Ganze einen feierlichen und mysteriösen Touch.«

»Aha, das klingt schon interessanter. Die Verhandlungen mit dem Fernsehen kannst du getrost mir überlassen, das werde ich irgendwie regeln. Schließlich hängt der Erfolg der Mission von deinen Fernsehplänen ab, und im Fernsehen ist es das Wichtigste, originell zu sein.«

»Und wie weit darf man dabei gehen?«, fragte P endlich, denn dieses Problem beschäftigte ihn bereits seit Längerem. »Ich meine, es wird vielleicht verboten sein, nackte Haut zu zeigen, oder geheime Zonen und so, nicht wahr?«

»Meinst du mit geheimen Zonen vielleicht Geschlechtsorgane?«, fragte Miyacos ungerührt zurück.

»Nun ja, so direkt wollte ich es nicht sagen.«

»Die sind bei uns weder geheim noch sonst was, nur normalerweise eben verdeckt durch Kleidung.«

»Aber wahrscheinlich würde man sich doch schämen, sie in der Öffentlichkeit zu entblößen, oder?«

»Nö, wieso denn. Was es mit dem Schämen auf sich haben soll, verstehe ich eh nicht so recht. Jedenfalls ist es kein Problem, wenn Geschlechtsorgane zu sehen sind. Das ist im Fernsehen nichts Außergewöhnliches. Allerdings würde man daraus keine extra Sendung machen, schon aus Rücksicht auf die Zuschauer, denn ein ästhetischer Anblick ist es ja nicht gerade. Besonders nicht bei Erwachsenen, mit den ganzen Haaren darauf: je älter, desto hässlicher. Aber an dem Anblick der unbehaarten Geschlechtsorgane einer Sec würde sich niemand stören. Was finden die Monokamier an Geschlechtsorganen denn so anstößig?«

»Tja, wie ich vorhin schon sagte, haben die Männer und Frauen in Monokamien Sex miteinander. Und Sex bedeutet die Vereinigung von Mann und Frau mittels der Geschlechtsorgane.«

»So weit kann ich dir folgen.«

»Deshalb sind die Geschlechtsorgane von so entscheidender Bedeutung.«

»Aber wieso versteckt man sie dann? Würde es nicht mehr Sinn machen, sie dem Partner gut sichtbar zu präsentieren?«

»Nein, obwohl das nicht plausibel klingt. Doch das Interesse am Sex entsteht durch die Wunschvorstellung, durch sexuelle Vereinigung völlig mit dem Partner zu verschmelzen, und da im Mittelpunkt dieser Wunschvorstellung das Geschlechtsorgan des Partners steht, ist es wirkungsvoller, dieses nicht offen zu entblößen, sondern es raffiniert zu verstecken.«

»Das ist zwar unlogisch, aber ich verstehe, was du meinst. Doch für mich stellen die Geschlechtsteile einfach nur Fortpflanzungsorgane dar; noch dazu welche, die in der heutigen Zeit, da Kinder nur noch durch künstliche Befruchtung entstehen und in künstlichen Uteri heranreifen, im Grunde ihre Daseinsberechtigung verloren haben.«

»Doch wenn Prom und Sec sich näher kommen, gibt es sicher auch Körperkontakte. Und dann spielen die Geschlechtsorgane doch bestimmt eine wichtige Rolle, oder?«

In diesem Moment brachte Himeco das Essen. Wie immer, wenn nichts Besonderes anstand, trug sie ihre bequeme Hauskleidung, nämlich einen kurzen Rock, der ihre wohlgeformten Beine entblößte, und ein dünnes Oberteil, unter dem sich ihre Brustwarzen abzeichneten. Miyacos Blick blieb daran hängen.

»Was bist du doch für eine Hübsche«, sagte sie mit süßlicher Stimme, doch Himeco ignorierte ihre offenen Annäherungsversuche mit kühler Miene. Dann setzte sie sich neben P und schmiegte ihren Kopf mit provozierend schmeichlerischer Geste an seine Schulter. P strich ihr über das Haar.

»Komm, sei ein liebes Kind und schenk unserem Gast nach«, sagte er.

»Na gut, Papa, wenn du es so wünschst.«

Resigniert zuckte Himeco mit den Schultern und setzte sich auf Miyacos Schoß, um ihr das gefüllte Glas an die Lippen zu führen. Als Miyacos zum Trinken ansetzte und sie dabei über den Rand hinweg beobachtete, lächelte Himeco und zwinkerte Miyacos wie zum Beweis ihres guten Willens noch einmal zu.

»Danke, meine Süße. In dich könnte man sich glatt vergucken.« Erfreut strich Miyacos ihr über Haar und Rücken, doch Himeco stand wieder auf, um sich auf P's Schoß zurückzubegeben.

»Du könntest ruhig etwas netter zu ihr sein«, flüsterte P ihr ins Ohr, doch Himeco reagierte nicht darauf. Zur Besänftigung gab P ihr einen

Schluck rosafarbenen Kinderwein und schob sie dann von seinen Knien herunter; bockig machte sie ihren Körper absichtlich schwer. »Nun setz dich mal brav da hin. Wir sind nämlich gerade bei einem wichtigen Thema.«

»Nein, Himeco, du bist gerade zur rechten Zeit gekommen«, sagte Miyacos mit geröteten Wangen. »Der Padre interessiert sich für Ero-Beziehungen, und da dachte ich, wir zwei könnten ihm vielleicht etwas beibringen, da wir beide Erfahrung haben, du als Sec und ich als Prom.«

»Als ob du nicht selbst genug Erfahrung als Sec hättest«, erwiderte Himeco.

»Na ja, nicht mehr als alle anderen auch. Aber das ist lange her.«

»Und jetzt amüsierst du dich Tag für Tag mit deiner eigenen Sec. Also weißt du sehr wohl Bescheid.«

Dass Himeco den amtierenden Vizeregierungssprecher so einfach duzte, hatte P für einen Augenblick beunruhigt, doch dann erinnerte er sich, dass die altamanonische Höflichkeitssprache inzwischen unprommäßig war und ein besonderes Merkmal der unteren Gesellschaftsschichten darstellte, während in Promkreisen eine vorlaute und infantile Ausdrucksweise vorherrschte; wahrscheinlich bedeutete dieser Umgangston für die beiden eine Selbstverständlichkeit. Miyacos zumindest schien sich nicht im Geringsten an Himecos vertraulichem Ton zu stören, sondern eher erfreut darüber zu sein.

»Tja, weißt du, offen gestanden läuft es mit meiner Sec momentan nicht so gut«, klagte sie.

»Das sagen alle, wenn sie auf eine Affäre aus sind.«

»Du bist aber hartherzig.« Miyacos seufzte theatralisch.

»Was ist denn eine Affäre?«, fragte P dazwischen.

»So nennt man es, wenn ein Prom, der selbst eine Sec hat, sich an ein anderes Mädchen oder die Sec eines anderen Prom heranmacht, um mit ihr zu flirten, beziehungsweise aus dem Flirt etwas Ernsthafteres werden zu lassen. Und die will eindeutig eine Affäre mit mir anfangen«, erklärte Himeco.

»Meinetwegen kannst du ruhig darauf eingehen – sozusagen als Zeichen der Höflichkeit.«

»Das würdest du ernsthaft von mir verlangen, Papa?«, fragte Himeco mit versteinerter Miene.

»Hör mal, diese Miyacos ist eine Frau, genau wie du. Es kann doch nicht so viel dabei sein, wenn ihr unter euch ein wenig Mann und Frau spielt. In meinen Augen wäre das nicht mehr als eine gastfreundschaftliche Geste. Doch wenn es deine Empfindungen verletzt, will ich dich zu nichts zwingen. Es ist deine Entscheidung, aber meine Gefühle für dich werden sich dadurch nicht im Geringsten ändern.«

»Egal, was zwischen ihr und mir passiert?«

»Aber ja! Außerdem, was soll schon groß passieren: Miyacos ist eine Frau, und zwischen zwei Frauen wird sich kaum so viel abspielen können. Offen gestanden würde es mich interessieren, was zwischen zwei Frauen eigentlich möglich ist, und was in einer richtigen amanonischen Ero-Beziehung so abläuft.«

Unterdessen hatte Miyacos, die bereits etwas Schlagseite hatte, ganz fiebrige Augen bekommen; sie schien kaum mehr in der Lage, noch ruhig auf ihrem Platz zu verharren. P konnte sie gerade noch zurückhalten, sich wildentschlossen ihres Hemdes zu entledigen.

»Langsam, langsam, der Abend hat doch gerade erst angefangen«, sagte er verwundert. »Wie wäre es zunächst mit einer Dusche zur Erfrischung? Himeco, du kannst mitgehen und ihr eine Schaummassage geben.«

»Gehen wir doch lieber alle zusammen ins Bad«, rief Himeco. »Das macht bestimmt viel mehr Spaß.«

»Prima Idee. Mir würde das nichts ausmachen, ganz im Gegenteil«, erklärte Miyacos begeistert.

»Also, ich komme lieber nicht mit. Ich möchte dich nicht mit meinem Anblick erschrecken. Wahrscheinlich hast du noch nie einen nackten Mann gesehen.«

»Na, jetzt machst du mich erst richtig neugierig. Außerdem bin ich nicht so leicht zu erschrecken: stets offen für alles Neue.«

Insgeheim amüsierte P sich königlich über Miyacos Prahlerei, doch er ließ sich nichts anmerken und trug stattdessen einer Servantin auf, Heißwasser ins Außenbad des Gartens einzulassen. Dort war mehr Platz als in seinem Privatbad, genug sogar zum Schwimmen, und außerdem war es für ein Badevergnügen zu dritt besser geeignet. Tatsächlich machte Miyacos Freudensprünge wie ein Kind, als sie über den gepflasterten Pfad zwischen Bäumen hindurch zum Warmwasserbecken gelangten, das groß wie ein Teich war; kaum dass sie sich ihrer Kleidung entledigt hatte, sprang sie auch schon ins Becken und schwamm los.

»He, schaut mal, wie toll ich schwimmen kann! Hab als Kind sogar mal die Meisterschaften gewonnen.«

»Da kann ich mithalten!«, rief auch Himeco.

»Na, dann schwimmt mal eine Weile zu zweit um die Wette. Ich bin nämlich nicht so sportlich, wie ich aussehe«, sagte P, der angekleidet am Beckenrand stand.

Nachdem auch Himeco sich ausgezogen hatte, schwammen die beiden eine Zeitlang in dem riesigen Becken um die Wette; bald jedoch begannen sie umherzutollen, sich gegenseitig vollzuspritzen und unter Wasser an den Beinen zu ziehen. Eine Weile irrten P's Blicke unschlüssig zwischen den ungleichen Körpern hin und her, die sich unter ausgelassenem Jauchzen immer wieder neu ineinander verschlungen. Dann entschied er, seine Beobachtung zunächst auf die größere und bereits voll entwickelte Miyacos zu konzentrieren, denn die Gelegenheit, einen Prom wie sie nackt zu sehen, ergab sich mit Sicherheit nicht alle Tage. Miyacos hochgewachsene Gestalt war zweifellos die einer Frau, auch wenn sie durch regelmäßige Bewegung sehnig und durchtrainiert erschien; sie strahlte eine Kraft aus, die P, wie bei vielen jungen Proms, an eine majestätische Statue erinnerte. Dagegen wirkte die elfenhafte Himeco mit ihrer zierlichen Statur seltsam feminin. Beim Zuschauen vollzog sich an P's Körper eine unvermeidliche Veränderung.

»Willst du nicht lieber reinkommen, anstatt nur herumzustehen?«

»Nein danke, ich schaue lieber noch etwas zu. Dabei komme ich voll und ganz auf meine Kosten. Und Miyacos – du bist wirklich schön anzusehen.«

»Tja, ich bin halt groß und besser in Form als die meisten«, erwiderte Miyacos und schwamm an den Beckenrand. Ohne Vorwarnung packte sie P mit unerwarteter Kraft an den Armen. Da er es wehrlos geschehen ließ, bedeutete sie Himeco, die gerade aus dem Becken kam, ihr zu helfen, P auszuziehen. Im Nu stand P, der absichtlich keinen Widerstand geleistet hatte, ohne Kleidung da, so dass nicht nur sein männlicher, an Brust, Armen und Beinen borstig behaarter Körper entblößt war, sondern auch das monströse Horn, das aus dessen Mitte emporragte – ein gänzlich unerwarteter Anblick für die beiden Frauen, die sich ihre Verlegenheit nicht anmerken lassen wollten und anfingen, P mit Kniffen und Boxhieben zu malträtieren; unter übertriebenem Gekicher trieben sie ihn zum Beckenrand stießen ihn mit vereinten Kräften hinein. Dann begann eine wilde Wasserschlacht: P wurde zum wehrlosen Spielball der beiden ungleichen Meerjungfrauen und schluckte literweise Wasser, bis er nach Atem ringen musste; auf der anderen Seite hatte er die Situation zumindest soweit unter Kontrolle, dass er sich an den Berührungen ihrer nackten Leiber erfreuen konnte und gleichzeitig ermessen, wo die Grenzen ihrer Kraft lagen. Es beruhigte ihn zu wissen, die beiden im Notfall problemlos überwältigen zu können; außerdem erschien ihm die spielerische Gewöhnung an den gegenseitigen Körperkontakt für seine weiteren Zwecke nützlich. Von diesen Vorteilen einmal abgesehen, war ihm das Getobe der Frauen ein wenig zu ungestüm. Hier offenbarte sich ihm eine ganz neue Seite der Amanonierinnen, eine nahezu knabenhafte Infantilität. Sie gebärdeten sich in einer so wilden und rücksichtslosen Weise, dass P bei dem unübersichtlichen Gerangel und Gekitzel in den hohen Wellen achtgeben musste, damit sein hartes Horn nicht aus Versehen abgeknickt wurde oder Schrammen davontrug, wenn Miyacos kräftige Hände es zu fassen bekamen. Besonders wenn sie sich mit ihrem ganzen Gewicht ohne Vorwarnung rittlings auf ihn setzte, musste er aufpassen, dass seine wertvolle Lanze nicht verdreht oder gequetscht wurde.

Inmitten des Tohuwabohus wurde P klar, dass die beiden das alles für eine Art Wassersport zu halten schienen; es ermutigte ihn, seiner wahren Kraft freien Lauf zu lassen und es ihnen mit gleicher Münze heimzuzahlen: Als er die davonhechtende Miyacos zu fassen bekam, zog er sie an sich und warf ihren Körper, den sie zur Gegenwehr ganz steif gemacht hatte, hoch in die Luft, um sie dann wieder aufzufangen. Mal wirbelte er sie auch so lange im Kreis umher, bis ihr schwindlig wurde, und schleuderte sie dann in hohem Bogen ins Wasser, doch Miyacos schien an diesen ausgelassenen Kämpfchen mehr und mehr Gefallen zu finden: am Ende warf sie sich wie ein Kind in seine Arme, um nach immer wilderen Spielen zu betteln. Dann kam Himeco an die Reihe, die weitaus zarter war, wie eine zerbrechliche Puppe, so dass das Ganze einen ganz anderen Reiz für P hatte; die Widerstandslosigkeit, mit der sie vor Angst bebend alles mit sich geschehen ließ, als sei ihrem Puppenkörper eine Seele eingehaucht, die ihm völlig zu Willen war, erregte ihn auf eine Weise, die er sich kaum erklären konnte. Die Reaktion der beiden Frauen, Himecos Ergebenheit auf der einen Seite und Miyacos sportlicher Enthusiasmus auf der anderen, ließen P vermuten, dass sie nun alles mit sich würden machen lassen. Als er es ausprobierte, indem er Miyacos Brüste mit den Händen umfasste und mit der Zungenspitze ihre Brustwarzen kitzelte, wand sie sich zwar in seinen Armen und beschwerte sich, dass Kitzeln unfair sei, doch ernsthafte Ablehnung zeigte sie nicht.

»Du kannst mich gerne zurückkitzeln.«

»Nein, bloß nicht, beim Kitzeln ziehe ich immer den Kürzeren.« Den weiblichsten Teil ihres Oberkörpers noch immer von P umfasst, ließ sie sich auf seinem Schoß in den Wellen treiben. »Überhaupt: Lippen und Zunge benutzen gilt nicht.«

»Na, dann warte erst mal ab, was noch passiert, an Gelegenheit für die rote Karte wird es nicht mangeln.«

»Tja, ich muss zugeben, du hast ganz schön Kraft. Da kann ich nicht mithalten, obwohl ich mich selbst immer für durchtrainiert gehalten habe. Aber deine Kräfte sind ja übermenschlich.«

»Nein, ich bin nur kräftiger als eine Frau. Für einen Mann ist das kein Wunder. Ebenso gut könnte ich gegen ein Kind kämpfen.«

»Stimmt, du hast einen ganz anderen Knochenbau als ich und viel stärkere Muskeln. Und dann bist du auch noch so behaart, beinahe lächerlich«, staunte Miyacos. »Doch am absurdesten ist dieser hebelartige Stock: So ein großes, hartes Ding muss ja mächtig stören, aber wenn das eigene Genital nun mal so aussieht, muss man sich als Mann wohl damit abfinden.«

»Normalerweise ist es aber weicher und kleiner. Sonst könnte der Papa ja nicht mal Hosen anziehen«, erklärte Himeco.

»Das ist einleuchtend. Aber wieso wird es dann plötzlich so groß und dick wie ein Steuerknüppel?«

»Natürlich, das kannst du nicht wissen, wenn ihr in Physiologie und Anatomie nur den weiblichen Körper durchnehmt«, sagte P und erklärte dann, ganz der studierte Mediziner, in einfachen Worten den Mechanismus der Ausdehnung und Verhärtung des männlichen Geschlechtsorgans.

»Aber wofür ist dieser Zustand gut?«

»Um es problemlos in das weibliche Geschlechtsorgan intubieren zu können.«

»Das ist ja clever! Und wie lässt sich dieser Zustand herbeiführen?«

»Rein bewusstseinsmäßig wird dieser Zustand, von den physiologischen Abläufen einmal abgesehen, durch eine gewisse Erregung erlangt. Diese Erregung entsteht, wenn man sich eine Frau, also zum Beispiel dich, als Partner zum Sex vorstellt, beziehungsweise eine Frau ›begehrt‹, wie wir es in meiner Heimat ausdrücken. Dann kommt es ganz automatisch zu dieser Reaktion. Als Auslöser ist nicht einmal der direkte Anblick des weiblichen Geschlechts nötig – diese Reaktion kann genauso gut durch andere weibliche Körperteile ausgelöst werden, die mit dem Geschlecht der Frau assoziiert werden, besonders wenn sie nackt sind. Ebenso ausreichend ist der Anblick oder die Berührung von Unterwäsche, die den Geschlechtsbereich verhüllen, beziehungsweise allein schon der reine Gedanke an diese Dinge.«

»Du meinst, das alles kann sich ebenso gut nur im Kopf abspielen?«

»Genau. Und wenn ich beispielsweise einen so schönen nackten Körper wie deinen sehe, liefert das meiner Vorstellung den nötigen Treibstoff, durch den dann auch dieser Teil von mir anschwillt und ein Höchstmaß an Festigkeit erreicht.«

»Und das wird durch die Vorstellung verursacht, es in mein Geschlechtsorgan zu intubieren, richtig?«

»Na ja, um es weniger kompliziert auszudrücken: dadurch, dass ich gern Sex mit dir hätte. Dass mein Genital so aussieht, könnte man als Beweis dafür bezeichnen.«

»Na gut, wenn das dein Wunsch ist, bin ich gern mit von der Partie. Allerdings kann ich für nichts garantieren, denn ich habe keinerlei Erfahrung.«

»Keine Sorge, dafür bin ich umso erfahrener. Vielleicht wirst du am Anfang nicht in der Lage sein, es richtig zu genießen, aber das kommt mit der Zeit. Dann wirst du merken, dass Sex viel mehr Spaß macht als jeder Sport.«

Ohne sich wieder anzuziehen, begaben sich die drei ins Gästeschlafzimmer. Das war für Proms durchaus normal, wie Miyacos erzählte, denn sie verbrachten die meiste Zeit mit ihrer Lieblingssec nackt und zogen sich nicht einmal zu den Mahlzeiten etwas über.

»Wenn du nichts dagegen hast, würde ich mich lieber erst einmal mit Himeco vergnügen und erst später mit dir, denn davor ist mir doch etwas unheimlich.«

»Einverstanden. Das gibt mir die Gelegenheit, einmal beim Ero à la Amanon zuzuschauen.«

»Oder auch gleich selbst mitzumachen, was eigentlich noch besser wäre. In letzter Zeit ist es nämlich sehr angesagt, sich zur Abwechslung mit mehreren Partnern zu vergnügen, zum Beispiel ein Prom mit zwei Secs oder umgekehrt.«

Mit diesen Worten legte sich Miyacos auf das Bett. Himeco legte sich auf sie. Dann begannen die beiden Körper sich langsam zu bewegen und, sich wie Schlangen umeinander windend, in den vielgestaltigsten Variationen ein Wunder an Berührungen und Liebkosungen zu vollführen. Dabei war es Himeco, die auf Miyacos Bauch rotierte wie ein Uhrzeiger auf dem Zifferblatt und sie mit ihren Fingern, ihrem Mund und subtilen Berührungen ihres gesamten Körpers liebkoste, während Miyacos sich ganz den Wogen der Lust hingab und lediglich ihre Finger wie Fühler auf Himecos Rücken und Gesäß umherwandern ließ; alle Aktivität war auf Himeco beschränkt, und Miyacos bildete den Ruhepol. Mit der Zeit bemerkte P den komplizierten Rhythmus und das extrem Stilisierte, das sich in den Bewegungen der beiden verbarg und nicht nur Miyacos, sondern auch Himecos Erfahrung beziehungsweise Geübtheit in der Rolle der Sec bewies. Das verlieh dem Anblick der liebenden Frauen nicht nur Eleganz, sondern machte ihn auch zu einer äußerst erregenden ersten Erfahrung für P. Miyacos entrückte Miene offenbarte eine seltsame Mischung aus Qual und Verzückung, und zwar besonders in den Momenten, da Himecos Liebkosungen sich auf den weiblichsten Teil ihres Körpers konzentrierten. Die Stellung, die Himeco dabei einnahm, hatte sie offenbar ganz bewusst so gewählt, um P eine gute Aussicht auf die animalischen Zuckungen der Blüten von Miyacos Lust zu gewähren. Soweit P sehen konnte, hatte die fragliche Zone mittlerweile einen Zustand erreicht, der völlig ausreichend für normalen Sex mit einem Mann war, doch er entschied sich trotzdem noch abzuwarten, weil er befürchtete, dass vorschnelles Handeln bei einer so unerfahrenen Partnerin enorme Probleme bereiten könne. Außerdem wollte er sich vergewissern, ob die beiden sich irgendwann gegenseitig spezielle Instrumente einführen würden. Doch darauf schien es nicht hinauszulaufen. Anscheinend bildeten die Berührungen durch Finger, Lippen und Zunge den durchgehenden und ausschließlichen Mittelpunkt des amanonischen Liebesspiels.

»Komm, gesell dich doch zu uns.« Als Miyacos ihn in so unerwartet ruhigem Ton ansprach, fuhr P zusammen.

»Ich dachte, ich störe nur.«

»Ach was, du störst nicht. Je mehr Partner, desto besser. Schau dir einfach bei Himeco ab, wie man es macht.«

»Also gut, dann will ich nicht nein sagen.« P streckte die Hand nach der einen Brust von Miyacos aus, an der Himeco für ihn Platz gemacht hatte, und versuchte, sie moglichst sanft und zärtlich zu liebkosen; dabei konzentrierte er sich ganz auf ihre Reaktion und nicht auf sein eigenes Vergnügen. Doch je weiter seine Hand in Richtung Leibesmitte vordrang, desto mehr verwandelten sich die bislang ruhigen und rhythmischen Wellenbewegungen von Miyacos Körper in plötzliche, krampfartige Gebärden, so dass P sich besorgt fragte, ob seine Liebkosungen zu einem unliebsamen Ergebnis geführt hatten, weil sie einfach zu anders waren als die einer amanonischen Sec.

»Tue ich dir weh?«, fragte er, doch Miyacos schüttelte mit gequältem Gesichtsausdruck den Kopf.

»Nein, im Gegenteil. Es ist irre, aber völlig anders als mit einer Sec. Als würde mein Kopf auseinanderspringen.«

»Hör mal, Miyacos, wenn du willst, überlasse ich alles dem Papa. Dann kannst du es mal auf seine Art versuchen.«

»Ja, vielleicht hast du Recht«, antwortete Miyacos schwer atmend.

Also widmete sich P für eine Weile den empfindsamen Zonen von Miyacos Körper und liebkoste sie eine nach der anderen mit Lippen und Fingern, doch obwohl er sich dabei genau an Himecos Anweisungen hielt, blieb der gewünschte Erfolg aus. Miyacos schien weit davon entfernt, von ihrer Lust davongetragen zu werden. Dennoch zeigte ihr schwerer Atem, dass sich ihre Erregung zu steigern schien, so dass P unverzagt mit seiner Arbeit fortfuhr und Miyacos, wie von Himeco befohlen, auf den Bauch drehte, um auch Rücken und Gesäßpartie zu liebkosen, wobei er sich vorkam wie ein entfesselter Masseur. Schließlich beschloss P, nicht weiter auf Himeco zu hören und seine Partnerin wieder auf den Rücken zu drehen, um sie nach seinen eigenen Regeln zu erstürmen.

»Na, wie ist das?«

»Nicht übel. Zuerst kam es mir etwas brutal vor, aber man kann sich durchaus daran gewöhnen. Ich muss sagen, ihr Männer seid gar nicht so uninteressant.«

»Wenn es soweit ist, werde ich das fragliche Teil einfügen, doch das könnte ein bisschen weh tun.« Während P die betroffene Region von Miyacos Körper mit den Fingern berührte, erläuterte er ihr ein wenig die medizinischen Zusammenhänge.

»Bekomme ich keine Narkose?«, fragte Miyacos verunsichert.

»Eine Narkose? Was für ein Unsinn. Bei einer Vollnarkose würdest du vom Sex gar nichts mehr mitbekommen und bei einer Lokalanästhesie wäre die entsprechende Stelle nicht nur gegen Schmerzen taub, sondern auch gegen jede andere Empfindung. Nein, so etwas wird ohne Betäubung gemacht. Es ist schließlich keine Operation.«

»Okay. Die paar Schmerzen werd ich schon aushalten. Aber was ist mit dem Wohlgefühl – ist es wirklich so viel toller als mit einer Sec?«

»Mit der Zeit vielleicht schon, da sehe ich bei dir gute Chancen. Aber du solltest dir im Klaren darüber sein, dass beim ersten Mal sicher keine sexuelle Erfüllung zu erwarten ist. Es kann sogar zu einer leichten Blutung kommen.«

Während dieser Worte hatte P sich von Miyacos körperlicher Aufnahmebereitschaft überzeugt. Ohne weitere Vorankündigung schritt er zum ersten Stich mit seinem fleischernen Skalpell. Miyacos stieß einen erstickten Laut aus, hielt dann jedoch still und ertrug den Schmerz mit großer Tapferkeit.

»Alles in Ordnung?«

»Momentan schon.«

»Es geht besser, wenn du dich locker lässt.«

»Ich bin ganz locker«, sagte Miyacos.

»Und wie fühlt es sich an?«

»Irgendwie taub, als wäre etwas mit Gewalt in mich hineingeschraubt worden. Aber die Schmerzen sind nicht so arg, wie ich gedacht hatte. Wahrscheinlich habe ich das Schlimmste schon hinter mir. Wie geht es denn jetzt weiter?«

»Nicht so viel sprechen«, ermahnte P. »Im Rausch gestammelte Liebesworte können schon mal vorkommen, doch grundsätzlich gibt es beim Sex nichts zu quasseln. Da muss man sich konzentrieren.«

»Na schön. Aber hör auf, dich so zu bewegen, okay?«

»Ein bisschen muss ich mich schon bewegen, sonst hat das Ganze keinen Sinn.«

»Nur eine Frage noch«, meldete sich Miyacos mit erstickter Stimme. »Empfindest du beim Sex mit mir Lust?«

»Da mach dir mal keine Sorgen. Die Lust spielt sich eher im Kopf ab. Und ich finde allein schon den Gedanken, mit einem Prom wie dir im Bett zu sein, äußerst erregend. Wenn du nun auch noch Spaß daran hättest, wäre das schon das Tüpfelchen auf dem i.«

Mit einem Wink bedeutete P Himeco, die neugierig und zugleich sorgenvoll von der Seite zugesehen hatte, mit ihren Liebkosungen von vorhin fortzufahren. Auch er selbst setzte von seiner Position am Bettrand aus seine freien Hände ein, um Miyacos Brust und empfindsame Zonen zu berühren. Offenbar hatte ihr Vorgehen Erfolg, denn bald schien Miyacos ihre Schmerzen vergessen zu haben und sich ganz dem Liebesakt hinzugeben. Ohne Hast machte P noch eine ganze Weile weiter und beobachtete dabei Miyacos Reaktion.

»Du, Papa, was passiert denn ganz zum Schluss?«, fragte Himeco.

»Für mich kommt ganz zum Schluss das Abschießen von Samenflüssigkeit, doch so weit will ich es heute nicht kommen lassen. Sobald Miyacos ihren Spaß hatte, höre ich auf.«

»Ob man von Spaß sprechen kann, weiß ich nicht, denn bei mir fühlt sich alles ganz komisch taub an. Obwohl es nicht sehr weh tut. Übrigens – ich möchte dich doch bitten, nicht irgendwelches komisches Zeug in mich abzuschießen.«

»Gut. Irgendwann möchte ich zwar schon, dass du schwanger wirst, aber heute muss es nicht sein. Außerdem bin ich bei der Grundstellung geblieben, weil es das erste Mal war«, sagte P und zog dann das harte und pralle Ding, mit dem er Miyacos Körper wie mit einer Kolbenstange auf dem Bett fixiert hatte, einfach wieder heraus. Miyacos seufzte tief, wie befreit von einer erdrückenden Last.

»Und, wie war's? Du musst wissen, es ist allgemein bekannt, dass man es beim ersten Mal noch nicht voll auskosten kann. Da kannst du von Glück reden, wenn die Schmerzen sich in erträglichen Grenzen halten. Mit zunehmender Erfahrung wird es immer besser. Beim nächsten Mal werde ich eine etwas anspruchsvollere Technik anwenden, mit der ich dich bestimmt zur Exstase bringe, solange du dich bereit erklärst, noch einmal mitzumachen.«

»Aber sicher, du kannst auch in Zukunft auf mich zählen«, versprach Miyacos ernsthaft. »Ich bin zwar vom ersten Mal noch etwas durcheinander und kann meinen Eindruck nicht so gut wiedergeben, aber ich glaube, am Sex mit einem Mann könnte ich schon Gefallen finden.«

»Oh, ich glaube, es hat etwas geblutet«, bemerkte Himeco und trug einem Servanten auf, den Verbandskasten zu holen.

»Ach, das ist nichts weiter, nur ein Kratzer.«

Mit der flachen Hand tätschelte Miyacos die Stelle, die ihr Himeco mit ein wenig Salbe eingerieben hatte, machte ein paar Kniebeugen und gab dann per Handzeichen zu verstehen, dass alles in Ordnung sei. Es sah aus wie die Geste eines Sportlers nach beendetem Wettkampf, so dass P sich ein Lächeln nicht verkneifen konnte. Schließlich machte sich Miyacos in bester Stimmung auf den Heimweg.

Bereits fertig umgezogen, kam Himeco in einem mädchenhaften Nachtgewand in P's Zimmer, um ihm ein Erfrischungsgetränk zu bringen.

»Ruh dich erst einmal aus, Papa, du hast einen harten Kampf hinter dir.«

»Ach, wenn ich da an diese Elefantenfrau bei Tauron denke, diese Hirocon, im Vergleich zu der war Miyacos die reinste Erholung.«

»Hast du von nun an öfters vor, so etwas wie heute zu machen?«

P nickte. »Ja, das habe ich vor«, sagte er. Dann wurde seine Stimme sanfter. »Übrigens vielen Dank für deine Hilfe heute. Was hältst du davon, wenn wir zwei nachher noch einmal in Ruhe zusammen ins Bad gehen?«

»Au ja!« Mit strahlenden Augen sah Himeco zu P empor. »Schade, dass ich nicht schon etwas größer bin, Papa, sonst würde ich auch als Partnerin für dich taugen.«

»Das würdest du auch jetzt schon, wenn man es darauf ankommen ließe. Doch so etwas Grausames will ich dir nicht antun.«

»Mir scheint, du bist so schon grausam genug …«, murmelte Himeco, während P sie auf dem Arm ins Bad trug.

13. KAPITEL

Die Religionssendung »Monopara«

Tage später erschien Miyacos mit vier Begleitern bei P: Aicos, Vorstandsmitglied und Produktionsleiter eines Fernsehsenders, sein Mitarbeiter, der Regissör Récos, sowie Rumicos, Geschäftsleiter einer Werbefirma, und Medien-Kommentator Hidecos, der mit den anderen offenbar gut bekannt zu sein schien. Inzwischen sah es auch P auf den ersten Blick: Sämtliche Anwesende waren Frauen. Dies zu bemerken, war selbst für P nicht schwer, denn sie waren weitaus femininer gekleidet als die meisten Amanonier; auch wenn sie – im Gegensatz zu den Frauen seiner Heimat – keine Röcke trugen, ließ ihr extravaganter Stil doch deutlich erkennen, dass sie einer ganz anderen Welt angehörten als die Bizmänner oder die Proms aus Politiker-, Behörden- und Finanzkreisen. Auch in anderer Hinsicht fielen sie aus dem Rahmen: Da waren zunächst einmal ihre Haare, die sie lang trugen und in seltsamen Farben getönt hatten. Ihre Gesichter waren unauffällig aber sorgfältig geschminkt und ihre langen Nägel in rötlich oder blassviolett irisierenden Farben lackiert. Dazu trugen sie Schmuck: Halsketten, juwelenbesetzte Ringe und Ohrringe, und der Produktionsleiter sogar einen Armreif. In einem Wort, ihre Art, sich zu kleiden hatte kaum etwas mit dem maskulinen Stil der anderen Amanonierinnen gemein, und das bedeutete nichts anderes, als dass die Angehörigen dieser Branche so fraulich wirkten, wie es ihrem tatsächlichen Geschlecht entsprach.

Da es bei dem nachmittäglichen Treffen für Alkohol noch zu früh war, wurden auf Castanons Geheiß erlesenes Naschwerk und mehrere Sorten Tee gereicht. Die Art und Weise, wie seine Gäste von den Süßigkeiten naschten, während sie angeregt miteinander plauderten, machte P abermals deutlich, dass dies nur Frauen sein konnten, und zwar Frauen in der Blüte ihrer Jahre, zwischen Anfang dreißig und Anfang vierzig.

Schon im Voraus hatte P von Miyacos einen Brief mit den Eckdaten aller Anwesenden erhalten, aus dem hervorging, dass alle vier Mitglieder der Intelligenzia waren, die ihr Studium an der Amanon-Universität absolviert hatten und in ihrer jeweiligen Sparte einen hohen Ruf als talentierte Jungunternehmer genossen. Zur Sicherheit hatte P diese Angaben mit den Daten aus Castanons privatem Informationsnetz verglichen, doch sie waren absolut wasserdicht. Die grundsätzlichen Pläne für ihr Vorhaben hatten P und Miyacos bereits bei einem internen Gespräch festgelegt; mit seinem Kapital sollte P eine Aktiengesellschaft gründen, die auf religiöse Dienstleistungen spezialisiert sein würde. P würde Firmenpräsident sein und Miyacos Geschäftsführer, und das restliche Team wollte man in der Hauptsache aus fähigen Köpfen der Fernseh- und Werbebranche rekrutieren sowie auch aus Angehörigen der führenden Bankhäuser und Handelsfirmen.

»Soweit wäre die Sache also bereits geklärt, denn darüber waren der Padre und ich uns relativ einig«, erklärte Miyacos zunächst. »Vorbehalten blieb jedoch die Frage, ob es ein öffentlich-rechtliches Unternehmen werden soll, das von der Regierung mit Kapital und Führungskräften versorgt wird, oder lieber ein reines Privatunternehmen. Meines Erachtens wäre Letzteres okay, wenn nicht sogar vorteilhafter. Klar, ich könnte es gut verstehen, wenn jetzt einer von euch einwenden würde, dass ein öffentlich-rechtliches Unternehmen, das von der Regierung gesponzert wird, bestimmt allerhand Vorteile hätte, denn in der Tat hat sich sogar der amtierende Premier Yumicos bereit erklärt, uns als Berater seinen Namen zur Verfügung zu stellen. Doch in dem Fall wären wir verpflichtet, der Regierung über unsere Geschäftsaktivitäten und Firmenbilanzen Rechenschaft abzulegen. So etwas macht nur Umstände. Und was sich bei einem öffentlich-rechtlichen Unternehmen in Zukunft als noch komplizierteres Problem entpuppen könnte, wäre die eigenmächtige Besetzung von leitenden Posten durch ungeeignete Politiker und Beamte. Dieser Stellenvergabe, die bei der Regierung ja nach dem so genannten *Monopoli-Prinzip* oder *Amanonopoli-Prinzip* ausgewürfelt wird, wäre dann Tür und Tor geöffnet. Und das wär nix, Leute! Außerdem kann ich aufgrund meines Insiderwissens nur davon abraten, sich ans Gängelband der Regierung zu begeben: sie mischt sich zwar gern in die Geschäfte der öffentlich-rechtlichen Unternehmen ein, aber ihre Subventionen reichen nur für den hohlen Zahn. Die Regierung befindet sich nämlich, das wollte ich euch bei der Gelegenheit auch noch verraten, momentan in ziemlichen Maneyschwierigkeiten, um nicht zu sagen, in einer chronischen Finanzkrise.«

»Danke, Miyacos, das waren sehr hilfreiche Ratschläge für uns, und ich glaube, dass du Recht hast«, sagte P. »Deshalb würde ich mich deinem Vorschlag mit dem Privatunternehmen gern anschließen. Daran könnte sich Premier Yumicos zum Beispiel als privater Referent beteiligen. Und falls so etwas während ihrer Amtszeit aus politischen Gründen nicht in Frage käme, könnte Yumicos mir fürs Erste als inoffizieller Vertrauensmann dienen. Übrigens hat Yumicos mich neulich persönlich angerufen, und wie sie mich in diesem Gespräch wissen ließ, will sie mit der neuen Firma einfach in irgendeiner Form in Verbindung bleiben, bis sie offiziell als Berater oder Aufsichtsratsmitglied anfangen kann.«

»Na, Leute, dann ist die Sache ja geritzt«, sagte Werbefachmann Rumicos.

»Ich hab ebenfalls keine Einwände«, schloss sich Produktionsleiter Aicos an. Auch der Medien-Kommentator Hidecos nickte zustimmend.

»Die nächste Frage lautet, wen wir als Sponzor nehmen könnten, wenn bei der Regierung kein Maney zu holen ist«, lenkte Rumicos das Gespräch auf ein weiteres Thema. Wie sie P erklärte, war ein Sponzor ein Unternehmen, das für eine Sendung die Produktionskosten übernahm und dafür bei der Ausstrahlung namentlich genannt wurde. Außerdem stand dem Unternehmen noch dazu ein Viertel der Sendezeit zur freien Verfügung, um für seine sensationelle Einzigartigkeit zu werben, beziehungsweise die seiner Produkte, wenn es sich um einen Hersteller handelte, oder die seiner Dienstleistungen, wenn es sich um eine Serviceagentur handelte. Dazu wurde unter Zuhilfenahme von fröhlichen Liedern, Musikstücken, Sketchen, Tänzen, Zeichentrickfilmen oder anderen Darstellungsformen ein ›Spott‹ produziert, der vor, während und nach der Sendung eingeblendet wurde. So etwas bezeichnete man als ›Promotion Spott‹, oder auch abgekürzt als *Promospott.*

»An die zehn oder zwanzig Topunternehmen könnte ich mit Leichtigkeit als Sponzoren gewinnen, wenn ich dafür meinen Namen und meine Beziehungen als Vizeregierungssprecher spielen ließe«, erklärte Miyacos mit verschränkten Armen.

»Wozu brauchen wir überhaupt Sponzoren?«, fragte P. »Ich meine, ich könnte doch mein eigener Sponzor sein, beziehungsweise als Repräsentant der amanonischen Niederlassung der Monokamisten für das nötige Maney sorgen. Das heißt, die ganze Sendung wäre sozusagen ein einziger langer Promospott für mich selbst. Natürlich, wenn sich mir weitere Sponzoren anschließen wollten, bitte sehr, da hätte ich nichts dagegen.«

»Na, die Idee ist ja stark. Auf so etwas muss man erst mal kommen. Also, eine ganze Sendung als Promospott. Was meinst du, ist das nicht irre? Mit einem gelungenen Spott könnte das hinhauen«, wandte sich Aicos begeistert an ihren Mitarbeiter, den Regissör Récos.

»Ja, er müsste nur originell sein und nicht gleich als Promospott durchschaubar«, erwiderte Récos. »Vielleicht am besten eine dreißigminütige Sendung. Und wenn sich weitere interessierte Sponzoren melden, könnten wir deren Produkte unauffällig und doch unübersehbar im Hintergrund platzieren. Oder die Sponzoren selbst könnten in dem Spott auftreten und irgendeinen Werbeslogan loslassen.«

Mit dieser Idee war auch Werbefachmann Rumicos einverstanden und wurde sogleich beauftragt, sich nach potenziellen Sponzorunternehmen für diesen etwas extravaganten Spott umzusehen.

»Allerdings frage ich mich, Padre, was du mit der ganzen Sache nun eigentlich erreichen willst. Na ja, ich weiß, dir geht es um die Verbreitung des Monokamismus. Aber das bedeutet in erster Linie die Rekrutierung neuer Anhänger, nicht wahr?«, fragte Miyacos.

»Das wäre eher das langfristige Ziel«, antwortete P. »Es macht nichts, wenn wir am Anfang keine Anhänger gewinnen können.«

»Dir reicht es also schon, den Monokamismus bekannt zu machen?«

»Im Grunde ja. Dazu ist es gar nicht mal unbedingt nötig, ihn richtig zu begreifen. Das Wichtigste ist, dass man den Begriff kennt, dass man mich kennt, und dass ich zur berühmtesten Persönlichkeit Amanons werde. Denn eines hat mich mein Aufenthalt hier gelehrt: Je prominenter man ist, desto mehr Macht hat man über andere.«

»Sozusagen der eigene Bekanntheitsgrad als Machtquelle. Ja, da ist was dran«, sagte Miyacos.

»Aber Werbung bedeutet automatisch, durch Poppularität in der Lage zu sein, andere zu manipulieren. Und damit allein ist noch nichts gewonnen, oder?«, wandte Rumicos ein. »Gesiegt hat man erst, wenn man die Leute zum Beispiel dazu bringen kann, mehr von seinen eigenen Produkten zu konsumieren. Und ich frage mich, was für Produkte das in deinem Fall wären.«

P vermied eine direkte Antwort. In Wirklichkeit ging es ihm darum, mit möglichst vielen Amanoniern, beziehungsweise Amanonierinnen, Sex zu haben, um den zu Arbeitsbienen mutierten Frauen ihre Weiblichkeit zurückzugeben und sie auf natürlichem Wege Kinder in die Welt setzen zu lassen, von denen möglichst viele Jungen sein sollten. Dadurch würde sich das Geschlechterverhältnis über kurz oder lang normalisieren. Was er plante, war eine richtige Revolution, doch den anwesenden Frauen ging es nur ums Geschäft und ums Mancy; solchen Leuten Dinge anzuvertrauen, die außerhalb des geschäftlichen Rahmens lagen, erschien P unsinnig. Deshalb sagte er nur geheimnisvoll: »Was ich zu verkaufen habe, ist kein gewöhnliches Produkt. Mein Wunsch ist höchstens, dass sich in den Zuschauern durch wiederholtes Sehen meiner Sendung ganz unmerklich ein bestimmter Bewusstseinswandel vollzieht.«

»Ah, ich weiß schon: Dein Geschäft besteht darin, die Zuschauer mit Keimen zu infizieren, die in ihnen den Glauben an den Monokamismus auslösen«, analysierte Miyacos.

»Richtig geraten.« P hielt es für angebrachter, diesmal nicht zu widersprechen. »Dass ich vor dir nichts geheim halten kann, hätte ich mir ja denken können. Ich hoffe nicht, dass ich mit diesem Werbeziel als Sponzor gegen irgendein Gesetz verstoße. Schließlich ist es nur ein Teil meiner missionarischen Aufgabe.«

»Genau, und hier in Amanon wird alles, was dem Namen nach religiös klingt, normalerweise sehr großzügig behandelt«, erklärte Medien-Kommentator Hidecos. »Selbst über etwas, das beispielsweise eindeutig in den Pornobereich gehört, würde sich niemand beschweren, solange es überzeugend genug als Zeremonie oder religiöses Ritual getarnt wäre. Nur vor ein paar Jahren gab es einmal Trouble, als der Anführer einer neureligiösen Suizidsekte sich vor laufender Kamera selbst verbrannte.«

»So etwas lassen sie einen im Fernsehen machen?« P war beeindruckt.

»Ja, solange die Quoten stimmen, kann man da so ziemlich alles machen. Doch die Art und Weise, wie der Sektenchef sich mit Benzin übergoss und dann anzündete, sorgte für ziemlich schlechte Publicity. Na ja, so weit zur *Bangwahn*-Sekte, deren Name ja bereits darauf anspielt, dass die Anhänger so bang vor dem Leben waren, dass es einem Wahn gleichkam. Übrigens gelang es der Sekte dann später, ihren guten Ruf wieder herzustellen, indem sie sich nicht mehr verbrannten, sondern nur noch vergifteten und schließlich sogar eine besonders elegante Selbstmordmethode erfanden, bei der man so lange die Luft anhält, bis man tot umfällt. Aber so was kann natürlich nicht jeder. Schließlich fand die Sekte keinen Zulauf mehr, weil sämtliche Anführer den freiwilligen Erstickungstod wählten, einer nach dem anderen. Tja, und so verschwand dieser Suizidkult schnell wieder in der Versenkung.«

Die Frauen brachen in Gelächter aus. Offenbar war es eine bekannte Ankedote, eine Art Dauerbrenner, über den man auch beim x-ten Mal noch lachen konnte. Durch das Benehmen der anwesenden Intelligenziamitglieder wurde P nach und nach klar, wie zynisch ihre Einstellung zur Religion war.

»Also, bei einer Sache würde ich gern nochmal nachhaken. Wenn ich Hidecos vorhin richtig verstanden habe, wird die Freiheit der religiösen Meinungsäußerung auch im Fernsehen weitestgehend respektiert. Doch mittlerweile habe ich den Eindruck, dass der Religion gar kein Respekt oder ernsthaftes Interesse entgegengebracht wird, sondern nur Geringschätzung und Hohn, die zu einem gleichgültigen Prinzip der Nichteinmischung geführt haben.«

»Richtig«, sagte Hidecos, und die anderen nickten zustimmend. »Die Proms, und vor allem wir von der Intelligenzia halten Religion für etwas völlig Überflüssiges. Andererseits wissen wir, dass die breite Masse irgendeinen Glauben braucht. Also werden entsprechende Religionen offeriert, denn die Nachfrage regelt das Angebot, gelle? Damit haben wir überhaupt kein Problem. Nein, wir sagen nichts, sondern lassen der Sache ihren Lauf, weil wir das Recht der Einfältigen auf einfältige Dinge respektieren, selbst wenn wir die Religion in Wirklichkeit verachten und uns im stillen Kämmerlein darüber lustig machen.«

»Außerdem, das muss man dazu sagen, kassieren wir Steuern von den Sekten«, ergänzte Miyacos. »So eine Art Umsatzsteuer, weißt du. Zwar soll es Zeiten gegeben haben, in denen religiöse Vereinigungen von jeglichen Steuern befreit waren, aber das würde ihrem Ansehen heute eher schaden; schließlich zahlen andere Dienstleistungsbranchen wie Medizin oder Kosmetik auch Steuern. Als angesehenes religiöses Bizness gelten die Aktivitäten einer Sekte erst, wenn sie auch brav ihre Abgaben entrichtet. Dafür garantieren wir ihr dann größtmögliche Freiheit bei der Werbung für ihre Lehre, sei es durchs Fernsehen, durch Publikationen oder durch Events. Davon haben dann alle was, nicht wahr, sowohl wir als auch die breite Masse.«

»Stimmt, klingt logisch«, meinte P. »Das heißt, solange anderen kein Schaden dabei entsteht, ist es euch egal, welche Art von Sekten gegründet werden und auf welche Weise sie ihre Anhänger gewinnen, nicht wahr?«

»Genau. Deshalb stand es auch einer Suizidbewegung wie der *Bangwahn*-Sekte völlig frei, öffentlich ihre Selbstmorde zu zelebrieren. Wir haben auch nichts dagegen, wenn die Anhänger sich gegenseitig umbringen oder beim Selbstmord assistieren. Das interessiert uns nicht. Doch mal angenommen, es taucht eine Opfermordsekte auf, die unschuldige Leute umbringt, dann könnten wir das nicht ignorieren, denn das wäre eine eindeutige Straftat.«

»Allerdings gibt es eh nur wenige Sekten, die Absonderlichkeiten wie Selbstmord oder Mord anbieten«, erklärte Hidecos. »Die meisten Religionen versprechen ihren Kunden mehr Gesundheit für Leib und Seele, Erlösung von Krankheiten und ewige Jugend, denn die Amanonier haben eine Heidenangst vor dem Tod.«

»Anwesende eingeschlossen?«, fragte P.

»Na ja, Krankheit oder einen frühen Tod wünscht sich wahrscheinlich keiner«, antwortete Aicos. »Doch weil Religion darauf natürlich auch keinen Einfluss hat, engagieren wir uns lieber für vernünftigere Methoden. Und wenn die dann auch nichts mehr ausrichten können und der Tod unausweichlich ist, gibt es ja immer noch die Sterbehilfe. Von der machen die meisten Proms Gebrauch, wie inzwischen hinlänglich bekannt ist.«

»Das heißt, gesetzlich ist die Sterbehilfe nicht anerkannt?«

»So ist es. Zwar wurde in den letzten hundert Jahren ausgiebig darüber debattiert, doch zu einem Konsens ist man nicht gekommen. Da mittlerweile klar ist, dass man sich sowieso nicht auf ein Gesetz einigen könnte, greifen die Leute eben neuerdings zur Selbsthilfe, und es gibt genug Ärzte, die ihnen dabei zur Hand gehen, aus reiner Profitgier natürlich. Die Regierung sieht geflissentlich darüber hinweg. Allerdings kostet diese heimliche Sterbehilfe eine schöne Stange Maney. Deshalb schließen die meisten Proms schon im Voraus heimlich einen Vertrag mit einem Arzt ab, um im Ernstfall Sterbehilfe zu erhalten, und auch unter den normalen Leuten soll es viele geben, die den Gürtel enger schnallen, um für die Sterbehilfe Maney auf die hohe Kante legen zu können.«

Im Laufe des Gesprächs wurden P einige Dinge über die Amanonier klarer; das Jenseits zum Beispiel, das Leben nach dem Tod oder die Unsterblichkeit der Seele waren für sie völlig ungreifbare Dinge. Und weil der Tod für sie das Ende aller Dinge bedeutete, war ihr Interesse an einem schmerzlosen und angenehmen Dahinscheiden sehr ausgeprägt. Außerdem empfanden sie nur geringe emotionale Bindung zu ihren Eltern und Vorfahren, denn die meisten von ihnen entstanden ohne ›lebenden Vater‹ aus Samenzellen von der Samenbank und der Eizelle der Mutter in einem künstlichen Uterus. Folglich war ihnen auch der Brauch, den Seelen der Ahnen zu gedenken, gänzlich fremd. Es gab nicht einmal Gräber. Wenn jemand starb, meldete man das den Behörden, ließ den Leichnam dann von einer Serviceagentur für Reinigungsarbeiten einäschern und sich einen Teil der Überreste aushändigen; doch selbst dieses Entgegennehmen der Gebeine, wie man es nannte, wurde zunehmend lästiger und häufig weggelassen, so dass nach der möglichst unauffälligen ›Entsorgung‹ der Verstorbenen nur noch eine Totenparty zur Bekanntgabe des Sterbefalls veranstaltet wurde, in deren Mittelpunkt die Hinterbliebenen – also im Normalfall nur die Töchter – und Freundinnen der Toten standen. Diese Party entsprach der monokamischen Trauerfeier. Allerdings war es in Amanon vor allem unter den Proms zurzeit Mode, bei diesen Totenpartys auf sämtliche religiöse Elemente zu verzichten, was von den Hotels und Serviceagenturen, die für die Räumlichkeiten und den Ablauf sorgten, sehr begrüßt wurde, bei den Buddhaisten und anderen Geistlichen aus dem traditionellen Bestattungsgewerbe jedoch Unmut auslöste.

»Tja, nach allem, was ich bisher gehört habe, erscheint es mir ratsamer, jeglichen Bezug auf Leben oder Tod fürs erste aus unserer Sendung herauszuhalten«, erklärte P. »Mir geht in letzter Zeit eine Idee im Kopf herum, nämlich, ob wir nicht für die Lebenden einen Besuch im Himmelreich, also im so genannten Paradies, anbieten könnten. Und zwar, indem wir ihre Seelen – mal angenommen, wir besäßen Seelen – aus dem Körper heraus an einen wundersamen Ort im Nirgendwo führen, beziehungsweise eine Exstaseerfahrung machen lassen. Den Ort will ich *Monopara* taufen, weil er das monokamische Paradies darstellen soll.«

»Monopara – ein schöner Name«, sagte Miyacos. »Und was für ein Ort soll das sein?«

»Eigentlich sind es die Gefilde, die nur fromme Menschen, die zeitlebens viel Gutes getan haben, nach ihrem Tod betreten dürfen. Wie es in diesem Himmelreich aussehen soll, davon existieren die verschiedensten Vorstellungen: Man erzählt sich etwa, dass dort schöne Blumen blühen und seltsame, unbekannte Vögel umherfliegen, und man auf den riesigen Seerosenblättern, die dort auf den Teichen trieben, sitzen und die unendliche Zeit wie in Trance an sich vorbeiziehen lassen kann; doch das Wichtigste ist wohl, dass man dort, ähnlich wie ein Raumfahrer in der Schwerelosigkeit des Alls, für alle Zeit von Qualen und Leid befreit ist und immerwährende Glückseligkeit genießen kann. In dieses Paradies würden wir die Seelen der Leute schicken, damit sie eine Weile darin lustwandeln können.«

»Na, wenn das mal hinhaut …«, sagte Hidecos skeptisch.

»Ach, hier geht es doch gar nicht darum, ob die Leute diese Exstase und die Reise nach Monopara nun wirklich erfahren oder nicht. Hauptsache, in der Sendung wirkt es überzeugend und unterhaltsam. Wozu haben wir schließlich unsere Schauspieler? Denen müssen wir nur erklären, wie sie es zu erzählen beziehungsweise realistisch darzustellen haben. Nichts leichter als das, Leute«, beruhigte sie Miyacos. »Und wo wir gerade davon sprechen: Das Wichtigste ist die Auswahl der richtigen Schauspieler. Wir sollten ein großes Kasting veranstalten und uns möglichst junge, unverbrauchte Amateurdarsteller heraussuchen – und zwar nur die allerhübschesten, wenn ihr mich fragt, so hübsch etwa wie die Sec vom Padre oder die vom Ministerpräsidenten.«

Bei diesen Worten warf Miyacos einen Blick auf Himeco, die an P's Seite saß und ihm ab und zu sein Glas reichte, während sie sich von ihm mit Süßigkeiten füttern ließ, so wie es sich für eine Sec gehörte.

»Kein schlechter Plan«, sagte P, wollte jedoch zur Sicherheit noch eine Alternative vorschlagen. »Andererseits könnten wir die Besetzung auch jedesmal neu ausschreiben und unter den Einsendern auslosen.

Das würde für Gesprächsstoff sorgen und außerdem helfen, den Monokamismus bekannter zu machen.«

»Ja, die Idee finde ich besser«, sagte Aicos. »Mit Profis allein ist es nicht getan. Irgendwie müssen wir auch die Zuschauer miteinbeziehen: Die aktive Beteiligung des Publikums ist auch bei anderen beliebten Sendungen der letzten Zeit zu einer Art Prämisse geworden.«

»Mir persönlich wäre eine möglichst bunte Mischung an Darstellern am liebsten, insofern stimme ich euren beiden Vorschlägen gleichermaßen zu. Aber weil ich die Kandidaten immerhin zur Exstase führen muss, würde ich welche bevorzugen, die ein wenig meinem Geschmack entsprechen, oder zumindest keine Zumutung darstellen«, fügte P hinzu und gab dann auf unterhaltsame Weise zum Besten, was er einmal bei Tauron mit einer gewissen Hirocon erlebt hatte, jenem auf ›antiquierte Freudenmädchendienste‹ spezialisierten gigantischen Fleischklumpen.

»Klingt ja wie in einem Horrorcomic.«

»Na ja, ich hatte das Glück, stark genug zu sein und sie gerade noch bezwingen zu können. Aber natürlich hat unsere Sendung weder mit Zweikämpfen noch mit Sport zu tun. Also, zurück zu den Darstellern: Wir sollten möglichst viele Interessenten ansprechen und die ›qualifiziertesten‹ Darsteller dann durch ein Auswahlkomitee bestimmen lassen. Dabei verstehe ich unter ›qualifiziert‹ nicht nur ein passables Äußeres und schauspielerisches Können, sondern auch eine gewisse sexuelle Eignung, weil es schließlich um meine Partner beim Sex geht. Dafür halte ich die Bildung eines Auswahlkomitees mit mir als Vorsitzendem für unerlässlich.«

Für einen Moment herrschte ratloses Schweigen unter den Anwesenden.

»Vielleicht wäre es besser, wenn du uns die Sache mit dem Sex an dieser Stelle einmal praktisch demonstrieren könntest, denn offensichtlich bildet das ja den Kernpunkt der Sendung.« Die Aufforderung kam von Miyacos, der Einzigen in der Runde mit Erfahrung und einer entsprechend positiven Einstellung. Es hatte zwar nicht den Anschein, als wolle Miyacos die übrigen Frauen durch einen detaillierten Bericht mit Vorabinformationen versorgen, doch immerhin schien sie bereit, die anderen an ihrer Erfahrung teilhaben zu lassen, indem sie den Sex mit P vor aller Augen wiederholte.

»Ja, Miyacos, das ist eine gute Idee«, sagte Rumicos. »Am besten spielst du das Versuchskaninchen und wir schauen zu. Dann wissen wir wenigstens endlich, worum es geht, denn aus deinen Erklärungen konnte bisher keiner von uns so recht schlau werden.«

»Nun, dann möchte ich auch den Rest der Herrschaften ganz herzlich zur Teilnahme einladen«, ermunterte P seine Gäste jovial wie ein erfahrener Showmaster, dessen freundliche Aufforderung keinen Widerspruch duldet. »Wie sagt man doch noch auf gut Amanonisch: Wennschon, dennschon, nicht wahr? Gerade ihr als aufgeschlossene Mitglieder der Intelligenzia dürftet an der Sache schnell Gefallen finden und großen Spaß haben.«

»Und es tut nicht weh?«, fragte Rumicos.

»Nur am Anfang«, antwortete Miyacos, »aber nicht sehr, vielleicht wie eine kleine Spritze, würde ich sagen. Wenn man das einmal überstanden hat, wird es mit jedem Mal schöner.«

Himeco ergriff die Gelegenheit und stand auf. »Darf ich die Herrschaften also bitten, mir zum Baderaum zu folgen ...«

»Du machst doch auch mit, oder?«, fragte Miyacos, und Himeco nickte lächelnd.

Genau wie Miyacos beim letzten Mal entledigten sich die vier Frauen, die das Freiluftbad im Garten zum ersten Mal sahen, unter ausgelassenem Freudengeschrei ihrer Kleidung, sprangen in das geräumige Warmwasserbecken und begannen darin herumzutollen. Erneut registierte P, wie kindisch die erwachsenen Amanonierinnen sich benahmen; und während er die vier wohlproportionierten nackten Leiber beobachtete, bemerkte er, dass die jungen Mitglieder der Intelligenzia sehr darauf achteten, sich einen mädchenhaft oder besser gesagt knabenhaft schlanken Körper anzutrainieren und zu bewahren. Überdies waren sie alle ebenso hochgewachsen wie Miyacos, und daraus schloss P, dass die Proms und darunter besonders die Mitglieder der Intelligenzia von höherem Wuchs waren als die Amanonier anderer Gesellschaftsschichten. Seiner Ansicht nach rührte zumindest die mädchenhafte Straffheit, die sich ihre Körper selbst im reiferen Alter noch erhielten, davon, dass die Amanonierinnen weder ein normales Eheleben geführt, noch Schwangerschaft oder Geburt erfahren hatten. Ja, sie waren sogar ausnahmslos Jungfrauen ohne jede geschlechtliche Erfahrung, und insofern erschien P das beinahe Geschlechtslose, als das ihre

Mädchenhaftigkeit unabhängig vom Alter erhalten geblieben war, nicht weiter erstaunlich.

Als P sich auszog und ins Wasser kam, reagierten die Frauen ganz ähnlich wie zuvor auch Miyacos und Himeco und gebärdeten sich wie wild, um ihren Schrecken angesichts des ungewohnten Anblicks eines richtigen nackten Mannes zu überspielen; sie brachen in gekünsteltes Gelächter aus, fielen P um den Hals und traktierten seinen Körper mit Fäusten. Allerdings gab P diesmal sorgfältiger Acht: Um gar nicht erst in die Defensive zu geraten und wieder zu viel Wasser schlucken zu müssen, ging er recht schonungslos mit den Frauen um, hob eine nach der anderen hoch, wirbelte sie kräftig herum, bis ihr schwindlig wurde, und schleuderte sie dann in hohem Bogen ins Wasser. Daraufhin stürzten sich die Frauen, denen es über die Maßen zu gefallen schien, einem kräftigen Mann als Spielball zu dienen, unter Kreischen und Jauchzen in immer größerer Erregung auf ihn. Als nächstes versuchte P es mit Kitzeln. Während er tat, als wolle er sie nur necken, setzte P Hände, Mund und sogar Arme ein, um die empfindsamen Zonen der glitschigen Frauenleiber gezielt zu berühren und zu liebkosen. Dies verfehlte nicht seine Wirkung: Die zunächst noch koketten, spitzen Schreie der kitzligen Frauen wichen mehr und mehr atemlos gequälten Seufzern und weiblichem Stöhnen, bis sie schließlich alle Widerstandskraft verloren. Als die Frauen, die ihre veränderte Reaktion selbst für reine Erschöpfung hielten, am Ende schweratmend und wie entrückt am Beckenrand kauerten, lud P sie ein, ihm ins Gästeschlafzimmer zu folgen, um dort, wie er sagte, eine Ruhepause einzulegen.

Auch dort verhielt sich Miyacos unerwartet eifrig und kooperativ: Ungefragt stieg sie auf das Bett und nahm dort eine empfangsbereite Position ein, doch P war sich nicht sicher, ob sie damit nur vor den anderen mit ihrer Erfahrung angeben wollte oder wirklich bereits Blut geleckt hatte. Er beschloss, Miyacos Verhalten erstens als Beweis für ihr erwachtes Verlangen zu deuten, und zweitens als offenen Ausdruck einer besonderen Art von Zuneigung für ihn. Dies bestärkte ihn in seiner Zuversicht, einerseits das sexuelle Erlebnis diesmal auf natürlichere Weise genießen zu können als bei ihrer letzten, eher experimentellen Begegnung, und dabei andererseits die nüchterne Konzentration eines Lehrers an den Tag legen zu können, der seinen neuen Schülern eine Übung demonstriert. Er beschloss, Himeco die Liebkosung des Oberkörpers, vor allem der Brust zu überlassen, um sich selbst vor allem Miyacos Geschlecht zu widmen und es mutig und doch einfühlsam zu stimulieren. Als die beiden sich schließlich ans Werk machten, reagierte Miyacos unverhofft sensibel auf das, was für die Zuschauer wirkte wie eine Praxisstunde in Anatomie. Ihre Empfangsposition war ebenso vorbildlich wie auch der Rhythmus ihrer Bewegungen danach, der im perfekten Einklang mit P stand, und das bedeutete einen unglaublichen Fortschritt seit dem letzten Mal. Als P Miyacos dies ins Ohr flüsterte, huschte ein freudiger Ausdruck über ihre geröteten Wangen, und spontan schlangen sich ihre Arme um P's Nacken. Bald erreichte ihre Erregung ein rauschhaftes Stadium; sie warf die Arme über den Kopf und begann ihren Unterkörper weich zu bewegen wie ein Tintenfisch, der im Wasser treibt. Geschickt wie ein Fischer, der sein Netz akkurat um einen Schwarm Fische zusammenzieht, konzentrierte P sich darauf, Miyacos zum Gipfel der Verzückung zu führen, wobei er eine Position einnahm, die den anderen vier Frauen eine gute Sicht auf die vereinigten Körperteile bot. Als Miyacos sich schließlich im entrückten Zustand der Exstase befand, demonstrierte P seinen Zuschauern anhand ihres willenlosen Körpers die verschiedenen möglichen Stellungen und vergewisserte sich dabei, dass jeder der verschiedenen Schlüssel zum Tor der Lust auch zuverlässig in das vorgesehene Schlüsselloch passte und dort seinen Zweck erfüllte.

Die Wirkung, die dieser Praxisunterricht auf die übrigen Vier hatte, war unübersehbar: Als P Récos zu seiner nächsten Partnerin bestimmen wollte, weil sie die Jüngste war und mit ihrer glatten und straffen Haut seinen Appetit am meisten anregte, drängelte Aicos sie beiseite und verlangte, als zweite an die Reihe zu kommen. Ohne Zweifel hatten sie die Szenen, deren Zeugin sie soeben geworden war, durchaus angeregt und mit großer Ungeduld auf das zu erwartende Vergnügen erfüllt. Also bestimmte P Aicos als zweite, Rumicos als dritte, Hidecos als vierte und Récos als letzte Sexpartnerin und wies die Wartenden an, sich von Himeco mit vorbereitenden Liebkosungen versorgen zu lassen, bis sie an der Reihe waren. Zu P's großem Erstaunen beteiligte sich auch Miyacos, die schnell wieder zu Kräften gefunden hatte, am Verteilen der Liebkosungen; und dies führte dazu, dass auch die wartenden Kandidatinnen nicht länger passiv blieben, sondern sich zu revanchieren begannen und ihr gesamtes, durch den täglichen Umgang mit ihren Secs wohlerprobtes Repertoire an Liebeskünsten präsentierten, so dass die Sache mit einem Mal richtig in Schwung kam. Die Frauen waren, um es mit einem beliebten Ausdruck der Promsprache zu sagen, ›angetörnt‹. Nun sah der Schauplatz aus, als sei ein großer schwarzer Kater mitten in eine Runde von sechs miteinander spielenden weißen Katzen hineingesprungen und mache sich aufs Geratewohl über eine nach der anderen her, beziehungsweise als wirbelten die weißen Katzen im Kreis um den schwarzen Kater herum. Je nach Sichtweise wirkte die Szene mal wie eine wüste Orgie und mal wie eine arglose Balgerei unter Kindern. P fand, dass es mittlerweile nicht länger nötig war, Himeco diesem Strudel auszusetzen; er flüsterte ihr zu, lieber eine Pause zu machen und zuzuschauen.

»Wenn du willst, kannst du auch bei den Aufnahmen helfen.«

Zwischenzeitlich hatte nämlich ein Kameramann, den P bei einer Serviceagentur bestellt hatte, mit ›Probeaufnahmen‹ begonnen, und P dachte, dass es nun, wo alle so ›angetörnt‹ waren, besser sei, der Kamera mehr Bewegungsfreiraum zu geben, um aus verschiedenen Winkeln auch Nahaufnahmen oder andere Filmtechniken auszuprobieren.

Dann nahm P all seine Konzentration zusammen, um den Frauen in der geplanten Reihenfolge ihre erste sexuelle Erfahrung zu vermitteln. Offenbar kam ihm dabei die ansteckende Wirkung der gegenseitigen Erregung und das Wetteifern der Frauen untereinander zugute, denn interessanterweise nahmen sie die Empfangsstellung trotz ihrer Unerfahrenheit viel geschickter ein als Miyacos beim ersten Mal, so dass auch das Einfügen weitaus müheloser und anscheinend auch schmerzloser vonstatten ging. Und nicht nur das, die Frauen brachten sogar ihr Lustgefühl recht engagiert zum Ausdruck. Selbst wenn sie dabei ein wenig übertreiben mochten, erkannte P auch hierin den positiven Effekt eines gegenseitigen Erfolgsdrucks.

Als P mit Récos fertig war und meinte, es nun endlich hinter sich gebracht zu haben, rief plötzlich Miyacos: »Als Letzter bin ich dran«, und schwang sich rittlings auf ihn.

»He, das ist unfair!«, schrie jemand, doch Miyacos kümmerte sich nicht darum, sondern führte die Vereinigung auf geschickte Weise selbst herbei. Dann ließ sie ihren Körper triumphierend auf und ab hüpfen, als reite sie ein Pferd im Galopp. An ihrer Art sich zu bewegen, erkannte P, dass sie bereits herausgefunden hatte, wie sie beim Sex jederzeit auf ihre Kosten kommen konnte.

»Du hast wirklich große Fortschritte gemacht.«

»Siehst du, ich hab eben Talent!«

»Und außerdem siehst du dabei sehr süß aus.«

Bei diesen Worten erzitterte Miyacos am ganzen Körper, als habe sie den Gipfel der Entrücktheit erreicht, und fiel dann wie ein weicher Fisch schlaff in sich zusammen. Erleichtert wollte P aufstehen, doch so einfach ließen ihn die anderen Frauen nicht los. Seine ungeschützte Rückenlage machte es ihnen einfach, sich nach der Reihe auf ihn zu schwingen, wie Miyacos es vorgemacht hatte, und sich voller Euphorie darin zu üben, sich selbst Vergnügen zu verschaffen. Als es endlich vorbei war, hatte selbst der hartgesottene P das Gefühl, ein ganzes Heer sei über ihn hinweggetrampelt.

Nach einem weiteren Besuch im Bad lud P die Frauen in seine Banketthalle ein, wo bereits alles für ein »altamanonisches Gelage« vorbereitet war; so konnten sich sowohl Gastgeber als auch Gäste gemütlich auf Kanapees ausstrecken oder rittlings auf Drehstühle hocken und sich splitternackt Speis und Trank munden lassen, während auf einem Bildschirmgerät an der Wand das eben erst aufgezeichnete Video lief.

»Für eine Rohfassung nicht übel«, sagte Aicos und eröffnete damit die lebhafte Diskussion.

»Aber für die Synchro müssen wir uns noch was einfallen lassen. Am besten irgendwas mit klangvoller Musik im Hintergrund.«

»Ja, passend fände ich E-Musik, aber bei einigen Szenen könnten wir auch was Klassisches nehmen, zum Beispiel an der Stelle, wo der Padre und Miyacos sich zärtlich umarmen.«

»Und um die Exstase zu verdeutlichen, wären vielleicht geheimnisvolle Spaceklänge vom Synthi eine gute Idee.«

»He, schaut mal, die Récos, wie biegsam die ist!«

»Tja, die Stellung ist für andere Leute wahrscheinlich nicht so einfach. Früher war ich noch weicher, da konnte ich mit meinem oberen Mund meinen unteren Mund mit der Zunge erreichen.«

»Unglaublich! Übrigens fällt mir erst jetzt auf, was für einen Reichtum an Stellungen es beim Sex gibt. Dabei fand ich die letzte von vorhin persönlich am besten.«

»Vom visuellen Effekt her ist die hier aber auch nicht übel, oder?«, sagte Rumicos und deutete dabei auf eine Position, die der typischen Paarungsstellung von Säugetieren entsprach. »Das von der Seite mit

Gegenlicht aufgenommen, wirkt bestimmt sehr ergreifend, wie ein Heiligenbild, findet ihr nicht?«

»Ich weiß nicht. Als Regissör stört es mich ein wenig, wenn die Geschlechtsteile und Bereiche der Vereinigung nicht richtig erkennbar sind.«

»Ach, überlassen wir die technischen Fragen doch lieber den Fachleuten und überlegen uns stattdessen, ob wir die betreffenden Körperteile als Close-up zeigen oder überblenden. Das ist jetzt die dringendere Entscheidung.«

»Vielleicht ganz in Rot, als eine Art Asso von Vulkanausbrüchen und Lavaströmen.«

»Nein, das fände ich übertrieben.«

»Noch eine andere Sache: Meint ihr nicht, dass die Härchen vorher vom Frisör gestylt werden sollten?«

»Ja, oder sogar ganz wegrasiert. Dann könnte man auch den Zustand der Vereinigung besser erkennen.«

»Aber ich könnte mir vorstellen, dass die rasierte Haut dann irgendwie makaber aussähe, wie bei einem gerupften Huhn.«

»Im Grunde wäre es mit einer unbehaarten Sec am ästhetischsten.«

»Ich verstehe, was ihr meint, aber das geht nicht«, wandte P ein. »Für richtigen Sex kommt nur eine erwachsene Partnerin mit ausreichend entwickelten Geschlechtsmerkmalen in Frage. Also keine Kinder. Ich möchte niemandem wehtun, und auch bei den Zuschauern darf kein grausamer Eindruck entstehen.«

»Wieso denn grausam?«, erwiderte Hidecos. »Meiner Meinung nach ergibt sich eine viel durchschlagendere und publikumswirksamere Asso, wenn ein unschuldiges Kind einem Dämon dargebracht, von ihm aufgespießt und mit dem göttlichen Geist erfüllt wird.«

»Was meinst du denn dazu?«, wandte sich P an Himeco, in deren großen Augen ein Strahlen erschien.

»Also, kurz gesagt wirkt meiner Ansicht nach so eine Geisterbesessenheit oder Possession, wie man es in der Theologie nennt, bei einem Kind überzeugender als eine Exstase. Dagegen erlebt eine erwachsene Partnerin wahrscheinlich, soweit ich vermuten kann, mit steigendem Vergnügen einen Seelenaustritt, also eine Exstase, bei der auch der Kopf ganz leer wird.«

»Was bist du nur für ein kluges Kind!«, lobte P sie voller Begeisterung. »Du hast ganz Recht: Wir haben es bisher versäumt, zwischen Exstase und Possession eine klare Trennlinie zu ziehen. Die Religionswissenschaft unterscheidet jedoch zwischen zwei Formen von göttlicher Inspiration, oder *Trance*, wie der Fachterminus für diesen Zustand lautet – zumindest steht es so in den amanonischen Lehrbüchern, denn in meiner Heimat existiert keinerlei Schrifttum zur Religion außer dem *Heiligen Kontrakt* selbst sowie der amtlich anerkannten Sekundärliteratur dazu. Jedenfalls ist eine dieser beiden Formen von göttlicher Inspiration der Seelenaustritt, also die Exstase, bei der die Seele buchstäblich aus dem menschlichen Körper heraustritt, um in andere Welten zu entschweben, wie zum Beispiel ins Paradies, das Himmelreich, die Geisterwelt oder den Hades, wo sie mit Göttern beziehungsweise Geistern von Lebenden und Toten in Kontakt tritt. Bei der anderen Form von göttlicher Inspiration handelt es sich um die Geisterbesessenheit oder Possession, wie Himeco eben sagte, bei der ein Gott oder Totengeist ins Diesseits kommt und von einem Menschen Besitz ergreift. Eine Person, die durch besondere spirituelle Begabung in der Lage ist, in solch einen tranceartigen Zustand fallen zu können, wird in beiden Fällen als Medium bezeichnet.«

»So nennt man das also ... Dabei fällt mir ein, dass in Amanon auch heute noch viele neureligiöse Bewegungen mit solchen medialen Personen Profit machen«, erklärte Miyacos. »Aber ich glaube, bei deren Trancezuständen handelt es sich eher um Possession als um Exstase, denn die Behauptung, dass die eigene Seele den Körper verlassen habe und irgendwohin gewandert sei, klingt für die meisten Leute ziemlich unglaubwürdig. Da ist es weitaus greifbarer, wenn irgendein unheimliches Wesen vor den Augen der Zuschauer von dem Medium Besitz ergreift, nicht wahr?«

»Mag sein, aber meinem Empfinden nach gleicht die sexuelle Form der Entrücktheit eher einem Seelenaustritt. Mir ist dabei noch nicht so gewesen, als sei ein göttlicher Geist in mich gefahren. Wahrscheinlich empfindet ein Erwachsener den Trancezustand anders als ein Kind, genau wie Himeco es vorhin andeutete.«

»Weißt du, wie ich es mir vorstelle, Papa? Als deine Partnerin in der Rolle des Mediums hätte ich am Anfang bestimmt schrecklich Schmerzen, die jedoch einer Art Betäubung weichen würden, sobald der Geist aus deinem Körper wie eine glühende Feuersäule in mich eindränge und mich mit einer Hitze erfüllte, als ob mir Flammen aus Augen und Mund schlügen. Das würde mir dann zwar die Seele aus dem Körper treiben, aber völlig anders als bei einer Exstase.«

»Am besten, du probierst es selbst mal mit dem Padre aus, Himeco.«

»Nein, dafür ist es noch zu früh.« P schüttelte den Kopf. »Erst wenn sie erwachsen ist.«

»Mann, wie nett du zu der Sec bist! Scheint ja eine ideale Erobeziehung zu sein«, sagte Rumicos voller Neid.

»Wenn es mit Himeco nicht geht, dann probieren wir es eben mit einem anderen Kind in ihrem Alter, das wir uns von einer Serviceagentur holen oder durch eine Anzeige suchen. Dann werden wir ja sehen, ob die Trance eher einer Exstase gleicht oder eher einer Possession. Zumindest sollten wir beides zeigen, also nicht nur den Besuch der Seele im Paradies, sondern auch einen Geist, der von irgendwoher auftaucht und von dem Medium Besitz ergreift, denn das hat meiner Meinung nach mindestens ebensoviel Trill.«

»Meinst du vielleicht *Thrill*?«

»Heutzutage sagt man Trill. Ich schätze, von so einer Possession würden sich auch eine ganze Menge Zuschauer angetörnt fühlen.«

»Aber sagt mal, wir selbst glauben doch nicht an diese ganzen Storys, oder?«

»Nein, aber das sollten wir lieber für uns behalten.«

»Logo, aber trotzdem wäre es vielleicht besser, tatsächlich daran zu glauben, um überzeugender zu wirken. Und auch in den Vertrag für die Darsteller müsste eine Klausel, die sie zum Glauben verpflichtet.«

»Gute Idee! Das macht die Sache in mancher Hinsicht easyer für uns.«

»Ob die Leute daran wirklich so einfach glauben können?«, fragte P skeptisch.

»Na klar! Dafür wird so ein Vertrag ja schließlich abgeschlossen.«

»Das leuchtet mir zwar nicht ganz ein, aber mit meinem eigenen Glauben ist es ja eigentlich auch nicht weit her.«

»Also, du selbst müsstest schon etwas mehr Enthusiasmus zeigen, Padre«, mahnte Aicos. »Schließlich willst du die Leute von deiner Message überzeugen.«

»Logo will ich das«, ahmte P die Ausdrucksweise der Proms nach. »Doch wenn ich als Missionar den Leuten meinen Glauben predige, schreckt sie das wahrscheinlich nur ab. Deshalb muss die eigentliche Message durch das Medium mitgeteilt werden, das die Exstase oder Possession darstellt.«

»Genau, dann kannst du dich auf den Sex konzentrieren und die Leute mit deinem mächtigen Knüppel in Trance versetzen. Ansonsten wäre es toll, wenn du vorher und hinterher noch ein wenig mit den Kandidaten plaudern könntest oder sogar ein paar Witze machst.«

»Außerdem sollte dein Amanonisch vor der Kamera einen stärkeren Akzent haben, denn wenn du so fließend sprichst wie jetzt, ist der ganze Gäg weg. Am besten, du rollst das *r* richtig auf der Zunge und sprichst die Wörter anders aus, also zum Beispiel nicht *Míyacos*, sondern *Miyácos,* und auch nicht *Ámanon,* sondern *Amanón*. Auch *Monokami* müsstest du weicher aussprechen, etwa wie *Monogámi.*«

»Oder noch extremer, wie *Monogyámi*!«

»*Monogyámi?*« P lächelte gezwungen. »Und ihr meint, dass ich mich dadurch eher anhöre wie ein richtiger Ausländer?«

»Genau, und wenn du aus dem *Heiligen Kontrakt* zitierst, dann tust du das besser auch auf original Monogyámisch, dann wirkt es authentischer, wie eine richtige Beschwörungsformel.«

»Verstehe, also zum Beispiel so: *Mu sidenn, mu sidenn, zuhum ste telehi naus, uhundu main shats blaip stia.* Etwa in dem Stil?«

»Ja, prima! Sag mal, Monokamisch klingt ja stellenweise ganz ähnlich wie Amanonisch, wie in unseren alten Volksliedern.«

»Übrigens, mir ist noch was eingefallen, Padre, wegen deines Aussehens«, sagte Aicos. »Du wirkst zu jung und zu attraktiv. Im Fernsehen solltest du dunkel getönte Gläser tragen und dir einen Bart stehen lassen.«

»Täte es nicht auch ein falscher Bart?«, fragte Himeco.

»Wieso, hast du etwas gegen Bärte?«, wollte P wissen.

Himeco nickte. »Ja, Bärte sehen so schmuddelig aus. Ich mag dich lieber sympathisch, so wie du jetzt aussiehst.«

»Vielleicht hat deine Sec Recht. Der sympathische und fidele Witzbold-Typ kommt in letzter Zeit beim Publikum sehr gut an.«

Und so floss das Gespräch endlos dahin, bis der Tisch mit leeren Flaschen übersät war. Als einige der Anwesenden ihre rotgeränderten Augen kaum mehr offen halten konnten, hob P die Tafel auf und ließ Castanon den Gästen ihre Schlafzimmer zeigen.

»Das war wieder ein harter Tag für Sie, Padre«, sagte Castanon, als er zurückkam. »Doch Ihre Potenz kennt offenbar keine Grenzen.«

»Findest du? Dabei habe ich mich eigentlich nicht über die Maßen verausgabt. Am Sex hatte ich immer schon großen Spaß. Da kann es mir gar nicht toll genug zugehen. Beim Interruptus verstärkt es sogar meine Vitalität, wenn ich mehrere attraktive Partnerinnen zufrieden stellen muss.«

»Für solche Eskapaden kann ich, mit Verlaub, kein Verständnis aufbringen«, sagte Castanon und fuhr dann fort: »Fest steht zumindest, dass Sie mit Ihrem Interruptus hier keine Probleme bekommen; doch sollten Sie einmal mit scharfer Munition schießen, könnte Sie das in Teufels Küche bringen, denn es wäre ein grober Verstoß gegen die Prinzipien unseres Bevölkerungsüberwachungssystems.«

»Ja, das dachte ich mir. Was schlägst du also vor?«

»Sie könnten beispielsweise versuchen, vom Premier eine Sondergenehmigung für die in der Sendung entstandenen Kinder zu bekommen.«

»Gute Idee«, sagte P erfreut. »Allein die Vorstellung, dass bei der Gelegenheit auch eine Partie mit einer so üppigen und reifen Schönheit wie Yumicos herausspringen könnte, erscheint mir sehr verheißungsvoll.«

Entgeistert starrte Castanon ihn an, als ob er einfach nicht fassen könne, was er soeben gehört hatte.

14. KAPITEL

Reportage in der Wildnis

Die Gründung der *Monopara-AG* erfolgte in der Form, wie P es mit Miyacos und den anderen besprochen hatte, und auch sein Fernsehprogramm *Monopara*, das zunächst einmal wöchentlich am Samstagabend um acht Uhr ausgestrahlt wurde, erfreute sich guter Quoten, ja, es entwickelte sich sogar zu einem unverhofften Publikumsrenner. Als man bereits überlegte, die Sendung in Zukunft täglich zu zeigen, beschloss P, der Hauptstadt endlich einmal wieder den Rücken zu kehren und sich auf eine Reise zu begeben, denn es war abzusehen, dass eine tägliche Ausstrahlung der Sendung seine Freizeit empfindlich einschränken würde; an ausgedehnte Reisen oder Besichtigungen wäre dann kaum mehr zu denken. Davon abgesehen wollte P sich im Grunde gar nicht so intensiv mit der Fernsehwelt einlassen.

Als Ziel für seine einwöchige Reise hatte er sich das Senzan-Gebirge bei Kiyoto ausgesucht, in dessen Tiefen sich fernab der modernen Zivilisation ein Wildnisgebiet befinden sollte, in dem angeblich noch eine Gruppe von Männern und Frauen in urtümlicher Gesellschaftsform zusammenleben sollte. Dies hatte P von Dr. Tauron erfahren, der kurz nach der ersten Sendung angerufen hatte, um P zu seinem unterhaltsamen Fernsehprogramm zu gratulieren.

»Ein Wildnisgebiet? Das erinnert mich an das urzeitliche Fabelland Arkadien«, sagte P zu Tauron.

»Erstaunlich, wie gut Sie sich im Altertum auskennen. Das Fabelland, das Sie meinen, soll in der alten Welt existiert haben, also Jahrtausende vor der amanonischen Staatsgründung, aber unser Wildnisgebiet ist nicht so alt – jedenfalls nicht älter als das moderne Amanon selbst, so viel steht fest. Vor etwa einhundertfünfzig Jahren soll sich einmal, wie meine Recherchen ergaben, ein Fernsehteam dorthin aufgemacht haben, um eine Sendung namens *Wildnisreport* zu drehen. Doch die Sendung wurde ein Reinfall und musste sofort wieder abgesetzt werden, was erklärt, dass Projekte dieser Art seither nur noch auf taube Ohren stoßen.«

»Ich persönlich würde es mir sehr gern einmal ansehen. Oder ist der Ort zu entlegen für einen Besuch?«

»Aber nein, es liegt ja nicht wie das alte Arkadien in einer anderen Dimension, in die kein zweiter Weg führt. Die entsprechenden Karten und Unterlagen könnte ich Ihnen sofort schicken. Es ist nur ein kleines, in Vergessenheit geratenes Dorf, in das sich kaum mehr ein Mensch verirrt; von der Außenwelt wurde es so lange ignoriert, dass es langsam vom Erdboden zu verschwinden droht wie ein verkümmertes Körperorgan, das sich immer weiter verwächst, bis von seiner ursprünglicher Form nichts mehr zu erkennen ist. Denn um die eigene Art zu erhalten, brauchen die Menschen wie die Tiere eine bestimmte Bevölkerungsdichte, und wenn die nicht mehr gewährleistet ist, verlieren sie ihre Fähigkeit zur Fortpflanzung und sterben aus.«

»Wie wäre es, wenn Sie mich begleiten würden, Doktor?«, schlug P vor, doch da wurde Taurons Stimme mit einem Mal zittrig wie die eines Hochbetagten: Nein, erklärte er, in den letzten Jahren habe er kaum noch Kraft in den Knochen und könne eine Fußwanderung in die Tiefen des Senzan-Gebirges keinesfalls bewältigen. »Wenn ich Sie begleite, dann lieber woandershin, und zwar zum Emperor. Da wäre ich gern mit dabei. Für die Gelegenheit einer Audienz würde ich sogar eine mühsame Anreise in Kauf nehmen.«

»Aber einem illegal eingereisten Fremdling wie mir wird doch keine Audienz beim Kaiser von Amanon gewährt!«

»Das lassen Sie mal meine Sorge sein. Ich werde es bei der Regierung schon durchsetzen, dass Sie eine Erlaubnis erhalten, denn genau dort wird über die Audienzen für Diplomaten und Staatsgäste entschieden und deren Ablauf geplant.«

Tauron wünschte P eine gute Reise und viel Erfolg und legte dann auf. Einige Tage später erreichte P ein Anruf von Miyacos Nachfolger, dem neuen Vizeregierungssprecher, der mitteilte, dass die Regierung beabsichtige, P für seine Besichtigung des ›Immortalenreservats‹ – so nannte er es – eine Leibgarde zur Verfügung zu stellen. Diese Leibgarde bestand, wie P bei deren Ankunft feststellte, aus zwei hünenhaften Manns- beziehungsweise Weibsbildern von enormen körperlichen Ausmaßen, die als Leibgarde-Spezialservanten bei einer Serviceagentur arbeiteten. Neben ihnen, so entschied P, sollten ihn noch etwa fünf weitere seiner eigenen Servanten begleiten.

Das Problem war Miyacos. Sie hatte ihr Amt als Vizeregierungssprecher niedergelegt und arbeitete nun als Geschäftsführer der Monopara-AG, doch offensichtlich betrachtete sie sich nicht nur auf geschäftlicher Ebene als P's wichtigster Compagnon, sondern auch auf sexueller, und gebärdete sich wie ein trotziges Kind, um ebenfalls bei der Reise dabei sein zu dürfen. Sie wollte unbedingt ein paar ungestörte Tage mit P verbringen und hätte dafür selbst ihre Arbeit links liegen lassen, doch das konnte P nicht dulden. Schließlich gelang es ihm, Miyacos irgendwie zu vertrösten, so dass er seine Reise in Begleitung von Himeco und Castanon machen konnte.

»Schrecklich, diese Miyacos, sie führt sich schon auf wie meine bessere Hälfte«, beschwerte P sich bei Castanon, doch dieser zuckte nur mit den Schultern, so dass P nicht wusste, ob er ihn verstanden hatte.

»Und du, Papa, was hältst du von Miyacos?«, fragte Himeco stattdessen.

»Was ist denn das für ein frostiges Lächeln auf deinem Gesicht? Betrachtest du sie etwa als Nebenbuhlerin?«

»Nebenbuhlerin? Meinst du vielleicht Riwalin?«

»Früher sagte man Nebenbuhlerin. Mit anderen Worten, es missfällt dir, dass ich mich gut mit ihr verstehe, und deshalb kannst du sie nicht leiden.«

»Das könnte im Bereich des Möglichen liegen«, antwortete Himeco altklug.

»Gut, ich werde es beherzigen. Schau, für mich ist Miyacos einfach eine begabte und sympathische Mitarbeiterin und sonst nichts. Außerdem ist sie schon über dreißig und zu kräftig gebaut, als dass sie einer süßen Sec wie dir Konkurrenz machen könnte.«

»Ich kenne mich zwar nicht so aus, aber es gibt doch noch andere Dinge zwischen Mann und Frau, und nicht nur die Beziehung zu einer Sec. Zum Beispiel vorhin, da hast du gesagt, sie führe sich auf wie deine bessere Hälfte. Was bedeutet denn das?«

»So nannte man früher im Volksmund die eigene Ehefrau. Doch inzwischen sind wahrscheinlich beide Ausdrücke abgeschafft.«

»Könnte ich nicht deine Ehefrau oder bessere Hälfte werden?«

»Doch, irgendwann bestimmt.« P strich Himeco übers Haar. »Wenn du erst ein wenig älter bist, sollst du meine Ehefrau werden.«

Die Aussicht auf ein Geschenk, dessen Inhalt sie nicht einmal kannte, zauberte ein Strahlen auf Himecos Gesicht. Bei ihrem Anblick konnte P nicht umhin zu bemerken, was für ein Kind sie doch noch war.

Um von Kiyoto aus zum Senzan-Gebirge zu kommen, war ein Mittelklasse-Personenkraftwagen mit Schofför am günstigsten. Es gab zwar auch einen Bahnhof, an dem Schnellzüge hielten, doch um von dort aus bis zum Gasthof am Rande des Gebirges zu gelangen, hätte man quer durch das ganze Tal laufen müssen. Mit dem Personenkraftwagen war es von Kiyoto aus zwar eine ziemlich lange Strecke, doch dafür wurde man bis vor die Tür gefahren. Der Gasthof *Zum Bergfuß* hatte kaum etwas mit den modernen Hotels der Hauptstadt gemein: das verschachtelte Holzhaus sah aus wie ein Haufen aufeinandergestapelter Obstkisten, und auch die Gäste schienen größtenteils zur Landbevölkerung zu gehören; sie wirkten ganz anders als die Bizmänner und Proms in Tokiyo. Nach Himecos Urteil war der Gasthof eine alte »Schrumpelkammer«, doch P vermutete, dass dieser Ausdruck von dem altamanonischen Wort »Rumpelkammer« kam. »Verschrumpelt« im eigentlichen Sinne des Wortes waren eher die Übernachtungsgäste, vorwiegend alte Leute vom Land, deren Gesichter und Gliedmaßen durch die jahrelange Feldarbeit runzelig wie Dörrobst geworden waren. Im Gasthof besuchten diese Alten mehrmals täglich nach den Mahlzeiten, die sie sich selbst zubereiteten, das Thermalbad, das mit heißem Wasser aus natürlichen Quellen gespeist wurde. Viele von den Besuchern litten an irgendwelchen Krankheiten und kamen halb zum Vergnügen und halb zum Kuraufenthalt hierher, denn diese Quellbäder besaßen, wie P erfuhr, nicht nur eine hervorragende Heilwirkung, sondern wurden von alters her als »Jungbrunnen« bezeichnet. Seinen ersten Besuch in dem von zahllosen Alten bevölkerten Felsenbecken, das bis zum Rand mit blutrotem Quellwasser gefüllt war, machte P allein, weil es für Castanon als Kastrat ausgeschlossen war, gemeinsam mit anderen zu baden; auch Himeco hatte keine Lust, mit so vielen alten Leuten zusammen in einem Becken zu sein, was für eine junge Sec aus der Großstadt ja durchaus verständlich schien. Im Bad fiel P auf, dass es sich auch bei den Alten ausnahmslos um Frauen handelte. Ohne sich auch nur um die Anwesenheit des ausländischen Mannes zu kümmern, hockten sie hier und dort in kleinen Grüppchen zusammen und unterhielten sich in einem Dialekt, den P nicht verstehen konnte. Nach einer Weile jedoch bemerkte er, dass sie über ihn sprachen. Dabei meinte er immer wieder das Wort »Friek« herauszuhören. Da ihn allmählich das Gefühl beschlich, unerwünscht zu sein, kehrte er rasch auf sein Zimmer zurück.

»Sie haben mich ›Friek‹ genannt.«

»Ja, als *Freaks* bezeichnet man alle, die keine normalen Amanonier sind, vor allem Ausländer, oder auch schlichtweg Nicht-Frauen, also Männer«, erklärte Castanon.

»In gewisser Hinsicht sicher die normalere Reaktion.«

»Wie belieben?«

»Ich meine, dass das Gespür dieser Alten noch nicht so abgestumpft ist wie das der Großstadtmenschen. Nicht dass ich etwas gegen deren ausgeprägte Neugierde hätte, doch mir scheint, sie akzeptieren blindlings alles, was irgendwie außergewöhnlich und originell ist. Vielleicht ist es sogar das erste Mal, dass man mich als das behandelt, was ich nun einmal bin – ein Fremder.«

In diesem Augenblick platzte eine lärmende Schar von Leuten ins Zimmer. Es war ein Kamerateam seines Fernsehsenders.

»Was wollt ihr denn hier?«

»Drehen natürlich, was denn sonst!«

»Selbst auf meiner privaten Urlaubsreise kommt ihr mir zum Drehen hinterher?«

»Na logo«, sagte die Regissörin und gab der Kamerafrau ein Zeichen zum Anfangen. »Wenn wir hier fertig sind, gehen wir in die Badehalle und filmen dich bei deinem Exstase-Ritual mit den Omis als Publikum. Ist doch *der* Gäg, findest du nicht?«

»Das kann ich zwar nicht unbedingt finden, aber Hauptsache, du verlangst nicht am Ende, dass ich mit den Alten Sex mache.«

»He, die Idee ist auch nicht schlecht. Darauf war ich noch gar nicht gekommen. Logo, die Omis könnten auch dabei sein.«

»Na, das fehlte noch. Niemals!«

»Schade, dann müssen wir es halt machen wie immer. Deine Partnerin für heute steht schon fest, ein bekanntes Fernseh-Starlet.«

Obwohl er nicht besonders begeistert war, willigte P schließlich ein, seine Künste in der Badehalle vor laufenden Kameras zu zeigen; er hatte sich überlegt, das dies eine willkommene Gelegenheit sein könnte, sein Ritual einmal völlig anderen Leuten zu demonstrieren als immer nur der urbanen High-Society aus derzeitigen oder zukünftigen Angehörigen der Intelligenzia, beziehungsweise Proms oder Secs. Also wurde die gesamte Kameraausrüstung in die Badehalle geschafft, alles für die Aufzeichnung vorbereitet und das provisorische Publikum aus lauter »Omis« in Positur gesetzt. Aus der Art, wie die Regissörin das Wort *Omi* benutzte – und häufig auch das dazugehörige Adjektiv *omihaft* – verstand P es als Bezeichnung für Frauen, die weder jung noch urban noch zur Intelligenzia gehörten. Plötzlich kam es in der Badehalle zu einem großen Tumult; mit lautem Rufen versuchte eine junge Assistentin die Lage unter Kontrolle zu bringen, doch die Omis übertönten sie mit ihren schrillen, heiseren Stimmen und waren nicht so leicht zur Ruhe zu bringen. Als endlich alles bereit war und P sich mit dem Starlet an die Arbeit machte, erschallten aus dem Publikum ordinäres Gelächter und Beifallsrufe, so dass die Situation abermals außer Kontrolle zu geraten drohte. Doch die Regissörin und ihre Leute waren von der aufgeheizten Stimmung des Saalpublikums begeistert und drehten die Szene ohne größere Pannen zu Ende.

Beim Abendessen – dem bei weitem ärmlichsten Mahl, das P seit seiner Ankunft in Amanon zu sich genommen hatte – berichtete er Castanon und Himeco von einem Gedanken, der ihm gekommen war.

»Ist euch bei dem Tumult während des Drehs heute nicht auch dieses ordinäre Lachen der Omis beim Anblick unseres Rituals aufgefallen? Meiner Meinung nach reagieren nur Frauen so, die selbst Erfahrung mit Sex haben. Könnte es nicht sein, dass zumindest die Frauen der ländlichen Unterschicht in ihrer Jugend Sex hatten und selbst Kinder zur Welt brachten?«

»Dazu kann ich nichts sagen«, lautete Castanons kühle Antwort. »Ich weiß nur, dass es in Amanon nicht genug Männer gibt, um mit all diesen Omis so einfach Sex haben zu können. Selbst von den Anarchos gibt es nicht so viele.«

»Eine Möglichkeit gäbe es vielleicht«, sagte Himeco. »Sie betrifft ebenfalls die Anarchos. Und zwar habe ich mal von einem Wandertheater gehört, das mit einem Programm aus dubiosen Bühnenstücken, Liedern und anderer Anarchokunst durch die Lande ziehen soll. Man erzählt sich, dass die Frauen der Dörfer und Kleinstädte, in denen die Truppe jeweils gastiert, mit den Anarchos feiern und auch Sex mit ihnen haben. Womöglich bekommen die Frauen der Unterschicht auf diese Weise auch ihre Kinder, denn über den Behördenweg würden sie von den staatlichen Samenbanken ohnehin kein gutes Erbmaterial zugeteilt bekommen.«

»Das kann ich mir vorstellen. Vielleicht wäre es interessant, solche Frauen auch mal zu uns in die Sendung einzuladen.«

Am nächsten Morgen brachen P und sein Gefolge in aller Frühe auf. Vom Gasthof aus konnte man das Wildnisgebiet nur zu Fuß erreichen, und selbst wenn man unterwegs Unterkunft in einem der Bergtempel fand, musste man seine Verpflegung und das Gepäck bis dorthin selbst tragen oder bezahlte Träger anheuern. Allerdings befanden sich unter P's Gefolge ohnehin einige Trägerservanten, so dass der Marsch in die Tiefe der Bergwelt problemlos vonstatten ging. Der Pfad war zwar schmal, doch mit Steinen gepflastert und an den Steigungen mit Stufen versehen. Nachdem sie eine Weile zwischen den bizarren Felsformationen hindurch bergan gestiegen waren, war aus der Richtung des Gasthofes im Tal plötzlich aufgeregtes Schreien zu vernehmen. Offenbar konnten ihnen die Leute vom Fernsehen, die ihre Abreise bemerkt hatten, nicht weiter folgen, da sie nicht an Träger gedacht hatten. Himeco jubelte. »Ätsch, reingefallen!« rief sie und winkte dem Kamerateam schadenfroh zu.

»Damit wären wir diese Schmeißfliegen endlich los«, sagte P.

Ihr erstes Etappenziel war ein alter Bergtempel, der gleichzeitig als buddhaistisches Kloster und als Übernachtungsherberge diente und direkt im Zentrum des Senzan-Gebirges lag, wo sich eine Gruppe von mehreren Dutzend Gipfeln aus dem Bergmassiv erhob. Stets vom Rauschen der reißenden Bergbäche begleitet, führte ihr Weg sie kompliziert verschlungene Pfade entlang: mal durch Bambushaine hindurch, mal Treppen empor, die von zarten Laubbäumen mit knochenbleichen Stämmen gesäumt waren, dann wieder treppab bis nah an ein Flussbett und sogar über einige Hängebrücken; doch was P am meisten faszinierte, waren die Nebelschwaden, die überall aus den Tälern aufstiegen. Zusammengeballt zu dichten Formationen, sahen sie aus wie tief am Boden hängende Wolken und empfingen die Gefährten auf ihrem Weg, als seien sie aus eigens dafür vorbereiteten Löchern hinausgepustet worden. Während P durch die wabernden Wolkengebilde voranschritt, fühlte er sich mehr und mehr wie in einer Traumwelt. Wie aus der Erde wachsende Hände, Fäuste oder Köpfe von Riesen wirkten die bizarr geformten Felsgruppen, die hier und da zwischen den Nebelfetzen in Sicht kamen; manche auch wie steinerne Skulpturen von Ungeheuern, die plötzlich aus dem Nebelmeer auftauchten und dann wieder darin verschwanden – zu irreal, um zu glauben, sie seien Teil einer von der Natur entworfenen und geformten Landschaft.

Nach einer Weile führte der Weg nur noch bergan, immer näher an den Gipfel eines Felsbrockens, der hoch über allen anderen thronte. An einem Ende des lichten Laubwäldchens, das den leicht gerundeten Bergrücken bedeckte, befand sich der alte Tempel, der eine herrliche Aussicht auf die vielen darunter liegenden Gipfel bot. Als P und seine Leute ihre Ankunft kundgetan hatten, erschien eine junge Novizin, die sie zu ihrer Unterkunft führte. Die vereinzelt zwischen den Bäumen stehenden Holzhütten hatten einen altertümlichen Reiz, der den Hotels in Tokiyo völlig fehlte. Innen waren diese ›Pilgerklausen‹ mit dicken Matten ausgelegt, die aus den Halmen irgendeiner Pflanze geflochten waren, und die Türen und Fenster aus papierbespannten Holzrahmen gefertigt.

»Du wirst dich hier sicher wie zu Hause fühlen, Himeco, denn du hast ja noch bis vor kurzem in Kiyoto in einem Tempel gewohnt.«

»Nein, das ist auch für mich neu, denn die Gebäude in Muins Tempel waren keine echten wie die hier, sondern nur formgetreue Imitate des traditionellen amanonischen Baustils.«

»Sobald wir uns ein wenig ausgeruht haben, sollten wir Oberpriester Coin begrüßen gehen«, bemerkte Castanon. »Von diesem Tempel beherbergt zu werden, ist für Privatgäste nämlich eine äußerst seltene Ehre, die uns auch nur dank der hartnäckigen Bemühungen der Regierung und einer enorm hohen Maneyspende zuteil wurde.«

»Ja, man könnte ihn als eines der vornehmsten Gasthäuser Amanons bezeichnen. Von der Lage her vielleicht sogar das beste von allen. Von Taurons Chalet aus hatte man zwar auch eine herrliche Aussicht, doch die Landschaft war etwas monoton und künstlich. Aber hier fühlt man sich wie im Märchen. Die Landschaft hat nicht nur ganz andere Dimensionen, sie ist auch viel schöner.«

Nachdem P und Himeco in der so genannten Haupthalle, einer

überwältigend großen Halle mit einem Fußboden aus Holzdielen eine Weile hatten warten müssen, wurden sie in ein kleines Zimmer seitlich der Haupthalle gebeten; dort empfing sie ein hochbetagter Geistlicher, bei dem es sich um den Hohepriester handeln musste, obwohl sein wahres Geschlecht nicht klar erkennbar war. Er erinnerte P sehr an Muin, so dass ihm für einen Augenblick war, als säße er der Äbtissin tatsächlich abermals gegenüber. Natürlich konnte es nicht wirklich Muin sein. Auch auf Himecos Miene zeigte sich kein Zeichen des Erkennens, und sie war schließlich ihre Novizin gewesen. Nachdem P den Hohepriester begrüßt hatte, fragte er ihn nach den asketischen Übungen seiner Mönche.

»Richtige asketische Übungen machen wir hier eigentlich nicht«, erklärte der Hohepriester und lächelte milde. »Als kleine Attraktion bieten wir zwar ein wenig morgendliche und abendliche Pseudoaskese an – also beispielsweise Sitzmeditationen oder Waschungen mit Eiswasser – doch das ist nur eine Art Dankeschön für die Zuwendungen, die wir von unseren Besuchern erhalten. Andernfalls würden unsere Garßons bei diesen langweiligen Vorführungen gar nicht mitmachen.«

»Garßons? Meinen Sie damit Ihre Novizen?«

»Na ja, sie tragen zwar Mönchskutten, doch das ist sozusagen nur ihre Arbeitskleidung. Mit anderen Worten, die Mönche, denen Sie hier begegnen werden, sind keine richtigen Mönche, sondern die Garßons dieses Hotels.«

Dann erklärte ihm Coin, der in Wahrheit kein Hohepriester war, sondern ein mit Kutte bekleideter Hotelmanager, dass dieser Tempel in Wirklichkeit ein Hotel war, das wie ein Bergtempel aussah; dies bot erstens steuerliche Vorteile und entsprach zweitens den Erwartungen der Abenteuertouristen. Außerdem war man in der Auswahl der Gäste stets sehr streng gewesen und hatte das Haus so zu einem der exklusivsten Ausflugshotels Amanons gemacht. Seine »Exklusivität« machte sich beispielsweise darin bemerkbar, dass man von den Gästen keine festgelegte Übernachtungsgebühr nahm, sondern nur jeweils eine »milde Gabe«, also eine religiöse Spende für den Tempel. Die Höhe dieser Spende wurde ganz dem Ermessen der Gäste überlassen, die dann bei Hotelangestellten oder früheren Gästen herauszubekommen versuchten, welche Spendenhöhe angemessen sei, und über die hohen Preise erschraken, die ihnen genannt wurden.

Während er erzählte, bereitete Coin mit priesterlich ruhigen Handbewegungen für seine Gäste einen ganz besonderen Tee zu, und zwar Pulvertee, den er in einer Teeschale schaumig rührte. Als P davon probierte, hatte er das Gefühl, als durchdringe das extrem konzentrierte Aroma des Tees förmlich seine Zunge, so dass er sie unwillkürlich herausstreckte. Daraufhin streckte ihm Himeco ebenfalls die Zunge heraus, die in frischem Grün leuchtete, als sei sie mit Moos bewachsen.

»Ein vorzüglicher Tee. Ich fürchte, wenn man sich einmal an den intensiven Geschmack gewöhnt hat, will man keinen anderen mehr«, sagte P.

Coin lächelte. »Vielleicht habe ich ihn für den Anfang etwas zu stark gemacht«, sagte er. »Dieser Tee wirkt wie ein starkes Aufputschmittel; wenn man ihn vor dem Schlafengehen trinkt, hält er im Schlaf angeblich das Bewusstsein wach, so dass man die Gestirne ihre Bahnen ziehen sieht und die sphärische Musik vernimmt, die sie dabei erzeugen. Außerdem heißt es, dass man die hyperlinguale Konversation der Berggipfel hören könne, wenn man nach dem Genuss des Tees vor den Gipfeln meditiert.«

Routiniert pries Coin die Stärken des Tees, doch hatte P den Eindruck, dass er dabei nur das abspulte, was er tagtäglich den Touristen erzählte.

»Übrigens, was gibt es denn hier in der Gegend außer dem Senzan-Gebirge noch zu sehen?«

»Bei uns gibt es nur den Senzan, den Senzan und noch mal den Senzan.«

»Wissen Sie, ich hatte gehört, dass es tief in den Bergen ein Wildnisgebiet geben soll, in dem Unsterbliche leben.«

»Ach, Sie meinen das Immortalenreservat. Sicher wollen Sie dort Interviews machen.«

»Gewissermaßen, ja.«

»Dann haben Sie es gar nicht mehr weit. Das Dorf liegt auf der anderen Seite des Berges dort, der aussieht wie ein Wandschirm. Doch wundern Sie sich bitte nicht, wenn Sie mit leeren Händen zurückkehren. Nein, lassen Sie es mich Ihnen ruhig in aller Deutlichkeit sagen: Was Sie dort erleben, wird Ihnen sicher nicht in angenehmer Erinnerung bleiben.«

»Waren Sie denn selbst schon einmal dort?«

»Nein, das zwar nicht, aber ich kenne die Leute, die dort wohnen. Einige von den Immortalen haben nämlich früher mal bei uns im Hotel gearbeitet.«

»Also wird das Wildnisgebiet nur von Immortalen bewohnt? Mir war gesagt worden, dass es seit Generationen als Reservat für eine alternative Gesellschaft aus Männern und Frauen diene, welche die sexuelle Reproduktion ihrer Art auch heute noch praktizieren …«

»Männer und Frauen?« Skeptisch neigte Coin den Kopf zur Seite. »Mag sein, dass sich tatsächlich Männer darunter befinden. Doch die wahre Situation entspricht sicher nicht ganz dem, was Sie erwarten. Die Leute, die dort hausen, sind Immortale, deren Gesellschaft zwar seit Urzeiten in unveränderter Form existiert, doch das liegt nicht an der Art ihrer Fortpflanzung, sondern schlicht und ergreifend daran, dass sie nicht sterben.«

»Ach so, dann leben also im Immortalenreservat, wie der Name schon sagt, einfach nur Immortale.«

»Und die haben mal hier gearbeitet?«, fragte Himeco.

»Ja, weil sich diese Unsterblichen einfach langweilen. Außerdem hatte die Regierung dazu aufgerufen, da man ihnen lieber zur Selbstständigkeit verhelfen wollte, als sie immer nur weiter durchzufüttern. Also haben wir einige aus dem Dorf eingestellt, doch das endete, kurz gesagt, in einem Fiasko. In einem Tourismusbetrieb wie dem unseren kann man sich alte Servanten ohnehin nicht gut leisten, und gegen die Immortalen hagelte es Beschwerden von allen Seiten. Es ist nun einmal so, dass sie nichts Erfreuliches zu bieten haben: Sie sind der Inbegriff der Senilität, können keine harte körperliche Arbeit leisten, haben eine undeutliche Aussprache und verströmen einen typischen ›Greisengestank‹. Zumindest waren wir mit unserer Weisheit am Ende und haben sie schleunigst wieder gefeuert.«

»Das bestätigt nur, was ich über sie gehört habe.«

»Dann sollten Sie sich vielleicht besser mit dem zufrieden geben, was Sie bereits wissen, und von Ihrem Vorhaben ablassen.«

»Danke, ich weiß, dass Sie es nur gut meinen. Aber ich will es mir trotzdem auf alle Fälle einmal mit eigenen Augen ansehen«, erwiderte P mit Bestimmtheit. »Denn wie sagt man bei Ihnen doch so schön: Probieren geht über Studieren.«

»Gut, wie Sie wollen. Aber dann lassen Sie mich Ihnen wenigstens einen Fremdenführer zur Verfügung stellen, der auch für Sie dolmetschen wird. Sozusagen als Dank für Ihre außergewöhnlich großzügige Spende.«

Bevor er an diesem Abend zu Bett ging, rührte P sich noch eine Schale Pulvertee an, doch die wundersame aufputschende Wirkung, von der Coin gesprochen hatte, blieb aus. Noch während er angestrengt auf das Rauschen des Windes in den Gipfeln lauschte, fielen ihm die Augen zu, und er schlief durch bis zum Morgen. Nur Himeco, deren Augen am Morgen noch dunkler umrandet waren als gewöhnlich, berichtete, dass sie nach dem Tee die halbe Nacht wach gelegen habe.

»Tatsächlich, deine Augen sehen hellwach aus.«

»Schön wär's«, sagte Himeco und unterdrückte ein Gähnen.

Der versprochene Fremdenführer und Dolmetscher war nicht nur um einiges älter als sein Arbeitgeber Coin, sondern bereits so klapprig, dass P zunächst annahm, er sei selbst einer der Immortalen. Doch als er ihn darauf ansprach, verneinte der Alte – den Castanon mit einem Blick als Laotan erkannt hatte – dies so vorwurfsvoll, als könne es keine größere Beleidigung geben.

Ohne Gepäck und Dienerschaft begannen sie schließlich zu viert ihren Marsch ins »Wildnisreservat der Immortalen«; allen voran der Laotangreis, dahinter P mit Himeco an der Hand und als Schlusslicht Castanon, der wachsam die Umgebung beäugte. Gemächlich folgten sie dem Pfad durch das Tal, der ganz abrupt vor einer Felswand endete, die aussah, als entspringe dort ein Bergbach. Dies musste bereits die Grenze zum Wildnisgebiet sein, das offenbar näher gelegen war, als P angenommen hatte. Vor den Felsen, die sich zu allen Seiten vor ihnen auftürmten, stand eine Reihe von Obstbäumen mit vollen, reifen Früchten daran. Mit ihrem auffällig leuchtenden Purpurrot sahen die faustgroßen Früchte beinahe aus wie Lampions.

»Was sind denn das für Früchte? Die sehen ja richtig lecker aus.«

»Das sind so genannte Amnesiaäpfel«, stellte Castanon abermals sein Wissen unter Beweis. »Und die Legende will, dass ihr Genuss im Nu alle unangenehmen Erinnerungen aus dem Gedächtnis tilgt.«

»So ist es«, bestätigte der Fremdenführer. Dabei pflückte er sich aufs Geratewohl eine Frucht ab, biss hinein und kaute eine Weile darauf herum. Dann spuckte er den Rest davon wieder aus, was P jeglichen

Appetit vergehen ließ; die feuerroten Kerne und Schalenreste sahen aus wie blutige Fleischklumpen.

»Wollt ihr auch probieren?«, fragte P seine Gefährten.

»Nein, danke«, sagte Himeco. »Es wäre mir irgendwie unheimlich, meine Erinnerungen zu verlieren, egal ob positiv oder negativ.«

»Ich verzichte ebenfalls«, antwortete auch Castanon. »In meinem Alter lässt das Gedächtnis ohnehin langsam nach, da brauche ich nicht noch zusätzliche Lücken.«

»Ihr habt Recht. Nur ein Narr würde sich wünschen, allein die schönen und angenehmen Erinnerungen zu behalten«, sagte P und wandte sich dann wieder an den Fremdenführer. »Ist es überhaupt wahr, dass diese Früchte Erinnerungen löschen können?«

»Ich glaube schon. Zumindest esse ich auf dem Rückweg vom Immortalenreservat hier jedes Mal einen Amnesiaapfel, um alles zu vergessen, was ich dort sehen musste. Na, Sie werden bald verstehen, was ich meine. Angeblich sollen sogar die Immortalen selbst zuweilen hierher kommen, um durch so einen Apfel ihre Erinnerungen loszuwerden.«

»Wo befindet sich denn der Eingang?«, fragte Himeco.

»Am Ende der Höhle dort hinten«, antwortete der Alte und führte sie unsicheren Schrittes um die Felsen hinter den Obstbäumen.

Die Öffnung, die sich dort in der Felswand vor ihnen auftat, war gerade groß genug, um gebückt darin stehen zu können.

»Tatsächlich, eine richtige Höhle, genau wie man sich den Eingang zu einer verwunschenen Welt vorstellt. Aber es ist kein Licht am anderen Ende zu sehen.«

»Ja, leider, doch an die Finsternis werden Sie sich gewöhnen müssen, bis wir drüben sind«, sagte der Führer und kroch als erster in die Felsöffnung.

Drinnen war es eigenartig warm und stickig. Augenblicklich überfiel P das unheimliche Gefühl, sich im Bauch eines endlos langen Tieres, etwa einer riesigen Schlange, zu befinden, doch davon wollte er den anderen lieber nichts sagen. Bald kam weiter vorn ein schwaches Leuchten in Sicht, wie ein Lichtstrahl aus einer anderen Welt. Es schien durch eine Art halb durchsichtige Membran, die den Ausgang verschloss, so dass P den Eindruck hatte, hinter dem Augenlid eines großen Tieres zu sitzen und vorn dort die Außenwelt zu betrachteten.

»Und wie kommen wir nun hier raus? Diese Haut vor dem Ausgang sieht mir verdammt elastisch aus …«, bemerkte P skeptisch. Da befeuchtete der Fremdenführer einen Finger mit Speichel, bohrte ein Loch in die Zellwand und riss sie dann mit beiden Händen auseinander, so dass ein Durchschlupf entstand, durch den sie sich nach draußen zwängen konnten. Vor ihnen lag das Immortalenreservat.

Als erstes fielen P die Hühner auf, die auf dem Boden nach Futter pickten. Inmitten der weiten Landschaft, die von einem mattgelben Zwielicht erfüllt war, erstreckte sich bis zum Horizont eine graue Straße, die hier und da von gelben Feldwegen gekreuzt wurde. Die Flächen dazwischen hielt P zunächst für Ackerland, doch dann bemerkte er, dass sie nicht mit Getreide bestellt waren, sondern nur von Unkraut überwuchert. Während sie die Hauptstraße entlang gingen, erblickten sie links und rechts vereinzelt Bauernhöfe, die von hohen Bäumen umgeben waren. Auf den ersten Blick ähnelte die Szenerie einem gewöhnlichen Bauerndorf, nur dass dort weder bestellte Felder noch Bauern zu erblicken waren.

»Möchten Sie mal in eines der Häuser hineinschauen?«, fragte der Fremdenführer. Das ließ P sich nicht zweimal sagen und steuerte sogleich auf den nächsten Hof zu.

Der Fremdenführer rief mit lauter Stimme, ob jemand zu Hause sei, doch es kam keine Antwort. Im Innern des von einer Lehmmauer umgebenen rechteckigen Grundstücks befanden sich mehrere längliche Gebäude und in der Mitte ein Innenhof. Die simple Konstruktion sorgte dafür, dass man von diesem Atrium aus Zutritt zu allen Zimmern hatte. In seiner Mitte standen ein Brunnen mit Wasserbecken und daneben ein Baum mit fächerartig ausgebreiteten Ästen, der wohl als Schattenspender diente. Niemand war zu erblicken, nur ein paar Hühner rannten umher und hackten in lautlosem Kampf aufeinander ein. Ohne jegliche Zurückhaltung betrat der Führer den Hof und spähte in eines der Zimmer. Offenbar waren nicht alle davon bewohnt.

»Hier ist einer!«, rief er. Als P und die anderen hinzutraten und in das Zimmer hineinsahen, erblickten sie darin einen unbekleideten Alten, der mit dem Rücken zu ihnen in einem undefinierbaren Wust aus Bettzeug, ausgezogener Kleidung und Schmutzwäsche lag. Drinnen stank es erbärmlich. Offensichtlich kümmerte sich niemand um Essensreste oder benutztes Geschirr. P nahm an, dass auch sonstiger

Dreck nicht beseitigt wurde, doch er sagte nichts, weil ihm allein schon der Gedanke daran unangenehm schien.

»Ob der überhaupt noch lebt?«, fragte er.

»Ja, auch wenn er sich nicht bewegt, ist er doch nicht tot. Schließlich ist es ein Immortaler«, antwortete der Führer.

»Vielleicht ist er krank?«

»Bei seinem Zustand stellt sich die Frage nach Krankheit oder Gesundheit wahrscheinlich gar nicht mehr«, mutmaßte Castanon.

»Er ist einfach extrem altersschwach«, erklärte der Führer angewidert.

»Immerhin lebt er schon seit ein paar Jahrhunderten«, fügte Castanon hinzu.

»Ob er sich überhaupt noch bewegen kann?«, fragte Himeco.

»Natürlich kann er das. Doch die Immortalen werden mit der Zeit so antriebslos, dass sie sich nicht einmal mehr um ihr eigenes Wohl kümmern. Früher soll es Kinder gegeben haben, die freiwillig herkamen, um die Alten zu pflegen, doch diese Art der Nächstenliebe scheint mittlerweile ausgestorben zu sein. Niemand will diesem Unrat zu nahe kommen. Und weil sich niemand darum kümmert, wird alles nur noch schmutziger. Bei dem da drin geht es ja noch, weil er vergleichsweise jung ist, aber es gibt auch schlimmere Beispiele von Immortalen, die mitunter schon mehrere Jahrhunderte in ihrem eigenen Dreck vor sich hinvegetieren.«

»Und wie ernähren sie sich?«

»Aufs Essen sind sie nicht angewiesen, denn sie können nicht verhungern. Natürlich sind sie entsprechend kräftiger, wenn sie etwas essen. Ein Stück weiter die Hauptstraße entlang gibt es eine Siedlung mit verhältnismäßig agilen Immortalen. Bei denen hätten Sie wahrscheinlich sogar Aussichten auf ein Interview.«

Schnell verließ P den übel riechenden Ort. Abermals wanderten sie eine Weile die Hauptstraße entlang, ohne eine Menschenseele zu erblicken oder ein ordentlich bestelltes Feld zu entdecken, nur herrenloses Gerät, das um die Höfe herum verstreut lag. Der Ort hatte nichts von einer pittoresken ländlichen Szenerie, sondern bot einen Anblick der Verwahrlosung, wie auf einer Müllhalde. Einerseits bedauerte P, dass er sich durch das verheißungsvolle Versprechen einer »Wildnisreportage« bis an einen solchen Ort hatte locken lassen, doch andererseits wollte er nicht umkehren, ohne zumindest die Gelegenheit genutzt zu haben, einen relativ gesunden, waschechten Immortalen zu interviewen.

»Jetzt sind wir schon fast an der Grenze des Immortalenreservats«, erklärte der Fremdenführer. »Hier leben die agilsten unter den Immortalen; zumindest können sie sich einigermaßen artikulieren, und zwar in normalem Altamanonisch, bei dem ich für Sie dolmetschen kann. Doch ein aufschlussreiches Gespräch ist von ihnen nicht zu erwarten; obwohl sie schon so viele Epochen erlebt haben, wissen sie nichts davon zu berichten, weil sie ein schlechtes Gedächtnis haben und außerdem keinerlei Interesse am Zeitgeschehen.«

»Das müssen wirklich trübsinnige Gestalten sein«, sagte P. Als er die Ansiedlung von Häusern erblickte, die auf dem Hügel vor einem Wäldchen lag, machte sie ihm jedoch einen unerwartet wohnlichen Eindruck; mit neu aufkeimender Hoffnung schritt er auf die Gruppe von Immortalen zu, die dort vor einem großen Gemeindehaus herumlungerte.

»Ich werde den da interviewen, der sieht noch relativ fit aus.«

»Den da drüben, meinen Sie? Ja, das ist der Methusalon, der ist nicht nur der Wohlgenährteste, sondern auch der Gesprächigste von allen. Erstaunlich, wie Sie das gleich erkannt haben.«

P bat den Fremdenführer, für ihn zu dolmetschen, und wandte sich dann an den Immortalen, der mit ausdruckslosem Blick vor ihm auf der Erde saß. Das Gespräch zwischen dem Missionar (P) und Methusalon (M), das sich dann ergab, lautete in etwa wie folgt:

P: Mein Name ist P und ich bin ein Missionar aus dem Reich Monokamis. Zurzeit sponzore ich im Fernsehen eine Religionssendung namens ›Das Wunder von Monopara‹, in der ich auch als Hauptakteur auftrete. Ist Ihnen die Sendung bekannt?

M: Nein. Ich habe schon seit Jahrhunderten nicht mehr ferngesehen.

P: Gut, dann stelle ich Ihnen nun ein paar Fragen zu Ihrem Dasein als Immortaler. Wie alt sind Sie?

M: Daran kann ich mich nicht erinnern. Wir Immortalen denken nicht gern an unser Alter, weil wir für ewig weiterleben müssen. Deshalb vergessen die meisten, wie alt sie sind.

P: Schätzen Sie sich älter als hundert Jahre?

M: Ja, weitaus älter.

P: Wie viele Immortale leben in diesem Dorf?

M: Ich weiß nicht. Vielleicht so zwischen einhundert und fünfhundert. Auf jeden Fall werden es immer mehr, denn es stirbt ja niemand.

P: Wann ungefähr haben Sie bemerkt, dass Sie immortal, also unsterblich sind?

M: Das habe ich nicht mehr im Kopf, aber normalerweise kommt einem mit über Hundert allmählich der Verdacht, immortal zu sein. Doch manche geben die Hoffnung nie auf.

P: Welche Hoffnung?

M: Na, die Hoffnung, vielleicht doch noch morgen plötzlich zu sterben, selbst wenn man schon fünfhundert Jahre alt ist. Das ist ein guter Trick, sich jung zu halten.

P: So dringend wünschen Sie alle sich den Tod?

M: Ja, sterben zu können, wäre für uns das höchste Glück. Doch leider können wir davon bislang nur träumen.

P: Warum wollen Sie unbedingt sterben?

M: Weil das Leben eintönig ist. Und nichts ist schlimmer als Eintönigkeit.

P: Aber man kann doch auch ein aktives und sinnvolles Leben führen, in dem für Langweile kein Platz ist.

M: Das geht eben nur, wenn am Ende der Tod wartet.

P: Was passiert Ihrer Meinung nach im Jenseits? Was für eine Welt erwarten Sie da?

M: Gar keine. Nach dem Tod kommt nichts mehr. Wahrscheinlich existiert die Welt der Lebenden zwar einfach so weiter, doch das bräuchte uns – vorausgesetzt, wir könnten sterben – dann ja nicht mehr zu interessieren. Zumindest wäre es für uns ein traumhafter Gedanke, einfach so im Nichts zu verschwinden.

P: Wenn Sie es sich so sehr wünschen, wüsste ich eine Lösung für Sie – nein, sogar zwei: Die eine wäre, den eigenen Körper selbst zu zerstören, also ein so genannter Selbstmord. Die zweite Möglichkeit wäre, jemanden zu beauftragen und sich umbringen zu lassen. Soweit ich weiß, können nicht einmal Unsterbliche die restlose Vernichtung ihres Körpers überleben. Ihr Gejammer darüber, nicht sterben zu können, verdient in unseren Augen nur wenig Mitleid, weil es letztendlich nur Ihre Unfähigkeit ist, entweder selbst Hand an sich zu legen oder sich töten zu lassen. Obwohl Ihr Zimmer eine Tür hat, die man aufmachen kann, lassen Sie diese Tür geschlossen, ja, suchen nicht einmal nach dem Schlüssel dafür und beschweren sich trotzdem, dass Sie nicht hinaus können.

M: Sie sprechen von Selbstmord, doch das gehört zu den Dingen, zu denen wir nicht in der Lage wären, selbst wenn wir es wollten. Das gleiche gilt für Tötung auf Verlangen, denn die mutwillige Zerstörung des eigenen Körpers widerspricht der Natur jedes Lebewesens.

P: Und was, wenn die Sichel des Todes nun plötzlich durch eine unberechenbare Laune des Schicksals herniederführe und Ihrem Leben ein Ende setzte? Würde Ihnen das gefallen?

M: Gefallen ist vielleicht nicht der richtige Ausdruck, doch es wäre mit Sicherheit die Erfüllung unserer geheimen Wünsche und Träume.

P: Dann werde ich mich bei der Regierung für die Erfüllung dieser Wünsche einsetzen. Übrigens, sind Sie eigentlich ein Mann oder eine Frau? An Ihrem Aussehen kann ich es nicht erkennen.

M: Die Frage verstehe ich nicht.

P: Also, Sie wissen doch sicher, dass es bei den Menschen ursprünglich zwei Geschlechter gab, das männliche und das weibliche – zumindest dürfte es in Ihrer Jugend auch in Amanon noch eine klare Geschlechtertrennung gegeben haben. Damals mehrten sich die Menschen, indem sie heirateten und die Frauen durch den ehelichen Verkehr beziehungsweise Sex schwanger wurden und Kinder gebaren. Doch inzwischen sind in Amanon, wie Ihnen bekannt sein dürfte, nur noch die Frauen angesehen und in der Überzahl, während ein mageres Häuflein Männer ihr trauriges Dasein am äußersten Rand der Gesellschaft fristet. Nun wollte ich von Ihnen wissen, ob es stimmt, was man mir erzählt hat – dass Sie hier in der Wildnis auch heute noch eine intakte Gesellschaft aus Männern und Frauen bilden?

M: Ich verstehe wirklich nicht, was Sie meinen. Erstens weiß ich nicht, was der Unterschied zwischen einem Mann und einer Frau ist, und von diesem Amanon habe ich auch noch nie gehört. Ist denn irgendwo ein Land namens Amanon entstanden?

P: Wie bitte?! Dies alles hier gehört zum Lande Amanon, auch Ihr Dorf, und Sie alle, die hier leben, sind ohne Frage Amanonier. Und was Ihr Geschlecht angeht: Wollen Sie mir wirklich weismachen, Sie wüssten nicht, ob Sie Mann oder Frau sind?

M: Tut mir Leid, aber so ist es.

P: Wenn Sie es wirklich nicht wissen, dann müssen wir eben nachsehen: Würden Sie mir wohl freundlicherweise Ihr Geschlechtsteil zeigen?

M: Was ist denn ein Geschlechtsteil?

An dieser Stelle des Interviews befahl P Castanon, die Kleidung des Immortalen hochzukrempeln, um sein Geschlecht festzustellen, doch die betreffende Stelle war durch den Alterungsprozess so stark deformiert, dass sich das Geschlecht nicht mehr erkennen ließ, und weiter heran konnte Castanon nicht gehen, weil so ein übler Gestank davon ausging. P blieb nichts anderes übrig, als dem Immortalen sein eigenes Geschlecht zu zeigen und auch das von Himeco, die sich heftig sträubte. Dann fragte er ihn:

P: Welches von diesen Geschlechtsteilen besaßen Sie in Ihrer Jugend?

M: Das weiß ich nicht mehr so genau. Und die anderen werden sich genauso wenig daran erinnern können. Die Dinge der Vergangenheit entfallen uns eben nach und nach.

P: Hatten Sie jemals Sex?

M: Ich weiß es nicht mehr, vielleicht ja, vielleicht nein.

P: Haben Sie hier genug zu Essen? Von was ernähren Sie sich?

M: Wir Immortalen können auch ohne Nahrung überleben. Regelmäßige Mahlzeiten sorgen zwar für Kraft und eine gewisse Vitalität, doch andererseits entstehen dadurch auch lästige Probleme.

P: Sie meinen Ausscheidungen?

M: Ja, aber es gibt viele, die trotzdem essen, solange ihr Geschmackssinn noch intakt ist, weil das Vergnügen daran die lästigen Folgen überwiegt. Verzehrbare Dinge findet man in den Wäldern massenhaft.

P: Wie etwa Beeren und Waldtiere?

M: Ich weiß nicht, wie die Sachen heißen, aber an den Bäumen wächst so einiges und am Boden auch. Mehr als man zu sich nehmen kann. An Nahrung mangelt es uns nicht.

P: Und wie halten Sie es mit dem Schlafen? (Diese Frage kam von Castanon.)

M: Wir Immortalen schlafen nicht. Es sind unsere kennzeichnendsten Eigenschaften, dass wir weder schlafen noch sterben können.

P: Hat der dauernde Schlafmangel keine seelischen oder körperlichen Folgen?

M: Nein. Der einzige Nachteil der Schlaflosigkeit ist, dass man sich umso mehr langweilt.

P: Über was denkt man denn in einer so eintönigen Umgebung wie dieser hier nach, wenn man stets wach und denkfähig ist?

M: Über nichts. Wir haben nichts zu denken, und das Beste ist, den Kopf in einem schlafähnlichen Ruhezustand zu halten.

P: Ist das nicht erst recht langweilig? (Diese Frage kam von Himeco.)

M: Nein, Langweile entsteht erst, wenn man seinen Kopf benutzt, um über Dinge nachzudenken.

Nach dem Interview überreichte P dem Immortalen die Geschenke, die er aus Tokiyo mitgebracht hatte, doch der Greis zeigte nicht das geringste Interesse daran. Er rutschte nur ein Stück zur Seite, als versperrten P und die anderen ihm die Sicht.

»Sieht so aus, als hätten wir ihn bei seinem Sonnenbad gestört«, sagte P.

Himeco zuckte nur mit den Schultern. »Diese Immortalen sind doch nichts weiter als lebende Leichname«, urteilte sie mitleidslos.

»Dort drüben sind noch andere, die ganz vital aussehen. Sollen wir die mal ansprechen?«, fragte der Führer.

»Nein, ein Interview reicht. Wir schauen uns noch die Siedlung auf dem Hügel an und machen uns dann auf den Heimweg.«

»Ja, hier in der Gegend gäbe es wahrscheinlich ohnehin keine Übernachtungsmöglichkeiten«, sagte Castanon. »Ich meine, nicht dass ich Lust hätte, hier zu logieren.«

»Früher gab es hier ein paar Herbergen, doch die sind schon lange geschlossen, weil kaum mehr Touristen kommen. Na ja, wer wollte hier auch schon absteigen. Die meisten wollen schleunigst wieder umkehren, sobald sie das hier gesehen haben.«

»So wollen wir es auch machen. Ich denke, wir haben alles Sehenswerte gesehen.« Das Immortalenreservat erschien P mit einem Mal wie ein Freigehege voller seltsamer Tiere. Doch während es in einem normalen Tierpark auch unter den seltenen Arten possierliche und weniger possierliche gab, gehörte die Spezies, die hier zu sehen war, leider zu einer in jeder Hinsicht unerfreulichen Sorte. Ihm war nun klar, warum der Führer auf dem Heimweg stets einen Amnesiaapfel aß.

»Müssen wir den ganzen Weg zurückgehen, oder gibt es noch einen anderen Ausgang?«, fragte Himeco.

»Ja, ich glaube, hinter dem Hügel gibt es eine Art Hinterausgang oder Personaltür. Die ist zwar nicht für Besucher gedacht, aber wir sollten es trotzdem einmal probieren.«

Als sie den Hügel hinabgestiegen und ein Stück durch den Wald gegangen waren, sahen sie plötzlich eine hohe Steinmauer, die offenbar zur strengen Trennung des Immortalenreservats von der Außenwelt diente. Endlos zog sie sich über die Hügel der Gegend dahin.

»Eigenartig«, murmelte P.

»Was haben Sie denn?«

»Diese Mauer sieht irgendwie seltsam aus – wie von einem Gefängnis oder einem Umerziehungskloster. Oder einer Nervenklinik.«

»Ich frage mich, ob man damit Überfälle von außen verhindern will oder Fluchtversuche von innen«, überlegte Himeco.

»Es ist einfach eine Trennmauer«, antwortete der Führer gleichgültig. »Da vorn ist der Ausgang. Hm, nicht mal ein Pförtnerhäuschen ...«

An der soliden Stahltür hing ein verrostetes Vorhängeschloss, in dem sogar noch der Schlüssel steckte. P überreichte dem Führer ein Trinkgeld und bat ihn, ihr Gepäck, das noch im Tempelhotel war, zurückschicken zu lassen. Dann verabschiedete er sich von ihm.

Als sie die Tür öffneten und hinaustraten, erblickten sie vor sich eine Stadt mit ganz normalen Wohnhäusern.

»Das ist Kiyoto!« Ergriffen sah Himeco auf ihre Heimatstadt.

»Wie kann es denn sein, dass wir vom Senzan aus immer weiter in die Wildnis gewandert sind und dann plötzlich hier mitten in Kiyoto wieder herauskommen?«

»Ganz einfach: Der Rand des Immortalenreservats grenzt direkt an das Stadtgebiet von Kiyoto. Wie praktisch, dann sind wir umso schneller wieder zu Hause.«

Als P die Tür des Hinterausgangs schloss, fiel sein Blick auf die Aufschrift am Türpfosten: *Städtische Müllhalde Kiyoto. Zutritt für Unbefugte verboten.*

KAPITEL 15

Eine Nacht mit Ministerpräsident Yumicos

Nach seiner Rückkehr vom Immortalenreservat war P gezwungen, innerhalb einer Woche genügend Sendematerial für etwa zwei Monate aufzuzeichnen; und da er für jede Sendung mit je vier Partnerinnen – also insgesamt circa vierzig Frauen – Sex zu praktizieren hatte, kam er während dieser Zeit kaum mehr aus dem Studio. Eine der Partnerinnen war jeweils ein prominenter Stargast, und die übrigen waren normale Fernsehzuschauer, die sich als Darsteller beworben hatten. Mittlerweile erzielte die *Monopara-Show* enorme Einschaltquoten, besonders seit man als Moderator die poppuläre Entertänerin Tonco engagiert hatte, die derzeit beim Publikum ganz weit oben an der Spitze der Beliebtheitsskala rangierte; sie war für die Sendung offenbar ein Volltreffer. P hatte sich auf Anraten seines Regissörs inzwischen den Kopf kahl scheren lassen, um vor der Kamera als monokamischer Geistlicher noch überzeugender zu wirken, und musste privat nun stets eine Perücke tragen. Bei den Zuschauern kam es sehr gut an, dass er in der Sendung zu seinem wallenden, schwarzen Patergewand zunächst ein rotes Käppchen trug und seinen herrlich blank rasierten Kopf erst entblößte, wenn es richtig zur Sache ging; nach dem Urteil des Publikums besaß seine Glatze eine »magische sexuelle Anziehungskraft« und etwas außerordentlich »Erhabenes«. Während P in der ersten Sendehälfte mit seinen drei Publikumsgästen, die jeweils völlig unterschiedlichen Typs waren, Sex praktizierte, brachte er nebenbei mit Tonco, die ihn von der Seite her mit witzigen Zwischenrufen anfeuerte, als komisches Duo die Studiozuschauer zum Lachen. Dann folgte eine zwanglose Talkrunde, in der er mit Tonco über die verschiedensten Themen plauderte, pseudotheologische Gespräche führte, aktuelle Themen erörterte, über die Promwelt tratschte oder obszöne Witze riss. Im letzten Teil der Sendung begrüßte P dann jeweils seinen prominenten Studiogast und vollführte mit diesem eine sexuelle Darbietung, die in der Regel von Anmut und Rauschhaftigkeit erfüllt war, variiert nur nach der individuellen Persönlichkeit des Stargasts. Nachdem sich dieses Sendeschema etwas eingespielt hatte, fiel auch P die harte Routine seiner Drehtage leichter. Etwa drei Monate nach Sendebeginn konnte er seinen Zuschauern verkünden, dass bei mehreren ehemaligen Studiokandidatinnen eine Schwangerschaft festgestellt worden war. Der Sender plante, sie kurz vor der jeweiligen Niederkunft erneut einzuladen, um die Geburt live zu übertragen. Damit war P's größter Traum in Erfüllung gegangen und beinahe alles, was er von Anfang an geplant hatte, Wirklichkeit geworden.

»Wenn du vorhast, die Sendezeit demnächst auf eine Stunde zu erhöhen, könnten wir in der ersten Hälfte doch auch mal männliche Publikumsgäste auftreten lassen«, schlug P vor, als er mit Miyacos über seine Show sprach.

»Die dann deinen Part übernehmen würden?«

»Genau, während ich ihnen von der Seite Hilfestellung gebe.«

»Stimmt, das wäre sicher ein gelungener Gäg. Das Problem ist nur: wo willst du die Kandidaten hernehmen? Der einzige richtige Mann hier bist du.«

»Und was ist mit den staatlich geprüften Samenspendern?«

»Keine Chance. Es gibt zwar derzeit etwa dreihundert offizielle Samenspender, aber an die kommen wir nicht heran, weil sie vom Gesundheitsministerium, genauer gesagt vom Bevölkerungsamt, streng unter Verschluss gehalten werden.«

»Sie stehen unter Arrest?«

»Man kann es fast so nennen. Sie werden wie Laborratten im Krankenhaus gefangen gehalten, wo man ihnen in regelmäßigen Abständen Samen abzapft, indem man eine bestimmte Region ihres Gehirns elektrisch stimuliert. Aber zu richtigem Sex würden diese Männer nicht taugen, so dass es keinen Sinn hätte, sich extra um sie zu bemühen.«

»Also sind diese Samenspender gar keine richtigen Männer, sondern nur ein Haufen Schlappschwänze! Gibt es denn keine anderen sextauglichen Männer?«

»Höchstens noch die Anarchos. Von denen verdingen sich viele als Schauspieler in halbseidenen Rollen; einige haben früher auch in verbotenen Sexshows und Halbwelt-Theatern gearbeitet. Und dann natürlich noch die Gängster.«

»Die Gängster?«

»So nennt man Leute, die in verbrecherischen Untergrundorganisationen arbeiten. Zur Tarnung üben die meisten von ihnen Nebenberufe als Koch, Masseur, Hausierer, Frisör oder Leibwächter aus. Und einige leben auch heute noch mit Frauen zusammen, haben Sex und zeugen Kinder. Insofern wären die am geeignetsten, um deinen Part in der Sendung zu übernehmen, aber ich weiß nicht, ob es ratsam wäre, sich mit solchen Leuten einzulassen.«

»Tja, immerhin hätten wir damit schon mal taugliche Kandidaten. Über eventuelle Risiken können wir uns immer noch den Kopf zerbrechen. Übrigens, ich bin morgen zum Galadiner beim Premier eingeladen. Hast du irgendeine Ahnung, was Yumicos von mir will?«

»Wer außer dir kommt denn sonst noch?«

»Das weiß ich nicht, aber mein Gefühl sagt mir, dass ansonsten niemand eingeladen ist, höchstens vielleicht noch Regierungssprecher Saion.« P holte seine Einladung hervor und zeigte sie Miyacos.

»Nein, ich glaube nicht, dass Saion kommt«, sagte Miyacos. »Du bist der einzige Gast, sonst würde in der Einladung um Sec-Begleitung gebeten. Wahrscheinlich ist die Sache toppsecret.«

»Also darf ich Himeco nicht mitnehmen?«

»Doch, natürlich nimmst du deine Sec mit. Dass in der Einladung nichts von Sec-Begleitung steht, bedeutet nur, dass es sich nicht um ein formelles Diner oder einen großen Event mit vielen Gästen handelt.«

»Ach so. Aber was könnte Yumicos mit mir zu besprechen haben? Vielleicht bekomme ich nun langsam einen Anpfiff, weil es in meiner Sendung zu ausgelassen zugeht.«

»Nein, das glaube ich nicht. Ich bin sicher, dass Yumicos die Show liebt und keine einzige Folge davon verpasst.«

Am darauffolgenden Tag machte sich P mit Himeco auf den Weg zur Amtswohnung des Ministerpräsidenten. Als er daran zurückdachte, wie er das letzte Mal Cúmin als Aushilfs-Sec zum Lunch dorthin mitgenommen hatte, weil er damals noch keine eigene Sec besaß, wäre P vor Scham am liebsten im Boden versunken. Gut, dass aus seiner Himeco so eine exzellente Sec geworden war, mit der man sich nirgendwo schämen musste; neben ihr würde zweifellos sogar Marico, die Sec des Ministerpräsidenten, völlig verblassen. Stolz reichte er Himeco, die in letzter Zeit ordentlich in die Höhe geschossen war, seinen Arm und betrat mit ihr das Gebäude, in dem gerade reger Feierabendbetrieb herrschte.

»Padre! Schön, dass du mal wieder vorbeikommst«, begrußte Yumicos ihn herzlich; sie drückte ihn an ihre üppige Brust und tätschelte ihm freundschaftlich den Rücken. P kam es so vor, als gebe sie sich ihm gegenüber absichtlich weiblicher als das letzte Mal, und das ermutigte ihn, ihre Umarmung ohne jede Hemmung zu erwidern.

»Gut schaust du aus.«

»Sie ebenfalls, Herr Ministerpräsident. Und Sie werden mit jedem Mal schöner.«

Yumicos hob die Hände an ihre leicht geröteten Wangen. »Ach, lassen wir doch diese Höflichkeitsfloskeln.« Sie führte P und Himeco in ihr privates Esszimmer, in dem für vier Personen gedeckt war. Offenbar sollten an dem Galadiner nur der Ministerpräsident und seine Sec sowie P und Himeco teilnehmen.

»Übrigens sind wir ganz begeisterte Fans deiner Sendung.«

»Danke, das freut mich zu hören. Ja, die Show hat sich endlich eingespielt und läuft nun fast wie von selbst. Demnächst soll sie sogar einstündig ausgestrahlt werden.«

»Am unterhaltsamsten finden Marico und ich die Sexdarbietungen. Wir scherzen sogar des Öfteren darüber, dass wir am liebsten selbst einmal mitmachen würden.«

Aus Yumicos scherzhaftem Vorschlag sprach so viel unmissverständliche Wahrheit, dass P einen Augenblick lang verwirrt war, doch wenn er es recht überlegte, würde sich sicherlich sogar das irgendwie machen lassen, wenn es dem Wunsch des Ministerpräsidenten entsprach. Nach seinem bisherigen Eindruck ließ sich in diesem Land beinahe jeder Gedanke in die Tat umsetzen, und sei er auch noch so verrückt.

»Was für eine grandiose Idee, Herr Ministerpräsident! Es wäre mir eine große Ehre, Sie in der Show als Vip begrüßen zu dürfen. Um etwaige Folgen brauchen wir uns wahrscheinlich keine Sorgen zu machen, da Sie ja ohnehin viel im Fernsehen zu Gast sind.«

»Ach was, das war doch nicht ernst gemeint. Aber Marico könntest du jederzeit als Sexpartnerin haben.«

»Dürfte ich wohl fragen, ob sie dafür überhaupt schon reif genug ist?«, erkundigte sich Himeco schnippisch. P hatte ihre leise Feindseligkeit sofort bemerkt, doch Yumicos nahm die Frage wörtlich und nickte.

»Ja, es ist tatsächlich so, dass sie den Kinderschuhen entwachsen ist. Wie ihr seht, hat Maricos enorme körperliche Entwicklung der letzten Zeit aus meiner kleinen Sec einen richtigen jungen Prom gemacht. Ich fürchte, ich muss allmählich akzeptieren, dass sie nun flügge wird.«

»Das heißt, Sie wollen Marico freigeben?«

»Ja, ich kann sie doch nicht ewig an mich fesseln. So schwer es mir auch fällt …«

»Wenn das so ist, würde ich sie mir sehr gern eine Zeitlang als feste Partnerin für die Sendung leihen. Es wäre toll, wenn sie Tonco beim Moderieren oder mir beim Coachen der Sexkandidaten assistieren könnte. Eine so anmutige Schönheit wie Marico hatten wir noch nie in der *Monopara-Show*, obwohl bei uns jede Menge Prominenz zu Gast ist.«

Yumicos lachte zufrieden. »Im Komplimentemachen hast du dazugelernt. Aber wieso benutzt du nicht deine eigene Sec als Kandidatin? Sie ist doch ebenfalls eine atemberaubende Schönheit. Oder willst du sie dir lieber für private Zwecke aufheben?«

»Nein, das nicht; sie ist bloß noch zu jung«, rechtfertigte sich P.

»Schon gut, ich verstehe, was du meinst. Gib ruhig gut auf sie Acht. Marico steht dir jedenfalls zur freien Verfügung, auch wenn sie leider ein etwas zurückhaltender Typ ist. Hoffentlich stört dich das nicht.«

»Aber ich bitte Sie: Je schöner und klüger eine Frau ist, desto weniger Worte macht sie. Das ist bei meiner Himeco ganz ähnlich.«

Mittlerweile war am Tisch ein überaus luxuriöses Gericht aufgetragen worden: lebende Riesenlangusten, wie P sie bereits bei seiner Willkommensfeier in der Provinz gegessen hatte.

»Wenn ich mich recht erinnere, war das dein Leibgericht aus der amanonischen Küche, nicht wahr?«

P bedankte sich für die Aufmerksamkeit des Ministerpräsidenten und genehmigte sich sogleich ein wenig von dem Langustenhirn.

»Oh, wie diese unbeschreiblich subtile Komposition aus amanonischer Meeresbrise und alter Langustenweisheit der Zunge schmeichelt: Einfach delikat!«

»Freut mich, wenn es dir schmeckt. Sind auch 1A-Langusten, wie man mir sagte. Hinterher gibt es eine Fischplatte mit ganz frischen Häppchen von noch lebenden Flussbarschen.«

P bemerkte, dass Marico ihn von ihrem Platz neben dem Ministerpräsidenten aus schon die ganze Zeit unverwandt anstarrte. Offenbar hatte sie mittlerweile mehr Interesse an ihm als beim vorigen Mal. Ihre Züge zeigten eine voll erblühte Reife, die bei Himeco noch nicht zu entdecken war, obwohl sie nur wenig Altersvorsprung hatte.

»Übrigens war ich vor kurzem im Senzan-Gebirge und habe mir dort im Wildnisgebiet das Immortalenreservat angesehen.«

»Ja, das hörte ich. Ich meine, solche Informationen bleiben mir als Premier natürlich nicht verborgen«, sagte Yumicos. »Und wie leben die Immortalen so? Ich selbst weiß eigentlich kaum etwas über sie, wie ich gestehen muss, weil ich nämlich noch nie in diesem Wildnisgebiet war. Ehrlich gesagt habe ich auch keine große Lust, es mir anzusehen; deshalb hat es mich gewundert, dass du den Mut dazu hattest.«

»Tja, sehr einladend ist es dort wirklich nicht«, sagte P und lächelte gequält. »Andererseits habe ich einige nützliche Informationen erhalten.«

»Ach, das ist ja erfreulich. Was denn für welche?«

»Die Immortalen sehnen sich innigst nach dem Tod. Doch von allein können sie nicht sterben. Bei unserem letzten Treffen erzählten Sie zwar, dass es auch unter den Immortalen Selbstmörder geben soll, doch das müssen Ausnahmen gewesen sein, denn grundsätzlich kommt es für diese Leute nicht in Frage, den eigenen Körper selbst zu zerstören oder von jemand anderem zerstören zu lassen. Das Einzige, was sie akzeptieren würden, wäre ein zufälliger oder durch äußere Umstände verursachter Tod. Mit anderen Worten, sie sitzen nur herum und drehen Däumchen, während sie auf den Tod warten. Und deshalb – …«

»Schon gut – ich weiß, was du mir vorschlagen willst«, unterbrach ihn Yumicos und erhob mit gönnerhaftem Lächeln die Hände. »Und ich kann dir versichern, dass die Regierung bereits über ähnliche Maßnahmen nachdenkt. Doch was ich heute eigentlich mit dir besprechen wollte, ist eine Sache, die noch viel explosiver ist als die Immortalenfrage, obwohl sie zum Teil auch die Immortalen betrifft. Dazu würde ich gerne deinen fachmännischen Rat hören.«

Mit diebischer Freude auf dem Gesicht, als könne sie es kaum erwarten, ihr Geheimnis preiszugeben, beobachtete Yumicos P durch ihre Brillengläser. Das forschende Lächeln in ihren Augen fand P ganz bezaubernd; es gab ihr etwas mädchenhaft Fröhliches.

»Geht es um Politik?«, fragte P.

Yumicos nickte bedeutungsvoll. »Logo geht es um Politik, aber nicht insofern, dass irgendetwas Schreckliches passiert wäre oder so. Im Gegenteil, für mich handelt es sich eher um eine äußerst erfreuliche Sache. Allerdings bietet mein neues Geheimnis nicht nur Grund zur Freude, sondern hat auch eine sehr bedrohliche Seite. Man könnte es mit einem hochexplosiven Ei vergleichen, das die gesamte Welt auf einen Streich vernichten würde, wenn man es aus Versehen fallen ließe. Ein äußerst gefährliches Ei also, das mir da in die Hände geraten ist. Und noch dazu ein leicht zerbrechliches. Man darf es nicht *zu* fest in der Hand halten …«

Yumicos zog ein daumengroßes Fläschchen aus der Tasche, in dem sich eine klare, farblose Flüssigkeit befand. Anstatt es auf den Tisch zu stellen, hielt sie es vorsichtig mit zwei Fingern an Verschluss und Boden fest.

»Meine Güte, Gift? Am Ende eines, mit dem man die gesamte Menschheit auf einen Schlag vernichten kann?«

»Gut geraten – aber knapp daneben ist auch vorbei«, antwortete Yumicos, indem sie eine alte, amanonische Redensart zitierte. »Es ist kein gewöhnliches Gift, sondern etwas noch Gefährlicheres. Eine neuartige Substanz namens Thanatomin.«

»Thanatomin … Thanatos … Hm, der Name kommt mir irgendwie bekannt vor.«

»Ich muss sagen: du bist nicht nur gebildet, sondern besitzt dazu noch ein gutes Gespür! Richtig, der Name kommt von Thanatos, einem Todesgott aus der Mythologie der Alten Welt.«

»Dann kann man damit also doch Menschen umbringen?«

»Nicht direkt, denn es wirkt nicht wie simples Gift. Doch das Endergebnis ist dasselbe: der sichere Tod. Es ist ein Suizidivum. Hundert Prozent tödlich.«

»Ein Suizidivum? Also eine Substanz, die im Gehirn eines Menschen Selbstmordgedanken auslöst?«

»Genau. Vielleicht kannst du dich erinnern, dass wir das letzte Mal, als du hier warst, auch schon über das Thema Selbstmord gesprochen haben?«

»Aber ja. Sie erzählten damals, dass Sie neuerdings mehr Selbstmorde bei Alten und Kindern zu verzeichnet hätten – im vergangenen Jahr weit über hundert Opfer oder so. Im Verhältnis zur Bevölkerungsgröße traumhaft wenig, wenn Sie mich fragen.«

»Ja, das hast du damals auch gesagt. Aber für uns bedeutet das einen eklatanten Anstieg der Selbstmordfalle. Natürlich hat dieser Anstieg nichts mit dem Thanatomin zu tun – nicht dass du noch denkst, wir würden heimlich damit herumexperimentieren oder so. Zwar würde der Entdecker des Suizidivums, Dr. Mortacos, lieber heute als morgen die ersten Probandenversuche starten, aber bisher wurde sein Thanatomin nur an Labortieren ausprobiert, zum Beispiel an Ratten, Karnickeln, Hunden, Katzen oder Affen. Bei diesen Säugetieren war die Wirkung hundertprozentig; bereits eine winzige Dosis, etwa eins zu einer Milliarde der Gehirnmasse, führte ausnahmslos zum Freitod der Tiere. Es hört sich zwar komisch an, aber Tiere können tatsächlich Selbstmord begehen. Wenn man ihnen ein Wasserbecken hinstellt, ertränken sie sich darin, und wenn man ein Feuer macht, springen sie unbeirrt hinein. Wenn sie kein entsprechendes Todeswerkzeug haben, zerbeißen sie sich selbst die Pfoten, den Schwanz oder die Bauchhaut – und zwar so lange, bis sie tot sind.«

»Ähnliche Selbstverstümmelungstendenzen zeigen auch Menschen mit Lesch-Nyhan-Syndrom, einer erblichen Erkrankung.« An diese Krankheit, die er noch aus den Tagen seines Medizinstudiums kannte, hatte P sich sofort erinnert. »Die Betroffenen beißen sich Hautstücke aus Lippen, Mundhöhle, Zungenspitze und Fingern oder bohren sich spitze Gegenstände in den Körper; im Extremfall reißen sie sich sogar die Augen heraus. Ausgelöst werden diese zwanghaften Symptome durch eine Stoffwechselstörung im Gehirn. Ich könnte mir vorstellen, dass dieses Suizidivum ähnlich funktioniert.«

»Du hast ja ganz schön Fachwissen parat. So genau kenne ich mich da leider nicht aus. Von Dr. Mortacos weiß ich nur, dass er zufällig auf dieses Thanatomin stieß, als er Versuche zur synthetischen Herstellung eines Stoffes machte, der die Rezeptoren eines Neurotransmitters namens *Dopa* beeinflussen sollte. Der genaue Wirkungsmechanismus des Thanatomins ist zwar noch nicht geklärt, doch man nimmt an, dass entweder im Gehirn ein unbekannter Neurotransmitter existiert, auf den das Thanatomin einen hemmenden oder aktivierenden Einfluss hat, oder eine Art Suizidgen, welches aktiviert wird, indem das Thanatomin genau das Enzym zerstört, das dieses Gen normalerweise deaktiviert. Dr. Mortacos selbst neigt zu der letzteren Ansicht, denn seine Versuche haben ergeben, dass beispielsweise bei Affen nur eine höhere Dosis Thanatomin sofortige Irritation und Selbstmord auslöste, während Affen, die über einen längeren Zeitraum harmlose Dosen verabreicht bekamen, mitunter Monate brauchten, bis sie gefasst in den Tod gingen, als sei ihnen dieser Schritt nach reiflicher Überlegung unausweichlich erschienen. Bemerkenswerterweise entwickelten auch die Affenjungen, die während dieser Zeit gezeugt wurden, gleich nach ihrer Geburt ganz ähnliche Symptome wie beim Lesch-Nyhan-Syndrom, von dem du vorhin gesprochen hast: sie begingen allesamt Selbstmord, als habe sich das Suizidgen auf sie vererbt.«

Wenn sich diese Wirkung bestätigen sollte, käme der Entdeckung von Thanatomin große Bedeutung zu, gab P zu bedenken. Dem stimmte Yumicos zu, doch sie schien dabei überwiegend an die politischen Folgen zu denken, die ein Einsatz des Medikaments hätte, besonders an die kolossale Macht, die ihr dadurch beschert würde.

»Weißt du, was das bedeutet?«, fragte sie P. »Mit dem Thanatomin liegt die Entscheidung über anderer Leute Schicksal ganz allein in meiner Hand …«

»Ja, damit können Sie sich Ihrer Feinde ganz bequem entledigen, ohne auch nur einen Beweis zu hinterlassen.«

»Du sagst es. Das perfekte Verbrechen – wenn man es denn als Verbrechen bezeichnen wollte, was ich nicht unbedingt tun würde. Das Thanatomin eignet sich ja nicht als Druckmittel. Das Einzige, was man damit tun kann, ist, Leute unauffällig zu beseitigen. Insofern ließe es sich gar nicht unbegrenzt einsetzen, denn wie viele Gegner wollte man auf diese Weise schon erledigen? So etwas wäre auch gar nicht mein Stil. Ich würde es also nur selten einsetzen. Nicht aus moralischen Gründen – im Gegenteil: den Einsatz stelle ich mir ziemlich lustig vor. Ja, in letzter Zeit liege ich nachts nur noch wach und male mir aus, was ich damit alles tun könnte und was ich für Möglichkeiten hätte, so dass ich kaum zum Schlafen komme. Ich bin so aufgeregt, als hätte ich im Lotto gewonnen.«

»Ein geeigneter Kandidat für Ihr Präparat wäre zum Beispiel ich selbst«, brachte P die Argumentation des Ministerpräsidenten mutig auf den Punkt. »Sie sagten zwar eben, dass sich das Thanatomin nur zum Beseitigen von Leuten eigne und nicht zum Unter-Druck-Setzen, doch mich könnten Sie damit sehr wohl erpressen, denn Sie haben mich ja nun zum Mitwisser gemacht.«

»Da hast du Recht«, antwortete Yumicos ungerührt. »Übrigens, stört es dich, wenn ich eine smoke? Du kannst auch gern eine haben«, sagte sie und hielt ihm ihren Pfeifenbeutel hin, doch P machte sich nichts aus Tabak.

»Sagen Sie, dieses Thanatomin kann doch wahrscheinlich oral verabreicht werden, ohne dass der Betroffene es merkt, oder?«

»Logo. Erstens genügt schon eine minimale Dosis, und zweitens ist es praktischerweise völlig geschmacks- und geruchsneutral. Ich hätte es dir heute zum Beispiel bequem unters Essen mischen können, ohne dass dir etwas aufgefallen wäre.«

»Tja, dagegen hätte ich dann wohl keine Chance gehabt«, lachte P. »Doch was würde es Ihnen bringen, mich zu erpressen?«

»Das wirst du gleich erfahren. Genau das ist nämlich der Grund unseres heutigen Treffens.«

»Dazu kann ich nur sagen, dass ich bei einer Erpressung wahrscheinlich bedingungslos kapitulieren würde.«

»Ach was, ich will dich doch gar nicht erpressen.« Yumicos Miene wurde wieder ernst. »Dafür habe ich dir die Sache mit dem Thanatomin nicht anvertraut. Ich hätte ja nicht einmal wissen können, ob du mir so einfach glauben oder erst handfeste Beweise verlangen würdest. Nein, ich habe dir davon erzählt, weil du der Einzige bist, dem ich vertrauen kann. Erstens stellst du als Ausländer und noch dazu als Mann für mich keine ernsthafte Konkurrenz dar, und zweitens bin ich davon ausgegangen, dich für unsere gemeinsamen Ziele als Verbündeten oder Compagnon gewinnen zu können, ohne fürchten zu müssen, dass du dich auf die Seite des Gegners schlägst. Sehe ich das richtig?«

»Schon, aber ich dachte, Sie befürchten, dass ich im Auftrag der Monokamisten irgendwelche schrecklichen Geheimpläne hege.«

»Nein, ich beurteile die Menschen immer nach ihren Taten«, sagte Yumicos und ließ elegant den Rauch aus ihrer Pfeife aufsteigen. »Deshalb wollte ich dich erst einmal machen lassen – im Notfall hätte ich ja immer noch das Thanatomin gehabt. Was deine Mission angeht, bestand in meinen Augen ohnehin keine Chance auf eine Monopolstellung des Monokamismus, denn hier gilt für alle Religionen freie Marktwirtschaft; und dass du für das Verbreiten deines Glaubens zu destruktiven Mitteln greifen würdest, hielt ich bei einem vernunftbegabten Menschen wie dir ebenfalls für ausgeschlossen. Und ich habe Recht behalten: du hast dich den hiesigen Gepflogenheiten blitzschnell angepasst und sofort die effektivste Verbreitungsmethode gefunden – das Fernsehen. Besser hätte man es kaum machen können. Nur das eigentliche Ziel deiner Bemühungen, das ist mir noch nicht klar.«

»Also haben Sie mich hierher gerufen, um darauf eine Antwort zu bekommen und aufgrund dieser Antwort über mein weiteres Schicksal zu entscheiden?«

»Du bist vielleicht misstrauisch.« Theatralisch zog Yumicos die Schultern hoch. »Nein, vor deiner Antwort habe ich keine Angst. Es könnte mich nicht einmal erschrecken, wenn du die Absicht hättest, mich umzubringen, um selbst Ministerpräsident oder König von Amanon und gleichzeitig Papst der Monokamier zu werden! Nur über eines solltest du dir in dem Fall klar sein, und zwar, dass sich ein Land wie Amanon nicht von irgendeinem Machthaber durch Gewalt regieren lässt. Das Getriebe dieser Maschinerie ist viel zu kompliziert, als dass es sich durch die Kraft von ein, zwei Personen nach Belieben kontrollieren ließe. Du wärest ein absolut machtloser Diktator. Deshalb würde ich dir raten, dich mit jemandem wie mir, der sich im Führerstand etwas auskennt, zu verbünden und die Sache zu zweit anzugehen.«

»Und was wäre Ihr eigentliches Ziel dabei, Herr Premier?«

»Etwas so Verrücktes, dass es mir peinlich wäre, im Beisein deiner süßen Sec darüber zu sprechen.«

»Wenn Sie wollen, schicke ich Himeco hinaus.«

»Ach was, das ist nicht nötig«, hielt Yumicos ihn zurück. »Aber sie muss mir versprechen, nicht zu lachen, okay?«

»Ich lache fast nie und verschwiegen bin ich auch«, antwortete Himeco mit Bestimmtheit.

»Also, was ich in Wirklichkeit plane, ist die Flucht der Amanonier aus Amanon. Ich möchte sie hinaus in eure Welt führen, beziehungsweise in die wirkliche Welt, um dort ein neues Amanon zu gründen, das einerseits ein gutnachbarschaftliches Verhältnis zu Monokamien hat und sich andererseits seinen unabhängigen Status als reiner Frauenstaat erhält. Als Ideal schwebt mir eine friedliche Koexistenz vor, die dadurch in Balance gehalten wird, dass wir mit den Monokamiern Sex haben und ihnen die männlichen der gemeinsamen Nachkommen überlassen. Allerdings wäre ich für den Fall, dass sich dies als unmachbar erwiese, auch bereit, die monokamischen Männer einzubürgern – selbst wenn unser Land dadurch zu einem Staat wie Monokamien würde, also zu einem Staat, der aus Männern und Frauen besteht. Das Einzige, was ich nicht will, ist, dass Amanon zu einem monokamischen Marionettenstaat wird. Falls Monokamien zu keiner Kooperation bereit wäre, würde ich auch einen Krieg in Kauf nehmen, um uns das nötige Territorium zu sichern. In diesem Fall wäre das Thanatomin eine mächtige Trumpfkarte. Und dich bräuchte ich bei meinem Vorhaben als diplomatischen Unterhändler. Wie du die Einzelheiten handhabst, würde ich dir überlassen. Ob du nun nur für mich vermitteln würdest oder von beiden Seiten die Belohnung einstreichst, wäre mir relativ egal.«

»Ein interessanter Plan«, lautete P's ehrliches Urteil. Auf der einen Seite wusste er zwar, dass Yumicos Vorhaben naiv und größenwahnsinnig war, doch auf der anderen Seite erschien es ihm wie ein Rechenaufgabe, über die zu knobeln es sich lohnen könnte. Ob sie sich mit seiner eigenen Rechnung zu einer sinnvollen Gleichung kombinieren ließe, konnte er noch nicht sagen, doch das Knobeln an sich interessierte ihn sehr.

»Findest du? Natürlich handelt es sich noch nicht um ein ausgereiftes Projekt, sondern nur um einen absurden Traum, nicht viel mehr als ein Phantasiegebilde. Doch nun zu deinen eigenen Plänen: wie sehen die eigentlich aus?«

»Offen gestanden grenzt auch mein Vorhaben an Größenwahn, in dieser Hinsicht steht es Ihrem in nichts nach«, antwortete P lächelnd. »Was ich im Kopf habe, ist eine Art sanfte Revolution, deren Ziel durch eine Reihe schleichender gesellschaftlicher Veränderungen erreicht wird; und dieses Ziel ist es, Amanon zu einem Land zu machen, dessen Bevölkerung zu etwa gleichen Teilen aus Männern und Frauen besteht. Die dazu nötige Saat möchte ich unter anderem in meiner Show säen.«

»Und zwar, indem du dort Sex und antiquierte Geburtsmethoden proppagierst, nicht wahr?«

»Genau.«

»Auch keine üble Idee.«

»Ja, und es zeichnen sich bereits erste Erfolge ab, wenn auch nur sehr langsam.«

»Da liegt offenbar das Kernproblem. Doch im Grunde macht es nichts, wenn deine Sex-Revolution zum Zeitpunkt der neuen Staatsgründung noch nicht vollendet ist, sondern sich gleichzeitig mit der von mir geplanten Flucht vollzieht. Insofern halte ich unsere Ziele für durchaus kompatibel.«

»Perfekt kompatibel. Allerdings wäre es für die Flucht aus Amanon beziehungsweise den Einmarsch in die Monokamische Welt und den daraus resultierenden Krieg mit den Monokamisten von entscheidendem Vorteil, wenn die Sex-Revolution dann bereits gewisse Früchte getragen hätte. Für so etwas braucht es einen Kampfgeist, über den nur Männer verfügen, und zwar insbesondere die Bereitschaft, für ein bestimmtes Ziel Blut zu vergießen und sein Leben zu lassen. Mit Frauen allein lässt sich weder ein Putsch noch ein Krieg gewinnen.«

»Du meinst also, an einem Krieg kämen wir nicht vorbei?«, fragte Yumicos kleinlaut.

»Davon gehe ich aus«, antwortete P und setzte dabei eine absichtlich unerbittliche Miene auf, um Yumicos abzuschrecken und ihr die Naivität ihres Vorhabens zu verdeutlichen.

»Schade. Eigentlich hatte ich gehofft, meine Ziele durch diplomatische Verhandlungen erreichen zu können.«

»Das wird leider unmöglich sein. Welches Land würde es wohl zulassen, dass man in sein Hoheitsgebiet eindringt und dort einen neuen Staat konstituiert? So etwas wäre eine eindeutige Kriegserklärung, die keinen Spielraum für Verhandlungen lässt. Ein weiteres Problem ist die Religion: In Amanon existieren Aberhunderte von Glaubensrichtungen, die völlig frei miteinander konkurrieren, ohne dass eine davon dominierend oder gar staatlich vorgeschrieben wäre. Bei uns hingegen gibt es nur den Monokamismus. Seine Allmacht wird weder von Privatpersonen noch von Organisationen in Frage gestellt, ja, es gibt niemanden, der überhaupt auf solch eine Idee käme. Und da meinen Sie im Ernst, die Monokamier würden es akzeptieren, dass Sie dort einmarschieren und ein neues Amanon gründen?«

»Vielleicht wenn wir ihnen einen guten Deal vorschlagen würden.«

»Was hätten Sie denn anzubieten?«

»Zum Beispiel, dass alle Amanonier geschlossen zum Monokamismus übertreten. Unsere Konfession spielt für mich eigentlich keine große Rolle.«

»Offenbar haben Sie keine Vorstellung, auf was Sie sich damit bereitwillig einließen«, seufzte P düster.

»Wieso? Ich stelle mir das ganz easy vor.«

»Das ist es aber nicht. Wenn Sie unseren Glauben annehmen, machen Sie Amanon damit zu einem festen Teil der monokamischen Welt und verzichten automatisch auf eine weitere Existenz als unabhängiger Staat.«

»Wäre es nicht möglich, als befreundete Nation lediglich durch den gemeinsamen Glauben vereint zu sein?«

»Nein, so eine Denkweise gibt es für die Monokamisten nicht. Da sich jeder Monokamist in die Gemeinde Monokamis einzufügen hat, ist ein unabhängiger Monokamist außerhalb der monokamischen Weltordnung etwas prinzipiell Undenkbares.«

»Nicht gerade flexibel, diese Haltung«, sagte Yumicos enttäuscht. »Dann bleibt uns also keine andere Möglichkeit als eine kriegerische Auseinandersetzung, genau wie du sagtest. Das bedeutet: der Einsatz von Thanatomin.«

»Es sieht ganz so aus.«

»Denkbar wäre beispielsweise, die sturköpfige Führungsriege der Monokamisten mit Hilfe des Thanatomins unauffällig zum Selbstmord zu bewegen.«

»Ja, das scheint mir die einzig effektive Strategie zu sein, um unsere Ziele zu erreichen und gleichzeitig einen offenen Konflikt zu vermeiden.« P lachte vergnügt.

»Was ist denn daran so erfreulich?«

»Ach, ich fand es nur eine erheiternde Vorstellung, wie ausgerechnet die Hauptvertreter unseres Glaubens, dessen Gebote Suizid als unverzeihliche Sünde verteufeln, dann der Reihe nach Selbstmord begehen. Einfach brillant!«

»Ja, das würde sie in den Augen der Öffentlichkeit lächerlich machen – falls die Öffentlichkeit davon erführe.«

»Stimmt, sonst natürlich nicht. Deshalb sollten sie am besten nur so viel Thanatomin erhalten, dass ihr Selbstmord nicht im Affekt erfolgt, sondern erst nach monatelanger reiflicher Überlegung; dann würden sie sich spätestens in ihrem Testament verraten. Auf welche Weise, wäre mir egal, aber den Gedanken, dass diese Leute ihre eigenen Lehrsätze komplett verleugnen würden, finde ich äußerst amüsant.«

»Könnte es sein, dass ausgerechnet ein Profimissionar wie du den Monokamismus in Wirklichkeit mit Hass oder Abscheu betrachtet?«

»Nein, eigentlich empfinde ich weder Hass noch Abscheu, doch ich muss zugeben, dass es für mich unvorstellbar wäre, für die Religion mein Leben aufs Spiel zu setzen. Eine Karriere als Märtyrer in den Hallen der Heiligen erwartet mich ganz bestimmt nicht. Ich weiß zwar, was ich als Missionar zu predigen habe, doch wenn man mich fragte, ob ich auch daran glaube, müsste ich wohl mit Nein antworten.«

»Zumindest besitzt du gesunden Menschenverstand«. Yumicos nickte mit einem zufriedenen Lächeln. »Du könntest fast einer von uns sein. Hättest du dich hingegen tatsächlich als der fanatische monokamische Missionar herausgestellt, für den wir dich zunächst hielten, wärst du inzwischen mein erster Kandidat für einen Thanatomin-Versuch. Ich hätte dich beseitigen müssen, denn als Ministerpräsident trage ich die Verantwortung für die Sicherheit unseres Landes.«

»Und was hätten Sie ohne Thanatomin getan?«

»Du stellst aber fiese Fragen. Na ja, wahrscheinlich hätte ich dann ein Attentat in Betracht gezogen, wie es im Altertum Brauch gewesen sein soll.«

»In meiner Heimat hätten Sie noch vier andere Möglichkeiten zur Beseitigung gehabt: gerichtliche Verurteilung, Inquisition, psychologisches Gutachten oder Liquidierung«, sagte P und lächelte zynisch.

»Das mit dem Gerichtsurteil kann ich mir vorstellen, doch was bedeuten die anderen?«

»Sie werden in allen Fällen angewandt, denen mit allgemeinjuristischen Mitteln wie Gerichtsverfahren nicht beizukommen ist, also wenn etwa der Verdacht besteht, dass jemandes Gedankengut, Glaube, wissenschaftliche Publikation oder künstlerischer Ausdruck antimonokamistisch gesinnt sein könnte; dann wird von der Gemeinde eine direkte Inquisition durchgeführt, welche tausendmal rigoroser ist als ein Gerichtsverfahren: die Betreffenden haben sich einem schonungslosen Verhör zu stellen, in dessen Verlauf ihre Seele quasi bei lebendigem Leibe seziert wird, bis die Sünde ihrer Ungläubigkeit bewiesen ist. Wie es heißt, besteht für keinen der Vorgeladenen die Chance, das Verhör lebend zu überstehen, so dass die meisten Leute gleich nach Erhalt der Vorladung Selbstmord begehen. In härteren Fällen, wenn die Befürchtung besteht, der Angeklagte könne sich während der Befragung wehren und ungenehme Wahrheiten äußern, lässt man von einem Psychologen ein Gutachten erstellen, das den Betreffenden für geisteskrank erklärt. Das bedeutet einen lebenslangen Aufenthalt hinter den Gittern einer Nervenheilanstalt. Diese Methode kommt in letzter Zeit am häufigsten zur Anwendung. Die letzte der genannten Möglichkeiten, sich einer unliebsamen Person zu entledigen, ist die Beseitigung durch die Geheimpolizei; von der ist zwar häufig die Rede, doch da es weder Beweise noch Zeugen gibt, weiß keiner, ob sich so etwas tatsächlich ereignet. Man weiß nicht einmal, ob diese Geheimpolizei überhaupt existiert. Andererseits, wenn ihre Existenz allgemein bekannt würde, wäre es ja auch keine Geheimpolizei mehr. Doch wie jeder weiß, kommt es immer wieder vor, dass Menschen, die man kannte, eines Tages plötzlich auf Nimmerwiedersehen verschwinden; dann flüstern sich die Leute ängstlich zu, dass der- oder diejenige ›vor Monokami gerufen‹ oder ›von Monokami geholt‹ worden sei.«

»Wie fürchterlich. Also kommen die Verdächtigen entweder in eine Heilanstalt oder sie werden auf mehr oder weniger illegale Weise mit dem Tode bestraft.«

»Na ja, selbst die Eingewiesenen kommen nicht lebend davon, weil sie in der Nervenklinik alle sofort ihrer Krankheit ›erliegen‹.«

»Ach, so regelt man das. Wird ja immer schlimmer. Hier in Amanon ist übrigens schon seit Jahrhunderten keine Todesstrafe mehr vollstreckt worden. Sie existiert zwar im Strafrecht und wurde früher auch verhängt, doch weil sich die Fälle häuften, wo sie aus ungeklärten Gründen nicht vollstreckt wurde, entschied man sich, keine Todesurteile mehr auszusprechen, um Widersprüche zu vermeiden. Deshalb gilt die Todesstrafe heute quasi als abgeschafft.«

»Aber das hatte sicher eine Zunahme von Gewaltverbrechen und Hochverrat zur Folge, oder?«

»Nein, wieso denn? Unsere Kriminalitätsrate ist erstaunlich niedrig.«

»Das wundert mich.«

»Tja, das Fernsehen und die anderen Medien liegen eben ständig auf der Lauer nach Verbrechen, und wenn sich mal eines ereignet, recherchieren und berichten sie so lückenlos, dass zeitweise selbst der Polizei nichts mehr zu tun übrig bleibt. Zwar hat man als Opfer grundsätzlich die Möglichkeit, bei der zuständigen Polizeifirma Anzeige zu erstatten, also eine Täterfahndung auf Staatskosten in Auftrag zu geben, doch vielfach ist es vorteilhafter, sich an einen TV-Sender zu wenden; je nach Art des Verbrechens wird die Sendung dann gesponzort, man bekommt bezahlte Fernsehauftritte und wird unter Umständen so poppulär, dass sich sogar Solidaritätsgruppen bilden. Auf der anderen Seite sind auch die Sendeanstalten froh, wenn sich ein Verbrechensopfer an sie wendet, denn das erspart ihnen nicht nur die weitere Programmplanung, sondern bringt auch eine Menge Publicity, wenn sie es schaffen, den Täter zu überführen und sein Geständnis live auszustrahlen, so dass kaum ein Opferantrag abgelehnt wird. Deshalb soll es bereits fingierte Fälle gegeben haben, in denen Opfer und Täter sich vorher abgesprochen hatten.«

»Mit einem Wort: die Medien übernehmen nicht nur die Fahndungsarbeit, sondern gleich noch die Aufgaben des Gerichts. Nicht zu fassen! Das wird eines Tages kaum mehr zu kontrollieren sein.«

»Ja, in einigen Fällen ist man tatsächlich schon zu weit gegangen.«

»Aber könnte man das Thanatomin nicht bei Gerichtsverhandlungen einsetzen?«, meldete sich Himeco zu Wort.

»Gute Idee«, fand Yumicos. »Zum Beispiel könnte man viele Todesurteile fällen und den Verurteilten Thanatomin geben, statt sie zu exekutieren ...«

»Ja, das wäre eine Möglichkeit. Noch einfacher wäre es aber, wenn man Angeklagten, die kein Geständnis ablegen wollen, Thanatomin gäbe. Bestimmt sind sie zu jeder Beichte bereit, wenn man sie mit Hilfe des Präparats in eine latente Selbstmordlaune bringt«, meinte Himeco.

»Ah, du meinst durch eine langfristige Verabreichung ganz geringer Dosen, nicht wahr? Stimmt, ich kann mir gut vorstellen, dass ein potenzieller Selbstmörder alle möglichen Dinge gesteht.«

»Gar kein so abwegiger Gedanke«, fand auch Yumicos. »Ich müsste mal mit dem Justizministerium darüber sprechen, ob man das Thanatomin nicht als Erstes an den zum Tode Verurteilten ausprobieren könnte.«

»Gut, aber hängen Sie solche Versuche lieber nicht an die große Glocke. Vorerst soll das Thanatomin unser Geheimnis bleiben.«

P war sich sicher, dass es eine Massenpanik gäbe, wenn die Existenz von Thanatomin publik werden würde. Die Folge wäre gewiss ein

Machtkampf beziehungsweise ein Kampf um das Thanatomin. Als er Yumicos von seinen Bedenken erzählte, entgegnete sie belustigt:

»Erstaunlich, auf was du alles kommst.« Dann jedoch wurde ihre Miene ernst. »Auch wenn wir solche gefährlichen ›Machtkämpfe‹ hier nicht kennen, kommt es bei unseren Regierungswechseln doch regelmäßig zu so genannten ›Bündnispartnerschaften‹ und ›Mobbingaktionen‹. Dabei formiert sich eine Gruppe von Abgeordneten plötzlich zu einem neuen Flügel. Dies provoziert die sofortige Bildung eines gegnerischen Flügels. Zwischen diesen beiden Gruppierungen wird dann so lange hin und her gewechselt, bis eine von beiden die Mehrheit hat und schließlich die letzten Abtrünnigen hinausmobbt, um die nächste Regierung zu bilden. Zum Teil wird dieser Prozess auch von heimlichen Machthabern im Hintergrund gesteuert. Die Rolle solch eines Königsmachers würde ich nach meinem Ausscheiden aus dem Amt auch gern einmal übernehmen.«

»Wie Heros zum Beispiel ...?«, fragte P.

Für einen Augenblick flackerte Unsicherheit in Yumicos Blick auf. »Du kennst Heros?«

»Ich habe ihr nur einmal kurz Guten Tag gesagt, als ich sie auf einem Empfang nach einer Sitzung der Intergenese-Forschungskommission traf.«

»Offen gestanden wäre Heros die erste Person, gegen die ich das Thanatomin gern einsetzen würde.«

»Sie würden also Heros gern aus dem Weg räumen?«

»Ja, und zwar nicht mal unbedingt, weil ich auf ihren Posten scharf bin: Sie geht mir ganz einfach gegen den Strich. Fandest du ihre Art nicht auch grobschlächtig und abstoßend? Die gleicht doch eher einem schnaufenden, stinkenden Wildschwein als einem anständigen Prom!«

»Mir wollte sie mal bei einem Empfang mit Gewalt ihr angebissenes Essen in den Mund stecken. Eine Frechheit, so etwas bei andererleuts Sec zu versuchen!« Nun funkelten auch Maricos Augen vor Entrüstung.

»Genau, und dass ich sie ins Jenseits befördern will, hat ebenfalls keine politischen Gründe, sondern rein private. Ich finde sie nicht nur persönlich unerträglich, sondern ich kann ihr auch nicht vergessen, dass sie Marico beleidigt hat. Irgendwann werd ich es ihr heimzahlen«, sagte Yumicos und strich Marico zärtlich über deren langes Haar.

»Nun, in diesem Fall hielte ich den Einsatz von Thanatomin für durchaus vertretbar«, erklärte P. »Bei einem uneingeschränkten Gebrauch zu politischen Zwecken hätte ich zwar Bedenken, doch wenn es sich um persönliche Motive handelt, um Abscheu oder Rachegefühle oder gar um die Beseitigung einer stinkenden Wildsau aus geschmacklichen Gründen, ist das natürlich etwas anderes.«

»Siehst du, mit dir kann man reden. Heros wird uns also demnächst mit ihrem freiwilligen Ableben beglücken. Allein schon der fiesen Visage wegen.«

»Nichts dagegen einzuwenden, wenn ein so unansehnliches Tier vor lauter Scham freiwillig aus dem Leben scheidet«, erklärte auch Himeco mit einer Schärfe, die P seiner lieblichen Sec kaum zugetraut hätte. Sie erhob ihr Glas und prostete dem Ministerpräsidenten und Marico zu. Dann wurde der letzte Gang aufgetragen: Eine Suppe aus Reis und Seetang; angeblich die Leibspeise des Ministerpräsidenten.

»Übrigens habe ich dir bereits ein Gästezimmer zurecht machen lassen, Padre. Du kannst also in aller Ruhe noch ein Schlückchen zur Verdauung trinken.«

P überlegte, was der Ministerpräsident damit wohl andeuten wollte. Am nahe Liegendsten erschien ihm, dass Yumicos darauf aus war, bei dieser Gelegenheit ihre erste Heterosexerfahrung zu machen. Wenn das ihr Wunsch war, sollte es ihm nur recht sein, dachte P und malte sich dabei im Stillen bereits aus, wie er den fülligen Leib des Ministerpräsidenten in seinen Armen hielt – eine Vorstellung, die ihm nicht schlecht behagte.

Kurze Zeit später zeigte Marico ihm das Gästebad, das eng und trostlos wie ein Hotelbadezimmer war, – im Grunde keine Überraschung, denn mit einem Freibadebecken von Schwimmbadgröße wie bei P oder einem Thermalbad wie bei Tauron war in der Amtswohnung des Ministerpräsidenten natürlich nicht zu rechnen gewesen.

»Yumicos erwartet Sie dann in ihrem Schlafzimmer«, sagte Marico.

»Sie möchte Sex, oder?«

»So ist es«, antwortete Marico zugeknöpft.

»Und was macht ihr beide, du und Himeco?«

»Wir schlafen in dem Zimmer dort drüben.«

»Eigentlich solltet ihr mitmachen, wenn ihr etwas lernen wollt.«

»Aber Yumicos ist es anscheinend lieber, wenn ich nicht dabei bin. Wie halten Sie es denn mit Himeco?«

»Für gewöhnlich dient sie mir als Assi. Wenn sie dabei ist, geht alles oft viel reibungsloser.«

»Ich persönlich bin gar nicht so scharf darauf mitzumachen.«

»Auch nicht auf einen Auftritt in der *Monopara-Show*?«

»Doch, da wäre ich schon gern dabei. Allerdings müsste ich dann zuerst noch ein bisschen Sex üben.«

»Wenn du willst, bringe ich es dir später bei.«

»Oh ja! Wie aufregend: eine Privatstunde beim Padre persönlich.«

»Die Freude ist ganz auf meiner Seite. Ich hätte nie gedacht, dass ich in Amanon mit einer so bildhübschen Sec wie dir Sex haben würde«, sagte P und zog Marico an sich, um sie zu küssen. Obwohl es das Mädchen in seiner Überraschung wehrlos mit sich geschehen ließ, machte sie doch keine Anstalten, seinen Kuss zu erwidern; die Verlegenheit war ihr deutlich anzumerken.

»Macht ihr so etwas nie, du und Yumicos?«

»Doch, aber mit einem Mann ist es für mich das erste Mal und deshalb wahrscheinlich gewöhnungsbedürftig.«

»Das ist reine Übungssache. Komm, wir versuchen es noch einmal, aber diesmal etwas zärtlicher. Und mit mehr Leidenschaft.« Mühelos nahm P Marico in seine Arme und küsste sie, so sanft er konnte. Diesmal erwiderte Marico seinen Kuss; sie küsste ihn so gekonnt und ausgiebig, dass es P schließlich war, als seien ihre Zungen miteinander zu einem einzigen heißen Kloß verschmolzen.

»Das kannst du ja richtig gut.«

»Ach, wissen Sie, eigentlich frage ich mich, wozu dieses Küssen gut sein soll.«

»Es kann zum Beispiel als Auftakt zum Sex dienen oder auch nur als flüchtiger Ausdruck der Zuneigung.«

»Zuneigung?«

»Ihr Amanonier würdet wahrscheinlich Ero dazu sagen.«

»Aber nein, wie perversomäßig – eine Erobeziehung zu einem Mann?!«

»Im Grunde ist daran nichts perversomäßig. Perversomäßig sind eigentlich eher Erobeziehungen zwischen Frauen oder Männern untereinander.«

»Ach ja? Dann hoffe ich, dass du nichts dagegen hast, wenn ich die heutige Nacht trotzdem mit Himeco verbringe.«

»Diese Entscheidung liegt allein bei Himeco«, antwortete P und dachte insgeheim, dass er im Grunde lieber dem Liebesspiel der beiden Secs zuschauen würde, als selber Sex mit Yumicos zu haben. Er fragte sich, ob Marico als die Ältere und Reifere von beiden die Rolle des Proms übernehmen würde.

Nachdem er sein Bad beendet hatte, begab P sich in Yumicos Zimmer, dessen Türschild es als »Schlafzimmer des Staatsoberhauptes« auswies, genau wie Marico gesagt hatte. Der pompösen Bezeichnung nach hätte sich dahinter durchaus ein offizielles Amtszimmer befinden können, doch als P eintrat, erblickte er vor sich ein ganz normales, geräumiges Schlafzimmer, das mit weichem Teppichboden ausgelegt war; und auf der Bettkante saß niemand anderes als eben dieses »Staatsoberhaupt«, bekleidet mit nichts weiter als einem flauschigen Bademantel. Mit Ausnahme der eindeutig weiblichen Brüste, die da so voll und weiß aus ihrem Bademantel hervorschimmerten, war an Yumicos Gestalt beim besten Willen nichts Feminines zu entdecken: Wie sie mit ihrer dicken Hornbrille auf der Nase dort saß und Pfeife rauchend Zeitung las, entsprach sie ganz dem Bild des »Premiers, der es sich in seinem Schlafzimmer gemütlich macht«, und für einen Moment meinte P beinahe, sich im Zimmer geirrt zu haben.

»Ah Padre, da bist du ja endlich. Ich hatte mich gefragt, ob du wohl so gut sein könntest, mir ein wenig Gesellschaft zu leisten.« Yumicos Ton hatte etwas so Würdevolles und Gebieterisches, dass P sich nahezu vorkam wie ihr Vasall oder Diener. »Sehr wohl, Herr Ministerpräsident«, antwortete er unwillkürlich und streifte ihr sanft den auberginefarbenen Bademantel ab. Erst als sie splitternackt vor ihm auf dem Bett lag, bemerkte P, dass Yumicos betont generöse Art nur ein verzweifelter Versuch gewesen war, ihre erstaunliche Nervosität zu verstecken. Ihr prächtiger Leib stand dem des ehemaligen Vizeregierungssprechers Miyacos an Körpergröße nicht nach, doch war er nicht sehnig und straff wie dieser, sondern verschwenderisch gepolstert mit weichem, weiß schimmerndem Fleisch. Er schien P förmlich einzuladen, in seiner weichen Umarmung zu versinken, während die sexuellen Begegnungen mit der muskulösen Miyacos ihn immer etwas an einen Ringkampf erinnert hatten.

Bevor er zur Tat schritt, erkundigte P sich zur Sicherheit noch ausgesucht höflich nach den erogenen Zonen des Ministerpräsidenten.

»Tja, da habe ich eigentlich keine bestimmten Vorlieben«, antwortete Yumicos verlegen mit der Pfeife im Mund. »Am besten, du machst es so wie sonst auch.«

»Gut, dann erlaube ich mir, bei Ihren Brustspitzen anzufangen. Wenn es Sie zu sehr kitzelt, sagen Sie mir bitte sofort Bescheid, denn manche reagieren darauf leicht uberempfindlich. Es könnte alles verderben, wenn Sie zwischendrin in Lachkrämpfe ausbrächen.«

»Ja, ich muss zugeben, dass ich ziemlich kitzlig bin.«

»Ist es hier in Ordnung?«

»Bis jetzt, ja«, sagte Yumicos und hangelte dabei mit der Hand nach einer der Illustrierten am Kopfende ihres Bettes. Zunächst irritierte es P., dass sie dabei lesen wollte, doch dann beschloss er, sich in seinem Tun nicht beirren zu lassen, weder von ihrer Pfeife noch von ihrer Lektüre, denn er war sich sicher, dass dies für Yumicos nichts anderes war als das Blättern in einer Zeitschrift während eines Frisörbesuchs; dadurch wollte sie wahrscheinlich von ihrer Nervosität ablenken. Ohnehin würden entweder der Schmerz oder auch ein bislang ungekanntes Wohlgefühl dafür sorgen, dass es mit der Gelassenheit bald vorbei wäre – in ihrem Fall vermutlich sogar heftige Schmerzen, wie ihm sein Kennerblick sagte. Sicherlich war es auch mit ihrer sexuellen Empfindsamkeit und Erotechnik nicht weit her, weil sie durch die täglichen Strapazen ihres Amtes gar nicht dazu kam, mit Marico ein aktives Eroleben zu führen.

»Wie machen Sie und Marico es denn für gewöhnlich?«, erkundigte sich P.

»Ach, dazu sind wir in letzter Zeit gar nicht mehr gekommen, weil ich einfach zu beschäftigt bin. Wahrscheinlich habe ich die arme Marico schon viel zu lange vernachlässigt«, lautete wie erwartet die Antwort.

»Ja, scheint mir auch so. Ihre Quelle wirkt ein wenig eingetrocknet.«

»Meine Quelle? Das ist ja ein origineller Ausdruck«, gab Yumicos amüsiert zurück.

»Kennt man solche metaphorischen Ausdrücke in Amanon nicht? In meiner Heimat haben wir sehr viele davon.«

»Und zwar?«

»Also, zum Beispiel Feige, oder Muschel, Honigtöpfchen, Gebüsch, oder, wie gesagt auch Quelle – um nur einige zu nennen.«

»Und es stört dich, wenn die Sekretion meiner ›Quelle‹ nicht ausreicht?«

»Na ja, könnte sein, dass es für Sie dadurch schmerzhafter wird.«

»Damit hatte ich schon gerechnet. Ich hab mich auch bei deiner Show immerzu gefragt, wie die das nur alle aushalten.«

»Da benutzen wir notfalls ein Gleitmittel. Doch ich glaube, bei Ihnen geht es auch ohne.«

»Oh ja, mir ist nun auch so, als fließe da etwas Warmes aus mir heraus.«

»Ja, und noch besser ginge es, wenn Sie die Zeitschrift weglegen und sich konzentrieren würden.«

»Nein, ohne Zeitschrift wäre es mir irgendwie peinlich – die brauche ich, um die Kontrolle zu behalten. Stört sie dich denn so?«

»Aber nein. Doch nun entspannen Sie sich bitte.«

P war positiv überrascht, mit welcher Intensität Yumicos trotz ihrer unsäglichen Haltung mit der Pfeife im Mund und der Zeitschrift vor der Nase auf die Standardliebkosungen reagierte, mit denen er sie zunächst bedachte. Außerdem gefiel ihm ihr Geschlecht, das von einer seltenen Wohlgeformtheit und Eleganz war, genau wie er es mochte. Durch seine Erfahrungen in der *Monopara-Show*, seit deren Ausstrahlung P bereits mit über hundert Amanonierinnen Sex gehabt hatte, war sein Geschmack so verfeinert, dass er genau wusste, wo seine Vorlieben lagen, denn bei der Form des weiblichen Geschlechts gab es genau die gleichen unvermeidlichen Schönheits- und Ästhetikunterschiede wie bei Gesichtszügen auch – einige waren schön und andere hässlich; und das Geschlecht des Ministerpräsidenten war eindeutig von höchster Qualität. Es sah vor allem aus, als gehöre es einer viel jüngeren Frau, wahrscheinlich aufgrund seiner geringen Nutzungsrate. Die reife Üppigkeit des umgebenden Fleisches ließen auf das wahre Alter seiner Besitzerin schließen, doch das Geschlecht selbst war elastisch und rein wie das eines Kindes.

»So, ich werde nun allmählich zur Tat schreiten«, kündigte P an.

»Nur zu«, gab Yumicos zurück. Ihre betont gelassene Stimme hätte ihn um ein Haar zum Lachen gebracht.

Dann begann P mit seiner Invasion, hielt jedoch auf halbem Weg vorsichtshalber noch einmal inne, um die Reaktion seiner Partnerin zu kontrollieren. Hinter der Zeitschrift, die nach wie vor ihr Gesicht verdeckte, stiegen bläuliche Rauchkringel auf. Vermutlich hatte sie wegen ihrer starken Kurzsichtigkeit noch nicht einmal die Brille abgenommen. So ein Verhalten war P noch nie untergekommen. Doch anstatt sich davon ins Bockshorn jagen zu lassen, empfand er eher eine ganz neue Art der Inspiration. Außerdem rührte es ihn, wie krampfhaft seine Partnerin vorzutäuschen versuchte, ganz in ihre Lektüre versunken zu sein. Gerade bei solchen Leuten war die Wahrscheinlichkeit groß, dass sie am Ende sowohl Brille als auch Pfeife und Zeitschrift einfach in die Ecke warfen und sich vor Erregung völlig vergaßen. Die Herausforderung, sie in solch einen Zustand zu versetzen, reizte seinen kämpferischen Ehrgeiz ungemein. Mit einem Mal ließ er alle Zurückhaltung fahren und begann sich heftig in ihr zu bewegen. Nun schien Yumicos doch Schmerzen zu verspüren; obwohl sie ihre Zeitschrift nicht weglegte, bemerkte P, wie sich ihr Körper versteifte.

»Ihre Zähigkeit gefällt mir. Nur weiter so!«, lobte P.

»Na, so weit kann ich die Zähne schon noch zusammenbeißen«, gab Yumicos zurück. Offenbar hatte sie seine Bemerkung auf ihre Schmerztoleranz bezogen.

»Meinetwegen müssen Sie sich nicht zurückhalten: Schreien und weinen Sie nur, wenn Sie es nicht mehr aushalten.«

Mit diesen Worten ging P zur ernsthaften Offensive über. Daraufhin passierte etwas völlig Unerwartetes: Er spürte, wie Yumicos Körper plötzlich erstarrte und ihn einquetschte wie ein Schraubstock; eine unerbittliche eiserne Hand schien ihn zu umschließen. Vor lauter Schmerz brachte er für einen Moment keinen Ton mehr heraus. Kalter Schweiß trat auf seine Stirn. Als ausgebildeter Mediziner wusste P natürlich sofort, was passiert war und dass man sich aus dieser Lage nur befreien konnte, indem man seinen Partner dazu brachte, sich zu entspannen und tief durchzuatmen, aber Yumicos schien kaum zu hören, was er ihr zurief, so höllisch waren offenbar auch ihre Schmerzen; sie schrie wie von Sinnen. Als letzte Möglichkeit blieb ihm nur noch, den Notarzt alarmieren zu lassen, doch als P Yumicos keuchend nach einem Alarmknopf oder Notfalltelefon fragte, musste er erfahren, dass der Raum mit Derartigem nicht ausgestattet war. Zwar konnte der Ministerpräsident in Notfällen von außen jederzeit über seine Sec erreicht werden, doch anscheinend hatte niemand daran gedacht, wie er selbst bei Gefahr Hilfe holen sollte. P wusste nicht recht, ob Yumicos die Wahrheit sagte, doch er hatte das Gefühl, dass sie den Ernst der Situation nicht zu Genüge erfasst hatte und nach wie vor darauf hoffte, von P irgendwie aus dieser Lage befreit zu werden.

Am Kopfende des Bettes befand sich ein Holzregal mit einer kleinen Hausbar samt Wasserkaraffe und Gläsern. Vielleicht würde ein kräftiger Drink entkrampfende Wirkung haben, überlegte P, während die Schmerzen sein Bewusstsein bereits zu trüben drohten. In verzweifelter Anstrengung schob er ihre verhakten Körper einige Zentimeter nach oben, bis er das Regal mit der Hand erreichen konnte.

»Vielleicht hilft es, wenn du etwas Hochprozentiges trinkst … Komm, noch eine Idee weiter hoch …«

In diesem Moment entdeckte er zwischen den Spirituosen der Hausbar das kleine Fläschchen mit dem Thanatomin. Wie ein veilchenblauer Blitz durchzuckte ihn die Erleuchtung, und binnen Sekunden war aus einer intuitiven Erkenntnis der feste Glaube geworden: Dieses Präparat würde ihn aus der Schlinge befreien, die ihr Körper mit aller Kraft um ihn geschnürt hatte. P ergriff ein Glas und füllte es mit der bernsteinfarbenen Flüssigkeit aus einer der Flaschen. Dann fügte er ein paar Tropfen des farblosen Thanatomins hinzu; zweifellos ein Vielfaches der Menge, die zum sofortigen Tod, oder besser gesagt zum sofortigen Selbstmord führen würde. Als die beiden Flüssigkeiten sich endlich miteinander vermischt hatten, führte P das Glas vorsichtig an Yumicos Lippen.

»Das soll ich austrinken?«

»Ja, um deinen Körper völlig zu entkrampfen. Denn solange du nicht locker lässt, kann ich nicht raus. Also los, runter damit.«

P behielt Recht: Nur wenige Sekunden, nachdem Yumicos den Thanatomin-Cocktail hinuntergekippt hatte, begannen ihre Wangen zu glühen und ihre Atmung beschleunigte sich; ehe P es sich versah, hatte sich ihr Leib entspannt und ihn freigelassen. Er konnte von Glück sagen, dass er mit nichts weiter als einer leichten Prellung davon gekommen war.

»Gerettet«, seufzte P erleichtert. »Unglaublich, wie das gewirkt hat.«

»Ja, ich fühle mich irgendwie matt und doch leicht wie Watte, als sei mir alle Kraft aus den Knochen gewichen. Was hast du mir denn bloß gegeben?«

»Den braunen Schnaps da, und etwas Thanatomin.«

»Oh«, erwiderte sie schwermütig, »ich werde also sterben.«

»Unsinn. Schließlich löst dieses Mittel nicht mehr als einen Todeswunsch aus, und solange ich hier bleibe und aufpasse, kann dir nichts passieren. Bei der Menge, die ich dir gegeben habe, müsste die Reaktion bald eintreten, doch ich werde einfach Acht geben, dass du dich nicht umbringst, bis sich die Wirkung des Thanatomins verflüchtigt hat.«

»Ach ja?«, gab Yumicos in kraftlosem, beinahe desinteressierten Ton zurück. Von ihren Gesichtszügen bis zu ihren Gliedmaßen war nun alles an ihr von einer femininen Weichheit; sie wirkte entspannt wie ein Meerestier, dass in den Weiten der See schwerelos dahintreibt. P hatte nicht den Eindruck, dass sie ihn in diesem Zustand von sich stoßen würde, um Selbstmord zu verüben.

»Kannst du es aushalten?«

»Ja, ich spüre keinerlei Schmerzen, nur eine große Kraftlosigkeit, als würden mein Körper und mein Bewusstsein sich auflösen.«

»Aha. Wahrscheinlich hat die Überdosis dazu geführt, dass dir nun nicht einmal mehr die Kraft zum Selbstmord geblieben ist. Trotzdem werde ich dich bis zum Morgen in meinen Armen halten.«

»Wirklich?«

»Ja, und zwar indem ich dich sozusagen auf dem Bett kreuzigen werde. Mit meiner Lanze nagele ich dich so gut fest, dass du dich nicht rühren kannst.«

Mit diesen Worten startete P einen erneuten Versuch, und diesmal umfing ihn ihr Leib so weich und fließend, dass seiner Bewegungsfreiheit keinerlei Grenzen mehr gesetzt schienen. Bei allem, was er tat, spürte er aus den Tiefen ihres Körpers eine Reaktion, die nichts mit einer bloßen Muskelkontraktion gemein hatte; es war vielmehr, als schmelze all ihr Fleisch immer mehr dahin, als könne er darin versinken wie in einer warmen Flüssigkeit.

»Diesmal tut es dir nicht weh, oder?«, fragte P.

Langsam, wie schlaftrunken, schüttelte Yumicos den Kopf. »Überhaupt nicht. Es ist wunderbar«, murmelte sie. Auch auf die heftigsten seiner Bewegungen reagierte sie nur immer wieder mit einem »Ah, herrlich«.

Endlich, als sie bereits den Morgen begrüßten, versank Yumicos unter P's Gewicht in tiefen Schlaf. Vorsichtig löste er sich von ihr, doch die Gefahr schien gebannt; friedlich schlummerte sie weiter. Erst als P hörte, wie Marico von draußen zum Frühstück rief, und Yumicos wachrüttelte, öffnete sie verschlafen die Augen.

»Ah, so gut habe ich schon lange nicht mehr geschlafen. Gibt's etwa schon Frühstück?«

»Mir scheint, die Wirkung des Thanatomins ist vorbei, hm?«

»Ach ja, das Thanatomin.« Mit hoch erhobenen Armen streckte Yumicos sich ausgiebig. »Das hat mir offenbar nichts anhaben können.«

»Aber nur, weil ich bei dir war und dich die ganze Nacht hindurch mit meinem Pflock ans Bett genagelt habe.«

»Ja, das muss es gewesen sein. Wirklich, so etwas habe ich noch nie erlebt. Mir war die ganze Zeit, als triebe ich schwerelos auf einem toten Meer, das einen nicht untergehen lässt, selbst wenn man darin zu versinken droht. War das deine viel beschworene Exstase?«

»Nein, es war auch für mich das erste Mal, dass ich bei einer Frau Zeuge solch einer Erfahrung werde. Sieht so aus, als hätten wir beide etwas ganz Besonderes erlebt.«

P nahm das Fläschchen vom Regal und steckte es in seine Tasche. »Das werde ich am besten an mich nehmen. Wenn du es brauchst, kannst du mir ja Bescheid sagen. Ich denke, das ist auch für dich das Einfachste.«

»Sicher hast du Recht. Später gebe ich dir die Unterlagen zur Herstellung. Mir ist es lieber, wenn ich solche komplizierten Sachen dir überlassen kann. Du besitzt mein vollstes Vertrauen.«

»Wenn wir das Thanatomin selbst produzieren können, ist schon klar, wer unser erster Selbstmordkandidat wird, oder?«

»Ja, Dr. Mortacos, nicht wahr?«, sagte Yumicos prompt. »Ich habe allerdings gehört, dass er auch im Besitz eines Gegenmittels zum Thanatomin sein soll, also eines Serums, das dessen Wirkung neutralisiert. Das müssten wir ihm zur Sicherheit also erst einmal abnehmen.«

»Gut, das werden wir später besprechen.« Für einen Augenblick kam es P so vor, als sei er gerade dabei, gemeinsam mit seiner jahrelang angetrauten Ehefrau die Pläne für den Tag durchzugehen.

KAPITEL 16

Die Audienz beim Kaiser

Wie P telefonisch von Yumicos Chefsekretär erfuhr, war seiner Audienz bei Tennon III., dem Kaiser von Amanon, auf der letzten Kabinettssitzung problemlos stattgegeben worden.

»Wie erfreulich«, antwortete P. »Aber eigentlich wundert es mich, dass darüber im Kabinett debattiert wurde, denn ich kann mich nicht erinnern, solch ein Gesuch jemals offiziell eingereicht zu haben. Will man mir damit vielleicht nahe legen beziehungsweise befehlen, möglichst bald bei Seiner Majestät vorzusprechen?«, erkundigte er sich vorsichtshalber.

»So sieht's wohl aus«, gab der Chefsekretär zurück. »Anscheinend gehört sich das so für einen Staatsgast, wie man bei der Durchsicht alter Dokumente festgestellt hat. Auch wenn es lange keine Staastgäste mehr gegeben hat.«

»Hat dieser Besuch in Begleitung des Herrn Premierministers zu geschehen?«

»Tja, früher war das wohl so, aber um die Wahrheit zu sagen: der Premier hat von seinem letzten Besuch dort noch die Nase gestrichen voll. Deshalb wird dich Dr. Tauron als sein privater Stellvertreter begleiten. Den Tauron kennst du doch, oder?«

»Logo kenn ich den«, ahmte P unwillkürlich den Promjargon des Sekretärs nach.

»Na, prima. Er hat ebenfalls ganz erfreut zugesagt, und zwar, wie er meinte, weil das für ihn die letzte Chance zu einem Dienst an seinem Vaterland sei.«

Ein paar Tage später erreichte P ein Anruf von Tauron, der soeben am Tokiyoter Bahnhof angekommen war und mit dünner Stimme fragte, ob er gleich zu ihm nach Hause kommen dürfe; Tauron klang dabei hilflos wie ein betagter Verwandter vom Land, der zum ersten Mal allein in der Großstadt ist. Sogleich wollte P ihm eine Limousine vorbeischicken, aber der bescheidene alte Herr bestand darauf, sich ein Cybermobil zu nehmen. Als er kurz darauf vor P's Tür stand, hätte der Missionar den krummbeinigen und um ein weiteres Stück geschrumpften Alten, der sich nur mühsam vorwärts bewegen konnte, beinahe nicht erkannt. In Taurons Begleitung befand sich nur ein einziger Servant, der ebenfalls schon recht klapprig wirkte, doch beim näheren Hinsehen bemerkte P, dass die unzähligen Runzeln, die seine Haut bedeckten, nicht altersbedingt waren, sondern eher das Ergebnis einer radikalen Diät zu sein schienen; ursprünglich musste der Servant ziemlich dick gewesen sein. Plötzlich fiel es P wie Schuppen von den Augen: Dies war niemand anders als die völlig verwandelte, ehemals so fette Dirne, die Dr. Tauron ihm damals bei seinem Besuch für ein Schäferstündchen überlassen hatte. P konnte sich sogar noch an ihren Namen erinnern, doch Hirocon selbst hatte bereits vergessen, dass sie diesen Namen damals benutzt hatte, auch wenn sie sich an P freilich gut erinnern konnte.

»Logo, dich hab ich doch im Fernsehen gesehen. Bin richtig wehmütig geworden. Wär am liebsten selbst mal zu Gast in der Show, um nochmal Sex mit dir zu haben. Aber diesmal richtig und nicht für Maney«, erklärte Hirocon. P bemerkte, dass sie sich bemühte, wie ein Prom zu sprechen, doch es klang nicht überzeugend und seiner Meinung nach auch ungehörig für einen Servanten.

»Tja, vielleicht irgendwann einmal«, entgegnete er herablassend, ohne weiter auf ihr Angebot einzugehen. »Schade nur, dass du nicht mehr so fett bist wie damals. Das hätte vor der Kamera viel mehr hergemacht.« Ohne all ihre Pfunde, abgemagert wie ein Strich, erschien ihm Hirocon überhaupt nicht mehr reizvoll.

»Ja, vielleicht hätte sie es nicht so übereilen sollen mit dem Abnehmen«, bemerkte Tauron, während er am Arm eines jungen Servanten mühsam durch die Tür humpelte. »Doch ihre erste richtige Sexerfahrung mit Ihnen hatte es Hirocon so angetan, dass sie sich unbedingt eine sextauglichere Figur anhungern wollte, um noch öfter in diesen Genuss zu kommen – obwohl sie natürlich keinen anderen Partner als mich hat. Das traurige Ergebnis ihrer Radikalkur sehen Sie hier vor sich: ein lächerliches Häuflein Elend, das sich als Sexpartnerin nicht mehr eignet, so dass mir nichts anderes übrig blieb, als Hirocon zu einer normalen Servantin umzufunktionieren, so Leid sie mir auch tat.«

»Wenn sie ihre ursprünglichen Pfunde wieder drauf brächte, hätte sie schon gute Chancen, einmal in der *Monopara-Show* aufzutreten.« P führte Tauron in den Salon und ließ ihm einen Tee servieren. Als er ihm gegenubersaß, fiel P erst auf, wie extrem Tauron in der kurzen Zeit gealtert war. Er wirkte wie ein »Häufchen Elend«, das beileibe nicht aussah, als besitze es genügend geistige und körperliche Energie, um mit Hirocon Spaß beim Sex zu haben, auch wenn diese nun nicht mehr so schwer zu stemmen war. Für P's medizinisch geschulten Blick sah Tauron vielmehr so aus, als leide er unter akuter Arteriosklerose; womöglich hatte er vor Kurzem einen leichten Schlaganfall erlitten.

»Sie haben ein wenig abgenommen«, bemerkte P.

»Das stimmt«, nickte Tauron, »meine Kräfte haben in der letzten Zeit rapide nachgelassen. Auch in gewisser anderer Hinsicht spielt sich seit langem nichts mehr ab. Um mich dazu noch aufraffen zu können, muss ich schon einen sehr guten Tag haben, – wahrscheinlich geht es langsam zu Ende mit mir.«

»So ein Unsinn. Sie haben noch genug Zeit vor sich«, erwiderte P aus reiner Wohlerzogenheit und gab Tauron dann einige medizinische Tipps für den Alltag. Dabei ließ er höflich durchblicken, dass die geplante Reise nötigenfalls auch verschoben werden könne, wenn Tauron sich dafür momentan nicht in der Lage fühle.

»Keine Sorge, das geht schon.« Grimmig schüttelte Tauron den Kopf. »Schließlich habe ich seit Jahren auf die Gelegenheit gewartet, Seiner Majestät vor meinem Tod noch einmal Reverenz zu erweisen. Ich muss ihm doch berichten, wie die Zukunft dieses Landes aussehen wird, vor allem, was Ihre ›He-Revolution‹ angeht, die im Namen Seiner Majestät geschehen soll.«

Während er P von seinen Plänen vorschwärmte, verwandelte sich die Begeisterung auf Taurons Gesicht nach und nach zu einer weinerlichen Grimasse – ein ganz typisches Symptom bei Arteriosklerosepatienten, die häufig unter starken Stimmungsschwankungen leiden.

»Das hört sich so an, als seien Sie Seiner Majestät bereits einmal begegnet, Dr. Tauron.«

»Aber ja doch. Als er noch ein kleiner Junge war, habe ich ihn als Hauslehrer sogar dreimal die Woche unterrichten dürfen.«

»Das trifft sich ja gut. Und wenn Tennon III. damals ein kleiner Junge war, wie Sie sagten, dann dürfte er heute ein richtiger Mann sein, nicht wahr?«

»Aber selbstverständlich ist er das!«, rief Tauron aufgebracht. »Was sollte ein Kaiser denn anderes sein als ein Mann! Wie die vorgeschichtlichen Annalen zeigen, geht seine Linie sogar direkt auf die männliche Hauptgottheit unserer Mythologie zurück.«

»Mit diesen vorgeschichtlichen Annalen meinen Sie die Geschichtsschreibung aus der Zeit vor der Staatsgründung des heutigen Amanon, nicht wahr?«

»Ganz genau. Damals soll der Kaiser zusammen mit dem Volk der Amanonier aus der Alten Welt hierher gekommen sein. Doch je mehr sich Amanon zu einem Frauenstaat verwandelte, desto mehr geriet der Kaiser in Vergessenheit und wurde zu einer sinnlosen Existenz, überflüssig wie ein Appendix. Zwar ist sein Geburtstag auch heute noch ein Feiertag, doch an seiner Person herrscht allgemeines Desinteresse, und mancher hat schon vergessen, dass es ihn tatsächlich gibt. Aus den Köpfen der Menschen ist er schon beinahe ausgelöscht. Sein Dasein ist so sinnlos wie das eines wohlgehüteten Familienschatzes, der seit Generationen in der hintersten Ecke des Speichers verstaubt, ohne jemals hervorgeholt oder geputzt zu werden. Sogar zum Wegschmeißen ist man zu faul. Mich erfüllt das mit großer Trauer. Schließlich ist Seine Majestät nicht irgendwer! Tief in sich besitzt er ein Charisma, das unvergänglich ist. Für mich steht schon länger fest, dass wir ihn zu neuem Leben erwecken müssen, wenn wir mit der He-Revolution Erfolg haben wollen.«

»Sicherlich ein prüfenswerter Aspekt«, erwiderte P unverbindlich. In Wirklichkeit bezweifelte er allerdings, dass sich unter der dicken Staubschicht des in Vergessenheit geratenen Kaisers tatsächlich ein »unvergängliches Charisma« verbarg; wahrscheinlich war das ein reines Hirngespinst von Tauron, nichts als ein Wahn, der in den verkalkten Gehirngängen des Alten hartnäckig seine Bahnen zog. Es überraschte ihn keineswegs, dass Tauron nach seinem leidenschaftlichen Plädoyer für die Wiederauferstehung des Kaisers plötzlich in Tränen ausbrach, denn bei hypertonischen Menschen war es im Alter leicht der Fall, dass sich mit dem Nachlassen geistiger Anspannung auch gleichzeitig die Tränenschleusen öffneten. Schließlich fiel Tauron vor lauter Erschöpfung kraftlos in sich zusammen.

Nachdem P ihn hatte ins Bett bringen lassen, rief er Castanon und Himeco, um mit ihnen die geplante Audienz beim Kaiser zu besprechen.

»Wie ihr gesehen habt, ist aus dem großen Dr. Tauron ein völliges Wrack geworden. Auf so einen problematischen Weggefährten würde ich eigentlich lieber verzichten, aber andererseits kann ich auch den Willen des Premiers nicht einfach ignorieren. Na ja, vielleicht wird es uns ja zugute kommen, wenn ein so ergebener Untertan wie Tauron dem Kaiser ein wenig übertriebene Achtung und Begeisterung entgegenbringt.«

»Da kann ich Ihnen nur beipflichten«, stimmte Castanon in dem besonnenen Ton eines pflichtbewussten Butlers zu. »Hinzu kommt, dass Seine Majestät Kaiser Tennon III. meines Wissens nach bereits hochbetagt ist und eine mehr oder weniger schwer verständliche Sprache spricht, so genanntes Uraltamanonisch, das traditionell nur von Mitgliedern der Kaiserfamilie benutzt wird – insofern wäre es von großem Nutzen, Dr. Tauron dabei zu haben, denn im Uraltamanonischen ist er äußerst bewandert.«

»Wie hochbetagt ist denn Kaiser Tennon? Etwa so alt wie Tauron?«

»Oh nein, weitaus älter! Meinen Informationen zufolge soll er einhundertachtzehn Jahre alt sein.«

»Also schon beinahe ein Immortaler!«

»Vielleicht ist er tatsächlich einer«, mutmaßte Himeco mit leuchtenden Augen. »Zwar kann man bei einem Einhundertachtzehnjährigen noch nicht mit Sicherheit sagen, ob er unsterblich ist, doch die Wahrscheinlichkeit ist hoch. Allerdings fände ich es ziemlich unerhört, wenn der Kaiser wirklich aus dem Kreis der Immortalen stammte.«

»Warum denn?«, gab P zurück. »Im Grunde genommen sollte der Kaiser vielleicht sogar ein Immortaler sein, weil er vom Prinzip her eine einzige fortlaufende Institution darstellt, auch wenn die Amtsinhaber von Generation zu Generation wechseln. Wenn Kaiser Tennon III. als Immortaler bis in alle Ewigkeit weiter regierte, wäre alles einfacher. Dann würde sich auch nicht immer wieder die Frage der Nachfolge stellen. Überhaupt, wie handhabt ihr das mit der Thronfolge?«

»Na, da gilt doch wohl die Erbfolge des Erstgeborenen.«

»Nicht unbedingt«, erklärte Castanon. »Bis zu einem gewissen Zeitpunkt war es zwar so, dass der älteste Sohn automatisch den Thron erbte, doch irgendwann gab es einen Kaiser, der keine Gattin fand und somit auch keine natürlichen Nachkommen produzieren konnte. Also bat er die Regierung, ihm durch künstliche Befruchtung zu einem Erben zu verhelfen – eine Praxis, die sich einbürgerte und sogar noch vereinfacht wurde: Mittlerweile ist es üblich, dass der Kaiser direkt bei der Samenbank einen Thronfolger bestellt, der komplett aus der Retorte stammt.«

»Herrje, wie erbärmlich. Wenn sein Thronfolger gar kein Blutsverwandter ist, kann man ihn ja nicht einmal auf genetischer Ebene als unsterblich bezeichnen! Dabei ist es doch seine ursprüngliche Pflicht als Kaiser, eine Menge Frauen zu haben und mit ihnen Dutzende von Kindern zu zeugen. Wenn er nicht einmal diese Aufgabe mehr erfüllt, wozu soll er dann noch gut sein? Damit hat er doch jedes Existenzrecht verloren.«

»Da haben Sie natürlich vollkommen Recht. Auch in Regierungskreisen kam schon des Öfteren die Frage auf, ob es nicht langsam an der Zeit wäre, eine Abschaffung des Kaisers zu erwägen, doch da er kaum Kosten und auch keinen konkreten Schaden verursacht, wurde eine endgültige Entscheidung immer wieder aufgeschoben.«

»Genau wie bei der Beseitigung der Immortalen«, bemerkte Himeco.

»Tja, wahrscheinlich sagt man sich, dass es schade um die gute alte Tradition sei und man sie ebenso gut beibehalten könne, solange sich niemand daran stört. Für eine Beseitigung ist es schließlich immer noch früh genug.«

In Begleitung von Himeco, Castanon, Hirocon und einigen Eskorteservanten machten P und Tauron sich einige Tage später auf den Weg zum Kaiserpalast. Wie P bei der Tourismusabteilung seiner Serviceagentur erfahren hatte, gab es für Palastbesuche genau festgelegte, alttradierte Vorschriften; und diesen Vorschriften zufolge musste es eine prachtvolle Prozession sein, angeführt von einem schreinförmigen Wagen, der von einem Ochsen gezogen wurde. Da es allerdings mittlerweile keine lebenden Ochsen mehr gab, blieb P nichts anderes übrig, als sich von der Serviceagentur ein Leih-Cybermobil beschaffen zu lassen, das wie ein Rindvieh aussah – ein überzeugendes Ochsenwagenimitat, auf dessen Flanken sogar echtes Rinderfell spross.

Gemessenen Schrittes bewegte sich die Prozession an dem fraglichen

Tag die Hauptstraße hinunter auf den Palast zu, der in Hades stand, einer Siedlung aus Ruinen einer Stadt des Altertums; an der Spitze der Zeremonienwagen in Ochsengestalt und dahinter ein Tross aus einem guten Dutzend als Knappen verkleideter Servanten. In dem Ochsenmobil an der Spitze befanden sich neben P und Dr. Tauron auch Himeco und Castanon, doch nur P und Himeco standen aufrecht darin, so dass sie mit dem Oberkörper aus dem aufgeklappten Rückenteil des Ochsen ragten und den Schaulustigen am Straßenrand huldvoll zuwinken konnten. Laut P's Informationen entsprach dies der Konvention bei Staatsparaden, doch entgegen aller Erwartung reagierten die Umstehenden auf seine staatsmännische Geste weder mit Jubel noch mit Rufen der Begeisterung; nur ein leises Raunen ging durch ihre Reihen, als sie mit erschrockenen Blicken dem Wagen folgten, etwa so, wie man einem Schwerverbrecher-Transport nachsehen würde – offensichtlich hatte es ihnen beim Anblick des gehörnten und fellbewachsenen Wagens und der Eskorte, deren Mitglieder in ihren altertümlichen Kostümen seltsam puppenhaft wirkten, vor Schreck völlig die Sprache verschlagen. Allerdings dauerte es nicht lange, bis einige der Zaungäste entdeckt hatten, dass sich in dem Ochsenmobil kein Geringerer als der Moderator der *Monopara-Show* befand, und auf P zuliefen, um sich Autogramme geben zu lassen. Im Nu geriet die Prozession ins Stocken. Während P sich seinen Fans widmete, wurde sein Wagen mehr und mehr von Autogrammjägern bedrängt, bis schließlich völliges Chaos herrschte und es nur dem routinierten Einschreiten von P's Aufnahmeteam, das wie üblich jedem seiner Schritte folgte, zu verdanken war, dass der feierliche Tross schließlich unbehindert weiterziehen konnte.

Dank ihres gemächlichen Tempos brauchte die Prozession zwei Tage bis nach Hades. Am ersten Tag ging es einen Fluss entlang, vielmehr einen Kanal, in dem unbewegt das Wasser stand, bis sowohl das zu Fuß marschierende Gefolge als auch die Insassen des Ochsenmobils so erschöpft waren, dass die Prozession von ganz allein zum Stillstand kam, um an Ort und Stelle ein Nachtlager aufzuschlagen. Bei Tagesanbruch setzte sich der Zug dann wieder in Bewegung, diesmal einen menschenverlassenen, unwegsamen Pfad entlang, der sich immer enger durch die zu beiden Seiten näher rückenden Berge wand. Nach stundenlangem Marsch erreichten sie schließlich Hades, doch die Ebene, die sich vor ihnen ausbreitete, erinnerte eher an ein frisch planiertes

Grundstück nach einem Häuserabriss als an die Überreste einer Stadt aus dem Altertum.

Der Weg zum Kaiserpalast führte von der Mitte des Platzes aus hinab in den Untergrund. Da dieser Weg nicht überdacht war, hatte P eigentlich nicht das Gefühl, wirklich in die Tiefe vorzudringen, obwohl die Wände zu beiden Seiten ständig höher wuchsen, je weiter er dem leicht abschüssigen Pfad folgte. Alles ringsum war in gelbliches Zwielicht getaucht und wirkte wie durch die schwachen Strahlen einer herbstlichen Nachmittagssonne beschienen. Fast hätte man glauben können, das Ochsenmobil bewege sich gar nicht bergab, sondern vielmehr einen ebenen Weg entlang, zu dessen Seiten lediglich die Wände immer höher emporragten, doch das war eine Täuschung. Endlich erreichten sie eine unterirdische Ebene, auf der überall verstreut kleinere Magazine errichtet waren. Als P sich erkundigte, wozu diese dienten, erklärte Tauron, dass es sich wahrscheinlich um die Mausoleen der verstorbenen Kaisergenerationen handele. P ließ den Wagen halten, um eine kurze Rastpause einzulegen. Ringsum war keine Menschenseele zu erblicken. In dem gelblichen Zwielicht war schwer zu erkennen, ob sie sich in einer Höhle befanden oder unter freiem Himmel. Er musste zugeben, dass die eigentümliche Künstlichkeit der Umgebung perfekt zu der unwirklichen Atmosphäre eines Friedhofs mit seinen schlafenden Toten passte. Es wunderte P nur, dass dort keine Beamten zur Verwaltung der heiligen Ruhestätten beziehungsweise Mausoleen anzutreffen waren; vielleicht sogar zu seinem Glück, denn das brachte ihn erst auf die Idee, einmal einen Blick in eines der Magazine zu werfen. Während die Knappen in ihrer schweren altertümlichen Tracht sich erschöpft zu einer kleinen Mahlzeit niederließen, bedeutete P Castanon und Himeco, ihm zu dem am nächsten gelegenen Mausoleum zu folgen. Erst beim Näherkommen entpuppte sich die heilige Grabstätte als einfache Hütte aus Lehm und Holz, deren Bauweise in keinster Weise ihrem Zweck entsprach – insofern hatte sein erster Eindruck, es handele sich um irgendwelche Magazine oder Geräteschuppen, keineswegs getäuscht. Doch ein Blick auf das über dem Eingang angeschlagene Brett, auf dem in unbeholfenen Lettern *Tennon I., erster Kaiser von Amanon* geschrieben stand, bestätigte P, dass es sich zweifellos um ein kaiserliches Grabmal handelte.

»Kommt, nutzen wir die Gelegenheit und schauen es uns auch von innen an.«

»Lieber nicht! Vielleicht ist der Ort ja verflucht«, gab Castanon ängstlich zu bedenken.

»Ach was. Es sieht nicht so aus, als verberge sich darin ein Totengeist oder eine Mumie, die Macht genug für einen Fluch hätten.«

»Sicher nichts weiter als der Sarg des ersten Kaisers«, mutmaßte Himeco.

»Dann möchte ich auch sehen, was in dem Sarg drin ist«, sagte P und öffnete durch einen leichten Druck seiner Hand die einfache hölzerne Flügeltür, an der sich weder Schloss noch Riegel befanden. Auch von innen sah das Mausoleum wie ein beliebiger Schuppen aus, und in der abgestandenen, staubigen Luft war nichts weiter zu entdecken als ein achtlos abgestellter Sarkophag – kein Altar, keine Devotionalien und keine Ornamente.

»Was für ein trostloser Ort. Und das soll tatsächlich das Grabmal eines Kaisers sein?«

P trat an den Steinkasten heran und hob den Deckel. Ein fürchterlicher Gestank schlug ihm entgegen. Im Nu hatte sich das undefinierbare Gemisch aus Aasgeruch, Erde und Staub im ganzen Raum verteilt. Wahrscheinlich befand sich tatsächlich eine verdorrte Leiche darin, dachte P und wagte mit zugehaltener Nase einen Blick in den Kasten. Unter der dicken Staubschicht auf dem Boden des Sarkophags ließen sich die vagen Umrisse einer Gestalt erkennen. Es war ein menschliches Skelett. Doch noch während P es ungläubig betrachtete, begann das Skelett durch die Luftbewegung, die beim Öffnen entstanden war, lautlos in sich zusammenzufallen, bis seine Konturen unter der dicken Staubschicht nicht mehr auszumachen waren.

»Können Sie etwas sehen?«, fragte Castanon.

»Ja, da war ein Skelett oder so was, aber leider hat es sich durch die Berührung mit Licht und Luft sofort aufgelöst. Nur noch ein Haufen Staub.«

»Nicht vielleicht noch irgendein Geist, der mit dem Leichnam zusammen dort eingesperrt war …?«

»Das Gefühl hatte ich nicht. Nur ein übler Gestank kam mir entgegen, als ich den Deckel aufgemacht habe. Ob du das nun für einen Geist halten willst, musst du schon selbst entscheiden.«

»Vielleicht ein Dämon!«

»Tja, auch wenn es nicht der Lehre des Monokamismus entspricht, glaube ich persönlich nicht daran, dass Tote zu Geistern werden können, weder zu guten noch zu bösen. Folglich kommt es mir unwahrscheinlich vor, dass aus diesem Sarkophag ein Dämon kommen könnte, um irgendwelches Unheil zu treiben. Glaubst du an so etwas?«

»Glauben wäre zu viel gesagt, doch etwas bange ist mir schon. Allein die Vorstellung, dass man jemanden in einen Sarg einsperrt, anstatt ihn einzuäschern, finde ich reichlich unheimlich.«

»Ja, das kann ich verstehen.«

P klopfte sich den Staub von den Kleidern und trat wieder nach draußen. Er hatte nicht vor, sich die anderen Mausoleen auch noch anzusehen, um sich unnötig weiter jenem schrecklichen Gestank auszusetzen, viel Neues boten sie wahrscheinlich ohnehin nicht. Und davon einmal abgesehen – wenn der älteste Leichnam schon dermaßen stank, wie war es dann erst um die jüngeren Generationen bestellt: Vielleicht befanden sich einige davon noch halb im Zustand der Verwesung und bereiteten einem eine noch weitaus fürchterlichere Erfahrung, wenn man zufällig den falschen Deckel öffnete – womöglich würde einer der Frischeren gar wieder auferstehen! Von diesen schrecklichen Vorstellungen, die mit einem Mal in seinem Kopf umherspukten, wollte er den anderen lieber nichts mitteilen.

Die Prozession setzte sich abermals in Bewegung. Nach wie vor war ringsum kein einziger Baum zu entdeckten, kein Wind wehte, und sowohl die Menschen als auch die Gegenstände warfen in dem diffusen Licht keinerlei Schatten.

»Hier kommt man sich vor wie im Reich der Toten, finden Sie nicht?«, bemerkte P zu Tauron. »Wahrscheinlich weil wir uns unter der Erde befinden.«

»Unter der Erde? Das kann nicht sein«, antwortete Tauron mit abwesender Miene.

»Aber wir sind doch von dem Platz draußen immer weiter hinabgestiegen, also müssten wir nun ziemlich tief unten sein.«

»Nein, ein Kaiserpalast muss oberirdisch liegen, und zwar ganz hoch oben auf einer Hochebene in den Wolken. Wir befinden uns jetzt höher als vorhin.«

»Meinen Sie? Ich hatte eigentlich genau den gegenteiligen Eindruck. Zumindest ist hier alles von einer Aura des Todes beherrscht: weder ist irgendein Laut zu hören, noch Menschen, Hunde, Katzen oder Pferde zu sehen – selbst die Luft scheint stillzustehen. Und dann noch diese schäbigen Bretterbuden mit den sterblichen Überresten ganzer Generationen von Kaisern … Wie im Reich des Schattens. Das gibt mir das dumpfe Gefühl, dass wir auch im Palast keine Lebenden antreffen werden, geschweige denn den Kaiser.«

»Was für eine schreckliche Vorstellung! Womöglich hat Seine Majestät Tennon III. ja auch schon keine Kammerherrn und Zofen mehr, die sich um ihn kümmern. Wenn nicht sogar Schlimmeres passiert ist …«

»Ja, vielleicht hat er ohne jegliche Fürsorge längst den letzten Atemzug getan und ist bereits halb mumifiziert …«, bemerkte Himeco ungerührt und sprach damit genau das aus, was P sich im Stillen auch schon gedacht hatte. Besorgt nickte er.

»Oh nein!«, rief Tauron aufgebracht. Er war schon wieder den Tränen nahe. »Dann bliebe mir als treuem Untertan nur noch, Seiner Majestät in den Tod zu folgen!«

»Aber nicht doch, eigentlich wollte ich sagen, dass Seine Majestät vielmehr zu einem Immortalen geworden sein könnte«, erwiderte Himeco.

»Wirklich?« Taurons Entsetzen schlug sogleich in Entzücken um. »Wie tröstlich, so etwas ausgerechnet aus dem Mund eines jungen Menschen wie dir zu hören. Seine Majestät Tennon III. als Immortaler … Eine wunderbare Vorstellung! Ideologisch gesehen muss ein Kaiser sogar unsterblich sein, denn seine Seele währet ewiglich. Seine Unvergänglichkeit wurde durch das Prinzip der direkten Thronfolge zwar weitestgehend aufrechterhalten, zumindest auf genetischer Ebene, doch wenn Seine Majestät Tennon III. nun auch körperliche Immortalität erreicht hätte, wäre das ein unglaubliches Wunder. Wahrlich das Wunder von Monopara, äh, von Amanon!«

»Natürlich, statistisch ist es nicht auszuschließen, dass auch unter den Mitgliedern der Kaiserfamilie mal ein Immortaler ist«, stimmte P aufmunternd zu.

»Ach was, hier geht es doch nicht um Statistik. Ich meine, dass Seine Majestät somit endlich das zurückbekommen würde, was ihm als direktem Abkömmling eines Gottes zusteht, nämlich wahre Immortalität!«

Irritiert beugte sich P zu Himeco herab. »War Tauron schon immer so ein Fanatiker?«, flüsterte er ihr zu.

»Ja, soweit ich seine Schriften kenne, hat er in jungen Jahren ziemlich exzentrische Ansichten vertreten. Wahrscheinlich liegt es an seinem Alter, dass er sich nun nur noch an die Dinge der Vergangenheit erinnern kann.«

»Da könntest du Recht haben«, sagte P. Er nahm sich vor, Taurons extremer Liebe und Loyalität zum Kaiser von nun an mehr Respekt zu zollen.

Das Ochsenmobil fuhr zwischen zwei Säulen hindurch, bei denen es sich um die Ruinen des alten Palasttores handeln mochte, und folgte dann einem Weg, der zu beiden Seiten von niedrigen Steinmauern gesäumt war. Doch es schien gar nicht so einfach, von dort aus zum Palast zu gelangen, denn der Weg beschrieb plötzliche Biegungen und endete zuweilen sogar in einer Sackgasse. Offenbar war der Rest der Strecke wie ein großes Labyrinth gestaltet. Schließlich schwärmten die Eskorteservanten der Serviceagentur in alle Himmelsrichtungen auseinander, um den richtigen Weg zu finden und den Zug dort entlang zu leiten. Dank dieser schlauen Vorgehensweise erreichte das Ochsenmobil kurze Zeit später einen kleinen Platz, der sich ungefähr in der Mitte des Labyrinths befinden musste. Das Gebäude, das darauf stand, sah nicht nur so aus wie ein Tempel, sondern wurde anscheinend noch immer als solcher benutzt, denn zu Füßen der Vortreppe waren ein Tisch mit Devotionalien und ein Opferstock aufgestellt.

Skeptisch drehte P sich zu Tauron um. »Ob wir hier wirklich richtig sind?«

Doch Tauron war zu erschöpft, um eine klare Antwort zu geben; er nickte nur kurz und versank dann wieder in ergriffene Abwesenheit.

»Sollen wir hier unsere Andacht verrichten?«, fragte P weiter.

»Jawohl«, nickte Tauron feierlich. »Hier sollten wir als Erstes ein würdevolles Gebet sprechen, wie es die Bräuche des Altertums vorschreiben.«

In diesem Moment erschien ein junges Mädchen, das nach Art einer Tempeldienerin gekleidet war, und sprach Tauron in einem Dialekt an, den P nicht verstehen konnte; vermutlich handelte es sich um Uraltamanonisch. Gerade als er Tauron bitten wollte, für ihn zu dolmetschen, wandte das Mädchen sich jedoch direkt an P; offenbar erschien ihr das weniger umständlich.

»Es geht darum, ob ihr im Palast lieber ein wenig Hintergrundmusik hättet, alte Hofmusik, meine ich. Dann müsstet ihr hier Maney einwerfen, um die automatischen Lautsprecher zu aktivieren. Wollt ihr's mal ausprobieren?«

»Gern, doch dürfte ich zunächst einmal fragen, mit wem ich das Vergnügen habe?«, erkundigte sich P vorsichtig nach dem Rang des Mädchens, weil er sie nur schwer einordnen konnte.

»Meinst du mich? Ich arbeite hier für eine Serviceagentur, als Kammerzofe.«

»Als persönliche Kammerzofe Seiner Majestät Tennon III?«, wollte Tauron wissen.

»Nein, um ihn selbst kümmert sich jemand anderes, auch von der Serviceagentur.«

»Also gibt es schon mal mindestens zwei Hofservanten.«

»Ja, und dann noch den Oberhofmarschall. Das heißt, wir haben nur einen Hofmarschall, und der ist gleichzeitig unser Oberhofmarschall.«

»Ist das alles?«, rief Tauron, der schon wieder mit den Tränen kämpfte.

»Na ja, mehr gibt das Hofbudget der derzeitigen Regierung einfach nicht her.«

»Es bestürzt mich zutiefst, zu hören, dass Seine Majestät Tennon III. offenbar größte materielle Not leidet. Als Staatsgast wäre es mir eine Ehre, wenn ich Seiner Majestät meine Ehrerbietung in Form einer bescheidenen Maneysumme erweisen dürfte, und zwar in reinem Gold. Würden Sie ihm das wohl freundlicherweise ausrichten?«

Als Tribut an den Kaiser hatte P einen der Goldbarren dabei, die aus dem monokamischen Gold gegossen worden waren.

»Oh, Gold!« Andächtig strich das Mädchen in der Tempeltracht mit der Hand über den Barren und hob ihn dann mit beiden Händen hoch.

»Ja, echtes Gold«, bestätigte P ungerührt.

»Wie schön! Das reicht bestimmt, um dem Kaiser endlich richtige Hoftracht zu kaufen.«

»Wollen Sie damit andeuten, dass Seine Majestät nicht einmal im Besitz einer anständigen Robe für wichtige Audienzen ist …?« Erschüttert brach Tauron ab und begann abermals zu schluchzen.

»Falls Seine Majestät momentan noch keine Besucher empfangen kann, könnten wir auch gern ein andermal wiederkommen«, bot P aus reiner Höflichkeit an.

»Ach was, das geht schon«, entschied die Kammerzofe kurzerhand.

»Es wäre ja zu blöd, wenn ihr den ganzen Weg umsonst gemacht hättet. Mit dem Oberhofmarschall habe ich schon gesprochen, und der Kaiser selbst hat eh nichts weiter zu tun. Ihr dürft euch halt nur nicht daran stören, wie er herumläuft. Er ist schon so verkalkt, dass er das gar nicht mehr bemerkt.«

»Soso. Sagen Sie, versteht Seine Majestät Sie überhaupt, wenn Sie in diesem Promjargon mit ihm sprechen?«, erkundigte P sich sicherheitshalber. »Ich habe nämlich gehört, dass Seine Majestät Tennon III. sich einer recht antiquierten Ausdrucksweise befleißigt, der Normalsterbliche ohne Dolmetscher gar nicht folgen können.«

»Na ja, selbst wenn wir uns nicht richtig verständigen können, ist das doch auch nicht weiter schlimm. Was sollte ich denn schon groß mit ihm besprechen. Hauptsache, die Spermagewinnung klappt – dafür bin ich als Kammerzofe schließlich verantwortlich«, entgegnete das Mädchen unverblümt. Nun war es P, dem die Worte fehlten.

»Ist so etwas denn überhaupt noch möglich in seinem Alter?«, fragte Himeco.

»Schon, wenn auch nur wenige Male pro Jahr. Aber irgendwie scheint er auf mich besonders intensiv zu reagieren, so dass bereits dreiundzwanzig Kinder entstanden sind, seit ich hier bin. Vielleicht habe ich ein spezielles Talent für die Sache. Also, was ist nun? Wollt ihr ihn sehen?«

»Ja, bitte.«

Da nun ihrer Audienz nichts mehr im Wege stand, begannen die Besucher sich unter einer Empore neben der Palasttreppe umzuziehen. Die von Alters her für solche Anlässe bestimmten Festgewänder mit ihren schrecklich ausladenden, langen Säumen, die beim Gehen hinter einem herschleiften, erinnerten P an Zwangsjacken, wie sie Insassen von Irrenanstalten trugen. Nachdem die Kammerzofe ihnen kurz darauf ein Zeichen gegeben hatte, erklommen sie zu dritt die Palasttreppe; P mit dem gebrechlichen Tauron am Arm und dahinter Himeco, die den Saum seiner Robe hoch hielt. Im Halbdunkel des Palastinneren, welches sich hinter den weit geöffneten Türen erstreckte, konnte P jede Menge undefinierbares Gerümpel ausmachen, das wahllos auf dem Boden umherlag und dem Ganzen das Aussehen eines Abstellschuppens verlieh, genau wie zuvor auch bei den Mausoleen der Kaiserfamilie. Vom anderen Ende des Raumes aus führte ein offener

Durchgang auf einen Innenhof, der von einer Reihe kahler Fabrikhallen umgeben war. In der Mitte des Hofes stand ein reich verzierter Lehnstuhl, der offenbar den Kaiserthron darstellen sollte. Ein winzig kleiner Greis saß im Yogasitz darauf, als wolle er meditieren; er sah aus wie zusammengefaltet. Die unzähligen Lagen seines prunkvollen Palastgewandes schillerten in den buntesten Farben, doch beim Näherkommen bemerkte P, dass sie völlig von Motten zerfressen waren. Beim Anblick des bereits halb mumifizierten Alten, der dort vor ihm in seiner Lumpenpracht auf dem Thron hockte, fühlte sich P in fataler Weise an das erinnert, was er im Immortalenreservat gesehen hatte. Um seinen frevelhaften Gedankenvergleich im Keim zu ersticken, warf P sich schnell zu Füßen des Kaisers auf die Erde, und zwar genau so, wie es die Hofetikette bestimmte, mit der er sich im Vorfeld vertraut gemacht hatte: die Stirn auf den Boden gepresst, so dass Brust und Bauch möglichst flach lagen, wie bei einem aus Papier gefalteten Püppchen. Nachdem er bereits geraume Zeit in dieser Haltung verharrt hatte, vernahm P über sich die sphärenhaften Klänge längst nicht mehr im Gebrauch befindlicher Instrumente. Das musste der Hofmusikautomat sein, den er am Eingang mit ein paar Münzen gefüttert hatte. Ob man wohl so lange am Boden kauern musste, wie die Musik anhielt? Aus den Augenwinkeln konnte er sehen, dass Tauron neben ihm flach wie eine Flunder auf der Erde lag, ohne sich auch nur im Geringsten zu bewegen. Endlich, als P es in seiner unnatürlichen Pose nicht mehr länger auszuhalten meinte, erstarb die Musik und eine gebieterische Frauenstimme befahl in langgezogenem Singsang: »RÜHREN!« Es klang wie ein militärisches Kommando, doch da P sich seiner Bedeutung nicht sicher war, linste er zunächst vorsichtig zu Tauron hinüber. Dieser war soeben dabei, seinen Oberkörper in unglaublichem Zeitlupentempo aufzurichten und dabei ein immer lauter und schriller werdendes Heulen auszustoßen. P folgte seinem Beispiel. Als schließlich beide wieder aufrecht saßen, verkündete die Frauenstimme feierlich: »DAS WORT HAT SEINE MAJESTÄT!« P vermutete, dass es die Kammerzofe war, die dort sprach. Tauron stemmte die Hände auf den Boden und senkte den Kopf. P tat es ihm abermals nach.

Im nächsten Moment erklang eine eigenartige Stimme, die langsam wie eine Wolke über ihre Köpfe hinweg zu schweben schien. Sie war so unglaublich dünn und schrill, dass P zunächst dachte, es sei wieder die

Kammerzofe. Konnte die Stimme des Kaisers so seltsam klingen? Ungläubig wisperte P Tauron zu, was er davon halte, doch dieser schien schwerhörig zu sein.

»Wie bitte?«, rief er.

»Schon gut – ich wollte eigentlich nur wissen, ob das eben der Kaiser war.«

»Aber natürlich war er das!«

»Eine komische Stimme für einen alten Mann. Finden Sie nicht?«

»Nein, so muss sich eine kaiserliche Majestät anhören!«

»Leider kann ich kein Wort verstehen. Könnten Sie vielleicht für mich übersetzen?«

»Ja, Seine Majestät sagte, dass er Sie nach der langen Reise herzlich willkommen heiße und Ihnen für das viele Gold danke. Es tue ihm Leid, dass er gar nichts für Sie habe, höchstens einen Schluck Wasser, bevor Sie wieder aufbrechen. – Damit meint Seine Majestät vermutlich das Wasser aus seinem Jungbrunnen.«

Während die beiden mit gesenkten Köpfen leise Worte wechselten, befahl die Frauenstimme abermals: »RÜHREN!« P hob den Kopf.

»DAS WORT HAT DER UNTERTAN!«, lautete das nächste Kommando.

»Jetzt sind wir dran, mein Sohn!«, verkündete Tauron.

»Was soll ich denn sagen?«

»Zunächst sollten Sie Seine Majestät höflich begrüßen.«

»Lieber nach Ihnen, Doktor Tauron.«

»Wohl denn, wenn Sie erlauben.« Auf Knien kroch Tauron vor den Thron und hob dann den Kopf, um dem Kaiser in seltsam gedehnten, wie Gesang klingenden Worten seine Aufwartung zu machen, doch da alles auf Uraltamanonisch war, konnte P nichts verstehen. Nachdem Tauron seine Begrüßung mit einer tiefen Verbeugung beendet hatte, wiederholte die Kammerzofe ihren Befehl.

»DAS WORT HAT DER UNTERTAN!«

Nun war P an der Reihe. Zunächst stellte er sich als Bote beziehungsweise Missionar aus dem Reich Monokamis vor und berichtete von seiner bisherigen Tätigkeit in Amanon, vor allem von seiner Fernsehshow *Wunder von Monopara*, um dann mit einem ehrerbietigen Gebet für ein langes Leben und ewigliche Glorie Seiner Majestät zu schließen. Nachdem der Kaiser Taurons Übersetzung abgewartet hatte, erwiderte er etwas, das Tauron abermals für P übersetzte.

»Seine Majestät sagt, die Erwähnung von Monokamien erinnere ihn daran, dass vor etwa dreihundert Jahren schon einmal ein Missionar auf illegalem Wege nach Amanon gekommen und vom damaligen Kaiser empfangen worden sei.«

»Ist das wahr?«, fragte P.

Tauron übersetzte die Frage ganz mechanisch, obwohl sie vielmehr an ihn selbst gerichtet gewesen war. »Ja, Seine Majestät ist sich absolut sicher.«

»Wirklich? Davon wurde mir zu Hause gar nichts berichtet. Und was geschah mit diesem Missionar? Kehrte er wohlbehalten in seine Heimat zurück?«

»Nein, Seine Majestät sagt, dass er Amanonier wurde und den Rest seines Lebens hier verbrachte. Und ob Sie seinem Beispiel nicht folgen wollen.«

»Welch überaus gütiges Angebot«, sagte P, obwohl er sich von der Frage des Kaisers ein wenig in die Enge getrieben fühlte.

»Er sagt, falls Sie bereit seien, den Vorschlag anzunehmen, würde er sein Jungbrunnenwasser mit Ihnen teilen, und zwar völlig kostenlos.«

»Was passiert denn, wenn man davon trinkt?«

»Ich schätze, es macht einen unsterblich«, vermutete Tauron.

»Oh, dann kann ich es unmöglich annehmen. Ewige Jugend gebührt wohl einem Kaiser, aber nicht einem einfachen Menschen, der zum Sterben geboren ist.«

Darauf erwiderte der Kaiser etwas, das P nicht verstehen konnte; offensichtlich war Tennon III. jedoch in der Lage, der amanonischen Gegenwartssprache zu folgen.

»Wie meinte Seine Majestät?«, fragte P.

Tauron war plötzlich alle Farbe aus dem Gesicht gewichen; für einen Moment sah er aus, als sei er nicht ganz bei sich. »Nein! Das muss ein Missverständnis sein! Seine Majestät behauptet, dass jener monokamische Missionar, der vor dreihundert Jahren nach Amanon kam, ein direkter Vorfahr von ihm sei. Somit wäre Seine Majestät in Wirklichkeit ein Monokamier …«

»Ach, Seine Majestät beliebt gewiss nur zu scherzen«, entgegnete P unbeschwert, um Tauron zu beruhigen, doch dies kommentierte der Kaiser mit einem missbilligenden Grummeln.

»Seine Majestät sagt, dass dies die reine Wahrheit sei, und wie Sie es wagen können, ihn einen Lügner zu nennen. Ich glaube, Sie haben ihn verstimmt.«

Da schoss P ein unfassbarer Gedanke durch den Kopf, den er ganz unwillkürlich aussprach: »Will Seine Majestät damit etwa sagen, dass ich sein Thronfolger sein soll, wenn ich mich dazu entschließe, aus dem Jungbrunnen zu trinken und in Amanon zu bleiben?«

»So ist es«, lautete die Antwort des Kaisers, die Tauron nur noch mechanisch übersetzte, ohne die Schwere ihres Inhalts erfassen zu können; offenbar hatte ihn das Ganze zu sehr mitgenommen. Die Nachricht, dass P vielleicht der nächste Kaiser werden könnte, hatte ihn in tiefste Verwirrung gestürzt: Einerseits entrüstete es ihn, dass ausgerechnet ein Fremder den amanonischen Kaiserthron besteigen sollte, doch andererseits empfand er vor dem designierten Thronfolger tiefsten Respekt. Der Widerstreit seiner Gefühle spiegelte sich auch auf seiner Miene, die bald ein nervöses Lächeln zeigte und bald ein zorniges Starren, bis sie schließlich zu völliger Ausdruckslosigkeit erschlaffte, und ihm nur noch still die Tränen über die Wangen liefen. In diesem Zustand war von ihm als Dolmetscher nichts mehr zu erwarten, obwohl P noch viele Fragen an den Kaiser gehabt hätte. Auf gut Glück versuchte er es ohne Übersetzung und stellte dem Kaiser eine Frage, die dessen Existenzberechtigung und Rolle als Herrscher von Amanon betraf. Leider konnte P die Antwort des Kaisers nicht verstehen, und da Tauron nicht mehr ansprechbar war, erbot die Kammerzofe sich als Dolmetscherin; aus ihrer sinngemäßen Übersetzung ging hervor, dass der Kaiser seine Existenz mit der eines alten Brunnens verglich, dessen Daseinsberechtigung einzig und allein darin lag, niemals zu versiegen.

»Aha, dann entspräche das Wasser dieses Brunnens sozusagen der Tradition Amanons und Seine Majestät einer lebenswichtigen Quelle, an der sein Volk tagtäglich nichtsahnend seinen Durst löscht, nicht wahr?«

»Das ist mir zu kompliziert zum Übersetzen«, beschwerte sich die Kammerzofe. »Außerdem hast du deine Redezeit als Untertan nun bald überschritten, oder? So lange Gespräche sind gar nicht gut für den Kaiser.«

»Ja, da haben Sie sicher Recht«, sah P ein. »In seinem Alter wäre es unverzeihlich, ihn zu sehr anzustrengen.«

»Nun, das Problem ist eigentlich eher, dass es ihn verwirrt, wenn er sich zu lange unterhält. Er verliert dann die Kontrolle und gerät in einen geistesabwesenden Zustand, etwa so wie der Opi da drüben.«

»Tja, ich schätze, dass alle beide unter den Folgen eines Schlaganfalls leiden. Wollen wir es also für heute gut sein lassen.«

»WEGTRETEN!«, sang die Kammerzofe langgezogen; offenbar war damit die Audienz beendet.

»Übrigens, wo ist denn der Oberhofmarschall, von dem Sie vorhin gesprochen hatten? Sollte ich den nicht lieber begrüßen? Oder sind Sie momentan ganz allein hier?«

»Ja, der Chef ist seit längerem krank, und die zweite Kammerzofe kümmert sich nun schon die ganze Zeit um ihn. Das gehört zwar eigentlich nicht zu ihrem Aufgabenbereich, doch sie konnte es dem Kaiser nicht abschlagen. Das Krankenlager ist da drüben.«

»Vermutlich gehört er eher ins Krankenhaus«, sagte P und ging mit Himeco hinüber zu dem kargen Gebäude am anderen Ende des Innenhofes, um sich die Sache einmal anzusehen. Auf dem ungedielten Lehmboden des Zimmers stand eine eiserne Pritsche, auf welcher der Patient lag. Der Servantin mittleren Alters, die am Kopfende mit zerzausten Haaren und schmutziger Kleidung mühsam über irgendeine Arbeit gebeugt war, konnte man ihre völlige Erschöpfung auf den ersten Blick ansehen. Dem Anblick des Kranken zufolge tippte P auf eine Leberzirrhose. Er bedeutete der Pflegerin und der jungen Kammerzofe, kurz mit ihm nach draußen zu kommen.

»Anscheinend ist es die Leber. Es tut mir Leid, doch wenn er hier bleibt, gebe ich ihm nicht mehr viel Zeit. Am besten, Sie nehmen das Gold, das mein Tribut an den Kaiser sein sollte, tauschen es in Maney um und bringen den Oberhofmarschall so schnell es geht ins Krankenhaus. Dann lassen Sie sich von der Serviceagentur als Ersatz einen jüngeren und zuverlässigeren Servanten schicken, außerdem noch etwa zehn weitere Kammerzofen, denn weniger Personal bedeutet schlichtweg eine Beleidigung Seiner Majestät. Sobald ich wieder in Tokiyo bin, werde ich dem Premier von den miserablen Zuständen hier berichten und ihn um eine Erhöhung des Budgets bitten. Ich weiß zwar nicht, was Ihre Sozialgesetze vorsehen, aber es scheint mir ein Unding, dass ein Staatsoberhaupt in derart ärmlichen Verhältnissen leben muss. Solche Not herrscht in diesem Land sonst nirgendwo, soweit ich das beurteilen kann. Die Bürger von Tokiyo genießen ein Leben voller Luxus, doch um den Kaiser scheint sich niemand Sorgen zu machen.«

»Weil ihn niemand für einen Menschen hält«, erwiderte die Kammerzofe. »Deshalb interessiert sich keiner wirklich für ihn. So ist es nun einmal.«

»Was soll er denn sonst sein, wenn er kein Mensch ist?«

»Na der Kaiser halt. Darum heißt er ja so. Allein, wie er da auf seinem Thron hockt – da sieht doch jeder, dass das kein Mensch ist.«

»Sie sprechen ja von ihm wie von einer seltenen Spezies aus der Tierwelt.«

»Nein, ich würde ihn weder als Tier noch als Ungeheuer bezeichnen, nur manchmal kommt es mir so vor, als pflegte ich ein ganz seltsames Lebewesen, dessen wahren Wert ich nicht begreifen kann. Etwas wie einen Gott oder so. Damit wären wir hier nicht nur Tierpfleger, sondern gleichzeitig auch noch Gottesdiener.«

»Wie auch immer, bis auf Weiteres werde ich mich auf Ihre gute Arbeit verlassen müssen«, schloss P und händigte den beiden abermals ein großzügiges Trinkgeld aus.

»Das ist aber nett. Komm, dafür darfst du auch einen Schluck aus dem Jungbrunnen nehmen.«

Mit einem Schöpfeimer zog die Kammerzofe aus dem alten Brunnen im Innenhof etwas Wasser hoch. Die schmutziggrüne Flüssigkeit sah allerdings nicht so aus, als ob man sie unbedenklich trinken könnte.

»Sehr freundlich, aber …«, entschuldigte sich P höflich und schöpfte dann nur mit der hohlen Hand ein wenig von dem Wasser ab, um daran zu riechen. Von dem fauligen Geruch wurde ihm sofort speiübel. »Das ist ja völlig vermodert!«

»Aber offenbar nicht gesundheitsschädlich«, erwiderte die ältere Kammerzofe. »Der Kaiser trinkt jeden Tag davon, und der Oberhofmarschall auch.«

»Wahrscheinlich hat ihm das seine Leberzirrhose beschert. Und dasselbe wird auch dem Kaiser bevorstehen, wenn er damit nicht aufhört.«

»Aber das bekommen wir doch extra vom Hofamt geliefert«, wunderte sich die jüngere Kammerzofe.

»Ach, das ist gar kein Grundwasser?«

»Nein, alles was wir hier unten an Lebensmitteln und Trinkwasser benötigen, schickt uns das Hofamt von oben durch eine Verbindungsröhre nach unten. Siehst du das Ding da drüben, das aussieht wie ein kahler Baum? Das ist in Wirklichkeit ein Essensaufzug, durch dessen hohlen Stamm das fertig zubereitete Essen zu bestimmten Tageszeiten heruntergeschickt wird. Wir brauchen es dann nur noch herauszuholen und aufzuessen. Übrigens müsste bald das Mittagessen kommen, von dem wir extra eine Portion für euch mitbestellt haben. Ihr könnt also gern noch zum Essen bleiben, wenn euch unsere einfache Kost nicht stört …«

P entschloss sich, teils aus Neugier und teils aus Hunger, das Angebot anzunehmen. In einer Ecke des Innenhofs wurden Tisch und Stühle aufgestellt, und auch der Kaiser erhob sich ohne Hilfe aus seinem Thron, so dass Tauron die große Ehre zuteil wurde, mit Seiner Majestät an einer Tafel zu speisen. Nachdem die junge Kammerzofe mit der Faust gegen eine bestimmte Stelle des Baumstamms geschlagen hatte, wurde eine Art Tür sichtbar, die sie öffnete und daraus eine Metallbox mit vielen Schubladen entnahm. In jeder davon befand sich ein Teller mit Essen, oder vielmehr mit bloßen Zutaten, die nicht weiter zubereitet, sondern nur kurz gegart und mit ein wenig Salz und Gewürzen abgeschmeckt worden waren; eine karge Mahlzeit, die hauptsächlich aus Hülsenfrüchten und Wurzelgemüse bestand und P an die Mönchskost seiner Heimat erinnerte. Tatsächlich war der Geschmack so seltsam vertraut, dass ihm fast etwas wehmütig ums Herz wurde.

»Das sind also die Leibspeisen Seiner Majestät?«, erkundigte sich P.

»Logo. Zuerst konnte er das fade Zeug kaum herunterwürgen, doch mit der Zeit hat er Geschmack daran gefunden. Seiner Meinung nach ist einfache Kost das Beste für die Gesundheit. Und das ist für ihn die Hauptsache.«

»Vom ernährungswissenschaftlichen Standpunkt her ist sicher nichts dagegen einzuwenden. Nur auf dieses vermoderte Wasser sollte er verzichten.«

In diesem Moment geschah etwas Schreckliches mit Tauron. Er wurde kreidebleich und klagte über Leibschmerzen und Übelkeit; nach P's Vermutung die Folgen des Jungbrunnenwassers, von dem der treue Untertan zuvor dankbar probiert hatte. Er befürchtete, dass die unerträglichen Schmerzen einen tödlichen Schock auslösen könnten, wenn

Tauron nicht schleunigst geholfen würde. Sein rasender Puls war bereits kaum mehr ertastbar. Da hatte P eine Idee.

»Zufällig habe ich ein gutes Mittel bei mir. Ein Präparat namens Thanatomin, das in solchen Fällen Wunder wirkt. Das wird ihm helfen!«, erklärte P und zog das Fläschchen mit dem Suizidivum aus der Tasche. Er gab einen Tropfen in Taurons Glas mit dem Jungbrunnenwasser und ließ ihn davon trinken. Sofort kehrten die Lebensgeister in Taurons Körper zurück, so dass er wieder ganz normal wirkte. Auch seine geistige Verwirrung schien überstanden.

»DAS WORT HAT SEINE MAJESTÄT!«, erklang die Stimme der Kammerzofe. Offenbar hatte der Kaiser etwas gesagt.

»Wie meinte Seine Majestät?«

»Dass er auch etwas von dieser Arznei will.«

»Wenn Seine Majestät es wünscht, will ich ihm gern ein wenig davon geben, aber für die Wirkung kann ich nicht garantieren, da dieses Präparat pharmazeutisch noch nicht hinreichend erforscht ist. Die Leute scheinen sehr verschieden darauf zu reagieren.«

»Seine Majestät sagt, das sei ihm einerlei.«

»Bitte sehr, wenn das so ist ...«, sagte P und träufelte etwas Thanatomin in das Wasserglas des Kaisers. Gierig kippte dieser es hinunter.

Da P die Wirkung der Mixtur lieber nicht abwarten wollte, gab er Himeco einen Wink und erhob sich dann, um Tennon III. zum Abschied nochmals herzlich für die Ehre der Audienz und die unerwartete Einladung zum Mittagessen zu danken. Doch als er dem Innenhof den Rücken wandte, um durch die schäbige Halle nach draußen zu gehen, war ihm plötzlich, als folge ihm jemand. Als er sich umdrehte, sah er, dass Tauron sich ebenfalls von seinem Platz erhoben hatte. P wollte ihm gerade anbieten, den Heimweg gemeinsam zurückzulegen, als der Alte plötzlich entschlossenen Schrittes auf den alten Brunnen zulief und sich kopfüber hineinstürzte. Erschrocken rannten P und die Kammerzofen hinzu, doch sie sahen nur noch zwei zappelnde Fußsohlen im Dunkel, die schon im nächsten Augenblick in der Tiefe des Schachtes verschwunden waren.

»Klarer Fall von Affektsuizid«, stellte Himeco fest.

»Nur dem äußeren Anschein nach«, erwiderte P bitter, »Ich glaube eher, dass ihm kein anderer Ausweg blieb.«

»Na, das hast du ja fein hinbekommen«, sagte die Kammerzofe.

»Jetzt ist der Kaiser ungehalten, weil er nicht mehr aus dem Brunnen trinken kann.«

»Tja, am besten, Sie lassen die Zisterne und die gesamte Trinkwasserversorgung vom Hofamt reparieren. Die Kosten dafür werde ich gegebenenfalls gern übernehmen.«

Ohne die Antwort der Kammerzofe abzuwarten, eilte P nach draußen. Vor dem Palasttor hatten die Eskorteservanten sich träge auf der Erde niedergelassen. Nachdem P und Himeco in das Ochsenmobil eingestiegen waren, setzte sich der Zug langsam in Bewegung.

»Was war das für eine Medizin, die du Tauron und dem Kaiser gegeben hast? Wirklich Thanatomin? Dann wird der Kaiser sicher auch bald Selbstmord begehen, oder?«

»Nicht unbedingt. Ich bin nicht hundertprozentig von der Wirkung dieses Mittels überzeugt. Bei Yumicos hat es schließlich auch nicht gewirkt.«

»Aber was, wenn der Kaiser sich nun doch etwas antut?«

»Ach, wen juckt das schon«, antwortete P scherzhaft im Tonfall eines Proms. »Dann würde halt sein Nachfolger drankommen. Das wäre vielleicht sogar eine ganz gute Lösung, denn wenn Tennon III. wirklich unsterblich wäre, müssten seine potenziellen Nachfolger ja ewig warten.«

»Mal ganz unter uns, Papa«, sagte Himeco P ins Ohr, »irre ich mich, oder hattest du vor, selbst auf den Thron zu steigen?«

»Doch, ich muss zugeben, dass ich für einen Augenblick mit dem Gedanken gespielt habe. Wenn euer Kaiser so eine ähnliche Funktion hätte wie unser Papst, wäre das durchaus verlockend. Aber offenbar erfüllt er eine ganz andere Funktion, auch wenn ich immer noch nicht so recht begreife, welche. Du etwa?«

»Nein, ich auch nicht«, sagte Himeco, während sie sich hinter vorgehaltener Hand ein Gähnen verkniff.

17. KAPITEL

Der Oberste Krisenstab

»Na, wie war deine Audienz beim Kaiser?«, fragte Ministerpräsident Yumicos am anderen Ende der Leitung, kaum dass P den Hörer abgenommen hatte. Offenbar hatte sie fiebrig auf seine Rückkehr gewartet und zuvor bereits einige Male voller Ungeduld angerufen, wie ihm seine Servanten berichtet hatten.

»Tja, wenn Sie mich fragen – Tennon III. ist nicht so recht von dieser Welt. Davon einmal abgesehen ist er hochbetagt und gesundheitlich nicht eben der Stabilste. Gerüchten zufolge soll er immortalisiert sein, doch ich war mir da nicht so sicher. Auch seine Ernährung schien mir mangelhaft.«

»Ach, wie bedauerlich«, entgegnete Yumicos desinteressiert.

»Ich weiß nicht, ob es an der mangelnden Fürsorge dieses – wie hieß das Amt noch – dieses Hofamts liegt oder an den knappen Mitteln, jedenfalls stehen dem Kaiser derzeit nur drei Bedienstete zur Verfügung, von denen einer bereits im Sterben liegt, und ein weiterer vollauf mit dessen Pflege beschäftigt ist. Außerdem ist auch die Verpflegung, die von der Aufsichtsbehörde geliefert wird, von äußerst bescheidener Qualität, so dass ich dem Kaiser aus lauter Mitleid versprach, mich bei Ihnen für ein höheres Budget einzusetzen.«

»Hm, eine Finanzspritze also …« Nach wie vor klang Yumicos abwesend. »Ich werde mal sehen, was ich tun kann. Daran wäre sicher auch Dr. Tauron gelegen, nicht wahr?«

»Keine Frage. Er war über die erbarmungswürdigen und ärmlichen Verhältnisse, in denen der Kaiser leben muss, derart indigniert, dass er sich vor lauter Verzweiflung in einen alten Brunnen stürzte.«

»Was sagst du da? Dieser begnadete Philosoph und Selbstmord?!«

»Na, die Denker haben doch neben den Psychologen die höchste

Selbstmordrate. Allerdings habe ich, unter uns gesagt, in seinem Fall ein wenig nachgeholfen und mit unserem Zaubermittel Sterbehilfe geleistet. Wissen Sie, ein Schlaganfall und fortgeschrittene Demenz hatten ihn völlig verändert. Auch vom ärztlichen Standpunkt aus – ich bin nämlich in meiner Heimat als Arzt zugelassen – denke ich sagen zu können, dass ich richtig gehandelt habe.«

»Aber dem Kaiser geht es gut, oder?«

»Ich glaube schon. Zwar hatte ich ihm ebenfalls einen Tropfen Thanatomin gegeben, aber soweit ich sehen konnte, hatte der keine Wirkung. Offenbar ist die Reaktion von Mensch zu Mensch ganz verschieden.«

»Mag sein. Bei mir hat es ja damals auch nicht gewirkt. Obwohl, das lag wahrscheinlich daran, dass ich mich durch den Sex mit dir im Zustand der Exstase befand.«

»Andererseits müssen wir bedenken, dass der Kaiser ein Mann ist. Es fragt sich, ob sein Körper dem Mittel ebenso gut trotzen kann wie Ihrer. Meiner Einschätzung nach kann es sein, dass ein Mann auf ein Suizidivum weitaus empfindlicher reagiert als eine Frau.«

»Selbst wenn es beim Kaiser stärker wirken sollte, wäre das auch keine Katastrophe. Falls Tennon III. etwas zustieße, würden wir sofort alles Nötige veranlassen und das Szepter an seinen Nachfolger weitergeben.«

»Ist die Regierung denn befugt, den Kaiser zu bestimmen und auf den Thron zu setzen?«

»Aber sicher. Irgendjemand muss es doch tun, sonst wüsste ja keiner mehr, wer der nächste Kaiser wird. Doch eigentlich wollte ich dich um ein baldiges Treffen bitten, für ein ruhiges Gespräch unter vier Augen.«

»Aber mit Vergnügen! Sie brauchen mir nur zu sagen, wann Sie Zeit haben, dann komme ich jederzeit!«

»Im Ernst? Da bin ich aber erleichtert. Du klingst nämlich die ganze Zeit so komisch.«

»Wirklich? Nicht dass ich wüsste.«

»Doch, auf eine irgendwie distanzierte Art. Ganz anders als neulich nach unserer letzten Begegnung.«

»War ich da anders? Daran erinnere ich mich gar nicht mehr«, versuchte P sich herauszureden. »Wahrscheinlich dachte ich nur, dass ein allzu vertraulicher Ton am Telefon unklug sein könnte.«

»Wieso das denn?«

»Na, es könnte schließlich sein, dass wir abgehört werden.«

»Abgehört? Nein, so etwas ist bei uns nicht üblich.«

»Im Reich Monokamis ist es gang und gäbe.«

»Ach, du immer mit deinem Monokami! Auf jeden Fall muss ich dich dringend sehen. Kannst du heute Abend vorbeikommen?«

»Von mir aus gern.«

»Nein, vielleicht ist es doch besser, wenn ich zu dir komme, sobald ich mich freimachen kann. Das ist unauffälliger. Nach Dienstschluss sind mir auch die Journies nicht mehr so auf den Fersen, diese Schmeißfliegen.«

Einige Stunden später tauchte Yumicos bei P zu Hause auf. Sie war ganz inkognito gekommen, begleitet lediglich von ihrer neuen Sec Mayumin, einem ganz jungen Mädchen um die zwölf oder dreizehn. Das kleine Persönchen machte den Eindruck, als sei sie aufgeweckter und durchsetzungsfähiger als Marico, von der Yumicos sich schließlich getrennt hatte, doch Maricos weiblicher Charme hatte für P größeren Reiz besessen.

Stolz führte P dem Ministerpräsidenten sein imposantes Gartenbad vor. Er hatte es vor Kurzem erst umbauen lassen, so dass nun größere und kleinere Warmwasserteiche vereinzelt zwischen den Pflanzen des Gartens lagen wie stille Seen in einem Wald. Da es draußen bereits dunkelte, schaltete P die Beckenbeleuchtung ein, um mit Yumicos ein romantisches Bad zu genießen, doch diese wirkte auffällig ruhelos und gereizt und schien nach einem ersten Augenblick der staunenden Überwältigung kein rechtes Interesse für die Extravaganz des Gartenbades entwickeln zu können. Offenbar wollte sie das romantische Bad möglichst schnell hinter sich bringen, um im Schlafzimmer dann endlich richtigen Sex haben zu können. Dagegen hatte auch P nichts einzuwenden, denn ihr herrlich draller Körper, der angezogen im Büro oder nackt auf dem Bett stets einen vornehmen beziehungsweise reizvollen Anblick bot, erinnerte ihn im Badebecken, vor allem kniend auf allen Vieren, irgendwie an ein Nilpferd, das am Wasser spielt – eine Assoziation, die er eher ernüchternd fand.

Kaum waren sie im Schlafzimmer, stürzte sich Yumicos auch schon ungehemmt in P's Arme; in ihrer entfesselten Leidenschaft glich sie einer nicht mehr ganz jungen Frau, die nach langer Trennung endlich wieder in den Armen ihres Geliebten liegen darf. Bisher hatte keine andere der Amanonierinnen ihre Begierde so offen ausgedrückt. Vielmehr war Yumicos die erste der Frauen, die nach nur einmaliger Erfahrung bereits derart sexbesessen war. Solch einen Fanatismus hatte nicht einmal der ehemalige Vizeregierungssprecher gezeigt. Miyacos hatte sich zwar schon bei jedem Treffen auf den Sex gefreut, doch eher so, wie man sich auf ein schönes Essen oder einen Theaterbesuch freut – nie hatte sie vor Verlangen bettelnd auf den Knien vor P gelegen. Die Intensität von Yumicos Passion konnte P sich nur mit der Außergewöhnlichkeit ihrer letzten Zusammenkunft erklären, genauer gesagt mit der wundersamen Wirkung des Thanatomins gegen die heftigen Krämpfe, die Yumicos plötzlich überfallen hatten, doch er bezweifelte, dass eine erneute Begegnung ihr abermals solch eine rauschhafte Erfahrung verschaffen würde.

Nachdem P Yumicos, die vor lauter Erregung schon schwer atmete, eine Weile mit den üblichen Liebkosungen auf das Liebesspiel vorbereitet hatte, versuchte es P zunächst mit Sex in der Standardstellung, doch darauf reagierte Yumicos nicht überdurchschnittlich empfindsam oder rauschhaft. Auch andere Stellungen und sogar ausgefallenere Tricks, die er bei anderen bisher nur selten angewandt hatte, führten nicht zu der erhofften Exstase. Endlich, als ihre Erregung sich verstärkte und P das Gefühl hatte, in ihrem weich schmelzenden Fleisch zu versinken, murmelte Yumicos plötzlich:

»Wo ist es?« Ihre Stimme klang wie im Delirium.

»Wo ist was?«, fragte P, für einen Augenblick völlig aus dem Konzept gebracht.

»Du weißt schon, das Thanatomin«, erklärte Yumicos nun mit vollkommen klarer Stimme.

»Davon möchtest du diesmal auch? Ist dir das nicht zu gefährlich? Es könnte ebenso gut einmal schief gehen.«

»Na und? Dann habe ich eben Pech gehabt«, gab Yumicos mit ekstatisch verzerrtem Gesichtsausdruck zurück.

»Pech gehabt? Was redest du da für einen kindischen Unsinn! Du weißt genau, was für fatale Folgen diese Droge haben kann.«

»Dann sorg dafür, dass mir nichts passiert: drück mich fest aufs Bett und führ mich ins Land der Träume.«

»Als wenn das so einfach wäre. Willst du dieses Risiko wirklich eingehen?«

»Logo, die Gefahr ist doch gerade das Spannende daran. Nun mach schon!«

Im Grunde erschien es P relativ unwahrscheinlich, dass Yumicos ein zweites Mal ungeschoren davonkommen würde, doch wenn sie nun einmal darauf bestand, wollte er ihre Herausforderung gern annehmen. Mit einem Mal fühlte er sich von dem starken Wunsch beseelt, ihren vom Todestrieb erfüllten Körper mit seinem mächtigen Schwert zu durchbohren und sich völlig zu unterwerfen. Er gab zwei Tropfen Thanatomin in Yumicos Wasserglas und setzte es ihr an die Lippen. Ihre Reaktion fand P weitaus erregender als beim letzten Mal, als alle Kraft aus ihr gewichen war und sie sich bereits halb auf der Schwelle des Todes befand; diesmal schien sie bei vollem Bewusstsein und bereit zu einem gefährlichen Kampf mit dem Tod, was vermutlich an der geringeren Dosierung lag. Er brauchte seine ganze Kraft, um sie unten zu halten, denn das wahnsinnige Glitzern in ihren Augen sagte ihm, dass ihr Todeswunsch sie zu einer unbedachten Tat treiben würde, sobald er nur ein wenig nachließe. Doch bald zeichnete sich ab, dass auch dieses Mal P bei dem Kampf die Oberhand behalten würde. Flach eingequetscht unter der Last seines Körpers war Yumicos zuletzt nur noch ein wehrloser Klumpen Fleisch, der schließlich von einer Exstase davongetragen wurde, die beinahe todesähnliche Züge trug. Diesmal tatsächlich selbst am Ende seiner Kräfte, vergewisserte P sich nur noch, dass Yumicos eingeschlafen war, und fiel dann ebenfalls in einen festen, traumlosen Schlaf.

Ganz von Ferne drang das Klingeln eines Telefons an sein Ohr, als befinde er sich auf dem tiefen Grund des Meeres. Hartnäckig verfolgte es ihn wie das wütende Summen eines Insekts. Als P endlich die Hand ausstreckte und den Hörer abnahm, meldete sich am anderen Ende eine heisere Stimme mit so bedrohlichem Ton, dass ihm für einen Moment war, als sei die monokamische Glaubensgemeinschaft gekommen, um ihm den Todesfluch zu verkünden. Er war sich nicht einmal sicher, wo er sich gerade befand. Oder war es Castanons Stimme gewesen? Endlich wurde sein Bewusstwein klarer und meldete ihm, dass der Besitzer der Stimme sich als Saion gemeldet hatte. Natürlich: Saion, der Regierungssprecher. Wahrscheinlich war sie Castanons Stimme so ähnlich, weil beide Laotane waren.

»Wer ist da? Ach, sind Sie das, Padre? Hören Sie, Premier Yumicos ist doch bei Ihnen – könnten Sie sie mir mal geben, bitte? Tut mir Leid, wenn ich Sie im schönsten Vergnügen stören muss, aber es hat sich etwas ziemlich Kritisches ereignet.«

»Woher wissen Sie überhaupt, dass sie hier ist?«

»Na, hören Sie mal, schließlich laufen hier bei mir sämtliche Drähte der Geheimpolizei zusammen«, erklärte Saion großspurig. »Normalerweise filtere ich nur das wichtigste Informationsmaterial für den Premier heraus, doch dafür blieb diesmal keine Zeit. Die Lage ist so brenzlig, dass sie keinerlei Aufschub duldet. Also, holen Sie Yumicos bitte endlich an den Apparat.«

»Tut mir Leid, aber das wird wohl nicht gehen, denn sie hat gerade erst eine ziemlich anstrengende Sexsession mit beinahe tödlicher Exstase hinter sich. Im Moment liegt sie hier auf dem Bett und schläft wie ein Stein. Wenn Sie sich noch ein wenig gedulden könnten, wecke ich Yumicos und schicke sie Ihnen zurück ins Büro, sobald sie wieder richtig auf den Beinen ist. Was ist denn überhaupt so dringend, wenn ich fragen darf?«

»Also, Sie haben vielleicht Nerven. Nun, wenn es nicht anders geht, wecken Sie Yumicos eben so schnell wie möglich und schicken sie zu ihrer Amtswohnung zurück. Sie brauchen ihr nur zu sagen, dass ihre Wiederwahl auf dem Spiel steht. Dann wird sie schon verstehen, wie ernst es ist.«

»Gut, das werde ich machen.« Nachdem P aufgelegt hatte, drehte er sich zu Yumicos um, die ihn verschlafen anblinzelte. »Hast du gehört? Anscheinend geht es um deine politische Karriere. Vielleicht eine Rewolte.«

»Ein Rewolte? Ich bitte dich – wir sind doch nicht mehr im Mittelalter! Nein, es muss etwas anderes sein. Bestimmt steckt Heros dahinter! Ich wusste zwar, dass sie Pläne für meinen Sturz schmiedet, um einen neuen Premier ins Amt zu holen, doch wieso ausgerechnet jetzt, so plötzlich …?«, jammerte Yumicos, während sie nackt im Zimmer auf und ab lief. Ihr Anblick erinnerte P an einen hilflosen Blinden, der den Boden nach seinen Kleidern absucht.

»Komm, zieh dir erst einmal etwas an«, sagte er daher. »Vergiss nicht, dass du der Premier bist und einen gewissen Status zu wahren hast. In diesem traurigen Zustand fällt dir bestimmt nichts Brauchbares ein.«

»Ja, wahrscheinlich hast du Recht. Eine gute Idee könnte ich wirklich brauchen. Wie konnte Heros sich nur von mir abwenden … Dazu muss ihn die Lobby meiner Schwester Yascos angestiftet haben. Yascos macht nämlich alles, was Heros ihr sagt – für mehr reicht ihr Verstand nicht aus.«

»Augenblick mal«, unterbrach P sie hastig. »Deine Rivalin, diese Yascos, ist deine Schwester?«

»Ja, hast du das nicht gewusst? Sowohl ich als auch Yascos, der vorige Ministerpräsident Takacos und der vorvorige, Yócos, wir sind alle Kinder von Heros. Die Samen stammen zwar von verschiedenen Spendern, aber wir alle sind aus Eizellen von Heros gezüchtet. Heros ist die mächtigste aller Mütter in Amanon. Seit über zehn Jahren hält sie nun schon die politischen und wirtschaftlichen Fäden in der Hand und setzt einen Sprössling nach dem anderen auf den Posten des Ministerpräsidenten. Hat dir das nie jemand gesagt?«

»Nein, ich muss zugeben, das höre ich heute zum ersten Mal. Man könnte Heros Status demnach mit dem einer Bienenkönigin oder Ameisenkönigin vergleichen – einer gigantischen, übermächtigen Mutter!« Nun war selbst P in Aufregung geraten. »Und die möchtest du nun loswerden, richtig? Weil du dich nicht mehr auf ihre Protektion verlassen kannst, und sie wiederum aus irgendwelchen Gründen an deinem Stuhl sägen will, nicht wahr? Dann muss ich dich jetzt fragen, ob du dich ihr in irgendeiner Weise emotional verbunden fühlst ...«

»Wieso verbunden?«

»Na, wie ein Kind an seiner Mutter hängt zum Beispiel.«

»Was für eine absurde Idee.«

»Das habe ich mir gedacht«. P nickte. »Ihr hängt hier nicht an euren Müttern, weil sie für euch nichts weiter sind als ein genetischer Elternteil, und die Mütter nicht an euch, weil sie euch nicht selbst ausgetragen haben. Eine gewisse Zuneigung könnte also nur noch durch die elterliche Pflege und das Zusammenleben mit den Kindern entstehen, doch da bei den Proms die Aufgaben der Mütter ja normalerweise durch Ammen und Hauslehrer von professionellen Babysitteragenturen übernommen werden und alle anderen Gesellschaftsschichten ihre Kinder speziellen Gruppenerziehungs- und Pflegeagenturen überlassen, ist wahrscheinlich nicht viel zu erwarten.«

»Ja ja, das weiß ich doch alles. Sag mir lieber, was ich tun soll! Die Lage ist wirklich aussichtslos. Am liebsten würde ich mein Amt an dich abgeben!«

»Red keinen Unsinn! Wir müssen uns eben überlegen, wie wir Heros am besten loswerden«, erklärte P kurzerhand. »Wenn es dir nichts ausmacht, meine ich.«

»Und ob mir das etwas ausmacht. Ich fände das schrecklich!«

»Was fändest du schrecklich: Heros Rache oder den Gedanken daran, jemanden zu liquidieren? Die Liquidation an sich mag zwar für Heros schrecklich sein, weil sie dann nicht mehr am Leben ist, aber dich braucht sie doch nicht zu schrecken. Lass uns mal überlegen, welche Möglichkeiten das Thanatomin uns bietet. Und du könntest schon mal ein Treffen mit deinen ergebensten Mitarbeitern und Förderern organisieren – so eine Art Dringlichkeitssitzung des Kabinetts oder Verteidigungsausschusses. Irgendetwas in der Art wird es ja sicher geben.«

»Ja, es gibt da ein Geheimkomitee, den Obersten Krisenstab!« Endlich waren Yumicos Lebensgeister zurückgekehrt. »Dazu gehören zunächst mal Regierungssprecher Saion, der Sicherheitsminister und der Polizeipräsident, und in diesem Fall kämen dazu auch noch du, der Ex-Vizeregierungssprecher Miyacos, Dr. Tauron und so weiter.«

»Dr. Tauron scheidet schon mal aus.«

»Wieso, wen willst du denn sonst nehmen? Hócanon vielleicht? Auf den ist in so einem Fall kein Verlass, sag ich dir!«

»Nein, ich hab's dir vorhin doch erzählt: Tauron hat sich umgebracht. Also scheidet er aus, ist doch logo!« Bereits leicht entnervt, war P unwillkürlich in einen typischen Promjargon verfallen.

»Ach, stimmt ja! Wo hab ich bloß meinen Kopf! Mann, ich fühle mich so ohne Saft und Kraft, dass ich mich wirklich aus dem nächsten Fenster stürzen könnte! Ob das noch an dem Thanatomin liegen kann? Direkt nach der Einnahme ist mir zwar nichts passiert, aber vielleicht ist stattdessen ja eine Art chronischer Todeswunsch in mir ausgelöst worden.«

»Nein, das glaube ich kaum. Es ist höchstens die weibliche Seite in dir plötzlich stärker zum Vorschein getreten, und zwar durch das Zusammensein mit mir. Also, ich überlasse es dir, wen du an vertrauenswürdigen Leuten zu diesem Komitee zusammentrommelst, wie immer sich das dann auch nennen mag. Auf jeden Fall werde ich mit dabei sein.«

Nachdem Yumicos mit verunsicherter Miene seine Behausung verlassen hatte, trug P Castanon auf, sofort Miyacos, Aicos und Rumicos und die anderen Vorstandsmitglieder der *Monopara-AG* zusammenzurufen.

Als alle eingetroffen waren, eröffnete P die Besprechung. »Ich habe euch heute aus einem ganz aktuellen Anlass hierher rufen lassen.« Bei diesen Worten nickten die anderen sich bedeutungsvoll zu, als wüssten sie bereits Bescheid. »Ach, ihr wisst also schon, worum es geht? Dann bitte ich hiermit um einen kurzen Lagebericht eurerseits.«

»Tja, Padre, leider gibt es keine guten News, was die Show angeht. Wir hatten bisher nur keine Zeit, dich zu briefen.«

»Sind die Quoten gesunken?«

»Nein, im Gegenteil, die Poppularität steigt ständig. Wir sind momentan bei einer Einschaltquote von über sechzig Prozent. Doch genau das hat die Sendung wahrscheinlich zur Zielscheibe gemacht: Die VLR, also die Vereinigte Liga der Religionsgemeinschaften, wirft uns vor, mit dem Programm gegen die Antilibertinismusverordnung zu verstoßen.«

»Libertinismus? Was ist das denn?«, fragte P.

»Darunter versteht man alle eroellen Handlungen, die eine körperliche Komponente besitzen«, erklärte Aicos.

»Besonders solche, die vor aller Augen geschehen«, ergänzte Hidecos.

»Offiziell heißt diese Verordnung *Gesetz zur Kontrolle aller in der Öffentlichkeit ausgeführten körperlichen Eroakte*. Allerdings stammt der entsprechende Paragraph aus dem vorigen Jahrhundert und existiert mittlerweile nur noch auf dem Papier. Deshalb kapiere ich nicht recht, warum man sich jetzt plötzlich wieder darauf beruft, obwohl das Fernsehen und die Journies sich bisher auch nie daran gehalten haben. Es sei denn, jemand will uns absichtlich zu Fall bringen …«

»Logo, genau das ist es«, sagte Miyacos.

»Du meinst also, dass diese Antilibertinismus-Bewegung nur ein raffinierter Schachzug ist, hinter dem in Wirklichkeit politische Ziele stecken? Das hieße nichts anderes, als dass der Machtkampf bereits begonnen hat!« P verschränkte die Arme und starrte finster an die Decke. »Ich habe nämlich von Yumicos gehört, dass Heros gegen sie intrigiert, um sie zu stürzen oder zumindest ihre Wiederwahl zu verhindern.«

»Oje, demnach hätte Heros die VLR nur gegen uns aufgehetzt, um Yumicos zu schwächen«, folgerte Miyacos. »Dann säßen wir aber ganz schön tief in der Tinte. Wenn Heros Ernst macht, ist es so gut wie aus mit uns.«

»Besitzt sie wirklich so einen langen Arm?«

»Ich denke schon. Man erzählt es sich zumindest«, sagte Rumicos, und alle anderen nickten.

»In dem Fall bleiben uns zwei Möglichkeiten, um zu reagieren«, erwiderte P so sachlich wie möglich. »Die eine wäre, Heros offen zu bekämpfen, um ihren Sabotageakt zu stoppen, und die andere, sie zum Einlenken zu bewegen, indem wir Kompromissbereitschaft signalisieren. Welche Vorgehensweise fändet ihr besser?«

»Natürlich die zweite«, antwortete Miyacos. »Denn bisher hat sich noch keiner erfolgreich gegen Heros aufgelehnt. Die Frage ist nur, was wir ihr zu bieten haben.«

»Das müssen Yumicos und Saion entscheiden. Mein Vorschlag wäre, Heros Maney zu offerieren, und zwar in Form von Gold, dem Gold aus meinem Privatbesitz.«

»Keine schlechte Idee«, fand Aicos. »Da wird Heros bestimmt anbeißen, denn für Maney hat sie eine Schwäche.«

»Castanon, ruf bitte mal in der Amtswohnung des Ministerpräsidenten an«, befahl P.

Soeben hatte der Ministerpräsident, wie Castanon nach seinem Telefongespräch berichtete, die Besprechung mit dem Obersten Krisenstab eröffnet, zu der P und Miyacos dringend erwartet wurden. Zufrieden, dass die Situation sich wie geplant entwickelte, machte P sich in Begleitung von Miyacos, Himeco und Castanon auf den Weg zum Wohnsitz des Staatsoberhauptes.

Seit Kurzem bewohnte Yumicos die gesamte oberste Etage eines anderen Hochhauses, das im Vergleich zu ihrem vorigen Domizil eine klare Verbesserung darstellte; es bot die ganze Behaglichkeit und Pracht eines Luxushotels – und auch einen dementsprechenden Service: Gleich am Eingang wurden die Besucher von bildhübschen Garßonmädchen in Empfang genommen und in bequemen Automatiksesseln einen langen Flur entlang bis zum »Geheimkonferenzraum« gefahren, der sich neben dem Amtszimmer des Premiers befand. Es wunderte P, dass der geheime Status des Zimmers durch ein Metallschild am Eingang offenbart wurde; erst später wurde ihm klar, dass es sich dabei lediglich um einen Tagungsraum der Regierungsmitglieder handelte, zu dem ihre Secs keinen Zutritt hatten.

Als P und Miyacos das Zimmer betraten, durchmaß Ministerpräsident Yumicos soeben mit großen Schritten den Raum und versuchte ihre Gedanken zu ordnen. Ihre Miene wirkte schon weitaus kämpferischer als noch in P's Wohnung. Neben Regierungssprecher Saion hatten sich der Schatzamtsminister, der Sicherheitsminister, der Polizeipräsident, der Erziehungsminister und noch drei junge Mitarbeiter der Staatskanzlei versammelt.

»Sieh an, Miyacos! Wie geht's denn so?«, erkundigte sich Yumicos süffisant.

»Danke, bestens – seit ich nicht mehr hier arbeite.«

»Dafür scheinst du in deinem neuen Job nicht besonders fleißig zu sein. Ich hab mich offenbar zu sehr darauf verlassen, dass du mich auf dem Laufenden hältst. Dank deiner Untätigkeit stehe ich nun schön dumm da.«

»Tut mir Leid, aber ich war davon ausgegangen, dass du meine Infos gar nicht mehr brauchst, wo du nun selbst so vertraut mit dem Padre bist.«

»Ein recht voreiliger Schluss. Oder plagt dich am Ende Eifersucht?«

»Mich? Doch wohl eher dich!«

»Schluss jetzt, ihr beiden! Das könnt ihr ein andermal diskutieren«, ging P dazwischen. »Ihr hört euch ganz so an, als wärt ihr immer noch miteinander verbandelt. Wahrscheinlich hast du dein Amt nur niedergelegt, um in meiner Firma für den Premier zu spionieren, stimmt's Miyacos?«

»Das tut ja wohl jetzt nichts zur Sache«, sagte Yumicos verlegen.

»Na, auf jeden Fall sollten wir nun zur Tagesordnung zurückkehren und uns zunächst ein genaueres Bild der Lage verschaffen. Ich bitte den Herrn Erziehungsminister um sein Wort«, sagte Saion.

»Ich habe doch vorhin schon alles gesagt«, gab Erziehungsminister Masacos befremdet zurück. »Außerdem fällt diese Art von religiösem Trouble gar nicht in meine Zuständigkeit, um es noch einmal zu wiederholen. Wieso habt ihr nicht auch Religionsminister Marios eingeladen?«

Langsam und geduldig, als müsse er es ihr zum x-ten Male erklären, erwiderte Saion mit heiserer Stimme: »Weil Marios uns seit Beginn dieser Sache ganz offen die kalte Schulter zeigt und außerdem verdächtig oft bei Heros zu Gast ist. Daher müssen wir davon ausgehen, dass sie zur Gegenseite übergelaufen ist. Im Übrigen handelt es sich gar nicht um einen religiösen Konflikt, sondern eher um einen kulturellen, selbst wenn es die Religionsgemeinschaften sind, die gegen uns Sturm laufen.«

»Ich will dir zwar nicht widersprechen, aber in dieser Sache sind das Bevölkerungsministerium und das Hygieneministerium ebenso zuständig«, rief der Schatzamtsminister dazwischen.

»Genau«, sagte der Erziehungsminister, »denn was die Religionsgemeinschaften behaupten, ist doch nur, dass Kinder durch In-vitro-Fertilisation in Retortengebärmüttern entstehen sollten, weil das die einzige Methode ist, die dem amanonischen Geist entspricht. Mit anderen Worten, sie halten es für unmoralisch, Männer aktiv an der Fortpflanzung zu beteiligen. Deshalb verlangen sie die Absetzung der Monopara-Show und Zwangsabtreibungen für alle, die durch Sex in der Sendung schwanger geworden sind. Außerdem appellieren sie, strenge Kontrollen einzuführen, um einer weiteren Verwahrlosung der Fortpflanzungspraxis Einhalt zu gebieten.«

»Das ist typisch für diese Superkonservativen: jegliche Veränderung ablehnen, nur um die Tradition zu wahren«, bemerkte Yumicos ungehalten. »Dabei hat sich die Mehrheit der Proms für die Show ausgesprochen, oder?«

»Zumindest für Sexsport als neue Freizeitbeschäftigung«, sagte Saion. »Insofern kommt die Sendung schon gut bei den Proms an; sie wollen zwar selbst nur ungern vor der Kamera stehen, aber es reizt sie, diesen neuartigen Service heimlich zu Hause auszuprobieren. Das bestätigt die sprunghaft angestiegene Nachfrage nach sexfähigen männlichen Servanten. Natürlich erhalten die Serviceagenturen besonders viele Anfragen von Leuten, die sich gern den Padre persönlich mieten würden, und weil dieser Wunsch sie überfordert, haben die Agenturen sich mittlerweile an die *Monopara-AG* gewandt. Hat man Sie darüber informiert, Padre?«

»Nein, bisher nicht«, sagte P, dem blitzartig einige neue Ideen für die Zukunft durch den Kopf schossen.

»Wir wollten das erst noch innerhalb der Firma diskutieren«, erklärte Miyacos. »Schließlich bist du die Trumpfkarte der Sendung, sozusagen unser unersetzlicher Meister des Sex. Es wäre bestimmt nicht ratsam, in diesem Stadium der Neuorientierung auf irgendwelche Anfragen mit Übergangslösungen zu reagieren. Zunächst einmal müssen wir dafür sorgen, noch mehr Starlets für den Sex vor der Kamera auszubilden. Und dann bleibt außerdem zu überlegen, wie wir die Geburtenrate der Männer effektiv erhöhen können, denn langfristig werden wir auch männliche Sexspezialisten benötigen und nicht nur Samenspender. Dieses Thema ist also auch politisch von höchster Brisanz.«

»Richtig, hier geht es um eine politische Entscheidung und damit um einen Teil des Machtkampfes«, sagte P eindringlich. Er war aufgestanden und wanderte nun wie ein Raubtier im Käfig hin und her. »Auf lange Sicht gesehen ist das, was wir vorhaben, eine Revolution! Momentan ist unsere Firma damit beschäftigt, sextaugliche Männer zu rekrutieren und für die Arbeit vor der Kamera auszubilden. Als nächsten Schritt werden wir gemeinsam mit den Serviceagenturen für eine Vermehrung der Männer sorgen, die zugleich als Sexstarlet und als Servant einsetzbar sind, und außerdem eine generelle Erhöhung des männlichen Bevölkerungsanteils erwirken, indem wir das Bevölkerungsgesetz so schnell wie möglich reformieren, wie Miyacos eben schon anregte. Dabei müssen wir zweierlei Dinge durchsetzen, und zwar erstens, dass man alle Kinder, die auf diese Weise natürlich und in Freiheit geboren werden, als legitime Bürger Amanons anerkennt, und zweitens, dass auch bei den Retortenbabys der männliche Anteil umfassend angehoben wird. Zur Interessenwahrung der Männer könnten wir gegebenenfalls eine politische Partei gründen, deren ersten Vorsitz ich freiwillig übernehmen würde. Meinetwegen könnte ich sogar euer König werden, falls Rufe nach einem König laut werden sollten, obwohl ich im Grunde nicht das geringste Interesse habe, dieses Land als König oder sonstiger Machthaber zu regieren. Mein Ziel ist die ›He-Revolution‹. Unter diesem Begriff verstehe ich die Wiederherstellung normaler Geschlechterverhältnisse und die gleichzeitige Wiedereinführung von Ehe und Familie als feste Institutionen, welche durch Sex, Schwangerschaft, Geburt und Kindererziehung ein natürliches Rollenverhalten von Mann und Frau garantieren. Alles Übrige, zum Beispiel das politische oder wirtschaftliche System, interessiert mich offen gestanden nur peripher. Das überlasse ich gern euch Amanoniern. Übrigens halte ich das gegenwärtige System gar nicht mal für schlecht, wahrscheinlich sogar für besser als die Theokratie meiner Heimat. Außerdem hat sich euer Land mit weiblichem Pragmatismus und Konservatismus eine Menge Bewahrenswertes aufgebaut; von den geschmackvoll-luxuriösen Lebensverhältnissen und der Fähigkeit, trotz aller überbordenden Freiheiten doch ein gewisses Maß an Ordnung zu erhalten, bis hin zu einer freiheitlichen Einstellung zur Religion und dem engagierten Einsatz für Wahrheit und Gerechtigkeit in Form eines völligen Verzichts auf kriegerische Auseinandersetzungen, um nur einige Beispiele zu nennen. An all diesen Errungenschaften sollte die ›He-Revolution‹ besser nicht rütteln. Alles in allem möchte ich diese Revolution nicht durchführen, um hinterher möglichst viel politische Macht zu besitzen, sondern um mich nach Herzenslust mit schönen Frauen zu vergnügen.«

»Sie sind ein begnadeter Redner, Padre, und diese Ansprache hat mir Ihren Standpunkt sehr eindrucksvoll verdeutlicht«, sagte der Regierungssprecher. »Übrigens kommt mir dabei eine Idee, liebe Kollegen: Wie wäre es, wenn wir den Padre als Staatsgast einmal im Parlament begrüßen würden? Wie ich von der *Stapol* hörte, würde das auch innerhalb der Politikerbrigade sehr begrüßt. Wenn er die Rede, die wir soeben hörten, noch etwas ausbauen würde, könnte er sie als Jubiläumsansprache vor der Vollversammlung halten.«

»Wenn Sie das für politisch wirksam halten, bin ich gern bereit dazu«, sagte P. »Aber momentan hat meiner Ansicht nach erst einmal die Frage Vorrang, wie wir gegen Heros vorgehen. Mir fielen da schon mal zwei wirksame Waffen ein.«

»Du denkst doch nicht etwa an ein Attentat?«, fragte Yumicos verunsichert.

»Ich würde es zumindest nicht ausschließen. Aber mit Waffen meinte ich keine konventionellen Kampfmittel wie Schusswaffen oder chemische Waffen, sondern erstens Maney und zweitens Sex. Eine finanzielle Lösung wäre sicher am besten, doch wenn das nicht klappt, würde ich versuchen, Heros mit Sexofferten irgendwie gefügig zu machen. Falls alles nichts hilft, habe ich noch eine weitere Geheimwaffe in petto, aber über die möchte ich im Moment noch nichts preisgeben.« Um sich zu versichern, dass die anderen noch nichts von der Existenz des Thanatomins wussten, blickte P zu Yumicos hinüber. Wie erwartet zwinkerte sie ihm zu und fragte dann in scheinbarer Ahnungslosigkeit:

»Ist diese Waffe etwa noch mächtiger als die, die du an deinem Körper trägst?«

»Ja, es handelt sich um monokamische Magie«, spann P den Faden weiter.

Interessiert beugte Miyacos sich vor. »Echt, du kannst zaubern?«

»Klar, ich beherrsche eine ganze Reihe von Zauberformeln, die direkt aufs Gehirn wirken. Mit einigen davon kann man sogar Leute in den Wahnsinn treiben oder zum Selbstmord bewegen.«

»Ist ja irre! Damit könntest du Heros fertig machen«, rief der Polizeipräsident.

»Na ja, aber nur, wenn alles andere nicht hilft. Zumal ich gar nicht sicher bin, ob diese Zauberformeln bei Amanoniern überhaupt wirken, denn sie sind alle auf Monokamisch. So gesehen, sprechen Maney und Sex eine deutlichere Sprache und wirken vermutlich überzeugender.«

»Auf jeden Fall sollten Sie Heros so bald wie möglich treffen, Padre«, sagte Saion. »Wenn es Ihnen gelänge, sie zum Einlenken zu bewegen, wären all unsere momentanen Probleme auf einen Schlag gelöst.«

Mit dieser vorläufigen Einigung trennte man sich, und alle bis auf den Ministerpräsidenten, seinen Regierungssprecher, Miyacos und P gingen nach Hause.

»Sag mal, hast du das mit der Magie und den Zauberformeln im Ernst gemeint?«, fragte Miyacos, sobald die anderen weg waren, doch P schüttelte nur lachend den Kopf.

»Mit der Geheimwaffe meinten Sie sicher das Thanatomin, nicht wahr, Padre?«, fragte Saion.

»Natürlich«, beeilte sich Yumicos zu erklären, »doch außer dem Erfinder des Thanatomins, Dr. Mortacos, sind wir vier momentan die einzigen, die darüber Bescheid wissen. Das bringt mich direkt zu dem nächsten Problem, und zwar, was mit Dr. Mortacos geschehen soll. Er befindet sich momentan in unserem Gewahrsam und könnte an sich problemlos verschwinden, weil wir, wie gesagt, das Thanatomin bereits ohne seine Hilfe herstellen können. Wenn da nicht noch das ebenfalls von ihm entwickelte Antiserum wäre, dessen Formel er nicht rausrückt. Da er es sich schon selbst gespritzt hat, können wir ihn auch nicht mehr mit Thanatomin unter Druck setzen. Hat einer von euch eine Idee?«

»In meiner Heimat wäre das ganz einfach«, erklärte P ungeduldig. »Da hätten wir drei gängige Hilfsmittel, und zwar erstens die Todesstrafe wegen Hochverrats oder Blasphemie, zweitens die Zwangseinweisung in eine Nervenheilanstalt wegen diagnostizierter Geisteskrankheit und drittens die unauffällige Beseitigung durch die Geheimpolizei. Aber hier in Amanon sind solche Methoden vermutlich undenkbar.«

»Logo, mit so schrecklichen Praktiken wollen wir hier nichts zu tun haben. Ich würde lieber erst mit ihm über eine gemeinsame Verwaltung der beiden Präparate verhandeln und ihn erst dann mit Hilfe des Thanatomins ins Jenseits befördern, wenn er partout nicht darauf eingeht, was mir sehr Leid täte.«

»Angeblich soll er gedroht haben, das Antithanatomin Heros zu überlassen«, fügte Saion hinzu. »Dann würde das Thanatomin als Waffe gegen Heros unbrauchbar.«

»Anstatt hier lange zu debattieren, sollten wir lieber die Zeit nutzen und die Wirkung des Antithanatomins ausprobieren«, schlug P vor. »Und zwar am besten an Dr. Mortacos selbst. Denkbar, dass eine hohe Dosierung des Thanatomins die Wirkung seines Gegenmittels aufhebt. Wenn er sich trotz allem nicht freiwillig umbringt, müssen wir eben mit anderen Mitteln nachhelfen.«

»Tja, wahrscheinlich hast du Recht: In so einem Fall hilft nur Entschlossenheit. Also, ich bin einverstanden«, erklärte Yumicos. Saion und Miyacos schlossen sich ihrer Meinung an.

»Dann ist unser nächster Schritt mein Treffen mit Heros. Wie vorhin schon gesagt, werde ich versuchen, sie zuerst mit finanziellen und dann mit sexuellen Mitteln zu überzeugen. Je nach Ergebnis müssten wir dann einen Einsatz von Thanatomin in Erwägung ziehen. Doch zunächst einmal bräuchte ich einen Besuchstermin bei Heros. Wie man hört, soll das ja schwieriger zu erreichen sein als eine Audienz beim Kaiser.«

»Das werde ich schon irgendwie regeln«, versprach Saion.

Nachdem Saion sich verabschiedet hatte, vergnügte P sich noch etwa drei Stunden lang mit dem Ministerpräsidenten und dem ehemaligen Vizeregierungssprecher, bis alle drei in Schweiß gebadet waren. Offenbar konnten inzwischen nicht nur Miyacos, sondern auch Yumicos problemlos die Erfahrung einer echten Exstase machen, ohne dafür Thanatomin zu benötigen. Und P hatte es mit seinen zwei unterschiedlichen Partnerinnen nicht nur einfacher als sonst, sondern empfand selbst auch mehr Spaß dabei, so dass er sich am Ende in Miyacos ergoss. Als er ihr erklärte, dass er sie dafür gewählt hatte, weil sie als Jüngere von beiden die höhere Fertilität besaß, zeigte sie sich aufrichtig erfreut.

»Ich habe zwar ein bisschen Angst, aber im Grunde wollte ich schon immer gern wissen, wie es ist, einen Fötus in der eigenen Gebärmutter auszutragen« sagte sie.

Mit einer Mischung aus Eifersucht und Verletztheit blickte Yumicos sie an.

»Na ja, es ist nicht gesagt, dass du von dem einen Mal gleich schwanger wirst«, sagte P, um einerseits Yumicos zu trösten und andererseits Miyacos, die offenbar nicht so genau über Ovulation und Empfängnis informiert war, in ihrer Erwartung zu bremsen.

18. KAPITEL

Heros Festung

Heros bewohnte eine Festung von unsagbaren Ausmaßen, die fernab der Stadt einsam aus der Landschaft emporragte. Obwohl P jeden Morgen und Abend von seinem Luftgarten aus einen Teil davon vor Augen gehabt hatte, war er sich nicht bewusst gewesen, dass es sich dabei um Heros Wohnsitz handelte, und so erblickte er diesen nun auf seinem Weg dorthin zum ersten Mal in voller Größe. Die Festung thronte auf einem flachen Hügel, beziehungsweise auf einer Ansammlung kleinerer Bauten, die ohne jede Ordnung aufeinandergestapelt eine Art Anhöhe bildeten. Das Ganze erinnerte P irgendwie an Kaisergrabmale, wie man sie im Altertum aus gigantischen Steinquadern erbaut hatte. Aus so einem grabmalsähnlichen Haufen ragte die Festung selbst empor; mit ihren unterschiedlich hohen Stelen glich sie einer losen Ansammlung von Grabsteinen. Nie zuvor hatte P in Amanon ein Haus von solch kolossalen Ausmaßen gesehen. Überhaupt waren ihm in Tokiyo keinerlei Privathäuser aufgefallen. Die ganze Stadt war ein einziges, unvorstellbar gigantisches Massenwohnsilo, quasi ein enormer Kaktus mit unzähligen, knubbeligen Fortsätzen, und Heros Festung wie eine Miniaturausgabe davon, vergleichbar mit einem überdimensionalen Ameisenhaufen, obwohl P sich nicht sicher war, ob es einen in der Form überhaupt gab.

»Exorbitant für ein privates Wohnhaus. Beinahe lächerlich, finde ich,« bemerkte P an Castanon gewandt, der ihn bei seinem Besuch begleitete.

»Ja, wirklich ein grotesker Klotz, Padre, da bin ich ganz Ihrer Meinung. Allerdings muss man bedenken, dass darin auch Heros sämtliche Familienmitglieder, Anverwandten und sonstige angebliche Sippschaft hausen, die sich hier unter ihrem Schutz niedergelassen haben. Vermutlich blieb Heros nichts anderes übrig, als immer weiter Anbau an Anbau zu reihen, bis irgendwann diese bizarre Form und Optik entstand.«

»Wie kommt Heros denn zu einer so großen Verwandtschaft?«

»In erster Linie dadurch, dass sie Hunderte von Kindern hat«, erklärte Himeco. »Man erzählt sich sogar, sie produziere so viel Kinder, wie sie Eizellen hat.«

»Aber was für einen Sinn soll das ergeben?«

»Wahrscheinlich träumt sie davon, irgendwann einmal das Volk der Amanonier durch ihre eigenen Kinder zu ersetzen.«

»Ach so, und auf diese Weise will sie sich selbst zur mächtigen Matriarchin machen, wie?«

»Eine Matriarchin? Was ist das denn?«

»Eine Art gigantische Mutterfigur, welche die Fortpflanzung des gesamten Volkes allein übernimmt, wie eine Bienen-, Ameisen- oder Termitenkönigin. Irgendwie dachte ich, dass man so etwas als Matriarchin bezeichnet.«

»Ah, jetzt weiß ich, was Sie meinen«, sagte Castanon. »Allerdings dürfte es nicht so einfach sein, die gesamte Bevölkerung durch eigene Nachkommen zu ersetzen, nicht einmal für jemanden wie Heros.«

»Doch sie versteht es sehr geschickt, ihre riesige Sippe einerseits von sich abhängig zu machen und sich andererseits selbst von ihr stützen zu lassen. Dieses System des mächtigen Wurzelwerks ist ihre ureigenste Erfindung.«

»Ein vortrefflicher Vergleich, Himeco. Damit wäre diese bizarre Festung also ein bloßgelegter Teil des Wurzelwerks.«

Inzwischen hatten sie den Fuß des Hügels erreicht. Vor ihnen erhob sich ein großes, von mehreren Aufsehern bewachtes Tor, an dem sich lange Warteschlangen gebildet hatten; offenbar wollten all diese Leute von Heros empfangen werden. An einer Nebenpforte zur Linken stand: »Gewöhnliche Bittsteller in Zweierreihen anstellen«. Die rechte Nebenpforte, vor der niemand anstand, war mit »Sonderbittsteller« beschriftet. Ein kurzes Wort von Castanon an die Wächter genügte, und schon wurden die Gefährten eingelassen. Zu beiden Seiten der gewundenen Steintreppe, welche in sanfter Steigung nach oben führte, reihten sich primitive Ziegelhütten, jede für sich ein Abbild der Armut. Besonders augenfällig war die Vielzahl der Kinder, obwohl das nur so wirkte, wie

Castanon erklärte, weil die Familien hier auf engstem Raum zusammenlebten. Im Grunde hatten die Bedürftigen gar nicht so viele Kinder.

»Und für all diese Leute kommt Heros auf, richtig?«

»So ist es. Es verleiht ihr eine geheimnisvolle Macht, dass die Bedürftigen sich von allen Seiten um sie scharen.«

»Du meinst, sie würde diese Leute notfalls als Kampftruppen mobilisieren?«

»Nein, so weit würde sie wahrscheinlich nicht gehen, doch sie lässt alle in dem Glauben, dass sie es könnte, und das ist das Unheimliche an ihr.«

Bald waren sie oben auf dem Hügel angekommen, wo abermals ein Tor stand. Diesmal befanden sich keine Informationsschilder daran, dafür gab es jedoch gleich hinter dem Eingang ein Untersuchungszimmer, in dem sie einer einfachen Leibesvisitation unterzogen wurden – vermutlich eine obligatorische Prozedur als Vorsichtsmaßnahme, um das Einschleppen von Gefahrengut zu verhindern. Die Untersuchung selbst war eine reine Formsache, und auch die Aufseher waren von ausnehmender Höflichkeit; offensichtlich hatte sie das Kabinettssekretariat schon im Voraus darüber informiert, dass P der Prom unter den Proms sei und Staatsgastbehandlung genieße. Allerdings mussten die Besucher sich alle bis auf die Unterwäsche entkleiden, und so kam es, dass P zum ersten Mal Castanons schlabberige Laotan-Unterhosen zu Gesicht bekam. Unwillkürlich wandte er den Blick ab, weil er lieber nicht darüber nachdenken mochte, was sich darunter verbarg, beziehungsweise was sich darunter nicht verbarg.

Als Nächstes wurden sie einen langen Gang entlang zum Besucherwarteraum geführt. Während die Wände des Ganges mit diversen antiken Geräten, Trachten, Waffen, Folterinstrumenten und Rüstungen bestückt waren, so dass man sich vorkam wie in einem Völkerkundemuseum, überraschte das Wartezimmer selbst mit einem völlig entgegengesetzten Stil; hier standen eine ganze Reihe moderner Kunstgegenstände – augenscheinlich alle von beträchtlichem Wert – so beliebig nebeneinander aufgereiht, dass dem Betrachter unweigerlich der Atem stocken musste. Da sich in dem Wartezimmer, das offenbar nur für Promgäste bestimmt war, keine weiteren Besucher befanden, schauten die drei sich in Ruhe die Bilder, Skulpturen und sonstigen Einrichtungsgegenstände an. In einer Ecke entdeckten sie einen »Opferkasten«, eine mit antiken Goldmünzen gefüllte massive Holztruhe. Der Erklärung auf dem Deckel zufolge würde sich die Truhe automatisch öffnen, sobald man seinen »Andenkencoupon« einführte, also die Karte, die alle Besucher an der Pforte erhielten, so dass man hineingreifen und sich so viele Münzen herausholen konnte, wie man mit einer Hand zu fassen vermochte.

»Auf so eine Idee kann auch nur Heros kommen. Na, das wollen wir uns doch nicht entgehen lassen«, sagte Castanon, schob seine Karte ein und schöpfte mit einer Hand eine beachtliche Menge Münzen heraus.

»He, Castanon, du bist ja richtig habgierig.«

»Na ja, ein Souvenir von Heros bekommt man schließlich nicht alle Tage.«

Beeindruckt registrierte P, dass selbst jemand wie Castanon, dessen dörrpflaumenhafte Trockenheit ansonsten durch nichts so leicht zu erschüttern war, angesichts von Heros Macht beträchtlich ins Wanken geriet. Himeco hingegen ließ der Anblick der vielen Münzen völlig kalt.

»Danke, ich verzichte«, sagte sie. »Erstens stinken einem die Hände nachher so metallisch, und zweitens sieht dieses Gold irgendwie billig aus.«

»Da hast du sicher Recht, Himeco. Meinetwegen kannst du dich sowieso gern von den Goldbarren bedienen, die ich bei der Regierung deponiert habe, wenn es dich danach gelüsten sollte. Vielleicht sind diese Münzen sogar aus dem Gold geprägt, das ich Heros im Voraus geschickt hatte. Trotzdem bin ich der Meinung, dass wir ihr Willkommensgeschenk nicht zurückweisen sollten – am besten, wir nehmen uns jeder eine Münze mit.«

In diesem Moment erschien ein Servant, der P als nächsten Besucher aufrief und in Heros Salon führte. Anscheinend sollten Himeco und Castanon in einem anderen Zimmer auf ihn warten. Bei dem Gedanken wurde es P ein wenig mulmig, denn um seine Gefährten machte er sich weitaus mehr Sorgen als um sich selbst. Was ihn selbst betraf, war er auf alles gefasst; zur Not würde er sich auf seine körperliche Überlegenheit verlassen und Heros entweder zu seiner Geisel machen oder sie mit sich in den Tod reißen.

Das Erste, was P in Heros Salon auffiel, war dessen überwältigende Größe. Ganz in der Ferne, am anderen Ende der riesigen, mit flauschigem Teppich ausgelegten Ebene konnte er Tisch und Stühle ausmachen und schließlich auch die Gestalt von Heros selbst, die dort in einem Sessel kauerte und nur undeutlich zu erkennen war, denn dort wirkte der Horizont vor lauter Weite beinahe etwas gewölbt. Während P sich mühsam durch den Teppich hindurch vorankämpfte, hatte Heros sich bereits aus ihrem Sessel erhoben und war ihm voller Ungeduld ein paar Schritte entgegengekommen. Sie war kleiner, als P in Erinnerung gehabt hatte, dafür jedoch von gewaltigem Körperumfang.

Als sie sich die Hand gaben, spürte P ihre enorme Stärke und musste mit aller Kraft dagegen halten, um nicht von Heros herangesogen zu werden wie von einem riesigen Magneten.

»Wie kräftig Ihr seid«, sagte Heros anerkennend.

»Und Sie erst«, gab P zurück.

Verschämt lachte die füllige Frau hinter vorgehaltener Hand. Es verwirrte P ein wenig, dass sie so ganz anders aussah als bei ihrer letzten Begegnung auf dem Empfang nach der Sitzung der Intergenese-Forschungskomission. Verstohlen musterte P sie. Damals hatte Heros mit ihrem Stoppelhaarschnitt, dem massigen Körper und dem stechenden Blick wie ein furchtloser Ringkämpfer gewirkt, doch obwohl ihre scharf geschnittenen Augen ihren unheimlichen Glanz nicht verloren hatten, erschien sie nun nicht mehr so bedrohlich wie damals bei ihrer exaltierten Marathonrede, sondern sah eher aus wie eine dicke Opernsängerin, und zwar eine in der Rolle einer mittelalterlichen Hofdame: Ihre überaus feminine Kostümierung bestand aus einer blondgelockten Langhaarperücke, einem langen Rock und einem weit geschnittenen, großzügig dekolletiertem Oberteil, welches die üppige Erhebung ihres Busens betonte. Sogar Schminke hatte sie aufgelegt – allerdings mit ungeübter Hand, so dass ihre Wangen knallrot leuchteten wie die eines Zirkusclowns.

»Ich bin erstaunt, Sie seit unserer letzten Begegnung so verändert zu sehen – elegant und üppig wie ein Edelfräulein,« versuchte P ihr zu schmeicheln. Großmütig nickte die Matrone.

»Unerwartet weiblich, meint Ihr wohl, mein Herr«, gab sie zurück. Ihre Ausdrucksweise überraschte P nicht weniger als ihre Aufmachung. Sie sprach zwar nicht unbedingt wie ein Edelfräulein, doch trotzdem überaus feminin und sogar mit einem Hauch schulmädchenhafter Koketterie, wie sie gewissen Damen der vornehmen Gesellschaft zu Eigen ist. Überdies hatte sie ganz unbekümmert das Wort »weiblich« in den Mund genommen – für eine normale Amanonierin undenkbar.

»Sind Sie privat immer so gekleidet?«

»Aber gewiss doch, mein Herr. Mich dünkt, das ist bequemer. Die Herrschaften der Prom-Elite haben zwar einen Hang zu engeren Beinkleidern, doch für uns Mollige finde ich eine großzügige Damenmode wie diese passender.«

»Es steht Ihnen alles ganz ausgezeichnet«, versuchte P abermals ihr zu schmeicheln, bemerkte jedoch irritiert, dass Heros überhaupt nicht darauf reagierte. Auch die Hast, mit der sie P einen Platz anbot und sich dann ebenfalls setzte, passte wenig zu ihrer eleganten Ausdrucksweise und Erscheinung. Übergangslos kam sie zur Sache.

»Nun, mein Herr, verzeiht meine Taktlosigkeit, doch wann plant Ihr, in Eure Heimat zurückzukehren?«

»Das steht noch nicht fest. Eigentlich bin ich mir nicht einmal sicher, ob überhaupt Aussicht besteht, jemals zurückzukehren.«

»Aber mein Herr – selbstverständlich könnt Ihr heimreisen, wann immer es Euch beliebt.«

»Das überrascht mich«, erwiderte P, während er im Kopf blitzschnell ihre denkbaren Absichten durchging – vielleicht wollte sie ihm nahe legen, so rasch wie möglich den Rückzug anzutreten. Der Gedanke entfachte neue Kampfeslust in ihm. Herausfordernd erwiderte er ihr eisiges Lächeln.

»Zumindest wegen eines Transportmittels bräuchtet Ihr Euch keine Gedanken zu machen«, fuhr Heros fort, »da ich ohnehin gerade eine Werft damit beauftragt habe, dem Ministerpräsidenten und seinen Leuten für ihre geplante Reise nach Monokamien ein Überseeboot bereit zu stellen. Das könnte ich Euch gern überlassen.«

»Sie bringen mich wirklich in Verlegenheit.«

»Aber mein Herr, das ist doch nicht der Rede wert. Der Bau eines ganzen Schiffes wäre wahrscheinlich nicht so einfach, doch in diesem Fall genügt es ja zum Glück, Euer altes Frachtschiff wieder flott zu machen.«

»Ach, *das* Schiff meinen Sie«, rief P erstaunt aus. »Das könnten Sie wirklich wieder in Schuss bringen?«

»Aber logo, mein Herr. Das wäre ja sonst ein schönes Armutszeugnis für die amanonische Technologie.«

»Gestatten Sie die unpassende Frage, aber darf ich Ihr Angebot als

Aufforderung verstehen, so schnell wie möglich von hier zu verschwinden?«

»Aber nicht doch, mein Herr.« Abwehrend hob Heros ihre dralle Hand. »Ich wollte den Herrschaften nur behilflich sein.«

»Den Herrschaften …?«

»Na ja, Euch, Yumicos und ihren Leuten, sowie naturlich auch Himeco, Castanon, Miyacos, Rumicos und all den anderen.«

Offenbar war Heros über P's Umfeld bestens informiert. Mit einem Mal war ihm, als habe er die wahre Quelle ihrer Macht entdeckt: So gigantisch wie ihre Körpermaße mutete auch die Menge an Informationen an, die sie umgab oder mit der sie vielmehr gefüllt zu sein schien, wie ein gewaltiger, zu Fleisch gewordener Datenberg. Als Rechner zum Verarbeiten all dieser Daten diente ihr verhältnismäßig kleiner Kopf, während ihre ebenso kleinen, unheimlich flackernden Augen wie Fenster in dem darin arbeitenden Gehirn waren; sie schienen eher ihren inneren Zustand zu spiegeln, als die Außenwelt wahrzunehmen. Stimme und Sprechweise allerdings konnte Heros offenbar je nach Anlass beliebig modifizieren, wie der auffällige Kontrast zwischen ihrem Aussehen und ihrer lieblichen Ausdrucksweise zeigte; und dank dieses Moduls, das völlig unabhängig von den Abläufen in ihrem Gehirn zu existieren schien, beherrschte sie zweifellos sämtliche Tonarten von militärischem Gebrüll bis zum akademischen Vortragston. P hatte immer mehr den Eindruck, keinen normalen Menschen, sondern ein unheimliches Monstrum vor sich zu haben.

»Erlauben Sie, aber ich habe den Eindruck, dass Sie über alles hier, mich eingeschlossen, eine erstaunliche Fülle an Informationen besitzen«, wechselte er das Gesprächsthema. Heros biss sofort an, flink wie ein Fisch, der nach dem Köder schnappt.

»Aber sicher, mein Lieber. Ich habe gewisse Quellen, die mich über jeden Eurer Schritte genauestens informieren, und wieder andere Informanten versorgten mich bereits vor Eurer Ankunft mit Daten über den Zentralrat der Monokamier.«

»Sie stehen in Kontakt mit der monokamischen Kirche?«

»Das hättet Ihr nicht erwartet, oder?« Heros lachte, dass ihre Fleischmassen nur so wabbelten. »Sicher habt Ihr angenommen, dass wir Amanonier vollständig isoliert sind und keinerlei Kontakte zur Außenwelt unterhalten, doch das entspricht nicht ganz der Wahrheit. Zumindest meine Wenigkeit ist in der Lage, Signale in die Außenwelt zu senden und die Antworten darauf zu empfangen, und umgekehrt kann auch ich von außen angefunkt werden. Davon haben der Premier und seine Leute natürlich keine Ahnung, aber weil sie spüren, dass ich vieles weiß, haben sie eine Heidenangst vor mir.«

»Das kann ich mir vorstellen. Aber was haben Sie denn nun von der monokamischen Kirche über mich erfahren?«

»Das bleibt mein Geheimnis.« Heros setzte ein rätselhaftes Lächeln auf, doch ihre Augen blieben kalt. »Allerdings kann ich Euch beruhigen, denn ich empfinde mich weder als Vertreter der Monokamier, noch wäre ich so dumm, alles, was die Monokamier mir mitteilen, für bare Münze zu nehmen.«

Diese Bemerkung ließ P jedoch erst recht aufhorchen: Vielleicht war diese Heros tatsächlich ein Stellvertreter beziehungsweise Spion der Monokamier, überlegte er, denn nur so war es zu erklären, dass sie sich mit der Welt Monokamis ausgetauscht und Daten von dort erhalten hatte. Eine äußerst prekäre Situation, befand P, der sich beunruhigt fragen musste, inwieweit sie wohl über ihn selbst informiert war.

»Ich fürchte, der Zentralrat hat nicht allzu Positives über mich verlauten lassen.«

»Erstaunlich, dass Ihr das schon selbst vermutet«, sagte Heros. »Und leider habt Ihr Recht, doch wie ich vorhin bereits erwähnte, stehe ich nicht im Dienste der monokamischen Kirche und würde mich keineswegs verpflichtet fühlen, deren Befehlen Folge zu leisten –, beispielsweise wenn man Euch aus dem Weg räumen wollte. Nun ja, da ich es andererseits auch nicht für angebracht hielt, die Monokamier unnötig zu verprellen, habe ich ihnen bisher nur Unverfängliches über Eure Aktivitäten berichtet. Dass Eure Mission langsam aber sicher Früchte trage und so weiter.«

»Dafür bin ich Ihnen zutiefst verbunden«, antwortete P erleichtert. »Und es ist nicht einmal die Unwahrheit, denn in gewisser Hinsicht hat meine Mission ja wirklich unerwarteten Erfolg gehabt.«

»Oh ja, und wenn der monokamische Oberbischof hierher käme, um sich von Eurem ›Erfolg‹ mit eigenen Augen zu überzeugen, würde er wahrscheinlich vor Schreck auf der Stelle tot umfallen«, bemerkte Heros provozierend. »Ganz besonders beim Anblick Eurer *Monopara-Show.*«

»Die ist Ihnen geläufig? Welch übergroße Ehre für mich.«

»Natürlich ist sie mir ›geläufig‹. Wegen mir braucht Ihr nicht so förmlich zu sein. Bitte sprecht ganz so wie sonst auch.«

»Danke, das ist sehr freundlich. Wahrscheinlich hat mich Ihr vornehmes und damenhaftes Altamanonisch etwas eingeschüchtert.«

»Herrje, tatsächlich? Ihr habt aber ein geübtes Ohr. Es stimmt, wenn ich will, kann ich auch auf Altamanonisch Konversation machen. Meiner bescheidenen Meinung nach klingt das besonders Staatsgästen gegenüber einfach besser, wenn auch leider nur im persönlichen Gespräch und nicht vor großem Publikum. Nun, in Eurem Fall hatte ich außerdem gehört, dass Ihr in Eurer Heimat ein recht altertümliches Amanonisch erlernt habt.«

»Oh bitte, darauf brauchen Sie aber keine Rücksicht zu nehmen«, beeilte P sich zu erwidern. »Die moderne Umgangssprache beherrsche ich inzwischen fließend. Und dem, was die Proms sagen, kann ich mittlerweile ebenfalls folgen, auch wenn ich mich nicht so distinguiert ausdrücken kann wie sie. Bitte tun Sie sich meinetwegen keinen Zwang an und sprechen Sie ganz so, wie es Ihnen am angenehmsten ist.«

»Wie du meinst. Aber eigentlich fand ich meine Diplomatensprache von vorhin besser,« gab Heros in völlig verändertem Ton zurück, während sie sich die blonde Perücke vom Kopf riss und ihres Jacketts entledigte, unter dem sie nichts weiter als ein hauchdünnes Negligé trug.

»Sehr gut, endlich sehen Sie wieder wie Sie selbst aus«, bemerkte P.

»Für dich wäre es auch relaxter, wenn du deine steifen Prom-Klamotten ausziehen würdest«, schlug Heros vor.

»Gern, wenn ich darf«, sagte P und legte Jackett und Krawatte ab. Dann knöpfte er sein Hemd auf und entblößte seinen behaarten Oberkörper.

»Was wächst denn da für komisches Zeug auf deiner Brust!«, bemerkte Heros verwundert. »Das sieht ja wüst aus. Bestimmt ein schockierender Anblick für viele Proms. Glücklicherweise bin ich da nicht so empfindlich.«

»Soll ich mein Hemd lieber wieder zuknöpfen?«

»Ach was, ich finde das ganz spannend. Sind in Monokamien alle Männer so bewachsen?«

»Nein, das ist ganz unterschiedlich. Im Vergleich zu den Amanoniern beziehungsweise Amanonierinnen bin ich sicherlich stärker behaart, aber bei den meisten meiner Landsleute ist der Haarwuchs noch viel extremer.«

»Darf ich mir das mal näher ansehen?«

»Aber gern. Bitte sehr.« P entblößte seinen kräftigen Oberkörper und ließ seine Muskeln spielen wie ein Boxer.

»Sehr beeindruckend. Wenn du so stark bist, wie du aussiehst, würde ich gern mal gegen dich antreten.«

»Mit dem größten Vergnügen, jederzeit. Meinetwegen auch sofort.«

»Abgemacht, dann kämpfen wir gleich nachher.«

»Darf ich fragen, an was für eine Art von Kampf Sie denken? An ein simples Kräftemessen?«

»Nein, an einen alten amanonischen Zweikampf namens Zumo, den ich als Hobby betreibe. Die Regeln sind denkbar einfach; es wird so lange nackt miteinander gerungen, bis einer der Gegner am Boden liegt. Natürlich gibt es dabei spezielle Wurf- und Stoßtechniken.«

»Also hat man gewonnen, sobald der andere wehrlos auf der Matte liegt, richtig?«

»Ganz genau. Übrigens kämpfe ich persönlich gern um einen Einsatz. Natürlich geht es auch ohne, falls du keine Wetten magst, aber dann macht es nur halb so viel Spaß.«

»Um was möchten Sie denn wetten?«

»Eigentlich egal. Wir könnten um Maney wetten oder auch um einen etwas spannenderen Einsatz …«

»Zum Beispiel?«

»Zum Beispiel darum, dass der Sieger den Verlierer nach Lust und Laune durchkitzeln darf oder so.«

»Komischer Einsatz, aber meinetwegen. Und wenn ich gewinne, darf ich nach Belieben Sex mit Ihnen haben.«

»Kitzelt das?«

»Ja, wenn man besonders kitzlig ist vielleicht schon, aber die meisten Leute empfinden dabei entweder Schmerz oder Lust.«

»Dann wird es mich bestimmt kitzeln oder mir Lust bereiten, denn Schmerzen kenne ich nicht. Auf jeden Fall bin ich einverstanden«, erklärte Heros frohgemut. »Doch vorher möchte ich dich zum Essen einladen. Wir waren ja noch gar nicht fertig mit unserem Gespräch.«

»Haben Sie denn dafür überhaupt Zeit? Wie man hört, sind Sie sehr beschäftigt, und unten am Tor warten noch eine Menge Besucher auf Sie.«

»Ach, die Bittsteller. Die kann man ruhig warten lassen. Es ist nichts Besonderes, wenn jemand drei Tage lang dort steht. Manchmal werden es sogar zehn Tage. Je länger diese Leute warten müssen, desto ergriffener und glücklicher sind sie am Ende, wenn sie mich endlich sehen –, selbst wenn ich ihnen dann nur ein paar Minuten opfere. Das reicht schon, um sie überglücklich zu machen.«

»Für welche Gefälligkeiten nehmen diese Leute denn so lange Wartezeiten in Kauf?«

»Ach, das ist ganz unterschiedlich. Manche erhoffen sich Unterstützung, weil ihre Kinder sie im Alter im Stich gelassen haben, und bei anderen soll ich dem Nachwuchs auf eine renommierte Schule verhelfen.«

»Also eher private Anliegen.«

»Nicht unbedingt – manchmal geht es auch um politische Gefälligkeiten, über die ich dir natürlich nichts Näheres verraten darf. Vielleicht nur so viel, dass ich beispielsweise als Vermittler hinzugezogen werde, wenn es Streit um den Premiersposten gibt.«

»Wenn Sie solche Probleme aus dem Stegreif lösen können, müssen Sie wirklich sehr mächtig sein.«

»Ihr habt es erfasst, mein Herr«, erwiderte Heros nun wieder so höflich wie zuvor, während sie die blonde Perücke nochmals aufsetzte und ihr Jackett anzog. »Wisst Ihr, für den formellen Teil unserer Unterredung erscheint mir Diplomatensprache doch passender.«

P war verblüfft über die Raffinesse seines Gegners und gleichzeitig musste er Heros Recht geben. Unter Umständen hatte er tatsächlich den größten Machthaber des Landes vor sich, de facto das Staatsoberhaupt. So gesehen schien auch ihm für diese Unterredung ein konventioneller Ton angebrachter als die übertrieben vertrauliche Sprechweise der Proms. Er beschloss, seine Kleidung ebenfalls wieder anzuziehen.

Dann wurde das Essen aufgetragen. Unter der nicht enden wollenden Reihe luxuriöser Gerichte fiel P ein Grillbraten auf, den er keinem der ihm bekannten Säugetiere zuordnen konnte. Am meisten jedoch verwunderte ihn die Gesamtmenge der Speisen, die für mehrere Dutzend Personen gereicht hätte; wahrscheinlich erwartete Heros zu diesem prächtigen Bankett noch weitere Gäste aus den Reihen ihrer engeren

Mitarbeiter, Verwandten oder sonstigen Schützlinge. Umso überraschter war P, als Heros die Garßons hinausschickte; offenbar wollte sie doch lieber mit ihm allein sein.

»Was für ein Festmahl«, bemerkte P überwältigt.

»Ach, ein ganz normales Staatsgastmenü.«

»Aber das können wir doch niemals alles aufessen …«

»Dann esst einfach nur so viel, wie Ihr mögt.«

»Was ist denn das für ein Grillbraten?«

»Das ist Delisaubraten, eine amanonische Spezialität. Wenn er Euch schmeckt, kann ich gern noch einen bringen lassen.«

»Ich bitte Sie, mir wird schon beim Anblick des einen ganz schwindlig.«

Es war eine Art Schwein, dessen Haut auf so komplizierte und groteske Weise gewellt war, dass die Hautfalten nahezu wie Tropfsteine aus Fleisch aussahen, doch wie Heros erklärte, galt gerade diese Haut als Delikatesse.

»Nun aber zurück zu unserem Thema.« Heros lächelte, doch ihre Augen blickten kalt wie immer. »Wir sollten die heutige Gelegenheit zu einem ganz offenen Meinungsaustausch nutzen. Es würde mich freuen, wenn Ihr mir verraten könntet, wie Eure weiteren Pläne aussehen.«

»Gern, doch finden Sie nicht, dass es zu schade wäre, diese ganzen Köstlichkeiten ohne den passenden Tropfen dazu einfach so herunterzuschlingen, damit sie sich in unseren Körpern in Morast verwandeln – als wären wir Schweine wie diese arme Kreatur hier? Das richtige Getränk würde uns sicherlich auch die Zungen lösen.«

»Oh, natürlich: Alkohol! Den hatte ich völlig vergessen«, sagte Heros und rief sogleich einen Garßon, um etwas zu trinken bringen zu lassen. »Ihr müsst verzeihen, doch ich selbst mache mir nichts daraus und trinke fast nie. Auch wenn man es mir nicht ansieht: Ich vertrage keinen Tropfen!«

»Stimmt, das sieht man Ihnen wirklich nicht an. Ich bin sehr überrascht. Hoffentlich stört es Sie nicht, wenn ich mir trotzdem ein Schlückchen genehmige …« P erhob sein Trinkschälchen, um sich von Heros einschenken zu lassen und prostete ihr dann zu. Schon der erste Schluck von dem exquisiten, bernsteinfarbenen Getränk gab ihm das Gefühl, endlich wieder im Vollbesitz seiner Kräfte zu sein. Nun wusste er wieder, dass sein Körper jederzeit bereit zum Kampf mit einer Frau sein würde, selbst wenn sie noch so abstoßend war. »So, wie lautete noch gleich Ihre Frage?«, sagte er.

»Oh, Ihr Schlimmer – als ob Ihr das nicht genau wüsstet …!«, gab Heros mit einer koketten Geste zurück, doch in ihren Augen funkelten Ärger und Ungeduld.

»Ach, Entschuldigung, jetzt fällt es mir wieder ein: Sie fragten nach meinen wahren Plänen beziehungsweise den Absichten hinter meiner unerlaubten Einreise. Doch nachdem, was Sie vorhin sagten, müssten meine Landsleute Sie darüber bereits informiert haben, oder etwa nicht?«

»Natürlich haben sie das, denn schließlich stehe ich, im Gegensatz zur Regierung, in direktem Funkkontakt mit den Monokamiern. Doch die offizielle Version muss nicht unbedingt dem entsprechen, was die Monokamier in Wirklichkeit planen, nicht wahr? Und Eure privaten Absichten lassen sich daraus erst recht nicht ableiten.«

»Sie gehen also von mindestens drei möglichen Absichten aus,« resümierte P. »Doch ich bin ziemlich sicher, dass die offizielle Verlautbarung der Gemeinde durchaus ihren wahren Plänen entspricht: der Bekehrung der Amanonier zum Monokamismus. Zweifellos diente auch die Entsendung ganzer Hundertschaften von Missionaren – mich eingeschlossen – nur diesem einen Ziel, denn eine erfolgreiche Bekehrung würde Amanon automatisch zu einem Teil Monokamiens machen, auch wenn die Amanonier sich darunter vielleicht nichts Konkretes vorstellen können. Doch ein anderes Ziel der Gemeinde wäre gar nicht denkbar.«

»Wieso wäre das nicht denkbar?«

»Weil im Grunde jede Mission auf so ein Ziel hinarbeitet.«

»Auf was für ein Ziel?«

»Na ja, auf die völlige Unterwerfung eines Landes.«

»Völlige Unterwerfung? Was soll das sein?«

»Tja, wenn Sie sich darunter nichts vorstellen können, werde ich Ihnen am besten nachher eine vergleichbare körperliche Erfahrung zuteil werden lassen. Möglicherweise verstehen Sie es dann besser.«

»Gut, dann weiter im Text: Was ist Euer persönliches Ziel?«

»Zumindest nicht die Verbreitung des Monokamismus. Zwar werde ich das Missionieren nicht völlig einstellen, denn deshalb bin ich schließlich hier, aber ich habe nicht vor, mir dafür ein Bein auszureißen. Hauptsache, ich kann mit den Frauen dieses Landes Sex haben und auf diese Weise möglichst viele eigene Kinder in die Welt setzen. Über diesen Wunsch war ich mir vor meiner Abreise noch nicht im Klaren; der wurde mir erst nach meiner Ankunft in diesem wundersamen Land der Frauen plötzlich bewusst. Und durch meine Fernsehsendung ist es mir nun tatsächlich gelungen, die Verbreitung des Monokamismus mit meiner persönlichen Befriedigung zu verbinden. Die Mission hat im Grunde nur zum Ziel, unschuldige Menschen mit dem Virus der monokamischen Ideologie zu infizieren und in eine Krankheit namens Gläubigkeit zu treiben, dabei macht es weitaus mehr Spaß, das eigene Erbmaterial zu verbreiten, indem man möglichst viele Kinder zeugt. Ganz extrem ausgedrückt bin ich als Missionar nur ein Knecht Monokamis, der als Virenverteiler fungiert, obwohl es viel spannender ist, selbst zum Gott zu werden und seine göttliche Frucht zu hinterlassen. Doch das brauche ich Ihnen sicher nicht näher auszuführen, da Sie als Göttin Ähnliches planen.«

»Richtig«, nickte Heros, »das Gleiche, was Eure ›He-Revolution‹ offenbar auch zum Ziel hat.«

»Das hatten Sie wohl längst geahnt?«

»Aber natürlich, denn Euer Auftauchen bedeutet für mich eine nie da gewesene Konkurrenz. Wie Ihr wisst, habe auch ich versucht, möglichst viele Nachkommen zu produzieren, doch gegen Euch hätte ich schon rein rechnerisch keine Chance.«

»Ja, das lässt sich leicht ausrechnen: Selbst wenn ich mich der aufwändigeren Methode des Sex bedienen müsste, wäre ich in der Lage, täglich mehrere Kinder zu zeugen. Gar nicht zu sprechen von den Abermillionen von Eizellen, die ich mittels Samenspende pro Tag befruchten könnte.«

»Dass Ihr das erkannt habt, verleiht Euch bereits Göttlichkeit«, erwiderte Heros unerwartet gleichmütig. »Darauf habe ich schon seit Eurer Ankunft gewartet. Die Achillesferse des amanonischen Systems, das praktisch alle Männer ausgerottet und nur eine notwendige Samenmenge zurückbehalten hat, besteht darin, dass man in dem Moment, wo ein richtiger, kräftiger Mann auftaucht, welcher die Samenbank zerstört und sich selbst damit zum exklusiven Samenspender macht, diesen Mann wohl oder übel als Gott anerkennen muss. Gleich, ob es sich nun um eine biologische oder religiöse Saat handelt: Wenn auf der einen Seite ein Mann steht, der als Einziger über die entsprechende Saat verfügt und alle anderen Menschen auf der anderen Seite in eine weibliche – also empfangende und vermehrende Position bringt, dann entsteht an diesem Punkt eine Religion nach Art des Monokamismus. Deshalb hat es mich überrascht zu beobachten, dass Ihr an der Samenbank überhaupt nicht interessiert zu sein schient und folglich gar nicht ernsthaft beabsichtigtet, das Land zu unterwerfen und Euch selbst zum Gott zu machen. Das hat mich bewogen, erst einmal abzuwarten, bevor ich meine wahre Macht spielen lasse.«

»Überaus gütig von Ihnen.« Lächelnd prostete ihr P mit seiner Trinkschale zu. »Dürfte ich wohl erfahren, wie das aussehen würde, wenn Sie Ihre wahre Macht spielen ließen? Würden Sie mich liquidieren lassen?«

»Nein, so etwas ist bei uns nicht üblich. Das fänden wir zu unerquicklich – nicht nur für das Opfer, sondern auch für den Täter. Hier ereignen sich kaum irgendwelche Morde, und selbst wenn, werden die Mörder dafür nicht mit dem Tode bestraft. Die letzte Todesstrafe, die hier vollstreckt wurde, liegt schon mehrere hundert Jahre zurück.«

»Was für utopische, märchenhafte Zustände! In meiner Heimat sind Morde und Hinrichtungen an der Tagesordnung. Selbstmorde natürlich ebenso. Durch den enormen Bevölkerungsüberschuss, der bei uns herrscht, wird der Verlust eines Einzelnen nur wenig bedauert und der Wert eines Menschenlebens vergleichsweise gering eingeschätzt. Hier hingegen sterben die Leute offenbar nicht so einfach. Ja, manche leben sogar ewig, wie die Immortalen!«

»Zu denen ich im Übrigen ebenfalls gehöre, um die Wahrheit zu sagen«, gab Heros darauf zu P's großer Überraschung zurück. »Es muss zwar unter uns bleiben, doch Unsterblichkeit kann heute bereits auf Wunsch erlangt werden. Zumindest ist es dem von mir beauftragten Forschungsteam von Dr. Mortacos gelungen, das ›Todesgen‹ aus dem menschlichen Körper operativ zu entfernen. Das heißt, Unvergänglichkeit entsteht nicht mehr wie bisher durch Zufall oder Mutation, sondern kann im Bedarfsfall oder auf Wunsch des Betroffenen aktiviert werden. Zu lösen bleibt allerdings noch die Frage, wie man den Alterungsprozess aufhalten kann, denn die Vorstellung, wie ein Immortaler im schlimmsten Stadium der Senilität ewig vor sich hin siechen zu müssen, fände ich fürchterlich. In dieser Hinsicht hoffe ich auf die Entwicklung eines ›Anti-Alterungs-Präparats‹, doch konkrete Erfolge gibt es bisher leider nicht zu vermelden.«

P zögerte einen Augenblick, ob er Heros auch auf Dr. Mortacos Suizidivum ansprechen sollte, entschied sich schließlich jedoch dagegen. »Dann gehe ich recht in der Annahme, dass Sie sich einer Genmanipulation unterzogen haben und bereits zum Immortalen geworden sind?«

»Genau – vor Euch steht der erste künstliche Unsterbliche«, sagte Heros und wechselte dann plötzlich das Thema. »Übrigens, bei einer ihrer Versuchsreihen stießen Dr. Mortacos und seine Leute zufällig auf eine äußerst interessante Substanz namens Thanatomin. Doch damit erzähle ich Euch vermutlich nichts Neues.«

»Ja, davon wusste ich bereits«, entschloss P sich mutig zur Wahrheit. »Und mittlerweile befindet sich diese Substanz sogar in meinen Händen; Premier Yumicos hat sie mir anvertraut. Ebenso wie den Forschungsbericht und die Produktionsformel«, berichtete er, doch Heros ging gar nicht darauf ein.

»Nun, es handelt sich dabei um ein starkes Suizidivum«, fuhr sie fort. »Angeblich soll schon eine Menge von eins zu einer Million der Gehirnmasse ausreichen, um einen sofortigen Todeswunsch auszulösen. Und die langfristige Verabreichung einer minimalen Dosis, etwa einem Hundertmillionstel der Gehirnmasse, soll dazu führen, dass man allmählich jeglichen Lebenswillen verliert und einem schleichenden Freitod entgegengeht, zum Beispiel indem man magersüchtig wird und verhungert. Übrigens habe ich aus gut unterrichteten Kreisen erfahren, dass Yumicos und ihre Leute planen, dieses Thanatomin gegen mich einzusetzen, was allerdings reine Zeitverschwendung wäre, wie ich mit Verlaub klarstellen darf, denn zu dem Thanatomin, das Yumicos uns gestohlen hat, gelang uns auf Anhieb die Entwicklung eines Antiserums, von dem ich mir nun jeden Tag eine kleine Dosis intravenös verabreiche. Durch die Reaktion der beiden Substanzen wird der Selbstzerstörungstrieb sozusagen vollständig aufgehoben.«

»Offensichtlich ein enorm wirksames Präparat«, bemerkte P im nüchternen Ton des Mediziners. »Könnte eine Art Depressivum sein, denn im Zustand absolut lähmender Depression ist man auch zum Selbstmord nicht mehr fähig. Doch ehrlich gesagt bin ich persönlich von der Einsetzbarkeit des Thanatomins nicht ganz überzeugt, selbst wenn es als psychologische Waffe natürlich einen gewissen Effekt haben mag, ebenso wie das Antithanatomin ...«

»An dessen Einsetzbarkeit Ihr im Grunde auch nicht so recht glaubt, oder?«

»Sie haben wirklich ein gutes Gespür. Nun, das Problem an der Sache liegt meiner Meinung nach eher in der Dauer des tief depressiven Zustands, den das Antithanatomin auslöst. Denn eine Depression, die kraftvoll genug ist, um sogar einen Todeswunsch zu bezwingen, wird irgendwann auch jeglichen Willen zur Nahrungsaufnahme lähmen, also einen Fastenzustand herbeiführen. Mit anderen Worten, es würde ein schleichender Freitod provoziert, wie er auch durch die Langzeittherapie mit Thanatomin erreicht wird – im Ergebnis also letztlich das Gleiche.«

Für einen Moment wirkte Heros irritiert, stürzte sich dann jedoch, wie um dies zu überspielen, mit solch großer Entschlossenheit auf das Essen, als wolle sie P mit ihrem Heißhunger einschüchtern.

P jedoch ließ sich davon nicht beeindrucken. »Aus ärztlicher Sicht ist ein gesunder Appetit zwar lobenswert«, sagte er, »doch bei Ihnen scheint mir, mit Verlaub, eine Tendenz zur Fresssucht vorzuliegen. Mit anderen Worten, Sie sind zu fett. Und das hat keinerlei Vorteile, weder in ästhetischer noch in medizinischer Hinsicht. Obwohl man kräftiger wirkt, wenn man an Gewicht zunimmt, ist in Wirklichkeit das Gegenteil der Fall. So gesehen könnten Sie das Antithanatomin vielleicht sogar als Appetitszügler einnehmen. Doch wenn ich Ihre Essweise so sehe, schätze ich, dass dagegen selbst Antithanatomin machtlos sein wird.«

»Als besonders höflich kann man dich ja nicht gerade bezeichnen.« Abermals hatte Heros den Ton gewechselt; die rüde Ausdrucksweise entsprach nun wieder ganz ihrem rhinozeroshaften Aussehen. P irritierte, dass sie über seine kühl-provokative Bemerkung keineswegs verärgert zu sein schien. Es fröstelte ihn bei der Vorstellung, dass ihr Zorn vielleicht unsichtbar schwelte, tief verborgen unter ihren dicken Hautschichten, wie bei einem Ringer oder Zweikämpfer, dem man seine schier unbegrenzte Kraft nicht ansieht.

»Es tut mir Leid, wenn ich Sie gekränkt haben sollte. Doch als Arzt darf ich mit der Wahrheit nicht hinterm Berg halten.«

»Ach, weißt du, ich gehöre nicht zu der einfältigen Sorte Mensch, die wegen jeder unliebsamen Bemerkung gleich an die Decke gehen, auch wenn ich es kaum aus lauter Gutmütigkeit vergesse, mich für eine erlittene Demütigung zu revanchieren. Wie dem auch sei, mit dem sinnlosen Hickhack um lächerliche Zaubermittel wie Thanatomin oder Antithanatomin sollten wir nun langsam aufhören. Wir trauen diesem ganzen Zeug ja eh nicht. Wirklich vertrauen tun wir beide doch nur unserem Muskelschmalz. Und in der Hinsicht bin ich mir ziemlich sicher, dass ich dich zur Not jederzeit mit meinen Pfunden zerquetschen könnte.«

»Ach ja?«, gab P mit siegessicherem Lächeln zurück. »Ich würde sagen, dass ich bei einem unbewaffneten Kampf, also Mann gegen Mann, zweifellos die besseren Karten hätte, doch warten wir es ruhig ab – auf dass der Bessere gewinne.«

»Ganz deiner Meinung. Am besten machen wir unser Kämpfchen gleich nach dem Essen. Meine gesamte Sippschaft freut sich schon darauf.«

»Und um was kämpfen wir?«, fragte P.

»Eigentlich habe ich keine speziellen Wünsche. Höchstens vielleicht dein Gold.«

»Alles kann ich Ihnen zwar nicht überlassen, aber ich könnte Sie in Gold aufwiegen lassen.«

»Und wenn du gewinnst?«

»Wenn ich Sie besiege, habe ich schon bekommen, was ich wollte – was ich damit meine, wird Ihnen noch früh genug klar werden.«

»Aber mein Leben verwette ich nicht, das sag ich dir.«

»Nein, nein, keine Sorge.«

Da der Kampf somit beschlossen war, konnten beide sich viel befreiter der gebratenen Delisau und den anderen Köstlichkeiten sowie der Fortsetzung ihres Gesprächs widmen. Bei ihrem Gedankenaustausch über den sozialen und kulturellen Zustand des Landes, der nun offener als zuvor erfolgte, mussten sie feststellen, dass sie in erstaunlich vielen Punkten übereinstimmten. P hatte den Eindruck, dass sich hinter Heros plumper Gestalt eine Person von intellektueller Reife verbarg, die von ganz anderem Kaliber war als Yumicos und die anderen naiven Regierungsmitglieder, und deren Ansichten ein Gewicht hatten, das ihrer Position als Fädenzieher hinter den Kulissen der Politik durchaus entsprach. Obwohl Heros mit ihrem enormen Reichtum und Einfluss nach außen hin ein unbekümmertes Leben in Hülle und Fülle zu führen schien, hegte sie ganz überraschend zynische Ansichten zur amanonischen Gesellschaft. Es kam ihm vor, als sei er zum ersten Mal in Amanon einem erwachsenen Menschen begegnet, mit dem er sich auf gleicher Ebene unterhalten konnte.

»Unsere Gesellschaft ist wie diese Delisau – einfach nur wabbelig, ohne Knochen und Muskeln. Doch das wirst du mittlerweile sicher schon selbst bemerkt haben, denn du bist ja nicht erst seit gestern hier.«

»Ja, und obwohl Ihrer Gesellschaft dadurch bisher keine Probleme entstanden, fehlt ihr doch meiner Meinung nach ein starkes Rückgrat mit festen Wirbeln. Das Volk der Amanonier ist nicht wie eine Herde Schafe, die sich von einem Machthaber wie einem König oder Diktator leiten ließe. Es gleicht eher einem Ameisen- oder Bienenvolk. Ihnen käme darin die Rolle der Königin zu – vorausgesetzt, Sie besäßen genug Eizellen, um die Bevölkerung am Leben zu erhalten.«

»Da liegt das Problem.« Theatralisch schüttelte Heros den Kopf. »Mir hat zwar etwas Ähnliches vorgeschwebt, doch so eine genetische Führerschaft ließe sich kaum realisieren. Sinnvoller erscheint es mir vielmehr, meine ›politische Herrschaft‹ auszubauen. Und dazu gehört eben auch eine gewisse physische Überlegenheit – insofern ist dieser widerlich fette Körper das Symbol meiner Macht.«

»Und was ist das Ziel Ihrer politischen Herrschaft?«

»Da gibt es kein Ziel. Höchstens der Fortbestand dieses Landes, will ich mal sagen. Dass diese Gesellschaft weiter existiert, selbst wenn sie wabbelig wie eine Delisau ist. Darüber hinaus habe ich keine Ziele.«

»Sie haben also gar keine bestimmte weltverbesserische Vision im Kopf wie zum Beispiel die He-Revolution oder die Intergenese, welche auf eine Wiederaufnahme diplomatischer Beziehungen zu den Monokamiern hinarbeitet, beziehungsweise auf eine Eingliederung Ihres Landes in die Welt Monokamis?«

»Nein, an solchen Dingen habe ich kein Interesse.« In Heros unheimlich funkelnden Augen lag offenkundige Verachtung. »Diese Reformen, von denen Yumicos und ihre Anhänger träumen, sind doch nichts als Larifari, um es mit einem altamanonischen Ausdruck zu sagen.«

»Das sehe ich auch so.«

»Meinst du das im Ernst? Dann bist du schlauer, als ich gedacht habe. Wahrscheinlich war es diese Schlauheit, die dich bewogen hat, ohne langes Fackeln von den monokamischen Missionsmodellen Abstand zu nehmen, mit denen du hier sowieso keine Aussicht auf Erfolg gehabt hättest. Tatsächlich ist an deiner momentanen Strategie so wenig vom monokamischen Glaubensprinzip erkennbar, dass ich mich schon gefragt habe, ob du dem ganzen Monokamismus nicht längst abgeschworen hast, um unser Land stattdessen mit deiner Fernsehsendung zu überraschen. Wenn dem so wäre, hättest du einen grandiosen Schachzug getan.«

»Danke, Ihr Lob ehrt mich sehr. Ja, mir ist relativ schnell klar geworden, dass eine so rigide Religion wie der Monokamismus hier niemals Aussichten auf ein Monopol hätte, denn in diesem Land gibt es bereits jede Menge Seelentröster-Sekten, die sich im rücksichtslosen Kampf um neue Kundschaft mit irrealen Versprechungen von Glück und Gesundheit gegenseitig zu überbieten versuchen. Deshalb dachte ich mir, nun bist du schon mal in einem Land mit lauter Frauen, da solltest du es vielleicht lieber mit einer genetischen Strategie versuchen.«

»Ja, genau das war auch mein Traum. Natürlich sind die biologischen Bedingungen für dich als Mann viel günstiger. Wirklich beneidenswert!«

»Dann hätte ich einen Vorschlag: Was hielten Sie davon, wenn wir zwei uns zusammentäten und gemeinsam unser Erbgut verbreiten? Konkret hieße das, dass ich die bedingungslose Verteilung meines Erbguts einstellen würde und Sie auf die Nutzung der Samenbank verzichten, so dass eine genetische Verbindung nur noch zwischen uns beiden stattfände. Quasi nach dem Prinzip der Monogamie, wie man es in meiner Heimat bezeichnet. Als einziges Ehepaar mit exklusivem Fortpflanzungsrecht wären wir beide wie König und Königin eines Bienen- oder Ameisenvolkes.«

»Ah, das ist es also, was die Monokamisten unter einem Ehepaar verstehen! Aber davon gibt es bei euch doch unzählig viele, oder? Wer übernimmt dann die Führungsposition?«

»Der Führer wird auf einer metaphysischen Ebene statuïert, welche jenseits aller genetischen Belange existiert. Der dort statuierte absolute Herrscher ist Gott, also Monokami.«

»Tut mir Leid, aber das mit der metaphysischen Ebene verstehe ich nicht. So etwas gibt es bei uns in Amanon nicht.«

»Ja, den Eindruck hatte ich auch. Diesem Frauenland fehlt es an einer Ebene, auf der sozusagen ideelles Erbgut von Mensch zu Mensch weitergegeben wird, bis eine Glaubensherrschaft entsteht. Eben diese Erkenntnis ließ mich die monokamische Mission aufgeben.«

»Sehr klug von dir. Ja, hier in Amanon ist man so heillos profitorientiert, dass sich ein metaphysisches Phantom wie dein Monokami niemals an den Mann bringen ließe. Ich habe mit gewissem Interesse verfolgt, wann du das bemerken und deine Strategie ändern würdest.«

»Für Sie wäre es wahrscheinlich amüsanter gewesen, wenn ich mich den monokamistischen Idealen geopfert und mein Leben als Märtyrer beendet hätte.«

»Stimmt, eine Märtyrerkomödie mit einem monokamischen Missionar in der Hauptrolle hätte mir viel Spaß gemacht, doch darum hast du mich mit deiner Schlauheit leider betrogen.«

Ihre lebhafte Unterhaltung setzte sich bis zum Ende der Mahlzeit fort. Danach wollte Heros bis zum für den Abend anberaumten Kampf noch ihr gewohntes Schläfchen halten, während P sich die Zeit bis dahin ganz nach Belieben vertreiben sollte, etwa mit einer Besichtigung des Anwesens oder einem Aufwärmtraining in Heros hauseigenem Fitnessstudio.

»Die Sache hat eine ganz unerwartete Wendung genommen.« In kurzen Worten berichtete P Himeco und Castanon, die in einem separaten Raum gegessen hatten, was sich zugetragen hatte.

»Das heißt, du wirst dich mit Heros duellieren?«, fragte Himeco besorgt.

»Nein, geplant ist kein richtiges Duell auf Leben und Tod, sondern nur ein kleiner Ringkampf. Trotzdem ist die Sache vermutlich nicht ohne Risiko.«

»Ja, in Heros massigem Körper sollen enorme Kräfte schlummern«, bestätigte Castanon.

»Nein, das meinte ich nicht – für sie ist es ein Risiko. Heros protzt zwar mit ihren Pfunden und wirkt nach außen hin stark, doch in Wirklichkeit ist sie einfach nur übergewichtig. Sie hat zwar einen kräftigeren Händedruck als die meisten Amanonierinnen, doch nichts, mit dem ich nicht fertig werden könnte. Am Ende wird sie auf der Matte liegen und nach Strich und Faden von mir geschändet werden!«

»Geschändet? Was ist das denn?«, fragte Himeco wissbegierig.

»So nennt man es, wenn man Sex von einer Person erzwingt, indem man sie bedroht oder durch Gewaltanwendung gefügig macht.«

»Klingt spannend.«

»Ja, für einen gewissen Schlag Männer ist es das offenbar.«

»Nein, ich meine, geschändet zu werden, das klingt spannend.« In Himecos Augen blitzte Neugier auf. »Das würde ich auch gern einmal erleben.«

»Du bist schon ein komisches Kind. Nein, eine Schändung ist etwas sehr Schlimmes und bedeutet für das Opfer eine schwere körperliche sowie geistige Verletzung. Manchmal passiert es sogar, dass Frauen, die verzweifelt Widerstand leisten, am Ende von ihrem Peiniger in seiner Besessenheit erwürgt werden.«

»Ich fürchte, dass Heros nicht so einfach zu schänden ist«, gab Castanon vorsichtig, wie es sich für einen Butler geziemte, zu bedenken.

»Das weiß ich, aber nun ist es zu spät, um noch einen Rückzieher zu machen.«

»Und was ist, wenn du sie tatsächlich besiegst, Papa?«

»Tja, das kann ich dir auch nicht so genau sagen, weil ich im Grunde keine Ahnung habe, was für eine Rolle sie nun wirklich spielt. Doch ich schätze, dass es politisch kaum etwas bewirken würde, wenn ich Heros zu Fall brächte. Ich könnte mir höchstens vorstellen, dass eine Niederlage sie insgesamt verhandlungsbereiter machen würde«, antwortete P, während er sich mit ein paar Kniebeugen aufwärmte.

In diesem Augenblick kam ein Servant herein und verkündete, dass in der Ringkampfhalle nun alles bereit sei. P, der mit seinem bloßen Oberkörper und dem Handtuch um den Nacken wie ein Profiboxer aussah, folgte ihm in die Halle, die wie ein richtiges kleines Theater aussah. Auf den Publikumsrängen hatten sich bereits eine Menge Zuschauer versammelt. Dies mussten Heros Angehörige sein, dachte P, der den Leuten ihren niedrigen gesellschaftlichen Rang auf den ersten Blick ansah; sie wirkten auf ihn wie eine Gruppe von Slumbewohnern, die irgendein Wohltätigkeitsverein eingeladen hatte. Sicher würden die meisten von ihnen auf Heros Seite stehen, vermutete P und machte sich auf einen schwierigen Kampf gefasst. Doch seine Befürchtung schien unbegründet: Als Heros in der Halle erschien, begrüßte man sie nur mit höflichem Applaus und ohne rechte Begeisterung. Dann folgte sie P in den gepolsterten und von Seilen umzäunten kreisrunden

Kampfplatz in der Mitte der Halle. Da sie nur eine Art Schwimmtrikot trug, konnte P sich mit seinem medizinisch geschulten Blick schnell davon überzeugen, dass sie tatsächlich äußerst übergewichtig war und vermutlich kaum in der Lage, einen langen Kampf durchzuhalten; wahrscheinlich würde sie binnen Minuten als japsender Fleischkloß auf der Matte liegen.

»Wie wird nun festgelegt, wer gewonnen und wer verloren hat?«, fragte er.

»Verloren hat der, der vor Schwäche oder Besinnungslosigkeit nicht mehr hochkommt oder sich am Boden nicht mehr aus dem Griff des Gegners befreien kann. Oder der, der als Erster freiwillig aufgibt. Okay?«

»Ja, aber es gibt doch sicher auch Strafregeln oder verbotene Griffe?«

»Na ja, verboten ist höchstens Schlagen, Treten, Würgen, Beißen oder Kitzeln. Halt alles, was unfair ist.«

»Gut, das sind wirklich einfache Regeln«, erklärte P sich einverstanden.

Dann schlug ein Servant laut auf eine Art Waschzuber. P, der nicht wusste, dass mit diesem Gong der Kampf als eröffnet galt, wurde in einem kurzen Moment der Verwirrung von Heros Angriff überrascht. Verzweifelt versuchte er, sich von ihrem enormen Bauch zu befreien, der ihn gegen einen der Seilpfosten quetschte, doch da schleuderte sie ihn auch schon in die Mitte des Ringes, wo er auf dem Rücken landete. Blitzschnell war Heros über ihm und ließ sich mit voller Wucht auf ihn niederplumpsen. Es war, als sei ein tonnenschwerer Sandsack geradewegs auf ihn draufgefallen. Während ringsum Jubel aufbrandete, drohten P die Sinne zu schwinden. Wie betäubt dachte er noch, dass dies ihre spezielle Blitzkrieg-Taktik sein musste, mit der sie die meisten Gegner rasch außer Gefecht setzen konnte, doch da bemerkte er erleichtert, wie Heros freiwillig von ihm abließ. Offenbar nahm sie Anlauf für einen letzten und vernichtenden Planierschlag, doch diesem zweiten Bauchbombardement wollte P zuvorkommen, indem er seine Knie in spitzem Winkel aufstellte, wie um den herabfallenden Fleischsandsack damit aufzuspießen. Seine Verteidigungstaktik erwies sich als ungeahnter Erfolg: Mit gequältem Stöhnen kippte Heros zur Seite, wo P einen ihrer Arme zu fassen bekam und ihn nach hinten hochriss.

Diese völlig unerwartete Wende ließ ein Raunen durch die Zuschauerreihen gehen.

Für den Rest des Ringkampfes behielt P die Oberhand. Mal um Mal beförderte er Heros mit geschickten Wurfgriffen auf die Matte und verdrehte ihr von hinten schmerzhaft die Gieder, bis sie immer kampfunfähiger wurde. Dass seine übergewichtige Gegnerin den Kampf nicht in den ersten Minuten für sich hatte entscheiden können, war ihr zum Verhängnis geworden, denn ganz wie P erwartet hatte, mangelte es Heros vor allem an Ausdauer. Sie war mittlerweile so außer Puste, dass sie kaum mehr stehen konnte und P ihr ab und zu eine Verschnaufpause auf seinem Bauch gönnen musste. Dies sorgte jedes Mal für lebhaften Beifall unter den Zuschauern, welche überzeugt waren, Heros sei zum Angriff übergegangen und habe P zu Boden gestreckt. Mit leiser Stimme raunte er ihr von unten zu, endlich aufzugeben, aber Heros schüttelte nur den Kopf.

»Ich verstehe ja, dass Sie sich nicht so einfach geschlagen geben wollen, doch Ihr Herz wird diese Tortur nicht lange mitmachen«, warnte P.

»Nein, ich muss durchhalten. Ich habe noch nie verloren!«

»Gut, dann werde ich es aussehen lassen wie ein Unentschieden. Sie müssen mir nur vertrauen.«

Sein siegreiches Finale begann P damit, dass er seiner Gegnerin noch im Liegen das Schwimmtrikot vom Leib riss. Wehrlos ließ die erschöpfte Heros es mit sich geschehen. Von dem engen Anzug befreit, quollen Heros' Fleischmassen in die unbestimmte Form ihres Urzustands zurück wie ein Becher ausgekipptes Gelee. Ringsum wurden Begeisterungsrufe laut, doch P, der sich ebenfalls seiner Kleidung entledigt hatte, konnte nicht sagen, ob sich diese auf Heros völlige Nacktheit bezogen oder auf den Anblick seines männlichen Körpers. Zumindest blieb ihm nun nichts weiter zu tun als das, was er durch seine Sendung ohnehin gewohnt war, nur dass es diesmal aussehen musste wie der Teil eines Ringkampfes; mit P in der Position des rücksichtslosen Angreifers und Heros in der Rolle des Opfers, das alles in mehr oder weniger entwürdigender Stellung über sich ergehen lässt. Seine erste Attacke erfolgte von hinten, die nächste von oben, und zuletzt setzte er Heros auf seinen Bauch, um sie von unten zu penetrieren. Besonders diese Stellung, aus der P die rittlings auf ihm kniende Heros von unten angriff, indem er den empfindlichsten Teil ihres Rumpfes aufspießte, wurde von den Zuschauern, die solche ringkampfartigen Sexszenen nicht gewohnt waren, offenbar gründlich missinterpretiert, denn nun wurden aus dem Publikum gar Rufe laut, die forderten, P endlich den Rest zu geben – wahrscheinlich sah es für ungeübte Augen so aus, als befinde sich Heros in der Offensive, da sie obenauf thronte. Natürlich war es in Wirklichkeit Heros, die den Rest bekam. Kraftlos und wie betäubt hielt sie sich noch eine Weile auf P's Bauch, bis sie schließlich endgültig besiegt mit ihrem gesamten Gewicht vornüber kippte und P unter sich begrub wie ein riesiger, aufgeplatzter Sandsack, dessen Inhalt sich auf den Boden ergießt. Erst als P, den selbst das nicht hatte stoppen können, nach einer Weile bemerkte, dass mit Heros etwas nicht stimmte, befreite er sich eilig von ihrem Gewicht.

Reglos lag Heros auf dem Mattenboden. Auf P's Rufe reagierte sie nicht, und nur ihr lautes Schnarchen verriet, dass sie noch am Leben war. Nun wieder ganz der verantwortungsvolle Mediziner, untersuchte P Heros und stellte fest, dass offenbar nicht ihr Herz in Mitleidenschaft gezogen war, sondern ihr Gehirn. Womöglich eine Hirnblutung oder ein Schlaganfall, wahrscheinlich Letzteres, vermutete er und wandte sich dann dem tobenden Publikum zu, welches die Lage noch immer nicht erfasst hatte. Um ihnen zu zeigen, wer der Sieger war, hob er beide Arme hoch in die Luft, doch dies löste unter den Zuschauern kaum Reaktionen aus, – keinen Jubel verständlicherweise, jedoch auch keinerlei Empörung oder wütende Stürme auf den Ring, um die Verletzte zu rächen. Verblüfft registrierte P, wie die Zuschauer sich gelangweilt von ihren Plätzen erhoben und auf den Heimweg begaben.

»Elendes Lumpengesindel!«, rief P aufgebracht. Himeco, die dies gehört hatte, warf ihm einen verwunderten Blick zu.

»Ich meine, Heros kümmert sich um all diese Leute, und sie interessieren sich gar nicht dafür, was mit ihr passiert«, versuchte P zu erklären. »Ein ganz erbärmlicher Haufen ist das, richtiger Abschaum, abgestumpft bis ins Mark.«

»Ihre Interpretation des Publikumsverhaltens überrascht mich«, meldete sich nun auch Castanon zu Wort. »Ich hatte eher den Eindruck, als seien sie von Heros Tod so getroffen, dass sie ganz betäubt waren, wie nach einer Beerdigung.«

»Tja, das könnte natürlich ebenfalls sein, auch wenn ich deine Interpretation ein wenig merkwürdig finde. Jedenfalls ist Heros noch nicht völlig tot. Wahrscheinlich ein Schlaganfall. Zumindest etwas Ernstes.«

»Vielleicht hat sie vor lauter Erschöpfung das Bewusstsein verloren«, mutmaßte Himeco.

»Auf jeden Fall hätte Heros sich gar nicht erst mit mir anlegen dürfen. Sie kann noch von Glück sagen, wenn es kein Infarkt ist. So könnte sie zumindest ihr Bewusstsein zurückerlangen, wenn sie richtig behandelt wird.«

P trug den Servanten auf, Heros in eine entsprechende Klinik einliefern zu lassen. »Außerdem müssen wir ihre Familie verständigen.«

»Was für eine Familie?«

»Na, ihre leiblichen Kinder zum Beispiel.«

»Aber davon hat sie viel zu viele. Angeblich sind auch die Zuschauer von vorhin alles Nachkommen von ihr, auch wenn sie nicht nach den Richtlinien der Samenbank gezeugt wurden«, gab Castanon zurück.

»Soll ich ihren Speaker holen?«, fragte einer der Servanten.

»Ihren Speaker? Ist das eine Art Stellvertreter?«

»Ja, so etwas Ähnliches. Zumindest vertritt er sie bei Pressekonferenzen und gibt Erklärungen an die Journies ab.«

Kurz darauf erschien der Speaker, ein Laotan wie Castanon, der auch eine ähnliche Butler-Livree trug. Als P ihm schilderte, was passiert war, erklärte der Laotan mit seiner schnarrigen Stimme ungerührt, dass Heros für solch einen Fall bereits Vorsorge getroffen habe.

»Und was heißt das?«

»Dass ich die Anweisung erhalten habe, Heros in ihrer Vertragsklinik an eine Herz-Lungen-Maschine anschließen zu lassen, falls das als lebenserhaltende Maßnahme überhaupt nötig ist, denn sie wurde ja bereits immortalisiert. Außerdem soll ich von Zeit zu Zeit vorgefertigte Kommuniqués verlesen, damit die Öffentlichkeit nichts von ihrem wahren Zustand erfährt.«

»Das ist zwar sorgfältig vorbereitet, doch mit vorgefassten Kommuniqués allein kann man dem politischen Tagesgeschehen wohl kaum gerecht werden.«

»Ach nein? Meiner Meinung nach ist es umgekehrt: das politische Tagesgeschehen basiert auf Heros Äußerungen.«

»Da hätte ich zwar meine Zweifel, aber bitte sehr. Ich persönlich werde mich allerdings nicht nach Heros so genanntem Willen richten, denn ich weiß ja, dass sie nur noch eine leere Hülle ist. Was nicht heißt, dass mich ihre politischen Pläne nicht interessieren. Könnten Sie mir vielleicht verraten, was sie für mich geplant hatte?«

»Mit Ihrer Neugier spielen Sie Heros geradewegs in die Hände«, warnte Castanon pflichtbewusst.

»Von uns aus ist das kein Geheimnis. Wenn Sie wollen, kann ich es Ihnen gern sagen.« Der Laotan-Speaker zückte ein Notizbuch und begann darin zu blättern. »Hier ist es: Der Padre wird das Land verlassen müssen.«

»Um in das Reich Monokamis zurückzukehren?«

»Darüber steht hier nichts.«

»Sie wollte mich also des Landes verweisen?«

»Nein, ich glaube, für Sie war eher eine Flucht als ein Landesverweis geplant.«

»Bei Flucht fällt mir ein, dass wir uns vielleicht lieber langsam von hier verabschieden sollten. Hat Heros dazu irgendetwas verfügt?«

»Nein, es steht Ihnen jederzeit frei zu gehen. Aber bitte vergessen Sie Ihre Andenkenpakete nicht.«

Tatsächlich hinderte sie niemand daran zu gehen. Das Einzige, was P auffiel, als er mit Himeco und Castanon den Rückweg antrat, war die brüchige Struktur, von der Heros Festung, beziehungsweise der gesamte Hügel mit seiner chaotischen Ansiedlung von Wohnkomplexen auf einmal zu sein schien – wie eine Fata Morgana. Doch dann sagte er sich, dass es vielleicht nur die Erschöpfung war, die seinen Blick getrübt hatte.

19. KAPITEL

Passion

Einige Tage später war Ministerpräsident Yumicos zum ersten Mal seit längerer Zeit wieder einmal privat zu Besuch bei P. Sie befanden sich gerade alle gemeinsam in P's eindrucksvollem Gartenbad, als Himeco in der Abendlandschaft, die sich draußen wie auf einem alten Gemälde im goldenen Licht der Dämmerung erstreckte, etwas Schreckliches entdeckte.

»Schaut mal, ist das nicht Heros Festung? Das da hinten, was gerade einstürzt.«

Als P und Yumicos in die Richtung schauten, in die Himeco deutete, konnten sie durch die Bäume des Luftgartens hindurch tatsächlich Heros Festung erkennen. Der einst so stolze Hügel mit seinen unzähligen, bauklotzartig aufeinandergeschichteten Wohnblöcken war soeben im Begriff, lautlos in sich zusammenzufallen. Ganz langsam verlor er an Form und Höhe, wie eine Burg aus Zuckerguss, die sich im Wasser auflöst. Feine, blassgelbe Staubwolken stiegen darüber auf.

»Das war's dann wohl mit Heros«, bemerkte Yumicos erfreut. »Dass sie unheilbar krank sein soll, war mir zwar bekannt, doch ich hätte nicht gedacht, dass ihre tolle Festung so einfach einstürzen würde.«

»Ich will nicht hoffen, dass die Regierung dabei irgendwie nachgeholfen hat«, erwiderte P.

»Na, hör mal, dazu hätten wir doch weder die rechtlichen noch die finanziellen Mittel«, entgegnete Yumicos entrüstet. »Obwohl es mir natürlich sehr gelegen kommt, denn ohne Heros werde ich meine Intergenese-Pläne endlich ungestört durchsetzen können.«

In weniger als einer Stunde war der Zerfall beendet. Aus der Nähe hätte die Katastrophe wahrscheinlich einen grausamen Anblick geboten, doch von P's Wohnsitz aus war nichts weiter zu erkennen als ein

Häuflein feinen, weichen Staubes. Allerdings lagen unter den Trümmern sicher viele lebendig begrabene Opfer, vermutete P, denn eine Zerstörung dieses Ausmaßes musste eine hohe Anzahl an Toten und Verletzten gekostet haben.

»Nun mach dir mal keine Sorgen«, bemerkte Yumicos unbekümmert. »In der Festung war eh niemand mehr drin. Bestimmt sind alle auf und davon, als Heros Niedergang bekannt wurde, wie die Ratten vom sinkenden Schiff.«

»Na, ich weiß nicht. Wo sollten denn all diese Habenichtse Zuflucht finden?«

Doch Yumicos hörte schon gar nicht mehr zu. Während sie ihren üppigen Körper von einem Servanten abtrocknen ließ, war sie in Gedanken längst bei dem Vergnügen, das sie nach dem Bad erwartete. P wollte ihre Hoffnung nicht enttäuschen und führte Yumicos in sein Schlafzimmer, wo er sie zunächst mit behutsamen Liebkosungen bedachte, um dann zum ersten Mal nach langer Zeit wieder normalen Sex zu haben. Natürlich sorgte er auch dieses Mal durch den Einsatz von Thanatomin für eine garantierte Exstase. Das Vergnügen allerdings war ausschließlich auf Yumicos Seite; und wie P zugeben musste, hatte selbst seine Freude, sie dabei zu beobachten, inzwischen deutlich nachgelassen.

Gefangengenommen hielten ihn dieser Tage eine Reihe ganz anderer Aktivitäten, und zwar eine Art Teststufe für den Sex mit Himeco, wenn man so wollte. Der Grund für die sexuelle Initiation seiner Sec, welche körperlich noch vor der vollständigen Reife stand, war eine geplante Konzeptumstellung der *Monopara-Show*, in der von nun an auch Darbietungen mit Minderjährigen gezeigt werden sollten, – und da konnte Himeco als Partnerbesetzung unmöglich ausgeschlossen werden. In künstlerisch höchst anspruchsvollen Bildern wollte P den Zuschauern die Reifeentwicklung einer blutjungen Schönheit präsentieren, die durch zärtliche Verführung und fachgerechte Anleitung nach einer anfänglichen Phase der Unwissenheit und ängstlich verkrampften Abwehr allmählich immer empfänglicher für erotische Reize wird, bis sie durch technische Kunstfertigkeit und Ausdrucksfähigkeit schließlich selbst in der Lage ist, die Exstase zu erreichen. Die einleitenden Szenen, für die es auch schon ein vorläufiges Drehbuch gab, wollte P aus Aufnahmen schneiden, die ohne Himecos Wissen mittels einer ferngesteuerten, versteckten Kamera in seinem Schlafzimmer entstehen sollten.

Nach der geplanten Handlung sollte die junge Schönheit ein »geschlechtsloses Wesen« ohne sexuelles Bewusstsein darstellen, das von P, den sie anfangs noch wie einen Vater empfindet, plötzlich als Sexobjekt wahrgenommen wird und darauf mit Abwehr und Hass reagiert, dann jedoch, kaum dass diese psychologische Schranke einmal durchbrochen ist, einen schlagartigen Bewusstseinswandel durchläuft und fortan die aktive Rolle der Verführerin übernimmt, die im Zustand der Exstase ihr sexuelles Ego verwirklicht. Diese Inszenierung, die sich auf amanonische Psychologietheorien berief, hatte P zwar gemeinsam mit Rumicos und Récos erarbeitet, doch mit einigen Punkten war er im Grunde seines Herzens noch immer nicht einverstanden. Seiner Meinung nach sollte sich das Aufkeimen und Entwickeln der Liebe des Mädchens als roter Faden durch die Handlung ziehen, aber davon waren diese beiden Vertreter der amanonischen Prom-Elite, die nichts über das Verhältnis von Mann und Frau wussten, trotz all seiner eifrigen Erklärungen nicht so einfach zu überzeugen; sie entgegneten, dass solche sonderbaren monokamischen Emotionen die Geschichte nur unverständlich machen würden.

»So etwas Kompliziertes wie monokamische Liebe verstehen die Zuschauer doch niemals«, argumentierte Rumicos.

»Ach ja? Kompliziert ist meiner Ansicht nach eher euer amanonisches Ero-Prinzip.«

»Wieso, das ist doch denkbar simpel: Der Prom hätschelt und beschützt seine Sec, und die hofiert ihn dafür – oder tut zumindest so als ob, indem sie ihm zum Beispiel auf Wunsch allerlei Gefälligkeiten anbietet. So ein Verhältnis ist für einen Prom von großer Bedeutung, und auch für die Sec ist es eine wichtige Erfahrung, wenn sie selbst irgendwann einmal zu den Proms gehören möchte. Kurz gesagt, Ero ist ein Verhältnis, das gegenseitigen Vorteil bringt. Was gibt's denn daran nicht zu kapieren!«

»Soweit verstehe ich es ja auch, doch ein so oberflächliches Interessenverhältnis würde man bei uns noch lange nicht als Liebe bezeichnen«, beharrte P. »Die monokamische Liebe zum anderen Geschlecht beinhaltet nämlich noch ganz andere Elemente: Sie kann beispielsweise so extreme Züge annehmen, dass nur ein Hauch sie vom Tode trennt, und gleichzeitig auch eine Abundanz produzieren, welche das Gegenteil des Todes bedeutet, nämlich den ewigen Fortbestand der Gene. Damit meine ich natürlich die Kinder, doch die entstehen bei euch ja leider auf ganz andere Weise.«

»Trotzdem, wenn wir Erfolg haben wollen, muss die Sendung in erster Linie spannend und kurzweilig sein«, sagte Récos entschieden. »Alles Weitere können wir der Interpretationsfreude der Zuschauer überlassen – wie auch immer du ihnen deine komplizierten Theorien verständlich machen willst.«

»Ja, das halte ich für eine gute Lösung«, stimmte Rumicos zu, und so wurde die Diskussion schließlich ohne P's Einverständnis beendet.

Nur Himeco, auf die es schließlich am meisten ankam, schien mit P's »komplizierten Theorien« keine Probleme zu haben; sie runzelte zwar hin und wieder ihre hübschen Augenbrauen, während sie seinen Erklärungen konzentriert lauschte, antwortete dann jedoch:

»Gut, Papa, wenn das die monokamische Definition von Liebe ist, dann liebe ich dich vermutlich.«

»Und warum genau meinst du, dass du mich liebst?«

»Weil ich manchmal das Gefühl habe, dich abgrundtief zu hassen.«

»Oho? Was ist denn so hassenswert an mir?«

»Vielleicht dass du mir nicht ganz allein gehörst«, überlegte Himeco mit zur Seite geneigtem Kopf. »Natürlich hasse ich dich nicht wirklich – so kommt es mir nur ab und zu vor. Normalerweise empfinde ich keinen Hass dir gegenüber. Wieso auch, du bist ja immer lieb zu mir, fast schon zu lieb. Das Problem ist, dass du zu allen anderen genauso lieb bist.«

»Also, ich finde eigentlich nicht, dass ich zu allen so lieb bin, wie du behauptest.«

»Dann ist es ja gut. Im Grunde fände ich es besser, wenn du zu mir und allen anderen etwas kühler wärst. Dann wäre ich sicher noch viel verrückter nach dir und würde um dich kämpfen wie eine Wildkatze.«

»Da kann man ja Angst bekommen. Doch zu meinem Glück – oder vielleicht auch zu meinem Unglück – werde ich es kaum fertig bringen, zu dir so kühl zu sein, wie du es verlangst. Schon vom ersten Augenblick an wollte ich dich besitzen, und zwar für immer. So kostbar warst du mir.«

»So wie man sich auf den ersten Blick in einen Gegenstand oder ein Haustier vernarrt.«

»Genau, so ein Mädchen warst du. Natürlich weder Gegenstand noch Haustier.«

»Aber ich habe dir gefallen.« Das Bruchstück eines Lächelns blitzte in ihren großen Augen auf, als sie P ansah. »Unglaublich. Was hast du nur so toll an mir gefunden?«

»So genau kann ich dir das auch nicht sagen. Sicher, du bist wunderschön, doch das war nicht das Ausschlaggebende. Ebenso wenig wie deine außergewöhnliche Intelligenz. Ich kann es nicht erklären, aber du bist mir sehr lieb und teuer. Und daran wird sich nichts ändern, egal was du auch tust.«

»Siehst du, Papa, deshalb finde ich dich so lieb und gleichzeitig grausam. Denn es kann ja wohl kaum eine grausamere Liebe geben als eine, die sich völlig unabhängig vom Verhalten oder Empfinden des anderen entwickelt, nicht wahr?«

»Stimmt, das klingt sehr einleuchtend.« P wurde allmählich nervös bei dem Gedanken daran, dass ihr Gespräch von den Geräten im Nebenraum aufgezeichnet wurde. »Doch nun lassen wir mal die schwierigen Themen und kommen langsam zum Sex, wie es für heute geplant war.«

»Ganz wie du wünschst«, antwortete Himeco und schmiegte sich noch näher an ihn. »Obwohl ich mir gerade vorgestellt hatte, wie viel aufregender es wäre, wenn ich deinen Wunsch einfach ablehnen würde.«

»Wie meinst du das?«

»Indem ich mich so hartnäckig wehren würde, dass du mich schänden müsstest, wie du es mit Heros getan hast – nur dass es bei mir noch einfacher gehen dürfte, denn ich habe weder ihre Kraft noch ihre Pfunde.«

»So war es aber eigentlich nicht geplant«, erwiderte P, während er sich im Stillen bereits die entsprechenden Änderungen an seinem Drehbuch überlegte. »Und ich frage mich auch, woher ich das Recht nehmen sollte, dich zum Sex zu zwingen.«

»Ich sag's ja, du bist lieb aber grausam. Wieso kannst du mich nicht schänden, wenn ich es doch ausdrücklich wünsche?«

»Na gut, dann gehen wir die Szenen noch einmal neu durch«, sagte

P und erklärte Himeco die Änderungen. Danach sollte sie in der ersten Einstellung schlafen oder unter Betäubung stehen und P's Vorgehen wehrlos wie eine Puppe über sich ergehen lassen, etwa so wie bei einer Operation. Dies würde sich mehrmals wiederholen, bis sie schließlich zu sich käme, sich ihrer Lage bewusst würde und sich aus Angst und Wut heftig zu wehren beganne.

»Die Stelle darf ruhig ein wenig wild ausfallen. Aber nicht ernsthaft verzweifelt, als ginge es um Leben oder Tod, sonst bekäme ich noch Mitleid, so dass mir am Ende die Lust vergeht – schließlich bist du viel schwächer als Heros. Am aufregendsten für mich wäre es, wenn du deine Abwehr auf mädchenhafte Art zum Ausdruck bringen könntest, also etwa mit einer Mischung aus Scham, Furcht und unbewusster Koketterie. Dann könnte auch ich den Part des entfesselten Mannes besser spielen.«

»Das sind aber viele Sonderwünsche.«

»Sollen wir es lieber noch einmal ändern?«

»Oh, mach dir nur keine Umstände«, entgegnete Himeco mit einem ironischen Achselzucken. »Allerdings kann ich für nichts garantieren, wenn mich meine Stimmung davontreibt, also pass besser gut auf dich auf.«

»Hast du tatsächlich vor, deine Krallen zu zeigen wie eine Wildkatze?«

»Vielleicht werde ich auch in Tränen ausbrechen.«

»Umso besser, dann lerne ich mal eine ganz neue Seite an dir kennen. Außerdem kommt es im Fernsehen immer gut an, wenn ein Mädchen bittere Tränen vergießt.«

»Vielleicht klappt es aber auch nicht mit dem Weinen, denn seit ich denken kann, habe ich noch nie geweint. Als wären meine Tränendrüsen zugefroren. Und irgendwie habe ich das Gefühl, dass der Tag, an dem sie aufbrechen und ich weine, der Tag des Weltuntergangs sein wird.«

»Früher oder später wird die Welt sowieso untergehen, auch ohne dein Dazutun«, murmelte P, ohne sich etwas Besonderes dabei zu denken.

»Also, dann werde ich langsam auf mein Zimmer gehen und mich schlafend stellen.« Himeco streckte ihre geschmeidigen Glieder wie eine Katze. »Wenn du am Drehbuch nichts mehr ändern willst, kannst du jederzeit zu mir kommen.«

Es dauerte einige Zeit, bis die Automatikaufnahmevorrichtungen auf Himecos Zimmer umgestellt waren, und als P endlich spät in der Nacht zu ihr kam, fand er sie tatsächlich schlafend vor; zweifellos war sie, des langen Wartens müde, schließlich wirklich eingeschlafen. Eingehüllt in ein Nachtgewand von der Zartheit eines Zikadenflügels, glich ihre mädchenhafte Gestalt auf dem breiten Bett einem der Engel aus der Bilderbuchversion des *Heiligen Kontraktes*. Selbst ihr entblößter Unterleib war von schneeweißer, unbefleckter Reinheit, genau wie bei einem solchen Engelswesen. Etwas unterhalb offenbarte ein länglicher Einschnitt an seiner weitesten Stelle das Innere des Mädchenkörpers, farblich eine undefinierbare Mischung aus Blut und Rosen. Bei dem Gedanken an einen gewaltsamen Angriff seines Fleischknüppels auf diese verletzliche Mündung empfand selbst der operationserfahrene P starken Widerwillen. Es war weniger das Zurückschrecken vor einer Schändung als eher vor einem grausamen Akt der Versehrung und Zerstörung. Und ehe er es recht begriffen hatte, war seine übliche Angriffslust, die ihn bisher weder vor Heros noch vor Hunderten anderer Amanonierinnen je im Stich gelassen hatte, so erbärmlich erlahmt, dass er beschloss, den Akt vor dem laufenden Automatikaufnahmegerät abzubrechen; am liebsten hätte er die Geräte sogar ganz abgeschaltet.

Doch da reckte Himeco im lauen Bad ihres Schlafes wohlig ihre Glieder, und wie der Anflug eines Lächelns huschte ein Schatten über ihr engelhaftes Gesicht. Womöglich war es auch nur eine Bewegung ihrer langen Wimpern gewesen. Zugleich regten sich auf verführerische Weise ihr weißer Leib und ihre Schenkel. Vielleicht hatte sie sich nur schlafend gestellt und angesichts seines Zögerns vor lauter Ungeduld absichtlich so lasziv bewegt, überlegte P und gewann noch im gleichen Augenblick seine übliche Form zurück. Nun auch Himeco gegenüber bereit zur Durchführung jenes unerschrockenen und zugleich behutsamen und bewährten operativen Eingriffs, wagte er vorsichtig eine Reihe vorbereitender Maßnahmen, worauf ihr gesamter Körper in fein gekräuselten Wellen zu erzittern begann. Wie in einem Traum schwebend, setzte P seine unsäglich sanften Berührungen noch lange Zeit fort, bevor er zur letzten Phase der Invasion gelangte. Doch selbst dies bewirkte keine sichtbare Veränderung bei Himeco, die in einem undefinierbaren Zustand zwischen normalem und komatösem Schlaf widerstandslos alles mit sich geschehen ließ. P hingegen kam sich vor, als befinde er sich im Innern ihres Körpers in einer anderen Welt und rudere dort auf spiegelglatter See ein kleines Boot, hinfort und hinfort mit aller nur erdenklichen Sanftheit und Bedächtigkeit. Von den heftigen Schmerzen, die Himeco dies trotz aller Vorsicht bereiten musste, waren auf ihrer Miene keinerlei Anzeichen zu entdecken; ihre Züge wirkten entspannt und keinesfalls maskenhaft, als verstecke sie dahinter irgendeine Pein. Als P sah, wie unter den langen Wimpern ihrer geschlossenen Lider eine unglaublich große, durchsichtige Perle hervorquoll und in Richtung Augenwinkel rann, leckte er sie ganz unwillkürlich mit der Zunge weg.

»Nun bist du quasi doch noch geschändet worden, ganz wie du es dir gewünscht hast«, sagte er zu ihr, doch Himeco gab keine Antwort, sondern drehte sich nur stumm auf die Seite.

Als sie auch am Morgen keine Anstalten zum Aufstehen machte, brachte P ihr das Frühstück eigenhändig aufs Zimmer. Himeco saß aufrecht in ihrem Bett, die Haare noch immer zerzaust und das blasse Gesicht ausdruckslos wie ein herbstliches Feld nach dem Sturm. Ihre Augen blickten ins Leere.

»Hast du große Schmerzen?«

Schweigend schüttelte sie den Kopf.

»Du solltest dich lieber von einem Arzt untersuchen lassen, vorsichtshalber. Ich werde sofort einen rufen.«

»Nein, lass nur.«

»Ah, endlich sprichst du wieder mit mir.«

»Ich brauche keinen Arzt. Wenn mich schon einer untersuchen soll, dann du, Papa. Du bist doch Mediziner, oder?«

»Schon, aber mit Obstetrik kenne ich mich nicht aus.«

»In Amanon sind dafür die Internisten zuständig.«

»Ja, das klingt bei der rein weiblichen Patientenschaft auch durchaus plausibel.« Bei seiner Untersuchung stellte P Spuren einer leichten Blutung fest und verarztete Himeco daraufhin nach einem sehr primitiven Rezept.

»Ist das ein Zaubertrick?«

»Na ja, so was in der Art.«

»Das fühlt sich schön an.«

»So, das reicht für heute.«

»Machst du heute Abend weiter?«

»Nein, heute Abend legen wir eine Pause ein. Wir wollen es ja nicht gleich übertreiben. Schließlich bist du noch nicht einmal erwachsen und musst dich erst langsam daran gewöhnen. Außerdem habe ich heute Abend für die *Monopara-Show* zu tun.«

»Und wann wirst du mit Maricos Sex haben?«

»Ein paar Aufzeichnungen haben wir bereits im Kasten. Die müssten eigentlich nächste oder übernächste Woche ausgestrahlt werden.«

Später am Abend, als P im Aufnahmestudio war, musste er plötzlich noch einmal an Himecos Frage denken; irgendwie beunruhigte es ihn, dass sie sich Gedanken um ihn und Maricos machte. Seit Maricos nicht mehr für Yumicos arbeitete und ihren Kindsnamen Marico abgelegt hatte, hatte sich die ehemalige Sec des Ministerpräsidenten zu einer atemberaubend schönen jungen Frau entwickelt, die sich als P's populärste Assitentin in der *Monopara-Show* mittlerweile großer Beliebtheit erfreute; durch ihren erfolgreichen Auftritt als seine Geliebte hielt sie das Publikum mit der Frage in Atem, wann und auf welche Art sie mit ihm Sex haben würde. P hatte das ungute Gefühl, dass Maricos kometenhafter Aufstieg bei Himeco eine Art Feindbild heraufbeschworen hatte.

»Vielleicht ist sie eifersüchtig auf dich, Marico«, bemerkte P zu ihr, der nach wie vor bei ihrem Kindsnamen geblieben war, weil er diese vertraute Anrede vorzog.

»Eifersüchtig? Was bedeutet denn das? Sprichst du vielleicht von Riwalität?«

»Genau, so sagt man offenbar im modernen Amanonischen.«

»Aber Himeco ist doch noch ein halbes Kind. Was maßt die sich an, mich als Riwalin zu sehen!«

»Immerhin soll auch sie demnächst als meine Sex-Partnerin in der *Monopara-Show* auftreten.«

»Findest du das nicht etwas verfrüht? So schmal, wie die gebaut ist, sieht das doch gar nicht gut aus.«

»Jetzt fängst aber du an, dich wie eine Riwalin aufzuführen.«

»Ach wo. Die kann mir eh nicht das Wasser reichen.«

Maricos war im Begriff, zu einem Star aufzusteigen, wie ihn das Land noch nicht gesehen hatte. Allein ihr ausnehmend femininer Stil sich zu schminken und zu kleiden war zu einem Verkaufsschlager geworden, der alle bisherigen Konventionen auf den Kopf stellte, – dabei handelte es sich im Grunde nur um die alltäglichen Schmink- und Kleidungsgewohnheiten der Monokamierinnen, die P bei seinen Anweisungen an die Kostümdezigner und Maskenbildner als Vorbild gedient hatten. Zwar wurde dieser Stil von manchen Proms als »Perversogeschmack« verurteilt, doch bei der breiten Masse hatte er offenbar nachhaltigen Eindruck hinterlassen: im Nu lagen in den Schaufenstern nur noch lange Röcke und brustbetonte Oberteile, wie Maricos sie trug, und die Mädchen begannen, sich die Haare zu langen Lockenfrisuren wachsen zu lassen und die Lippen rot zu schminken. Am erstaunlichsten jedoch fand P die Verwandlung des neugeborenen Idols selbst: Kaum dass aus Marico Maricos geworden war, hatte sich das ehemals brave und eher schweigsame Mädchen zu einem verführerisch schönen Vamp gemausert, zu einem poppulären TV-Sternchen, das unbeirrt die Erfolgsleiter hinaufstürmte und nichts mehr mit Yumicos ehemaliger Sec gemein zu haben schien. Selbst P gegenüber führte sie sich wie eine feste Geliebte auf, doch da sie es mit ihrer Darstellung monokamischer Liebesgewohnheiten weiter trieb, als P es ihr je beigebracht hatte, fühlte er sich manchmal fast abgestoßen. Auch die Sexszenen spielte sie schwülstiger als verlangt, was zwar vor der Kamera gut aussah, P jedoch bald das Interesse verlieren ließ. Bald stellte sie für ihn nur noch eine geeignete Partnerin für unbeschwerten Sex dar, – besonders seit er festgestellt hatte, dass Marico bei weitem nicht so intelligent war, wie sie aussah.

Bald darauf tauchte auch Miyacos im Fernsehstudio auf. »Und, hast du dich nun entschieden wegen der Sendung?«, fragte sie ihn gleich.

»Wegen der Nachfolgesendung für die *Monopara-Show*?«

»Genau. Wir anderen sind alle gegen ein Absetzen der Sendung zu diesem Zeitpunkt.«

»Es soll ja auch kein Absetzen sein, sondern eher ein triumphales Finale, wie ich neulich schon sagte.«

»Aber wieso gerade jetzt, wo die Einschaltquoten in rekordverdächtige Höhen steigen? Das ist doch verrückt!«

»Nein, gerade wenn es am schönsten ist, soll man aufhören und sich neuen Aufgaben zuwenden. Das erst zeichnet einen wahren Mann aus, wie bereits im *Heiligen Kontrakt* nachzulesen ist.«

»Das gilt vielleicht für eure Männerwelt in Monokamien. Mir

kommt es ziemlich unlogisch vor, dass ausgerechnet du als Hauptsponzor so eine Erfolgsshow beenden willst. Hat das vielleicht damit zu tun, dass du bald als diplomatischer Sonderberater in Yumicos Kabinett einziehen wirst, wie man hört?«

»Ach was, das ist doch noch gar nicht spruchreif«, erwiderte P vorsichtig. In Wirklichkeit waren die Vorverhandlungen allerdings so gut wie abgeschlossen, und das Einzige, was noch fehlte, war die offizielle Zustimmung des Parlaments. Für Miyacos, die ihre Karriere als hochrangiges Regierungsmitglied gerade erst aufgegeben hatte, wären P's geschäftlicher Rückzug und seine Berufung ins Kabinett eine äußerst bittere Pille.

»Aber für den unwahrscheinlichen Fall, dass es tatsächlich so kommen sollte, würde ich nominell Boss bleiben und die Promo dir überlassen«, fuhr P fort. »Dann hättet ihr für das Layout der Nachfolgesendung völlig freie Hand. Wie dem auch sei, die *Monopara-Show* möchte ich mit den beiden nächsten Staffeln von Maricos beziehungsweise Himeco beenden, sozusagen als krönendes Finale. Erstens bin ich selbst etwas erholungsbedürftig, und zweitens stellt die Sendung nicht gerade die effektivste Methode dar, mein Erbgut in Amanon zu verbreiten.«

»Stimmt, allein danach beurteilt, ist die gegenwärtige Kombination von Samenbank, In-vitro-Fertilisation und Retortenaufzucht unschlagbar«, bestätigte Miyacos. »Aber als Werbekampagne für deine He-Revolution war die *Monopara-Show* doch ein unerwarteter Erfolg, nicht wahr?«

»Das ist richtig. Und deshalb braucht die Nachfolgesendung ein Konzept, das noch sensationeller ist. Als Sponzor wäre ich bereit, meine bisherigen Investitionen zu erhöhen. Damit würde auch dein Gehalt als Geschäftsführer steigen.«

»Gut, aber wenn die Sendung tatsächlich bald endet, würde ich vorher gern einmal Premier Yumicos als Vip-Gast einladen«, sagte Miyacos.

»Gern, wenn sie nichts dagegen hat«, antwortete P.

»Sie hat absolut nichts dagegen! Meiner Meinung nach wäre es sogar von Vorteil für sie, sich um einen Auftritt als Stargast zu bemühen, denn schließlich ist die Show ein Publikumsrenner. Es würde ja schon reichen, wenn sie nur mit dir talken würde, ohne sich vor der Kamera auszuziehen. Wenn sie weiterhin im Amt bleiben will, könnte ein wenig Publicity nicht schaden, besonders jetzt, wo sie Heros los ist – darüber sollte sie einmal ernsthaft nachdenken.«

»Wenn ein Auftritt in der *Monopara-Show* so ausschlaggebend ist, wie du sagst, soll sie mir als Gast jederzeit willkommen sein. Durch unsere bisherigen sexuellen Begegnungen sind wir bereits genügend aufeinander eingespielt, um ihrem Auftritt die passende präsidiale Würde zu verleihen.«

»Übrigens, wisst ihr, was ich hier habe?«, meldete sich Aicos zu Wort. »Das Video von dem großen Kampf mit Heros – das muss unbedingt noch mit in die Sendung! Besonders die ›Schändung‹ am Schluss hat viel mehr Power als die Sexdarbietungen, die wir bisher gezeigt haben. Damit gewinnen wir bestimmt auch unter den älteren Zumo-Fans erstmals neue Zuschauer. Das dürfte die Einschaltquoten um mindestens fünf Prozent erhöhen.«

»Ja, die Idee ist gut. Wir müssten es nicht einmal im Rahmen der *Monopara-Show* senden, sondern könnten es beispielsweise auch als Special einer Sportsendung bringen«, schlug Miyacos vor.

So kam es, dass kurze Zeit später nicht nur der Ministerpräsident als Gast in P's Sendung auftrat, sondern auch der brutale Kampf mit Heros in unzensierter Form gesendet wurde; beides schlug ein wie eine Bombe. Wie erwartet weckte besonders der Auftritt des Ministerpräsidenten das Volksinteresse und brach mit einer Einschaltquote von über achtzig Prozent alle Rekorde. Der Zweikampf und die Schändung von Heros erreichte zwar nicht ganz so hohe Einschaltquoten, doch dafür war die Zuschauerreaktion weitaus begeisterter als bei der orthodoxen Sexdarbietung mit Yumicos, der es offenbar ein wenig an Dramatik gemangelt hatte.

Schließlich wurde auch die Maricos-Staffel gesendet, anhand deren Folgen P Himeco alles Wissenswerte ausführlich erklärte und sie erst dann mit ins Fernsehstudio nahm, um mit den Aufnahmen zu beginnen. Diesmal würden es keine zärtlichen Sexszenen mit ihr als der marionettenhaft wehrlosen Schönheit mehr sein, denn diese hatten sie bereits im Kasten, sondern alle möglichen anderen Sexpraktiken: konventionelle, aber auch hemmungslos wilde, an denen nichts Schulmädchenhaftes mehr war, sowie auch wahre Perverso-Sequenzen.

»So gut wie Maricos kriege ich das niemals hin«, murmelte Himeco deprimiert.

»Natürlich, du bist ganz anders als sie. Damit meine ich nicht nur, dass du noch nicht erwachsen bist, sondern viel mehr, dass du einen feenhaften Reiz besitzt, der sich in keiner Weise mit Maricos übertriebener Dramatik vergleichen lässt. Von ihr habe ich eigentlich schon ziemlich die Nase voll.«

»Wenn das so ist, brauchst du ja keinen Sex mehr mit ihr zu haben.«

»Zumindest nicht mehr, als für die Sendung nötig ist.«

Himeco nickte zufrieden. Dann erzählte sie P von einer Idee, die sie selbst für die Sendung hatte.

»Weißt du, Papa, neulich war ich doch die schlafende Prinzessin, die alles wehrlos mit sich geschehen ließ. Wie wär's, wenn wir es das nächste Mal umgekehrt machen?«

»Du meinst, ich schlafe, während du alles Mögliche mit mir anstellst und mich am Schluss schändest?«

»Genau. Du bräuchtest nichts weiter zu tun, als am Ende deinen Turm aufzustellen, so dass ich mich darüber hocken und alles Weitere selbst steuern kann.«

»Einverstanden. Das klingt interessant«, sagte P. »Mal eine ganz neue Sexvariante. Schließlich war bisher immer nur ich der Aggressor.«

»Ich hatte es mir folgendermaßen vorgestellt: Zuerst liebkose ich dich ganz sanft und dann immer leidenschaftlicher und schließlich völlig entfesselt wie eine halbwahnsinnige, zerzauste Furie.«

»Du als Furie?«

»Ja, so eine Rolle traue ich mir schon zu.«

»Gut, wie du meinst.«

»Aber du darfst dich zwischendurch nicht bewegen oder die Augen öffnen, Papa. Es muss so aussehen, als wärst du ohne eigenen Willen, wie ein Toter.«

»Kein Problem, darauf freue ich mich schon. Ich werde mich also von deiner Phantasie und Schauspielkunst überraschen lassen.«

Die folgende Nacht, die nach Himecos Drehbuch inszeniert wurde, kam P vor wie ein langer und unzusammenhängender Traum, doch sie endete mit einer Tragödie. Während er sich Himeco ganz überlassen hatte, war P tatsächlich mehrmals in Schlaf gesunken und hatte beim Zusichkommen das unbestimmte Gefühl, im Traum unzählige Male seine Saat ergossen zu haben. Wie Himeco seinen Körper zu dieser schubweisen Entleerung gebracht hatte, war ihm ein Rätsel, doch es war mit einer Leichtigkeit geschehen, wie er sie bisher noch nicht erlebt hatte. Inmitten dieses unwirklichen, nicht enden wollenden Dämmerzustands spürte er plötzlich, wie eine kalte Klinge in sein Fleisch fuhr; dann breitete sich ein blutiger Vorhang vor seinen geschlossenen Augen aus. Betäubt von unbeschreiblichen Schmerzen der Wonne verlor er das Bewusstsein.

Als er wieder zu sich kam, lag er im Operationssaal eines Krankenhauses. Sein Unterleib fühlte sich merkwürdig schwer an, als gehöre er nicht zu seinem restlichen Körper. Über sich gebeugt, erblickte P mehrere Ärzte und Krankenschwestern, sowie ein paar uniformierte Laotane, vermutlich Polizisten oder Angehörige einer privaten Polizeifirma. Als er fragte, was passiert sei, antwortete einer der Ärzte, dass ihm die Waffe seiner Männlichkeit, jene unentbehrliche physische Voraussetzung für seine Arbeit in der *Monopara-Show*, mittels einer scharfen Klinge abgetrennt worden sei. Da P so etwas bereits vermutet hatte, bestürzte ihn diese Auskunft nicht weiter, ebenso wenig wie er es für nötig hielt, nach dem Täter zu fragen, doch da hatte einer der Polizeibeamten Himecos Namen schon genannt.

»Augenblicklich ist man auf dem Polizeiamt mit den Untersuchungen zum Tatmotiv und dergleichen beschäftigt.«

»Und wo befindet Himeco sich momentan?«

»Natürlich in polizeilichem Gewahrsam, beim Verhör.«

»Wird man Anklage gegen sie erheben?«

»Normalerweise würde man das«, erklärte der Laotan-Beamte, »doch bei den so genannten Verbrechen aus Leidenschaft belässt die Staatsanwaltschaft es mittlerweile häufig bei einer formellen Anklageschrift, sofern der Geschädigte auf eine Anzeige verzichtet.«

»Dann verfahren Sie in diesem Fall bitte ebenso«, sagte P. »Himeco ist nicht nur meine Sec, sondern steht mir so nahe wie Ehefrau und Tochter in einem. Ich würde sie niemals anzeigen.«

»Vom medizinischen Standpunkt her«, fügte einer der Ärzte hinzu, »besteht zwar das Risiko einer bleibenden Funktionsstörung, doch von einer schweren Körperverletzung kann man in deinem Fall kaum sprechen. Dank unserer erfolgreichen Operation wirst du schon in zehn Tagen wieder aussehen wie vorher. Mit dem Sex ist es dann zwar vorbei, aber das kann dir schließlich egal sein, denn als Verbrechensopfer hast du Anspruch auf eine staatliche Versorgung, wenn du nicht mehr auftreten kannst.«

Gereizt hörte P den Erklärungen des Arztes zu, ohne ihn zu unterbrechen. Sein erster Gedanke dabei war, dass er somit auch niemals wieder Sex mit Himeco haben würde, und diese Aussicht schien ihm merkwürdigerweise am schwersten verkraftbar.

»Um mich brauchen Sie sich keine Gedanken zu machen. Sorgen Sie lieber dafür, dass Himeco so schnell wie möglich freigelassen und zu mir gebracht wird«, sagte P zu dem Beamten, der sofort Entsprechendes veranlasste.

Als Himeco kurze Zeit später das Krankenzimmer betrat, hätte P sie beinahe nicht wiedererkannt, so elend sah sie aus – wie ein aus dem Nest gefallenes Vöglein.

»Was ist denn mit dir los?«

»Alles ist aus. Ich bin am Ende«, brach es aus Himeco heraus, als auch schon die Tränen wie ein Sturzbach hervorströmten. Schluchzend senkte sie ihren Kopf an P's Brust, wie ein Vogel, der seinen Schnabel ins Gefieder steckt, doch P wusste nichts weiter für sie zu tun, als ihr beruhigend über Kopf und Schultern zu streichen.

KAPITEL 20

Viel Lärm um einen großen Berg

Als P einige Tage nach seiner Entlassung aus dem Krankenhaus erstmals offiziell zur Kabinettssitzung berufen wurde, war ihm, genau wie die Ärzte es versprochen hatten, äußerlich von der Tat bereits nichts mehr anzusehen. Wie mannbar er damit sein würde, konnte P nicht sagen, denn er hatte weder Lust noch Gelegenheit gehabt, dies auszuprobieren, aber er vermutete, dass die Ärzte auch in diesem Punkt Recht behalten würden: auf eine funktionelle Regeneration bestand sicherlich keinerlei Aussicht. Was das für sein weiteres Schicksal bedeuten würde, konnte P sich nur schwer vorstellen.

Wie inzwischen selbst Miyacos und die anderen erfahren hatten, war es Ministerpräsident Yumicos durch entsprechende Druckmittel gelungen, ihre Parteigenossen davon zu überzeugen, dass P als Sonderbeauftragter des Kabinetts die Verhandlungen mit Monokamien führen solle; insofern kam die Einladung zur Ministerrunde für ihn nicht überraschend. Als er den Kabinettssitzungsraum neben dem Amtszimmer des Ministerpräsidenten betrat, erhoben sich die anderen Minister, um ihren neuen Kollegen und gleichzeitig Protagonisten jener schrecklichen Tragödie mit einer Mischung aus Mitleid und Neugier gebührend zu empfangen. Dass nicht nur Yumicos, sondern auch ihre gesamte Regierung bereits über den Vorfall unterrichtet war, lag daran, dass man auf P's ausdrücklichen Wunsch hin noch vor seiner Entlassung alle Szenen mit Himeco – inklusive der tragischen letzten Folge – im Fernsehen ausgestrahlt hatte. Obwohl die Öffentlichkeit darauf scheinbar verhalten reagiert hatte, waren die Herzen der Menschen durch Himecos Tat doch schwer in Aufruhr versetzt; das gesamte Land befand sich, genau wie P es erwartet hatte, in einer Art Schockzustand von Schweigen und Ergriffenheit. Für die Amanonier, die P bislang nur als Bildschirmheld aus der *Monopara-Show* gekannt hatten, nahm seine Person nun eine Bedeutung von ganz anderem Stellenwert ein; er hatte sich tief in ihre Herzen hineingefressen wie ein Parasit.

Nachdem die Kabinettsmitglieder sich der Reihe nach bei P vorgestellt und dann wieder ihre Plätze eingenommen hatten, eröffnete Ministerpräsident Yumicos die Sitzung. P war erstaunt zu erfahren, dass es sich bei jenem dringenden Problem, welches den Grund für seine Berufung darstellte, gar nicht um die diplomatischen Beziehungen zum Reich Monokamis handelte, sondern um eine ganz andere Notlage, bei deren Bekämpfung wahre Eile geboten war.

»Zunächst einmal alle Fakten zu unserer momentanen Situation und den neuesten Prognosen dazu«, kündigte Yumicos an. Kanzleichef Saion blätterte in seinen Unterlagen und begann dann mit seiner Berichterstattung.

»Nach Informationen des Seismologischen Instituts der Universität Amanon befindet sich unser Land in einer heiklen Situation, die in den letzten Tagen immer bedrohlichere Züge angenommen hat. Und zwar hat sich nicht nur die Zahl der Minibeben enorm erhöht, sondern auch die Häufigkeit der stärkeren Beben in der Region, die mittlerweile das Hundertfache des Normalen übertreffen. Der Taizan und einige andere Vulkane, darunter auch solche, die bisher als inaktiv oder erloschen galten, zeigen allesamt Symptome eines bevorstehenden Ausbruchs. Auf der berühmten *Blauen Pupille* beispielsweise, dem Kratersee des Taizans, hat sich ein unheimlicher blutroter Fleck gebildet, der sich von Minute zu Minute weiter ausbreitet. Und wie Ihnen allen bekannt sein dürfte, behauptet der Volksmund, dass diese Verfärbung der *Blauen Pupille* zu einer *Roten Pupille* Vorbote einer gewaltigen Eruption sei. Unser Land befindet sich in einem ähnlichen Zustand wie eine Gebärmutter in den Wehen. Ich meine damit, dass uns in Kürze ein verheerender Vulkanausbruch und ein enormes Beben bevorstehen, welche das Landesinnere mit Feuer und Lava überfluten und das Äußere zum Einsturz bringen werden, bis alles völlig zerstört ist. Wir müssen davon ausgehen, dass die Überlebenschancen für unser Volk in diesem Fall gleich Null sein werden.«

»Null Überlebenschancen – was für eine ulkige Ausdrucksweise«, bemerkte Schatzamtsminister Nobucos, doch niemand lachte.

»Ich möchte lieber wissen, wie viel Zeit uns noch bleibt bis zu dieser Riesenkatastrophe«, sagte Yumicos.

»Was das angeht, sind auch die Seismologen geteilter Meinung, aber die mehrheitliche Ansicht lautet, dass es frühestens in ein paar Tagen und spätestens innerhalb der nächsten drei Jahre so weit sein wird. Allerdings ist diese Prognose einem Teil der Wissenschaftler zu eng gefasst; sie gehen von einem Zeitraum zwischen morgen und in fünfzig Jahren aus.«

»Typisches Forschergelaber, wenn ihr mich fragt«, warf ein anderer Sitzungsteilnehmer ein.

»Ich frage mich, warum wir uns über eine Sache Gedanken machen sollen, die vielleicht erst in dreißig oder auch in fünfzig Jahren aktuell wird. Bis dahin sind wir eh alle tot, oder zumindest so gut wie«, meinte Nobucos.

»Als Privatmann kann ich deine Meinung zwar gut verstehen, Nobucos, doch ein passendes Regierungsstatement ergibt das nicht. Gehen wir also lieber von dem schlimmstmöglichen Szenario aus und überlegen uns geeignete Maßnahmen. Es ist zwar nicht das erste Mal, dass ich über Fluchtmöglichkeiten nachdenke, denn damit hatte ich mich für den Fall einer bevorstehenden Vernichtung Amanons schon seit Längerem beschäftigt, doch dies eher im Rahmen der Intergenese-Problematik, denn nie war die Lage so bedrohlich. Ein Ausbruch des Taizans innerhalb der nächsten Jahrtausende schien nach dem damaligen Informationsstand völlig ausgeschlossen. Nun drängt die Zeit: Entweder wir finden innerhalb der nächsten Tage eine Lösung oder wir ergeben uns hilflos dem Tod. Also, liebe Kollegen, ich erwarte eure Vorschläge«, sagte Yumicos, doch die Kabinettsmitglieder sahen sie nur mit den unschuldig leeren Mienen ratlos erstaunter Kinder an, als ginge sie das Ganze nichts weiter an. Ja, selbst Yumicos eigenes Lächeln wirkte merkwürdig aufgesetzt, als habe es ihr jemand ins Gesicht gemalt.

»Kam denn darüber schon irgendetwas im Fernsehen?«, erkundigte sich Erziehungsminister Masacos. »Ich meine, weiß außer den Seismologen und Regierungsmitgliedern überhaupt irgendjemand von der Sache?«

»Momentan noch nicht, da sich die Presse zum Schweigen verpflichtet hat, doch früher oder später wird es durchsickern, denke ich«, antwortete Yumicos lustlos. »Wahrscheinlich spätestens dann, wenn die Katastrophe sich durch erste Beben oder Eruptionen bemerkbar macht. Übrigens soll auch der Sturz von Heros' Festung bereits zu den Vorboten der Katastrophe gehört haben, wie aus der Studie einer unabhängigen Forschungskommission verlautet, die ich privat in Auftrag gegeben hatte.«

»Apropos, könnte dieser Sturz nicht auch etwas mit den Geheimgängen zu tun haben, die Heros' Festung angeblich mit der Außenwelt verbanden, wie immer behauptet wurde?«

»Was denn für eine Außenwelt?«

»Na, zum Beispiel Monokamien oder so.«

»Vielleicht haben wir es ja gar nicht mit einer reinen Naturkatastrophe zu tun, sondern mit einer Verschwörung beziehungsweise Intervention der Monokamier!«

Schweigend lauschte P dem törichten Gerede der Kabinettsmitglieder, bis die Sondersitzung schließlich ohne jedes Ergebnis geschlossen wurde; das Einzige, auf das man sich hatte einigen können, war, am nächsten Tag weiter zu beraten. Nachdem die anderen Minister gegangen waren, folgten P und Saion Yumicos in ihr Privatzimmer.

»So, Yumicos, nun sag mir mal, wie kritisch die Lage wirklich ist. Das vorhin war ja wohl nur die halbe Wahrheit, oder?«, sagte P dem Ministerpräsidenten auf den Kopf zu. »Es war zwar eine reife schauspielerische Leistung, doch dein zuvorkommendes Lächeln hat dich verraten. Meiner Meinung nach sollten wir uns schnellstens überlegen, wie wir hier wegkommen, und zwar ohne es vorher noch lang und breit im Kabinett zu diskutieren. Am besten, der Fluchtplan bleibt unter uns dreien. Ebenso wie die Namen derjenigen, die mit uns kommen werden – also momentan ihr beide und von meiner Seite her Himeco und Castanon, ansonsten höchstens noch Miyacos.«

»Und was wird aus dem amanonischen Volk?«

»Das kannst du dir doch vorstellen. Aber da wir sowieso nichts an ihrem Schicksal ändern können, sollten wir uns darüber nicht weiter den Kopf zerbrechen.«

»Gut, doch selbst für uns dürfte die Flucht schwierig sein, oder hast du etwa schon einen Fluchtplan?«

»Nein, aber mein Treffen mit Heros hat mir zumindest ein paar nützliche Anhaltspunkte gegeben. Sie sprach nämlich davon, uns für die Flucht in das Reich Monokamis ein Überseeboot zur Verfügung stellen zu können. Deshalb solltet ihr zusehen, dass ihr die betreffende Werft ausfindig macht und mit dem Umbau des ehemaligen Übersee-Frachtbootes beauftragt. Dann holt ihr euch Heros. Sofern sie bei Bewusstsein ist, sollten wir sie mitnehmen, denn möglicherweise stand sie mit den Monokamiern in Kontakt.«

»Soweit sollte das kein Problem sein«, sagte Saion, »Die Frage ist nur, wie man so ein Schiff steuert und wo Monokamien überhaupt liegt.«

»Das weiß ich auch nicht«, antwortete P gleichmütig. »Aber dafür hat das Boot ja schließlich einen Autonavigator. Darin braucht man nur noch Monokamien als Zielort einzugeben. Natürlich gibt es darüber hinaus noch tausenderlei offene Fragen wie etwa die Schiffsroute oder das Durchbrechen der Protektoren, doch darauf kann ich euch auch keine Antwort geben. Auf jeden Fall ist das Schiff momentan unsere einzige Chance, selbst wenn wir nicht genau wissen, wohin es uns bringen wird.«

»Gut«, nickte Saion. »Ich werde alles Nötige veranlassen. Außerdem ist für morgen eine weitere Kabinettssitzung geplant. Es werden zwar nur wieder fruchtlose Endlosdiskussionen sein, doch ich muss Sie leider trotzdem um Ihre Teilnahme bitten. Und dann bräuchte ich noch Ihr Einverständnis dafür, alle Mitarbeiter des Seismologischen Instituts auf die übliche Weise Selbstmord begehen zu lassen.«

»Meinetwegen, sicher ist sicher. Dabei fällt mir ein, dass wir einen ausreichenden Vorrat an Thanatomin benötigen werden. Und auch von dem Antithanatomin sollten wir schon mal eine genügende Menge herstellen lassen.«

Die Kabinettssitzungen endeten Tag für Tag ohne nennenswerte Beschlüsse. Das Einzige, auf das man sich nach endloser Debatte hatte einigen können, war die Umbildung des Obersten Krisenstabs zu einem »Katastrophenmanagement-Center«, doch auch dessen einzige Aufgabe lautete – in aller Unbekümmertheit – zunächst, ein »Expertengremium zur Erforschung der vulkanischen Aktivitäten in der Taizanregion« zu bilden, das sich auf die Untersuchung der unerklärlichen *Roten Pupille* und dem gespenstischen »Dröhnbeben« vor Ort konzentrieren sollte.

»Übrigens, was das Phänomen dieser *Roten Pupille* angeht, belegen Aufzeichnungen, dass es in grauer Vorzeit schon einmal auftrat«, wusste

Castanon zu berichten. »Auch damals herrschte helle Aufregung, doch schließlich kam es weder zu einem Vulkanausbruch noch zu einem Erdbeben, so dass Amanon in der heutigen Form erhalten blieb.«

»Man kann zwar nur hoffen, dass es diesmal ebenso glimpflich ausgeht«, entgegnete P, während er seine Sachen packte, »doch solange wir in dieser Hinsicht keine Sicherheit haben, müssen wir uns auf unseren Fluchtplan verlassen. Wir können es uns nicht leisten, den Ausgang der Katastrophe abzuwarten und am Ende gemeinsam mit dem Rest des Landes unterzugehen.«

»Werden Sie Himeco auch mitnehmen?«

»Natürlich werde ich das. Selbst gegen ihren Willen, wenn es nötig ist.«

»Aber Sie haben daheim Frau und Kinder, nicht wahr?«

»Was willst du damit andeuten?«

»Ich meine, wenn Sie Himeco als Sklavin oder Servantin bräuchten, wäre es etwas anderes, aber nach allem, was sie Ihnen angetan hat, kann ich Ihre Entscheidung nicht verstehen.«

»Sagen wir mal, wir haben uns gegenseitig Schlimmes angetan. Übrigens kann ich nun besser verstehen, wie man sich als Laotan fühlen muss, denn durch Himecos Racheakt wäre ich selbst beinahe einer geworden. Zwar wurde mir zum Glück nur der Zapfen abgetrennt, dem man mittlerweile nichts mehr ansieht, doch zum Sex wird er kaum mehr taugen.«

In diesem Moment erfasste ein heftiges Beben die Erde. Als P nach Himeco sehen wollte, fand er sie zitternd unter ihrem Bett. Abermals bereitete es ihm große Sorgen, wie extrem scheu und kindlich sie seit ihrer Tat wirkte.

»Nun, wollen wir mal langsam nachschauen, ob der kaputte Turm wieder steht?«, versuchte P sie aufzuheitern, doch Himeco schüttelte nur traurig den Kopf.

Am Abend brachte das Fernsehen eine »Taizan-Sonderberichterstattung« mit exklusiven Bildern der *Roten Pupille*, die nun den Kraterrand erreicht hatte und sich als blutroter, dünnflüssiger Lavastrom den Berg hinab zu ergießen begann. P dachte, dass diese sonderbare Flüssigkeit tatsächlich wie Blut aussah, das geradewegs aus den Tiefen der Erde gesprudelt kam, zumal von dem ominösen Lavastrom auf dem Bildschirm keinerlei Hitze auszugehen schien. Das unheimliche Dröhnen hielt nach wie vor an. Dann begann der Krater, wie man auch am Bildschirm deutlich sehen konnte, heftig zu erbeben und mit ohrenbetäubendem Donnern einen Schwall Blut zu erbrechen wie ein Todkranker, der blutigen Auswurf spuckt. In diesem Moment rief Saion an.

»Ihr Schiff ist startklar und liegt an der Küste, wo Sie damals ankamen. Wann wollen Sie in See stechen?«

»Am besten jetzt gleich«, sagte P und erhob sich.

»Dann schicke ich Ihnen einen Wagen, der Sie zum Flugplatz bringt. Dort wird eine Sondermaschine bereitstehen.«

Trotzdem war es bereits kurz vor Sonnenaufgang, als sie endlich abfliegen konnten. Aus der Luft war die Sichtweite relativ eingeschränkt, da die amanonischen Flugzeuge nicht besonders hoch flogen, doch die aktiven Vulkane waren hier und da als rote Flecken auf der dunklen Erdoberfläche zu erkennen. Am deutlichsten sah man die *Rote Pupille* des Taizan, die wie ein diabolisches Auge glühte, doch da von der Erde keinerlei Geräusche zu vernehmen waren, erschien die fortschreitende Katastrophe seltsam unwirklich.

»Da wird wohl nicht viel von Tokiyo übrigbleiben«, murmelte Saion. »Vermutlich endet ein Großteil der Stadt im Laufe des Tages als großer Trümmerhaufen, genau wie Heros Festung.«

Als sie am Strand ankamen, hatten sich dort bereits die gleichen Fischerfrauen wie damals bei P's Ankunft versammelt; neugierig beäugten sie die bizarre Fischgestalt des Überseebootes und die dazu gehörigen Passagiere. Auch diesmal waren sie nackt.

»Was habt ihr denn vor?«, fragte eine von ihnen. »Falls ihr zum Fischen gekommen seid, könnt ihr gleich wieder umkehren. Dazu sind die Wellen in letzter Zeit zu hoch – wahrscheinlich ist irgendein Fluch Schuld daran.«

»Nein, wir sind auf dem Weg in meine Heimat«, antwortete P so beiläufig wie möglich.

»Wo ist denn deine Heimat?«

»Weit weg, am anderen Ende des Meeres.«

»Ach so. Na dann, gute Reise.«

»Danke«, erwiderte P und blickte sich zu den restlichen Passagieren um, die bereits am Strand versammelt waren. Auf einem Schubkarren lag ein sandsackartiges Etwas, von dem nur der Kopf zu sehen war, – das musste Heros sein.

»Ist sie wieder bei Bewusstsein?«, fragte P, doch Saion schüttelte den Kopf.

»Na denn, steigen wir ein, solange das Meer noch ruhig ist.«

Lautlos öffnete sich die große Automatiktür. Von innen sah das Boot mit seinen vielen kleinen Kammern so aus wie ein geöffneter Krebspanzer. Wahrscheinlich würde die lange Reise nach einem unbekannten Ort in einer dieser engen Kammern einem das Gefühl geben, als befinde man sich im Sarg auf dem Weg in die Totenwelt, dachte P. Er wies seine Mitreisenden an, ihr Antithanatomin einzunehmen. Zwar befürchtete er unterwegs keine Selbstmordversuche, doch ein Zustand der Bewusstlosigkeit erschien ihm für die Reise ratsamer, und insofern kamen ihm die stark sedativen Nebenwirkungen des Antithanatomins gerade recht. Einen Augenblick überlegte P sogar, ob eine Dosis Thanatomin für alle Beteiligten nicht angebrachter gewesen wäre.

Nachdem er sich vergewissert hatte, dass die Fischerfrauen die massive Tür von außen fest verschlossen hatten, setzte P sich auf den Pilotensitz und sah sich die Steuerung an. Als er auf den Startknopf drückte, vernahm er aus den Tiefen des Bootsleibes ein unheimliches Grollen und Vibrieren, so dass er sich vorkam wie im Bauch eines gigantischen Tieres. Gleichzeitig spürte er, wie das Schiff sich in Bewegung setzte. Dann tat auch bei ihm das Antithanatomin seine Wirkung, und mit Himeco im Arm fiel P in tiefen Schlaf.

EPILOG

Mit dem Einsetzen der Geburtswehen hatte sich der gesundheitliche Zustand von Frau Amanon, der Tochter des monokamischen Erzbischofs, so dramatisch verschlechtert, dass Pater Inri, welcher für die geplante »Jungfernempfängnis der Dame Amanon« verantwortlich zeichnete, das Projekt als gescheitert erkennen musste. Für den Misserfolg würde man ihn persönlich zur Rechenschaft ziehen, und er wusste sehr wohl, was das bedeuten würde. Noch härter traf ihn allerdings die Tatsache, dass seine eigene Idee, alle Entscheidungen im Innern Amanons prinzipiell den ausgesandten »Inkarnierten« zu überlassen, sich am Ende als großer Fehlschlag erwiesen hatte. Zwar waren die meisten der beteiligten Ärzte dafür gewesen, die Ereignisse von außen zu kontrollieren und zu steuern, doch am Ende hatten sie nachgegeben und sich dem Konzept Pater Inris gebeugt. Der fundamentalistischen Behauptung des Theologen, dass die Seelen, welche durch die Gnade Monokamis zu »Inkarnierten« geworden seien, in Amanon ein »Wunder« vollbringen und leibliche Kinder des Allmächtigen zeugen würden, hatte nicht einmal der Erzbischof selbst, welcher im Grunde der Meinung der Ärzte gewesen war, etwas entgegenzusetzen gehabt.

Wie dem auch sei, angesichts der kritischen Situation, die sich in der Endphase seines Projekts ergeben hatte, blieb Pater Inri nichts anderes übrig, als alle weiteren Entscheidungen den Ärzten zu überlassen.

»Falls Sie keine Einwände haben, werden wir nun die Bauchdecke öffnen«, wandte sich der Chefchirurg an Pater Inri.

Pater Inri nickte und trat vom Operationstisch zurück.

Nachdem die Ärzte die Missgeburt aus dem Bauch der Schwangeren herausbefördert hatten, berieten sie unter dem grellen Licht der Scheinwerfer leise darüber, was mit dem grotesken Ding geschehen solle, doch da sie allesamt zu bestürzt waren, um eine Meinung oder ein Urteil zu formulieren, endete ihre Beratung ergebnislos.

»Was kann das nur sein?«, fragte der Chefchirurg immer wieder.

»Tja, in diesem Fall kann man wohl nur eines mit Sicherheit sagen«, bemerkte ein junger Kollege. »Und zwar, dass unser Projekt gescheitert ist.«

»Frau Oberschwester, haben Sie vielleicht schon einmal so etwas gesehen?«

»Nein, niemals.«

»Das habe ich mir gedacht. Mir sind schon viele Missgeburten unter die Augen gekommen, aber so etwas noch nicht. Es hat kaum etwas Menschliches an sich.«

»Was meinen Sie, wie sollen wir damit verfahren?«

»Womit?«, fragte der Chefchirurg zurück.

»Mit diesem Ding. Es lebt noch.«

»Ich persönlich glaube nicht, dass es lebensfähig ist. Aber bevor wir von ärztlicher Seite etwas unternehmen, müssen wir den Erzbischof benachrichtigen und ihn um Rat fragen.«

»Seine Eminenz wartet drüben im Vorzimmer«, sagte eine der Schwestern.

»Und was ist mit der Mutter?«, fragte ein anderer Arzt. »Auch für sie besteht Lebensgefahr.«

»Darüber wird ebenfalls der Erzbischof entscheiden.«

Nachdem der Chefarzt hinausgegangen war, steckten die übrigen Ärzte abermals die Köpfe zusammen – und versuchten dabei, an dem Wesen auf dem Operationstisch so gut es ging vorbeizusehen – doch anstatt gemeinsam nach einer sinnvollen Lösung zu suchen, ergingen sie sich in vagen Hypothesen darüber, wie es überhaupt zu der Situation, für die sie sich gegenseitig die Schuld in die Schuhe schoben, hatte kommen können.

»Mir waren ja schon bei der Fruchtwasseruntersuchung erste Zweifel gekommen.«

»Ich habe mich mit der Meinung von Pater Inri von Anfang an nicht anfreunden können.«

»Wir hätten sie eben rechtzeitig an den Automatik-Entbinder anschließen sollen.«

»Ja, ja, hinterher ist man immer schlauer. Soweit ich mich entsinne, hatten wir damals einstimmig beschlossen, es mit einer natürlichen Entbindung zu versuchen.«

»Letztendlich lag das Hauptproblem bei den ›Inkarnierten‹.«

»Unter die sich ein Fleisch gewordener Teufel gemischt hatte, wie Pater Inri sagen würde.«

»Das klingt doch plausibel, wenn man bedenkt, was für ein teuflisches Ding dabei herausgekommen ist.«

»Ich bin gar nicht so sicher, dass es nur an den ›Inkarnierten‹ lag. Man darf es zwar nicht zu laut sagen, aber meiner Meinung trifft auch die Mutter ein Teil der Schuld.«

»Ihr habt wohl vergessen, um wen es sich bei der Mutter handelt. Dass sie ein bisschen problematisch ist, haben wir doch von Anfang an gewusst. Sonst hätten wir ja nicht alles auf eine Karte setzen müssen.«

Als der Chefarzt wieder hereinkam, verstummte das Gespräch, und alle Blicke wandten sich ihm zu.

»Wir sollen es entsorgen«, sagte der Chefarzt.

»Und was ist mit der Mutter?«

»Deren Schicksal überlässt er uns«, berichtete der Chefarzt kopfschüttelnd. »Das heißt im Klartext, dass die Patientin nicht wieder zu Bewusstsein gelangen darf. Uns bleibt also nichts anderes übrig, als sie auf die übliche Weise zu behandeln. Die Verantwortung dafür werde ich persönlich übernehmen«, fügte er hinzu und bat die Oberschwester, eine Spritze mit Letalnarkotikum vorzubereiten.

Dann zog er aus seiner Tasche ein Fläschchen, das als »Thanatomin« etikettiert war, und noch ehe die Krankenschwester, die ihn dabei beobachtet hatte, es verhindern konnte, hatte der Chefchirurg es bereits geleert. Ein heftiges Zittern erfasste seinen Körper, und während die Ärzte und Schwestern vor Schreck wie angewurzelt dastanden, riss er auch schon das Fenster auf und sprang mit einem tänzelnden Satz hinaus. Fassungslos wollten die Anwesenden alle auf einmal zum Fenster stürzen, doch Pater Inri hielt sie sanft zurück.

»Nur die Ruhe, meine Lieben. Ihr könnt sowieso nichts mehr für ihn tun. Er hat Thanatomin genommen, ein Suizidivum. Doch auch wenn er es vorgezogen hat, diese Welt ein wenig voreilig zu verlassen, warten auf euch noch verschiedene Pflichten. Zunächst einmal muss der Dame Amanon ein Letalnarkotikum verabreicht werden. Das könnt ihr ganz unbesorgt tun, denn die Verantwortung dafür hat der Chefarzt ja übernommen. Dann muss die Missgeburt verbrannt werden. Wenn das alles erledigt ist, geht ihr Seiner Eminenz Bericht erstatten.«

Pater Inri ging an das weit geöffnete Fenster, durch das der Chefchirurg gesprungen war, und schaute hinab in die Tiefe. »Ja, die Wege Monokamis sind unergründlich«, murmelte er.

»Hm? Was haben Sie gesagt?«, fragte ein junger Arzt misstrauisch.

»Ich? Ach, nichts.« Lächelnd schüttelte Pater Inri den Kopf und fügte hinzu: »Ich werde mich meiner Verantwortung stellen.«

Seine einzige Hoffnung war, dass man ihm dereinst bei der Inquisition die Chance gäbe, seine Beweggründe zu erklären, bevor man ihn auf dem Marktplatz nach altem monokamischen Ritus hinrichten würde, doch er wusste, dass er für diese Hoffnung von anderen kein Verständnis erwarten konnte.

ANHANG

Kleines Wörterbuch des Amanonischen

2. Kapitel: Das Verhör

Laotan (m.; -s, -e) *Kastrat, durch operativen Eingriff zum Eunuchen gewordener Mann*
Vip (m.; -s, -s) *wichtige Persönlichkeit*
Amekanisch (Adj.) *Sprache der Amekaner, eines Volkes der Antike*
Formalitismus (m.; -; unz.) *Überbetonung der Form, des Formalen*
kontakten (V.) *in Verbindung mit jmdm. treten*

3. Kapitel: Das Bankett

Garßon (m.; -s, -s) *Kellner, Bediensteter*
kelchetauschen (V.) *traditionelles Trink- und Nachschenkritual der Amanonier*
Tokiyo (Geogr.) *Hauptstadt Amanons*
Padre (m.; -, -s) *Anrede für monokamischen Ordenspriester*

4. Kapitel: Unterwegs in die Hauptstadt

Maney (n.; -s, -) *Bez. für Zahlungsmittel* [amek. *money* »Geld«]
Doller (m.; -s, -s) *Währungseinheit der Amekaner, eines Volkes der Antike*
Kiyoto (Geogr.) *Zweitgrößte Stadt Amanons*

Buddhaismus (m.; -; unz.; Rel.) = **Buddhismus** *Religion der Amanonier* [Sanskrit *buddha* »erwacht, erleuchtet«]
Sintoismus (m.; -; unz.; Rel.) = **Shintoismus** *Religion der Amanonier* [*shinto* »Weg der Götter«]
Nirwana (n.; -s, unz.; relig.) *Bez. für den Zustand der Erleuchtung*

5. Kapitel: Die schöne Himeco

Stapol (f.; -, unz.; Abk.) *Staatspolizei, staatlicher amanonischer Geheimdienst*
Monokamismus (m.; -; unz.; Rel.) *Glaube an einen einzigen Gott*
Pankamismus (m.; -; unz.) *philosoph. Lehre, dass Gott u. die Welt, die Natur eins seien*
Nonkamismus (m.; -; unz.) *Weltanschauung ohne Gott, Verneinung der Existenz Gottes*
Opi (m.; -s, -s; Jugendjargon) *abwertende Bez. für männl. Erwachsenen*
Enthropie (f.; -, -n) = **Entropie** *Maß für die »Unordnung« in einem abgeschlossenen System*
Outlaw (m.; -s, -s) *gesellschaftl. Geächteter, Verfemter* [amek. *out* »außerhalb« + *law* »Gesetz«]

6. Kapitel: Ankunft in Tokiyo

Taxie (n.; -s, -s) = **Taxi** *Personenkraftwagen, der gegen Bezahlung Fahrgäste befördert*
Cybermobil (n.; -s, -e) *führerloses Automatiktaxi* [grch. *kybernetike* »Steuermannskunst« + lat. *mobilis* »beweglich«]
Bizmann (m.; -es, ¨-er) *Firmenangestellter*
Servant (m.; -en, -en) *Bediensteter, Dienstpersonal*

7. Kapitel: Die Sitzung der Intergenese-Forschungskommission

Prom (m.; -s, -s; Abk.) = **Prominenter** *bekannte Persönlichkeit, Mitglied der amanonischen Oberschicht*

Intergenese (f.; -, unz.) *Internationalisierung, Landesöffnungsbestreben* [lat. *inter* »zwischen, unter« + grch. *genesis* »Erzeugung«]
brainstormen (V.) *durch das Auswerten spontan vorgebrachter Einfälle zu einem Problem die beste Lösung finden* [amek.]
Protektor (m.; -s, -en) *Schutzvorrichtung* [zu lat. *protegere* »schützen«]
Kontrazep (n.; -s, -s; Abk.) = **Kontrazeptivum** *Mittel zur Empfängnisverhütung*
Abortion (f.; -, -en) *Abtreibung, Herbeiführung einer Fehlgeburt*
Toppclass (f.; -, unz.) = **Topclass** *Spitzenklasse* [amek.]
Sec (f.; -, -s; Abk.) *weibl. Bedienstete eines Proms, die als Sekretärin und Gespielin gleichzeitig fungiert*
Schampagner (m.; -s, -) = **Champagner** *exklusiver Schaumwein, beliebtes Partygetränk der Proms*

8. Kapitel: Begegnung mit dem Ministerpräsidenten

toppsecret (Adj.) = **topsecret** *streng geheim* [amek.]
abdealen (V.) *abkaufen, abtauschen* [amek. *deal* »handeln«]
Ero (f.; -, unz.) = **Eros** *Liebe, bes. platonische Liebe*
lolitaesk (Adj.) *die Beziehung zu Kindfrauen betreffend*
Immortale (m.; -n, -) *Unsterblicher*
Journie (m.; -s, -s; Abk.) = **Journalist** *für die Medien tätige Person*
Negoziator (m.; -s, -en) *Unterhändler*

9. Kapitel: Der Vertrag mit Himeco

perversomäßig (Adj.) *abartig, widernatürlich*
Anarcho (m.; -s, -s; Abk.) = **Anarchist** *Anhänger einer politischen Lehre, die jede staatliche Ordnung ablehnt*
Exstase (f.; -, -n) = **Ekstase** *Verzückung, Entrückung*
gehändikäppt (Adj.) = **gehandikapt** *behindert, benachteiligt*
scharmant (Adj.) = **charmant** *liebenswürdig, bezaubernd*

10. Kapitel: Zu Besuch bei Dr. Tauron

Konfuziologie (f.; -, unz.) *traditionelle amanonische Morallehre*
Taologie (f.; -, unz.) *Lehre vom Urgrund des Seins* [altamanon. *tao* »Weg«]
Hubi (m.; -s, -s; Abk.) = **Hubschrauber**

11. Kapitel: Das Rätsel um die Geschichte Amanons

hosianna! *Freudenruf nach Hosi Anna, monokam. Held der Antike*
He-Revolution (f.; -, unz.) *Männerrevolution, Bewegung zur Emanzipation der männl. Bevölkerung Amanons* [amek. *he* »er«]

12. Kapitel: Eine Nacht mit Miyacos

Promo (f.; -, unz.; Abk.) = **Promotion** *Förderung, Management*
k.K. (Abk.) *kein Kommentar, beliebter Promausdruck*

13. Kapitel: Die Religionssendung »Monopara«

Regissör (m.; -s, -e) = **Regisseur** *die Regie führende Person, Spielleiter*
Amanonopoli (n.; -, unz.) *willkürliche Stellenvergabe von ehem. Spitzenbeamten in Managerpositionen der Privatwirtschaft, nach dem Würfelprinzip des populären amanonischen Gesellschaftsspiels* Monopoli
Sponzor (m.; -s, -en) = **Sponsor** *Förderer, Geldgeber*
Promospott (m.; -s, -s) = **Werbespot** *kurzer Werbefilm, der während sog. Werbepausen im Fernsehen eingespielt wird* [amek. *spot* »Punkt, Stelle«]
Bangwahn-Sekte (f.; -, unz.; Rel.) *rituellen Selbstmord propagierende neureligiöse Suizidsekte* [»bang« + »Wahn«]
Synchro (f.; -, -en; Abk.) = **Synchronisation**
antörnen (V.; Jargon) = **anturnen** *begeistern, in einen Rauschzustand versetzen*

E-Musik (f.; -, unz.; Mus.) *durch elektroakustische Instrumente erzeugte Musik*
Synthi (m.; -s, -s; Abk.; Mus.) = **Synthesizer**
Asso (f.; -, -s; Abk.) = **Assoziation**
Possession (f.; -, -en; Theol.) *Zustand des Besessenseins durch einen Geist* [lat. *possidere* »besitzen«]
Trill (m.; -s, -s; Jargon) = **Thrill** *Nervenkitzel, packende Spannung*
logo (Adj.; Abk.; Jargon) = **logisch**
easy (Adj.) *einfach, unkompliziert*
Mu sidenn, mu sidenn … *altmonokamischer Volksmarsch ungeklärter Herkunft; Transkription laut Überlieferung aus dem* Heiligen Kontrakt *der Monokamisten:* Muss i denn, muss i denn, zum städele hinaus, und du mein schatz bleibst hier; *vermutlich im Zusammenhang mit der Vertreibung aus dem Paradies Monokamis entstanden*

14. Kapitel: Reportage in der Wildnis

Riwalin (f.; -, -en) = **Rivalin** *Nebenbuhlerin*
Freak (m.; -s, -s; Jargon) *Bez. für Zugehörige von gesellschaftlichen Randgruppen, vor allem für Ausländer und Männer*
Omi (f.; -, -s; Jargon) *abwertende Bez. für weibl. Person, die nicht zur jungen, urbanen Bildungsschicht gehört*
Gäg (m.; -s, -s; Jargon) = **Gag** *witziger und effektvoller Einfall*
Voluntär (m.; -s, -e) = **Volontär** *unentgeltliche, freiwillige Arbeitskraft*

15. Kapitel: Eine Nacht mit Ministerpräsident Yumicos

Entertänerin (f.; -, -en) = **Entertainerin**
Gängster (m.; -s, -) = **Gangster** *Gauner, Kleinkrimineller, häufig männl. Partner in illegitimen heterosexuellen Verbindungen*
Event (m.; -s, -s) *Veranstaltung, Ereignis* [amek.]
coachen (V.) *trainieren*
Suizidivum (n.; -s, -va) *chemische Substanz, die schon in geringen Mengen starken Selbstzerstörungstrieb auslöst*

smoken (V.) *rauchen, inhalieren*
proppagieren (V.) = **propagieren** *werben, für etwas Propaganda machen*
poppulär (Adj.) = **populär**
Assi (m.; -en, -en; Abk.) = **Assistent**

16. Kapitel: Die Audienz beim Kaiser

Hades (Geogr.) *Stadt der amanonischen Antike, in deren Ruinen sich der Kaiserpalast befindet*

17. Kapitel: Der Oberste Krisenstab

Rewolte (f.; -, -n) = **Revolte** *Aufruhr, Aufstand*
briefen (V.) *informieren*
eroell (Adj.) *Erobeziehungen betreffend*

18. Kapitel: Heros Festung

relaxt (Adj.) = **relaxed** *entspannt*
Zumo (n.; -s, unz.) *amanonische Form des Ringkampfs*
Delisaubraten (f.; -, -en) *eine Art Schweinebraten, amanonische Delikatesse*
Depressivum (n.; -s, -va) *chemische Substanz, die Depressionen auslöst*
Larifari (n.; -s, -s) *Unsinn, Geschwätz* [amanon. *lari* »leer« + *fari* »reden«]
Speaker (m.; -s, -) *Sprecher, Vertreter*

19. Kapitel: Passion

Dezigner (m.; -s, -) = **Designer**
talken (V.) *sich unterhalten* [amek. *talk* »reden, sprechen«]